Harper
Collins

Patrick Hemstreet

Die Gottesformel

Roman

Aus dem Amerikanischen von
Fred Kinzel

Harper
Collins

HarperCollins®
Band 100108

1. Auflage: März 2018
Deutsche Erstausgabe

Originaltitel: »The God Peak«
erschienen bei: Harper Voyager,
an imprint of HarperCollins *Publishers*, US

Published by arrangement with
HarperCollins *Publishers* L.L.C., New York

Umschlaggestaltung: Hafen Werbeagentur, Hamburg
Umschlagabbildung: Swill Klitch / Shutterstock
Redaktion: Thorben Buttke
Satz: GGP Media GmbH, Pößneck
Printed in Germany
Dieses Buch wurde auf FSC®-zertifiziertem Papier gedruckt.
ISBN 978-3-95967-148-4

www.harpercollins.de

KAPITEL 1

In der Halle des Bergkönigs

Chuck Brenton erwachte jeden Morgen in einem Raum, der auf eine namenlose und trockene Steppenlandschaft hinausblickte, ehe er zur Arbeit an einem Science-Fiction-Film ging. Das Labor, in dem er ein Büro hatte und seine Forschung betrieb, wirkte in seiner funkelnden Sterilität, als entstammte es einer futuristischen Kinokulisse. Das Licht war rein und schien aus allen Richtungen zugleich zu kommen. Die Luft war geruchsfrei, und man hörte sie auf dem Weg von ihrer Wüstenquelle ins Berginnere leise durch Filter und Leitbleche strömen.

Chuck wünschte, es wäre nicht so steril. Er durfte morgens und abends die Plattform besuchen, von der man einen fantastischen Blick auf die von einem Gletscher geformte Schlucht und die mit Wüstensalbei bedeckten Hügel hatte. Wenn das Licht im richtigen Winkel fiel, konnte er in der Nähe einen Bachlauf in der Sonne glitzern sehen oder die schneebedeckten Kämme eines Gebirgszugs im Südwesten erkennen. Die Luft draußen war von großer Reinheit – ein trockenes, weinähnliches Aroma, das äußerst angenehm war und im direkten Gegensatz zu der konservierten Luft stand, die er drinnen den ganzen Tag einatmete. Chuck wünschte, man würde ihm erlauben, da draußen spazieren zu gehen, aber das hatten ihre Gastgeber nicht im Angebot. Er verschaffte sich Bewegung, indem er in dem ausgedehnten Labyrinth der Korridore umherlief, mit denen die verschiedenen Teile im Reich der Wohltäter verbunden waren (so nannten sie sich selbst, und die ganze Anlage hieß schlicht »das Zentrum«). Oder er trainierte auf einem Crosstrainer in dem Fitnessstudio im Erdgeschoss.

Ihr Labor – das sie als New Forward Kinetics bezeichneten (oder NeFK in der von Akronymen geprägten Sprache ihres

Roboterspezialisten Daisuke Kobayashi) – war ein Traum aus Edelstahl, Plexiglas und hellem Quarz. Es war mehr oder weniger der – geglückte – Versuch, die Arbeitsbereiche nachzubauen und zu erweitern, die sie in ihrer ursprünglichen Einrichtung zurückgelassen hatten. Im zentralen Bereich des Labors hätte Dice ein Team aus zwanzig Roboteringenieuren beschäftigen können, wenn ihm so viele zur Verfügung gestanden hätten. Es gab Werkzeugregale und Arbeitstische – alles, was er in der vorherigen Werkstatt gehabt hatte, und noch mehr. Bis auf rot leuchtende Schilder mit der Aufschrift AUSGANG über den Stahltüren.

An einem Ende des Raums befand sich ein Testbereich mit einer großen, quadratischen Trainingsmatte für Chen Lanfen, einer Reihe von Maschinenstellplätzen – zum Teil bereits mit Roboterarmen und Objekten ausgestattet – und einem Atelier für Mini. Am anderen Ende ballten sich Computerarbeitsplätze, von denen nur zwei von Chuck und seinem Protegé Eugene benutzt wurden. Der Raum war umgeben von mehreren Büros, die ein wenig Privatsphäre boten, auch wenn die Wände unten durchscheinend und oben durchsichtig waren, denn wenn man die Plexiglastüren schloss, waren sie praktisch schalldicht.

Die Welt, die sich Chuck mit seinen Kollegen und Freunden (er hatte längst aufgehört, sie als »Angestellte« zu betrachten) teilte, war begrenzt, geschützt und sorgsam überwacht. Solange er tief in seiner Arbeit an menschlicher Kinetik steckte, fühlte es sich beinahe normal an. Arbeit hatte diese Wirkung – sie gab ihm etwas, worauf er seine Sinne und Gedanken richten konnte, sodass er nicht darüber nachdachte, was aus seinem Haus, seinen Möbeln und seinem Garten geworden war, von den Vorgängen in und um einen Berg auf der anderen Seite des Kontinentes ganz zu schweigen. Zumindest kümmerten sich die Wohltäter um einige praktische Belange – er wusste zum Beispiel, dass sie die Raten für sein Haus aus ihren offenbar sehr tiefen Taschen bezahlten. Und was die übrigen Mitglieder seines Teams anging, so waren sie alle Mieter. Man hatte ihre Wohnungen geräumt und ihre Besitztümer entweder an diesen Ort geschafft (wo immer *dieser Ort* auch war) oder eingelagert.

Außer bei Mini.

Er warf einen Blick zu ihr hinüber. Sie vollführte gerade eine Reihe anmutiger Tanzbewegungen, die eine Schar zierlicher regenbogenfarbener Elfen erscheinen ließen, als hätte sie sie aus der offenen Hand geschüttelt. Diese scheinbar mühelose Art, sich die Zeta-Wellen ihres beweglichen Verstands nutzbar zu machen, hatte ihr den liebevollen Titel »Schmetterlingszauberin« eingebracht. Er wurde Eugene zugeschrieben, fasste aber die Empfindungen der gesamten Gruppe für Mini treffend zusammen.

Minerva Mause hatte in einem Studentenwohnheim gelebt, als Kristian Lorstad das Team und Chuck aus der Gefangenschaft durch eine zwielichtige paramilitärische Organisation namens Deep Shield gerettet hatte. Mit einundzwanzig war sie noch eng mit ihren Eltern verbunden und verbrachte die Sommer zu Hause. Minervas Umzug zu regeln, hatte den Wohltätern die größten Schwierigkeiten bereitet, aber zugleich zweifelsfrei bewiesen, dass nicht nur ihre finanziellen Mittel schier unerschöpflich waren. Für ihre Familie, ihre Freunde und Professoren pausierte Mini für ein Semester, um bei Forward Kinetics – dem Unternehmen, bei dem sie jobbte – Forschung zu betreiben, wofür sie eine Verschwiegenheitserklärung unterschreiben musste. Oberflächlich betrachtet war es verrückt, weil sie ihrem Abschluss so nahe war. Aber dieser Job, diese »Zeta-Sache«, war der Grund, warum sie überhaupt studierte. Sie war eine Wegbereiterin für eine neuartige Form menschlichen Ausdrucks. Sie gehörte zur ersten Welle, und sie brauchte dafür zunächst keinen Abschluss, das College konnte warten. Für ihre Tätigkeit würde sie auch viel auf Reisen sein, ihre

Familie würde Postkarten von verschiedenen Orten bekommen. Was dazu beitrug, diese Geschichte zu verkaufen, war der Umstand, dass ihr Umfeld bereits erlebte, wie dieser Job, von dem sie nie sprach, und dieser Freund, den nie jemand zu Gesicht bekam, sie immer mehr in Anspruch nahmen. Es war verständlich, wenn nur hin und wieder eine E-Mail kam. Chucks Familie und ihre eigene waren seit Jahrzehnten befreundet. Ihre Eltern vertrauten darauf, dass alles mit rechten Dingen zuging.

Dieses Vertrauen lastete schwer auf Chuck. Zum x-ten Mal wünschte er sich, er hätte Mini nicht bei Forward Kinetics mitmachen lassen. Er versuchte, seine nutzlosen Schuldgefühle beiseitezuschieben, indem er sich eine zeitlose Allegorie von Dschalal ad-Din Rumi in Erinnerung rief: Der arme, verrückte Majnun wird, getrennt von seiner geliebten Layli, von Nachtwächtern durch die Stadt verfolgt und verflucht ihre Herzlosigkeit ... bis seine wilde Flucht ihn genau in den Garten führt, in dem Layli sich aufhält. Wenn man das Ende eines Prozesses, so lehrte das Gedicht, bereits an seinem Anfang sehen könnte, hätte man ein vollkommen anderes Verständnis von seiner Bedeutung.

In diesem Geiste versuchte Chuck mit unterschiedlichem Erfolg die Rolle zu verstehen, die Kristian Lorstad und die Geheimorganisation, die er vertrat, in seinem Leben und dem Leben seiner Kollegen spielten. Dennoch war er nicht nur dankbar, sondern auch verstört gewesen, als er sein geräumiges Zimmer im Zentrum betreten hatte und all seine Kleidung und seine persönliche Habe vorfand – einschließlich seiner gesamten Bibliothek, seiner Filmsammlung und seines privaten Computers. Alles war von seinem Haus in Silver Springs, Maryland, hierhergeschafft worden. Aus Gesprächen mit seinem Team wusste er, dass die anderen ähnlich reagiert hatten.

»Sie haben sogar den kleinen Eichhörnchen-Roboter, an dem ich zu Hause herumgebastelt habe, auf meiner Werkbank ausgelegt«, hatte Dice ihm erzählt. »Sämtliche Teile, alle Werkzeuge bis hin zur kleinsten Schraube – genau so zurechtgelegt, wie ich es zurückgelassen hatte, nur hier.«

Und das war die Frage, die immer noch im Raum stand: wo »hier« eigentlich war. Sie wussten es nach wie vor nicht, und Lorstad verriet nur, dass sie sich »irgendwo im Westen der Vereinigten Staaten« befanden.

Bei Mini hatte diese erstaunliche Umsiedlung Gemälde, Zeichnungen und kleine Skulpturen aus ihrer Ecke im Atelier der Kunstakademie betroffen. Bei Lanfen waren es ihre Trainingsmatten und ihre Sammlung von Selbstverteidigungswaffen gewesen, bei Eugene sein privater Laptop und seine Science-Fiction- und Fantasy-Literatur sowie seine Fachbücher.

Chuck hatte die Aufmerksamkeit, die ihre Wohltäter diesen Dingen schenkten, als Geste des Respekts und als Zeichen der Wertschätzung aufgefasst, aber es hatte auch den Eindruck bei ihm hinterlassen, dass ihre Umsiedlung keine kurzfristige Angelegenheit war. Ihr »Wir wollen euch nichts Böses« konnte nur vorgetäuscht sein. Hätte ihr Schicksal in den Händen der verbrecherischen Geheimorganisation gelegen, die sich Deep Shield nannte, so wären sie vermutlich für immer verschwunden. Bei den Wohltätern konnte man es nicht sagen. Sie waren ein Rätsel, das in ein Geheimnis verpackt war, oder wie dieses Churchill-Zitat ging. Chuck hatte sich in der vergangenen Woche oft gefragt, ob sein verzweifelter Anruf bei Kristian Lorstad sie nicht vom Regen in die Traufe gebracht hatte.

»Dr. Brenton.«

Chuck blickte über seinen Monitor im gemeinsamen Hauptlabor hinweg und sah Lorstad vor sich stehen und ihn beobachten. *Wenn man vom Teufel spricht.* Es war unheimlich, wie unauffällig und geräuschlos der Mann einen Raum betreten konnte. Er verströmte eine Aura der Milde und Ruhe, aber seine hellen Augen waren flink und scharf, und wirklich nichts entging ihnen.

»Haben Sie noch weiter über meine Frage nachgedacht?«, fragte er.

»Ich habe ehrlich gesagt an kaum etwas anderes gedacht, seit Sie mir die Frage gestellt haben.« Chuck warf einen Blick auf die MRT-Aufnahme von Mini, die er studiert hatte.

Lorstad kam um Chucks Arbeitstisch herum und warf einen Blick über seine Schulter. »Das ist Mini, ja.« Es war keine Frage.

»Ja.«

»Mhm. Das war, als sie ihre Elfen manifestiert hat.« Er zeigte auf den Bildschirm. »Interessant, wie sich die Aktivität über die Rezeptoren auszubreiten scheint, als ob …«

»Als würde das Zeta-Muster in einem Feld erzeugt werden statt an einem bestimmten Ort?«, führte Chuck den Gedanken zu Ende. »Ja, sehr.«

Lorstad setzte sich neben Chuck an die Werkbank. »Fällt Ihnen angesichts dieser immer umfassenderen Aktivität etwas hinsichtlich der Formel zur Erzeugung von Zeta-Wellen ein?«

Chuck verzog das Gesicht. Er hasste – nein, das war zu stark –, er *misstraute* Lorstads Streben nach Formeln. Es erinnerte ihn zu sehr an seinen vormaligen Partner, den MIT-Mathematiker Matt Streegman.

Mein falscher, manipulativer Partner, der immer noch in den Fängen von Deep Shield ist … falls sie ihn nicht schon lange vorher in der Tasche hatten.

Aber Matt und Deep Shield waren – vermutlich – Tausende von Meilen entfernt, und Lorstad war direkt neben ihm, deshalb konzentrierte er sich auf die unmittelbare …

Bedrohung? Ist das der richtige Ausdruck? Wie auch immer, er war vorsichtig in seiner Nähe.

»Dazu fällt mir ein, dass jede Formel, zu der ich möglicherweise gelange, mehr beinhalten muss, als einfach nur diesen oder jenen Teil des Gehirns zu stimulieren.«

»Das versteht sich von selbst, Doktor«, sagte Lorstad nachsichtig. »Wir haben eine Formel für ein solches Verfahren. Aber sie hat ihre Grenzen.«

Chuck wandte den Kopf und sah ihn an. »Sie meinen, die Wohltäter haben ein Verfahren? Davon haben Sie früher schon gesprochen. Können Sie etwas konkreter werden?«

Lorstad betrachtete ihn einen Moment, lange genug, dass Chuck dachte, er würde die Frage nicht beantworten.

Dann schienen seine Gedanken wie von weit her zurückzukehren. Er holte tief Luft und sagte: »Das kann ich. Ich denke sogar, ich werde es Ihnen zeigen. Ihnen allen.«

Er sah über die Schulter zu den anderen Personen im Labor. Mini tanzte in einer Wolke surrealer Schmetterlinge, Vögel und Elfen. Lanfen absolvierte eine Reihe von Kung-Fu-Bewegungen, bei denen sie ihre Körperbeherrschung durch ihre kinetischen Talente ergänzte, sodass sie zu schweben schien, als wäre die Schwerkraft geringer als normal für sie. Eugene saß an seinem Laptop und verglich EEG-Resultate mit MRT-Resultaten, während Dice und sein geliehener Assistent einen Roboter zusammenbauten, mit dem Lanfen arbeiten konnte.

Dice blickte von seiner Werkbank auf. »Was ist mit uns allen?« Er sah abgespannt aus, seine Haut mehr grau als golden. Von ihnen allen hatte er am meisten zurückgelassen: seine Verlobte Brenda. Sie befand sich noch in der Außenwelt, und auch wenn Lorstad ihm wiederholt versichert hatte, dass sie wohlauf sei, misstraute Dice genau wie Chuck jedem, der über die Macht, die Mittel und die Kontakte verfügte, die nötig waren, um das zu schaffen, was Lorstad in den letzten anderthalb Wochen geschafft hatte.

Gebranntes Kind scheut das Feuer.

»Ich muss Ihnen allen etwas zeigen, was Ihnen hoffentlich zu verstehen hilft, warum Ihre Arbeit auf dem Gebiet der Kinetik so wichtig für uns und den Rest der Menschheit ist«, sagte Lorstad. »Bitte kommen Sie mit.«

Dice schaute skeptisch drein, deshalb nickte ihm Chuck aufmunternd zu, obwohl ihm selbst nicht unbedingt wohl in seiner Haut war. *Aber alles, was wir jetzt herausfinden, wird uns nur helfen, zu verstehen, was zum Teufel hier vor sich geht.* Er setzte sich in Bewegung, um Kristian zu folgen.

Lorstad führte sie aus ihrem Labor in die riesige Haupthalle der unterirdischen Einrichtung. Natürlich hatte Eugene sie schon bald nach ihrem Eintreffen die *Halle des Bergkönigs* getauft. Es war ein lang gestreckter, höhlenartiger Raum, dessen hell beleuchtete Fläche von rund zwei Dutzend angenehmen, aber merkwürdigen Menschen bevölkert war, die an Computern arbeiteten. Laut Lorstad waren sie entsprechend ihrem Fachgebiet oder ihrer Aufgabe in Gruppen eingeteilt. Über ihren Terminals gab es große LED-Schirme an den gewölbten Wänden, sie zeigten Karten und Informationen über Orte rund um die Welt, die von den Wohltätern, aus welchen Gründen auch immer, beobachtet wurden.

Von diesen Orten kannten Chuck und seine Kollegen nur den gelben Fleck nahe der Ostküste, eine ebenso in einem Berg versteckte Einrichtung, die bis vor Kurzem Deep Shield gehört hatte. Jetzt wurde sie von den drei mächtigsten Personen auf dem Planeten besetzt – Sara Crowell, Timothy Desmond und Mikhail Yenotow. Eine Architektin, ein Spieleentwickler und ein Bauingenieur. Zumindest waren sie das einmal gewesen, denn jetzt waren sie ... *mehr.*

Menschen, die schreckliche Dinge tun konnten, wenn sie es sich in den Kopf setzten – wortwörtlich.

Wie Lanfen und Mini waren sie Zetas – Menschen, die ihre Gehirne dazu trainiert hatten, Zeta-Wellen zu produzieren und diese kinetischen Impulse zur Beeinflussung ihrer Umwelt zu nutzen. Bislang hatten sie Deep Shield aus deren eigenem Stützpunkt verjagt, alle Militärflugzeuge weltweit am Starten gehindert und damit gedroht, im Namen des Weltfriedens weitere Dinge zu tun. Wie immer ihre Pläne aussahen, es war klar, dass nur eine andere Gruppe ähnlich talentierter und fähiger Individuen es mit ihnen aufnehmen konnte.

Chuck wies das Szenario von sich, wonach sie angeblich beabsichtigten, die Welt zu zerstören. Er kannte sie; er hatte sie trainiert. Tim war unsozial und ein Einzelgänger, aber Sara und Mike waren intelligente, moralisch empfindende Menschen. Sicher, sie hatten Deep Shield mit Gewalt aus dem Berg vertrieben, aber hatten sie eine andere Wahl gehabt? Sie wollten sich nicht versklaven lassen, und Chuck, der selbst ans andere Ende des Landes geflohen war, respektierte das. Aber es stellte trotzdem ein Problem dar, dass zwei Männer und eine Frau die Fähigkeit besaßen, die ganze Welt in Geiselhaft zu nehmen.

Er war überzeugt, die Lösung für dieses Problem bestand darin, nach Pennsylvania zu fahren und mit den Zetas Kontakt aufzunehmen. Er musste nur noch Lorstad und seine Partner davon überzeugen.

Lorstad führte seine Gäste zum Ende der großen zentralen Halle, wo es drei Aufzüge gab. Sie betraten den linken und fuhren nach unten. Chuck versuchte sich nicht anmerken zu lassen, wie sehr ihn das erschreckte. Er hatte angenommen, das Stockwerk mit ihrem Labor sei bereits das unterste der Einrichtung. Er wandte den Kopf und stellte fest, dass Lanfen und Dice ihn ansahen. Offenbar war es ihnen ebenfalls aufgefallen. Eugene und Mini schienen nur Augen füreinander zu haben.

»Habt ihr kein Zuhause?«, murmelte Dice, und Chuck hätte zum ersten Mal seit Tagen beinahe gelächelt.

Lorstad reagierte natürlich nicht einmal. Er ging einfach weiter.

»Der Bereich, den Sie gleich betreten, ist außer für eine Handvoll Leute von unserem Personal tabu. Dabei muss es bleiben.«

»Wie haben Sie den Aufzug dazu gebracht, abwärts zu fahren?«, fragte Dice. »Es gibt keinen entsprechenden Knopf.«

Lorstad sah den Roboteringenieur bedeutungsschwer an und zog die hellen Augenbrauen in die Höhe. »Rechnen Sie es sich selbst aus«, besagte der Blick.

»Ja, klar, ich Idiot«, murmelte Dice und deutete auf seinen Kopf. »Sie sind ja einer von uns.«

Der Blick, mit dem Lorstad auf diese Aussage reagierte, war unergründlich. Chuck versuchte nicht einmal, ihn zu entschlüsseln.

Die Aufzugtür öffnete sich zu einem breiten Flur, der bis auf die Farbe der Wände identisch mit denen auf den oberen Stockwerken war. Diese hier waren hellgrün und schienen zu leuchten. Zu beiden Seiten des Korridors gab es in weiten Abständen Türen. Lorstad führte sie aus dem Lift und ging mit flottem Schritt voran. Nach knapp zehn Metern zögerte er kurz und wandte sich dann einer Tür auf der linken Seite zu. Die glatte Fläche zog sich in die Wand zurück und gewährte der Gruppe Zutritt zu einem Raum, der anders war als alle, die sie bisher gesehen hatten. Er war groß, dunkel, und in seiner Mitte standen zwei Vorrichtungen, die aussahen wie …

»Isolationstanks?«, fragte Eugene. »Sie haben nicht vor, uns da hineinzusetzen, oder?«

Lorstad lächelte. »Dr. Pozniaki, ich habe nicht das Verlangen, Sie in Isolationstanks zu setzen. Meine Hoffnung ist, dass Sie uns in die Lage versetzen, aus ihnen herauszukommen.«

»Moment mal«, sagte Eugene. »Warten Sie. Wollen Sie sagen, das hier hat etwas damit zu tun, wie Sie lernen, Ihre zetaähnlichen Fähigkeiten einzusetzen?«

Chuck erfasste sofort, was Lorstad ihnen zeigte. »Sie programmieren Ihre Fähigkeiten von außen«, murmelte er. »Mit Hilfe dieser Tanks.«

»Ja. Wir benutzen Isolationstanks und binaurale Beats – oder eine Kombination aus binauralen Beats und zeitgesteuerten Blitzen. Die Testperson schwimmt im Tank, wo sie diesen

Stimuli ausgesetzt ist, und gelangt so in einen Zustand, in dem … nun ja, der Geist, oder die Seele vielleicht, ohne jede physische Ablenkung aktiv funktioniert. Sie lernt, sich aus dem Körper zu bewegen, sich vom Körper zu lösen und ohne ihn zu handeln. Um dann den Körper und andere physische Objekte und Vorgänge zu beeinflussen.«

Chuck nickte eifrig. »Ja, ja, ich habe die Forschung verfolgt, die LaBerge in Stanford betrieben hat. Es war faszinierend. Ich war nahe dran, mich mit meiner eigenen Forschung in diese Richtung zu bewegen, aber es ist mir nie in den Sinn gekommen, dass erweiterte Klarträume zu … zu dem führen könnten, was wir, also die Zetas, tun.«

Lorstad legte den Kopf schief. »Von Klarträumen zu außerkörperlichen Erfahrungen ist es kein großer Schritt, Doktor. Und wenn man erst einmal die Folgerungen zu studieren beginnt, die sich aus außerkörperlichen Erfahrungen ergeben … nun, sie sind erstaunlich.«

»Astralprojektion«, murmelte Chuck.

»Jetzt hört aber auf!«, protestierte Eugene. »Wollt ihr behaupten, das, was Mini oder Lanfen tun – oder alle anderen Zetas –, sei eine Art Astralprojektion?«

»Aber ist es nicht so?«, fragte Lorstad. »Ihre Zetas, wie Sie sie nennen, können über Ihre körperliche Realität hinausgreifen, um externe Objekte zu beeinflussen.« Er wandte den Kopf zu Mini, die um die Isolationstanks herumging; ihre Augen waren im gedämpften Licht des Raums so groß wie Halb-Dollar-Münzen. »Mini hier projiziert Objekte, die nur in ihrem Kopf existieren, in die sogenannte reale Welt hinaus, wo sie eine reale Erscheinungsform annehmen. Was ist das anderes als eine Form von Astralprojektion?«

»Astralprojektion«, sagte Lanfen leise, »ist eine Projektion des Ichs.«

»Astralprojektion«, äffte Eugene ihren ruhigen Ton nach, »ist ein Märchen.«

»Was ist das dann, was wir alle tun?« Lorstad unterstrich seine Worte, indem er zu der beleuchteten Steuerkonsole an der Wand sah. Auf einer geneigten Tafel bewegte sich ein Schieberegler, und es wurde heller im Raum. Dann bewegte sich der Regler in die Gegenrichtung, und es wurde wieder dunkler. »Oder was zumindest manche von uns tun.«

Eugene runzelte die Stirn und warf einen raschen Blick zu Mini. »Es ist nur … Dieses ganze Astralzeug klingt so unwissenschaftlich.«

»Zu behaupten, dass wir aus Sternenasche bestehen, klingt ebenfalls unwissenschaftlich«, sagte Dice trocken. »Aber zufällig stimmt es.«

»Vielleicht ist es nur die Terminologie, die dich stört«, schaltete sich Mini mit einem Grinsen ein. »Wie wäre es also, wenn wir bei ›außerkörperlicher Erfahrung‹ bleiben? Klingt das ein bisschen wissenschaftlicher?«

»Wenn Sie in diesem Zustand sind, was geschieht dann?«, wandte sich Chuck an Lorstad, ohne auf das Nebengespräch einzugehen. »Geführte Meditation? Autosuggestion?«

»Geführte *Erkundung*, oder vielleicht Beobachtung, trifft es genauer. Und Suggestion, ja. Wir kommen hierher«, er legte eine Hand auf den Tank, neben dem er stand, »um in uns selbst einzutauchen. Um die neuralen Pfade neu zu öffnen und unseren Geist wieder auf seine höheren Funktionen hin auszurichten.«

»Ich verstehe das nicht«, sagte Lanfen. »Sie meinen, Sie *verlieren* Ihre Fähigkeiten mit der Zeit? Wie kann das sein?«

Lorstad lächelte schief. »Sie finden das merkwürdig? Wir finden es merkwürdig – und enorm hoffnungsvoll –, dass Sie gelernt haben, Zeta-Zustände und -fähigkeiten zu erreichen, die sich durch bloßes Üben perfektionieren lassen.«

»Da ist jemand drin.«

Chuck drehte sich beim Klang von Minis Stimme um und sah sie in eine Öffnung im Deckel des entfernteren der beiden Isolationstanks blicken. Ihr Gesichtsausdruck schwankte zwischen Entsetzen und Faszination.

»Das ist Alexis«, sagte Lorstad und stellte sich neben Mini.

Chuck folgte ihm. Durch die Öffnung sah er die Frau in einer zähen Flüssigkeit, fast ein Gel, schwimmen, die türkis wie das Wasser in manchen Zierbrunnen gefärbt war. Sie trug einen eng anliegenden Taucheranzug, und das Gesicht wurde halb durch einen Helm mit einer schwarzen Brille verdeckt, der auch die Ohren einschloss.

»Wie lange muss sie dadrin bleiben?«, fragte er.

Zur Antwort sah Lorstad auf das Display, das in die gewölbte Tankwand eingebaut war. Chuck nahm an, es zeigte Alexis' Lebensfunktionen und wahrscheinlich weitere Dinge an, wie etwa die Temperatur der Lösung, in der sie schwamm.

»Sie ist gestern Abend um zehn hineingegangen. Sie müsste in der nächsten halben Stunde wieder herauskommen.«

Chuck warf einen Blick auf seine Uhr. Es war halb zehn Uhr vormittags. »Das ist eine lange Session.«

»Und doch kurz im Vergleich zu den Stunden, die beim Initiationsprozess dadrin verbracht werden.«

Mini sah Lorstad stirnrunzelnd an. »Sie meinen, sie hat dadrin geschlafen?«

»Nicht geschlafen. Die binauralen Töne haben sie in einen Zustand tiefer Meditation versetzt. Aber die Blitze halten sie davon ab, in die REM-Phase abzugleiten.«

Chuck nickte. Er verstand jetzt, warum die Wohltäter so begierig auf eine Alternative zu ihrer Methode waren, psychokinetische Fähigkeiten zu »erlernen«.

Ein Läuten ertönte, es hallte seltsam von den Wänden wider. Am Steuerpult blinkte ein Licht. Einen Augenblick später betraten zwei Techniker – ein Mann und eine Frau – durch einen von Alexis' Tank verdeckten Eingang den Raum. Sie zögerten kurz, als sie die Gruppe zwischen den beiden Isolationstanks stehen sahen.

»Guten Morgen, Sir«, sagte die Frau und nickte Lorstad ehrerbietig zu. »Werden Sie bleiben, wenn Ms. Bruinsma den Tank verlässt?«

»Ich denke nicht, Dr. Pence. Wir überlassen Sie Ihren Aufgaben hier.« Er wandte sich zum Gehen, um Chucks Team aus dem Raum zu führen, aber dann hielt er inne. »Ich habe Sie unseren Gästen noch gar nicht vorgestellt. Dr. Dana Pence, Niles O'Hare, das sind die Doktoren Charles Brenton, Daisuke Kobayashi und Eugene Pozniaki, Ms. Chen Lanfen, Ms. Minerva Mause. Meine Damen und Herren, Dr. Pence und ihr Assistent gehören zu unserem Mitarbeiterstab hier im Zentrum.«

Alle murmelten rundum Begrüßungen. Chuck fühlte sich unwohl. Eine seltsame Spannung lag im Raum, die er nicht recht ergründen konnte. Er dachte auf dem Rückweg zum Aufzug darüber nach. Kurz bevor sie ihn betraten, blieb er stehen und deutete in den Flur zurück.

»Wie viele von diesen Isolationstanks haben Sie?«

»Zwanzig. Nur die Hälfte davon wird jeweils benutzt. Die anderen dienen als Back-up und für Notfälle.«

Chuck runzelte die Stirn und rechnete im Kopf nach. »Hier im Zentrum arbeiten – wie viel? – achtzig bis hundert Leute …«

»Eher hundertfünfzig, wenn Sie das Wartungs- und Hausmeisterpersonal mitrechnen.«

»Das sind nicht annähernd genügend Tanks für so viele Leute.«

Lorstad blinzelte, dann lachte er. »Nur ein Bruchteil der Leute hier benutzen die Tanks, Dr. Brenton. Zu jedem Zeitpunkt sind vielleicht zwanzig von uns hier, wenn es hochkommt. Im Augenblick, zum Beispiel, sind wir nur zu acht.«

»Wir?«, echote Eugene, während Dice im selben Moment fragte: »Acht was?«

»Acht Gelehrte. Acht Leute wie ich.«

»Und Alexis«, ergänzte Chuck.

»Ja. Die anderen, das Personal, sie sind … nun ja, normal.« Lorstads Blick strich kurz über das Gesicht von Eugene und Dice.

»Laien, meinen Sie«, sagte Dice.

»Muggel«, sagte Eugene, »wie ich.«

Lorstad schüttelte den Kopf. »Es tut mir leid, ich verstehe nicht, worauf Sie Bezug nehmen.«

»Nein«, sagte Eugene. »Das verstehen Sie nicht.«

»Aha.«

Lorstad brachte sie in ihr Labor zurück, wo er sich verabschiedete, aber erst, nachdem er Chuck mit seinem durchdringenden Blick fixiert und gesagt hatte: »Sie verstehen jetzt, warum es von großem Interesse für uns ist, unsere Talente so anwenden zu lernen, wie Sie es tun. Ich würde deshalb gern so früh wie möglich mit dem Training bei Ihnen beginnen. Und ich möchte Sie ermutigen, Doktor, alle notwendigen Anstrengungen hinsichtlich einer Formel zu unternehmen, die den größtmöglichen Erfolg sicherstellt.«

Chuck nickte und sah Lorstad hinterher, als er den Raum verließ. Er nickte immer noch, als sich die halb transparenten Türen hinter Lorstad geschlossen hatten und die anderen Chuck umringten.

»Worum ging es da gerade?«, fragte Dice. »Was macht unsere Apparatur so viel besser als ihre?«

»REM-Schlaf, zum einen. Wenn sie im Tank sind, können sie nicht in die REM-Phase übergehen. Das schränkt die Dauer und Häufigkeit ein, mit der sie sich in den Zustand begeben können, den sie brauchen, um sich … wiederaufzuladen.«

»Ich verstehe nicht«, sagte Mini. »Warum sollten sie die REM-Phase vermeiden? In der werden Klarträume doch geboren.«

»Ja, aber wenn eine bewusste äußere Kontrolle erlangt werden soll, muss man in einem Wachzustand sein. Es kann ein meditativer oder sonst irgendwie veränderter Zustand sein, aber man ist wach und schläft nicht. Während des Schlafs spielen sich alle Aktivitäten im Innern ab, und der ganze Sinn ihres Verfahrens besteht darin, sie in der Außenwelt zu manifestieren.«

»Aber warum ist das überhaupt ein Problem?«, fragte Mini. »Ich meine, warum stellt es eine Beschränkung dar, den REM-Schlaf zu vermeiden?«

Eugene antwortete ihr: »Weil ein Mensch durch zu langen Schlafentzug geistig funktionsunfähig wird. Das kann schließlich zu Psychosen und sogar zum Tod führen.«

»Und wieso riskieren sie es dann?«

»Weil ihre Methode ja tatsächlich funktioniert«, sagte Chuck. »Sie ist nur ineffizient. Sie müssten viel länger in dem Tank bleiben, als der Gesundheit zuträglich ist, um ihre Fähigkeiten auf dem Level zu halten, das Mini und Lanfen auf natürliche Weise erreichen. Und der REM-Schlaf ist nicht das einzige Problem. Sie müssten wiederholt einen Katheter gesetzt bekommen und Antibiotika nehmen, und durch die ausgedehnten Ruhephasen käme es zu Muskelschwund. Und trotzdem – wie viel würden wir für unsere Fähigkeiten riskieren?« Jetzt, da Chuck seine eigenen Zeta-Wellen entwickelt hatte, konnte er sich nur schwer vorstellen, auf sie zu verzichten. Mini nickte, aber sie schien immer noch nicht zufrieden zu sein.

»Aber warum?«, fragte sie. »Warum sind sie so abhängig von den Apparaten? Ich meine, warum hält die … Aufladung nicht an?«

Chuck zuckte mit den Achseln. »Ich weiß es nicht.«

»Ich glaube, ich weiß es vielleicht«, murmelte Lanfen. Ihre dunklen Augen waren ernst, als sie Chucks Blick begegnete. »Lorstad sagte, sie lernen *außerhalb* des Körpers zu agieren. Losgelöst vom Körper.«

»Und du nicht?«, fragte Eugene.

Lanfen schüttelte den Kopf. Chuck bemerkte, dass er und Mini es ihr gleichtaten. Er hörte auf damit.

»Ich kann nicht für Mini sprechen«, fuhr Lanfen fort, »aber wenn ich meine Kinetik praktiziere, projiziere ich mich aus dem Körper, doch ich bin immer noch irgendwie mit ihm verbunden. In ihm verankert.«

»Ja«, sagte Mini, »ich auch.«

»Wenn ich – wenn wir aufhören, uns zu projizieren, laden wir uns auf natürliche Weise neu auf, ohne auch nur darüber nachzudenken. Unser meditativer Zustand ist selbst erzeugt, und unsere Fähigkeiten wurzeln in uns selbst, in unserem Bewusstsein; er lädt sich über die physische Erzeugung von Energie neu auf. Was sie tun, schneidet sie tatsächlich von einer natürlichen Energiequelle ab und erzeugt eine Abhängigkeit von diesen Apparaten.«

»Ja«, sagte Eugene leise. »Und von Muggeln wie mir.«

Lanfen schlug einen doppelten Rückwärtssalto und landete sanft in einem Bürosessel, den sie, während sie in der Luft war, kinetisch in ihre Flugbahn gezogen hatte. Da ihr Training beendet war, ließ sie den Stuhl durch ihren Schwung zu Dices Werkbank rollen. Der Roboterexperte und sein neuer Assistent arbeiteten seit Stunden an dem Roboter, den Lanfen für sich bereits auf den Namen Pippin getauft hatte.

Sie wusste natürlich, dass es idiotisch war, einem Apparat einen Namen zu geben und eine Beziehung zu diesem Apparat aufzubauen – Letzteres eine Absicht, die sie allein durch die Namensgebung bereits ankündigte. Aber so machte sie es eben. Ihr Laptop hieß Carter – nach einer Lieblingsfigur im Fernsehen, die von einer Lieblingsschauspielerin dargestellt wurde. Sie verlor sich gern in Geschichten von Geheimagenten, und die Nachkriegsszenerie war das i-Tüpfelchen. Ihr Motorrad hieß Bruce – einfach weil es aussah wie ein Bruce. Sie fragte sich, was aus Bruce geworden war. Das letzte Mal hatte sie die Maschine gesehen, als sie sie im Lagerraum ihrer Wohnanlage eingestellt hatte.

Sie verbannte alle Gedanken an ihr vielleicht unwiederbringlich verlorenes früheres Leben und beobachtete die beiden Männer, die an Pippin arbeiteten. Es faszinierte sie, wie der mechanische Rahmen um den dicken Kabelstrang der Wirbelsäule herum montiert wurde. Dices Assistent, Joey Blossom, war ein junger amerikanischer Ureinwohner des Schoschonen-Paiute-Stammes. Er trug sein Haar lang und zu einem Zopf geflochten, wenn er im Labor arbeitete. Lanfen hatte erfahren, dass er aus dem Duck-Valley-Reservat nahe Owyhee, Nevada, stammte und wegen seiner Erfahrung mit Computern und Elektronik dem Labor zugeteilt worden war. Er hatte einen Master in Computerwissenschaft und eine abgeschlossene Ausbildung als Elektroniker, und vor seinem Job im Zentrum hatte er erfolgreich das Computersystem des Gemeindezentrums im Reservat eingerichtet und betreut. Um das tun zu können, um nach Owyhee und zu seiner Familie zurückzukehren, hatte er einen gut bezahlten Job in einem führenden Labor aufgegeben. Das konnte bedeuten, dass sich das Zentrum in der Nähe des Duck-Valley-Reservats befand oder auch nicht. Die Topografie sah zumindest nach diesem Teil des Landes aus.

Eines war klar – Joey beherrschte sein Handwerk. Und das so sehr, dass ihm Dice schon nach wenigen Tagen der Zusammenarbeit einige der anspruchsvolleren Arbeiten an Pippins Verkabelung anvertraute. Dice konnte wahnsinnig heikel sein, wenn es darum ging, wer seine Spielzeuge anrühren durfte, damit war also sehr viel über Joeys Fähigkeiten ausgesagt.

Joey warf einen Blick zu Lanfen, als sie vor der Werkbank ausrollte. Sie spürte Neugier und Unbehagen zu gleichen Teilen. Angesichts seines Arbeitgebers bezweifelte sie, dass das Unbehagen durch ihre Fähigkeiten ausgelöst wurde. Sie lächelte ihn an. Er lächelte nicht zurück.

»Sie sind also eine Kampfsportexpertin«, sagte er schließlich, als er gerade keine Kabel in der Hand hielt.

»Ich praktiziere Kung-Fu, ja.«

»War ziemlich eindrucksvoll, was Sie da gemacht haben. Die ganze Akrobatik und die … Psychokinese.«

»Lanfen fasst es als eine Projektion ihres Ichs auf«, erklärte Dice.

»Ihres *Ichs*?«, wiederholte Joey und sah Lanfen nun endlich direkt an.

»Mein Bewusstsein. Meine Seele. Ich erweitere sie, um meine Umgebung zu beeinflussen.«

»Sie glauben an die Seele? Aber Sie sind Wissenschaftlerin.«

Darüber lachte sie. »Nein, ich bin Kung-Fu-Kämpferin. Dice, Eugene und Chuck sind Wissenschaftler. Ich bin mir allerdings ziemlich sicher, dass Chuck ebenfalls an die Seele glaubt.« Sie wandte sich an Dice. »Wann, glaubst du, wird mein kleiner androider Freund hier fertig sein? Ich bin einsam und gelangweilt und habe es satt, ohne Partner zu tanzen.«

Dice grinste sie an. »Heulsuse. Du hast Sessel mit Rollen. Vielleicht können wir die Transportkisten der Brewster-Brenton-Einheit hereinholen, dann kannst du die ebenfalls herumrollen. Vielleicht kinetische Rennen veranstalten.«

Es war ihnen gelungen, einen Brewster-Brenton-Brain-Pattern-Monitor mit seinem kinetischen Konverter aus ihrem alten Labor zu schmuggeln, außerdem ein Brenton-Kobayashi Kinetic Interface (BKKI alias »Becky«), aber sie hatten Lanfens Robotergefährten Bilbo zurücklassen müssen. Er war immer noch im Innern der unterirdischen Einrichtung von Deep Shield im Michaux State Preserve in Pennsylvania eingelagert (beziehungsweise wurde nach Lanfens Vorstellung dort *gefangen gehalten*).

»Du hast meine Frage nicht beantwortet: Wann wird Pippin für eine Erprobung fertig sein?«

Dice sah auf die Uhr. »Ich würde sagen, mindestens noch eine Stunde. Wahrscheinlich länger.« Genau in diesem Moment knurrte sein Magen lautstark, und er verzog das Gesicht.

»Tja, und dann wäre da noch das. Der Geist ist willig, aber der Körper braucht Nahrung.«

Lanfen sprang aus ihrem Sessel. »Ich laufe zur Cafeteria runter und hole Lunch für euch beide. Was wollt ihr? Sandwiches? Salate?«

Joey blinzelte. »Sie holen uns Lunch?«

Lanfen zuckte mit den Achseln. »Warum nicht? Suppe? Enten-Confit? Filet Mignon?«

»Jetzt bist du aber gemein«, sagte Dice. »Ein Thunfisch-Sandwich für mich, wenn sie so etwas haben in diesem Gourmet-Tempel. Und Milch.«

»Tee ist besser für die Seele.«

»Ich bin mir nicht sicher, ob ich eine habe.«

»Joey?« Sie sah Dices Assistenten an.

»Für mich das Gleiche, aber ich nehme ein Wasser dazu.«

»Okay, ein paar Thunfisch-Sandwiches, eine Milch und ein Wasser – ach ja, und zwei Seelen.« Lanfen grinste spöttisch, salutierte und marschierte los, um die Bestellungen zu erledigen. Sie tat es auf eine absolut lässige Weise, um Joey zu versichern, dass sie ihn nicht für *geringer* achtete. Unterwegs schaute sie in Chucks Büro vorbei, um zu fragen, ob er etwas brauchte. Er saß im Schneidersitz auf dem kurzen Sofa gegenüber von seinem Schreibtisch, hielt einen Stift in der Hand und blickte stirnrunzelnd auf einen Schreibblock in seinem Schoß.

»Wow, das ist ja richtig oldschool«, sagte sie und lehnte sich an den Türrahmen.

Er blinzelte und blickte zu ihr auf. »Äh … ach so, ja. Wenn nichts vorangeht mit meinen Überlegungen, wechsle ich zum Höhlenbewohner-Modus. Das hilft … manchmal.«

»An welchem Problem arbeitest du gerade?« Lanfen schlenderte in das Büro, setzte sich neben ihn auf das Sofa und lugte in seinen Schreibblock.

»Lorstad hat mich gebeten, zu schauen, ob ich das, was wir

tun, in eine Formel fassen kann. Eine Art allumfassende Gleichung der Elemente, die zum Erfolg führen.«

»Machst du überhaupt Mathe?«

Er lachte. »Natürlich ›mache‹ ich Mathe. Wenn du wissenschaftlich tätig bist – egal in welchem Zweig –, brauchst du ausreichende Kenntnisse in höherer Mathematik. Ich muss allerdings zugeben, dass das mehr Matts Ding war. Inzwischen vermisse ich ihn wirklich.« Er zögerte und spielte mit dem Stift in seiner Hand. »Er wollte dabei sein, weißt du.«

»Dabei sein? Du meinst, er wollte mit uns hierherkommen?«

»Das war, bevor ich Lorstad angerufen habe. Matt hat Kontakt mit mir aufgenommen, um mich zu informieren, was auf seiner Seite los ist. Er wollte wissen, wo wir sind, damit er sich uns anschließen kann. Ich habe es ihm ausgeredet. Ich sagte, wir würden einen Insider auf der anderen Seite brauchen.«

Lanfen las in seinem Gesicht. »Mhm. Irgendwo steckt da ein großes, dickes *Aber* drin.«

Chuck nickte und sah auf die Anmerkungen hinunter, über die er gegrübelt hatte. »Ich habe ihm nicht getraut, Lanfen. Ich dachte, er würde uns vielleicht verraten. Immerhin wusste er besser als irgendwer sonst, dass es ohne uns kein Forward Kinetics gab, kein ferngesteuertes Roboterprogramm, nichts, was General Howard verwenden konnte.«

»Sag mir, dass du keine Schuldgefühle deswegen hast.« Lanfen packte Chuck mit festem Griff am Oberarm. »Herrgott noch mal, Chuck, das ist absurd. Er *hat* uns verraten. Er hat dich belogen – uns alle. Wir haben uns Sorgen gemacht, wir könnten aufgefordert werden, mit dem Militär ins Bett zu gehen, und dann stellt sich heraus, dass er bereits einen Heiratsantrag angenommen hat. Ich kann dir wirklich nicht verübeln, dass du ihm nicht vertraut hast. Ich hätte dieselbe Entscheidung getroffen.«

Er sah sie an. »Zuerst einmal – aua! Du hast einen harten Griff. Und zweitens – wirklich? Du findest, es war gerechtfertigt, dass ich so vorsichtig war mit Matt?«

Sie nickte und ließ seinen Arm los. »Ja, absolut. Also hör auf, an dir zu zweifeln. Wenn du Hilfe bei deiner Mathematik brauchst, frag Dice.«

»Dice hat genug am Hals.«

»Ja, aber er kann dir trotzdem helfen. Apropos Hals, ich war gerade auf dem Weg in die Cafeteria, um etwas zu beißen für die hungrigen Mäuler im Computerraum zu holen. Brauchst du etwas?«

Chuck holte tief Luft. »Ja, eine Pause von dem Zeug hier.« Er warf Block und Stift auf seinen Schreibtisch und sah sie unter einer hochgezogenen Augenbraue hervor an. »Was dagegen, wenn ich mitkomme?«

Sie genoss das warme Gefühl, das der Gedanke an seine Gesellschaft auslöste, und sprang vom Sofa. »Auf keinen Fall. Abgesehen davon kann ich nicht mit beliebig viel Essen jonglieren.«

»Ha. Das bezweifle ich ernsthaft.« Er folgte ihr aus dem Büro und ging im Gleichschritt neben ihr her, als sie die lange zentrale Höhle betraten, in der das Personal arbeitete. Dann bogen sie nach rechts zur Cafeteria und Mitarbeiter-Lounge ab.

»Dann erzähl mir doch mal von deiner Formel«, sagte Lanfen. »Ich habe ein bisschen was davon gesehen: N plus K plus W plus irgendetwas …«

»Ja, ich habe nur mit ein paar Elementen gespielt, die in ein erfolgreiches Wachstum von Zeta-Fähigkeiten einfließen: natürliche Neigung und/oder das entsprechende Verlangen plus Konzentration plus Wiederholung. Das ist alles, was ich bisher habe. Und ich bin mir nicht sicher, ob Neigung notwendig ist. Ich meine, natürlich ist es hilfreich, eine natürliche Veranlagung zu besitzen und den Wunsch, es zu tun. Vielleicht beides.

Aber es ist vielleicht nur etwas, was die Lernkurve unterstützt, und kein binäres Hindernis, wenn es fehlt.«

»Na ja, wenn es hilft, ich würde Neigung als eine Kombination aus Veranlagung und Wunsch definieren. Aber ich verstehe, was du meinst. Es ist schwer, diese Dinge eindeutig festzumachen.«

»Genau. Insbesondere, da wir immer noch nicht wissen, ob manche Menschen vielleicht gar nicht dazu in der Lage sind. Aber wie auch immer, ich dachte, ich hätte gesagt, dass ich eine Pause davon brauche?« Er deutete mit dem Daumen über die Schulter in Richtung seines Büros.

Lanfen lächelte verlegen. »Tut mir leid. Erst das Essen. Die Formel kann warten.«

»Lass das bloß nicht Lorstad hören. Ich glaube, für ihn ist die Formel eine Art Gral. Für mich ist es nur ein Hilfsmittel, das die Ideenbildung erleichtert. Wir haben bereits ein reproduzierbares Verfahren. Das ist es, worauf es ankommt.«

»Ja, aber es ist ein Verfahren, das im Augenblick von dir, Dice und Eugene abhängt. Und Lorstad will als Nächster an der Reihe sein, um seine Erfahrungen damit zu machen.«

»Ja. Als Erster von vielen. Na ja, von zwanzig bis dreißig Personen, wie er sagte. Ich vermute, dass Wohltäter aus der ganzen Welt einfliegen werden, um ein Zeta-Training zu erhalten.«

Lanfen schüttelte den Kopf. »Das kommt mir so … ineffizient vor. Hier sind hundert Leute, die von unserem Training profitieren könnten. Man ändert die Welt nicht, wenn man die nächste Stufe der Evolution auf eine Handvoll Auserwählte beschränkt.«

Chuck antwortete nicht, aber sie wusste, er dachte dasselbe.

»Erde an Blossom.« Dice schnippte mit den Fingern, damit Joey seine Aufmerksamkeit wieder auf die Arbeit konzentrierte. Der Mann konnte offenbar den Blick nicht von Lanfen nehmen, als sie mit Chuck aus dem Büro spazierte.

»Oh, Entschuldigung. Ich … Sie …«

»Ja, das ist sie«, stimmte Dice grinsend zu.

»Nein. Ich meine, ja, sie ist schön und erstaunlich, aber das habe ich nicht …« Joey beugte sich über die Werkbank und senkte die Stimme. »*Sie* bringt *uns* Lunch?«, sagte er. »Warum tut sie das? Sie ist ein Mindbender, oder?«

Dice lachte. »Ein wer? Ein was?«

Joey errötete. »Tut mir leid. Ich sollte nicht so über sie reden. Die Wohltäter, meine ich. Du wirst es doch Lorstad nicht …«

»Nein, verdammt noch mal. Ich meine, nein, ich werde dich nicht verraten, und nein, sie … wir gehören nicht zu den Wohltätern. Lanfen und Mini sind nur Menschen, die gelernt haben, einige mentale Muskeln zu benutzen, von denen die meisten Leute gar nicht wissen, dass sie sie besitzen.«

»Ich habe ein Gerücht gehört«, sagte Joey, »dass eure Leute nicht in die Tanks gehen. Ich wusste nicht, ob ich es glauben soll. Aber du sagst, es stimmt?«

»Die Isolationstanks? Nein, so etwas benutzen wir nicht. Du wirst es sehen, wenn wir mit Lorstad zu arbeiten beginnen.«

Joey lachte laut auf. »Ja, klar werde ich es sehen. Nie im Leben erlaubt er, dass so ein stinknormaler Mensch wie ich im Raum ist, während er noch gottähnlicher wird.«

»Na ja, es wird ihm nichts anderes übrig bleiben. Ein paar stinknormale Menschen werden mit ihm im Raum sein müssen, um die Ausrüstung zu bedienen. Und du könntest einer von ihnen sein.«

Joe machte große Augen. »Wirklich? Also, wenn du das deichseln könntest, wäre ich dir sehr dankbar. Ich würde zu gern sehen, was ihr mit eurer ganzen Technik treibt.«

»Dazu müssen wir aber diesen Roboter hier irgendwann fertig kriegen«, sagte Dice. »Kannst du die Optik einstellen?«

»Klar doch«, sagte Joey, und seine sonst so stoischen Züge entspannten sich, als er sich über die Werkbank beugte.

KAPITEL 2

Unter dem Olymp

Mike Yenotow sah zu, wie die Blutdruckmanschette aufgepumpt wurde, und stöhnte, als sie ihr Maximum erreicht hatte und die Luft zu entweichen begann. Auf dem LED-Schirm des kleinen Geräts blinkten die Zahlen im Takt mit einem leisen, wiederholten Piepsen. Der Blutdruck sah gut aus. Genau wie seine Wunde. Ein sauberer Schorf bildete sich über ihr, es gab kein Anzeichen für eine Infektion.

Er versuchte, nicht daran zu denken, wie er sich die Wunde zugezogen hatte.

Mike nahm die Manschette ab und legte sie in den Korb unter dem Monitor zurück. Der Apparat rollte von ihm fort, bis er wie ein stummer Wächter an der Wand stand. Er sah sich auf dem Krankenrevier mit seinen makellos sauberen Oberflächen um und fragte sich, wie lange es so bleiben würde. Selbst hier unten gab es Staub, und er wusste nicht, ob seine kinetischen Fähigkeiten Staubsaugen umfassten.

Dumm. Solche Gedanken waren dumm, irrelevant. Staub war die geringste seiner Sorgen – *ihrer* Sorgen. Er teilte sein Reich unter dem Berg mit Sara und Tim. Verzeihung – *Troll*. Unabhängig davon, wie er sich nannte, waren diese beiden im Augenblick seine einzigen Gefährten. Sie waren seine … Kollegen oder waren es vielmehr gewesen. Er konnte sie beide nicht als Freunde sehen. Jedenfalls nicht im Augenblick. Vielleicht auch nicht vor alldem. Aber jetzt waren sie … er wusste es nicht.

Mittäter vielleicht.

Staub mochte kein Problem sein, aber andere Dinge waren eins. Etwa diese Tageslicht-Glühbirnen, die Deep Shield überall installiert hatte. Sie erlaubten ihrem Personal, über einen längeren Zeitraum unter der Erde zu leben ohne die gesundheitlichen Probleme, die mit einem dauerhaften Fehlen von Sonnenlicht einhergingen. Er nahm an, dass es irgendwo hier unten Ersatzbirnen gab, aber bisher hatten sie keine gefunden. Natürlich war er der Einzige gewesen, der überhaupt daran dachte, nach etwas zu suchen, das über Essen, Wasser und eine Waschgelegenheit für sich und seine Kleidung hinausging. Sara und Tim waren auf die Außenwelt konzentriert, genauer auf eine Möglichkeit, sie unter Kontrolle zu bekommen. Mike, der vorauszudenken versuchte, hatte eine Aussichtsplattform am Osthang ihres Bergs konstruiert – nur für alle Fälle.

Er glitt vom Untersuchungstisch und stöhnte ein wenig wegen des Schmerzes in seinem Brustkorb. Er überlegte, die Cafeteria nach etwas Essbarem zu durchstöbern. Oder vielleicht einen weiteren Inspektionsrundgang zu machen. Er wusste, was er da tat. Er zögerte es hinaus, wieder nach unten zu gehen, in die »Kommandozentrale«. Wenn er nach unten ging, würde er sich mit Saras und Tims Empörung, mit ihrem Wüten auseinandersetzen müssen. Es war nicht so, dass es ihm viel ausmachte, wenn jemand aufgebracht war – er hatte mit vielen Vorarbeitern zu tun gehabt und war es gewöhnt, angeschrien zu werden. Aber das Wüten eines Zetas … das konnte toxisch sein. Er fragte sich, ob sie sich nicht gegenseitig vergifteten, eine Art Rückkopplungsschleife produzierten, die sich endlos selbst speiste. Sie waren wütend auf General Leighton Howard wegen seines Angriffs auf ihre Stellung. Wütend auf das militärische Establishment, für das er stand. Wütend auf alle Politiker, die von den Deep-Shield-Unternehmungen wussten und sie guthießen.

Mike war ebenfalls stinksauer, aber weniger wegen dieses Zeugs, sondern weil man ihm sein Leben geraubt hatte – ihnen allen. So wie er es sah, war der ganze Schlamassel ein eskalierender Fall von »Was zum Teufel habt ihr denn erwartet?«. Was hatte Howard erwartet, als er sie im Wesentlichen zu Gefangenen in seiner geheimen Militärbasis machte? Was zum Teufel hatten die Zetas erwartet, als sie den General und seine gesamte Mannschaft daraus vertrieben? Natürlich würden sie versuchen, wieder hineinzukommen. Natürlich gab es Sicherungssysteme, Selbstzerstörungspläne und Sprengfallen. Natürlich würde der General versuchen, ihren Zugang zur Außenwelt zu beschränken.

Wie üblich bekam Mike Kopfweh, wenn er über ihre aktuelle Situation nachdachte. Er ging in die Lazarettapotheke, wo Arzneimittel und anderer medizinischer Bedarf in einem verschlossenen Käfig aufbewahrt wurden. Die Tür des Käfigs lag auf dem Boden, dort, wo er sie hingeschleudert hatte, als er sich zum ersten Mal Zugang zu den Vorräten der Apotheke verschafft hatte. Er streckte die Hand nach dem Drehgriff an dem Schmerzmittelspender aus – ein Gerät, das ihn an einen Kaugummiautomaten erinnerte –, aber der Verband über der Wunde zog schmerzhaft. Also drehte er den Hebel kinetisch, es war ihm inzwischen ganz selbstverständlich geworden. Er stellte sich einfach eine Hand vor, die den Griff drehte, und schon fielen zwei Tabletten in die kleine Plastikschale auf der Vorderseite des Apparats.

Er steckte die Pillen in den Mund und spülte sie mit Wasser aus dem Wasserspender hinunter. *(Wie schnell wird uns das Wasser ausgehen?)* Ein Knistern kam aus seiner Hemdtasche. Er schaltete das Funkgerät ein, indem er daran dachte.

»Ja?«

»Hast du dich verlaufen, Micky?«, fragte Tim.

»Ich wechsle gerade meinen Verband.«

»Sara will, dass du wieder nach unten kommst. Sie bereitet sich gerade darauf vor, Howard anzurufen. Logisch, dass du bei dem Gespräch dabei sein solltest.«

Gespräch. So konnte man es auch nennen. Lösegeldforderung kam eher hin. Sara hatte gerade heute Morgen als eine Art Demo ein kleines regionales Bankensystem im Mittleren

Westen abstürzen lassen – eine maßvoll zerstörerische Erinnerung daran, was sie außerhalb der Flure von Deep Shields ehemaligem Hauptquartier immer noch anrichten konnten, obwohl Howard ihnen die Flügel ein bisschen gestutzt hatte, indem er ihren Zugang zu den Funknetztürmen eingeschränkt hatte. Howard hätte ein Idiot sein müssen, wenn er dachte, Sara würde nicht jedes verfügbare Mittel einsetzen, um ihre Ziele zu erreichen. Es musste ihn fix und fertig machen, dass das Kommunikations- und Computernetzwerk, das er mit so viel Einsatz und unter so viel Geheimhaltung aufgebaut hatte, nun gegen ihn eingesetzt wurde.

Aber wie immer sie diese nächste Diskussionsphase nennen wollten, er musste auf jeden Fall dabei sein.

»Okay, ich bin auf dem Weg«, sagte Mike.

Er holte tief Luft, schaltete das Funkgerät aus und rief sich in Erinnerung, dass Saras Ziele auch seine Ziele waren. Er war sich nur nicht so sicher, was ihre Mittel anging. Er schüttelte sich im Geiste für diesen Gedanken. Alles, was sie getan hatten, war defensiv gewesen, sagte er sich. Alles. Sie wünschten sich nur eine bessere Welt. Eine Welt, in der Männer wie General Leighton Howard oder Organisationen wie Deep Shield keine Existenzberechtigung hatten.

Er erinnerte sich an Bilder in den Büchern mit biblischen Geschichten, die er als Kind gelesen hatte. Löwen und Lämmer, die hübsch miteinander spielten. Panzer, die auf Schrottplätzen vor sich hin rosteten. Obstgärten, in denen lächelnde und wie für den Urlaub gekleidete Familien die Ernte einbrachten. Er nahm diese Bilder nicht mehr als bare Münze, wie er es als Kind getan hatte, aber er wünschte sich immer noch eine Welt, in der Löwen und Lämmer einfach miteinander auskamen.

Das Problem war, er hatte immer weniger das Gefühl, dass er zu den Lämmern gehörte.

Er ließ noch ein paar Ibuprofen herausfallen und steckte sie in seine Hemdtasche. Wobei es eigentlich nicht *sein* Hemd war.

Es gehörte zu einer Uniform, von der er sich ein Teil geborgt hatte.

Er fragte sich, ob es einer der Soldaten gewesen war, die bei dem Sturm auf den Berg getötet worden waren. Die Wahrscheinlichkeit war ziemlich hoch.

Mike schüttelte das Bild ab, das dieser Gedanke heraufbeschwor, und ging nach unten zur Kommandozentrale. Auf dem Weg dorthin kam er an einer Anzahl langer, schmaler Räume vorbei, in denen Deep Shield reihenweise Roboter verstaut hatte, die ausdrücklich zur Steuerung aus der Ferne gebaut worden waren. Er hatte sie irgendwann zu zählen versucht, aber aufgegeben, als er bei fünfhundert angekommen war. Es gab möglicherweise ein Vielfaches davon in diesem unterirdischen Labyrinth. Er hatte keine Ahnung. Was er aber wusste, war, dass sie niemals verrosten würden. Stahl, Titan und Aluminium rosteten nicht. Er fragte sich allerdings, wie lange es dauern würde, bis ihre äußere Verkabelung in der trockenen Luft zerbröselte. Es spielte fast keine Rolle. Die Leute von Deep Shield hatten die Dinger mit Servo-Mechanik und einer rudimentären künstlichen Intelligenz gebaut, weil ihre Zetas die Roboter nicht direkt beeinflussen konnten. Er selbst, Sara und Tim konnten es. Die Kabel konnten alle zerfallen, und sie würden immer noch in der Lage sein, die Roboterarmee einzusetzen.

Nur dass sie es nicht tun würden. Das würde seine Rolle bei ihrem Endspiel sein, beschloss er – diese Kriegsmaschinen bis auf das letzte Exemplar zu zerstören. Na ja, vielleicht würde er Tim ein paar Hundert vernichten lassen müssen. Bei dem Gedanken musste er beinahe lächeln.

Er betrat den Kommandoraum leise, glitt in einen Sessel vor einer Konsole im hinteren Teil des Raums und warf einen Blick zur weit entfernten Decke. Die Anlage hatte ein hochmodernes Feuerlöschsystem. Allein in diesem Raum gab es genügend Düsen, um den ganzen Bau unter Wasser zu setzen. Er fragte sich, welchen Effekt das viele Wasser und der Löschschaum auf General Howards Metallarmee haben würden.

»Wo zum Teufel bleibt Mike?«

Mike riss den Kopf hoch und spähte in dem gedämpften Licht des Raums zu Tim hinüber. Das Deckenlicht war zugunsten der hellen Tageslicht-LEDs gedimmt, mit denen die Zetas die Arbeitsplätze beleuchteten, die sie besetzt hatten. Der Junge saß in einem Lichtkegel keine zwei Meter vor Mike an einer anderen Konsole, er hatte die mit Converses bekleideten Füße hochgelegt, und sein Gesicht war in einen Regenbogen aus Lichtern an seinem Steuerpult getaucht. Sara lief unter den Karten und Echtzeitanzeigen an der Stirnwand des Raums auf und ab. Mike ließ seinen Sessel auf lautlosen Rollen vorwärtsgleiten und tippte Tim an die Schulter.

Der Jüngere stieß einen spitzen Schrei aus und fuhr so heftig zusammen, dass er von seinem Stuhl fiel.

»Mike, du Hurensohn! Wieso tust du das, verdammt noch mal?«

Mike zuckte mit den Achseln. »Wollte nur Bescheid geben, dass ich da bin. Ich dachte, du hättest mich hereinkommen hören.« Er hatte nichts dergleichen gedacht, aber das würde er nicht zugeben. Tim war ihm von Anfang an gegen den Strich gegangen. Er hatte sich angewöhnt, ihn mit einer Art verdrossener Zuneigung zu betrachten, aber unter den gegenwärtigen Umständen war die Zuneigung gering und der Verdruss umso größer.

»Scheißkerl«, murmelte Tim.

Mike hob den Kopf und sah, dass Sara sie beide ungeduldig musterte. »Ich bin da, Chefin. Wie sieht der Plan aus?«

»Der Plan sieht so aus, dass wir General Howard einige Forderungen stellen werden. Forderungen, die er nur auf eigene Gefahr ignorieren kann.«

»Okay. Welche Forderungen?«

»Zunächst einmal, dass sie den Versuch beenden, uns aus

diesem Berg zu vertreiben. Zweitens, wir erfahren von deiner Frau und den Kindern, dass sie wohlauf sind, dass sie in keiner Weise belästigt werden und …«

Mike fühlte sich, als hätte ihm jemand einen Kübel Eiswasser über den Kopf geschüttet. »Meine Familie ist in Kanada.«

»Ja, und wenn ich Howard wäre, würde ich nach einer Möglichkeit suchen, sie dort wegzuholen.«

»Die kanadische Regierung wird sie nicht einfach herausgeben. Meine Frau besitzt die doppelte Staatsbürgerschaft.«

Sara verschränkte die Arme vor der Brust und sah ihn beinahe mitleidig an. »Mike, Howard verfügt über keine echten Befugnisse in der amerikanischen Regierung oder beim Militär. Er würde nicht über offizielle diplomatische Kanäle versuchen, sie ins Land zu holen, sondern wahrscheinlich einfach eins seiner verdeckt operierenden Teams schicken … falls ihm noch welche geblieben sind.«

Mike stand langsam auf. »Den Teufel wird er tun! Wenn der Hurensohn meine Familie auch nur *anrührt*, bringe ich ihn um.«

»Und genau das will ich unserem lieben General einschärfen. *Du* musst mit deiner Familie kommunizieren, und deine Familie muss frei bleiben.«

»Kanarienvögel im Kohlebergwerk«, murmelte Mike.

»Was?«

»Meine Familie. Was du sagst, läuft darauf hinaus, dass sie wie Kanarienvögel im Kohlebergwerk sind. Wenn sie verstummen, weißt du, dass Howard etwas im Schilde führt.«

Sara sah ihn lange an, dann sagte sie: »Vermutlich hätte es diesen Vorteil, Mike. Aber ich bin in Sorge, dass deine Familie ein naheliegender Ansatzpunkt ist. Wir müssen alles Nötige tun, damit ihnen nichts geschieht. Das siehst du mit Sicherheit genauso.«

»Natürlich sehe ich es genauso.«

»Dann sind wir uns ja einig. Ich will außerdem, dass Howard die *echte* US-Regierung einbezieht. Er selbst ist ein Verräter.

Er ist nicht befugt, im Namen der Regierung oder des amerikanischen Volks zu sprechen.«

»Howard ist Abschaum.« Tim war vom Boden aufgestanden und hatte sich wieder auf seinen Stuhl gefläzt.

Sara beachtete ihn nicht. »Du stimmst mir sicher zu, Mike, dass wir Zugang zur wahren Macht brauchen.«

Tim schnaubte höhnisch. Das Geräusch hallte hart durch den höhlenartigen Raum. »Das wären dann ziemlich sicher die Spitzen der multinationalen Konzerne, die meiner Ansicht nach genauso verdorben sind wie Howard. Mann, wie gern würde ich diese Wichser erledigen.«

Sara warf ihm einen raschen Blick zu, auf ihrem Gesicht war ein Mona-Lisa-Lächeln. »Du wirst deine Chance bekommen. Ich habe ein bisschen in Howards privaten Dateien herumgeschnüffelt. Er ist einer Reihe Multis verpflichtet, deren Interessen seine kleine Roboterarmee dienen sollte. Sie werden ihm zweifellos ein paar unangenehme Fragen stellen, wie es damit vorangeht.«

»Was wirst du also fordern?«, sagte Mike.

»Zugang zum Oval Office und zum Pentagon.«

Mike lachte. »Als würde das geschehen. Wie du schon sagtest, *er* kann diesen Zugang nicht gewähren.«

Aus Saras Lächeln wurde ein Grinsen. »Wir werden sehen.« Sie öffnete einen Kanal zum Deep-Shield-Camp am Fuß des Bergs. »Hier ist Sara Crowell«, sagte sie zu dem Techniker, der sich meldete. »Ich möchte mit General Howard sprechen. Auf der Stelle.«

Tim kicherte, dann wölbte er die Hand über den Mund und rief in einer hohen Singsang-Stimme: »Aufruf für Leighton Howard. Leighton Howard möchte sich bitte im Büro des Direktors melden.«

Howard war so schnell in der Leitung, dass Mike annahm, er hatte direkt neben der Kommunikationskonsole gestanden.

»Howard hier.«

Sara kam sofort zur Sache. »Sie werden inzwischen festgestellt haben, dass von Ihren Angriffstruppen niemand den Versuch überlebt hat, uns zu töten, und dass Sie die Sprengsätze nicht zünden können, die diesen Berg zerstören sollten. Und Sie werden bei Mike Yenotow gewesen sein und sein Haus leer vorgefunden haben.«

Nach einem Moment der Stille sagte Howard: »Ja zu allen drei Punkten. Aber lassen Sie sich gewarnt sein: Wir wissen, wo Yenotows Familie ist. Wir haben ihre Spur nach Ontario verfolgt.«

Mike erstarrte.

»Und lassen *Sie* sich gewarnt sein«, sagte Sara. »Wenn wir nicht binnen vierundzwanzig Stunden Nachricht von Mikes Frau haben und dann weiter täglich von ihr hören, dass sie und die Kinder noch in Ontario und in Freiheit sind – nun, sagen wir einfach, die Konsequenzen würden Ihnen bestimmt nicht gefallen.«

Als Howard nicht antwortete, fuhr Sara fort: »Nun, ich denke, wir sind uns darüber einig, dass Sie mit Gewalt nicht wieder hier hereinkommen und dass Sie nicht in der Lage sein werden, die Sprengsätze zu zünden. Sind wir uns darüber im Klaren, General?«

»Ja«, presste Howard zwischen den Zähnen hervor. Mike war überzeugt, er hatte die Backenzähne des Mannes knirschen hören.

»Wunderbar. Was ich möchte, ist Folgendes: Ich möchte mit der Präsidentin sprechen. Tatsächlich möchte ich sogar eine direkte Leitung zu ihr haben.«

»Das … das ist unmöglich.«

»Warum? Weil sie immer noch keine Ahnung hat, dass das kleine Schlamassel in Pennsylvania nichts mit Hackern oder Cyberterroristen zu tun hat? Weil sie immer noch nicht weiß, dass es einen Zusammenhang damit gibt, dass überall auf der Welt auf Militärstützpunkten die Lichter ausgehen? Ts, ts,

General Howard. Sie enthalten Ihrer eigenen Oberkommandierenden Informationen vor.«

Erneutes Schweigen. Mike atmete geräuschvoll aus. Er bewunderte, wie Sara den Kerl zurechtwies, aber es machte ihn wütend, dass dieser verräterische Vollidiot seine Autorität weiter aufrechtzuerhalten suchte, obwohl die Alpha-Zetas längst bewiesen hatten, wozu sie in der Lage waren.

»Oder vielleicht betrachten Sie die Präsidentin gar nicht als Ihre Vorgesetzte?«

Weiteres Schweigen.

»Vielleicht«, sagte Mike laut, »braucht sie eine Erinnerung daran, was auf dem Spiel steht, Sara.«

Sara warf ihm einen Blick über die Schulter zu, dann wandte sie sich an Tim. »Tim, such dir ein Unternehmen aus. Ein Unternehmen, das im Leben von Menschen herumgepfuscht hat. Vielleicht hat es kleine, unabhängige Firmen geschluckt, ihre Technologie gestohlen und dann alle Angestellten entlassen. Oder vielleicht hat es die natürlichen Lebengrundlagen der Menschen verschmutzt, die flussabwärts von ihren Anlagen wohnen. Oder es hat dem Militär fehlerhafte Ausrüstung verkauft – dem echten Militär. Denk daran, was du mit den Mitteln dieses Unternehmens gern tun würdest.« Sie hielt inne, lächelte und sagte: »Und dann tu es.«

»Ja, verdammt!«

Tim schwang die Beine von seiner Konsole und ließ die Schultern kreisen. Dann blickte er zu einer Reihe von Monitoren an der Stirnwand. Auf dem mittleren erschien eine Karte der Vereinigten Staaten, aber eine Karte, die nicht Highways oder die Grenzen der Bundesstaaten zeigte, sondern das grenzenlose Netzwerk des nationalen Telekommunikationssystems. Über beide Ohren grinsend, ließ der Programmierer mehrere Knotenpunkte auf der Karte in grellem Rot aufleuchten. Eine Sekunde später begannen filigrane Muster aus gleichermaßen leuchtendem Grün aufzublitzen und zu pulsieren.

»Sehr weihnachtlich, Tim«, sagte Sara. »Kannst du dem General beschreiben, was du tust?«

»Ich bewege finanzielle Ressourcen, General. Ein Teil davon fließt in meine eigenen Taschen – betrachten Sie es als Kommission. Aber vieles geht dorthin, wo sie meiner Ansicht nach besser ausgegeben werden.«

»Von wo geht es hin?«, fragte Howard. »Welches oder welche Unternehmen greifen Sie an?«

»Ach, das erfahren Sie bestimmt aus den Nachrichten, mein Freund. Und angesichts der nie ruhenden Nachrichtensender wette ich, Sie erfahren es ziemlich schnell. Hey, Sie können es ja auf dieselben Cyberterroristen schieben, die Sie schon für die ›Schlacht um den Olymp‹ verantwortlich gemacht haben. Haben Sie der Präsidentin erzählt, dass das Ihr Werk war?«

»Ach woher, Timmy.« Saras Stimme war kalt und lieblich. »Er hat Madam President einen feuchten Dreck erzählt. Aber er muss es tun, nicht wahr, General Howard?«

»Ich glaube, Ms. Crowell, Sie verstehen nicht …«

»Und ich glaube, *Sie* verstehen nicht, General Howard. Wenn Sie uns nicht mit der Präsidentin in Kontakt bringen, werden wir weiter alles Mögliche zerlegen. Und wir werden einen Weg finden, selbst mit ihr in Kontakt zu treten.«

Der Mann lachte. Er lachte tatsächlich. »Ich bin überzeugt, Sie und Ihre Freunde sind clever genug, einen Kontakt mit der Präsidentin herzustellen, aber ich bezweifle, ob Sie in der Lage sein werden, sie davon zu überzeugen, dass Sie nicht nur Spinner ohne einen Bezug zur realen Welt sind. Vergessen Sie nicht, dass alles, was Sie tun, im Weißen Haus komplett unbekannt ist.«

»Nun, das wird nicht mehr lange so bleiben.« Sara brach die Verbindung auf kinetischem Weg ab und fuhr sich mit dem Zeigefinger quer über den Hals, eine Geste, die ihre Verachtung für den Mann drastisch zum Ausdruck brachte. Sie drehte sich um und sah Tim an. »Wenn er versucht, die Verbindung mit uns wiederherzustellen, beachte ihn nicht. Er muss eindeutig eine Weile schmoren. Mike, wie weit geht deine mentale Reichweite?«

»Wie weit sollte sie denn reichen?«

»Kannst du Washington, D.C. erreichen?«

Mike dachte nach. »Wenn ich freie Sicht habe, ja.«

Sie ging zu der Konsole, an der er saß, und lehnte sich daran. »Okay, sagen wir, ich kann Überwachungskameras in einem bestimmten Zielgebiet isolieren und dir zeigen, was ich gern beeinflussen würde ...«

»Wenn ich es sehen kann, kann ich es bedienen.«

»Du scheinst dir deiner Sache ziemlich sicher zu sein, Micky«, sagte Tim und schwenkte in seinem Sessel herum.

»Das bin ich, *Timmy*. Was ist das Ziel?«, fragte er Sara.

»Lass mich eins für dich suchen«, sagte sie und drehte sich um, um auf ihre Fenster zur Welt zu blicken. »Und, Timmy, ich möchte, dass du dir Gedanken über ein paar interessante Viren machst.«

Matt Streegman sah den Mann an, der ihm in seinem Büro bei Forward Kinetics gegenübersaß, und in seinem Kopf war ein Aufruhr widerstreitender Gedanken. Was schließlich über seine Lippen kam, war: »Warum haben Sie mich das nicht früher gefragt?«

General Howard kniff sichtlich missvergnügt die angegrauten Augenbrauen zusammen. Dabei schaute er eigentlich permanent finster drein, seit Chuck und sein Team abgehauen waren. Matt wunderte sich, dass der Mann noch keinen Herzinfarkt bekommen hatte, und er war sicher, dass die Säure ihm inzwischen ein Loch in die Magenwand gefressen hatte.

»Ich frage Sie jetzt«, sagte der Offizier. »Helfen Sie mir, diese ... Leute zu verstehen. Wie kommuniziere ich mit ihnen? Wie behalte ich sie unter Kontrolle?«

»Sie sind nicht kontrollierbar. Nein, warten Sie. Lassen Sie mich sehr konkret werden: *Sie* können sie nicht kontrollieren, weil sie Ihnen keine Gelegenheit dazu geben werden. Sie trauen Ihnen nicht. Und sie müssen Ihnen nicht mehr trauen. Die Zeit für den Versuch, sie zu verstehen, wäre gewesen, bevor Sie die Leute gezwungen haben, nach Ihrer Pfeife zu tanzen. Sie haben sie behandelt, als wären sie Maschinen, die Sie nur so gut verstehen müssen, wie es nötig ist, um sie benützen zu können. Oder wie Soldaten, die sich von Ihnen herumkommandieren lassen und die Ihre Autorität nicht in Frage stellen. So oder so waren es nie Menschen für Sie.«

»Und für Sie waren es Menschen, Streegman? Sie waren nicht nur ein Produkt?«

Matt musste einräumen, dass an dieser Behauptung etwas dran war, so traurig es ihn auch machte. »Touché. Fairerweise muss ich allerdings sagen, dass ich sie als … Schüler betrachtet habe oder als …«

»Musterexemplare?«

»Machbarkeitsnachweise. Sie sollten jedenfalls nie ein Produkt sein, General. Ich habe nicht *sie* verkauft. Ich habe ein Potenzial verkauft. Ich habe sie nur benutzt, um Ihnen zu zeigen, was Ihre eigenen Leute erreichen könnten. Sie waren derjenige, der die Spielregeln verändert hat.«

»Nein, das war Ihr geistesschwacher Partner, als er mit seiner Mannschaft abgehauen ist.«

Matt schüttelte den Kopf und lehnte sich zurück. »Hören Sie, Leighton, Sie können den ganzen Tag über Ursache und Wirkung streiten, aber in der realen Welt würden Sie diesen Streit verlieren. Ich verstehe, warum Sie manche Ihrer Sicherheitsvorkehrungen getroffen haben, aber Sie haben dabei Anstrengungen unternommen, die unnötig waren und die Sie, um genauer zu sein, nicht hätten unternehmen *dürfen*. Wie etwa, unsere Gärtner durch Agenten zu ersetzen. Unsere Verwaltungsangestellten zu feuern. Unsere Büros und Privathäuser zu verwanzen. Peilsender an unseren Fahrzeugen anzubringen. Sie haben angefangen, uns zu behandeln, als wären wir … gefährlich.«

Howards breites Gesicht lief rot an. »Verdammt noch mal, Streegman, die *sind* gefährlich. Sie haben sie dazu gemacht.«

»Nein, General. Auch hier verkennen Sie den Zusammenhang. *Sie* haben sie gefährlich gemacht. Sie haben sie von der realen Welt abgeschnitten und einzuschüchtern versucht. Als das gescheitert ist, haben Sie versucht, sie zu vernichten. Wenn ich geahnt hätte, in was für eine Unternehmung sich Deep Shield in Wahrheit verwandeln würde, hätte ich mich erst gar nicht mit Ihnen eingelassen. Aber ich war wie betrunken von meiner eigenen Errungenschaft. Und ich war gierig und dumm. Chuck hat richtig gehandelt. Es war das Einzige, was er tun konnte.«

»Diese Diskussion führt uns nirgendwohin«, sagte Howard und stand auf. »Wir müssen diese Leute aus unserer Einrichtung schaffen, und wir müssen es sofort tun. Wissen Sie, was Sara Crowell gerade von mir verlangt hat?«

Matt zuckte mit den Achseln.

»Sie hat verlangt, dass ich sie mit Präsidentin Ellis in Kontakt bringe.«

Matt lachte. »Sie meinen, sie hat verlangt, dass Sie sich outen. Dass Sie sich erniedrigen und sich wahrscheinlich selbst ins Gefängnis bringen. Ich wette, Sara empfindet Ihr Verhalten als Verrat, und sie denkt, die Präsidentin der Vereinigten Staaten könnte es durchaus genauso sehen.«

»Ich kann mich nicht ›outen‹, wie Sie es nennen.«

»Sie meinen, Sie wollen es nicht. Wie sehr müssen Sie von sich eingenommen sein, Leighton, wenn Sie denken, dass Ihr Ruf, selbst Ihr *Leben* wichtiger sind als die Leben, die bereits durch Ihre … offenkundige Schlechtigkeit verloren gegangen sind? Dass Sie wichtiger sind als die Leben, die noch verloren gehen könnten? Wichtiger als eine ausgewachsene Revolte, in der die Wirtschaft und Infrastruktur dieses Landes zerstört werden?«

Howard verzog verächtlich den Mund. »Ich hätte Sie nie für einen liberalen Gutmenschen gehalten.«

»Ach, schenken Sie sich den Mist, Leighton. Ich hätte Sie nie für einen Feigling gehalten. Aber genau das sind Sie – ein gieriger, von sich selbst eingenommener Feigling. Sie verstecken sich hinter Ihren Soldaten, hinter Ihren finanziell üppig ausgestatteten ›Programmen‹ und Ihren Geldgebern. Glauben Sie, diese Leute werden Sie weiter unterstützen, wenn Sie in den Abendnachrichten auftauchen?«

»Was zum Teufel fällt Ihnen ein, mich einen …«

Matt stand auf und schlug mit den Fäusten auf seinen Schreibtisch. »Ich kann Sie einen gierigen, selbstgefälligen Feigling nennen, weil ich von mir auf andere schließen kann. Also, wenn Sie wirklich einen Rat von mir wollen, wie Sie am besten mit den Zetas umgehen, dann tun Sie, was die verlangen. Gehen Sie zur Präsidentin und erklären Sie ihr, was passiert ist. Sie können die Schuld auf mich schieben, wenn Sie wollen. Ich mache den durchgeknallten Wissenschaftler für Sie, Mathematiker, was Sie wollen. Nur tun Sie es, bevor noch mehr Leute zu Schaden kommen.«

Howard antwortete nicht. Er fixierte Matt mit einem Blick, der tödlich gewesen wäre, wenn Howard zu den Zetas gehört hätte, dann marschierte er aus Matts Büro. Nur Minuten später hörte Matt den Hubschrauber vom Parkplatz abheben und ließ sich in seinen Sessel sinken. Er war auch in anderer Beziehung wie Howard, überlegte er. Er war genauso in seiner eigenen Schlinge gefangen.

»Ich habe das perfekte Ziel.« Sara setzte sich neben Mike an die Konsole, die er im Kommandoraum zu seinem Arbeitsplatz gemacht hatte und an der er gerade versuchte, eine Spur zu seiner Familie zu verfolgen. Das war eigentlich nicht seine Stärke –

mit elektronischen Signalen und Netzwerken zu arbeiten –, aber er hatte Tim oder Sara nicht bitten wollen, es zu tun. Sie waren beide anderweitig beschäftigt.

Das zentrale Display an der Stirnseite des Raums wechselte von einer Ansicht des Deep-Shield-Lagers am Fuß des Bergs zu einem vollkommen anderen und sehr vertrauten Schauplatz – zum Washington Monument, das sein Ende der National Mall dominierte. Die Morgensonne schien auf das Baumaterial und das Gerüst, das es umgab. Zwei riesige Kräne standen wie Wachposten links und rechts des Obelisken. Eine Menschenmenge hatte sich auf den Rasenflächen und Fußwegen rund um das Denkmal versammelt, und die Übertragungswagen von Nachrichtensendern verstopften die Gehsteige in der Nähe.

»Was ist da los?«, fragte Mike.

»Die oberen Bereiche des Denkmals haben eine neue Verkleidung aus weißem Marmor bekommen, und der Schlussstein wird durch einen ersetzt, der mit Gold verkleidet ist. Unglaublich, oder?« Sara gestikulierte mit einer Hand, und die Ansicht ging näher zum Fuß des Bauwerks. »Siehst du? Das in der massiven Schlinge, das ist er. Heute Mittag um zwölf soll er von einem der Kräne an die Spitze des Denkmals gehoben und zärtlich an seinen Platz gesetzt werden, während Regierungsvertreter Loblieder auf George Washington singen und die Lippen falsch zum ›Star Spangled Banner‹ bewegen.«

Mike setzte sich gerade. »Was soll ich tun?«

»Ich möchte, dass du die Feierlichkeiten ein wenig vorzeitig beginnst.«

»Aber ... die vielen Leute. Wenn ich Mist baue, könnte jemand verletzt werden.«

Sara legte ihm eine Hand auf die Schulter. »Mike, du machst dir immer zu viele Sorgen. Ich rufe Howard an und sage ihm, er soll ein Auge auf die Vorgänge am Monument haben. Er wird die Leute bestimmt sehr schnell entfernen.«

»Wie das? Du sagst immer, er hat keine Befugnisse ...«

»Aber er hat Verbindungen. Vertrau mir, Mike.«

Mike konnte den Satz nicht mehr hören. Sein Vertrauen hatte dazu geführt, dass er mit den beiden in diesem Berg eingeschlossen war. Dennoch holte er tief Luft und sagte: »Okay, was genau soll ich tun?«

»Bediene den Kran für den Schlussstein. Setz diesem archaischen Statussymbol eine hübsche kleine Krone auf.«

Mike betrachtete den Kran stirnrunzelnd, ließ ihn sein Blickfeld ausfüllen und dann seine Gedanken. Er fühlte seine Zahnräder, seinen Antrieb und seine Mechanismen. Er schmeckte die Kunstlederluft im Führerhaus und roch den Stahl und das Schmieröl. »Okay. Das kann ich, klar.«

»Großartig.« Sara stand auf, und der Kommunikationskanal zu Deep Shield erwachte knisternd zum Leben.

»Ich muss mit Howard sprechen«, eröffnete sie der Person am anderen Ende.

»Er ist gerade auf dem Weg hierher.«

»Stellen Sie mich zu seinem Handy durch. Ich weiß, Sie können es«, fügte sie an, als der Mann protestieren wollte. »Halt mich nicht hin, Soldat.«

»Einen Moment.«

Sekunden später war Howards Stimme in der Leitung. Mike glaubte, Erleichterung aus ihr zu hören. Die würde sicher nicht lange anhalten.

»Ms. Crowell, ich habe einen Vorschlag zu machen.«

»Tatsächlich? Beinhaltet er, dass ich mit der Präsidentin spreche?«

»Er beinhaltet, dass Sie den Berg behalten dürfen. Oder ihn verlassen, wenn Sie das lieber möchten. Sie dürfen an jeden beliebigen Ort der Welt gehen. Wir werden Ihnen nicht folgen. Wir werden uns Ihnen nicht nähern. Wir werden Sie nicht angreifen. Gehen Sie einfach, wohin Sie gehen möchten, und tun Sie, was Sie gern tun würden.«

»Was wir gern tun würden, General, ist, allen Kriegen ein

Ende zu machen. Das bedeutet, Ihren dummen Intrigen und Ihrer Manipulation von Menschen ein Ende zu machen. Hier ist also mein Gegenvorschlag. Sie bringen mich mit Präsidentin Ellis in Kontakt, und Sie gestehen Ihre Rolle bei der ganzen Sache *und* die Rollen, die Ihre Komplizen, Unterstützer und Anstifter in Washington gespielt haben, und dann sind Sie es, der verschwindet. Wir werden Ihnen nicht folgen. Wir werden uns Ihnen nicht nähern. Wir werden Sie nicht angreifen. Der gleiche Deal, den Sie uns angeboten haben.«

»Das ist inakzeptabel.«

Sara blickte von Mike zu Tim, die ihre jeweiligen Beschäftigungen unterbrochen hatten, um den Austausch zu verfolgen. »Wieso habe ich gewusst, dass Sie das sagen werden? General Howard, wie Sie vielleicht wissen, findet heute am Washington Monument ein besonderer Festakt statt. Ich empfehle Ihnen, wenn Sie wieder in Ihrem Stützpunkt sind, sich ein Fernsehgerät oder eine Zuspielung von Überwachungskameras aus der Gegend zu besorgen. Wenn Sie keine bekommen können, kann ich sie Ihnen liefern.«

Am anderen Ende der Leitung herrschte Schweigen. »Was haben Sie vor? Was glauben Sie, was Sie …?«

»So ziemlich alles, was wir tun wollen. Und wann immer wir es wollen.«

»Ich treffe gerade auf dem Stützpunkt ein. Lassen Sie mich … ich …« Er brach das Gespräch ab. »Wow«, sagte Tim und drehte eine Locke seines widerspenstigen Haars um den Finger. »Den hast du aber schwer erschüttert. Der Kerl ist kurz davor, zu implodieren.«

»Wir werden sehen.«

»Wie lange willst du warten?«

Sara verzog das Gesicht. »Er ist gerade eingetroffen. Geben wir ihm fünf Minuten, die Lage zu beurteilen. Noch mal fünf, um in Washington mit jemandem Kontakt aufzunehmen. Vielleicht zehn, bis tatsächlich etwas passiert.«

»Bis was passiert?«, fragte Tim.

»Wir werden es wissen, wenn wir es sehen«, sagte Sara. »*Falls* wir es sehen.«

Rund fünfzehn Minuten später änderte sich etwas in der Zuspielung, die sie beobachteten. Polizeifahrzeuge erschienen am Rand des Kamerabereichs, und Beamte schwärmten in die Menge aus und dirigierten die Menschen vom Sockel des Monuments fort. Dann sprang das Bild zu einer Zuspielung um, die offenbar von einem Fernsehsender stammte. Eine Reporterin mit dem Mikrofon in der Hand winkte ihre Crew zurück und warf einen Blick über die Schulter auf das Denkmal und die danebenstehenden Kräne.

»Ich weiß nicht«, formte sie mit den Lippen. Sie sagte noch mehr, aber das bekam Mike nicht mit.

Die Reporterin klopfte auf ihr Headset. »Wir haben nur die Anweisung bekommen, uns zum Truck zurückzuziehen. Vielleicht eine Terrorwarnung? Ich weiß es nicht. Geht zurück, geht zurück. Aber filmt weiter.«

»Jetzt, Mike«, sagte Sara leise.

Mike hatte bereits ein Gefühl für den Kran. Er hatte denselben Typus schon einmal bedient. Kannte ihn in- und auswendig. Er ließ den Motor anspringen. Der Kranführer – den man auf den Kamerabildern an der Leiter des Krans stehen sah – reagierte, indem er ins Führerhaus hinaufstieg. Mike ignorierte ihn. Es gab nichts, was der Mann tun konnte. Letztendlich konnte es Mike nicht einmal stoppen, wenn er den Motor abstellte. Es konnte ihn höchstens ein bisschen bremsen. Er bediente die Steuerung mühelos, hob die Last, drehte den Ausleger. Er stöhnte, als er einen Widerstand spürte. Es war der Kranführer, der das Gerät zu stoppen versuchte. Der Mann gab nach mehreren Versuchen auf und verließ das Führerhaus. Er stieg von den riesigen Panzerketten und lief in Richtung der Kamera, gefolgt von einer Gruppe seiner Kollegen, die sich auf dem Gerüst oder unmittelbar darunter befunden hatten.

Bis Mike den Schlussstein frei in der Luft schweben hatte, war der Bereich um den Sockel des Bauwerks menschenleer. Mike beobachtete, wie der Stein in seiner Schlinge zur Spitze des Monuments hinaufstieg, das er krönen sollte. Die Goldbeschichtung funkelte in der Sonne. Das Denkmal war wie ein Phönix, dachte Mike. Es war ein Symbol für Amerikas Größe, und es würde ihnen helfen, zwielichtigen Gestalten die Macht zu entreißen und sie den demokratisch gewählten Führern zurückzugeben – und dem Wahlvolk selbst. Menschen wie ihm und seiner Familie. Leuten, die einen Beruf erlernten, sich einen Job suchten und etwas beisteuerten. Die nur ein Ziel hatten – ein Zuhause für ihre Familie zu schaffen und zu unterhalten. Den Menschen, die immer nur Spielfiguren waren und unausweichlich litten, wenn sich Leute wie Howard in dunklen, verrauchten Räumen trafen und schändliche Dinge ausheckten.

Das war vorbei.

Mike hatte den Schlussstein bis auf fünf Meter an seinen Ruheplatz herandirigiert, als sich Sara vorbeugte und ihm ins Ohr flüsterte: »Zerbrich das verdammte Ding.«

Was brach, war Mikes Konzentration. Er ließ den Kran los, und der langsame Aufstieg des Schlusssteins stoppte. Die plötzliche Veränderung ließ ihn am Ende seiner dicken Trosse schaukeln und zittern.

»Was soll ich zerbrechen?«

»Den verdammten Obelisken. Mach ihn kaputt. Knall den Schlussstein dagegen.« Saras Augen leuchteten vor Eifer, und auf ihrer Oberlippe und ihrer Stirn war ein feiner Schweißfilm zu sehen.

»So ist es richtig!«, jubelte Tim.

Mike beachtete ihn nicht. »Sara, ist dir klar, was du da von mir verlangst? Das Ding steht seit dem 19. Jahrhundert da. Es ist ein Symbol für die Gründung und den ersten Präsidenten dieses Landes. Du bist Architektin, Herrgott noch mal. Wie kannst du …«

Sie fasste ihn an der Schulter. Sehr kräftig. »Es ist zu einem Symbol der Macht geworden, Mike. Der Macht der Privilegierten über die Entrechteten. Der Starken über die Schwachen. Ein Symbol männlicher Gewalt über alle anderen. Wir müssen es zerstören. Verstehst du nicht? Wir müssen Howard zum Handeln zwingen. Nach dieser öffentlichen Vorführung kann er sein Treiben unmöglich weiter geheim halten.«

Mike sah zum Bildschirm.

Vorbei. Keine Geheimnisse mehr.

Er sah, dass die Bauarbeiter und einige Polizeibeamte sich dem Monument wieder näherten, nachdem der Kran stehen geblieben war. Zähneknirschend richtete er seine Gedanken wieder auf die Aufgabe und ließ den Ausleger nach links schwenken, sodass der Schlussstein über die sich nähernden Männer und Frauen schwang.

Inzwischen waren mehrere der Hilfsmonitore im Kommandoraum online. Sie zeigten eine Nahaufnahme der führerlosen Krankabine und das menschenleere Gerüst dahinter, und es gab verblüffende Bilder des funkelnden Schlusssteins, der am Ende seiner Halterung schwang.

Wie das Weihrauchfass eines Priesters während der Messe, dachte Mike, und ein Gebet kam ihm in den Sinn: *Bitte, lieber Gott, mach, dass niemand verletzt wird.*

Mike kehrte die Bewegung des langen Kranauslegers um, und der Stein folgte in einem Bogen. Der Arm des Krans strich über die nackte Spitze des Monuments hinweg, aber der Schlussstein, der etliche Meter darunter baumelte, krachte wie eine bizarr geformte Abrissbirne in die Marmorverkleidung. Marmor brach und splitterte ab, größere Brocken rissen Teile des Gerüsts mit sich in die Tiefe. Mike hörte jetzt Leute rufen und schreien, ihre Stimmen sickerten über die offenen Audiokanäle des Fernsehens ein, und sie wurden übertönt von den aufgeregten Kommentaren der Reporter vor Ort.

»Noch mal«, sagte Sara.

Mike schwenkte den Ausleger zurück und nahm in diesem Moment wahr, dass ein neues Geräusch hinzugekommen war – die Rotoren eines Hubschraubers.

»Heilige Scheiße!«, gackerte Tim. »Es ist ein Kampfhubschrauber! Ein gottverdammter Kampfhubschrauber! Ein Apache Longbow. Ich habe diese Babys digitalisiert. Ein echt übles Gerät. Mit Hydras oder Hellfires, schätze ich – das sind Raketen, für euch Anfänger. Das wäre doch eine Ironie, was, wenn sie zu schießen anfangen würden und das verdammte Ding selbst im Spiegelteich versenken.«

»Ich bezweifle ernsthaft, dass es den erreichen würde«, sagte Sara.

Mike ignorierte alles – den Hubschrauber, die Menge, Tims begeisterte Ausrufe – und schwang den Kranausleger ein zweites Mal gegen das Monument. Tims Wunsch wurde erfüllt – der Kampfhubschrauber eröffnete das Feuer auf das leere Führerhaus des Krans, wenn auch nur mit Maschinengewehren. Wie nicht anders zu erwarten, prallten die Kugeln nur als Querschläger von den Metallstreben ab und veranlassten die Leute, die dem Kran am nächsten waren, sich noch weiter zurückzuziehen.

Der Schlussstein krachte ein zweites Mal in die Nordseite des Denkmals, riss weitere Teile des Gerüsts ab und ließ eine Steinlawine zu Boden gehen. Der oberste Teil des Turms schien sich leicht zu verschieben.

»Das ist es«, murmelte Sara.

Der Kampfhubschrauber hatte jedoch noch nicht aufgegeben. Er umkreiste den Kran, drehte nach Süden und änderte seine Ausrichtung, um freie Schussbahn zu bekommen. Selbst Mike vermutete, dass das Ding Hellfire-Raketen an Bord hatte, aber es war schwer vorstellbar, dass sich der Pilot dazu hinreißen ließ, sie einzusetzen. Was konnte er schon tun, ohne noch mehr Schaden anzurichten, als es Mike bereits tat?

Ein Adrenalinstoß schoss durch Mike. Was, wenn der idiotische Pilot aus diesem verdeckten Winkel tatsächlich eine Rakete auf den Kran abfeuerte? Was würde mit den Leuten geschehen, die sich um die Feuerwehrfahrzeuge und Streifenwagen an der Avenue unmittelbar östlich davon drängten?

Mike tat das Einzige, was ihm einfiel. Er kehrte die Kranbewegung um und ließ ihn so schnell wie möglich einen Dreihundertsechzig-Grad-Schwenk beschreiben. Der Schlussstein begann aus seiner beschädigten Halterung zu rutschen, die Fliehkräfte zogen ihn von der Drehachse fort. Am Ende seines Schwenks kollidierte der lange Arm des Krans unter lautem, metallischem Kreischen mit dem zweiten Kran. Der Schlussstein taumelte durch den jäh unterbrochenen Flug wie wild am Ende seiner Trossen, rutschte nun endlich aus seiner Halterung und sauste auf die Südflanke des Monuments zu. Die Haltetrosse schnellten, vom Gewicht des Steins befreit, zurück wie ein Dreschflegel und trafen den schwebenden Hubschrauber.

Der Schlussstein krachte in das Bauwerk, zermalmte das Gerüst und löste eine weitere Steinlawine aus. Der Hubschrauber wurde wild hin und her geworfen, sein Raketensystem spuckte Feuer im Versuch eines letzten Ave-Maria gegen die schurkischen Kräne.

Er hatte kein Gebet in sich.

Stattdessen prallte die Hellfire-Rakete im flachen Winkel vom Führerhaus des Krans ab, schlug rund zehn Meter über dem Sockel in das Monument und explodierte. Die Kräne wurden in eine Wolke aus Schutt und Rauch gehüllt, begleitet vom schrillen Missklang von berstendem Metall und brechendem Stein. Die Spitze des Obelisken erzitterte, neigte sich und begann wie von einer gigantischen Axt gefällt … auf die Straße dahinter zu fallen.

Mike griff mit Hilfe seines weit entwickelten Gefühls für die Atome, aus denen die Welt besteht, reflexartig ein und wandte so viel Kraft wie möglich auf, um dem Sturz entgegenzuwirken. Der Erfolg überstieg seine wildesten Träume. Wie von einer Riesenhand getroffen, erbebte der Turm erneut, schwenkte von der Menschenmenge, den Einsatz- und Medienfahrzeugen fort und verfehlte bei seinem Sturz genau nach Westen sogar den Hubschrauber.

»Es zeigte genau auf das Lincoln Memorial!«, krähte Tim. »Mann, du bist gut, Micky! Du darfst jederzeit meinen Angriff auf die Burg planen.« Der Programmierer sprang auf und vollführte einen Freudentanz. Mike legte den Kopf auf die Konsole und versuchte, nicht zu bemerken, dass etwas bei Tims Tanz im Halbdunkeln mit ihm tanzte.

KAPITEL 3

Spin

»Das ist fantastisches Bildmaterial, Cos. Allerdings verdammt schwer zu bearbeiten.«

Regina Price war bei ihrem zweiten Durchlauf der Zerstörung des Washington Monuments, und sie zitterte immer noch. Sie hatten live gesendet bei WHUT, wie jeder andere Sender in D.C. auch, aber sie wusste bereits, dass sie und Cosmo etwas Besonderes hatten – etwas, das nur wenige andere Teams besaßen, wenn überhaupt. Jetzt versuchte sie es in ein Format zu bringen, das für ihre Abendnachrichten geeignet war.

»Ich wünschte, ich könnte es mir als meine Leistung anrechnen«, murmelte Cos.

Sie warf dem Kameramann einen komischen Blick zu. »Cosmo Hernandez, in den fünf Jahren, die wir zusammenarbeiten, bist du mir nie durch falsche Bescheidenheit aufgefallen.«

»Das ist keine Bescheidenheit, weder falsche noch andere.«

»Ja, klar.« Regina folgte dem Kameraauge praktisch in das leere Führerhaus des Krans.

»Ah, diesen Zoom hier muss ich unbedingt benutzen. Du bist mitten ins Führerhaus vorgestoßen. Das ist der Hammer.« Cos schwieg, aber sie hörte, wie er sich von der Tür des Schneideraums entfernte. »Ich meine, das zeugt von einem großartigen Instinkt«, sagte sie. »Ich wette, alle anderen sind auf Weitwinkel zurückgefahren, für den Gesamteindruck, aber ich denke, du hast die Aufnahme, die die Kohle bringt. Und du hast sie durch die Bank. Mir läuft es immer noch kalt über den Rücken, dass das Führerhaus leer war. Im Internet wird bereits spekuliert. War es Robotik, Fernbedienung oder einfach ein defektes Getriebe?«

Als er nichts dazu sagte – was so untypisch für Cosmo war, dass es sie beunruhigte –, warf sie einen Blick über die Schulter auf ihn. Er wirkte … nervös. Sogar verängstigt.

»Was ist los mit dir, Cos?«

»Ich habe diese Aufnahmen nicht gemacht – streng genommen.«

Jetzt hatte er sie wirklich neugierig gemacht. »Was soll das heißen? Natürlich hast du sie gemacht. Das stammt alles aus deiner Kamera.«

»Reggie, als die ganze Sache anfing, habe ich gerade aufgebaut. Die Kamera hat ungefähr in Richtung Tribüne gezeigt, meterweit vom Monument entfernt – und ich habe an der Brennweite herumgebastelt.« Er hielt inne, und er schien sich noch unwohler in seiner Haut zu fühlen als zuvor.

»Cos …«

»Ich habe die Kamera nicht zum Kran geschwenkt, Reggie. Sie hat sich selbst geschwenkt. Ich weiß, das klingt verrückt und als hätte ich sie nicht alle, aber die Kamera hat sich von allein bewegt, und sie hat diesen Zoom ohne mein Eingreifen gemacht.«

Regina wandte sich wieder dem Computer zu, an dem sie das Rohmaterial bearbeitete. »Das ist unmöglich … oder?«

»Sollte man meinen, klar. Andererseits sollte man meinen, dass ein Kran, der von allein verrücktspielt, ebenfalls unmöglich ist.«

Regina war daran gewöhnt, dass der Kameramann seine Späße mit ihr trieb, aber sie glaubte nicht, dass es jetzt der Fall war – sie hatte ihn noch nie so ernst erlebt. Es war auch nicht der 1. April, und die ganze Situation war alles andere als lustig.

»Hör zu, Cos, wenn das ein Versuch ist, einem ansonsten schrecklichen Vorfall ein wenig Heiterkeit beizu…«

»Nein, und ich kann es beweisen, wenn du mir nicht glaubst. Als ich vorhin draußen war, habe ich einen Freund von mir bei WETA angerufen. Er sagt, ihm ist dasselbe passiert. Er hat die

Kamera schließlich von ihrem Stativ genommen und in der Hand gehalten.«

Regina war von den Socken. »Das hast du nicht getan – warum?«

»Nachdem wir uns zurückgezogen hatten … na ja, ich schätze, ich wollte sehen, worum es meinem geisterhaften Kameramann ging. Also habe ich das Stativ abgesetzt und einfach zugeschaut. Und vielleicht habe ich genau deshalb alle diese entscheidenden Aufnahmen. Weil nämlich, wer immer meine Kamera in Wahrheit geführt hat …«

»Genau wusste, worauf er sie richten musste«, beendete Regina den Satz mit ihm zusammen.

Die beiden schwiegen einen Moment, und Regina war zumute, als würden viele kleine Ameisen mit sehr kalten Füßen über ihren Rücken spazieren. Schließlich brachte sie es fertig, ihre tauben Lippen zu bewegen.

»Wen rufen wir an? Und sag jetzt nicht, die Ghostbusters«, warnte sie und drohte scherzhaft mit der Faust.

Er lächelte matt und fuhr sich mit zittriger Hand durchs Haar. »Wer versucht hier einem ansonsten schrecklichen Vorfall ein wenig Heiterkeit beizumischen? Vielleicht sollten wir … ich weiß nicht … das State Department anrufen?«

»Hey, Leute?« Eine ihrer Praktikantinnen, eine Blondine mit langen Haaren, die Cosmo Galadriel nannte, steckte den Kopf zur Tür herein. »Ähm, der Senderchef will euch auf der Stelle sehen. Er hat gerade einen Anruf vom State Department erhalten.«

»Madam President, im Lageraum ist man bereit für Sie.«

Margaret Ellis war aufgestanden, bevor ihr Stabschef den Satz zu Ende gesprochen hatte. Sie war mehr als bereit für den Lageraum. Sie würde hineingehen und ihre engsten Berater wie eine wärmende Decke um sich ziehen, wie eine Rüstung – beides. Sie wusste, dass viele der Präsidenten, die sich vor ihr mit

Krisen konfrontiert sahen, skeptisch gegenüber den Leuten eingestellt waren, die ihnen im Sit Room, wie der Lageraum kurz genannt wurde, begegneten. Sie trauten ihnen nicht, sie waren ungeduldig, respektlos. Margaret Ellis war nichts dergleichen. Diese Leute waren ihr bester Schutz gegen Parteilichkeit, Eigeninteresse (aufgeklärt oder nicht) und Selbstüberhebung. Ihr elfjähriger Sohn nannte sie ihren Magischen Rat. Gelegentlich waren sie so etwas. Sie hoffte, es war eine dieser Gelegenheiten.

»Haben wir alle relevanten Videos der Medien bekommen?«, fragte sie ihren Stabschef unterwegs.

»Ja, Ma'am. Alles, was wir finden konnten.« Er schien noch mehr sagen zu wollen, tat es aber nicht.

Sie sah ihn scharf an. »Was ist, Curtis?«

»Es gab ein Video, das alle anderen an purer … Effektivität weit überragte. Ich habe es als Streaming gesehen. Das ist kein 08/15-Terrorismus.«

Margaret zog die Augenbrauen in die Höhe. »Gibt es so etwas wie ›08/15-Terrorismus‹?«

»Ich meine Terrorismus, bei dem man die Terroristen auch *sieht.*«

Bei diesen Worten war ihr, als würde sie von einem eisigen Wind erfasst. »Ich habe die Berichte gehört. Was nicht heißt, dass ich sie glaube.«

»Glauben Sie sie.«

Sie standen nun vor dem Sit Room, und Curtis öffnete die Tür mit seiner Karte. Margaret trat ein, und sie fühlte sich, als würde sie tatsächlich in eine Versammlung von Zauberern kommen. Das waren enorm intelligente und sachkundige Menschen mit jeweils ihrem eigenen Fachgebiet. Wie sie während der Amtszeit von Präsidentin Ellis gelernt hatten, war es am besten, wenn sie innerhalb dieser Fachgebiete blieben, ohne sich gegenseitig auf die Füße zu treten, und das uralte Problem vermieden, Herrschaftsbereiche aufzubauen. Inzwischen funktionierten sie normalerweise wie eine gut geölte Maschine. Margaret stellte auf Anhieb ein Problem mit dieser Dynamik fest:

Die aktuelle Situation war nicht normal.

Alle erhoben sich um den langen, ovalen Tisch. Margaret nahm neben der Vorsitzenden der Vereinigten Stabschefs Platz – Navy-Admiralin Joan Hand.

Hand nickte. »Madam President. Mr. Chamberlin. Das Video von WHUT ist abspielbereit. Es ist dasjenige, das für uns am beunruhigendsten ist.«

Das war es und auch wieder nicht. Sicher, der Anblick des leeren Krans, während die Bauarbeiter flohen, war verstörend. Genau wie die scheinbar zielgerichteten Bewegungen der riesigen Maschine. So gern sie es getan hätte, Margaret konnte sich nicht einreden, dass keine Absicht hinter deren Verhalten steckte, dass es sich nur um eine Funktionsstörung handelte. Ja, es war beunruhigend. Aber das Bild, das für immer in ihr Gedächtnis eingebrannt bleiben würde, war der Anblick des Washington Monument – einer nationalen Ikone seit dem 19. Jahrhundert, einem Symbol der Größe Amerikas –, das von einer amerikanischen Rakete getroffen in einer riesigen Rauchwolke einstürzte und versank.

Friendly Fire.

Sie schloss die Augen und sah den Obelisken noch immer fallen. Vermutlich würde sie ihn bis an ihr Lebensende fallen sehen, sobald sie die Augen schloss.

»Wir hatten verdammt viel Glück«, murmelte Curtis.

Margaret öffnete die Augen und sah ihren Stabschef an. Er sah etwa so erschüttert aus, wie sie war.

Er erwiderte ihren Blick. »Wir hatten verdammt viel Glück, dass wir rechtzeitig gewarnt wurden und niemand ums Leben kam. Wenn es während der Zeremonie passiert wäre ...«

Auf der anderen Seite der Präsidentin beugte sich Joan Hand vor. »Aber es *ist* nicht während der Zeremonie passiert, und wir *wurden* gewarnt. Und das lässt das soeben aufgetauchte neue Video ein wenig ungewöhnlich aussehen.«

Margaret wandte den Kopf zu der anderen Frau. »Welches neue Video?«

Joan Hand nickte dem Medientechniker zu, der am anderen Ende des Tischs vor einem großen LED-Schirm saß. Der Bildschirm erwachte wieder zum Leben, diesmal war ein schwach beleuchteter Raum zu sehen. Ein Mann in fließenden Gewändern, wie sie im Nahen Osten gebräuchlich sind, sprach in die Kamera. Er behauptete in gestelztem, emotionslosem Englisch, der Anschlag auf das »Herz der Bestie« sei das Werk von Al Sabbah, der als *Der Morgen* bekannten Terrorgruppe, und es würde in naher Zukunft weitere solche Ereignisse geben.

»Wer ist der Sprecher?«, fragte Margaret, als der Schirm wieder schwarz war.

Joan schob ihr ein iPad zu. »Er ist ein ranghoher Al-Sabbah-Kämpfer, der sich Haji Mahmoud abd-al Qadir nennt. Er ist vor rund vier Jahren im Irak zu einiger Prominenz gelangt und fungierte als Sprachrohr des irakischen Al-Sabbah-Ablegers. Er ist Sunnit. Rechtsgelehrter der Hanbali-Schule. Aber er wurde auch im Westen ausgebildet und hat die London School of Economics besucht. Man hat seit Jahren nichts von ihm gehört. Es gab sogar Spekulationen, er sei tot.«

Margaret überflog das Dossier zu dem Mann kurz.

»Sagten Sie deshalb, das Video sei ungewöhnlich?«, fragte Curtis. »Weil er so lange untergetaucht war?«

»Nein, sondern aus den Gründen, die ich vorhin genannt habe: Wir wurden vor dem Anschlag gewarnt, und er geschah nicht während der Feier, als es möglicherweise Hunderte von Toten und Verletzten gegeben hätte. Eine solche Zurückhaltung ist nicht Al Sabbahs Art. Ein Expertenteam überprüft das Video gerade auf seine Echtheit und checkt die begleitenden Facebook- und Twitter-Einträge.«

Margaret nickte. »Ich würde gern mit den Journalisten sprechen, die das Bildmaterial des Zwischenfalls gefilmt haben. Wenn Sie das arrangieren könnten, Curtis …«

»Natürlich.«

»Wir glauben also nicht, dass es Al Sabbah war, richtig?«

»Nein, Ma'am«, sagte Admiralin Hand.

»Nun, wenn es nicht Al Sabbah war, wer war es dann?«, fragte Margaret. Sie erwartete keine Antwort, und sie bekam auch keine.

»Heilige Scheiße!« Eugene richtete sich kerzengerade auf und konnte kaum glauben, was er gerade auf seinem Computer gesehen hatte. Er hatte Kopfhörer auf, und sein Ausruf war erheblich lauter, als er beabsichtigt hatte.

Dice, Joey und Lanfen blickten von ihrer Arbeit an Pippin auf, und Chuck, der an diesem Vormittag nebenan in seinem Büro arbeitete, stand sofort an der offenen Tür. »Was ist los, Euge?«, fragte er.

Eugene sah ihn an und blinzelte, als wäre er eben aus dem Schlaf erwacht. Er zog seinen Kopfhörer herunter, sodass er um den Hals hing, und deutete auf den Bildschirm. »Da war gerade etwas in den Nachrichten. Irgendwer hat das Washington Monument in die Luft gejagt.«

Diese Worte veranlassten alle, auch Mini, die an einem Gemälde arbeitete, sich um Eugene zu versammeln.

»In die Luft gejagt?«, wiederholte Dice. »Du meinst, Terroristen?«

»Na ja … eigentlich sieht es aus, als hätte es einer unserer Kampfhubschrauber zerstört, aber … wartet. Seht euch das an.« Während die anderen eine Traube hinter Eugenes Stuhl bildeten, spielte er das Video noch einmal ab, das er in einer Eilmeldung auf Reuters gefunden hatte.

Als die Kamera auf den zerstörungswütigen Kran zoomte und man sah, dass das Führerhaus absolut leer war, stieß Mini einen leisen Schrei aus, und Dice murmelte: »Oh mein Gott. Das sind die Alphas. Das kann sonst niemand sein.«

»Wird etwas darüber gesagt, wer es war?«, fragte Chuck. »Gibt es weitere Informationen?«

»Ich schaue mal, ob ich etwas finde«, sagte Eugene und hämmerte Suchbegriffe in die Adressleiste seines Browsers. Er drückte auf ENTER und erhielt eine Error-Meldung. »Was ist das, verdammt? Die Internet-Verbindung ist unterbrochen!«

»Was gibt es denn für ein Problem?«

Alle blickten auf und sahen Kristian Lorstad in der offenen Labortür stehen – sein Gesicht war unergründlich und ruhig wie immer.

»Das Problem ist«, sagte Eugene, »dass ich meine Internet-Verbindung verloren habe!«

»Das Problem ist«, sagte Chuck, »dass die Alphas an die Öffentlichkeit gehen.«

»Wie kommen Sie darauf?«, fragte Lorstad.

Eugene sah ihn mit offenem Mund an. *Ist dieser Kerl der Realität wirklich so entrückt, wie ihre Anlage hier vermuten lässt?*

Er zeigte auf den Bildschirm. »Wild gewordene Baumaschinen haben das Washington Monument zerstört. Haben Sie es nicht gesehen?«

»Wir ... prüfen die Sache gerade. Bitte lassen Sie sich nicht von Ereignissen an anderen Orten ablenken, Dr. Pozniaki. Wir dürfen nicht zulassen, dass die Alphas, wie Sie sie nennen, uns von unserem Ziel abbringen.«

»Von unserem Ziel abbringen?«, wiederholte Chuck. »Ich dachte, unser Ziel sei es, sie im Zaum zu halten? Sie unschädlich zu machen – und ich meine das nicht in militärischem Sinne. Zu verhindern, dass so etwas passiert, *ist* unser Ziel.«

Lorstad sah auf den hellen Quarzboden hinab und schürzte nachdenklich die Lippen. Nach einer Weile hob er den Kopf und blickte Chuck in die Augen. »Unser Ziel, Charles, ist es, uns fortzuentwickeln. Die Fehler der Gattung Mensch zu korrigieren, indem wir über sie hinausgehen. In diesem Zusammenhang ist der Verlust eines nationalen Denkmals ein unbedeutendes Ereignis, meinen Sie nicht?«

Chuck runzelte die Stirn und warf Eugene einen Blick zu, dann ging er um den Arbeitsplatz herum und baute sich auf Tuchfühlung vor ihrem Gastgeber auf. »Nein, das meine ich nicht. Die Alphas üben offenbar ein bisher nicht gekanntes Maß an direkter Kontrolle über Mechanismen aus, die weit von ihrem Stützpunkt entfernt sind. Wenn sie das Washington Monument erreichen können, können sie auch das Weiße Haus erreichen, die Flure des Kongressgebäudes und das Pentagon. Und das nicht nur, indem sie verfügbare elektronische Pfade benutzen. Ich bezweifle, dass dieser Kran irgendwie mit dem Internet verbunden war. Begreifen Sie überhaupt, was das für Konsequenzen hat?«

Lorstads Gesicht drückte mildes Verständnis aus. »Natürlich. Vertrauen Sie mir, Charles. Das Zentrum ist komplett abgeschottet. Die Alphas können Sie hier nicht erreichen. Sie wissen nicht einmal, wo ›hier‹ ist.«

»Genauso wenig wie wir«, murmelte Dice.

Lorstad sah ihn über Chucks Schulter hinweg an. »Was Ihrer Sicherheit und Ihrem Wohlergehen dient, Dr. Kobayashi.« Er wechselte das Thema. »Wie schnell können Sie einen funktionierenden Apparat fertigstellen, mit dem ich lernen kann?«

»Wir sind jederzeit bereit, wenn Sie es sind, Dr. Lorstad«, sagte Dice. »Wir haben einen simplen Fahrroboter für Ihre ersten Schritte fertig, und ein menschenähnliches Modell für die Zeit, wenn Sie die einfache Mechanik beherrschen, geht in die Testphase.«

Lorstad nickte. »Das freut mich. Darf ich davon ausgehen, dass ich meine Reise bereits morgen antreten kann?«

Er sah Chuck an, der stumm nickte. Eugene erkannte an

seinem Gesichtsausdruck, dass er seine Frustration zu verbergen versuchte.

»Wunderbar. Und jetzt muss ich mir Mini kurz ausleihen, wenn ich darf.«

Eugene setzte an, zu fragen, wofür er sie ausleihen wollte, aber dann wurde ihm klar, dass er als ihr Freund damit überfürsorglich wirken würde, und diesen Eindruck wollte er vermeiden. Weder Lorstad noch Mini sollten ihn so sehen.

Aber gefallen muss es mir nicht.

Mini dagegen fragte ihrer Art entsprechend einfach: »Ach ja? Wofür?«

»Zunächst einmal«, sagte Lorstad und lächelte sie freundlich an, »würde ich gern sehen, woran Sie in Ihrem Atelier arbeiten ... das heißt, wenn ich darf.«

Ihr Gesicht leuchtete in dieser Weise auf, bei der Eugenes Herz immer seltsame Dinge in seiner Brust trieb. Sogar sich selbst gestand er nur ungern ein, wie sehr es ihn störte, dass dieses Licht für einen anderen Mann strahlte. Er ließ sich seine Angst nicht anmerken und blieb stumm.

»Natürlich dürfen Sie«, sagte Mini und setzte sich in Bewegung, um Lorstad ihr Atelier zu zeigen.

Chuck hob jedoch die Hand, um sie aufzuhalten. »Einen Moment noch, Kristian. Sind Sie dafür verantwortlich, dass wir vom Internet abgeschnitten sind? War das Absicht?«

»Charles, ich versichere Ihnen, es ist am besten, wenn Sie die Außenwelt nicht an sich heranlassen. Das führt zu nichts. Glauben Sie mir, wir sind angemessen gegen jeden etwaigen Versuch der Alphas abgeschirmt, hier an Sie heranzukommen.«

»Das ist nicht meine Sorge, Kristian. Meine Sorge gilt den Menschen, die von den Zerstörungen betroffen sein könnten, die sie anrichten. Auf der National Mall waren Touristen, Reporterteams, Arbeiter und Polizisten, als diese Sache« – er gestikulierte zu Eugenes Computer – »passiert ist.«

Lorstad legte den Kopf schief und runzelte leicht die Stirn. »Und wenn Sie über alles Bescheid wüssten, was die Alphas treiben? Was dann? Sind Sie im Augenblick in der Lage, etwas dagegen zu tun? Sind Sie darauf vorbereitet, sich ihnen in den Weg zu stellen?«

Chuck reagierte, als hätte ihm Lorstad einen Schlag in die Magengrube verpasst. Er zuckte sichtlich zusammen und trat einen Schritt zurück. »Nein«, sagte er leise. »Das sind wir nicht.«

»Wir ebenfalls nicht«, antwortete Lorstad nüchtern. »Was einer der Gründe ist, warum ich meine Ausbildung gern so schnell wie möglich beginnen würde. Ich habe außerdem schon andere Teilnehmer für das Zeta-Programm ausgesucht.«

Chuck nickte nur. Lorstad begleitete Mini zu ihrem Atelier am anderen Ende des Raums und warf mit verwirrter Miene einen Blick über die Schulter zurück. Eugene war jedoch derjenige, der verwirrt war. *Was ist eigentlich los mit dem Typ? Versteht er unseren Widerstand dagegen, von der Welt abgeschnitten zu sein, tatsächlich nicht? Dass wir nicht blind und taub in Bezug auf das sein wollen, was die Alphas treiben?*

»Er kapiert es nicht«, sagte Chuck leise. »Entweder er versteht nicht, wozu sie in der Lage sind, oder es ist ihm schlicht egal. Ich weiß nicht, was schlimmer ist.« Das Zentrum begann langsam die Schlinge in einer Art zuzuziehen, die sehr an Deep Shield erinnerte. Nein – das konnte er nicht glauben. Immerhin waren das Wissenschaftler hier und keine Soldaten. Er betete, dass er recht hatte.

»Weltuntergangssekte«, sagte Lanfen.

Alle drehten sich zu ihr um.

Sie zuckte mit den Achseln. »Seht sie euch an – ein geschlossenes, kleines Universum, das glorreiche Ziel der menschlichen Evolution am Horizont. Zumindest unterscheidet sie das von Howard und seinem Haufen. Aber sie könnten sich mit der

Vorstellung arrangiert haben, dass etwas Altes zerstört werden muss, damit das Neue entstehen kann. Möglicherweise begrüßen sie diese Vorstellung sogar.«

»Reden wir von Sara und den Jungs oder von unseren Gastgebern, den Menschenfreunden?«, fragte Eugene.

»Um eine neue, bessere Welt gutzuheißen, ist es nicht nötig, gefühllos gegenüber dem möglichen Verlust von Menschenleben in der alten zu sein«, sagte Chuck grimmig.

»Es gab keinen Verlust von Menschenleben in Washington«, stellte Eugene rasch klar.

»Dieses Mal nicht«, sagte Chuck. »Es gab dieses Mal keine Opfer.« Er warf einen Blick in die Runde und holte tief Luft. »Zurück an die Arbeit, Leute. In einem Punkt hat Lorstad nämlich recht: Wenn wir nicht bereit, willens und fähig sind, etwas gegen die Alphas zu unternehmen, brauchen wir uns nicht damit zu beschäftigen, was sie im Schilde führen. Wir müssen dafür sorgen, dass wir bereit sind.«

Alle machten sich wieder an die Arbeit außer Eugene. Er beobachtete das Paar weit hinten am anderen Ende des Raums, das von der wunderbaren »Wand aus Licht« beleuchtet wurde, die die Wohltäter für Minis Atelier errichtet hatten. Lorstad war deutlich mehr an Mini interessiert als an Lanfen oder selbst an Chuck. Die Frage war natürlich: *Warum?*

Matt marschierte in Leighton Howards Büro auf dem Gelände von Forward Kinetics und stieß ihm sein iPad vors Gesicht. »Das waren die Alphas, oder?«

Howard warf nicht einmal einen Blick auf das Gerät, auf dem ein Standbild eingefroren war. Es zeigte, wie sich der obere Teil des Washington Monument wie ein Priester in Richtung Lincoln Memorial neigte, eingehüllt in einen Umhang aus Rauch und Schutt. »Was glauben Sie?«

»In den Nachrichten heißt es, es war Al Sabbah. Dass sich Al Sabbah zu dem Anschlag bekannt hat.«

»Ich habe keinen Einfluss darauf, was sich Al Sabbah auf die Fahnen schreibt.«

»Ich nehme an, Sie glauben, das verschafft Ihnen ein wenig Zeit? Das wird es nicht. Nicht bei Sara. Die können Sie nicht ins Leere laufen lassen. Sie wird einfach etwas Größeres und Schlimmeres tun. Gehen Sie zur Präsidentin, jetzt sofort, verdammt noch mal. Das ist eine einmalige Gelegenheit, jetzt wird sie Ihnen glauben. Nehmen Sie mich mit. Ich bringe ihr die Wahrheit bei …«

»Sie dürfen gehen, Dr. Streegman.«

Blödsinn.

Und dann kam ihm, dass er es nicht nur denken musste.

»Blödsinn. Sie können mich nicht wegschicken wie einen Ihrer Landser. Sie können nicht hoffen, noch länger unentdeckt zu bleiben.«

Howard sah Matt über den Deckel seines Laptops hinweg an. »Sie haben keine Ahnung, worauf ich hoffen oder nicht hoffen kann, Doktor. Ich habe eine der Forderungen von Ms. Crowell und ihren Komplizen erfüllt. Ich habe ihnen den Aufenthaltsort von Mr. Yenotows Familie verraten und meine Vorteile aufgegeben. Sie sind jetzt in Kontakt mit ihnen. Das wird uns Zeit verschaffen.«

»Zeit wofür?«

»Das kann ich wirklich nicht mit Ihnen besprechen, Dr. Streegman.«

Matt unterdrückte das Verlangen, dem Mann sein iPad an den Kopf zu werfen, und verließ das Büro. Himmel, es war wirklich eine verdammte Situation. Er hatte keine Möglichkeit, mit Chuck Kontakt aufzunehmen – keine Ahnung, wo Chuck überhaupt war. Keine Möglichkeit, mit der Regierung Kontakt aufzunehmen, ohne dass es entdeckt wurde. Er war wie eine Ratte in einem Labyrinth, das in lauter Sackgassen endete.

Vielleicht, dachte er, sollte ich nach einem Weg suchen, Sara zu erreichen.

Howard hatte regelmäßig Kontakt mit ihr. Vielleicht gab es eine Möglichkeit, ihr huckepack und unbemerkt auf dem Signal des Generals eine Botschaft zukommen zu lassen. Die Alphas überwachten die Außenwelt möglicherweise auf Wegen, die er sich gar nicht vorstellen konnte. Offenbar hatten sie sich Fernsehsignale angeeignet. Wenn er sie erreichen wollte, durfte er nicht in eingefahrenen Gleisen denken. Dessen eingedenk, zog er sich in sein Büro zurück, um sich einen Plan zurechtzulegen. Er wusste, er wurde überwacht, deshalb machte er sich Notizen vorsichtshalber nur in ein kleines Ringbuch, das er immer in der Tasche stecken hatte. Die Notizen waren in einem Code verfasst, den er im College entwickelt hatte, damit er Beobachtungen anstellen konnte, ohne dass andere Studenten sie lasen. Nur zwei Menschen kannten den Code – er und Lucy. Er hatte ihn ihr gezeigt, als sie beide im letzten Jahr am MIT waren. Sie hatten ihn benutzt, um sich Liebesbotschaften zu schreiben.

Als sie sterbend im Krankenhaus lag, von einer neurologischen Störung vernichtet, die heute noch genauso rätselhaft war wie damals, hatte sie versucht, mit Hilfe dieses Codes mit ihm zu kommunizieren. Nur hatte er es damals nicht gewusst. Chuck hatte es herausgefunden. Er wünschte sich zum tausendsten Mal, seine Frau hätte gelebt, bis Chuck Brenton und seine Theorien über Gehirnströme auf der Bildfläche erschienen, und dann wurde ihm – ebenfalls zum tausendsten Mal – bewusst, dass er ohne Lucys Tod ja gar keine Partnerschaft mit Chuck eingegangen und Forward Kinetics nicht gegründet worden wäre. Es hätte keinen Brewster-Brenton-Brain-Pattern-Monitor gegeben, kein Brenton-Kobayashi Kinetic Interface, keinen Streegman Kinetic Converter und keinen Umwandlungs-Algorithmus … und keine Zetas.

»Sprechen Sie Deutsch?«, fragte Lorstad, als sie den Flur der geheimen untersten Ebene entlanggingen.

Mini wollte schon die Nase kraus ziehen, doch dann ließ sie es bleiben. Seit sie eine Beziehung mit Eugene eingegangen war und Vollzeit bei Forward Kinetics arbeitete, war sie extrem sensibel für die kleinen persönlichen Eigenarten, die ihren Vater und ihre Brüder veranlassten, ihr das Haar zu zausen und sie zu necken. Wäre sie allein mit Euge, würde ein Nasekräuseln vielleicht ein Lächeln oder einen Kuss provozieren. Im Kontext eines professionellen Teams von Wissenschaftlern oder dieses sehr korrekten, irgendwie europäischen Gentlemans kam sie sich damit nur vor wie ein Kind in Begleitung eines Erwachsenen.

Es gab zwei Dinge, die ihr nicht bewusst gewesen waren, bis sie sich mit Chuck Brentons Außenseiterbande einließ. Das eine war, wie sehr der Blick ihres Vaters und ihrer Brüder auf sie ihr Selbstbild geformt (und vielleicht verzerrt) hatte. Das andere war, wie gut es sich anfühlte, irgendwo dazuzugehören, ohne so zu sein wie die Leute in ihrer Umgebung.

Das führte sie zu einer anderen Erkenntnis: Sie hatte eine ganze Weile nicht darüber nachgedacht, ob sie irgendwo »dazu passte«. Sie studierte Kristian Lorstad und fragte sich, was er an sich hatte, das sie plötzlich befangen machte, und einen Moment später sah sie ihm in die Augen und wusste die Antwort: *Er* studierte *sie*.

»Deutsch?«, wiederholte sie. »Nein. Aber ich spreche ziemlich fließend Französisch. Ich habe ein Auslandssemester in Lyon verbracht. Meine Versuche, Deutsch zu lernen, sind gescheitert. Zu viele Pronomen.«

Er legte den Kopf in dieser typischen Art schief, die sie immer an ihre Katze zu Hause erinnerte, und sie spürte das Gewicht seines Blicks. Hätte sie sich nicht so flapsig zur deutschen Sprache äußern sollen? Aber er lächelte nur und sagte: »So ist es. Ich habe wegen des Bilds gefragt, das Sie mir gezeigt haben – die Walküre. Sie hat mich ein wenig an Sie erinnert.«

Mini lachte. »Sie sind der Erste, der diese Verbindung herstellt. Sie ist ein bisschen wie ich. Wie ich mich im Innern sehe, denke ich. Weich und hart. Freundlich und stark.«

»In einer Rüstung aus Kristall.«

»Ich sehe mich nicht in einer Eisenrüstung.«

»Ich ebenso wenig.«

Lorstad blieb vor dem Raum mit den Isolationstanks stehen, den er ihnen schon gezeigt hatte. Die Tür öffnete sich automatisch, um sie einzulassen. Aus unsichtbaren Lautsprechern ertönte leise Musik. Mini kannte sie gut.

»Die Zauberflöte!«, sagte sie. »Ich liebe diese Oper.«

»Genau wie ich. Der Computer spielt sie, weil es auch meine Lieblingsoper ist und das, was ich auswähle, wenn ich in den Tank gehe. Die ›Königin der Nacht‹ ist meine Lieblingsarie. ›Der Hölle Rache kocht in meinem Herzen‹«, sagte er leise auf Deutsch und übersetzte es ihr dann.

»Das bedeutet es? Ich wusste, es hat etwas mit Hölle zu tun. Gewalt und Rache, in Schönheit verpackt ... Es ist wie bei *ihnen*, nicht? Wie bei Sara, Mike und Tim mit ihren Zeta-Kräften. Die Kräfte an sich sind reine Schönheit, aber anstatt sie zu benutzen, um Schönheit zu erschaffen, setzen sie sie ein, um Rache zu üben.«

»Was Sie nicht verstehen können«, sagte Lorstad.

»Oh, ich verstehe es sehr wohl. Ich lehne es nur ab.«

Er wirkte überrascht und betrachtete sie in einer Weise, dass sie sich wie eine Probe unter einem Mikroskop vorkam. »Die Rache ist mein, ich will vergelten, spricht der Herr?«

»Auch Gott übt nicht Rache«, sagte sie. »Er übt Gerechtigkeit. Das ist ein Unterschied. Aber ehrlich gesagt glaube ich nicht, dass wir Menschen zu Gerechtigkeit überhaupt fähig sind. Wir bilden es uns nur ein.«

»Das ist zweifellos wahr, Minerva. Und es ist der Grund, warum die Wohltäter existieren. Mit Ihrer Hilfe – und mit Charles' Hilfe – werden wir eine neue Menschheit erschaffen, die zur Gerechtigkeit fähig ist.«

»Ich hoffe, Sie haben recht.« Um Lorstads verwirrendem Blick auszuweichen, ging Mini zum nächstgelegenen Tank und sah hinein. Er war zu ihrer Erleichterung leer. »Es ist ein … merkwürdiges Gefühl, sich vorzustellen, dass wir für unsere eigene Evolution verantwortlich sind, aber vermutlich sind wir das schon sehr lange. Wir haben es nur nicht sehr gut hinbekommen. Wir waren zu faul. Zu egoistisch. Uns unserer eigenen Realität zu wenig bewusst.«

»Sie sind eine sehr scharfsichtige junge Frau, Minerva.« Er stellte sich neben sie. »Eine, die zu tiefem Nachdenken neigt. Vielleicht sollten Sie selbst eine Sitzung im Isolationstank in Erwägung ziehen. Ich denke, Sie würden feststellen, dass es die Wirkung von Meditation exponentiell steigert.«

Mini dachte – kurz – darüber nach und verwarf es. Die bloße Vorstellung, in diesem Tank zu sein, erfüllte sie mit Angst. Sie schauderte, trat von dem Apparat zurück und schüttelte den Kopf. »Nein, das könnte ich nicht.«

Er betrachtete sie wieder auf diese Weise, sie fühlte es, obwohl sie ihn gar nicht ansah.

»Es gibt nichts, wovor man Angst haben müsste.«

»Oh doch. Abgeschiedenheit. Von allem abgeschnitten zu sein. Und von allen Leuten.« Sie sah ihn von der Seite her an und stellte fest, dass er nachsichtig lächelte.

»Ich habe genau das immer als eine der reichsten Freuden empfunden«, sagte er. »Allein mit der Musik in meinem Kopf zu sein, gewichtslos, körperlos, einzigartig.«

Ich bin nicht du, dachte sie, aber sie sprach es nicht laut aus.

Er erklärte ihr dennoch den Prozess des Bads im Tank, beschrieb ausführlich die einzelnen Phasen, das Hochgefühl, das er empfand, wenn er »Spaziergänge« außerhalb seines Körpers unternahm, wie er es zu tun gelernt hatte. Sie durchschaute seine Absicht: Obwohl sie gesagt hatte, sie wolle nicht in den Tank gehen, versuchte er es ihr schmackhaft zu machen. Sie nahm eine leichte Verärgerung bei sich wahr, denn es erinnerte sie an so viele andere Situationen, in denen ihr jemand einzureden versuchte, sie wüsste nicht, was das Beste für sie sei oder was sie wollte. Der Berufsberater, der sie in Richtung Werbegrafik zu dirigieren versuchte (denn sie wollte doch sicher gutes Geld verdienen). Der Typ, der sie ins Bett zu kriegen versuchte, indem er von oben herab erklärte, sie verstünde nur nicht, dass es hoffnungslos anachronistisch sei, Sex mit Liebe zu koppeln. Als das nicht funktionierte, hatte er behauptet, er würde sie lieben, und sein letztes Mittel war dann ein gescheiterter Versuch gewesen, sie betrunken zu machen.

Was würde Lorstad ihr wohl erzählen, um sie in diesen Tank zu bekommen?

Margaret Ellis wusste, sie sollte das Sandwich essen, das der Mitarbeiter des Secret Service gerade zwischen sie und ihren Stabschef auf den Tisch gestellt hatte. Sie spürte, wie ihr Blutzuckerspiegel sank, aber ihr Magen war wie zugeknotet. Bei der Vorstellung, dass eine Terrororganisation in der Lage war, am Sitz der Regierung ins Herz der amerikanischen Identität zu stoßen, wurde ihr übel.

Am meisten beunruhigte sie der Umstand, dass niemand etwas gesehen hatte. Es hatte keine auffälligen Aktivitäten rund um das Denkmal gegeben. Nichts. Keine der Bundesbehörden, die nach der Tat eine umfangreiche Fahndung einleiteten, hatte irgendetwas entdeckt, und sie hatten auch nichts gefunden, was im Vorfeld auf die Tat hingewiesen hätte – nicht einmal verdächtigen Handyverkehr. Es war, als hätte dieser Terrorakt in einem Vakuum stattgefunden. Keine undichten Stellen, kein Geplapper – nichts bis zu der Warnung keine halbe Stunde vor dem Anschlag.

Margaret kniff sich mit einer Hand in den Nasenrücken und griff mit der anderen nach dem Sandwich. Ihr Blick war auf einen Computerschirm gerichtet, der das Gebiet rund um das zerstörte Washington Monument zeigte. Es wimmelte von Ermittlern. Sie konzentrierten sich vor allem um den Kran und nahmen den Motor und die Hydraulik auseinander, um nach Anzeichen für Sabotage zu suchen. Zweifellos würden sie etwas finden. Der Kran war eindeutig extern gesteuert worden.

Margarets Aufmerksamkeit wechselte zu dem Apache-Hubschrauber. Es war unbestreitbar, dass ihr eigener Pilot den Obelisken zu Fall gebracht hatte. Das war beunruhigend genug. Aber der Junge hatte sich nie etwas zuschulden kommen lassen, war ein mustergültiger Soldat und überzeugter Methodist ohne islamistische Verbindungen. Am meisten verstörte sie, dass der Mann behauptete, er habe die Idee, eine Hydra-Rakete einzusetzen, wegen einer möglichen Beschädigung des Denkmals verworfen. Er war am Boden zerstört, weil er das Ganze als ein Versagen seinerseits auffasste.

Margaret war sich ziemlich sicher, dass er mit dem Verhalten des Krans nichts zu tun hatte.

»Wissen Sie«, sagte Curtis und kaute auf seinem eigenen Sandwich, »die Leute fangen schon an zu fragen, wann wir das Ding wiederaufbauen.«

»Mhm. Überrascht mich nicht. Ich wette, es gibt außerdem die erforderliche Anzahl von Verschwörungstheoretikern, die behaupten, das Weiße Haus würde hinter der Sache stecken.«

Das Sandwich schmeckte wie Sägespäne. Margaret kaute und schluckte es trotzdem hinunter.

Die Tür zum Sit Room ging auf, und Admiral Hand kam wieder herein. Ihre Miene drückte Verwunderung aus. »Madam President, da ist jemand, mit dem Sie meiner Meinung nach reden sollten. Ich habe ihn in Curtis' Büro bringen lassen.«

Curtis runzelte die Stirn. »Wer ist es, Joan?«

»Ein Student der Maryland State University, der behauptet, das Al-Sabbah-Video sei eine Fälschung.«

»Was? Unsere Experten …«

»Können offenbar nicht Lippen lesen.«

Zwei Minuten später hatte Margaret das Sandwich vergessen, als sie in Curtis Chamberlins Büro an dessen Schreibtisch lehnte und auf den verängstigten Studienanfänger hinunterblickte, den Joan als Keyvan Tahir vorstellte. Der junge Mann zitterte beinahe und umklammerte mit weiß hervortretenden Knöcheln die Armlehnen seines Stuhls.

»Erzählen Sie der Präsidentin, was Sie mir erzählt haben«, sagte Joan ruhig.

»Na ja, ich habe mir die Wiederholung des Videos auf CNN angesehen«, sagte Keyvan, »und mein Mitbewohner bat mich, den Ton leise zu stellen, weil er lernen wollte. Und als ich das tat, wurde mir klar, dass der Mann in dem Video nicht das sagt, was man als Ton hört. Ich glaube, es ist ein altes Video, denn der Mann spricht über einen Angriff auf eine Schule in Mossul.«

»Wie …«

»Wie ich schon sagte«, erinnerte sie Joan, »Keyvan kann von den Lippen lesen.«

Der junge Mann nickte. »Ich habe das Gehör mit drei Jahren verloren und es erst durch eine Operation in der sechsten Klasse wiedererlangt. Ich habe in Arabisch und Englisch gelernt, von den Lippen zu lesen. Meine Großeltern sprachen damals nicht viel Englisch.«

Margaret stand auf und streckte dem Jungen die Hand entgegen. »Danke, Keyvan. Sie haben Ihrem Land gerade einen großen Dienst erwiesen. Wenn Sie nichts dagegen haben, würde ich Sie gern noch einigen anderen Leuten vorstellen, mit denen Sie darüber reden sollten.«

Er schüttelte ihre Hand feierlich. »Gern, Madam. Ich tue, was ich kann, um zu helfen. Da ist noch etwas. Ich meine, es ist wahrscheinlich ein bisschen subjektiv …«

Margaret unterbrach ihn. »Nein, bitte. Wenn Sie es für wichtig halten, dann sagen Sie es uns.«

»Nun ja, ich bin mit vielen Leuten aus Ägypten und anderen arabischen Ländern aufgewachsen, die Englisch als zweite

Sprache gelernt haben. Der Typ auf der Tonspur des Videos … für mich klang er nicht wie jemand, dessen Muttersprache Arabisch ist. Ich glaube, es war jemand, der den Akzent nur vortäuschte. Es war gut gemacht, aber es klang nicht echt. Das ist nur meine Meinung, aber …«

»Keyvan«, sagte die Präsidentin, »im Augenblick traue ich Ihrer Meinung mehr als meinen eigenen Ohren. Ich danke Ihnen.« Sie sah Joan Hand an. »Admiral, würden Sie ein Briefing für den Generalstab und den Heimatschutz anberaumen und Keyvan wiederholen lassen, was er uns erzählt hat? Wenn Sie denken, es wäre hilfreich, könnte er sich das Video auch zusammen mit unseren Analytikern noch einmal ansehen. Dann müssen wir die Ermittlungen noch einmal von vorn beginnen – aus einem vollkommen anderen Blickwinkel.«

»Ja, Ma'am.« Hand stand auf und führte Keyvan hinaus. In der Tür wandte sie sich kurz um und sah Margaret bedeutungsschwer an. »Vielleicht biete ich Mr. Tahir einfach eine Stelle an, wenn er mit dem College fertig ist.«

»Das wäre vielleicht keine schlechte Idee.«

»Zurück in den Lageraum?«, fragte Curtis, als sich die Tür hinter der Admiralin schloss.

Margaret schüttelte den Kopf. »Ich kann nicht meine ganze Zeit dadrin verbringen, Curt. Und Sie auch nicht. Ich brauche die Führer der Kongressparteien möglichst schnell im Oval Office. Die verdammte Sache ist nicht das, wonach es aussieht. Und wir müssen herausfinden, was es ist, bevor noch Schlimmeres passiert. Haben Sie ein Treffen mit dem Team des Nachrichtensenders vereinbart?«

»Morgen Vormittag um …«

»Ich muss Sie jetzt sehen.«

Curtis nickte und griff nach dem Telefon auf seinem Schreibtisch.

»Curt.« Margaret sah zu ihm hinunter, die Arme um den Körper geschlungen. »Hat die Sache mit den Cyberattacken auf Militäreinrichtungen zu tun? Gehört es zu einer größeren Verschwörung?«

»Ich weiß es nicht. Es könnte sein, dass jemand – eine einheimische Terrorgruppe sogar – die gegenwärtige Spannung für einen Schachzug ausnutzt, aber …«

»Aber was, Curt?«

»Dass es sich hier um das Werk einer patriotisch gesinnten Gruppe handelt, die von den Bergen heruntergestiegen ist, ist bestenfalls eine frevelhafte Schlussfolgerung. Und das Ganze übersteigt auch bei Weitem alles, was wir Al Sabbah zutrauen. Die Technik, die finanziellen Mittel … man wird sich das genau ansehen müssen.«

Margaret verschränkte die Hände und lehnte sich seufzend zurück. Angst schnürte ihr die Kehle zu und machte sie sprachlos.

Eine halbe Stunde später wurde ihre Angst noch unterstrichen. In Margarets Büro saßen zwei Journalisten des Senders WHUT – Regina Price und Cosmo Hernandez. Was sie von ihnen zu bekommen hoffte, waren ihre persönlichen Eindrücke von den Vorgängen auf der National Mall, die sie gefilmt hatten. Doch sie bekam viel mehr. Am Ende ihrer Geschichte gefror Margaret regelrecht das Blut in den Adern. Sie ging in ihre Besprechung mit den Kongressführern in dem Gefühl, mitten in einen Roman von Dan Brown geraten zu sein.

Sie vergeudete keine Zeit mit Freundlichkeiten, sondern ließ die Abgeordneten um den Kaffeetisch in der Mitte des Oval Office Platz nehmen und sagte: »Al Sabbah hat nichts mit der Sache zu tun. Das Bekennervideo war eine Fälschung. Im Augenblick haben wir keine Ahnung, wer es war, wie sie es angestellt haben und warum sie es getan haben.« Sie holte tief Luft, blickte von einem verstörten Gesicht zum anderen und sagte:

»Und jetzt erzähle ich Ihnen etwas, was noch viel beunruhigender ist.«

Leighton Howard saß an seinem Schreibtisch bei Forward Kinetics, starrte auf das blinkende Licht an seinem Telefon und zögerte es hinaus, abzunehmen. Er wollte dieses Telefongespräch nicht führen. Er wusste ziemlich genau, was er hören würde: Es dauerte verdammt noch mal viel zu lange, diese Sache unter Kontrolle zu bringen. Es fing an, öffentlich zu werden. Die Präsidentin wusste von den auffälligen Vorgängen. Es war nur eine Frage der Zeit …

Er holte tief Luft. Es wäre nicht gut für ihn, wenn er in Rage geriete gegenüber dem Mann, der zu bestimmen glaubte, wo es bei Deep Shield langging. Er nahm den Hörer zur Hand. »Howard«, sagte er. Zackig. Sachlich.

»Was zum Teufel ist da drüben los? Ich komme gerade aus einem Treffen mit der Präsidentin, bei dem sie die Kongressführer darüber informiert hat, dass Ihr Täuschungsmanöver mit Al Sabbah erstunken und erlogen ist. Dann hat sie Aussagen von Augenzeugen zitiert, bei denen mir die Haare zu Berge standen. Maschinen, die sich von Geisterhand bewegen. Kameras, die filmen, was sie wollen. Raketen, die von allein losgehen. Das ist nicht das, was wir uns vorgestellt haben, Howard. Sie haben fortschrittliche Waffentechnik versprochen, nicht … keine Ahnung, was das ist.«

Howard überlegte rasch. »Ich schlage vor, Sie fragen Madam President, ob sie darüber nachgedacht hat, wie wir einen Feind wie diesen bekämpfen sollen. Ob unser aktuelles technisches Niveau ihrer Ansicht nach angemessen ist, um unsichtbare Terroristen zu bekämpfen.«

Am anderen Ende herrschte langes Schweigen. Howard wartete gespannt.

»Wollen Sie sagen, das Ganze war eine Masche, um der Dame im Weißen Haus kinetische Technik schmackhaft zu machen?«

»Wenn sie mit ihrem Latein am Ende ist, und Sie bieten ihr eine Lösung …«

»Wie soll ich eine Roboterarmee als Lösung für …«

»Sie sind der Senator«, sagte Howard. »Politik ist Ihr Job. Meiner ist es, die Technik zu beschaffen und die militärischen Anwendungen zu erschließen. Ich glaube, das habe ich getan.«

Am Ende konnte der Senator nicht widersprechen, und Leighton Howard ging mit dem Gefühl aus dem Gespräch, erfolgreich einer Kugel ausgewichen zu sein. Aber es waren noch mehr in der Kammer, und er wusste, er würde wieder aus der Defensive rauskommen müssen, wenn er diesen ebenfalls entgehen wollte. Er ließ seinen Hubschrauber bereitmachen und flog zurück nach Pennsylvania.

KAPITEL 4

Ausbruch

»Al Sabbah? Findet Howard das vielleicht witzig?« Sara lief mit hochrotem Kopf vor der Batterie von Bildschirmen hin und her, die den Alphas als Fenster zur Außenwelt dienten.

Die meisten von ihnen zeigten Beiträge zur Zerstörung des Washington Monument. Endlose Wiederholungen des verfügbaren Bildmaterials und Liveaufnahmen von den Ermittlern, die auf die National Mall geschwärmt waren. Das tausendmal aufgewärmte Video eines Arabers (zumindest glaubte Mike, dass es ein Araber war), der den Schlag gegen die »Bestie« für Al Sabbah reklamierte.

Außer den Nachrichten zeigten mehrere der Monitore Einspielungen der Überwachungskameras, die Howard überall in seiner Basis am Fuß des Bergs installiert hatte. Es bereitete Tim ein enormes Vergnügen, die Mittel des Generals gegen ihn selbst einzusetzen. Die Schirme, die Saras Zorn entfachten, waren jedoch die mit der Endlosschleife des Al-Sabbah-Funktionärs, der den Angriff auf eins der beliebtesten Symbole Amerikas seiner Organisation gutschreiben ließ.

Mike wunderte sich, dass der Betonboden unter Saras Füßen nicht rauchte oder – wenn man die Stoßrichtung ihrer besonderen Talente berücksichtigte – dass die Bildschirme nicht schmolzen.

»Er ist ein Chauvinist, Sara«, sagte Tim. Er setzte die Schale Chili ab, die er an seiner Konsole gegessen hatte, und warf dabei mehrere leere Limonadendosen um, die klappernd zu Boden fielen. »Er denkt, wenn du schön und weiblich bist, kannst du nichts in der Birne haben. Ich habe einige nicht öffentliche Kanäle in der Hauptstadt überwacht, und das Wort *Schwindel* taucht in den letzten Stunden häufig auf. Und dann ist da noch diese Sache, an der ich arbeite – dass ich mich in Howards Kommunikationskanäle arbeite. Er hat sie ziemlich effektiv isoliert, er benutzt wirklich nicht das Geringste an öffentlich zugänglichen Netzen, aber da er Kameras den halben Berg herauf installiert hat und diese Kameras mit seinem Lager verbunden sind, kann ich das hier machen.«

Er schnippte mit den Fingern, und einer der großen Schirme an der Stirnwand des Raums zeigte eine Außenansicht des Walds. Der Blick sprang schnell den Berg hinunter, bis sie auf die Umzäunung des Deep-Shield-Lagers sahen.

Sara hörte auf, hin und her zu rennen. »Du hast uns seine Videobilder besorgt. Gute Arbeit, Troll.«

»Es kommt noch besser, Furchtlose Anführerin. Ich glaube, ich kann das benutzen, um ihr Hauptkommunikationssystem zu infiltrieren und uns Zugang zu Telefonleitungen nach außen und zu Trägerfrequenzen zu verschaffen.«

»Wann?«, fragte Sara. »Wie schnell, glaubst du, könntest du mir direkten Zugang zu Howard verschaffen? Im Augenblick sind wir auf diese Festnetzleitung angewiesen, wenn wir nur mit dem Hurensohn reden wollen.«

Dass Howard sie nach ihrer entschlossenen Übernahme des Bergs von den Kommunikationskanälen abgeschnitten hatte, verdross Sara und Tim gleichermaßen. Mike fand es merkwürdig, dass zwei Leuten, die so gut auf Elektronen einwirken konnten, keine alternative Möglichkeit eingefallen war, ihre Reichweite zu vergrößern. Sara und Tim waren immer noch ein wenig beschränkt in ihrer direkten Beeinflussung mechanischer Dinge. Er selbst war es nicht. Es war im Grunde ironisch – er war durch die Notwendigkeit freier Sicht beschränkt (hauptsächlich jedenfalls); Tim und Sara waren beschränkt, weil sie elektronische Verbindungen brauchten, durch die sie auf eine Weise »sahen«, die sich Mike nur vorstellen konnte … aber er konnte sie sich vorstellen und zweifelte nicht daran, dass er irgendwann in der Lage sein würde, mechanische Geräte, die er nicht sehen konnte, durch dieselben Kanäle zu beeinflussen, die sie benutzten. Er hatte still und leise bereits einige Schritte in diese Richtung gemacht. Mike öffnete den Mund, um zu sagen, dass sie eigentlich gar nicht so gefesselt waren, aber dann ließ er es sein. Er wusste nicht, warum. Instinkt vielleicht. Er hatte das Gefühl, es könnte sich bezahlt machen, ein paar Geheimnisse für sich allein zu haben.

Er nahm wahr, dass Sara sich umgedreht hatte und ihn aufmerksam ansah. Es war unheimlich.

»Mike, wenn du Ziele in ihrem Lager sehen kannst – mechanische Ziele –, kannst du dann auf sie einwirken?«

»Ich wüsste nicht, warum nicht.«

»Ich möchte General Howard eine Botschaft schicken. Timmy, bring mich in Howards Büro.«

»Uno momentito«, murmelte Tim.

Einige Sekunden später blickten sie ins Innere des Büros, das der General im Lager unterhielt – ein normal breiter, langer Wohnanhänger. Der Blickwinkel ließ darauf schließen, dass die Überwachungskamera in einer Ecke über seinem Schreibtisch angebracht war, unmittelbar unter der Decke. Der Wohnwagen war im Augenblick leer, Howard hielt sich wahrscheinlich bei Forward Kinetics auf.

»Micky«, sagte Sara mit einer Stimme wie Säure. »Stell irgendwas Schlimmes mit dem Zeug in diesem Wohnwagen an.«

»Kein Problem.« Mike stand auf, ging näher zum Bildschirm und konzentrierte sich darauf, bis der Inhalt des Wagens – ein Schreibtisch mit einer Kommunikationseinheit darauf, ein paar Sessel, ein Besprechungstisch – alles war, was er sah. Er fing mit dem Schreibtisch an und fegte mit einer gedanklichen Armbewegung alles von ihm. Einschließlich Funkgerät flogen sämtliche Dinge darauf auf den Boden. Dann warf er den Schreibtisch um und schleuderte ihn gegen den Konferenztisch, der seinerseits an die Wand am anderen Ende des Wagens krachte.

»Ich wünschte, wir hätten einen Ton«, sagte Tim. »Das hört

sich bestimmt fantastisch an. Ich arbeite daran«, ergänzte er hastig nach einem weiteren Blick von Sara.

Mike hatte einen Blick auf die Nachbarbildschirme übrig. »Ich glaube, sie sind auf uns aufmerksam geworden.« Im Innenhof des Lagers, in der Messe und in mehreren der hastig zusammengebauten Baracken waren plötzlich Soldaten in Bewegung. Mike wartete, bis sich eine Handvoll von ihnen dem Wohnwagen näherte, dann begann er mit unsichtbaren Fäusten an dessen Wände zu trommeln.

Atome waren manipulierbar; der einzige Unterschied zwischen fest und nicht fest war die Atomdichte. Wenn man das wusste, wusste man, wie man schlimme Dinge geschehen lassen konnte. Man klaubte einfach den Kleiderständer der Quantenüberlagerung durch und zog sich wahlweise Phänomene herunter. Mike, der Gewalt hasste, der bis zu diesem evolutionären Sinneswandel, den Chuck Brenton und seine Apparate ermöglicht hatten, nie auch nur in ein Kissen geboxt hatte, nahm alle Feindseligkeit zusammen, die er in den letzten Monaten angesammelt hatte, und hämmerte sie in die Atome dieses Wohnwagens. Die Wände verformten sich, als würde eine Herde unsichtbarer, der Schwerkraft trotzender Büffel auf ihnen Stepptanz machen. Der Boden wellte sich und schob sich zusammen. Das ganze verdammte Ding wackelte.

Tim stieß einen Jubelschrei aus. »Juhu! Go, Mickey, go! Zeig's ihnen, gib's ihnen, Mann!«

Mike beachtete ihn nicht und ließ noch mehr von seinem Zorn in den Angriff auf diesen metallischen Stellvertreter General Howards fließen – des Mannes, der seine Welt zerstört hatte, der ihn von seiner Familie, seinem Leben getrennt hatte. Die Tür des Wohnwagens flog auf, und ein bewaffneter Soldat erschien in ihr. Er blieb nicht lange dort. Einer von Mikes kinetischen Fausthieben schleuderte ihn in den Hof zurück. Im nächsten Moment wurde die Wand des Wohnwagens von Maschinengewehrfeuer zerfetzt.

Mike holte verblüfft Luft und schüttelte seine Trance ab. Er sah zu den anderen Kamerazuspielungen, die Tim von Howards Lager bekam, und hielt nach dem Soldaten Ausschau, dem er ungewollt eine verpasst hatte. Ging es ihm gut?

»Wo ist er?«, murmelte er. »Wohin ist er gegangen?«

»Wen interessiert es?«, krähte Tim. »Das war verdammt noch mal eine geile Vorführung von *Alpha-tum*, Mann!« Er sprang auf und legte einen Hüpftanz hin, der Mike an den alten Danny-Kaye-Film *Der Hofnarr* erinnerte. Er streckte Mike die Hand zu einem High five entgegen.

Mike erwiderte die Geste automatisch, aber er hielt immer noch nach dem Soldaten Ausschau.

»Gute Arbeit, Micky«, sagte Sara. »Damit sollte uns die Aufmerksamkeit des Generals sicher sein. Ich denke, wir werden in Kürze von ihm hören, und wenn das geschieht, Tim, wirst du hoffentlich einen Weg gefunden haben, wie wir vollen Zugang zu diesem Lager erhalten. Ich will, dass jede elektronische Verbindung dort unter unserer Kontrolle ist.«

Tim grinste. »Wie Ihr wünscht, meine Königin. Ich arbeite praktisch schon daran.«

»Wozu?«, fragte Mike. »Sieht nicht danach aus, als würde er demnächst zur Präsidentin gehen. Ich meine, wenn er es war, der dieses Al-Sabbah-Video in Umlauf gebracht hat, dann ist doch wohl ziemlich klar, dass er immer noch hofft, alles wieder unter seine Kontrolle zu bringen …«

»Ich werde General Howard ein Ultimatum stellen, Mike. Entweder er rutscht jetzt auf den Knien zur Präsidentin, oder wir zeigen, was wir können, und benutzen ihn als Anschauungsobjekt.«

»Was meinst du mit ›Anschauungsobjekt‹?«

»Ich meine …«

Was immer Sara sagen wollte, wurde durch einen plötzlichen Hagel von Schimpfwörtern aus Tims Mund übertönt und dieser wiederum von der Alarmanlage der unterirdischen Einrichtung.

»Was ist das, verdammt? Was zum Teufel ist das? Sind die *verrückt* geworden? Sie müssen verdammt noch mal verrückt geworden sein!«

Sara und Mike wandten sich den Bildschirmen zu. Sie sahen auf den ersten Blick, dass in Howards Camp mobilgemacht wurde. Alle legten eilig Kampfausrüstung an, während die Tarnüberzüge von gepanzerten Fahrzeugen und Haubitzen entfernt wurden. Aber das war nicht der Grund, warum Tim so schrie. Mehrere ihrer eigenen Videozuspielungen zeigten angreifende Flugzeuge. Die Düsenjets kamen aus vier Richtungen auf sie zu – ein Dutzend Stück insgesamt. Sie waren noch Meilen entfernt, aber auch aus dieser Distanz nicht weniger tödlich.

Vor ihren Augen feuerte die Führungsmaschine jeder Formation ihre Raketen ab.

Sara stieß ein wütendes Knurren aus. »Dieser verdammte …! Mike, hol sie runter.«

Mike sah zu den Raketen. Er hatte keine Ahnung, wo sie sich in Relation zum Bodennullpunkt befanden. Es waren nur irgendwelche Dinger in der Luft.

»Ich brauche eine Lageansicht, Tim!«

»Hol sie einfach runter!«, wiederholte Sara.

»Nicht, wenn ich nicht weiß, wohin sie stürzen werden, verdammt noch mal!«

»Da!«, rief Tim. »Da ist deine Ansicht.«

Mike folgte seinem ausgestreckten Finger zu einem Monitor, der eine Ansicht des Gebiets zeigte. Die Raketen flogen weiter auf sie zu, aber sie waren noch außerhalb des Parks. Das ganze Wildreservat war evakuiert und abgeriegelt worden, angeblich wegen Vergiftung der Seen. Er würde genau den richtigen Zeitpunkt wählen müssen, sodass die Raketen innerhalb des Naturparks zu Boden gingen, wo es aller Wahrscheinlichkeit nach keine Opfer geben würde – aber auch nicht so nah beim Berg, dass die Deep-Shield-Anlage noch weiter in

Mitleidenschaft gezogen wurde. Er zweifelte keinen Moment daran, dass sie »Bunkerbrecher« einsetzten. Leighton Howard wusste besser als irgendwer sonst, welche extreme Gewalt nötig war, um den Olymp zu zerstören.

»Worauf zum Teufel wartest du, Mike?«, fragte Tim.

»Er wartet, bis sie das evakuierte Gebiet erreicht haben«, sagte Sara. »Halt den Mund und lass ihn sich konzentrieren.«

Tim fügte sich, und Mike fokussierte sich ganz auf die heranfliegenden Raketen. Undeutlich nahm er wahr, dass Sara und Tim im Hintergrund murmelnd ein Gespräch führten. Mike nahm sich immer zwei Raketen auf einmal vor, zerstörte mit einem Gedanken ihr Innenleben und ließ sie von innen nach außen in sich zusammenfallen. Sie taumelten paarweise in unregelmäßigen Bahnen vom Himmel. Nicht alle explodierten – offenbar sollten sie erst über ihrem Ziel scharf gemacht werden.

Dass die Raketen wie durch Zauberei versagten, schreckte die Piloten jedoch nicht ab. Die Kampfjets zogen eine Schleife, um einen zweiten Angriff zu fliegen. Mike schüttelte den Kopf. War das nicht geradezu die Definition von Schwachsinn – einen Prozess exakt genau so zu wiederholen und ein anderes Ergebnis zu erwarten?

Aber genau das taten die Jets: Sie setzten zu einem zweiten Angriff an und feuerten alle ihre Raketen gleichzeitig ab. Mike holte sie wie zuvor vom Himmel. Diesmal explodierten alle.

»Timmy-Troll«, sagte Sara leise, »kannst du die Leitungen unter Strom setzen?«

»Mal sehen.«

Die Monitore im Camp von Deep Shield zeigten zunächst nichts, und Mike brauchte eine Weile, bis er begriff, was geschah. Der erste Hinweis darauf, dass etwas nicht stimmte, war Feuer. Es brach in dem zerstörten Wohnwagen aus, im Messezelt, in den Baracken. Es sprang aus Böden, Wänden und Decken. Tim hatte irgendwie sämtliche Drähte, jedes einzelne Elektrokabel massiv aufgeladen. Die Isolierungen überhitzten, die Plastikumhüllungen schmolzen, und alles, was mit den Kabeln in Kontakt kam, brannte. Die Soldaten reagierten natürlich, indem sie flohen. Während die Überwachungskameras in den Gebäuden eine nach der anderen ausfielen, versammelten sie sich mit ihren nutzlosen Waffen in der Hand in der Mitte des Lagers.

Tim lachte. »Lämmer zur Schlachtbank«, schnaubte er höhnisch und warf einen Blick zu Sara. »Pass auf.«

Etwas erhob sich hinter einem der großen Mannschaftszelte. Etwas, das Mike seit Tagen aus dem Augenwinkel im Halbdunkel lauern sah, wie ihm nun klar wurde. Es war ein Minotaurus – oder zumindest sah es aus wie einer. Ein mehr als drei Meter hoher, mit einer Rüstung bekleideter Minotaurus, der einen Morgenstern schwang, buchstäblich Feuer spie und rote Rauchwolken ausstieß. Er schritt zur Mitte des Lagers und ließ seine überdimensionierte Waffe über dem Kopf kreisen. Die mit Zacken versehene Kugel am Ende der Kette war größer als ein Männerkopf. Tim bellte, und das Ding öffnete den Mund und bellte mit ihm. Sie konnten es nicht hören, sondern nur sehen, aber das bedeutete, dass das, was folgte, in einer gespenstischen Stille stattfand, die alles nur umso schrecklicher machte.

Der erste Mann, der den Minotaurus hörte und sah, rief etwas, richtete reflexartig seine Waffe auf ihn und ließ eine lautlose Salve Maschinengewehrfeuer auf ihn los. Der Minotaurus riss den Mund zu einem Brüllen auf und schwang den Morgenstern bedrohlich über seinem Titanenkopf. Weitere Männer feuerten auf ihn … von allen Seiten. Mike schluckte, schwitzte, versuchte, etwas zu sagen, damit Tim aufhörte. Er konnte es nicht. Und aus Gründen, die er selbst nicht ganz verstand, gab er den Versuch auf.

Soldaten fielen, von den eigenen Kameraden aus nur wenigen Metern Entfernung niedergemäht, denn so massiv Tims Geschöpf auch aussah, ihre Kugeln gingen einfach durch es hindurch, um auf der anderen Seite lebende Ziele zu finden.

Tim erzeugte mehrere kleinere Geschöpfe und schickte sie in das chaotische Handgemenge, grässliche, missgebildete Dinger aus Videospiel-Alpträumen. Sie bedrohten die Soldaten, schwangen ihre Streitäxte gegen sie und schienen Treffer zu landen, wenn auch leichte. Mike wusste nicht, ob Tim sich zurückhielt oder ob es ihm einfach an der Zeta-Fähigkeit fehlte, die Schläge richtig massiv zu machen. Die Soldaten schossen auch auf diese Geschöpfe und versuchten sie mit ihren Bajonetten aufzuspießen, wenn sie nahe genug kamen.

Weitere Männer fielen.

Der letzte Mann starb, als er dem Massaker zu entfliehen versuchte. Er lief, stolperte, als er dem imaginären Morgenstern ausweichen wollte, und fiel in das Bajonett eines toten Kameraden.

Nur eine Kamera funktionierte jetzt noch, und Mike war sich ziemlich sicher, das lag daran, dass Tim oder Sara einen Weg gefunden hatten, unabhängig von dem Netzwerk auf sie einzuwirken. Die Kamera zeichnete getreulich General Howards Gesichtsausdruck auf, als er Augenblicke später sein zerstörtes Camp betrat. Wohnwagen und Zelte brannten noch, Männer lagen tot oder sterbend auf der Erde. Die Luft war voller Rauch.

Tims Geschöpfe waren fort und hatten keinen Hinweis darauf hinterlassen, dass sie jemals da gewesen waren. Für Leighton Howard musste es aussehen, als hätten sich seine Leute in wahnhafter Raserei gegenseitig getötet. Wie ein Schlafwandler oder Zombie drehte er langsam eine Runde durch das Lager, das Gesicht erschlafft, die Haut grau. Tim schwenkte die Kamera, um ihm zu folgen. Die Hydraulik musste ein Geräusch gemacht haben, denn der General drehte sich um und sah direkt in die Kameralinse.

»Ha, jetzt kapiert er es«, sagte Tim und ahmte dann die heisere Stimme eines alten Mannes nach: »›Ja, junger Skywalker, erst jetzt, da dein Ende naht, hast du die Dinge erkannt.‹«

Fast, als hätte er die Verhöhnung hören können, kam Howard, über Leichen steigend, auf die Kamera zu und zog unterwegs seine Handfeuerwaffe. Er blieb vor dem Baum stehen, an dem sie befestigt war, und richtete die Waffe auf sie.

»Fahr zur Hölle«, formte er mit den Lippen und drückte ab.

»Ja, verdammt!«, rief Tim aus. »Das war aber unfein. Jetzt können wir nicht sehen, was er als Nächstes tut. Denkst du, er unternimmt einen Ein-Mann-Angriff auf uns?«

»Ich weiß es nicht, aber ich würde es gern herausfinden«, sagte Sara. »Mike!«

Er blickte zu ihr auf und stellte fest, dass er unbewusst auf einen Sessel vor der Konsole gesunken war. Er räusperte sich. »Ja?«

»Wie viele Roboter kannst du gleichzeitig steuern?«

»Zwei, drei vielleicht.«

»Schick sie den Berg hinunter. Ich muss sehen, was er treibt.«

»Sicher.« Mike war fast erleichtert, einen so simplen Befehl von Sara zu bekommen. Er setzte dazu an, kinetisch nach dem nächststehenden Roboter zu greifen, entschied dann aber, Sara lieber nicht zu zeigen, dass er nicht mehr unbedingt auf Sichtkontakt angewiesen war, wenn er den Mechanismus gut kannte. Er zog sich in die Höhe und ging zum nächstgelegenen Aufbewahrungsbereich für Roboter – Tim nannte es ihre »Kriegskasse«.

Er holte zwei leichte Ninja-Roboter aus ihren Ladestationen und schickte sie durch einen schmalen Stollen, der als Hintertür diente, aus der Anlage hinaus. Dann ließ er die beiden sich nach Art einer Kugelassel zusammenrollen und den Hang hinunter zu den brennenden Resten des Deep-Shield-Lagers kullern. Anschließend kehrte er in den Kontrollraum zurück, um sie über das externe Überwachungssystem zu beobachten.

Unmittelbar bevor er sie aus den Augen verlor – als sie nach seiner Schätzung rund eine Viertelmeile vom Camp entfernt waren –, richtete er sie auf, aktivierte ihr eingebautes optisches System und ließ sie in einen schnellen Trab fallen.

Mike überlegte, ob er auf virtuelle Realität schalten sollte, aber so bedeutsam ein solcher Durchbruch für ihn auch sein mochte, er verspürte kein Verlangen, die Verwüstungen, die Tim verursacht hatte, so mitzuerleben, als wäre er dort. Er setzte sich an seinen Arbeitsplatz im hinteren Teil des Kommandoraums und beobachtete die Bildschirme.

»Mann, das dauert zu lange«, beschwerte sich Tim. »Selbst wenn sie laufen, brauchen sie zu lange. Kannst du sie nicht fliegen lassen, oder was?«

»Sie sind nicht zum Fliegen geschaffen.« Kaum hatte er es ausgesprochen, wurde Mike bewusst, dass er seinem eigenen Denken Grenzen setzte. Was machte es schließlich für einen Unterschied, ob man Atome dichter zusammenpackte, um einen soliden Fausthieb zu erzeugen, oder ob man sie zusammenpackte, um einen festen Körper auf einer unsichtbaren Rutsche zu einem Zielpunkt gleiten zu lassen? Mike probierte es jetzt aber nicht aus. Er war sich ziemlich sicher, dass jeder Fehler, der zu einer Verzögerung führte, eine Art Tobsuchtsanfall bei Tim auslösen würde. Er entschied sich dafür, den Robotern ein bisschen zu helfen, sodass sie wie Zeichentrickfiguren in einer schlechten Animation bei jedem Schritt ein Stück über den unebenen Boden glitten.

Sara warf ihm einen merkwürdigen Blick zu, aber er ignorierte sie. Er wollte genauso dringend herausfinden, was Howard tat, wie sie. Die beiden Roboter durchbrachen den Zaun des Lagers und wurden von Rauchschwaden eingehüllt. Mike stationierte einen von ihnen als Wache und ließ den anderen langsam zwischen den noch brennenden Trümmern umhergehen und das optische System in alle Richtungen schwenken. Überall lagen Leichen in Tarnanzügen, die tiefrot von Blut gefärbt waren. Über die Audioempfänger der Roboter hörte er jetzt das Knistern von Flammen, das Seufzen des Windes und das Knarren von Ästen. Unpassenderweise vernahm er auch Vogelgezwitscher. Er achtete nicht darauf und stieß in die Mitte der Verheerungen vor, dorthin, wo sie Leighton Howard zuletzt gesehen hatten.

Er war noch da. Er lag auf dem Rücken am Fuß des Baums mit der zerschossenen Kamera, ein sauberes – wenn auch blutiges – Loch zwischen den Augen. Die Waffe hing noch am Abzugsbügel in seiner linken Hand.

»Na, das ist mal wirklich ausgleichende Gerechtigkeit«, sagte Tim.

»Außer dass er sich bildlich gesprochen eigentlich in sein Schwert hätte stürzen müssen«, sagte Sara.

»Leute«, sagte Mike und schwenkte den Roboterblick von dem toten General fort, »wir haben ein drängenderes Problem.«

»Nämlich?«, fragte Troll.

»Der Wald brennt.«

Luftaufklärung ließ erkennen, dass das Feuer sich von einer Lichtung am südlichen Rand des Pine Flat ausbreitete. Feuerwehrhauptmann Bert Cross hatte Camper im Verdacht, weil die Quelle so nah an einer als Brandschneise dienenden alten Forststraße lag, es konnte aber auch jemand eine brennende Zigarette aus dem Wagen geworfen haben. Nicht sehr wahrscheinlich um diese Jahreszeit, aber möglich.

Während die Flugzeuge Löschmittel auf die brennenden Ränder des Feuers warfen und Hubschrauber riesige Kübel mit Wasser aus dem nahen Reservoir heranschafften, fuhr Cross mit einem Zug aus drei geländegängigen Trucks und einem Rettungsfahrzeug die Forststraße entlang.

»Diese Lichtung war auf den letzten Satellitenkarten, die ich gesehen habe, noch nicht da!«, rief Robert Apatow, der Fahrer seines Trucks, über den Lärm des Motors. »Irgendwer hat sie in den vergangenen vier Monaten in den Wald geschlagen.«

Cross sah ihn von der Seite an. »Hoffentlich bedeutet das

nicht, dass wir es mit einem Meth-Labor oder einem Obdachlosen-Camp zu tun haben.«

»Ja, aber wer immer es war, ich hoffe, sie sind rausgekommen, bevor …«

»Ja«, führte Cross den Gedanken zu Ende und beobachtete den GPS-Schirm.

»Wir sind fast …« Apatow brach mitten im Satz ab und spähte über das Lenkrad. »Ist das ein Hubschrauber da vorn?«

Es war ein Hubschrauber. Er stand unmittelbar südlich der Feuerschneise in einer Lichtung, die kaum groß genug für ihn war. Er war klein und pfeilförmig, in Tarnfarbe gestrichen und zum größten Teil von einem Blätternetz bedeckt.

»Kannst du uns da hinunterbringen, Bob?«

»Sicher. Sieht aus, als würde der Weg auf der anderen Seite des Hubschraubers weitergehen.« Er steuerte den Truck von der Forststraße über einen schmalen, holprigen Pfad und fügte an: »Ich sage es aus verschiedenen Gründen nicht gern, aber ich habe da ein ganz mieses Gefühl.«

Auch die Vorahnung seines Fahrers bereitete Cross nicht auf das vor, was sie am Ende der Fahrspur vorfanden. Als die Trucks stehen blieben, blickten die beiden Männer auf ein Schlachtfeld. Die breite Lichtung war gesäumt von verkohlten Zelten und einem Wohnwagen, der aussah, als wäre etwas, das über eine ungeheuerliche Kraft verfügte, aus ihm ausgebrochen. Die Szenerie im Inneren dieses Kreises der Zerstörung war schrecklicher als alles, was Cross in seinen zwanzig Dienstjahren gesehen hatte. Überall lagen tote Soldaten, erschossen, aufgeschlitzt, manche verbrannt in dem Feuer, das offenbar in einigen der Zelte ausgebrochen und durch den Wind begünstigt den Hang hinaufgewandert war.

»Großer Gott«, flüsterte Apatow neben ihm. »Was machen wir jetzt?«

»Du setzt mit den Spritzfahrzeugen den nordwestlichen Rand der Lichtung unter Wasser, dann schlagt ihr eine Feuerschneise. Wenn der Wind dreht, könnte das Feuer sonst zurückkommen und sich in Richtung Fayetteville ausbreiten. Ich werde die Polizei verständigen. Wir brauchen Hilfe hier.«

Apatow nickte und machte Anstalten, auszusteigen.

»Und, Bob«, sagte Cross, »sag deinen Leuten, sie sollen nichts anrühren, ja? Das hier ist entweder ein Terroranschlag oder der Tatort eines Verbrechens, und wir lassen am besten die Finger davon. Die Sache liegt weit über unserer Gehaltsstufe.«

Apatow nickte wieder und schluckte vernehmlich. »Ja«, sagte er und kletterte aus dem Fahrzeug. Cross griff nach dem Funkgerät.

KAPITEL 5

Nachwehen

Matt hätte nicht sagen können, wann genau ihm klar wurde, dass bei Forward Kinetics etwas »nicht stimmte«. Er zerstreute sich in seinem Büro gerade mit Algorithmen, als ihm auffiel, dass es totenstill im Gebäude war. Er blickte auf, lauschte einen Moment angestrengt und sah dann zur Uhr in seinem Computer. Es war zwei Minuten nach der vollen Stunde, doch er hatte die Sicherheitspatrouille noch nicht an seinem Büro vorbeigehen sehen. Er stand auf und ging in den Flur hinaus. Alles, was er hörte, war das leise Zischen der Klimaanlage und sein eigener Atem.

Er blieb einen Moment im Flur stehen, dann machte er sich auf den Weg zum Robotik-Labor. Bis er endlich Stimmen aus dem Labor hörte, hätte ihm nicht unheimlicher zumute sein können; er kam sich vor, als wäre er in einen postapokalyptischen Film geraten oder in eine Folge von *Twilight Zone.* Gerade als er die Tür erreichte, kamen Brenda Tansy und Phil Rath heraus, die beiden wirkten genauso perplex wie er. Der Rest des Robotik-Teams drängte sich direkt hinter ihnen, sie erinnerten ihn an eine Schar Wachteln, die sich auf eine leere Straße hinauswagte.

Alle starrten einander einen Moment lang an, dann sagte Brenda: »Wo sind die Deeps?«

Matt warf einen Blick in Richtung des Konferenzraums am anderen Ende des Flurs, der das Nervenzentrum von Leighton Howards Unternehmungen gewesen war. »Sie meinen die Men in Black, die sonst immer hier sind, nehme ich an. Ich habe keine Ahnung. Mir ist gerade aufgefallen, dass der Wachdienst nicht wie sonst an meinem Büro vorbeispaziert ist. Und dass es im ganzen Haus totenstill ist.«

»Sie waren dadrin«, sagte Phil und wies mit einer Kopfbewegung in Richtung Konferenzraum. »Einer von ihnen ist herausgekommen und hat nach den beiden Männern gerufen, die normalerweise im Labor postiert sind, und dann ist es einfach still geworden.«

»Sehen wir uns mal um«, schlug Matt vor. »Vielleicht entdecken wir etwas.«

Was sie entdeckten, war eine Handvoll Zivilangestellte in einem Gebäude, das sämtliche Angehörige der Deep-Shield-Verwaltung und ihrer Wachmannschaft verlassen hatten. Es gab nirgendwo auf dem Gelände Deeps, ihre Computerausrüstung fehlte, und ein rascher Blick auf den Parkplatz ergab, dass ihre Fahrzeuge fort waren.

Am Ende ihrer ausgedehnten Suche versammelte Matt alle Mitarbeiter im Pausenraum und beauftragte sich selbst und die Verwaltungsangestellte Ventana Salazar, eine Reihe von Anrufen unter Nummern zu machen, bei denen sie früher Leute erreicht hatten, die für die Beaufsichtigung ihrer Arbeit zuständig waren. Matt versuchte es einige Male unter der Nummer, die er für General Howard hatte. Es läutete nicht einmal.

Bis zum späten Nachmittag hatte niemand versucht, mit ihnen Kontakt aufzunehmen. Matt schickte alle außer Brenda, Phil und Tana nach Hause und wies sie an, sich in den nächsten Tagen still zu verhalten und erreichbar zu sein.

»Kommen wir morgen zur Arbeit?«, fragte einer aus der Robotik-Mannschaft.

»Arbeiten Sie gerade an etwas, wofür Sie gern zur Arbeit kommen würden?«, fragte Matt zurück.

Phil Rath antwortete für das gesamte Team: »Diese beschissene Waffenproduktion hier? Ich glaube, ich spreche für uns alle, wenn ich sage: ›Nicht nur nein, sondern *verdammt noch mal* nein.‹«

Beifälliges Murmeln wurde in der kleinen Versammlung laut, und Matt lächelte. Die ganze Bande war aus demselben aufsässigen Holz geschnitzt. Als die letzten Mitarbeiter die Cafeteria verließen, wandte sich Matt an Brenda, Phil und Tana, die Leute, die er als seinen Kommandostab ansah … oder diejenigen, die er als diesen ansah, nachdem der ursprüngliche Kommandostab ihn im Stich gelassen hatte. »Ich weiß nicht, was passiert ist, aber es sieht aus, als wäre Deep Shield von der Bildfläche verschwunden. Ich denke, ich sollte mit der Regierung Kontakt aufnehmen.«

»Mit welchem Teil der Regierung?«, fragte Brenda. »Wem können wir nach dieser ganzen Geschichte mit Deep Shield …«

Das letzte Wort wollte ihr anscheinend nicht über die Lippen kommen, aber alle wussten, welches es war.

»Trauen?«, fragte Tana.

»Ja, sicher …«

»Chuck hatte einen Freund beim FBI kontaktiert«, sagte Matt. »Vielleicht kann ich den Namen in Erfahrung bringen.«

»Können Sie mit Chuck Kontakt aufnehmen?«, fragte Brenda. Ihre blauen Augen waren groß und hoffnungsvoll. Wo Chuck war, konnte auch ihr Verlobter Dice sein.

»Bis vor zwei Wochen konnte ich ihn über Soziale Medien kontaktieren. Er verfolgt LinkedIn. Ich kann ihm eine Nachricht schicken – vielleicht. Wenn das nicht klappt, probiere ich es über das Heimatschutzministerium.«

Sie trennten sich widerstrebend, als wären sie das einzige Stabile in einer Welt, die ihnen erschien, als hätte sie eine Birnenform angenommen. Vielleicht waren sie es. Das Letzte, was Brenda zu Matt sagte, war: »Wenn Sie Chuck zu fassen bekommen, fragen Sie ihn bitte nach Dice. Sagen Sie ihm … sagen Sie ihm, dass ich ihn liebe, okay?«

Matt versicherte ihr, er würde ihre Botschaft weiterleiten, und verspürte nicht das kleinste Bedürfnis, zu spotten. Er überlegte, was er als Nächstes tun sollte, dann schickte er Chuck über LinkedIn eine Nachricht, bevor er eingedampften Kaffee aus einer Kanne trank, die den ganzen Tag auf der

Warmhalteplatte gestanden hatte. Er überlegte gerade, ob er zu Chucks Haus fahren sollte, als er jemanden durch die Eingangshalle kommen hörte.

Falsch – sehr viele Jemands.

Sollte er aufstehen und nachsehen gehen? Sollte er bleiben, wo er war? Seine Hände gut sichtbar auf den Tisch legen? Als er Füße im Flur trampeln hörte, stand er auf, stellte sich, die Arme am Körper, mit dem Gesicht zum offenen Eingang des Pausenraums und wartete. Er musste nicht lange warten. Augenblicke später tauchte eine Gruppe uniformierter Soldaten im Gang vor der Cafeteria auf. Sie waren bewaffnet und hatten ihre Waffen gefechtsbereit. Matt unterdrückte das Bedürfnis, ihnen zuzuwinken.

»Identifizieren Sie sich, bitte«, forderte ihn eine Soldatin auf.

»Dr. Matthew Streegman. Wären Sie Ihrerseits so freundlich?«

Sie antwortete nicht, sondern drehte den Kopf und rief in den Flur zurück: »Hier, Ma'am. Ein Dr. Streegman.«

Einen Moment später erschien eine Frau in Zivil im Eingang, die Soldaten machten Platz, um sie durchzulassen.

»Dr. Streegman«, sagte sie, »ich bin Diana Maalouf vom Ministerium für Heimatschutz.«

Matt atmete aus und merkte erst jetzt, dass er die Luft angehalten hatte. »Danke. Sie ersparen mir die Mühe, mit Ihnen Kontakt aufzunehmen. Wissen Sie, wo General Leighton Howard ist?«

»General Howard ist tot, Doktor. Sind Sie ein Partner von ihm?«

Er sog die Luft scharf ein. Das erklärte die plötzliche Räumung der Büros. »Kein freiwilliger, Ms. Maalouf – jedenfalls zuletzt nicht mehr. Ich vermute, Howards willige Partner sind alle untergetaucht. Sie haben das Gebäude heute Nachmittag so geräuschlos verlassen, dass der Rest von uns ihr Verschwinden zunächst gar nicht bemerkt hat. Ms. Maalouf, ich würde wirklich gern jemandem erzählen, was hier vor sich geht – und was in Pennsylvania vor sich geht.«

Die Heimatschutzbeamtin sah ihm lange und forschend ins Gesicht und sagte dann: »Ich denke, das kann ich einrichten, Doktor.«

Unter normalen Umständen wäre es nervenaufreibend gewesen, die Präsidentin der Vereinigten Staaten zu treffen, aber auch ein Grund, zu feiern. Unter diesen Umständen war es nervenaufreibend, und es gab nicht das Geringste zu feiern. Alle Leute um Matt herum waren nervös, die Hälfte von ihnen – darunter die Präsidentin – sahen aus, als hätten sie eine ganze Weile nicht geschlafen. Matt fühlte mit ihnen.

Er erzählte ihnen alles, was er über Leighton Howard und Deep Shield wusste, einschließlich der schrecklichen Ereignisse beim Versuch der Deeps, ihren Berg zurückzuerobern. Er wusste nicht, was sich in der unterirdischen Anlage tatsächlich abgespielt hatte, nur dass von denen, die hineingegangen waren, keiner mehr herauskam. Es hatte einen Einsturz tief im Haupteingangsbereich gegeben, aber das erklärte noch nicht die vielen Toten, und damit war einiges über die Gemütsverfassung der Alpha-Zetas gesagt. Man konnte sich leicht vorstellen, dass Tim in seiner Entfremdung die Gräuel verübt hatte, die aus den Geschütztürmen am Hang gesprungen waren, aber nicht Sara oder Mike. Konnten sie mit den Fähigkeiten, die sie durch ihr Training erlangt hatten, nicht mehr umgehen? Traf es immer zu, dass absolute Macht absolut korrumpierte?

Matt blickte auf, als der Stabschef den Techniker aufforderte, das Videomaterial abzuspielen, das sie aus den Resten von Howards Camp geborgen hatten. Als der Minotaurus erschien, spürte Matt, wie ein dunkles, schleimiges Etwas aus seiner Magengrube zu kriechen versuchte. Er zwang es wieder hinunter. Das konnte nur Tim sein. Als die Soldaten zu schießen anfingen und nichts weiter bewirkten, als sich gegenseitig abzuschlachten, musste er die Augen schließen. Er öffnete sie gerade rechtzeitig wieder, um zu sehen, wie General Howard direkt in die Kamera schoss.

»Wo…woher haben Sie dieses Video?«

»Es war auf einem USB-Stick aus einer der wenigen verbliebenen Überwachungskameras im Lager von Deep Shield«, sagte die Navy-Admiralin, die neben der Präsidentin saß. Sie war eine imposante amerikanische Ureinwohnerin, mit Augen so dunkel, dass sie beinahe schwarz waren, und einem eindrucksvollen Haarknoten im Nacken, der mitternachtsblau schimmerte. »Es ist das einzige Bildmaterial, auf dem man sieht, was genau zu dem Gemetzel geführt hat.«

»Wie ist Howard gestorben?«

Die Admiralin wechselte einen Blick zur Präsidentin, und diese sagte: »General Howard hat Selbstmord begangen. Wir fanden seine Leiche genau unterhalb der Kamera, der wir den Stick entnommen haben.« Sie beugte sich vor und sah Matt in die Augen. »Dr. Streegman, als Sie vorhin beschrieben, was auf dem Berg passiert ist, war ich geneigt, Ihnen nicht zu glauben. Dann habe ich das hier gesehen.« Sie gestikulierte in Richtung Videoschirm.

Matt drehte die Handflächen nach außen. »Ich habe Agent Maalouf zu erklären versucht …« Er ließ die Arme sinken. »Als sich die Deeps aus Forward Kinetics zurückzogen, haben sie alles mitgenommen, einschließlich des Videos von ihrem Versuch, ihre Einrichtung zurückzuerobern. Sie haben ihre administrativen Systeme strikt von unseren getrennt gehalten. Wir hatten keinen Zugang zu ihren Aufzeichnungen, sie hatten vollen Zugang zu unseren.«

»Dr. Streegman, womit haben wir es hier zu tun?«, fragte die Präsidentin. »Was war das für ein … Ding, das General Howards Lager angegriffen hat?«

»Es war ein …« Er überlegte, wie er es beschreiben sollte. »Die Zetas nennen sie Gespenster oder Golems. Sie sind gedankliche Konstrukte, Projektionen, die sie zu erzeugen gelernt haben. In diesem Fall ein ganz bestimmter Zeta, Tim Desmond. Er war Spieleentwickler.«

Der Stabschef der Präsidentin lehnte sich zurück und atmete geräuschvoll aus. »Moment mal. Wollen Sie behaupten, dass eine ganze paramilitärische Einheit von einer Figur aus einem Videospiel massakriert wurde?«

Matt sah ihn an. »Nein, Sir. Sie haben sich gegenseitig getötet. Da war nichts, was sie hätte massakrieren können – was das Geschehene nicht erträglicher macht. Aber das könnte sich ändern. Eine der Zetas – ein Mitglied des Beta-Teams, das mit meinem Partner verschwunden ist – war in der Lage, Golems zu erschaffen, die … nun, die eine gewisse Substanz hatten. Die man berühren konnte.«

»Wie ist das möglich?«, fragte die Präsidentin.

»Die meisten von uns – auch Top-Wissenschaftler – können Quantenstrukturen nur passiv beobachten. Ich kann es mir nur so erklären, dass einige Zetas solche Strukturen aktiv beobachten und beeinflussen können. Tim Desmond kann es. Minerva Mause kann es. Ich bin mir ziemlich sicher, es ist auch das, was Mike Yenotow in Wirklichkeit tut, wenn er Maschinen beeinflusst – er beeinflusst Atome, packt sie dichter, übt eine Kraft auf sie aus. Ich weiß nicht, auf welche Weise genau, denn ich selbst kann es nicht.«

Die Präsidentin nickte nachdenklich. »Drei von diesen Zetas sind also in dem Berg. Sie haben sich offenbar erfolgreich gegen Howards Missbrauch ihrer … Fähigkeiten gewehrt. Howard ist tot. Denken Sie, wir könnten sie möglicherweise dazu bewegen, herauszukommen?«

Es war eine heikle Frage. Matt wusste nicht, wie er sie beantworten sollte. »Ich denke, sie würden gern herauskommen. Mike hat irgendwo eine Familie. Er vermisst sie bestimmt.

Aber sie stellen Forderungen, Präsidentin Ellis. Forderungen, von denen ich nicht weiß, ob Sie sie erfüllen können. Vielleicht nicht einmal, wenn Sie es wollten.«

»Welche Forderungen?«

Matt grinste sarkastisch. »Weltfrieden. Den fordern sie, und mit ihren Fähigkeiten und in diesem Berg verschanzt, könnten sie ihn tatsächlich herbeiführen – aber sicher nicht auf eine Weise, die Ihnen gefallen wird. Sie kennen den alten biblischen Spruch von Schwertern zu Pflugscharen? Wenn Sie und andere politische Führer dieser Aufgabe nicht gewachsen sind, übernehmen die Alpha-Zetas es vielleicht für Sie.«

Die Präsidentin nickte. »Die ungewöhnlichen Ausfälle auf den Luftwaffenstützpunkten. Sie haben recht. Wenn sie das waren, dann haben wir tatsächlich ein Problem.«

Er nickte wieder. »Aber das ist nicht Ihr größtes Problem.«

»Nein?«

»Nein. Ihr größtes Problem ist, dass das *intelligente* Leute sind. Sie haben Hunderte von Männern getötet. Sicher, es waren schlechte Menschen, sie haben gegen das Wohl des amerikanischen Volkes gearbeitet, gegen das Wohl der Welt, aber es waren Menschen. Sie wären durch internationales wie nationales Recht gezwungen, die Alphas als Kriegsverbrecher, Gangster oder Verräter zu betrachten – sie zu verhaften, anzuklagen und vor Gericht zu stellen.« Matt schüttelte den Kopf. »Ich glaube nicht, dass sie das zulassen werden.«

»Wir können sie nicht einfach töten«, sagte Ellis. »Sie sind amerikanische Bürger, die ihrer Schilderung zufolge von einer verbrecherischen paramilitärischen Organisation rechtswidrig gefangen gehalten und sogar missbraucht wurden.«

»Und trotzdem sind sie jetzt Vigilanten. Leute, die ihren privaten Krieg führen und sich das Vorrecht gewählter Volksvertreter anmaßen, solche Entscheidungen zu treffen«, bemerkte Chamberlin.

»Darin muss ich Ihrem Stabschef zustimmen«, sagte Matt.

»Aber ich glaube trotzdem, es ist eine Formalität, die ein Politiker umgehen kann. Hier geht es um etwas anderes.« Er sah Ellis an. »Madam President, dieses Land war noch nie mit so etwas konfrontiert. Ich kenne diese Leute. Bis sie ihre Zeta-Fähigkeiten entwickelt haben, waren sie so normal wie jeder andere hier im Raum. Na ja, bis auf Tim vielleicht, aber das ist eine subjektive Einschätzung meinerseits. Was ich sagen will, ist: Ich glaube nicht, dass Sie in diesem Fall nach dem üblichen Schema verfahren können.«

»Sie meinen, wir müssen mit ihnen verhandeln?«, sagte Admiral Hand.

»Ja, und zwar offen und ehrlich. Ohne Tricks. Ohne Versprechungen, die Sie nicht halten können.«

»Die Vereinigten Staaten verhandeln nicht mit Terroristen«, sagte Admiral Hand.

»Und genau das ist ein Teil des Problems«, sagte Matt.

»Ich will Ihnen nicht zu nahetreten, Dr. Streegman, aber wer sind Sie, eine Politik ändern zu wollen, die gültig ist, seit es diese Nation gibt?«

»Sie treten mir nicht zu nahe, denn das habe ich gar nicht gesagt. Ich meine, es ist genau das Problem, dass Sie diese Leute als Terroristen betrachten.«

»Und das sind sie nicht?«, fragte die Präsidentin.

»Nein – sie sind eine *neue Spezies.*« Er nahm den schockierten Gesichtsausdruck der Anwesenden wahr, fuhr aber ungerührt fort. »Und das ist der erste Kontakt mit ihr.«

Die Präsidentin holte tief Luft und sah Matt in die Augen. »Dann sollten wir vielleicht zunächst einmal herausfinden, was sie wollen. Da Sie die Leute kennen, möchte ich Sie bitten, uns dabei zu helfen.«

Matt nickte. »Ich werde tun, was ich kann.«

»Ihnen ist natürlich klar, dass sich einige Elemente im Kongress mit Händen und Füßen dagegen wehren werden.«

Margaret hob den Kopf und sah in Curtis Chamberlins jungenhaftes Gesicht. Sie hatten sich stundenlang telefonisch mit dem Heimatschutz, mit FBI, CIA und NSA beraten und die Führer der Kongressparteien davon unterrichtet, dass sie soeben eine geheime paramilitärische Organisation aufgedeckt hatten, die auf dem Boden der Vereinigten Staaten tätig war. Sie hatte Curtis eine Reihe von Briefings für Abgeordnete ansetzen lassen, und sie wusste, dass er recht hatte – manche Elemente im Kongress würden die Leute, die die Anlage in Pine Ridge besetzt hielten, als Terroristen bezeichnen und verlangen, dass man sie gewaltsam entfernte. Was alles noch komplizierter machte, war der Umstand, dass manche Kongressmitglieder nicht fähig oder nicht willens sein würden, die Lage so zu akzeptieren, wie sie war, egal, wie viele Stunden Video oder wie viele Bilder von dem Gemetzel sie sahen oder wie oft sie mit Matt Streegman sprachen.

Schließlich gab es immer noch Abgeordnete, die nicht glaubten, dass der 11. September je stattgefunden hatte.

Sie rieb sich die Augen, dachte zu spät an ihr Make-up und fluchte leise. »Ich würde gern einen Zeitplan erstellen und ein paar Pflöcke darin einschlagen: Wir reden mit diesen Leuten im Berg. Wir schauen, was sie wollen. Wir arbeiten uns auf eine … für beide Seiten akzeptable Einigung heran. Wenn sich das als hoffnungslos erweist, bin ich bereit, eine militärische … Option in Betracht zu ziehen.« Sie schnaubte höhnisch. »Ich wollte ›Lösung‹ sagen, aber in Abänderung eines alten Lieblingssongs: ›There is no military solution to our troubled evolution‹.«

Curtis sah sie mit fragendem Blick an.

»The Police.« »Spirits in the Material World.«

»Äh, nun gut, Madam President, in zwei Stunden ist Ihr erstes Briefing im Kongress. Damit bleibt uns noch Zeit, zu überlegen, was wir der Öffentlichkeit erzählen wollen. Die Verschwörungstheorien sprießen schon an allen Ecken und Enden.«

»Aber natürlich.« Margaret schüttelte den Kopf. »Wann tun sie das nicht?«

Ted Freitag sagte sich, dass er nicht nervös war, und strafte sich selbst Lügen, indem er ständig an der Ecke seines Lichtbildausweises zupfte. Er zwang sich zum fünfzigsten Mal, damit aufzuhören, und überlegte, was er tun würde, wenn ihn der Senator einfach wegjagte. Nach Hause fahren. Wieder im Pentagon arbeiten. Vergessen, dass etwas von alldem passiert war.

Ja, das war gut. Besser noch: Es war sicher.

Seine Zweifel an dem, was er hier tat, waren so stark, dass er aufstand und einen Blick zur Tür warf … und genau in diesem Moment trat Senator Roman Bluth durch diese Tür. In seiner Miene lagen Neugier und Verärgerung im Widerstreit.

»Senator«, grüßte Ted.

»Ich habe nicht viel Zeit«, sagte Bluth. »Ich würde Sie überhaupt nicht empfangen, wenn mein Assistent nicht gesagt hätte, Sie wüssten vielleicht etwas über diese …« Er gestikulierte in Richtung Fenster.

Ted wusste, was er meinte. »Wir haben einen gemeinsamen Bekannten – General Leighton Howard. Ich habe ihn über die Jahre mit nachrichtendienstlichem Material versorgt, das sich als unschätzbar für ihn erwiesen hat … und für Sie, wenn ich richtig verstanden habe.«

»Nachrichtendienstliches Material?«

»Informationen, die normalerweise vom Pentagon vielleicht nur gesammelt worden wären, um im Pentagon zu verbleiben.«

Bluth nahm an seinem Schreibtisch Platz und wies auf einen Sessel, der davorstand. »Fahren Sie fort.«

»Meine Kommunikation mit General Howard wurde unmittelbar nach dem … äh … Zwischenfall mit dem Washington Monument unterbrochen. Ich glaube, die Parteien, mit denen er in Verhandlung war, haben sich seiner Kontrolle entzogen.«

»Offensichtlich. Er war allerdings überzeugt, sie wieder einfangen zu können.«

Ted holte tief Luft. »Ich fürchte, es ist ihm nicht gelungen. General Howard ist tot, genau wie alle, die mit ihm in der Einrichtung in Pine Ridge waren. Deep Shield wurde gestern Nachmittag praktisch zerstört.«

Ted sah, wie das Blut aus dem Gesicht seines Gegenübers wich. Es war eigentlich ein interessantes Phänomen, und bis zu diesem Augenblick hatte er es für eine bloße Redewendung gehalten. Aber das war es offenbar nicht. Die erkennbare Pein des anderen beruhigte ihn. Er lehnte sich zurück und schlug die Beine übereinander.

»Die Einheiten des Generals wurden massakriert«, fuhr er fort. »Das Video, das die Forstleute und der Heimatschutz unmittelbar danach machten, ist ziemlich gruselig. Sieht aus, als hätten sie sich gegenseitig getötet. Ein Eigenbeschuss-Gefecht sozusagen. Howard hat offenbar unmittelbar danach Selbstmord begangen. Es war ... unheimlich. Wahrscheinlich das Unheimlichste, was ich je gesehen habe.« Er bemerkte, dass er wieder mit seinem Ausweis spielte, und legte die Hände auf die Oberschenkel.

»Warum? Warum sollten sie sich gegenseitig töten? Was könnte das mit Howards Projekt zu tun gehabt haben?«

Ted zuckte mit den Achseln. »Wie viel wissen Sie darüber, was Howard dort oben getrieben hat?«

»Wie viel wissen Sie?«, fragte Bluth zurück.

Ted vermied es mit Mühe, die Augen zu verdrehen. »Hören Sie, Senator, wir haben nicht die Zeit und den Luxus, hier eine Pattsituation aufzubauen. Ich weiß von dem Zeta-Programm. Ich weiß, dass Howard einen Laden in Baltimore namens Forward Kinetics mehr oder weniger gekapert und sich ihre Technologie für militärische Zwecke angeeignet hat. Ich weiß, dass

Sie und Howard aus politischen Gründen eng bei diesem Projekt zusammengearbeitet haben ...«

»Meine Gründe, warum ich eine Streitmacht von der Art gründen wollte, wie Howard sie vorschlug, haben nichts mit Politik zu tun. Sie haben mit der Schwäche der gegenwärtigen Regierung zu tun, wenn es darum geht, nationalen und internationalen Gefahren zu begegnen. Sie haben damit zu tun, dieses Land vor Feinden zu schützen, von deren Existenz Ellis möglicherweise gar nichts weiß.«

»In Ordnung. Ich werde nicht mit Ihnen streiten, Senator. Was immer Ihre Gründe waren, ich bin hier, um Ihnen mitzuteilen, dass es Howard und den größten Teil seiner militärischen Ressourcen nicht mehr gibt.«

»Dann wurde die Anlage in Pine Ridge also zerstört?«

Klang Erleichterung aus der Stimme des Senators? Ted schüttelte den Kopf. »Sie ist noch in der Gewalt der Zetas.«

Bluth starrte ihn ausdruckslos an, während er diese Nachricht verdaute. »Sie sagen, diese ... Leute haben einen Massenwahn unter hoch ausgebildeten amerikanischen Soldaten ausgelöst ...?«

Ted hob die Hand. »Das habe ich nicht gesagt, Senator. Ich sagte, es sah so aus ...«

»Was könnte es sonst gewesen sein, wenn es nicht Wahn war? Bewusstseinskontrolle?«

Ted schluckte, weil sich seine Kehle plötzlich zuschnürte. War das etwa passiert? Hatten die Zetas – wer immer und was immer sie waren – eine Art von Bewusstseinskontrolle über Howard und seine Soldaten ausgeübt?

»Sie sagen«, fuhr Bluth fort, »dass diese Leute eine große, stark bewaffnete Einrichtung unter ihrer Kontrolle haben.«

Ted Freitag lachte, als ihm die Absurdität der Lage in aller Deutlichkeit bewusst wurde. »Senator, ich glaube, es ist lächerlich, sich Gedanken darüber zu machen, dass sie Waffen *haben*. Sie *sind* Waffen. Und ja, es scheint so, als hätten sie die Einrichtung in Pine Ridge und das Wildreservat, in dem sie liegt, in ihrer Gewalt. Und meines Wissens gibt es keine Möglichkeit, sie zu erreichen, es sei denn, sie wollen erreicht werden.«

Bluth stand auf und lief in seinem Büro im Kreis. Ted schaute ihm zu. Nach drei Runden blieb der Senator stehen und sah ihn an. »Was ist uns geblieben? Sie sagen, diese Zetas haben Howards Einheiten ausgelöscht. Was haben sie nicht bekommen?«

Ted beugte sich vor. »Sie haben Forward Kinetics nicht bekommen.«

Die Miene des Senators hellte sich auf. »Dann ...«

»Nein – dort hat sich der Heimatschutz breitgemacht. Ich habe heute Morgen gehört, sie hätten einen der Wissenschaftler nach Washington geholt, der hinter der von Howard entwickelten Technologie steckt. Aber seinen Partner haben sie nicht erwischt. Unmittelbar bevor alles eskalierte, ist dieser andere Wissenschaftler namens Brenton mit der Hälfte seines Teams geflohen. Howard ist ihnen nach Kalifornien gefolgt, aber sie konnten ihm entwischen. Soviel ich weiß, sind sie immer noch auf freiem Fuß.«

»Und diese Leute sind ebenfalls Zetas?«

»Na ja, ein paar von ihnen könnten welche sein. Howard hat mir fünf Personen genannt, nach denen ich Ausschau halten soll. Sie wissen schon – Kreditkartenbenutzung, Telefonverkehr, Internetaktivitäten, solche Dinge.«

»Und?«

»Wo immer sie sind, sie sind absolut spurlos untergetaucht. Seit dem Fiasko von Pine Ridge hat niemand aus dieser Gruppe mehr auch nur eine Kreditkarte benutzt.«

»Was haben Sie vor, Mr. Freitag? Was gedenken Sie zu tun?«

»Meine Arbeit. Ich bin Dokumentationsspezialist im Pentagon. Niemand rechnet damit, dass ich von dieser Sache weiß.«

»Wären Sie bereit, Ihren Nebenjob weiterzumachen?«

Ted sah den Senator forschend an. »Wollen Sie diesen Totalschaden etwa wieder zusammenbauen?«

»Wenn ich die Einzelteile finde. Howard muss Personal bei Forward Kinetics gehabt haben. Können Sie die Leute aufspüren?«

»Na ja, ich habe Kontakt zu meinem Informanten. Dort könnte ich anfangen.«

»Und dieser Brenton und seine Leute – können Sie die finden?«

Ted lachte. »Senator, was habe ich Ihnen gerade erzählt? Nicht einmal Leighton Howard konnte sie finden.«

»Sie sind in einer Position …«

»Ich bin in einer Position in der Verwaltung, die mir ermöglicht, vieles von dem nachrichtendienstlichen Material zu sehen, das meine Organisation durchläuft. Ich könnte Brenton und seine Zetas nur dann finden, wenn sie jemand anderer zuerst gefunden hat – und hoffentlich, ohne dass es ihm bewusst ist.«

Bluth kehrte an seinen Schreibtisch zurück, schrieb etwas auf einen Zettel und reichte ihn Ted. »Das ist die Telefonnummer, die ich ausschließlich zur Kommunikation mit Howard benutzt habe. Rufen Sie die Nummer an, wenn Sie irgendetwas herausfinden. In der Zwischenzeit hätte ich gern so viele Informationen wie möglich über alle überlebenden Angehörigen von Deep Shield und die Leute von Forward Kinetics – über die verschwundenen wie über die anderen.«

Ted sah auf das Papier und prägte sich die Nummer ein. Dann legte er es auf Bluths Schreibtisch zurück. »Verbrennen Sie das. Vernichten Sie sofort das Telefon, das zu der Nummer gehört, durch Feuer oder Säure.«

Bluth steckte den Zettel ein und behielt ein Pokerface, obwohl er begriff, dass ihn dieser Dokumentationsspezialist gerade auf die Schule für Spione geschickt hatte.

Ted sah Bluth fragend an. »Wie regeln wir das Finanzielle?«

»Wir klären es am Telefon. Ich … werde für Sie sorgen.«

Ted holte ein graues Klapphandy aus der Tasche und legte es im rechten Winkel auf Bluths polierte Schreibtischoberfläche. »Das ist ein Wegwerfhandy. Es enthält nur eine Nummer, und mit der erreichen Sie mich.« In diesem Moment piepste Bluths Sprechanlage. Es war seine Sekretärin mit einem Anruf aus dem Weißen Haus. Er nahm das Wegwerfhandy, betrachtete es einen Moment und scheuchte Ted mit einer Handbewegung aus dem Raum.

KAPITEL 6

Besuch beim Zauberer

Das Erste, was Chuck tat, als er Lorstad endlich davon überzeugen konnte, dass zumindest er Zugang zum Internet haben sollte, war, nach Nachrichten auf LinkedIn zu suchen. Er hatte damit argumentiert, dass irgendwer in seinem Team verfolgen musste, was die Alphas taten, um zu sehen, ob es ein Muster in ihrem Verhalten gab, und um einzuschätzen, ob es eskalierte. Lorstad bestand darauf, dass nur Chuck diesen Zugang erhielt. Und so war er derjenige, der die halb kryptische Botschaft sah, die Matt am Tag zuvor gepostet hatte.

Haben Sie die Nachrichten gesehen? Großes Kawumm in Washington dank unserer Freunde aus der Smaragdstadt. Bei uns in der Firma ist es jetzt ruhig, nachdem alle fort sind. Kaum zu glauben, aber hier steckt ein Schild tief in der Scheiße. Vermisse Sie und das ganze Team. Wünschte, Sie wären hier oder ich wäre dort. Muss meine nächsten Schritte überlegen. Wie Dorothy überlege ich, wie ich den Zauberer treffen kann. Übrigens sagt eine hübsche Blondine, sie liebt Japaner, merkwürdig, was? Gezeichnet, der Blechmann.

Chuck schrieb die Nachricht gerade ab, als die zweite hereinkam.

Ding, dong, die Hexe ist tot. Welche? Die böse alte Hexe aus dem Osten. Lest die Nachrichten. Habe vielleicht einen Weg gefunden, der mich zum Zauberer führt. Er geht über das OO in einem farblosen Bau. Warum ich so rede? Keine Ahnung, ob es nötig ist, aber man kann nie wissen. Haben Sie Ihre Zunge verschluckt? Der Blechmann.

Chuck saß einige Sekunden lang absolut still, und seine Hände schwebten über der Tastatur. Dann sah er schuldbewusst durch das Labor in den Hauptkorridor hinaus. Das war Irrsinn. Er traute sich nicht, die Nachrichten zu beantworten. Er hatte Angst, dass er überwacht wurde und dass Lorstad ihn erwischte. Warum sollte er Angst haben? Matt war ihr Maulwurf, der Mann, den sie eingeschleust hatten – oder ausgeschleust, je nachdem, wie man es betrachtete. Wenn die Nachrichten bedeuteten, was sie zu bedeuten schienen, dann war Deep Shield Geschichte, und Matt hatte einen Weg gefunden, zu den Alphas zu kommen. Was war mit dem 00 in einem farblosen Bau gemeint? Oder sollten es zwei O sein, wie Oval Office in …

»Das Weiße Haus, die Präsidentin«, murmelte Chuck.

»Was ist mit dem Weißen Haus?«

Lanfens Stimme, die praktisch genau über ihm ertönte, ließ Chuck heftig zusammenfahren. Er schwenkte seinen Sessel und sah sie auf der Lehne des Sessels neben seinem Schreibtisch »sitzen«: Sie hatte eine Lotusposition eingenommen und balancierte in dieser Haltung auf einem Arm, den sie durch die überkreuzten Beine gestreckt hatte. Der Drehstuhl mit Rollen unter ihr wackelte nicht einmal. Während er zusah, zog sie grinsend den Arm an und legte die Hand in ihren Schoß.

Sie schwebte. Über dem Stuhl. In der Luft.

»Wie machst du das?«

Wieder das Grinsen. »Atome, mein lieber Herr. Atom sehen, Atome beeinflussen. Dann zieht dich die Schwerkraft nicht mehr so hinunter. Also, was ist mit dem Weißen Haus?«

»Es ist in dieser Nachricht von …«

Lanfens schlanke schwarze Brauen gingen in die Höhe, und sie legte den Zeigefinger auf die Lippen. Dann neigte sie den Kopf zur Seite und war einen Moment lang sehr still. Chuck beobachtete sie verwirrt.

»Alles klar«, stellte sie schließlich fest. »Was wolltest du sagen?«

»Es ist eine Nachricht von Matt. Anscheinend glaubt er immer noch, überwacht zu werden. Keine Ahnung, von wem ... Moment mal, was soll das heißen, ›alles klar‹? Kannst du spüren, ob ...« Er gestikulierte zu dem Feuermelder draußen im Flur, den sie bereits als Überwachungskamera enttarnt hatten.

»Ob es Überwachungsgeräte im Raum gibt? Ja. Ich dachte, wenn Mike es kann, kann ich es vielleicht auch.«

»Mike konnte sie außerdem blockieren«, bemerkte Chuck.

Lanfen lächelte weise und fragte dann: »Glaubt Matt, dass es die Wohltäter sind, die ihn überwachen?«

»Er weiß nicht ...«

»Du weißt, was ich meine. Wir dürfen nicht davon ausgehen, dass Überwachung nur an seinem Ende stattfindet. Was schreibt er?« Sie ließ sich lautlos in den Sessel sinken und rollte ihn hinter Chucks Schreibtisch, um zusammen mit ihm auf den Bildschirm zu blicken.

»Ich glaube, er will mir sagen, dass ... die Hexe des Ostens – das muss Howard sein, oder? – tot ist.«

»Howard ist tot?«, wiederholte Lanfen. Sie schwieg einen Moment, dann sagte sie: »Er schreibt, ›lest die Nachrichten‹. Vielleicht meint er das wörtlich.«

»Okay.« Chuck öffnete einen neuen Tab in seinem Browser und surfte durch die Nachrichten von Reuters. Und da war es, bei den Eilmeldungen. Er klickte die Schlagzeile an. *Waldbrand folgt im Michaux Reservat unmittelbar auf Giftaustritt.*

Lanfen atmete langsam aus. »Stecken da ebenfalls die Alphas dahinter?«

»Oder es war Deep Shield beim Versuch, ihre Bergfestung zurückzuerobern.« Er ging zu LinkedIn zurück. »Schau. Hier gibt es zwei Nachrichten. So wie ich es lese, war Deep Shield nach der Zerstörung des Washington Monument in Schwierigkeiten. Es ist nicht klar, warum oder wie diese beiden Dinge in Zusammenhang stehen, aber ich kann es mir denken. Es klingt auch so, als würde er sagen, dass Deep Shield Forward Kinetics verlassen hat. Hier, er schreibt, dass alle fort sind.«

»Er möchte den Zauberer treffen. Wer ist der Zauberer?«

»Der Mann oder die Frau hinter den Kulissen. Ich dachte zuerst, er meint die Präsidentin, aber die zweite Nachricht ist klarer. Der Weg zum Zauberer geht durch … das Weiße Haus. Ich glaube, er meint die Alphas. Er muss in die Smaragdstadt gelangen – in den Berg –, um mit den Leuten zu reden, die hinter dem Zwischenfall mit dem Washington Monument stecken: die Alphas.«

»Und natürlich«, sagte Lanfen lächelnd, »gibt es eine Nachricht von Brenda an Dice.« Sie sah Chuck an. »Du wirst ihm antworten, oder?«

Chuck wandte sich wieder seiner Tastatur zu. Nach kurzem Überlegen begann er zu tippen.

Habe die Nachrichten gesehen. Die Hexe ist tot? Im generellen und im Wortsinn? Sagen Sie der blonden Dame, wir haben hier einen Japaner, den wir ihr bei nächster Gelegenheit zurückgeben. Und sagen Sie Bescheid, wie es beim Zauberer lief. Der ängstliche Löwe.

»Der ängstliche Löwe?«, fragte Lanfen.

»Nun ja, er hat als ›der Blechmann‹ unterschrieben. Ich schätze, dann bin ich entweder der ängstliche Löwe oder die Vogelscheuche. Der ängstliche Löwe erschien mir passender. Schließlich bin ich der derjenige, der geflohen ist.«

Lanfen nahm Chucks Gesicht in beide Hände und drehte seinen Kopf, damit er sie ansah. »Beide passen nicht auf dich. Du bist alles andere als ängstlich, Chuck. Was du getan hast, hat uns alle davor bewahrt, dasselbe durchzumachen wie die Alphas … was es auch war. Und dein Verstand gehört zu den besten, die ich kenne.« Sie zögerte kurz, ehe sie leise anfügte: »Genau wie dein Herz.«

Chuck ließ sich in die Nähe zu ihr fallen, in die dunklen, schräg stehenden Augen, ihren würzigen Geruch. Er hätte sie gern geküsst. Sie lächelte und kam ihm zuvor, indem sie ihn mitten auf den Mund küsste.

In seinem Büro mit den gläsernen Wänden.

Wo alle sie sehen konnten.

Er stellte fest, dass es ihm egal war.

Einen Moment später löste sie sich von ihm. »War das unangemessen?«, fragte sie leise. »Habe ich dich falsch gedeutet?«

Er schüttelte den Kopf und genoss seine sehr unwissenschaftliche Reaktion auf ihren Kuss. »Nein, ganz und gar nicht. Du hast mich absolut richtig gedeutet.«

»Gut. Reden wir jetzt mit Lorstad über diese Sache?«

Etwas in ihrem Gesichtsausdruck, in ihrer Energie brachte Chuck dazu, sich sofort wieder zu konzentrieren. »Du bist nicht nur gekommen, um zu zeigen, was du kannst, und um mich zu küssen, stimmt's?«

Sie setzte eine nüchterne Miene auf und schüttelte den Kopf. »Ich bin den ganzen Morgen schon nervös. Dieses Gefühl, als wäre jemand über mein Grab spaziert, du weißt schon. Ich dachte, du bist derjenige mit der Internetverbindung. Vielleicht könntest du …« Ihre Stimme verlor sich. »Das klingt idiotisch, oder? Wahrscheinlich habe ich einfach einen Lagerkoller.«

»Nein, es ist nicht idiotisch. Ich muss zugeben, dass ich selbst ein bisschen unruhig bin. Aber die Sache ist die: Wenn wir zu Lorstad gehen, kann es sein, dass er unseren Internetzugang einfach wieder unterbindet. Ich bin mir sicher, er überwacht es.«

»Willst du damit sagen, wir sollten nicht zu ihm gehen?«

»Nein, ich sage nur, wir sollten vielleicht überlegen, ob es eine andere Möglichkeit gibt, mit der Außenwelt in Verbindung zu bleiben.«

Als würde sie seinem Gedankengang folgen, sah Lanfen durch die Glaswand zum Labor hinaus, wo Dice und Joey die Systemkomponenten für Lorstads erste Übungsstunde vorbereiteten.

»Denkst du, wir können Joey trauen?«, fragte Chuck. »Oder muss ich dich bitten, ihn abzulenken, während ich mit Dice rede? Du könntest ein paar Fragen darüber stellen, wie sie Pippin modifizieren.«

Lanfen sah zu dem indianischen Ingenieur hinaus. »Ich glaube, wir können ihm trauen. Seine Identifikation mit dem Unternehmen scheint sich in Grenzen zu halten. Er sieht Lorstad und den Rest von ihnen wohl eher als … na ja, *anders* an.«

»Das Gefühl beruht offenbar auf Gegenseitigkeit«, bemerkte Chuck. Er dachte an ihr Treffen mit einem halben Dutzend Leuten aus Lorstads Wohltäterschar zurück. Er hatte sich seit der Highschool nicht mehr so nerdig und fehl am Platz gefühlt.

»Ich war als Teenager einmal wegen eines gebrochenen Handgelenks im Krankenhaus«, sagte Lanfen. »Die Folge eines taktischen Fehlers in einem Kampfsportturnier. Als Lorstad uns seinen Freunden vorstellte, wurde ich daran erinnert, wie mein Arzt damals mit einer Gruppe Medizinstudenten in das Krankenzimmer kam.«

Chuck lachte. »Ich habe das Gleiche gedacht. Ohne Krankenhaus, aber dieses Gefühl …«

»Ein Gegenstand des Interesses zu sein.«

»Ja, genau das.« Chuck atmete tief durch und sagte: »Okay. Gehen wir mit Dice und Joey reden.«

Lanfen folgte ihm ins Labor hinaus, wo Dice und Joey über das neue BKKI gebeugt standen, das Dice auf einer seiner Werkbänke ausgelegt hatte. Der Robotik-Ingenieur blickte auf, als sie sich näherten, und nahm seine Schutzbrille ab.

»Was gibt es?«, fragte er.

Zur Antwort reichte ihm Chuck sein iPad mit Matts LinkedIn-Nachrichten. Dice runzelte die Stirn und las die beiden Einträge. Bei Matts Verweis auf Brenda schien alle Anspannung schlagartig von ihm abzufallen, Chuck glaubte es beinahe zu fühlen.

»Es geht ihr gut«, murmelte Dice. »Sie ist okay.«

Lanfen lachte. »Wahre Liebe. Wir zeigen ihm eine bittere Nachricht über die Aktivitäten der Alphas, und er sieht nur das Liebesbriefchen von Brenda.«

Joey blickte von Lanfen zu Dice und wieder zurück. »Die Alphas – damit meint ihr diese anderen Zetas, von denen ihr glaubt, dass sie das Washington Monument in die Luft gesprengt haben?«

Chuck nickte.

»Was, glaubst du, hat das zu bedeuten?«, fragte Dice leise.

»Ich glaube, dass Howard tot ist, dass das Michaux-Reservat brennt und Matt Kontakt zum Weißen Haus hat. Er will zu Sara und den anderen in den Berg gehen. Mit ihnen reden. Herausfinden, was sie wollen. Ich glaube, Deep Shield spielt bei der ganzen Sache keine Rolle mehr.«

Dice erstarrte. »Dann ist Brenda dort nicht mehr sicher. Lorstad muss sie hierherholen.«

Lanfen trat einen Schritt näher an den Tisch und gestikulierte zu der Verkabelung der Schnittstelle, als würden sie darüber sprechen. Alle taten ähnliche Dinge. Es war eine Anpassung an das Leben und Arbeiten unter Überwachung.

»Niemand ist dort sicher«, sagte sie in drängendem Tonfall. »Matt nicht, niemand. Ich meine, überlegt doch. Die Alphas sind in die Enge getrieben. Sie haben bereits ernsthaften Schaden angerichtet, wahrscheinlich mehr, als wir wissen. Es geht nicht nur darum, Brenda herauszuholen.« Sie sah Chuck an. »Wir müssen uns einen Weg überlegen, wie wir *hineinkommen*.«

»Wir müssen sofort mit Lorstad reden.« Dice knurrte die Worte praktisch.

Chuck nickte. »Das denke ich auch. Aber wir müssen darauf vorbereitet sein, dass er …«

»Uns eine Predigt hält, wir würden uns ablenken lassen«, sagte Lanfen. »Es wird ihm nicht gefallen, dass wir uns genau in dem Moment, in dem er bereit ist, mit seinem Training anzufangen, auf diese Geschichte konzentrieren.« Sie sah auf ihre Uhr. »Tatsächlich wird er in nicht einmal fünfzehn Minuten hier sein.«

»Worauf Lanfen hinauswill«, sagte Chuck, »ist, dass wir alternative Wege erkunden müssen, wie wir über das Geschehen außerhalb dieser Wände auf dem Laufenden bleiben. Ihr beide habt die Fähigkeiten, um das vielleicht zu bewerkstelligen. Seid ihr bereit dazu?«

»Absolut«, sagte Dice ohne Zögern.

Chuck wandte sich Joey zu. »Du musst Dice nicht helfen, wenn du denkst, es bringt dich in eine unangenehme Lage. Die Wohltäter sind schließlich deine Arbeitgeber. Ich verspreche, wir werden nichts tun, was ihnen schadet oder auch nur Unannehmlichkeiten bereitet. Wir wollen nur …«

»Ich bin dabei«, sagte Joey. »Hey, ich lebe genauso auf diesem Planeten. Manchmal hat man das Gefühl, als würden die herrschaftlichen Hoheiten vergessen, dass sie ihn mit uns teilen.«

Lanfen klopfte auf die Kabelverkleidung des Roboters. »Zieht den Burschen hier lieber mal an. Da kommt unser Schüler.«

Chuck sah zum Hauptkorridor hinaus, wo sich Lorstad näherte. Alexis war bei ihm. Chuck fiel plötzlich auf, wie sehr »sein« Labor doch einem riesigen Goldfischglas glich. Er war erleichtert, als sich Alexis kurz vor dem Labor von Lorstad trennte. Sie schien sich mit Chucks Team nicht wohlzufühlen. Das Gefühl beruhte auf Gegenseitigkeit.

»Wirst du mit ihm über Brenda sprechen?«

Chuck entging die Dringlichkeit in der Stimme und den Augen des jüngeren Mannes nicht. Er rieb seinen Nasenrücken. »Dann bringe ich es am besten gleich hinter mich.«

Dice setzte seine Schutzbrille wieder auf. »Und ich baue diese Schnittstelle wieder zusammen. Gib mir ein Zeichen, wenn ich es hinauszögern soll.«

Chuck und Lanfen begrüßten Lorstad an der Tür des Labors. »Bevor wir unsere erste Sitzung beginnen«, sagte Chuck, »müssen wir noch ein paar Dinge besprechen.«

Lorstads Miene änderte sich nicht, was Chuck weniger überraschte als beunruhigte. Er berichtete von der Nachricht, die er gerade von Matt bekommen hatte, erklärte, in was für eine unsichere Lage Dices Verlobte durch diese Entwicklung geriet, und schloss mit einem Appell, Brenda Tansy ins Zentrum zu holen.

»Ich bitte nicht nur aus humanitären Gründen darum«, fügte Chuck an. »Brenda war Dices fähigster Schützling und die Leiterin des Robotik-Teams bei Forward Kinetics. Ihre Anwesenheit würde Dices Produktivität beträchtlich steigern. Er könnte in der Zeit, die er braucht, um eine Einheit herzustellen, zwei oder sogar mehr schaffen. Das würde für Sie außerdem bedeuten, dass wir in größeren Gruppen mit Ihren Leuten arbeiten könnten. Und ich denke, davon würden wir alle profitieren, wenn die Lage im Osten weiter außer Kontrolle gerät.«

Lorstad sah Chuck endlich an. Er hatte bis zu diesem Moment mit einer neugierigen, aber zugleich geistesabwesenden Miene dagestanden, als würde er einer Musik lauschen, die nur er hören konnte. »Sie sind unnötig besorgt wegen der ›Lage im Osten‹, wie Sie es nennen. Sollte sich dort etwas wirklich Schreckliches zutragen, würden wir …«

Lanfen, die direkt neben Chuck stand, machte eine ungeduldige Handbewegung. »Sie haben uns nichts von dem Waldbrand am Pine Ridge gesagt. Ich würde das schrecklich nennen.«

Lorstad richtete seinen unbeirrbaren Blick auf sie. »Ein Waldbrand?«

»Bitte, wir sind nicht dumm. Chuck hat es Ihnen gesagt: Es ist mehr als ein Waldbrand. Es hängt eng mit dem zusammen, was gerade mit den Alphas geschieht. Haben Sie nicht zugehört? General Howard ist tot, und Deep Shield wurde schwer beschädigt oder möglicherweise zerstört …«

»Ms. Chen, beruhigen Sie sich. Ja, die Dinge sind aktuell in Bewegung geraten. Ja, ich verstehe Ihre Sorge nicht nur um Ms. Tansy, sondern auch um Dr. Streegman und alle anderen, die in die Geschehnisse im Umfeld der Alphas verwickelt sind. Aber am besten werden wir mit alldem zurechtkommen, wenn wir uns die Kräfte zunutze machen, die Sie entdeckt haben. Wenn wir möglichst viele der Gelehrten ausbilden, damit wir unsere Fähigkeiten einsetzen können, ohne wiederholt in den Isolationstank zu müssen.«

»Das verstehen wir«, sagte Chuck. »Aber wenn wir keine bessere Vorstellung von den Ereignissen im Osten bekommen, werden wir nicht in der Lage sein, Gelegenheiten zum Eingreifen zu nutzen, wenn sie sich ergeben. Es gibt keinen Grund, nicht beides gleichzeitig zu tun.«

»Charles, ich versichere Ihnen, ich würde jede Gelegenheit erkennen, die …«

»Nein, ich glaube nicht, dass Sie das würden. Sie kennen Sara, Tim und Mike nicht so wie ich – wie *wir.*« Er schloss das gesamte Laborteam in seine Geste mit ein und freute sich absurderweise, dass Lorstads Miene endlich Überraschung ausdrückte.

»Sie glauben, Sie können die Lage besser beurteilen als ich?« Lorstads Verwunderung wirkte aufrichtig.

»Ja, das glaube ich. Ich habe eng mit diesen Leuten zusammengearbeitet. Ich habe sie ihre Zeta-Fähigkeiten entwickeln sehen. Ich habe sie untereinander agieren sehen und habe mit ihnen in Wechselwirkung gestanden. Ich wäre wie jedes andere Mitglied meines Teams in der Lage, Dinge wahrzunehmen, die meiner Ansicht nach nicht einmal Sie wahrnehmen könnten, egal, wie aufmerksam Sie uns beobachten. Denn Sie beobachten von *außen*. Wir alle sind Insider in dieser Sache. Wir müssen wissen, was Sie wissen und sobald Sie es wissen, Kristian. Wenn Sie uns im Dunkeln lassen, gefährden Sie alles, was Sie hier zu erreichen versuchen.«

Lorstad zog eine Augenbraue in die Höhe, und Chuck dachte, näher konnte man Mr. Spock nicht kommen. »Ich werde über Ihre Worte nachdenken, und ich werde es bei der ersten Gelegenheit im Rat der Gelehrten vorbringen. Ich werde es tun, wenn Sie sich weiter darauf konzentrieren, zu quantifizieren, wie und warum Ihr Verfahren funktioniert, und es für uns nutzbar zu machen.«

»Dazu müssen Sie uns gar nicht auffordern, Kristian«, sagte Chuck. »Tatsächlich sind wir, glaube ich, bereit für Ihre erste Fahrstunde.« Er gestikulierte in Richtung Dice und Joey, die jetzt das Elektrodennetz für Lorstads erste Sitzung am kinetischen Konverter befestigten. Mehrere Meter entfernt stand am Ende einer dünnen Glasfaserleine der schlichte Roll-Roboter, mit dem er arbeiten sollte – Roboticus II. Zu einem System mit Kabeln zurückzukehren, war eine Art Experiment. Chuck hatte sich gefragt, ob es ein Faktor beim Lernprozess war, sich den Weg des Signals vom Gehirn zum Roboter vorstellen zu können.

»Werde ich das brauchen?« Lorstad zeigte zu der Haube aus glitzernden Positron-Transceivern, die seine Gehirnströme lesen und in Impulse übersetzen würde, anhand derer das Gerät agieren konnte.

»Das werden wir erst wissen, wenn wir anfangen, mit Ihnen zu arbeiten«, sagte Chuck. »Davon abgesehen tragen alle Daten dazu bei, uns an Ihr Ziel zu führen.«

Lorstad schien diese Erklärung zu akzeptieren und ging zu dem Stuhl, den Dice neben dem Hirnwellen-Monitor bereitgestellt hatte.

»Der Rat der Gelehrten«, murmelte Lanfen leise, als sie ihm zusammen mit Chuck folgte. »Das ist neu. Da fragt man sich doch, wie groß diese Organisation ist.«

Diese Frage stellte sich Chuck definitiv ebenfalls, aber er konzentrierte sich nun auf die vorliegende Aufgabe.

Sie begannen, mit Lorstad so zu arbeiten, wie sie es mit Lanfen, Mini und den anderen Testpersonen getan hatten, mit einer signifikanten Veränderung, die der Schüler selbst ins Spiel brachte.

»Ich habe Ms. Chen mit ihren speziellen Kräften in Ihrem Labor arbeiten sehen, aber immer nur häppchenweise. Ich würde gern eine Demonstration ihrer Fortschritte sehen, wenn Sie so freundlich wären.«

Chuck und Lanfen wechselten einen Blick, dann zuckte Lanfen mit den Achseln und fragte: »Was soll ich tun?«

»Mehrere von unseren Leuten haben berichtet, sie hätten Sie so was wie Parcours machen sehen, was sie sehr beeindruckend fanden. Davon würde ich gern eine Demonstration sehen.«

Lanfen sah sich in dem höhlenartigen Labor um. »Hier drin?«

»Wenn es Ihnen recht ist. Sie haben immerhin auch hier trainiert.«

Chuck wusste, dass Lanfen außerdem in verlassenen Fluren trainiert hatte, in ihrem Wohnquartier und auf den Balkonen, die auf den felsigen Hang hinausgingen, auf dem der oberirdische Teil der Anlage thronte. Einmal hatte er beobachtet, wie sie sich mit einem Überschlag vom Balkon zum Dach katapultiert hatte, und er nahm an, dass sie wahrscheinlich in der Lage wäre, zu fliehen. Er sah sie an und fragte sich, ob sie Lorstad das ganze Ausmaß ihrer Fähigkeiten sehen lassen würde.

Sie erwiderte seinen Blick und schüttelte leicht den Kopf, dann ging sie in die Mitte des lang gestreckten Raums und drehte sich zu der von hinten beleuchteten Fläche von Minis Atelierwand.

»Achtung, Mini!«, rief sie. »Hier komme ich.«

Dann begann sie zu laufen, leichtfüßig, auf den Fußballen schwebte sie den Mittelgang hinunter. Sie nahm Geschwindigkeit auf, als sie das andere Ende des Raums erreichte, dann sprang sie anmutig in die Luft ... und lief an den strahlenförmigen Wänden weiter nach oben bis zur Decke. Am Scheitel der Wand stieß sie sich ab und vollführte einen Flickflack rückwärts, bei dem die Gruppe um Chuck kollektiv den Atem anhielt, Eugene mit einem überraschten Aufschrei von seinem Computer aufsah und Mini vor Freude lachte.

Plötzlich trug Lanfen ein schillerndes Paar Flügel – halb Engel, halb Fee –, von dem sich ein vielfarbiger Glitzerregen auf den Boden ergoss, wo er verblasste. Sie schwebte zum anderen Ende der Decke und schlug eine Reihe so schneller Saltos, dass ihr Körper nur mehr verschwommen wahrnehmbar war.

Sie schnellte aus der kauernden Haltung hoch in die Luft, bevor sie mit den Füßen voran auf ihr Publikum zusank. Eine Hand bewegte sich, als würde sie den Leuten unter ihr zuwinken, und ein Schreibtischsessel glitt über den Boden in den Mittelgang und blieb ein Stück vor Lorstad stehen. Lanfens Sinkflug verlangsamte sich drastisch, und sie ließ sich mit übergeschlagenen Beinen auf dem Stuhl nieder. Ihre Flügel klappten zusammen und verschwanden.

»Ta-da«, sagte Lanfen ohne viel Pathos.

Mini rannte lachend und applaudierend auf sie zu. »Lanfen, das war wundervoll. Ich hoffe, die Flügel haben dich nicht gestört.«

Lanfen sah die andere Frau mit einem strahlenden Lächeln an. »Ach, das war das? Ich habe mich gewundert, woher das viele Licht kam.«

Chuck sah Lorstad an. Der Sprecher der Wohltäter runzelte nachdenklich die Stirn und sah von einer Frau zur anderen, als würde ihn irgendetwas an der Vorführung stören. Wusste er, dass Lanfen mit ihren Fähigkeiten hinterm Berg hielt? Fand er sie nicht so eindrucksvoll wie seine Leute? Oder war es etwas anderes?

»Ich bin beschämt. Haben Sie das alles – Sie beide – mit diesen Zeta-Kräften bewerkstelligt, die Sie entwickelt haben?«

Mini nickte, und Lanfen sagte: »Natürlich.«

»Und, Minerva, wie haben Sie Ihre Flügel dazu gebracht, dass Sie mit den Bewegungen von Ms. Chen im Einklang waren?«

Mini schien von der Frage überrascht zu sein. »Ich ... ich weiß es nicht. Ich habe einfach ... Ich weiß es nicht.«

Einen Moment lang herrschte verlegenes Schweigen, dann sagte Lorstad: »Ich habe eine Bitte an Sie beide. Ich würde Sie gern von unseren Ärzten untersuchen lassen. Ein paar Tests durchführen, MRT oder was immer Ihrer Ansicht nach Aufklärung hinsichtlich etwaiger physiologischer Veränderungen in der Folge Ihrer wachsenden Kräfte bringen könnte.«

Lanfen und Mini sahen Chuck an. Er räusperte sich. »Wenn die Damen keine Einwände haben, habe ich auch keine, aber ...«

»Ja?« Lorstad sah ihn neugierig an.

»Sie sind bei Forward Kinetics regelmäßig umfassend medizinisch untersucht worden.«

Lorstad antwortete ohne Umschweife: »Zu diesen Daten haben wir keinen Zugang mehr, und wir müssen neue anlegen. Das verstehen Sie sicherlich.«

»In Ordnung ... aber keine Eingriffe, okay?«

»Blutentnahme?«

»Ist in Ordnung«, sagte Lanfen, und Mini nickte. »Es ist schließlich für eine gute Sache.«

Damit schien Lorstad zufrieden zu sein, und sie machten sich daran, als ersten Schritt seines Trainingsprogramms einen Ausgangswert für seine Hirnwellen zu ermitteln. Sie hatten eine Reihe einfacher Aufgaben vorbereitet, bei denen sowohl Roboticus II als auch computergestützte Aktivitäten zur Anwendung kamen. Chuck erklärte das Verfahren und fragte sich die ganze Zeit, was Lorstad veranlasst hatte, sich nach physiologischen Veränderungen zu erkundigen.

Die Sitzung verlief nicht gut, allerdings dachte Chuck im Nachhinein, es hätte eigentlich keine Überraschung sein dürfen. Der Grund, warum es schlecht lief, war genau derselbe, warum er erwartet hatte, dass es sogar sehr gut laufen und Kristian Lorstad in Sachen kinetischer Beeinflussung anderen Leuten weit voraus sein würde. Doch weit entfernt davon, seine Arbeit mit der kinetischen Schnittstelle zu erleichtern, behinderten seine extern erworbenen Fähigkeiten sie. Sie störten seine Versuche, eine klare, »aromafreie« Hirnwelle egal welcher Art zu produzieren, von einer Gamma-Welle ganz zu schweigen. Sobald er Willenskraft auf etwas anwandte, schien sich sein Gehirn automatisch der Kräfte zu bedienen, mit denen es im Isolationstank durchtränkt worden war.

Nachdem sie zwei volle Stunden lang versucht hatten, Lorstad dazu zu bringen, dass er seinen »Power Assist«, wie Dice es nannte, bewusst abschaltete, zog der Anführer der Gelehrten die Elektrodenhaube vom Kopf und stand auf.

»Das führt zu nichts. Ich hätte nie gedacht, dass ich die Kräfte, die ich mit so viel Mühe erworben habe, einmal bedauern würde, aber es ist so. Ich habe einmal von einer Forschungsarbeit gelesen, die zeigte, dass ein Mensch schon nach fünf Jahren Blindheit die *geistige* Fähigkeit zu sehen eingebüßt hat, auch wenn sein Sehvermögen rein körperlich wiederhergestellt wird.«

Chuck hatte Oliver Sacks' Studie zu dem von Lorstad beschriebenen Phänomen natürlich auch gelesen und verstand genau, was er meinte. »Das Gehirn hatte sich neu verdrahtet«, sagte er ruhig. »Es hat Verbindungen, die dem Sehen dienten, anderweitig belegt. Aber Ihr ›Power Assist‹ ist vorübergehender Natur. Sie brauchen ihn nur schwächer werden lassen …«

Lorstad erbleichte. »Ich darf nicht zulassen, dass er sich so weit abschwächt, Dr. Brenton. Ich wäre … hilflos. Blind, taub, lahm. Ich stehe sogar kurz vor einem planmäßigen Aufenthalt im Isolationstank. Wenn meine Kräfte bis jetzt nicht genügend nachgelassen haben ... Nein, wir müssen einen Weg finden, dieses Problem zu überwinden. Entweder ich muss lernen, meine autonomen Reaktionen zu beherrschen, oder Sie müssen einen Weg finden, sie während dieses Prozesses auszuschalten. Und ...«, fügte er an, während er sich anschickte, den Raum zu verlassen, »Sie *müssen* feststellen, welche Faktoren einen Erfolg bei der Kultivierung von Zeta-Kräften garantieren.«

»Kristian, es gibt möglicherweise keine Garantie ...«

Lorstad blieb an der Tür stehen und drehte sich mit entschlossener Miene zu ihnen um. »Ich komme morgen wieder. Vielleicht bringe ich einen anderen Gelehrten mit, um zu sehen, ob es vielleicht nur *meine* besonderen Talente sind, die verhindern, dass ich mit Ihren Geräten arbeite.« Er machte auf dem Absatz kehrt und war fort.

Schweigen schlich sich in Chucks Team wie eine Katze, die Aufmerksamkeit sucht. Nach einem Blick zu dem Feuermelder, der kein Feuermelder war, forderte Chuck alle mit einer Handbewegung auf, in sein Büro zu kommen, wo sie sich um den kleinen Besprechungstisch versammelten.

Eugene sprach als Erster. »Ist das ...? War er ...? Das war das erste Mal, dass ich den Mann tatsächlich emotional berührt gesehen habe.«

Dice nickte. »Er war ernsthaft verunsichert.«

»Und er hatte Angst«, sagte Mini.

Eugene warf einen Blick zu Chuck. »Hast du das kommen sehen, Doc?«

Chuck schüttelte den Kopf. »Nein.« Er lehnte sich zurück, blickte ins Leere und überlegte fieberhaft. »Was, wenn es keiner von ihnen lernen kann, ohne dass sie zuerst ihren ...« Er mühte sich um einen besseren Ausdruck und gab es dann auf. »... ihren Power Assist loslassen? Wenn sie alle dieselbe Einstellung in puncto Verwundbarkeit haben wie Lorstad, werden sie unsere Methode vielleicht nie lernen können.«

Joey lachte. »Ganz schön ironisch. Die Kräfte, auf die sie so stolz sind, sind möglicherweise genau das, was verhindert, dass sie sich weiterentwickeln und keinen Isolationstank mehr brauchen. Vielleicht wäre es einfacher für jemanden wie mich …« Er hielt inne und hing seinen Gedanken nach, und Chuck war sich ziemlich sicher, dass er diese Gedanken kannte.

Als Joey wieder das Wort ergriff, bestätigte er es. »*Kann* ich lernen, was Lanfen und Mini tun? Was ich sagen will, ist: *Lasst* ihr es mich lernen?«

Chuck hatte sich vor der Frage gefürchtet. Er hatte sich vor ihr gefürchtet, weil er nur zu gern Ja sagen würde, aber er wusste, wenn er es tat, würde Lorstad es als eine Art Verrat auffassen.

»Wie sollten wir das anstellen?«, sagte Eugene. »Ich meine, du hast vielleicht bemerkt, dass wir in einer Art Goldfischglas arbeiten.«

»Es gibt Wege«, sagte Dice, und die Rädchen in seinem Kopf arbeiteten sichtbar. »Wir haben eine tragbare Brewster-Brenton-Einheit, Becky und die Elektrodenhaube sind nicht groß …«

»Und wir haben unseren eigenen, privaten Übungsraum«, sagte Lanfen. »Und der ist *kein* Goldfischglas.«

Chuck schüttelte den Kopf. »Ich glaube nicht, dass wir so weit gehen müssen. Wenn wir mit subversiven Aktivitäten anfangen, wird man uns früher oder später auf die Schliche kommen. Wir taugen nicht zu CIA-Methoden, ich denke, das haben wir bereits ausreichend bewiesen. Aber wir sind Wissenschaftler und wollen ein Experiment unternehmen, bei dem wir einen Ausgangswert brauchen. Ein normales menschliches Gehirn, das unberührt ist von ihrem Isolationstank-Verfahren oder unserer kinetischen Technik. Kurz, wir brauchen eine Kontrollperson. Es gibt keinen Grund, warum Joey nicht diese Kontrollperson sein sollte.«

Das ganze Team begrüßte diese Idee freudig – allen voran Joey. Ein Gefühl fast wie Zufriedenheit schien sich zwischen ihnen auszubreiten. Chuck ging es auf jeden Fall besser, da sie einen Schlachtplan hatten. Er verstand auch, womit es zusammenhing. Sein Bedürfnis nach Selbstbestimmung und Kontrolle hatte seit ihrer Verstrickung mit Deep Shield und der nachfolgenden »Rettung« durch die Wohltäter schwer Schaden genommen. Jetzt hatte er das Gefühl, zum ersten Mal seit ihrer Flucht aus Maryland eine autonome Entscheidung getroffen zu haben.

»Seine besonderen Talente«, wiederholte Lanfen Lorstads Worte, als sie von Chucks Büro aus zusahen, wie Dice und Eugene Joey mit der Elektrodenhaube ausrüsteten. »Welche das wohl sind?«

Bei der Erinnerung an die vielen Male, da Lorstad scheinbar unbemerkt an einem Ort aufgetaucht oder von ihm verschwunden war – einschließlich seines ersten Auftauchens bei Forward Kinetics –, überlegte Chuck, ob der Mann nicht etwas von Lanfens Talent zu extremer Tarnung hatte oder von Minis Fähigkeit, seine Anwesenheit zu verschleiern, indem er Projektionen erschuf. Vielleicht hatte Lorstad die Gabe, sich unsichtbar zu machen.

»Er scheint wirklich sehr an meinen Fähigkeiten interessiert zu sein«, bemerkte Mini. »Vielleicht verrät er mir, was seine ›Superpower‹ ist, wenn ich Interesse daran zeige.«

»Ich zeig dir meins, wenn du mir deins zeigst?«, sagte Lanfen und grinste.

Mini grinste zurück. »Etwas in der Art.«

»Nur wenn du dich dabei wohlfühlst«, sagte Chuck. »Ich will dich nicht in Gefahr bringen.«

»Er wird mir nichts tun, falls du das meinst. Ich … bedeute ihm auf einer bestimmten Ebene etwas. Vielleicht ist es nur wissenschaftliche Neugier, aber ich glaube, ich bin ihm irgendwie wichtig.« Sie zögerte, ehe sie anfügte: »Und er will etwas von mir. Ich weiß nicht, was genau, aber etwas von *meinen* ›besonderen Talenten‹ hat eine Bedeutung für ihn – vielleicht für seine ganze Organisation. Ich weiß nicht. Es ist nur ein Gefühl, aber ich vertraue meinen Gefühlen.«

Sie hatte ein wenig defensiv gesprochen, und Chuck legte die Hand auf Minis Schulter und drückte sie.

»Wir auch«, sagte er, und Lanfen sagte: »Das tun wir alle.«

KAPITEL 7

Seine besonderen Talente

In ihrer Vorstellung war Mini eine Geheimagentin auf Faktensuche oder vielleicht Black Widow oder eine andere Agentin von S.H.I.E.L.D. Sie ohrfeigte sich für diese Fantasie *(Wie pubertär ist das denn?)*, und dann ohrfeigte sie sich dafür, dass sie sich geohrfeigt hatte. Zu fantasieren, Spiele mit der Realität zu spielen, lag in ihrem Wesen. Es befeuerte ihre Vorstellungskraft und inspirierte ihre Kunst. Wenn sie Chuck von ihrer Geheimagentenfantasie erzählte, würde er ihr höchstwahrscheinlich zureden, damit weiterzumachen.

Und wenn sie es Eugene erzählte, würde sein Kopf wahrscheinlich explodieren. Bei dem Gedanken musste sie lächeln.

Also marschierte sie auf ihrem Weg zur Lunch-Verabredung mit Lorstad in der Fünf-Sterne-Cafeteria des Zentrums in Chucks Büro, wo die beiden gerade über mögliche Methoden sprachen, Lorstads Konditionierung zu unterdrücken, während er an den Brewster-Brenton-Monitor angeschlossen war.

»Ich bin unterwegs, um Natasha Romanoff zu spielen«, sagte sie keck und grinste.

Chuck lachte. »Das ist eine gute Art, es zu sehen. Halt die Vorstellung fest.«

Eugene runzelte die Stirn, und sein Mund bildete einen rebellischen geraden Strich. »Das ist kein Spiel, Mini. Dieser Bursche … na ja, ich glaube, er hat bestimmte … Erwartungen.«

Siehst du? Ein Lachen stieg in Minis Kehle. »Du meinst, er hat *Absichten* in Bezug auf mich?« Sie malte Anführungszeichen um das Wort *Absichten* in die Luft.

Eugene errötete bis in die Wurzeln seines dunklen, gelockten Haars. »Das habe ich nicht gesagt. Ich meinte nur – wie du vorhin selbst gesagt hast –, dass er etwas von dir will.«

Chuck sah von einem zur anderen und sagte dann: »Eugene liegt nicht ganz falsch, wenn er dich ermahnt, vorsichtig zu sein. Auch wenn sie uns gütigerweise aufgenommen haben, kennen wir im Grunde noch immer ihre Motive nicht ... und wir wissen nicht, wie lange ihre Güte anhalten wird.«

Mini verdrehte die Augen in Richtung der beiden. »Okay, ihr beiden Schwarzseher, ich werde alle nötigen Vorsichtsmaßnahmen ergreifen. Aber ich glaube, was er sich am meisten wünscht, ist, dass ich ... wie soll ich sagen ... *gutheiße*, was sie tun. Mit den Isolationstanks, meine ich. Es ist fast, als würde sich Kristian minderwertig fühlen. Oder zumindest befürchten, dass wir ihn und die anderen Wohltäter für minderwertig halten, weil sie in die Tanks müssen, um ihre Fähigkeiten zeigen zu können.«

Jetzt musste Eugene lachen. »Verlass dich drauf, dieser Kristian hat nicht eine Unze Unsicherheit im Leib. Seine Aura von Überlegenheit ist ...«

»Irrelevant«, unterbrach Chuck. »An die Arbeit, Natasha«, sagte er zu Mini. »Du hast einen Auftrag zu erfüllen.«

»Yes, Sir.« Sie salutierte Chuck frech, streckte Eugene die Zunge heraus und marschierte los, um Superagentin zu spielen.

Eugene sank in seinem Sessel zusammen, als er Mini nachsah. »Na, das habe ich ja erstklassig verbockt. Jetzt ist sie sauer auf mich.«

Chuck folgte seinem Blick. »Ist sie nicht. Wenn sie sauer auf dich wäre, hätte sie dir nicht die Zunge herausgestreckt, sondern wäre einfach gegangen.«

»Bist du dir sicher?«

»Ich kenne Mini, seit sie klein war. Ja, ich bin mir sicher. Du hast Angst vor Lorstads Einfluss auf sie, stimmt's?«

Eugene seufzte. »Ist es so offensichtlich? Ich ... ich fühle mich einfach wie ein Außenseiter. Ich bin der Einzige im Team, der anscheinend unfähig für Zeta ist. Minis Talent entwickelt sich ganz wunderbar. Ich dagegen, ich habe nichts.«

»Wirklich?«, fragte Chuck und zog die Augenbrauen in die Höhe.

»Ich meine, ich habe ihr nichts zu bieten.«

»Was ist mit der Tatsache, dass du sie liebst? Das ist nicht nichts.«

»Ja, sicher, aber …«

»Kein Aber, Eugene. Ich weiß, Lorstad und seine Partner ziehen eine Art Grenzlinie zwischen den ›Gelehrten‹ und dem Rest der Menschheit. Mini zieht keine. Lanfen auch nicht.«

»Ja, aber …«

»Euge …«

Eugene hob die Hand. »Ich meine es ernst, Doc. Du und Dice, ihr seid keine ausgewachsenen Zetas, aber ihr habt zumindest die verdammten Stützräder nicht mehr dran. Ich kann ohne das funkelnde Haarnetz nicht einmal Roboticus mit dem Hintern wackeln lassen.«

Chuck dachte darüber nach. Es stimmte. Eugene konnte seine Lieblingsgeräte für einen Novizen relativ gut beeinflussen, solange er die Elektrodenhaube trug. In dem Moment, in dem er sie abnahm oder Becky abgeschaltet war, war er genauso unfähig, auf seine Umgebung einzuwirken, wie alle untrainierten Leute. Bisher war nie wirklich Zeit gewesen, zu fragen, warum das so war, und Antworten zu suchen, aber vielleicht würde sich das jetzt, unter dem Deckmantel, dass sie an Lorstads Problem arbeiteten, ändern lassen.

»Na ja, dann bist du immerhin ein Stück voraus. Lorstad kann Roboticus selbst *mit* dem Haarnetz nicht mit dem Hintern wackeln lassen. Zumindest nicht, ohne zu mogeln.«

Daraufhin schien es Eugene geringfügig besser zu gehen. Er richtete sich in seinem Sessel auf und rollte ihn näher zum Schreibtisch, wo sein Laptop Rücken an Rücken mit Chucks stand. »Das stimmt, oder? Wenn wir Lorstads Code nicht knacken können, dann vielleicht meinen.«

Chuck gab es auf, Eugene davon überzeugen zu wollen, dass

er kein Zeta sein musste, um Minis anhaltende Liebe und Bewunderung zu gewinnen, sondern bekräftigte stattdessen, dass ihre neue Forschungsrichtung vielleicht Früchte tragen würde.

»Diese andere Sache, an der dich Lorstad arbeiten lässt«, sagte Eugene. »Diese Hierarchie der Erfordernisse bei der Entwicklung von Zeta – das hängt im Grunde damit zusammen, oder? Ich meine, deshalb drängt er dich gerade jetzt so, hinter dieser ›Formel‹ her zu sein, oder?«

Chuck seufzte. »Richtig. Und er ist offenbar nicht zu der Annahme bereit, dass es eine solche Formel möglicherweise nicht gibt. Manche Dinge lassen sich nicht quantifizieren – oder zumindest widersetzen sie sich einer Quantifizierung. Das könnte eins davon sein.«

»Ha! Lass das bloß nie Matt Streegman hören. Das würde für ihn an Ketzerei grenzen.« Er hielte inne und sah Chuck nachdenklich an. »Was, wenn es sich tatsächlich als eins dieser nicht quantifizierbaren Dinge herausstellt?«

»Ich weiß es nicht. Ich bin mir nicht sicher, ob Lorstad das akzeptieren würde.«

»Wenn wir allerdings einen Weg finden würden, sein Problem zu umgehen, würde das seine Frage, welche Bedingungen zur Beherrschung von Zeta nötig sind, nicht beantworten?«

Chuck dachte darüber nach. »Vielleicht. Oder es beantwortet vielleicht nur *seine* Frage – nicht *die* Frage. Zum Beispiel könnte sich seine Schwierigkeit mit Zeta beheben lassen, indem man etwas eliminiert, was er tut, nicht indem man etwas erkennt, was er nicht tut. Damit wäre die größere Frage nicht beantwortet, welche Bedingungen generell nötig sind, um die Beherrschung von Zeta zu erleichtern.«

Eugene runzelte die Stirn. »Bist du dir sicher? Ich meine, wir haben bereits entdeckt, dass eine der Bedingungen der Ausschluss bestimmter Denkgewohnheiten sein muss, die dem Lernen im Weg stehen. Was, wenn der Grund, warum er nicht einmal Gamma-Wellen erzeugen kann, derselbe ist, aus dem ich es nicht kann – eine Denkgewohnheit, die im Weg steht?«

Es gibt Fragen, die veranlassen das Universum, den Atem anzuhalten, sobald sie gestellt werden. Zumindest empfand Chuck es so. Er nannte sie für sich die *Absoluten Null-Momente* – Momente, in denen die gesamte Schöpfung zum Stillstand zu kommen schien und die Zeit einfach zu existieren aufhörte. Er erlebte nun so einen atemlosen Zustand, in dem das Leben angehalten wird, bei der vollkommen absurden Überzeugung, dass Eugene recht hatte. Das führte ihn zur nächsten Frage: Wenn er recht hatte, was bedeutete es? Gab es eine einzelne Denkgewohnheit, die sowohl bei Lorstad als auch bei Eugene dazu führte, dass es ihnen schwerfiel, Gamma- oder Zeta-Wellen zu produzieren?

Er dachte an die Schranken, die den Mitarbeitern von Deep Shield so viel Mühe bereitet hatten. Schranken, die nicht nur mit ihrer militärischen Ausbildung zu tun hatten, sondern mit der geistigen und emotionalen Verfassung, die sie für eine solche Ausbildung besonders empfänglich werden ließ. Ein Faktor war eine gewisse Geradlinigkeit des Denkens gewesen – eine Ordentlichkeit, die Spontaneität und Multitasking verhinderte. Das wiederum wurzelte in der Erwartung, dass die Welt in einer bestimmten Weise funktionierte – und zwar nicht in einer, die einem erlaubte, die Realität auf Quantenniveau zu beeinflussen.

Glauben hatte Lanfen es genannt. Ihre frühen Deep-Shield-Rekruten hatten nicht geglaubt, dass sie konnten, was Lanfen und die anderen Zetas konnten. Ihr jeweiliges Innenleben war nicht dafür gemacht, und ihr Umfeld ermutigte sie nicht dazu, sich vorzustellen, dass sie es könnten.

Chuck spähte über seinen Laptop zu Eugene hinüber. Eugene war berüchtigt für seinen Mangel an Selbstvertrauen. Das war sein Filter für das, was er potenziell schaffen konnte. Waren Lorstads von außen konditionierte Talente nicht auch ein Filter, der die Wahrnehmung seines eigenen Potenzials durchdrang? Ein Filter, der zu einer Art bewusster Inkompetenz führte?

»Was ist?«, fragte Eugene. »Steht mein Haar wieder in alle Richtungen weg?«

Chuck blinzelte.

»Du schaust mich so komisch an.«

»Dein Haar ist okay«, sagte Chuck. »Na ja, es steht tatsächlich in alle Richtungen weg, aber deshalb habe ich dich nicht angestarrt. Ich habe gerade über etwas nachgedacht … Lanfen nannte es ›Glauben‹. Wissenschaftlicher ausgedrückt, könnte man vielleicht sagen … unbewusste Kompetenz.«

Eugene blinzelte. »Wovon redest du?«

»Erinnerst du dich, wie Lanfen die Deeps gewissermaßen dazu überlistet hat, ihre latente Fähigkeit zu Zeta-Wellen zu zeigen, indem sie die Leute abgelenkt hat? Sie hat sie quasi dazu gebracht, dass sie vergaßen, ihr Verhalten durch ihre Auffassung von dem, was möglich ist, zu filtern. Jeder von uns hat eine andere Sicht der Welt und erwartet, dass sich die Realität in einer bestimmten Weise verhält, weil sie sich immer in dieser Weise verhalten hat. Wir kommen nur schwer damit zurecht, wenn sie es einmal nicht tut.«

Eugene wurde vollkommen still, als hätte er nun einen dieser »Momente«, wie Chuck gerade einen erlebt hatte. Wie so oft setzte Eugenes Gehirn in einem Satz über das Zellgewebe des Denkprozesses hinweg und landete bei: »Warte mal. Das wäre ein Evolutionshindernis, oder? Wenn man ständig erwartet, dass A passiert, dann wird man sich wahrscheinlich nicht ernsthaft mit dem Gedanken befassen, dass B passieren könnte. Und wenn B notwendig ist, damit man die nächste Stufe der Evolution erreicht, dann ist man im Arsch – evolutionär gesehen.«

»Ja – bis auf diejenigen, die diesen Gedankensprung machen können. Sie sind diejenigen, die uns weiterbringen. Wie entfernen wir also diese Schranke – diese Erwartung?«, fragte Chuck. »Lanfen hat es bei den Deeps geschafft, indem sie sie in eine

Multitasking-Übung verwickelt hat, die ihnen erlaubte, einen Moment lang zu vergessen, was sie ihrer Meinung nach nicht konnten. Sie hat sie ... *überrascht*, indem sie von Punkt A zu Punkt B ging. Als Mini zum ersten Mal Zeta-Wellen zeigte, war sie ebenfalls skeptisch, was ihre Fähigkeiten anging. Wir haben einfach die Einheit ohne ihr Wissen abgeschaltet. Sie glaubte, sie würde immer noch von der Schnittstelle unterstützt werden, und hatte keinen Grund, daran zu zweifeln.«

Eugene atmete geräuschvoll aus. »Ich fürchte, dass Lorstad nicht so leicht zu überraschen ist.«

»Er war überrascht von seiner Unfähigkeit, mit dem kinetischen System zu arbeiten, ohne sich auf seine ›Gelehrtheit‹ zu stützen.«

»Das stimmt natürlich.«

»Wenn wir Lorstads Talente nicht unterdrücken können, können wir ihn vielleicht von ihnen ablenken.« Er stand auf, die Idee nahm immer mehr Gestalt in seinem Kopf an.

»Wohin gehst du?«

»Ich gehe ein bisschen mit Lanfen plaudern. Warum spielst du nicht noch ein bisschen mit diesem Gedanken – vielleicht fallen dir noch andere mögliche Lösungen ein.«

»Chuck ...«

Chuck blieb stehen und sah über die Schulter zu seinem Schützling zurück.

Eugene sah sich in stillschweigender Anerkennung der Abhörvorrichtungen im Raum um. »*Soll* es denn gut laufen? Ich meine, sollten wir an diesem Punkt überhaupt einen Durchbruch erzielen?«

Der Elefant im Raum. Sie hatten bei Deep Shield feststellen müssen, dass sie verborgen operierende paramilitärische Kämpfer ausbildeten. Jetzt versuchten sie, Zeta-Fähigkeiten bei den Mitgliedern eines Zirkels freizusetzen, der nicht weniger im Verborgenen agierte – vielleicht sogar noch mehr.

Sollte es gut laufen?

Chuck atmete durch die Zähne ein. »Für den Augenblick ist unser Tempo in Ordnung. Falls oder wenn es an der Zeit ist, auf die Bremse zu treten … egal, bleib einfach dabei.«

Eugene nickte. »Ehrlich gesagt bin ich ein bisschen hungrig.« Er warf einen Blick zur Tür. »Ich dachte, ich springe mal eben runter in die Cafeteria und hole mir eine Kleinigkeit.«

Chuck durchbohrte ihn mit einem Blick, den man nur als vernichtend bezeichnen konnte.

»Was?«, fragte Eugene, die Unschuld in Person.

»Also bitte, Euge. Du bist so durchsichtig wie unser Goldfischglas-Labor. Tu das nicht. Mini würde es bestimmt nicht gefallen, wenn du sie überwachst.«

»Ja. Ja, du hast recht.« Eugene setzte eine unfassbare Arme-Sünder-Miene auf.

»Abgesehen davon«, fügte Chuck im Rausgehen an, »ist Springen sehr würdelos.«

»Hoho«, rief ihm Eugene nach. »Du hast einen Witz gemacht! Einen sehr lahmen. Siehst du, wie ich nicht lache?«

Mini und Lorstad saßen sich beim Mittagessen gegenüber und plauderten über Kunst und Musik – zwei Gebiete, auf denen sie viel gemeinsam hatten, auch wenn Kristian Lorstad anders als Mini die nicht verkopfte Eleganz von Rockmusik nicht zu schätzen wusste. Tatsächlich fand er es höchst merkwürdig, dass sie sowohl Antonio Vivaldi als auch Joe Satriani bewundern und sich gleichermaßen eloquent über die Sangeskunst von Leontyne Price, Tina Turner und Ronnie James Dio auslassen konnte. Als sie ihm erzählte, zu ihren Lieblingsbeispielen musikalischer Zusammenarbeit gehöre ein Liveduett von Tina Turner und David Bowie auf Bowies »Let's Dance«, war Lorstad schlicht sprachlos.

Diesen Augenblick peinlichen Schweigens nutzte die fröhliche Banausin für einen ersten Versuch, mehr über ihren Gastgeber und seine Landsleute in Erfahrung zu bringen.

»Ich nehme an, Sie sind nicht von hier«, lockte sie ihn aus der Reserve. »Sie bevorzugen europäische Kunstformen mit reicher Geschichte – Symphonien, Choräle. Ich meine, Sie sind selbst aus Europa, oder?«

Er nickte und legte seine Gabel beiseite. »Ich wurde in den Niederlanden geboren und bin dort aufgewachsen, bis ich vierzehn war.«

»Und wie sind Sie dann zu alldem gekommen?« Minis Geste schloss die gesamte unterirdische Einrichtung ein.

Er tupfte sich die Lippen mit einer Serviette ab und zögerte. Offenbar überlegte er, wie er antworten sollte, ohne zu viel preiszugeben.

Schließlich sagte er: »Im Grunde wurde ich hineingeboren. Wie die meisten von uns. Es kommt selten vor, dass ein Talent von außerhalb der Gruppe stammt.«

Die Gruppe. »Wirklich? Ihre Eltern waren also auch beide … *talentiert*? Ich meine, sie haben die Isolationstank-Methode benutzt?«

Ein dunkler Schatten huschte über Lorstads Gesicht – ein momentanes Missbehagen oder ein Schmerz vielleicht, wie das Ziehen eines Schorfs auf einer halb verheilten Wunde. Mini konzentrierte alle Sinne darauf, aus dem Mann schlau zu werden, der ihr gegenübersaß.

»Ja, meine Eltern gehörten beide zu den Gelehrten.«

»Wow. Und sind sie noch bei den Wohltätern aktiv?«

»Mein Vater ist vor einigen Jahren gestorben. Meine Mutter … arbeitet nicht mehr in der Gruppe mit. Sie hat aufgehört, um sich um meine jüngere Schwester zu kümmern.«

Die Erwähnung eines jüngeren Geschwisters, das elterlicher Pflege bedurfte, provozierte sofort Mitgefühl bei der weichherzigen Mini. »Was ist passiert? Ist Ihre Schwester krank?«

Nun machte Lorstads Gesicht eine Folge winziger, aber wahrnehmbarer Veränderungen durch, die Mini rasch hintereinander ablas. Sie sah Schmerz, Zorn, Entschlossenheit.

»Meine Schwester … meine Schwester war nicht in der Lage, von der Isolationstank-Technologie zu profitieren. Die Sitzungen haben sie beunruhigt und führten dazu, dass sie sich zurückzog. Wir mussten sie aus dem Programm nehmen, und sie hat nie irgendein Talent entwickelt.« Er schien noch mehr sagen zu wollen, aber dann schüttelte er nur den Kopf. »Für mich ist das eine alte Geschichte. Meiner Mutter geht es gut, genau wie Anika. Sie haben sicher ebenfalls Geschwister.«

Mini nickte, auch wenn sie seinen Versuch, das Gespräch in eine andere Richtung zu lenken, als solchen erkannte. Aber das war in Ordnung – jeder gute Superspion weiß, dass er langfristig denken muss. »Zwei Brüder, ein ganzes Stück älter als ich. Sehr praktisch veranlagte Männer, die ein sehr bodenständiges Leben führen.«

»Aha. Keine kreativen Typen wie Sie?«

»Oh nein.« Ein aufrichtiges Lächeln trat auf ihr Gesicht, auch wenn es eine Spur Wehmut enthielt. »Ich bin in meiner Familie einzigartig. Eine Art späte Überraschung. Ein Zufallstreffer.«

Lorstad legte den Kopf schief und lächelte ebenfalls. »Ich denke, das sind Sie. Einzigartig, meine ich.«

Sie errötete leicht. »Danke.« Mini schluckte und hoffte, Lorstad würde nicht bemerken, dass ihr Atem schneller ging. Für einen Sekundenbruchteil verlor sie sich in seinen tiefen Augen und sonnte sich in seinen Worten.

Nein.

Da sie nun diejenige war, die das Thema wechseln wollte, überlegte sie fieberhaft und fragte dann: »Wie alt waren Sie, als Sie mit Ihrem Training begannen?«

»Sehr jung. Sechs.«

»Sechs? Mein Gott, hatten Sie nicht Angst?« Die Frage war vollkommen ehrlich gemeint. Bei der Vorstellung, in einen dieser Isolationstanks zu steigen, lief es Mini eisig kalt über den Rücken.

Er schüttelte den Kopf. »Überhaupt nicht. Ich habe es als ein großes Abenteuer betrachtet. Abgesehen davon hatte ich Alexis.« Er sagte es, wie man vielleicht sagen würde: *Ich hatte meinen Teddybär.*

»Sie haben zusammen trainiert?«

»Ja. Wir bilden Kinder für gewöhnlich paarweise aus, sodass eine Verbindung oder ein Band zwischen den beiden geschmiedet wird. Wir unterstützen uns gegenseitig beim Lernen, wir ermutigen uns, und wir überwachen uns gegenseitig, damit unsere Gesundheit und unser Wohlergehen nicht gefährdet sind.«

»Dann sind Sie und Alexis also ein Paar?«

»Nicht in dem Sinne, in dem Sie und Eugene Pozniaki ein Paar sind. Allerdings ermuntern wir sicherlich zu dieser Art von Beziehung zwischen zwei Gelehrten. Es gibt nicht viele von uns auf der Welt, auch nach mehreren Jahrhunderten nicht, je mehr Kinder wir also produzieren, die unsere Empfänglichkeit besitzen, umso besser. Ich muss jedoch sagen, dass Dr. Brentons Methode angesichts unserer geringen Zahl sehr wohl eine Tür zu frischem Blut aufstößt.«

Etwas an seinem Blick war eine Spur zu intim. Mini fühlte sich unbehaglich, und ihre Wangen wurden heiß.

»Warum gibt es denn so wenige von Ihnen?«

Er zuckte mit den Achseln. »Wir pflanzen uns nicht immer reinrassig fort. Es gibt in jeder Generation Individuen, denen es einfach nicht gelingt, ihre Kräfte zu wecken. In manchen Generationen übersteigt ihre Zahl die derjenigen, die erfolgreich sind.« Er widmete sich wieder seinem Teller und stocherte darin herum, ehe er sagte: »Wenn es nicht zu persönlich ist: Darf ich fragen, wie ernst Ihre Beziehung zu Dr. Pozniaki ist?«

Mini schwieg so lange, bis er den Blick zu ihr hob. Sie sah ihm direkt in die Augen, damit er sie auf keinen Fall missverstehen konnte. »Ich liebe ihn«, sagte sie ohne Umschweife. »Er liebt mich. Sie ist also ziemlich ernst.«

»Ah«, sagte Lorstad und wandte den Blick ab. »Ich verstehe.«

In Minis Bauch tat sich ein Loch auf. Es war nicht so, als hätte sie solche Gefühle für Lorstad gehabt, aber es schmerzte einfach, zu sehen, wie offensichtlich der Mann seine Verletzung zu verbergen suchte – für die sie der Grund war, auch wenn sie nichts dafür konnte. Es war nicht besonders fair von ihm, seine Empfindungen so kühn vor ihr offenzulegen, aber er hatte es nun einmal getan, und damit war sie gezwungen gewesen, ihm einen Riegel vorzuschieben. Mini wischte diese Gedanken beiseite und steuerte das Gespräch sanft in eine neue Richtung, die ihm hoffentlich helfen würde, halbwegs das Gesicht zu wahren, und die außerdem die Richtung war, in die Mini es lenken wollte.

»Sie müssen also ziemlich oft in die Isolationstanks gehen, damit Ihre Kräfte stark bleiben. Na ja, Sie selbst vielleicht nicht. Sie scheinen in alldem sehr bewandert zu sein, wenn man es überhaupt so ausdrücken kann. Aber ich komme trotzdem nicht umhin, mich zu fragen, ob das nicht sehr lästig ist. Ich meine, es muss eine Menge Disziplin und, wie soll ich sagen … Durchhaltevermögen erfordern.«

»So viel auch wieder nicht. Auf meinem Erfahrungsniveau muss ich vielleicht einmal in der Woche für mehrere Stunden in den Tank. Aber es stimmt, am Anfang verbringt man beträchtlich viel Zeit in Isolationskammern, bis man dazu konditioniert ist, seine Talente nutzen zu können.«

Mini stützte die Ellbogen auf den Tisch, legte das Kinn in die Hände und sah ihn mit einem Blick an, von dem ihr Vater behauptete, er könne Eisen zum Schmelzen bringen. »Und was sind Ihre Talente, Kristian? Ich habe gesehen, dass Sie Gegenstände verschieben können, und Sie scheinen in der Lage zu sein, Räume unbemerkt zu betreten und zu verlassen. Haben Sie eine Art Tarnkappen-Talent? Ist das Ihr Fachgebiet?«

Jetzt sah er schüchtern aus. Das Lächeln blieb auf seinen

Lippen, und seine Augen drückten beredt aus, dass er nicht die Absicht hatte, ihr alles zu verraten. »Quantenphysik ist mein Fachgebiet«, sagte er. »So wie Kunst Ihres ist. Doch selbst mit meinem Verständnis … gewisser Eigenschaften des physikalischen Universums bin ich nicht in der Lage, das zu tun, was Sie tun. Feste, programmierbare Gebilde zu erschaffen, die so real wirken, dass sie selbst unsere Freunde von Deep Shield getäuscht haben – das, Mini, eröffnet ein Spektrum von Möglichkeiten, das nicht einmal eine so alte Organisation wie die Wohltäter zugänglich machen konnte. Unsere Talente wachsen nicht mehr, wenn sie einmal programmiert sind. Sie entwickeln sich nicht. Und wenn wir die Therapie nicht ständig wiederholen, verfallen sie. Ich werde bald die Ergebnisse der Tests bekommen, denen Sie und Ms. Chen sich unterzogen haben. Sie und Ihr Dr. Brenton halten den Schlüssel zu allem in der Hand.« Ein Schatten huschte über sein Gesicht. »Ich hoffe, er kann feststellen, wie dieser Schlüssel unser volles Potenzial aufschließt.«

»Das wird er«, sagte Mini mit absoluter Überzeugung. Wenn sie sich einer Sache sicher war, dann war es Chuck Brentons Talent, Antworten zu finden. Sie lächelte Lorstad an und überlegte ihre nächste Frage …

Die Klänge der Zauberflöte versanken in einem weit schlichteren, ursprünglicheren Rhythmus – einem Herzschlag, einem Meer, melodischem Atmen. Seine Augen spielten mit den Impulsen und Lichtbändern, die ihm seine Verdunklungsbrille zuspielte. Sie suchten nach Mustern. Das menschliche Auge – das menschliche Gehirn – sucht immer Muster. Sie sind ein Weg, die Welt zu verstehen. Früher hatte er versucht, sie nicht zu sehen. Er hatte seine Augen aus dem verführerischen Auf und Ab des Lichts gezogen, aber dann war ihm klar geworden, dass er damit das genaue Gegenteil bewirkte. Er versuchte, auf einem maßlos hohen Niveau Kontrolle über seine Gedanken zu erlangen. Nach dieser Erkenntnis lernte er, seine Augen schweifen zu lassen, wohin sie wollten.

Konnte es sein, dass er jetzt versuchen musste, diese Kontrolle zurückzugewinnen? Der Gedanke entglitt ihm, sobald er ihn gefasst hatte. Tiefer. Seine Augen waren bestrebt, sich auf verschiedene Aspekte der Projektion zu konzentrieren – auf die funkelnden Blitze, dann auf die ihnen entgegengesetzte Dunkelheit, dann auf die bunten Faserbündel, die sich zwischen beidem spannen.

War Dunkelheit Licht entgegengesetzt? War sie nicht einfach seine Abwesenheit? Waren die funkelnden Blitze Enthüllungen in photonischer Form?

Er wurde sich seines Körpers und dessen Gestalt intensiv bewusst, als würde sein Bewusstsein von außen in ihn fließen und ihn ausfüllen. Bei jedem Lichtimpuls, bei jedem Geräusch war ihm, als würden Wellen der Sinneswahrnehmung an seine Haut schwappen, aber von innen. Seine Haut fühlte sich transparent an. Wie konnte man sich transparent fühlen? Das hatte er sich am Anfang gefragt. Jetzt akzeptierte er einfach, dass es so war. Er schwebte. Er füllte sich mit Klang und schwamm in Licht. Das Muster wurde zu einem Weg. Er folgte ihm. Der Weg führte aus der Höhle der physikalischen Welt hinaus in ein größeres Reich. Er blickte auf sich selbst im Tank hinab. Dann blickte er auf den ganzen Tank hinab. Der Raum war menschenleer bis auf einen Techniker, der seine Körperfunktionen an einem Monitor überprüfte. Er »sah« diese Dinge, verstand aber auf einer bestimmten Ebene, dass man ohne Stäbchen, Zäpfchen und Netzhäute nicht von Sehen sprechen konnte. *Er nahm wahr.*

Als er diesen Zustand – diese außerkörperliche Erfahrung – zum ersten Mal erreichte, glaubte er, es sich einzubilden. Sein Vater hatte nichts davon gesagt, und bis er und Alexis ihre Aufzeichnungen verglichen, hielt er es einfach für ein Hirngespinst. Dabei entdeckte er dann, dass nur manche der Wohltäter außerkörperliche Erfahrungen hatten. Er hatte sie. Alexis hatte sie. Seine Mutter hatte sie gehabt, bevor …

Er verfolgte diesen Gedankengang nicht weiter.

Er hatte es nicht geglaubt. Er hatte einen Beweis gebraucht. Alexis hatte ihm den Beweis geliefert, indem sie das Therapielabor betrat, während er im Isolationstank war, und ein Video davon aufnahm, wie sie verschiedene Dinge tat. Als er herauskam, hatte sie ihn beschreiben lassen, was er sie hatte tun »sehen«. Dann hatten sie sich zusammen das Video angeschaut.

Jetzt zweifelte er nicht mehr an dem, was er während einer außerkörperlichen Erfahrung sah. Es waren diese Erfahrungen, die ihn schließlich über Quantenverschränkung nachdenken ließen, über ihre Anwendung in der Welt jenseits des Isolationstanks und die Frage, wie weit man damit kommen konnte. Kristian Lorstad hatte Charles Brentons neue Technologien begrüßt und sie als eine Möglichkeit betrachtet, die Kräfte der Gelehrten zu erweitern und wachsen zu lassen.

Da er nun sah, wie Brentons Team mit einem seiner Angestellten arbeitete und erlebte, wie mühelos diese Person die rudimentäre Fähigkeit erwarb, nur durch den Gebrauch ihres sehr normalen, sehr durchschnittlichen Gehirns den kleinen Roboter im Raum umherfahren zu lassen oder einen Mauszeiger über einen Schirm zu bewegen, war er sich nicht mehr so sicher, was diese Zeta-Fähigkeiten verhießen. Was, wenn er nie lernen würde, seine angeborenen, nicht verstärkten Fähigkeiten zu nutzen, um das zu schaffen, was er jetzt durch Konditionierung von außen schaffte? Was, wenn Brentons Technologie ihm keine weiterentwickelten Kräfte bescherte, sondern ihn dessen beraubte, was er hatte? Was ihn zu einem Gelehrten gemacht hatte, zu jemand Besonderem? Die Entwicklung zurückdrehen … dieser Preis war zu hoch, wenn dann beides nicht funktionierte. Und da war noch das Undenkbare:

Was, wenn die Zetas durchschlagenden Erfolg hatten und ihn und seine Gesellschaft überflüssig machten?

Diese gewöhnlichen Menschen eigneten sich ihre erstaunlichen Fähigkeiten offenbar durch nichts weiter als Übung an. Sie benötigten dafür einen Bruchteil der Zeit, die er und seine Mitstreiter bei den Gelehrten hatten aufwenden müssen, um ähnliche, jedoch zugegebenermaßen unterlegene Resultate zu erzielen. Und wenn eine Mehrheit der Menschen in der Lage war, einen Zeta-Zustand zu erreichen? Was das für seine Gesellschaft bedeutete, verblasste im Vergleich zu den Auswirkungen, die es auf die gesamte Menschheit haben würde.

Nein. So weit durfte es nicht kommen.

Er holte sein Bewusstsein aus dem Kinetik-Labor zurück und widmete sich wieder seinem Gespräch mit Mini.

Es war dunkel im Labor vor Chucks privatem Büro – Feierabend für das Personal des Zentrums. Selbst Eugene war gegangen – Abendessen mit Mini. Chuck blickte auf den Schirm seines Laptops, auf das eingescannte Bild eines Mannes mit freiliegendem Gehirn in einem virtuellen OP. Er rückte das Elektrodennetz auf seinem Kopf zurecht und konzentrierte sich auf das Gehirn. Zusammen mit einem VR-Helm und Handschuhen erlaubte diese Software dem Klinikarzt das Modell des Patientengehirns zu nehmen und darauf einzuwirken, es zu drehen, an Partien von besonderem Interesse heranzuzoomen.

Dieser Patient hatte bei einem Unfall sein Augenlicht eingebüßt. Als seine Augen fünf Jahre später nach einer Operation wieder voll funktionstüchtig waren, war er dennoch nicht in der Lage gewesen, stimmige Bilder zu formen. Fünf Jahre ohne Sehvermögen hatten seine Synapsen neu verbunden. Chuck hatte wegen des Gesprächs mit Kristian über den MRTs und CTs des Mannes gebrütet. Dank Virtual Reality war es ihm nun möglich, das Gehirn dreidimensional zu betrachten, und er hatte in Echtzeit sehen können, wie das Organ seine Signale umgelenkt hatte, sodass sie um das fehlende Sehvermögen herum arbeiteten.

Doch auch diese Technik hatte ihm nicht erlaubt, virtuell in das gescannte Gehirn einzugreifen, um zu versuchen, die Synapsen wieder dem Muster zuzuordnen, das vor dem Unfall bestanden hatte. Es gab auch keine chirurgische Technik, die zu dieser heiklen Operation in der Lage gewesen wäre. Aber eine Sache gab es ... und er hoffte, Zeta-Fähigkeiten würden die Lücke zwischen Wissen und Technologie vielleicht überbrücken können.

Er wusste, wie das Muster in einem zum Sehen fähigen Gehirn aussah – welche Bereiche in welcher Reihenfolge aufleuchteten –, während das Gehirn daran arbeitete, ein Gesicht, einen Ort oder einen Gegenstand wiederzuerkennen. Es müsste, sagte er sich, für jemanden, der die Gehirnströme verstand, möglich sein, sie zu beeinflussen, die Energien in bestimmte Kanäle zu lenken, die Reihenfolge zu bestimmen, in der die Synapsen feuerten. Also hielt er das virtuelle Gehirn seines Patienten in gleichermaßen immateriellen Händen und stellte sich vor, wie er eine Linie zog, der die Neuronen folgen sollten – einen Schaltkreis, den die Impulse entlanglaufen sollten.

Die virtuellen Synapsen gehorchten. Das Gehirn leuchtete in der richtigen Reihenfolge auf, und die umgerüsteten Bahnen wurden aufgegeben. Wäre das sein tatsächlicher Patient, würde sein Gehirn das, was der Mann sah, wieder so interpretieren wie früher. Die Frage war nun: Konnte er eine solche Veränderung bei realen Neuronen und Synapsen ebenso bewirken, wie er es bei den elektrischen Impulsen und Photonen eines computergenerierten Programms getan hatte?

Nun, warum nicht? Waren Photonen, Neuronen und Elektronen schließlich nicht allesamt einfach nur Energieeinheiten? Wenn man eine Energieeinheit beeinflussen konnte, warum nicht auch andere?

Zum zweiten Mal an diesem Tag erlebte Chuck einen Absoluten Null-Moment. Er war ausgebildeter Neurowissenschaftler, er verstand das minutiöse Funktionieren des Gehirns und hatte seine Berufslaufbahn auf dessen Beziehung zum menschlichen Verstand aufgebaut. Er hatte sich nun auch beigebracht, Energieeinheiten zu beeinflussen, und Materie war schlicht Energie in einer anderen Form. Wenn man das alles wusste – womit sollte er *nicht* interagieren können?

Der Gedanke war verblüffend, genau wie die Möglichkeiten, die er eröffnete, aber schon im nächsten Augenblick wurde er auf den Boden der Tatsachen zurückgeholt. Wunderbar, Chuck, dachte er, *aber wie beweist du das in einem medizinischen Szenario, ohne jemandem irreparable Schäden zuzufügen?* In ein Gehirn oder ein anderes Organ des Körpers zu greifen – und sei es mit unsichtbaren Fingern –, war potenziell gefährlich. Ein Niesen, ein gedankliches Abschweifen, ein Moment der Unaufmerksamkeit konnte zu Tod oder Verstümmelung führen. Er dachte an Mike Yenotows frühe Arbeit mit mechanischen Geräten – vor allem dem John-Deere-Frontlader – und erinnerte sich an Mikes Sorge, er könnte die Konzentration verlieren, was beim Umgang mit schwerem Gerät tödlich enden konnte.

Ungebeten kam ihm die Zerstörung des Washington Monument in den Sinn. Chuck hatte einen tödlichen Konzentrationsverlust befürchtet und mit dem Team schwer an diesbezüglichen Notfallplänen gearbeitet – aber er hatte nicht an absichtliche Sabotage gedacht. Hatte er Mike und die anderen falsch gedeutet? War dieses Potenzial für Gewalt immer da gewesen, oder lag es nur an den gegenwärtigen Umständen, in denen sie sich befanden? Chuck wurde klar, dass er es wissen musste. Er musste es wissen, weil all das bis zu einem gewissen Grad sein Werk war. Natürlich hatte er das Denkmal nicht persönlich attackiert, aber er war sehr wohl derjenige gewesen, der die Büchse der Pandora geöffnet hatte. Änderte sich bei dem Prozess, ein Zeta zu werden, irgendwie die Psyche der Betroffenen? Würde es sich auch auf seine Gefährten hier auswirken, auf Lanfen oder Mini? Er verscheuchte den Gedanken.

Er stand auf und nahm die Neuronenhaube vom Kopf, nur um zu bemerken, dass er sie gar nicht an die kinetische Schnittstelle angeschlossen hatte. Bei der Erkenntnis, dass er in seiner persönlichen Entwicklung einen großen Sprung gemacht hatte, wurde ihm abwechselnd heiß und kalt – doch bewies es nicht in gewisser Weise seine Theorie der Ablenkung, über die er mit Eugene gesprochen hatte? Er setzte das Netz mit zitternden Händen wieder auf seine Halterung. Sein erster Impuls war, es allen im Team zu sagen. Sein zweiter war, es für sich zu behalten und es nur Lanfen zu verraten. Aus Gründen, die er nicht hätte artikulieren können, wählte er Tor Nummer zwei.

KAPITEL 8

Die Welle erwischen

»Wir sind wieder im Netz.« In Tims Stimme lag eine Spur Staunen – oder vielleicht war es einfach nur Überraschung. Er zögerte und beäugte den Schirm vor sich. »Na ja, zumindest sind wir mit irgendetwas außerhalb dieses verdammten Bergs verbunden, das nicht nur Fernsehen ist.«

Sara und Mike kamen, um ihm über die Schulter zu blicken. Der Schirm zeigte das Gesicht einer jungen Frau, einer Fremden. Sie trug eine Luftwaffenuniform, hellblaues Hemd, dunkelblaue Krawatte. Ihr Haar war zu einem Zopf geflochten. Sie war brünett, und als sie den Kopf zur Seite drehte, um zu jemandem zu sprechen, erinnerten ihre feinen Züge Mike schmerzhaft an seine Tochter Darya.

»Doktor?«, sagte sie. »Ich glaube, ich habe eine Verbindung, aber ich kann nichts sehen oder hören. Sie blockieren von ihrer Seite.«

Ein Mann kam ins Bild – jemand, den sie kannten.

Tim grinste. »Es ist Dr. Matt!« Er reckte den Kopf, um zu Sara hinaufzusehen. »Wir wollen mit ihm sprechen … oder?«

Sara nickte. »Das wollen wir allerdings. Mach aber noch nicht auf. Erst …« Sie wandte sich an Mike. »Mach deine Roboter zur Erkundung fertig.«

Mike kehrte an seinen eigenen Arbeitsplatz zurück. Seine Roboter waren nicht nur zur Erkundung bereit, sondern sie erkundeten das Gebiet des zerstörten Deep-Shield-Lagers bereits, seit er sie stationiert hatte. Er hatte die Gelegenheit genutzt, um mit seinen eigenen Talenten zu experimentieren, und etwas Interessantes bemerkt: Obwohl die Roboter angeblich alle identisch waren, *fühlten* sie sich verschieden *an*. Er hätte das niemandem erklären können. Vielleicht war es die persönliche Note einer einzelnen, stärker angezogenen Schraube, ein Draht, der in einem anderen Winkel verlötet war, oder eine Kombination aus tausend dieser kleinen Dinge. Aber er wusste, dass es stimmte. Vier von ihnen waren derzeit in gleichmäßigen Abständen am Berghang stationiert, und Mike hatte jedem einen Namen gegeben. Sie waren Anatoly, Boris, Zhenya und Sacha. Sacha war sein Liebling und derjenige, der am weitesten entfernt vom Gipfel des Berges stationiert war, um die Aufräumarbeiten im Deep-Shield-Camp zu beobachten. Deshalb war Sacha derjenige, den er jetzt bewohnte – ohne auch nur Sicht auf ihn haben zu müssen. Er wusste jetzt einfach, wie sich der Roboter anfühlte.

Sara baute sich vor der gewaltigen Monitorwand an der Stirnseite des großen Raums auf und ließ auf den meisten Schirmen ein Bild von Matt Streegman und dem Raum, in dem er sich befand, erscheinen. Nur auf einem nicht. Dieser eine zeigte Sara, was Matt sah – nämlich sie, wie sie in einem Lichtkegel im vorderen Teil der riesigen Kommandozentrale stand. Ihr dunkles Haar glänzte, ihre Züge waren in dramatische Schatten getaucht, und sie trug einen schwarzen, eng anliegenden Overall.

Mike musste zugeben, dass sie eindrucksvoll aussah, und er hatte stark den Verdacht, dass sie sich sogar selbst beeindruckte. Zumindest wollte sie sicher sein, dass sie ein Furcht einflößendes Bild abgab. Nachdem er diese letzten Tage mit ihr zusammengelebt hatte, hätte er ihr gern versichert, dass sie definitiv Furcht einflößend war.

Mike behielt die Ohren auf Saras Gespräch mit Matt und die Augen auf der Umgebung des Roboters Sacha. In Brustbein und Kopf des Roboters eingebaute Sensoren verrieten ihm, dass sich kleinere Aufräumteams in dem ehemaligen Deep-Shield-Lager aufhielten. Seinen früheren Beobachtungen nach hatten sie offenbar die Aufgabe, das Gebiet so weit wie möglich in seinen Zustand vor dem Auftauchen von Deep Shield zurückzuverwandeln und es so aussehen zu lassen, als wäre der Waldbrand durch einen Blitz oder ein einzelnes Lagerfeuer ausgelöst worden.

Er führte Sacha näher heran und bemerkte, dass die gesamte Aufräummannschaft aus einem halben Dutzend Leuten bestand, die mit Metalldetektoren den Bereich durchsuchten, wo die Leichen gelegen hatten. Er fragte sich, was aus diesen Leichen geworden war. Waren sie anonym begraben worden? Ihren Familien übergeben? Eingeäschert?

Er hörte Sara lachen und stellte fest, dass er sich von ihrem Gespräch mit Matt hatte ablenken lassen.

»… schön, mich zu sehen?«, sagte Sara gerade. »Warum glaube ich das nicht so recht?«

»Sie sollten es glauben«, versicherte ihr Matt. »Ich habe mir Sorgen um euch drei gemacht. Howard hatte Forward Kinetics im Würgegriff. Was er mit euch getan haben muss, darf ich mir gar nicht vorstellen.«

Er sah älter aus, dachte Mike. Fix und fertig. Kein Wunder, wenn man bedachte, dass er länger als sie in den Fängen von Deep Shield gewesen war. Wieso war Sara so bissig zu ihm?

»Offenbar war es nicht annähernd so drastisch wie das, was wir ihm angetan haben«, sagte Sara trocken. »Der gottverdammte Narr hat sich erschossen.«

Matt schnaubte höhnisch. »Überrascht Sie das? Er hat sich in eine Lage gebracht, in der er nicht mehr gewinnen konnte.« Ernüchterung trat auf sein Gesicht. »Er hat Sie ebenfalls in eine No-win-Situation gebracht, der Teufel soll ihn holen. Es ist schrecklich, wie er Sie behandelt hat – als wären Sie Artilleriegeschütze und nicht Menschen.«

Mike konnte Saras Gesicht nicht sehen – sie wandte ihm den Rücken zu –, aber er fing ihre Miene in dem Monitor auf, der ihr Bild zeigte. Er sah puren Schmerz und Wut über ihr Gesicht huschen, und er sah, wie ihr Blick weicher wurde.

»Danke, Doc«, sagte sie. »Sie sind ein guter Kerl. Also, wo

stehen wir nun? Ich nehme an, Sie haben die Behörden – die echten diesmal – mit einbezogen.«

»Tatsächlich ist die Präsidentin auf mich zugekommen. Ihre Regierung hatte keine Ahnung, was Howard trieb.« Sein Mund zuckte, und er setzte ein schiefes Lächeln auf. »Sie haben sich wirklich eine Wahnsinnsmethode ausgedacht, um auf sich aufmerksam zu machen, Sara. Aber es hat funktioniert. Man hat Sie gehört. Wo wir also stehen, ist, dass Präsidentin Ellis gern wissen würde, was ...« Er warf einen Blick zur Seite, als würde er lautlos mit jemandem Rücksprache halten, ehe er wieder in die Kamera sah. »Sie würde gern Ihre Absichten und Ihre Ziele erfahren.«

Sara warf einen Blick über die Schulter zu Mike und Tim. »Unsere Ziele sind einfach. Weltfrieden. Unbestechliche Regierungen und Behörden, Sicherheit, langes Leben ...«

»Nicht ins Gefängnis zu kommen«, murmelte Mike.

Sara und Matt hörten ihn beide und sagten unisono: »Niemand kommt ins Gefängnis, Mike.«

Sara sah ihn wieder an, und Mike begriff, dass sie ihre Versicherung, er werde nicht ins Gefängnis kommen, vollkommen anders meinte als Matt. Sie wandte sich wieder dem Bildschirm zu. »Ich würde sagen, wir müssen uns ausführlich unterhalten.«

»Das würde ich bei dieser Liste von Zielen auch sagen.« Matt spreizte die Hände. »Wollen Sie mir die Tür aufmachen?« Er grinste. »Ich komme in Frieden.«

Mikes Sicht auf den Wald durch die Roboteraugen wurde durch einen winzigen Minotaurus verdrängt, der mit seinen hufbesetzten Armen wedelte. »Ich habe ein Signal«, sagte er mit Tims Stimme und zeigte mit einer Miniaturkeule in eine bestimmte Richtung. Mike verstand, dass ihm angezeigt wurde, woher Matts Signal kam. Es fühlte sich an wie ein sanftes Pulsieren statischer Elektrizität, das an seinen rechten Arm schlug – an den rechten Arm des Roboters. Er drehte Sacha in die Richtung des Signals und setzte ihn in Bewegung.

»Wann können wir reden?«, fragte Sara und fügte an: »Sie müssen allein kommen.«

»Natürlich. Sobald ich gebrieft bin.« Er warf wieder einen Blick zur Seite. »Heute Abend. 19.00?«

»Einverstanden. Wir schicken Ihnen eine Eskorte. Mike …?«

Mike nickte. »Ich schicke Ihnen einen Ninja-Roboter entgegen, Doc. Lassen Sie niemanden auf ihn schießen, okay?«

»Ich verspreche, sie werden nicht auf ihn schießen«, sagte Matt. »Es wäre ohnehin vergebliche Liebesmüh.«

»Ja, das wäre es«, sagte Sara. »Ich meine es ernst, Matt. Als ich sagte, wir wollen Frieden, Sicherheit und eine unbestechliche Regierung, habe ich es absolut ernst gemeint. Wenn ich eins von General Leighton Howard und seinem Haufen verrückter Schweinehunde gelernt habe, dann, dass diese Welt gerettet werden muss, und endlich gibt es Leute, die in der Lage sind, sie zu retten.«

Sie unterbrach die Verbindung, aber Mike sah noch den bestürzten Ausdruck auf Matts Gesicht. Dann wurden die Schirme dunkel.

»Wow«, sagte Tim. »Mir kam gerade – wir sind Superhelden. Wir sind die Avengers und X-Men in einem. Oh Mann! Ich schätze, dann bin ich Hulk, oder? Ich meine, ich wäre ja die Scarlet Witch, nur – die ist halt ein Mädchen. Ich würde sagen, Sara könnte die Scarlet Witch sein. Black Widow ist cooler, aber der fehlen die Superkräfte. Und, Mike, wer wirst du sein? Ich meine, du siehst Bruce Banner sehr ähnlich, aber …«

»Iron Man«, sagte Mike und fragte sich, ob er Tim gedanklich zum Schweigen bringen konnte und, wenn ja, ob er es konnte, ohne ihn umzubringen. »Ich bin Iron Man.«

Sara mischte sich in die Unterhaltung. »Jungs, wenn ihr fertig seid mit euren Fantasiespielen, würde ich mich gern mit euch zusammensetzen und eine schlüssige Liste von Forderungen aufstellen. Wir haben hier die Möglichkeit, etwas wirklich Gutes in der Welt zu bewirken. Wir sollten darauf vorbereitet sein, sie zu ergreifen.«

»Du glaubst, sie werden nicht versuchen, uns fertigzumachen?«, fragte Tim. »Unser Vertrauen gewinnen, indem sie Matt hereinschicken, und dann – wumm! – uns in die Luft jagen oder irgendwas?«

»Kann sein. Wenn du aber befürchtest, sie könnten Matt in einen Selbstmordattentäter verwandeln, dann, glaube ich, kannst du beruhigt sein. Matt Streegman ist nicht der Typ Märtyrer. Aber er könnte ein Rädchen in einem größeren Plan sein.« Sie setzte sich in einen Sessel und schwenkte ihn herum, sodass sie die beiden Männer ansah. »Wir haben amerikanische Soldaten getötet.«

»Soldaten, die Hochverrat begingen«, erinnerte Mike sie.

Tim schnalzte mit den Fingern und zeigte auf Mike. »Ja, genau. Wir haben dem Land einen Dienst erwiesen, und sie wissen es. Wir haben uns um ein Problem gekümmert, von dem sie nicht einmal wussten, dass sie es haben.«

Sara durchbohrte sie nacheinander mit dem Blick ihrer grauen Augen. »*Irgendwer* wusste, dass sie es hatten. Howard hat Deep Shield nicht aus eigener Tasche finanziert. Er hat mit jemandem oder für jemanden gearbeitet. Jemand mit sehr viel mehr Schlagkraft – und möglicherweise sogar politischem Einfluss.«

»Jemand im Weißen Haus, meinst du?«, fragte Tim, als würde der Satz nach Schokolade schmecken.

Sara nickte. »Oder im Kongress. Oder im Generalstab. Wir wissen es nicht. Und das heißt …«

»Trau niemandem!«, krähte Tim.

»Trau niemandem«, stimmte Sara ohne eine Spur Ironie zu.

Ein Frösteln überlief Mike, das bis in die Knochen drang. Er schüttelte es ab, indem er sich ganz darauf konzentrierte, Sacha das Wi-Fi-Signal von Matts Aufenthaltsort verfolgen zu lassen. Es war ein sonderbares Gefühl, das Signal als nicht zu beschreibende Struktur in der Luft zu fühlen, es zu schmecken, zu riechen, einfach zu wissen, dass es da war und woher es kam. Er tauchte in diese kribbelnde Wahrnehmung und bemühte sich, nicht über Vertrauen nachzudenken.

Als Kristian Lorstad zu seiner zweiten Trainingseinheit erschien, hatte er weitere Gelehrte im Schlepptau: die geheimnisvolle und reservierte Alexis und einen jungen Engländer, den er als Giles Camden vorstellte. Giles war neu in den Reihen der Gelehrten und hatte gerade seinen ersten Aufenthalt im Isolationstank hinter sich gebracht. Eugene fand, er wirkte ein bisschen konfus.

Lorstad bestand darauf, dass es Alexis als Erste versuchte, also rüsteten Eugene und Dice sie aus, wie sie es mit ihren eigenen Zetas in den Anfangstagen der kinetischen Technologie getan hatten. Die Elektrodenhaube saß auf ihrem Kopf und war mit dem kinetischen Konverter und über diesen mit dem Brewster-Brenton-Brain-Monitor und mit Roboticus II verbunden.

Chuck beschrieb das Prinzip, nach dem der ganze Aufbau funktionierte – dass die Hirnwellen der Testperson gelesen und in einzelne Impulse umgewandelt wurden.

»Diese Wellen bewegen mühelos eine Nadel auf einem Diagramm«, erklärte Chuck. »Es gibt also keinen Grund, warum sie unseren Roboticus hier nicht bewegen sollten. Konzentrieren Sie sich für den ersten Versuch einfach auf den Joystick oben an dem Roboter. Er lässt sich um dreihundertsechzig Grad bewegen, aber beschränken Sie sich zunächst einmal bitte auf Vorwärts und Rückwärts.«

»So einfach?«, sagte Alexis. »Ich könnte dieses Gerät nehmen und quer durch den Raum werfen.«

»Ja, indem Sie Ihre durch die Isolationstankmethode verstärkten Kräfte benutzen. Ich möchte aber, dass Sie den Joystick durch reine Gedankenkraft bewegen. Versuchen Sie ihn bitte nach vorn zu drücken.« Chucks Stimme war freundlich und sein Gesichtsausdruck geduldig neutral.

Chuck bewunderte diese Fähigkeit enorm. Chuck konnte mit Skepsis, Arroganz und regelrechtem Spott umgehen, als wären es Freundlichkeiten. Eugene hätte am liebsten immer zurückgekeilt, obwohl er wusste, es war nicht seine Stärke.

Alexis zuckte mit den Achseln, schloss die Augen, öffnete sie sofort wieder und sah dann Roboticus konzentriert an. Nach einigen Sekunden furchte sie die Stirn und presste die Lippen zusammen. Sie umklammerte die Lehnen des Sessels.

»Strengen Sie sich nicht so an«, sagte Chuck sanft.

Alexis warf ihm einen zornigen Blick zu, dann widmete sie sich wieder dem Roboter. Der taumelte ein, zwei Meter vorwärts und blieb dann mit den kleinen Rädern in der Luft an einem Labortisch liegen.

»Das ist lachhaft«, sagte Alexis. »Sie verlangen, dass ich Kräfte ignoriere, die ich bereits entwickelt habe. Lassen Sie mich einsetzen, was ich gelernt habe.«

»Aber das würde dem Zweck unseres Versuchs zuwiderlaufen.«

Ehe sie protestieren konnte, schaltete sich Eugene ein.

»Weißt du was«, sagte er und sah Chuck an. »Vielleicht ist das gar keine so schlechte Idee – und sei es nur, um eine Art Kontrollgruppe unter den … den Gelehrten einzurichten. Ich meine, vielleicht lassen sich die Fähigkeiten nur durch Übung aufbauen, obwohl der Power Assist in Betrieb ist.«

»Sagen Sie voraus, dass es der Fall sein wird?«, fragte Lorstad hoffnungsvoll.

Chuck runzelte die Stirn. »Nein. Ich sage sogar voraus, dass es ihr schwerer fallen wird, das zu bewerkstelligen, was auf den ersten Versuch einfach wäre, wenn die Gelehrtenfähigkeiten nachließen. Aber ich lasse mich gern davon überzeugen, dass ich falschliege«, fügte er nach einem scharfen Blick Alexis' an. »Es ist auch möglich, dass die Fähigkeiten durch wiederholten

Gebrauch stärker werden, wobei es vielleicht länger dauern wird als bei einem … Talent ohne Isolationstank.«

»Das ist absurd«, sagte Alexis. »Es gibt keine …« Sie unterbrach sich, ihr Blick huschte zu Lorstad. »Ich … es tut mir leid. Kristian beteuert, dass Ihre Talente, auch wenn sie nicht angeboren sind, keinen Gebrauch von der Isolationstechnologie machen. Ich muss das wohl als Tatsache akzeptieren.«

Aber sie akzeptierte es nicht als Tatsache, dessen war sich Eugene ziemlich sicher. Ihre Welt war bedroht. Die typische erste Reaktion auf eine solche Bedrohung ist Leugnen. Diese Emporkömmlinge waren hereinspaziert und hatten aufgedeckt, dass die viele Zeit, die sie im Isolationstank verbracht hatte, praktisch umsonst gewesen war. Nicht nur, dass die Tanks durch die Bank minderwertige Fähigkeiten produziert hatten. Unter diesen Umständen bewahrte sie im Grunde eine beachtliche Haltung. Sie versuchte wiederholt, keinen Gebrauch ihrer erweiterten Sinne zu machen, sondern den Mechanismus allein durch schlichte Vorstellungskraft zu bedienen. Doch es war immer dasselbe: Sie scheiterte.

Sie schaffte es nicht annähernd.

In einer Pause schloss Chuck Joey an die Ausrüstung an und ließ ihn Roboticus auf einen holprigen Streifzug den Mittelgang des Labors hinauf und hinunter schicken. Als Nächster kam Giles an die Reihe, und er brachte es fertig, den kleinen Roboter zögerlich, aber in einer geraden Linie zu bewegen. Chuck hatte Alexis mit diesen Demonstrationen wahrscheinlich zeigen wollen, was sie erreichen konnte, oder zumindest ein Konkurrenzdenken nach dem Motto »Was du kannst, kann ich schon lange« entfachen. Aber sie scheiterte bei ihrer zweiten Runde auf dem Stuhl nur umso mehr. Zum Ende hin begann Alexis einfach ihren Power Assist zu benutzen, um Roboticus durch das Labor zu bewegen, höchstwahrscheinlich aus Frust.

Es war eine sehr unterhaltsame Vorführung, vor allem, als sie ihn über die Decke rollen ließ und an den Wänden hinunter, aber es war im Sinne dessen, was Lorstads Leute nach dem Willen ihres Anführers lernen sollten, so gut wie wertlos. Zumindest, was Alexis anging.

Eugene warf einen Seitenblick zu Chuck. Er wusste, was er dachte: Ihr EEG ist nicht sehr interessant. Sicher, sie schafft ein paar Gamma-Wellen, aber darüber hinaus ist es nicht sonderlich eindrucksvoll. Was genau ist die Quelle für die Kräfte der Gelehrten?

Chuck wies ihr diplomatisch die Rolle als Kontrollperson 2 zu. Alexis' Performance lieferte keine verwertbaren Daten. Ihre Machenschaften waren lustig anzusehen, aber für die Sache im Ganzen nicht sehr hilfreich. Joey Blossom würde als Kontrollperson für vollkommen untrainierte Talente ohne Isolationstankerfahrung dienen und Alexis als Vergleichsperson mit Tank-Training. Lorstad war darüber nicht besonders glücklich; er wünschte sich erkennbar einen Beweis oder ein erstes Anzeichen dafür, dass ausgewachsene Gelehrte ihr Isolationstank-Training überwinden oder wenigstens außer Kraft setzen konnten, während sie andere Muskeln spielen ließen. Dass sich bei ihm und seinen psychokinetischen Mitstreitern so gar keine Zeta-Fähigkeiten einstellten, verwirrte ihn und begann an ihm zu nagen. Das Ganze war schwieriger, als er gedacht hatte. Eugene hatte gewitzelt, damit die Gelehrten Zeta lernten, müssten sie vergessen, was sie zu Gelehrten machte. Lorstad hatte dieser Einschätzung zugestimmt, wenn auch nicht dem scherzhaften Ton, in dem sie vorgebracht worden war. Dessen ungeachtet, glaubte er nicht, dass sofortige Beherrschung das Maß sein sollte, aber doch sicherlich ein etwas stärkerer Anfang.

Die ganze Sitzung schien für alle Beteiligten außer Joey und Giles ein Reinfall zu sein, aber am Ende glaubte Eugene neue Erkenntnisse über die Probleme der Wohltäter mit kinetischer Technologie gewonnen zu haben. Er versuchte sie bei seiner Nachbesprechung mit Chuck zu artikulieren.

»Weißt du noch, was du über Glauben gesagt hast? Dass mir möglicherweise das Vertrauen in meine Fähigkeit fehlt, Zeta-Wellen zu erzeugen?« Eugene stand in der Tür von Chucks Büro und erkannte, dass ihm auch das Selbstvertrauen fehlte, Theorien über seine Fähigkeit (oder Unfähigkeit), Zeta-Wellen zu erzeugen, vorzubringen.

Chuck blickte auf. »Das vergesse ich wohl kaum. Wieso fragst du?«

Nach einem Moment der Unentschlossenheit betrat Eugene das Büro, schloss die Tür und setzte sich auf seinen üblichen Platz auf der anderen Seite von Chucks Schreibtisch. Er stützte die Ellbogen auf die Tischplatte. »Ich glaube, wir haben die Lösung – die Gelehrten leiden unter derselben ... Denkgewohnheit.«

»Weiter ...«

»Jetzt, da ich weitere Versuche der Wohltäter gesehen habe ... hör zu, ich habe Alexis beobachtet – ihr Gesichtsausdruck, ihre Farbe, ihre Hirnströme. Sie war frustriert, verärgert, abweisend. Du hast sie gehört. Sie bezweifelt tief in ihrem Innern sogar, dass Nichtgelehrte zu dem in der Lage sind, was Lanfen und Mini können. Oder dass sie es überhaupt versuchen sollten. Als Joey die Apparatur übernahm und Robbie dazu brachte, einen Spaziergang zu machen, war sie zornig. Und das war genau der Moment, in dem sie beschloss, es nicht länger auf ›unsere Weise‹ zu versuchen.«

Chuck nickte. »Ja, und?«

»Ich glaube, sie war zornig, weil sie sich plötzlich einem Normalsterblichen unterlegen fühlte ...«

»Euge ...«

»Nein, das ist etwas, was wir einkalkulieren müssen. Alexis und ihre Wohltäter-Kollegen fühlen sich dem Rest von uns eindeutig ein bisschen überlegen. Nein, das stimmt nicht – nicht ein bisschen. Sie fühlen sich *gewaltig* überlegen. Für Alexis ist Joey ein Ochse. Ein niedrigeres Säugetier. Ich bezweifle, dass

Alexis sich vorstellt, irgendwelche natürlich entwickelten Veranlagungen, die sie mit ihm – oder mit mir – gemeinsam hat, könnten ihr ermöglichen, was die Isolationstank-Therapie ihr ermöglicht.«

Chuck lachte. »Schwer vorstellbar, dass die Gelehrten unter einem Mangel an Selbstvertrauen leiden. Sie wirken ziemlich selbstsicher.«

Eugene sah ihn schief an. »Du weißt es besser.«

Chucks Lächeln verschwand. »Ja. Und ich vermute, dein Instinkt ist in diesem Fall richtig.«

»Und was heißt das nun für uns?«

Chuck blickte nachdenklich durch die Glaswände seines Büros, wo Joey mittlerweile an Roboticus weiterarbeitete. »Konzentrier dich auf Giles Camden. Wenn deine Überlegungen stimmen, dann müssen die Gelehrten sehen, dass einer aus ihren Reihen, dessen Schaltkreise noch nicht durch die Isolationstank-Therapie umgepolt wurden, große Fortschritte durch kinetisches Training machen kann.« Er hielt inne und schüttelte den Kopf.

»Was ist?«, fragte Eugene.

»Wir hatten recht – wir sind dem Ziel, Lorstad eine idiotensichere Formel für die Serienproduktion von Zeta-Talenten zu liefern, keinen Schritt näher gekommen. Es ist diesmal nicht so einfach, wie wiederholt die Schnittstelle abzuschalten. Du kannst jemanden nicht dazu *zwingen*, dass er Vertrauen in seine Fähigkeit hat, etwas Bestimmtes zu schaffen. Es gibt keine Pille oder Spritze und kein Vitamin, das wir ihnen verabreichen könnten, um die Gewissheit zu beflügeln, dass sie mit nichts als ihren Gehirnströmen auf die physikalische Welt einwirken können.«

Eugene grübelte ein wenig darüber, dann fragte er: »Wie bist du selbst zu dieser Gewissheit gelangt?«

»Ich habe gesehen, dass es funktioniert.«

»Du hast erst die Theorie aufgestellt, dass es funktionieren würde, und dann hast du gesehen, dass es tatsächlich funktioniert. Du hast es also vermutet, bevor du es gesehen hast.«

»Ja, gut.«

»Vielleicht ist die Frage also«, sagte Eugene, »wie Lanfen und die übrigen Zetas zu dieser Gewissheit gelangt sind. Mini haben wir mehr oder weniger die Stützräder weggenommen, ohne dass sie es wusste, aber die anderen? Sie hatten keine Ahnung, was sie letztendlich zustande bringen sollten. Ich würde sagen, *wir selbst* hatten keine Ahnung, was sie zustande bringen sollten, bis Mike demonstrierte, dass er Mechanismen direkt beeinflussen konnte. Sie haben sich nicht vorher ausgemalt …«

Chuck sah aus, als wollte er etwas sagen, hielt aber inne.

»Vielleicht können wir also schlicht nichts tun«, sagte Eugene und las in seinem Gesicht. »Wir können nicht ihr Bewusstsein löschen, damit sie vergessen, was wir von ihnen wollen, was sie lernen sollen. Aber das ist verrückt – sie haben *gesehen*, dass es funktioniert, so wie du und ich.«

»Kein Vertrauen«, murmelte Chuck. »Kein Vertrauen in die Menschheit. Kein Vertrauen in Menschen.«

Eugene lief es kalt über den Rücken, und er fühlte sich durch und durch unbehaglich. »Sie denken, dass sie bereits eine andere Spezies sind, willst du das sagen? Als … als wären sie Außerirdische oder was?«

Chuck stand auf und begann hin und her zu laufen – ein gutes Zeichen, dachte Eugene.

»Ich glaube nicht, dass das von Belang ist«, sagte Chuck. »Das lässt sich überwinden … vielleicht. Hoffentlich.«

Er machte ein paar Schritte mit geschlossenen Augen. »Es ist Zeit, dass wir als Nächstes Lanfens Ablenkungstechniken versuchen. Vielleicht können wir sie dazu bringen, dass sie unbewusst, instinktiv handeln.«

»Wie die Mutter, die vor lauter Adrenalin in der Lage ist, das Auto anzuheben, unter dem ihr Kind eingeklemmt ist, meinst du das? Oder die brillanten Dinge, zu denen manche Leute fähig sind, wenn sie nicht darüber nachdenken. Spontanes Reagieren. Okay, großartig. Und wie kriegen wir es hin, dass das bei Lorstad und Alexis im Labor passiert?«

»Lanfen und ich haben eine Idee. Ich muss sie euch allen vorstellen, dann fangen wir mit der Umsetzung an.« Chuck machte auf dem Absatz kehrt, ging ins Labor hinaus und rief: »Alle Mann an Deck! Wir müssen ein Experiment planen.«

Matt sagte sich, dass er die drei Leute kannte, die er im Berg treffen würde. Er hatte sie ausgebildet, Seite an Seite mit ihnen gearbeitet. Sie waren Kollegen, Freunde sogar. Es gab keinen Grund, nervös zu sein. Keinen Grund, warum sich sein Magen so zusammenzog.

Er überprüfte zum zwanzigsten Mal den Empfänger in seinem Ohr, als er sich der Außengrenze des Kundschafterlagers näherte, wo das Licht der LED-Lampen endete. Genau nach Norden. Er spähte durch die Bäume zum Berg hinauf. In der Dämmerung ließ sich kaum etwas von dem Brand ausmachen, auch wenn der Geruch noch schwer in der Luft lag.

In den Büschen rechts von ihm bewegte sich etwas, und ein funkelnder Ninja-Roboter glitt aus dem Wald und richtete seine Augen auf ihn. In seiner Kehle bildete sich ein Kloß, und er fühlte sich, als würde er gleich ohnmächtig.

»Äh … hallo«, sagte er atemlos.

»Ich bin's, Doc, Mike«, sagte der Roboter und zeigte dann auf sich selbst. »Das ist Sacha.«

Die Tatsache, dass es Mike war und dass er den Roboter namentlich vorstellte, beruhigte Matt. »Hallo, Mike. Sie und Sacha sind meine Eskorte?«

»Ja, und wir haben ein ganzes Stück Weg vor uns – mehrere Meilen. Ich dachte mir, ich trage Sie einfach. Es sei denn, man lässt Sie einen Jeep fahren. Die Straße ist in einem ziemlich schlechten Zustand.«

»Sie tragen mich«, wiederholte Matt. »Sicher, warum nicht. Ich bin noch nie per Roboter gereist.« Er überquerte die Lichtung und blieb vor dem Roboter stehen. »Wie machen wir das?«

Zur Antwort ging Sacha leicht in die Hocke und bildete aus Unterarmen und Händen einen Sitz. »Nehmen Sie Platz, Doc«, sagte Mike.

Matt lachte nervös, ließ sich aber auf dem improvisierten Stuhl nieder. Der Roboter richtete sich auf und hob Mike mühelos vom Boden, dann machte er kehrt und lief mit federnden, raumgreifenden Schritten auf den Berg zu. Es war ein belebendes Gefühl und ließ Matt das Potenzial dieser Geräte auf eine völlig neue Art erfahren.

»Mike, das ist unglaublich.« Der Luftzug wehte ihm die Worte von den Lippen. »Können Sie sich vorstellen, was solche Roboter für Feuerwehrleute und Rettungskräfte bedeuten könnten? Dass man in brennende Gebäude oder andere Todesfallen geht, um Leute zu retten, ohne das Leben der Einsatzkräfte zu gefährden? Und die Kraft – ein Team von diesen Dingern könnte sich durch Geröllhalden und eingestürzte Gebäude graben und verschüttete Wanderer und Bergsteiger retten.«

»Ja, Sie haben recht«, sagte Mikes Stimme in seinem Ohr. »Nur komisch, dass nichts davon damals auf Ihrer Liste der Dinge stand, die Sie erkunden wollten. Da steckte wohl nicht genug Geld drin, Doc, oder?«

Matt setzte zu einer sarkastischen und zornigen Erwiderung an, aber dann hielt er inne. Mike hatte recht. Er hatte sich auf das konzentriert, wofür sie die meiste finanzielle Unterstützung bekommen würden, auch wenn er diese Dinge alle im Hinterkopf gehabt hatte. Zumindest waren sie auf Chucks Liste gewesen.

»Ich dachte, wir arbeiten mit der echten Regierung zusammen, Mike. Ich dachte, sie würden mehr Investitionsmittel haben als private Interessenten. Ich hatte keine Ahnung, womit wir es in Wirklichkeit zu tun hatten.«

»Ja«, sagte Mike. »Mit dem Teufel.«

»Dem kann ich nicht widersprechen«, antwortete Matt und verstummte.

Sacha brauchte weniger als zehn Minuten, um ihn den Berg hinauf und in eine schmale Höhle zu tragen. Dort setzte er Matt auf dem sandigen Untergrund ab und ging zu einer nackten Steinwand. »Wir sind hier«, sagte er zu der Wand. Sie verschwand und gab den Blick auf ein massives Metalltor frei, das mit einem Knirschen zur Seite glitt, bei dem Matt am liebsten geschrien hätte. Es klang, als würde ein Riese Metallnägel über eine Kreidetafel ziehen … in einer Kathedrale.

Als das schmerzhafte Geräusch erstarb, blickte Matt in einen Stollen mit glatten Wänden, der direkt in den Berg führte.

»Das ist nicht der Haupteingang.« Er sah zu dem Roboter neben ihm.

»Nein. Das ist einer von mehreren Geheimeingängen, die wir entdeckt haben, seit wir … seit wir hierhergebracht wurden. Der Haupteingang ist … na ja, dort sieht es ziemlich wüst aus.«

Matt holte tief Luft. »Ja. Kann ich mir denken.«

Sie brauchten weitere fünf Minuten bis ins Herz des Berges, dann fuhren sie in einem Aufzug nach oben, der nicht hätte funktionieren dürfen. Die Anzeigen waren tot und erloschen. Matt war beeindruckt.

»Du lässt ihn selbst fahren?«, fragte er Mikes Roboter.

Nach kurzem Zögern sagte Mike: »Ja. Mechanik ist mein Ding, wissen Sie noch?«

Matt nickte, sein Verstand begann die Situation bereits mathematisch zu erfassen. Die Alphas hatten Angst. Sie standen mit dem Rücken zur Wand. Zwei Formeln drängten sich auf – die Angst vervielfachen und hoffen, dass sie die drei zur Aufgabe trieb (nicht sehr wahrscheinlich), oder sie mildern, indem man hervorhob, wie wichtig ihre zukünftigen Beiträge für die Menschheit sein würden.

Das war fraglos die Option, die Chuck wählen würde, und Matt war klug genug, zu erkennen, dass sein einstiger Partner sehr viel mehr von der menschlichen Natur verstand als er. Aber dann kam ihm eine beunruhigende Frage in den Sinn:

Waren die Alphas überhaupt noch Menschen?

Es fühlte sich für Mike immer noch ein bisschen komisch an, einen Roboter zu bewohnen. Wenn er sich nicht richtig konzentrierte, verursachte es ihm ein Schwindelgefühl, zwei nicht übereinstimmende Versionen der Welt gleichzeitig zu sehen. Er saß an seiner Konsole im Kommandoraum; er fuhr mit Matt Streegman in einem Aufzug nach oben – und aktivierte gleichzeitig den Aufzug und führte den Roboter. Mike war immer ziemlich gut in Multitasking gewesen, aber das war ein neuer Höhepunkt. Es war wie diese alte Zirkusnummer, bei der mit Gegenständen jongliert wird, die nicht zusammenpassen – Bowlingkugeln, Schlagstöcke und Kettensägen. Er hatte natürlich mit ähnlichen Gegenständen experimentiert. Er konnte inzwischen rund ein Dutzend Roboter steuern, wenn sie alle vom selben Typ waren, aber das war Neuland. Er rätselte, wie er es angestellt hatte, und erkannte wieder einmal, wie treffend der alte Spruch war, dass Not erfinderisch macht. Wenn man etwas dringend genug schaffen musste, handelte man einfach … so wie er es mit dem Ziel getan hatte, Matt Streegman zu holen.

Alles schien der Intuition zuwiderzulaufen: den Fokus einzuengen, um das Spektrum dessen, was man tun konnte, zu erweitern. Und doch, hier waren sie nun. Sie traten aus dem Aufzug in die Kommandozentrale. Mike positionierte Sacha im hinteren Teil des Raums, bevor er selbst aufstand, um Matt zu begrüßen.

»Hallo, Doc. Willkommen im Olymp.« Er benutzte den Ausdruck ironisch und empfand eine kindische Freude, weil er Timmy Troll damit zuvorgekommen war.

»Hi«, sagte Matt und sah an ihm vorbei zu Sara und Tim. »Hallo, Leute. Wie geht es euch?«

»Sehr gut, danke«, sagte Sara. Sie ging ihm entgegen und traf ihn in dem Halbrund, das von den Kontrollstationen gebildet wurde. Sie schüttelte ihm die Hand. »Schön, Sie wiederzusehen … hoffe ich. Sie bringen Neuigkeiten von der Außenwelt?«

Matt nickte. »Ich habe ausführlich mit Präsidentin Ellis und dem Generalstab gesprochen. Ich bin im Wesentlichen hier, um in Erfahrung zu bringen, was Sie von deren Seite brauchen, damit Sie aus dem Berg kommen und Ihr altes Leben wiederaufnehmen.«

Mikes Herz machte einen Satz bei der Vorstellung, sein altes Leben zurückzubekommen. »Mann«, sagte er, »mir würde ein Flugticket nach Toronto schon reichen.«

Sara sah ihn streng an. »Immer mit der Ruhe. Vergiss nicht, es geht hier nicht um uns.« Sie wandte sich wieder Matt zu. »Es geht um die Welt, Matt. Es geht darum, wie verrückt und beschissen diese Welt wegen Männern wie Howard ist. Wegen machthungriger Stammesführer, Abgeordneter, Premierminister und Ayatollahs. Es ist so, weil diesen Männern egal ist, was aus Leuten wird, die sie nicht unmittelbar unterstützen. Was wir brauchen, damit wir hier herauskommen, ist die Gewissheit, dass die Präsidentin dieses Landes unsere Kräfte als Drohung einsetzt. Alle militärischen Aktivitäten werden aufhören, oder wir sorgen dafür, dass sie aufhören. Und verlassen Sie sich darauf, wir können es.«

Matt holte tief Luft. »Oh, das glaube ich gern. Sie fordern was genau – dass die Vereinigten Staaten Sie zur Waffe machen?«

Sara sah verärgert aus. »Drücken Sie es nicht so aus. Es geht nicht um uns. Es geht um all die Menschen, die leiden und sterben, weil die politischen Führer von Gier und Selbstüberhebung verzehrt sind. Wir wollen vor die Vereinten Nationen.

Die Präsidentin muss eine Sondersitzung erwirken, zunächst des Sicherheitsrats, dann der Generalversammlung. Wir werden ihnen unseren Vorschlag unterbreiten. Wenn die militärische Aggression nicht innerhalb eines vernünftigen Zeitrahmens endet, werden wir sie beenden. Ist das klar genug?«

»Genau«, mischte sich Tim ein. »Und wenn sie Beweise brauchen, dass wir es können, liefern wir ihnen Beweise. So viele Beweise, wie sie haben wollen.«

»Okay«, sagte Matt, aber er sah nicht aus, als wäre irgendetwas okay. »Was schlagen Sie als Vorgehensweise vor?«

»Sie schicken Transportmittel – mit unbewaffneten Fahrern«, sagte Sara. »Wir brechen hier mit einer Eskorte aus Ninja-Robotern auf, nur damit unsere Sicherheit gewährleistet ist. Keine Tricks. Keine Versuche, uns ruhigzustellen, zu töten oder bewusstlos zu machen.«

»Ich bin mir ziemlich sicher, dass ich das garantieren kann«, sagte Matt. »Präsidentin Ellis und ihr Stab haben gesehen, wozu ihr in der Lage seid. Sie hat verstanden. Sie erkennt außerdem, welcher Segen eure Fähigkeiten für die Menschheit sind, und ich glaube, sie hat kapiert, dass sie bei der Behandlung dieser Sache neue Wege beschreiten muss.«

»Sie sind sich nur ziemlich sicher?«, fragte Mike.

Matt wandte den Kopf und sah ihm in die Augen. »Nein – ich bin mir sicher, Mike. Ellis macht keine krummen Sachen. Sie will euch nicht verärgern, und sie will eure Talente nicht an die Welt verlieren. Sie weiß, was sie an euch hat. Ihr drei seid einzigartig.«

»Einzigartig?«, wiederholte Sara und fixierte Matt. »Was ist mit den anderen passiert? Was ist mit Mini und Lanfen? Wo sind sie? Wo ist Chuck?«

Sie öffnete und schloss die Fäuste seitlich am Körper, und Mike spürte, wie sie auf Touren kam.

Matt hob beschwichtigend die Hände. »Sie sind irgendwo in Sicherheit. Ich hatte Kontakt mit ihnen. Ich weiß nur nicht, wo sie sind, ehrlich. Wenn ihr aus eurem Versteck kommt, denke ich, werden sie sich ebenfalls überreden lassen, herauszukommen.«

Sara betrachtete ihn einen Moment aus zusammengekniffenen Augen, dann sagte sie: »Sie sind verkabelt, oder?«

Matt zögerte kurz, dann nickte er.

»Dann hat Madam President unsere Forderungen gehört. Sprechen Sie mit ihnen. Wenn wir hier nicht wohlbehalten herauskommen ...«

»Admiral, haben Sie das gehört?«, fragte Matt einen unsichtbaren Empfänger, mit dem er verbunden war. »Okay«, sagte er nach einem Moment und wandte sich wieder an Sara. »Sie schicken Transportmittel, genau wie Sie es verlangt haben. Wie viele Ninja-Bots wollen Sie mitnehmen?«

»Zwei für jeden von uns.«

»Sie schicken zwei Humvees.«

»Und bildet euch nicht ein, ihr könnt uns überwältigen, indem ihr uns trennt«, warnte Sara. »Ihr könnt es nicht.«

»Sie werden es nicht versuchen. Und ...« Er hielt inne, um zu lauschen. »Sie sprechen bereits mit der UN.«

Sara nickte und entspannte sich sichtlich. Mike fühlte, wie sich der Knoten in seiner Brust zu lösen begann. Vielleicht würde alles gut ausgehen. Vielleicht würde er sich nicht bis ans Ende seiner Tage hier oder woanders verstecken müssen. Er hatte es ernst gemeint mit diesem Ticket nach Toronto. Er würde mit Freuden zu seinem alten Leben zurückkehren und seine kinetischen Fähigkeiten nie mehr benutzen, wenn er es einrichten konnte. Vielleicht musste das Alpha-Team nicht zusammenbleiben.

Die Stille im Kommandoraum wurde plötzlich vom Schrillen eines Alarms durchbrochen. »Was zum Teufel ist da los?« Tim wandte sich den Monitoren an der Stirnseite des Raums zu. »Das kann noch nicht unser Transport sein.«

Er war es nicht. Eine Schar Drohnen näherte sich im Tiefflug aus allen Richtungen dem Berg. Die Monitore zeigten sie als kleine, dahinsausende Flugkörper, die den Gipfel überflogen und noch tiefer gingen, um kleine, runde Objekte abzuwerfen.

»Die Luftschleusen!«, zischte Tim. »Sie werfen irgendwelches Zeug in der Nähe der Luftschleusen ab!«

»Was für Zeug?«, fragte Sara, während mehrere der Objekte explodierten und die Tarnabdeckung von den Schleusen rissen, durch die frische Luft ins Innere des Bergs gelangte. Dunstwolken legten sich auf die offenen Einlässe.

Sara wandte sich an Matt. »Was ist das, Matt? Was tun sie?«

Er schüttelte den Kopf, seine Augen waren groß vor Furcht. »Ich schwöre, ich weiß es nicht! Das ist nicht ... das sind nicht wir. Das ist nicht die Regierung.« Er drehte sich schnell zur Seite und presste die Finger an die Ohren. »Wir werden bombardiert!«, rief er seinen unsichtbaren Zuhörern zu. »Irgendwer hat Drohnen geschickt!«

»Es ist eine Art Gas!«, sagte Tim. »Die Arschlöcher vergasen uns!«

Sara stürzte an ihre Konsole, wo im Handumdrehen Schaltpläne auf dem Schirm erschienen. »Da! Das Lüftungssystem.« Sie konzentrierte sich darauf und schüttelte nach einem Moment den Kopf. »Die elektronische Steuerung ist ausgefallen. Mike, du wirst sie von Hand schließen müssen.«

Mike schnürte es die Kehle schon vom bloßen Gedanken zu, unbekannte Chemikalien einzuatmen. Er eilte zu Sara und spähte über ihre Schulter auf die Lagepläne. Die Schächte waren weiß eingezeichnet, in jedem Schacht vier Türen in Reihe, grün dargestellt. Grün bedeutete offen.

»Ich brauche den Bauplan der Luken, Sara«, murmelte er.

Sie rief ihn auf. Die Luken waren wie Irisblenden. Vier hintereinander in jedem Schacht, mit Abständen dazwischen. Gut ausgedacht. Er stellte sich die Schächte vor, die Irisluken. Er spürte sie. Solide. Gut geschmiert. Er schloss sie eine nach der anderen, von den tiefsten zu den flachsten, ohne darüber nachzudenken, was es den anderen Alphas über das Ausmaß seines Talents verriet.

»Wow«, sagte Tim und schaltete den Alarm ab. »Das war knapp.«

Sara warf einen Blick über die Schulter zu Mike. »Sehr eindrucksvoll, Mike. Du hast alle Luftschleusen gleichzeitig geschlossen. Ich hatte keine Ahnung, dass du das kannst.«

»Ich auch nicht«, flunkerte er. »Da war das Adrenalin wohl mein Freund.«

Sara stand auf und wandte sich wieder Matt zu. Er war zu einer unbesetzten Konsole zurückgewichen und saß halb darauf. Er sah ... ängstlich aus. Mike hatte Matt nie zuvor ängstlich erlebt.

»Ein besserer Freund als gewisse andere, würde ich sagen.« Sie ging langsam, Schritt für Schritt, auf Matt zu, ihrer Miene war nichts abzulesen. »Hast du ein Gegenmittel einstecken, Matt? Eine Gasmaske? Du bist nicht der Typ, der sich zum Wohle seiner Mitgeschöpfe opfert, deshalb muss ich annehmen, dass du entweder präpariert gekommen bist, oder das Gas war nicht tödlich.«

»Ich sagte doch«, antwortete Mike, »das war nicht ... ich kann nicht glauben, dass Präsidentin Ellis so etwas tun würde.«

»Auch nicht, um eine Botschaft zu senden? Nun, wir werden ihr einfach eine zurückschicken.«

Mike erkannte eine Sekunde, bevor Sara handelte, was sie vorhatte. Es war nur eine anmutige Handbewegung, als würde sie nach etwas greifen. Mit dieser schlichten Aktion setzte sie die Konsole unter Strom, an der Matt lehnte – ihre metallischen Oberflächen knisterten vor blau-weißer Energie.

Matt schrie einmal grauenerregend auf und zuckte in Krämpfen, während elektrische Entladungen von der Konsole auf ihn übersprangen. Er rauchte, als sein Körper den Boden berührte, und es roch nach verbranntem Fleisch. Mike schaffte es nicht bis zur Stirnseite, ehe ihm schlecht wurde.

»Was zum Teufel war das?« Joan Hand starrte auf die Livebilder der Aufklärungsteams am Berg. »Woher sind diese Drohnen gekommen? Ich brauche telemetrische Daten, verdammt!«

»Dr. Streegmans Leitung ist tot«, sagte der Kommunikationstechniker ruhig.

Margaret Ellis war sich ziemlich sicher, das bedeutete, dass Dr. Streegman ebenfalls tot war. Sie wusste eins und nur dieses eine: Irgendwo in dem Land, das sie angeblich regierte, gab es Leute, die nicht wollten, dass die Zetas aus dem Berg kamen, und sie kannten sich besser mit der Anlage darin aus als sie und ihre Leute.

»Wir müssen herausfinden, wer zum Teufel diesen Angriff befohlen hat. Und noch wichtiger: Wir müssen die anderen Zetas finden«, rief sie durch das Chaos im Raum. »Und zwar bevor sie jemand anders findet.«

Mike ließ Matt Streegmans Leiche von Sacha aus dem Berg tragen und sie dem Kommunikationsaußenposten der Regierung am Fuß des Abhangs übergeben. Er hatte die Leiche weder berühren noch ansehen wollen. Sie war eine Karikatur des Mannes – eine leere, ausgebrannte Hülle, aus der die Seele gewaltsam verjagt worden war. Er hatte einmal gelesen, dass Menschen, die so plötzlich starben, nicht einmal begriffen, dass sie tot waren, ihre Seelen verweilten hilflos am Ort ihres Todes und waren unfähig weiterzuziehen. Er war sich nicht sicher, ob er es glaubte, aber selbst nachdem Sacha den Kommandoraum mit dem Kadaver verlassen hatte, spürte er noch Matts Gegenwart, seine letzten Momente der Angst und Qual, wie eine Anklage in der kühlen Luft hängen.

Er sagte zu Sara und Tim nichts darüber, wie es ihm ging. Er legte die Leiche einfach in Sachas Stahlarme und trug sie zum Fuß des Bergs. Er wollte es eigentlich im Fernbedienungsmodus tun, bis Sacha die Stelle erreichte, die Sara als Übergabeort bestimmt hatte. Er hatte den Roboter auf diesem harten Gang nicht bewohnen wollen. Aber als es so weit war, zwang er sich, durch Sachas Optik zu schauen, zwang sich, selbst den Hang hinab zum Regierungslager zu rasen, zwang sich, sich zu dem Tod zu bekennen. Er hatte Matt geglaubt, als er sagte, dass er nichts von dem Chemiewaffenangriff gewusst habe. Er glaubte sogar halb, dass es nicht die Präsidentin gewesen war, die ihn befohlen hatte.

Als Junge hatte Mike einen alten Schwarz-Weiß-Film mit dem Titel *Der Tag, an dem die Erde stillstand* gesehen. Seine lebhafteste Erinnerung an den Film war die Szene, in der Gort, der Roboter des außerirdischen Helden, den erschlafften Körper seines Herrn in den Armen birgt, nachdem dieser von ängstlichen Menschen verletzt worden ist. Er sah dieses Bild in den Augen der Soldaten gespiegelt, als er schließlich die Umzäunung des Regierungslagers erreichte. Er zögerte nur einen Moment, dann legte er Matt auf dem Waldboden ab und trat einen Schritt zurück.

»Überbringe ihnen die Nachricht«, sagte Sara dicht an seinem Ohr.

»Das … das geschieht, wenn man uns belügt«, sagte Mike steif. Dann ließ er Sacha auf seinem Metallabsatz kehrtmachen und wieder den Berg hinaufeilen. Die ganze Zeit ging ihm jedoch eine Frage nicht aus dem Kopf.

Was machen wir, wenn wir anfangen, uns selbst zu belügen?

KAPITEL 9

Lautlos im Weltraum

»Du siehst besorgt aus.« Lanfen ließ sich gegenüber von Chuck an dem Tisch in der Cafeteria nieder.

Er sah sie an. »Komisch, dasselbe wollte ich gerade zu dir sagen.«

»Sind wir nicht ein aufmerksames Paar? Du zuerst.« Sie stellte ihre Teetasse ab und brach einen warmen Scone in der Mitte auseinander.

»Matt hat seit Tagen nichts von sich hören lassen. Seit fast einer Woche. Zuletzt hatte er berichtet, dass er Kontakt mit den Alphas aufgenommen habe und in den Berg gehen wollte, um sie zu treffen.«

»Und was denkst du jetzt? Dass Sara und die anderen ihn als Geisel festhalten oder so?«

»Oder dass er aus irgendeinem Grund nicht wieder herauskommen wollte. Es ist nur merkwürdig, dass er sich nicht meldet.«

»Vielleicht kann er es nicht. Ich meine, sie sind immer noch irgendwie abgeschnitten und …« Sie brach ab und schüttelte den Kopf. »Klar, wenn sie einen Draht zur Außenwelt erhalten haben, muss ich annehmen, dass sie ihn dazu benutzt haben, auch außerhalb des Berges Fuß zu fassen. Vermutlich spricht mehr dafür, dass sie ihm nicht erlauben, mit der Außenwelt zu kommunizieren, oder dass er etwas mit ihnen ausarbeitet.« Sie blies die Backen auf. »Es ist echt beschissen, taub, stumm und blind zu sein, was?«

Chuck sah sie an und blinzelte. »Sagtest du eben ›beschissen‹?«

Sie grinste. »Ich habe wohl zu viel Zeit mit Dice und Joey verbracht.«

Darüber musste er lächeln. »Und wolltest du mir etwas mitteilen?«

Sie wurde schlagartig ernst, aus dem Lächeln wurde ein Stirnrunzeln. »Als ich heute Morgen draußen auf der Veranda meditiert habe, sind mir Wachleute aufgefallen, die an den Hängen patrouillierten. Bei unserer Ankunft hier gab es da draußen noch keine. Es gibt außerdem Kameras, ich habe vor einer Weile sogar gesehen, wie sie nachts welche installiert haben.«

»Wie lange ist das her?«

Lanfen verzog das Gesicht. »Die Kameras tauchten kurz nach meiner Vorführung für Lorstad auf. Ich glaube, er hat das Potenzial für eine Flucht erkannt. Die Wachleute auf Streife sind neu. Vielleicht befürchten sie, ich könnte mit Wüsten-Parcours anfangen und abhauen oder so.«

Chucks Hals und Wangen wurden heiß. Hatte diese erhöhte Wachsamkeit etwas mit Matts Besuch im Berg von Deep Shield zu tun? Dachte Lorstad, er und sein Team könnten vielleicht zu ihm in den Osten zurückgehen wollen? Auch wenn er eine Antwort auf diese Fragen gewusst hätte, der entscheidende Punkt war, dass die Gelehrten Chuck und seinen Leuten offenbar nicht trauten. »Wir dürften eigentlich keinen Grund haben, zu fliehen. Wir sind ja angeblich zu unserem Schutz hier.«

»Aber dieser Schutz hat einen Preis, Chuck. Sie wollen etwas von uns. Eine Formel. Einen Weg zum Erfolg. Den Schlüssel zum Universum. Sie wissen, wie sehr wir von den Vorgängen im Osten ›abgelenkt‹ werden.«

»Wenn Matt nicht beheben kann, was mit den Alphas schiefgelaufen ist, sehe ich nicht, was eine Formel den Gelehrten nützen sollte.« Chuck zögerte. »Nein, das stimmt nicht. Ich verstehe, dass sie glauben – oder glaubten –, eine Kombination aus ihrer Konditionierung und unserem Training würde unschlagbar sein. Dass sie den Aufstand der Alphas einfach niederschlagen könnten.«

Lanfen sah ihm in die Augen. »Und wenn sie es nicht wollen, Chuck? Wenn es ihnen wirklich ernst ist mit dieser Geschichte von Gelehrten gegen Nichtgelehrte? Wenn es ihnen egal ist, was aus der Masse der Menschen auf dieser Welt wird, die nicht sie oder wir sind?«

Ein Gedanke, der frösteln machte. »Wie kommst du überhaupt auf so etwas?«

Sie beugte sich über den Tisch zu ihm. »Weißt du, wie sie ihr Laborpersonal nennen? Die Nichtgelehrten?«

Chuck blinzelte. »›Unser Personal‹?«

»Ha. Klar, aber nur vor uns. Untereinander sagen sie die ›Profanen‹ zu ihnen. Ich habe Alexis das Wort ein paar Mal benutzen hören, als sie nach ihren gescheiterten Versuchen, unsere Technik zu lernen, mit Lorstad gesprochen hat. Es hat sie gestört, dass einer der ›Profanen‹ fertiggebracht hat, was sie nicht konnte. Mir gefällt nicht, wie das klingt.«

»Mir auch nicht«, gab Chuck zu. »Aber das Personal hat bestimmt auch Namen für sie.«

»Ja, ich habe gehört, wie Joey sie ›Königliche Hoheiten‹ nannte. Sie benehmen sich ohne Frage so.«

Er musste zugeben, dass sie recht hatte und dass es ihn wirklich beunruhigte. Wenn sie dachten, ihr Personal sei so vollkommen anders als sie selbst, dann musste dasselbe für Lanfen, Mini und alle anderen gelten, die Chuck zu ihnen geführt hatte – wo immer das sein mochte.

Aus alldem ergab sich eine Folgerung: Er musste besser verstehen lernen, warum es Lorstad so wichtig war, sie im Zentrum zu haben.

Oder er musste einen Weg finden, wie sie hier rauskamen – und zwar bald.

»Wir haben Sie nicht belogen!« Es war die Stimme von Präsidentin Ellis, gefiltert durch die Sprechanlage des Kommandoraums – was die nackte Angst in ihr eindeutig nicht weniger deutlich machte.

Mike trat mit strapaziösem Tempo in den Crosstrainer. Er schwitzte, seine Muskeln brannten, und sein Verstand schaltete trotzdem nicht ab. Er hatte vor einer halben Stunde die unerwünschte Entdeckung gemacht, dass eintönige körperliche Betätigung das Gehirn nur sich selbst überließ, sodass es tun konnte, was es wollte, und sein Gehirn hatte sich auf Matt Streegmans Tod fixiert. Trotzdem trieb er sich weiter an. Die Alternative war, Saras Auseinandersetzung mit Präsidentin Ellis zu lauschen. Er wollte auch davon nichts wissen, aber seine Aufmerksamkeit war bereits gefangen genommen.

Sara argumentierte damit, wie wenig wahrscheinlich es sei, dass die Präsidentin der Vereinigten Staaten nicht wusste, was ihr eigenes Militär trieb. Es war unter den gegebenen Umständen eine lachhafte Argumentation. Mike musste annehmen, dass Sara das nach ihrer Erfahrung mit Howard bewusst war und dass sie nur Härte zeigen wollte ... oder auf Zeit spielen, damit Tim tun konnte, was er am besten beherrschte – ungezügelt elektronische Wege entlangzulaufen. Denn das war seines Wissens der Plan: Tim sollte unzerstörbare Verbindungen mit der Außenwelt einrichten, was die Präsidentin dadurch möglich machte, dass sie das Kommunikations-Camp als Relaisstation für ihre Gespräche mit den Alphas benutzte.

Mike hatte genug von dem Crosstrainer, der es nicht schaffte, seinen Kopf leer zu machen. Er sprang von dem Gerät und verließ im Laufschritt das Fitnessstudio. Wenn er sich tief genug in den Korridoren von Deep Shield vergrub, würde er sich vielleicht verlaufen oder einen Weg nach draußen finden, ohne dass Sara und Tim es bemerkten. Er hörte auf zu laufen, als er die Ladestationen erreichte, in denen die Roboter-Armee untergebracht war. Wenn er richtig gezählt hatte, gab es fast tausend von ihnen, in allen Größen und Formen. Manche waren so bizarr, dass er sich beim besten Willen nicht vorstellen konnte, wofür sie gedacht waren. Am wohlsten fühlte er sich mit den *Hobbots*, die dasselbe Basismodell wie Sacha waren und nur ein bisschen größer und schwerer als die Prototypen, die Lanfen Frodo und Bilbo getauft hatte.

Mike spazierte in eine der Ladebuchten, die zugleich Labore waren, und setzte sich an den Rand von Sachas Ladestation. Der Roboter selbst war oben im Kommandoraum, in einer der Stationen, die Deep Shield dort für den Fall installiert hatte, dass sie überrannt wurden und sich in einen Kernbereich zurückziehen mussten. Er betrachtete die verbliebenen Roboter, die so vertraut und freundlich waren, und fragte sich, wie um alles in der Welt er hier gelandet war. Wie hatte sich etwas, das wie eine einmalige Gelegenheit ausgesehen hatte, über seine Tätigkeit als Bauleiter und Ingenieur hinauszukommen, in das hier verwandelt? Er versteckte sich in einem Berg, gefürchtet und selbst voller Furcht. Er wurde als Verräter und Mörder bezeichnet und befand sich in der Gesellschaft anderer Mörder. Seine Familie, für deren Wohlergehen er so schwer gearbeitet hatte, war in einem anderen Land untergetaucht, und er hatte allen Grund zur Annahme, dass seine beiden Kinder ohne ihn aufwachsen würden.

Er nahm nicht wahr, dass er weinte, bis die ersten Tränen von seinem Kinn auf die Jeans tropften. Er war gebrochen. So gebrochen, dass ihn seine Familie vielleicht nicht einmal zurückhaben wollte, wenn es ihm gelang, diesen verfluchten Ort zu verlassen. Er fiel auf dem harten, kalten Boden des Labors auf die Knie und betete.

Margaret Ellis war mit ihrem Latein am Ende und tröstete sich damit, dass es jedem anderen Präsidenten in dieser Situation genauso ergangen wäre. Die politischen Führer der Welt, mit denen sie sich über eine sichere Verbindung beriet, und der physisch anwesende kanadische Premier Stephen Heaney waren ähnlich ratlos.

Mehrere waren der Ansicht, sie sollte einfach eine taktische

Nuklearrakete auf den Pine Ridge Mountain abfeuern, und fertig. Abgesehen davon, dass ihr nicht gerade wohl dabei war, Nuklearwaffen einzusetzen, schon gar nicht gegen ihre eigenen Landsleute und auf amerikanischem Boden, versuchte sie ihnen begreiflich zu machen, dass die Besatzer des Berges ihre Fähigkeit bewiesen hatten, so gut wie alles vom Himmel zu holen, was auf sie zukam. Sie studierte die Gesichter dieser nationalen Führer in ihrem jeweils eigenen Fenster auf dem großen LED-Schirm im Lageraum und suchte nach Anzeichen, dass sie die Situation begriffen.

Es lag vielleicht in der menschlichen Natur, dass es einige nicht taten – oder ihr nicht glaubten.

»Wenn Sie nicht in der Lage sind, mit dem Problem fertigzuwerden, Madam President«, sagte der russische Präsident Valentin, »sollten Sie die Aufgabe vielleicht an jemanden delegieren, der es kann.«

Sie hätte beinahe angebissen, aber als Frau in der Politik – ach was, als Frau generell – war sie daran gewöhnt, dass Männer sich chauvinistisch gaben und ihre Fähigkeiten in Frage stellten. Und es war keine Überraschung, dass so etwas von Valentin kam. Er wäre zu einem männlichen Präsidenten möglicherweise genauso feindselig gewesen – auch wenn sie es bezweifelte –, und das machte es leichter, seinen Einwurf als die Haltung eines Mannes abzutun, der nicht den Zeiten Stalins nacheiferte, sondern denen der Zaren.

»Sie alle haben das Video gesehen, das zeigt, wozu diese Leute fähig sind«, erwiderte sie. »Der Versuch, sie mit einer Nuklearwaffe auszuschalten, wäre aussichtslos, unverantwortlich und vielleicht sogar kriminell. Abgesehen davon ist es nicht ihre Schuld, dass sie in dieser Lage sind. Sie sind nicht ausgezogen, um die Welt zu beherrschen.«

»Nein, es ist die Schuld verbrecherischer Elemente in Ihrem eigenen Militär«, antwortete Valentin nicht ohne Selbstgefälligkeit. *Arschloch.*

»Wäre ein solches Problem auf dem Territorium eines fremden Landes aufgetreten«, fügte der iranische Präsident Kavan Isfahani an, »hätten Sie in früheren Zeiten einfach Drohnen, verdeckt operierende Elitetrupps oder Bomber geschickt, um es zu lösen. Sie hätten sich nicht einmal die Mühe gemacht, sich mit der Regierung dieses Landes abzusprechen.«

»Sie haben recht. Aber das sind keine ›früheren Zeiten‹, Mr. Isfahani«, erinnerte ihn Margaret. »Wenn überhaupt, dann ist es eine Zukunft, auf die sich niemand von uns vorbereitet hat, weil niemand sie sich vorstellen konnte. Aber es passiert nun einmal, und *ich* bin die Präsidentin, mit der Sie es aktuell zu tun haben. Und ich darf Sie alle noch einmal daran erinnern, dass der letzte Versuch, das Zeta-Problem mit Hilfe von Drohnen gewaltsam zu lösen, vollständig von ihnen vereitelt wurde. Unglücklicherweise haben sie es mir zugeschrieben, obwohl ich nichts damit zu tun hatte. Nichtsdestoweniger ist der Versuch gescheitert und hat zum Tod eines Mitschöpfers des Zeta-Programms geführt.«

Das Bild, wie der Roboter Matt Streegmans versengte Leiche aus dem Wald trug, verfolgte Margaret immer noch. Sie schüttelte das Ekelgefühl ab, das die Erinnerung hervorrief, und drängte weiter.

»Was wir daraus lernen, meine Damen und Herren, ist, dass die Zetas Angriffe erwarten und mehr als in der Lage sind, sie zu unterbinden. Der Versuch, chemische Waffen gegen sie einzusetzen, war erfolglos, hatte aber – außer für Dr. Streegman – keine katastrophalen Folgen. Was Sie vorschlagen, Präsident Valentin«, sagte sie und sah ihn an, »ist auch dann, wenn wir einen kleinen, taktischen Gefechtskopf wählen, eben die Nuklear-Option, und die sollte das letzte Mittel sein, das wir in Erwägung ziehen.« Sie sah, dass er etwas einwerfen wollte, aber sie hob die Hand und ließ ihn nicht zu Wort kommen. »Was Sie, glaube ich, noch nicht verstanden haben, ist, dass diese drei dazu fähig sind, Materie zu *beherrschen*. Was also, wenn wir eine Atomrakete auf sie abfeuern, und sie bringen sie nicht vorzeitig zur Explosion oder machen sie unschädlich, sondern *requirieren* sie? Dann haben wir es mit drei der gefährlichsten Leute auf der Welt zu tun, die im Besitz einer Nuklearwaffe sind.«

Darüber sollte er sich erst einmal den Kopf zerbrechen.

»Sie können doch unmöglich derartig mächtig sein, oder?«, fragte die britische Premierministerin Angeline Foley. »Sicher, Sie haben uns die Zerstörung des Washington Monument vorgeführt und die Verheerung, die sie im Deep-Shield-Camp angerichtet haben, aber sie sind doch bestimmt nicht …«

Was Foley noch sagen wollte, wurde unterbrochen, weil auf dem riesigen Wandmonitor plötzlich ein Minotaurus in vollem 3-D erschien, der eine Keule an einer Kette schwang – nein, einen Morgenstern. Er erschien zunächst in jedem einzelnen der kleineren Monitore, die die größere Einheit bildeten, dann übernahm er den ganzen Schirm, sodass es aussah, als würde er über der im Sit Room versammelten Gruppe aufragen.

»Hallo, Menschen«, sagte er mit einer jungen männlichen Stimme und ignorierte die überraschten und verärgerten Ausrufe der untereinander verbundenen Staatenlenker, die offenbar alle in den Genuss desselben Bildes kamen.

Margaret Ellis warf einen Blick in die Akte vor ihr. Das war wahrscheinlich Timothy Desmond, sechsundzwanzig, Spiele-Programmierer. Auf dem Foto in der Akte sah er aus wie ein Student – brauner Lockenkopf, freches Grinsen, wässrige Augen. Ganz anders als die Kreatur, die jetzt vor ihnen stand.

»Ich nehme an, Sie streiten gerade darüber, was Sie gegen diese verdammten Spinner in dem Berg unternehmen sollen«, fuhr er fort. »Ich meine, ihr Typen streitet ja immer, warum also jetzt aufhören, wo ihr ernsthaft ein Thema habt, über das ihr euch auslassen könnt. Es muss nett sein, so viel Zeit und

Macht zu besitzen und nicht wirklich etwas zustande bringen zu müssen. Wir hier im Olymp haben keine Zeit für Gezänk, also kommen wir zur Sache.«

Margaret Ellis warf einen scharfen Blick zu ihrem Kommunikationstechniker, aber der junge Mann schüttelte nur den Kopf und formte mit den Lippen: *Nichts zu machen.*

Nichts zu machen. Das fasste die Situation insgesamt recht gut zusammen.

»Was wir wollen, ist Folgendes«, fuhr die Stimme fort, die von den Lippen der Fantasiegestalt auf dem Schirm zu kommen schien. »Und ihr solltet Präsidentin Ellis wirklich glauben, wenn sie sagt, wir werden es erledigen, wenn ihr es nicht tut. Ihr werdet, ganz einfach gesagt, aufhören, eure beschissenen kleinen Kriege zu führen. Mütterchen Russland zieht seine Krakenarme aus der Ukraine und anderen Gebieten zurück, auf die es ein Auge geworfen hat. Iran, ihr hört auf, den Terrorismus zu unterstützen. Großbritannien … weiter so, aber ihr könntet den Uiguren mehr Hilfe schicken. Und China – vor euch liegt eine Menge Arbeit. Keine wahllosen Inselbesetzungen mehr. Und kümmert euch besser um eure Leute. Kein Gefängnis mehr für Dissidenten. Wir wollen, dass sie alle freikommen, auf der Stelle. Ganz zu schweigen davon, dass ihr Taiwan und Nepal in Ruhe lasst. Und keine Muskelspiele gegenüber Indien. Apropos – Indien und Pakistan? Lasst das mit Kaschmir. Israel und Palästina – genug Zeit vergeudet. Keine Sprengstoffanschläge mehr in Israel, keine Raketenangriffe auf das Westjordanland oder Gaza.« Der Minotaurus schien sich umzublicken. »Das ist natürlich nicht alles, aber ihr versteht, worum es geht: Alles, was an Gewalt in der Welt ist, wird sofort aufhören.«

Der russische Präsident reagierte als Erster auf diese Ankündigung. »Wir können nicht einfach aufhören …«

»Natürlich könnt ihr. Das ist anscheinend das, was ihr nicht begreift. *Natürlich könnt ihr.* Ihr hört einfach auf. So – ganz einfach. Denn wenn ihr es nicht tut, tja, dann wird es nicht so einfach. Dann werden wir es für euch tun müssen, und unsere Methoden werden euch nicht gefallen, so viel kann ich schon mal garantieren.«

»Was mein geschätzter Kollege meint«, sagte die enorm praktisch veranlagte deutsche Kanzlerin Ruth Salzburg, »ist, dass es Regierungen und Gruppen gibt, die, sagen wir, dem Frieden abgeneigt sind. Regierungen und Gruppen, auf die wir keinen Einfluss haben.«

Auf dem Schirm spreizte der Minotaurus seine fleischigen Hände in einer Geste des Großmuts. »Hey, aber dafür sind wir doch da, Leute. Kümmert ihr euch erst einmal um euren eigenen Scheiß. Danach tut ihr euer Möglichstes, um diese Ausreißer davon zu überzeugen, dass wir es verdammt ernst meinen und keine Uneinigkeit tolerieren. Lasst sie wissen, was für schreckliche Konsequenzen ein Ungehorsam gegen den göttlichen Willen hat.«

Das Bild auf dem Schirm änderte sich plötzlich und zeigte nun den Schauplatz eines so furchtbaren Gemetzels und solcher Verwüstung, dass Margaret aufschrie – genau wie eine Reihe anderer Politiker, mit denen sie online verbunden war. Sie hörte Stephen Heaney »Mein Gott« murmeln und vermutete, dass er es tatsächlich als Gebet sagte.

Der Ort schien eine riesige Höhle zu sein, durch deren Mitte eine Straße verlief. Im Vordergrund waren die verbogenen und zertrümmerten Reste von Panzerfahrzeugen zu sehen, auf ihnen und um sie herum Dutzende von Leichen in militärischen Tarnanzügen. Überall war Blut, Körperteile lagen verstreut, Rauch und Staub hingen in der Luft. Die Verheerung erstreckte sich bis zu einem massiven stählernen Tor in weiter Ferne, das ebenfalls zerstört war.

»Das passiert mit den Narren, die uns herausfordern«, sagte der Minotaurus. »Ich hoffe, ihr seid keine Narren. Denn wenn ihr es seid, dann werdet ihr genauso enden wie diese Burschen. Das ist ein Versprechen.« Er lachte glucksend. »Also, zeigt euren schwer erziehbaren Freunden dieses Video und jedes andere, von dem ihr glaubt, es trägt dazu bei, dass sie die Notwendigkeit begreifen, ihre Schwerter zu Pflugscharen zu schmieden und ihre Panzer zu Kettenkarussells. Und wenn sie die Warnung nicht beherzigen, dann bleibt uns einfach aus dem Weg und lasst uns tun, was wir am besten können, nämlich eure Arbeit machen und den Bösewichtern ein Ende setzen.« Es gab einen merkwürdigen Moment des Schweigens, in dem der Minotaurus über die Schulter blickte und mit den Achseln zuckte, dann sagte er: »Äh, da will noch jemand mit euch reden«, und trat zur Seite.

Eine Frau erschien auf dem Schirm. Wie der Minotaurus war es eine Computerdarstellung, aber eine von unheimlicher Perfektion. Die Frau hatte einen roten Haarschopf und war mit einem eng anliegenden schwarzen Catsuit bekleidet. Sie trug eine Halbmaske. Ellis hätte beinahe gelacht, weil es so absurd war, und hätte sie nicht um die Ereignisse der letzten Tage gewusst, hätte sie es sicherlich getan.

»Was mein impulsiver Freund vergessen hat, mitzuteilen, ist, dass wir jetzt die Mittel haben, zu überprüfen, ob Sie unseren Forderungen nachkommen. Wir haben Zugang zu euren weltweiten Netzwerken, einschließlich vieler derer, die geheim sind, und bald auch zum Rest. Ihr habt keine Firewalls, die wir nicht durchbrechen, und keine Kommunikationsmittel, die wir nicht überwachen können. Eure verbrecherischen Feinde sind nicht weniger anfällig als ihr. Das bedeutet, wir können auch feststellen, ob sie gehorchen oder nicht. Um es klar zu sagen, das ist die Gelegenheit, auf die ihr alle gewartet habt. Wir können diese Probleme für euch lösen, sodass ihr euch darauf konzentrieren könnt, euren eigenen Leuten zu helfen. Aber wir werden nicht tatenlos zusehen, wie ihr euch alle Mühe gebt, die Welt zu zerstören, was im Augenblick eure vorrangige Absicht zu sein scheint.

Natürlich trauen wir euch nicht unbedingt zu, dass ihr diese im Grunde einfache Aufgabe bewältigt, aber für den Augenblick nehmen wir es zu euren Gunsten an. Nachdem das gesagt ist, halten wir es für klug, euch eine Frist zu setzen, in der ihr alle feindseligen Handlungen, in die ihr verstrickt seid, beenden solltet. Ihr habt also einen Monat. Das heißt, wenn ihr irgendwo Truppen habt, die keine humanitären Aufgaben erfüllen, werdet ihr sie in genau einem Monat abgezogen haben. Und macht euch nicht erst die Mühe, ›humanitäre Aufgaben‹ neu zu definieren, um eure Aggression zu maskieren. Wir kennen den Unterschied, verlasst euch drauf.«

»Unmöglich!«, rief Valentin aus. »Es würde Monate dauern …«

»Wohl kaum, Herr Präsident. Ihr habt sie in weniger als einem Monat stationiert, dann könnt ihr sie auch genauso schnell abziehen. Ist das klar?«

Schweigen.

»Ist das *klar*?«, wiederholte die Frau, und ihre Stimme war ein digital verstärktes Brüllen, das den ganzen Raum erzittern ließ.

»Klar«, presste Valentin zwischen den Zähnen hervor.

»Gut. Was die Terrorgruppen angeht, die gerade eine große Zeit haben, ihre Frist endet einen Monat ab dem Tag, an dem die letzte von ihnen nachweisbar von diesem Ultimatum in Kenntnis gesetzt wurde. Wir sind keine Ungeheuer. Wir wollen fair sein. Wir erwarten, dass ihr mit denjenigen Gruppen Kontakt aufnehmt, mit denen es euch möglich ist. Gebt ihnen eine Chance. Wenn sie nicht gehorchen, nehmen wir anschließend mit ihnen Kontakt auf, um sicherzustellen, dass sie die Lage auch wirklich verstanden haben.«

Die schwarz gekleidete Gestalt kniete im Vordergrund nieder und neigte den Kopf zur Seite. »Mir ist klar, wie schwer das für euch ist – Befehle von einer Fremden entgegenzunehmen, die aussieht wie eine gottverdammte Comicfigur.«

»Hey!«, protestierte der Minotaurus.

Sie brachte ihn mit einem Blick zum Schweigen. »Aber so schwer es auch ist, sich uns zu widersetzen, wird um ein Vielfaches schwerer sein. Falls ihr euch widersetzt, werden eure Länder alle führerlos sein. Ich kann nicht genug betonen, dass euer Leben auf dem Spiel steht. Euer Leben ...«, sie lächelte, »... und eure finanziellen Mittel. Eure *persönlichen* finanziellen Mittel. Wenn ihr unsere Erwartungen nicht erfüllt, wird unsere erste Handlung sein, dass wir jeden Penny nehmen, den ihr besitzt – egal, wo ihr euer Geld gebunkert habt –, und ihn weltweit auf die Bankkonten mit dem wenigsten Guthaben umverteilen.«

»Jawohl, Sara!«, krähte der Minotaurus und führte einen grotesken Rindertanz auf. Ellis blinzelte, um sich zu vergewissern, dass dieses surreale Bild Wirklichkeit war.

Es war.

Der Minotaurus tanzte und rief: »Triff sie, wo es wehtut.«

»Immer mit der Ruhe«, sagte sie, immer noch lächelnd, und stand auf. »Morgen um 9.00 Uhr Eastern Time beginnt die Uhr zu ticken. Ich schlafe gern aus.« Sie machte dem Minotaurus ein Zeichen und schlenderte zu den Klängen des Police-Songs »Every Breath You Take« aus dem Kamerabereich. Der Minotaurus lachte dazu, dann schwang er seinen Morgenstern über dem Kopf und schleuderte ihn in Richtung seiner Zuschauer. Er flog vom Schirm in die reale Welt, und allen, die zusahen, stockte der Atem.

Im Lageraum zuckten alle Anwesenden zurück, der Medientechniker warf sich sogar von seinem Stuhl. Die Zackenkugel schnellte mit metallischem Klirren in den Schirm zurück, und der Monitor wurde dunkel. Einen Moment später erschienen die Gesichter der Staatenlenker wieder auf ihm.

Margaret Ellis wusste, dass ihre Mienen ihr eigenes Entsetzen und ihre Verwirrung widerspiegelten.

»Sie glauben also, sie wird einfach nichts tun?« Ted Freitag konnte seine Ungläubigkeit nicht verbergen.

Senator Bluth schüttelte den Kopf. »Oh doch, sie tut etwas. Sie kapituliert. Sie verrät unser Land. Typisch. Genau deshalb sollten Frauen keine Regierungschefs sein.«

Chauvinist, dachte Ted. Laut sagte er: »Sie meinen, die männlichen Führer haben für pragmatischere Lösungen gestimmt?«

»Valentin empfahl, eine Atombombe auf diese verdammten Terroristen zu werfen.«

»Ah, das ist natürlich wahnsinnig pragmatisch. Ein Stück Pennsylvania in die Luft jagen. Das dürfte bei der Wählerschaft in einigen Bezirken gut ankommen.«

Bluth sah Ted aus dessen Laptopbildschirm an. »Wollen Sie sagen, Sie sehen den Silberstreif am Horizont bei der ganzen Sache nicht? Den Silberstreif, der Margaret Ellis total entgeht?«

»Ich habe mir das Video von dem Treffen angesehen und den schriftlichen Bericht gelesen. Ich sehe keinen Silberstreif, Senator. Diese Zetas halten sich für Gott, und nach allen Informationen, die durch meine Dienststelle gehen, sind sie es möglicherweise. Die Führer der Welt werden sich auf jeden Fall schön gehorsam zeigen müssen, meinen Sie nicht?«

Der Senator machte ein langes Gesicht. »Das ist Ihre Analyse, Freitag? Ich bin überrascht – und ein bisschen enttäuscht von Ihnen.«

Ted interessierte es eigentlich nicht, was der Senator dachte, aber er war nicht dorthin gelangt, wo er war, weil er solchen Meinungen Ausdruck verlieh. Also saß er nur mit steinernem Gesicht da, während Bluth immer weitersprach.

»Das ist eine einmalige Gelegenheit, ein paar ernsthafte globale Kopfschmerzen loszuwerden. Ich meine, überlegen Sie doch: Wenn Al Sabbah oder eine andere Terrorgruppe nicht gehorcht, schalten die Zetas sie aus. Schwuppdiwupp. Ein großer Gegenspieler ist weg.«

»Glauben Sie?«

»Ja. Und ich glaube außerdem, dass Ellis ihre Schwäche verrät, indem sie sich überschlägt, diesen Supermenschen zu gehorchen – ich kann selbst nicht glauben, dass ich das gerade gesagt habe. Ellis glaubt, die Vereinigten Staaten sind wie jedes andere Land und müssen sich wie jedes andere Land beugen. Wir beugen uns nicht. Wir schließen keine Kompromisse. Wir befolgen keine Befehle von jemand anderem. Genau das macht uns zu Amerika. Wir passen uns nicht an, Ted. Wir zwingen die anderen, sich uns anzupassen.«

Ted biss sich auf die Unterlippe, um ein höhnisches Grinsen zu unterdrücken. »Ist das Ihre Wahlkampfrede, Senator? Ich meine, Ellis nähert sich dem Ende ihrer Amtszeit, die Präsidentschaftswahl steht bevor …«

»Das gehört mit zu meinem Silberstreif«, sagte der Senator. »Margaret Ellis sieht die aktuelle Lage nicht als Gelegenheit, ein paar Feinde zu vernichten und präsidial zu wirken. Ich schon.«

»Nein, ich glaube, Sie haben recht. Ich glaube, Präsidentin Ellis betrachtet es als eine globale Krise, die es abzuwehren oder zu bewältigen gilt. Oder als ein Problem, das gelöst werden muss. Frauen, was? Sehen die Dinge einfach nie realistisch.« Er gab sich nicht einmal mehr Mühe, seinen Sarkasmus zu bremsen. Bluth war ein eigennütziger Idiot, aber er war ein eigennütziger Idiot, der Ted Freitags Insiderwissen über die geheimdienstlichen Erkenntnisse brauchte, die täglich im Pentagon eingingen. Er war außerdem ein Idiot, der sehr gut zahlte. Das Großartige an Männern mit Bluths Maß an Selbstüberschätzung war, dass sie ohnehin fast immer nur hörten, was sie hören wollten, deshalb war sich Ted sicher, dass sein Sarkasmus dem Politiker einfach entging. »Also, wie sieht der Plan aus, Senator?«

Bluth lehnte sich zurück und erwog seine Möglichkeiten. »Ich werde eine mutige – und öffentliche – Anstrengung unternehmen, Ellis zu überzeugen, dass sie angesichts dieser ›Terroristen‹ Standhaftigkeit beweisen muss, dann werde ich einige Alternativen dazu vorschlagen, sich einfach zu ergeben und tot zu stellen.«

»Zum Beispiel?«

Bluth lächelte. »Zum Beispiel ein Team für eine verdeckte Operation zusammenstellen und diese Leute erledigen. Es ist Zeit, die Band wiederzubeleben.«

»Deep Shield?«

»Deep Shield. Hatten Sie Glück damit, die verbliebenen Mitglieder aufzuspüren?«

»Ich habe fünfzig Leute ausfindig gemacht – die alle Forward Kinetics zugeteilt waren. Sie werden mehr als die brauchen, um einen Putsch zu inszenieren. Oder … einen cleveren Drohnenangriff.« Ted ließ die letzte Bemerkung kurz einwirken. »Wissen Sie, ich hätte …«

Bluth errötete. »Sie kennen sicher das Need-to-know-Prinzip.«

Ted wusste, dass er an dieser Front auf Granit beißen würde. Trotzdem musste Bluth verstehen, wie weit Teds Arm reichte. Ted wusste alles über den gescheiterten Drohnenangriff, den sich der Senator ausgedacht hatte. Er wollte Bluth gewiss nicht einschüchtern. Er wollte nur seinen eigenen Wert erhöhen. Ein Augen- und Ohrenpaar in Teds Position war eine Menge wert, und dieser Wert ließ sich noch schrittweise steigern.

Bluth stellte Augenkontakt her, was er nur selten tat. »Ich inszeniere keinen Putsch. Ellis wird in weniger als einem Jahr nicht mehr im Amt sein. Das ist schlicht eine Tatsache – sie wird diese Wahl mit Pauken und Trompeten verlieren. Es ist doch so: Sie und ihre Partei haben alles an die Wand gefahren. Ich will nur sichergehen, dass die Leute wissen, wer die beste Alternative für den Wiederaufbau ist – nämlich ich. Deep Shield neu zu formieren, wird dazugehören. Ich habe auch den Verdacht, sich auf den Rücken zu legen und den ungeschützten

Bauch zu präsentieren, kommt bei sehr vielen militärischen Führern nicht gut an. Und mit ein bisschen gelenkter Unterstützung von außen können wir uns ihren Wunsch, zu handeln, zunutze machen – es gibt Länder, die besonders geschickt in Desinformationskampagnen und Cyberattacken sind, die sich nicht zu mir zurückverfolgen lassen. Ich beabsichtige, Ihre fünfzig Leute dafür zu verwenden, fünftausend zu rekrutieren. Vielleicht mehr.«

»Aha. Das heißt, wenn Sie Präsident werden, hätten Sie Ihre kleine Privatarmee. Vorsichtig, Senator. Macht verdirbt. Oder haben Sie diese Lektion nicht von Ihrem Kumpel Howard gelernt?«

»Ich bin Senator in der dritten Amtszeit, Ted. Ich habe eine Menge Freunde auf dem Kapitol, wahrscheinlich mehr als Ellis.« Ted verstand, dass die Warnung ebenso sehr an ihn gerichtet war wie an Ellis.

»Das Letzte, was Ellis so kurz vor einer Wahl gebrauchen kann, ist eine Fehde mit dem Senat. Die Öffentlichkeit wird Blut riechen, wenn es auch nur den kleinsten Hinweis auf einen Dissens gibt. Das amerikanische Volk wird sich einen Führer und eine Partei wünschen, die alles im Griff hat und alle politischen Kräfte gegen einen gemeinsamen Feind vereint. Ellis wird ein Symbol für Disharmonie und eine Präsidentin mit viel zu vielen Geheimnissen sein.«

»Und Sie reiten im nächsten November auf einem weißen Pferd in Washington ein. Sie kippen ihr Deep Shield vor die Füße und informieren die Nation pflichtschuldig darüber, dass diese Zetas in ihrer Amtszeit von unserer Regierung ins Leben gerufen wurden. Ich habe verstanden. Die Frage ist nur: Wieso erzählen Sie mir das alles?«

»Weil ich ein kleines Nebenprojekt für Sie habe, Ted. Aber nicht hier, wir unterhalten uns später. Ich kann mich auf Sie verlassen, Ted, nicht wahr?« Er hätte ebenso gut fragen können: *Ich werde Sie nicht etwa töten müssen, Ted, oder?*

»Yes, Sir, Senator.«

Bluth grinste und entließ ihn mit seiner typischen Handbewegung, und Ted fragte sich, ob das viele zusätzliche Geld, das er damit verdiente, für diesen machiavellistischen Schweinehund zu arbeiten, das Magengeschwür wert war.

KAPITEL 10

In Joey Blossom

Chuck legte den Kopf an das kühle Fensterglas und sah auf die Wüstenlandschaft hinaus, die in das Halbdunkel und den Flammenschein des frühen Morgens gekleidet war. Er war aufgestanden, hatte geduscht und sich eine Tasse Kaffee aus der scheinbar unerschöpflichen Kanne in der modernen Hochglanzküche geholt. Als er nun auf die friedliche Szenerie hinaussah, in der sich Hightech-Überwachungsvorrichtungen und bewaffnete Wächter verbargen, überkam ihn eine höchst unwillkommene Erkenntnis: Er wollte nicht zur Arbeit gehen. Sie hatten eine weitere Sitzung mit Alexis und Giles anberaumt, und er fürchtete sich zutiefst davor.

Giles war vielversprechend, aber Alexis – die bis jetzt von ihrer eigenen Überlegenheit überzeugt gewesen war – war gefordert und fordernd zugleich. Chuck überlegte, dass es verführerisch sein musste, wenn man ein Leben lang eine besondere Fähigkeit oder ein Talent besaß. Es ermutigte dazu, sich zu stark mit dieser Fähigkeit zu identifizieren, sich darüber zu definieren. Alexis sah ihre im Isolationstank erworbenen Fähigkeiten vermutlich als das an, was ihr Wesen ausmachte. Zu entdecken, dass diese Fähigkeiten irgendwie unvollständig oder mangelhaft waren, musste ein unsanftes Erwachen sein. Und das umso mehr, da andere, geringere Personen offenbar Fähigkeiten entwickeln konnten, die ihren in nichts nachstanden.

»Hey, alles okay?«

Chuck wandte den Kopf und sah, wie Lanfen ihn vom offenen Eingang zur Küche beobachtete.

»Ja, ich … ich freue mich nur nicht direkt auf … du weißt schon.« Er deutete zum Boden, unter dem die kalte Weite des Zentrums lag.

»Falls es dich tröstet«, sagte Lanfen, »ich glaube, dass Alexis auch nicht allzu scharf auf eine weitere öffentliche Demonstration ihrer grundlegenden menschlichen Schwächen ist. Wobei sie natürlich nie zugeben würde, welche zu haben.«

»Und sie würde dieses Leugnen zweifellos noch als Stärke ansehen.« Chuck schüttelte den Kopf. »Es ist seltsam, was wir unter Schwäche verstehen. Die bloße Erkenntnis, dass wir welche haben, zum Beispiel. Das macht manchen Leuten eine Heidenangst.«

»Ja. Und es prädestiniert sie zum Scheitern.«

»Flüchten oder Standhalten«, murmelte Chuck. »Ein Dilemma ohne Ausweg.« Er verzog das Gesicht. »Ich glaube, der Kaffee wirkt noch nicht. Ich rede nur wirres Zeug.«

Lanfen kam ganz in die Küche. Sie hatte eine Tasse Tee in einer Hand und streckte die andere nach Chuck aus. »Nun komm schon, Doc. Es lässt sich nicht aufschieben. Wer weiß, vielleicht hat Alexis heute einen Durchbruch.«

»Hoffen wir das Beste.«

Giles war jedoch derjenige, der einen Durchbruch hatte. Er brachte es fertig, Roboticus II eine wacklige Runde durch das Labor drehen zu lassen, und konnte einen Mauszeiger über einen Bildschirm bewegen. Der junge Wohltäter strahlte darüber, und selbst Alexis musste lächeln – wenn man das kurze Hochziehen der Mundwinkel ein Lächeln nennen wollte. Sie konnte es kaum erwarten, es selbst noch einmal zu versuchen, und ließ sich kommentarlos die Elektrodenhaube aufsetzen.

Von da an nahm das Unheil rasch seinen Lauf. Alexis setzte ihre programmierten Fähigkeiten reflexartig ein. Sie konnte sie genauso wenig *nicht* einsetzen, wie sie nicht die Augen öffnen und nichts sehen konnte. Nach zehn Minuten angestrengtesten Kampfes mit Roboticus verlor sie die Beherrschung und riss sich das Elektrodennetz vom Kopf.

»Das ist unmöglich!«, rief sie, drehte sich zu Lorstad um

und fixierte ihn mit eisigem Blick. »Ich brauche das nicht, Kristian. Wenn du mit dieser Farce weitermachen willst, bitte sehr. Ich habe ehrlich gesagt nicht die Absicht, die Lehre aufzugeben. Es überrascht mich, dass du es tust. Es ist eine Gabe unserer Familie. Warum sie wegwerfen?«

»Aus dem einfachen Grund, dass sie eine Schwäche ist«, sagte Lorstad, »ein Punkt, in dem wir verwundbar sind.«

Das Eingeständnis verblüffte Chuck. Er selbst betrachtete die Isolationstank-Therapie inzwischen so, aber er hätte nie gedacht, es je von Lorstad zu hören.

»Was, wenn wir von den Isolationstanks abgeschnitten werden?«, fuhr ihr Gastgeber fort. »Was, wenn unsere Einrichtungen zerstört oder nicht zugänglich wären? Was machen wir dann?«

»Eine Schwäche? Das war eine *Gabe*«, wiederholte Alexis und stand auf. Sie lief tiefrot an. »Und unsere Vorfahren wollten, dass wir sie besitzen.«

Lorstad baute sich dicht vor ihr auf. »Nein, Alexis. Sie wollten, dass wir uns entwickeln. Die Methode ist nicht die Gabe, das Ergebnis ist die Gabe. Und im Augenblick entwickeln wir uns nicht. Keiner von uns. Wir beide gehen in die Tanks, seit wir kleine Kinder sind, so wie es unsere Eltern vor uns getan haben. Doch wenn wir damit aufhören, ist die Gabe fort. Sie ist nicht in unsere DNA eingeschrieben. Unsere Kräfte spiegeln unser wirkliches Wesen so wenig wider, wie das Nachplappern eines Papageis eine angeborene Intelligenz oder ein Verständnis für die Worte, die er spricht, widerspiegelt. Unsere Laboruntersuchungen von Lanfen und Minerva bestätigen es: Sie entwickeln sich tatsächlich weiter, in ihren Gehirnen entstehen neue Verbindungen, sie verändern, erweitern sich. Den beiden wachsen neue mentale Muskeln. Wir benutzen nur eine Krücke.«

Chuck sank wie benommen auf den nächstbesten Stuhl. Wie lange hatte Lorstad diese letzte Information für sich behalten?

Chuck hatte Hinweise auf neurologische Veränderungen während der Zeit der beiden bei Forward Kinetics gesehen, aber sie hatten nie genau festgestellt, wie weit oder tief sie reichten. Er fragte sich, ob Lorstad ihm Zugang zu den Daten gewähren würde.

Zu behaupten, Alexis hätte sich nicht in gleichem Maße für die physiologischen Auswirkungen interessiert, wäre stark untertrieben gewesen. Ihre hellen Augen blitzten. »Papageien? Du vergleichst uns mit Papageien? Was sind die dann?« Ihre Geste schloss Giles und die Mitglieder von Chucks Team ein. »Glaubst du allen Ernstes, dass sie uns überlegen sind?«

»Nein, nicht überlegen. Aber ist es so schwer, sie als *ebenbürtig* zu begreifen, Alexis?«

»Niemals sind sie uns ebenbürtig«, spie sie förmlich hervor. »Ihre Kräfte sind fraglos minderwertig, wenn ein Novize unter den Gelehrten sie erwerben kann.« Sie fuchtelte geringschätzig in Richtung Giles. »Vielleicht ist der Junge resistent gegen die Isolationstherapie.«

Lorstad zögerte, dann warf er einen Blick zu Chuck und sagte: »Ich habe Giles' Tank-Sitzungen vorsichtshalber ausgesetzt. Er war seit vier Tagen nicht im Tank.«

Chuck spürte Alexis' Reaktion als ein heftiges Ziehen in der Brust. Sie starrte Lorstad ungläubig an. »*Wie bitte?* Wie kannst du es wagen, diesem Jungen sein Geburtsrecht vorzuenthalten? Und wofür – damit er mit diesem Spielzeug hier herumfuhrwerken kann?«

Sie streckte den Arm aus und machte eine Geste, als schlüge sie nach Roboticus. Der Roboter flog in die Luft und sauste sich überschlagend durch den Raum. Joey Blossom stand ihm im Weg. Roboticus traf den Assistenten voll in die Rippen, hob ihn von den Beinen und schleuderte ihn bis ans Ende des Raums.

Sofort herrschte heller Aufruhr im Labor. Chucks Körper setzte sich in Bewegung, bevor sein Verstand einen entsprechenden Gedanken gefasst hatte. Er rannte ans andere Ende des Labors, ging neben Joey in die Knie und stieß den Roboter beiseite. Die rechte Seite von Joeys Brustkasten sah aus wie ein nur halb aufgeblasener Strandball. Mehrere Rippen mussten gebrochen sein. Chuck befürchtete stark, eine davon könnte sich in die Lunge des jungen Mannes gebohrt haben.

Von dem starken Wunsch beseelt, den Schaden wiedergutzumachen, legte Chuck sanft eine Hand auf Joeys Brust und rief sich die virtuelle Anatomie in Erinnerung, mit der er bei Computersimulationen gearbeitet hatte. In dem Moment, in dem er Körperkontakt herstellte, gab es einen grellen Blitz, gefolgt von dem Gefühl, einen dunklen, gewundenen Gang entlanggesaugt zu werden.

Wie Alice, die in den Kaninchenbau fällt, dachte Chuck.

Im nächsten Moment befand er sich in einer seiner Simulationen und war umgeben von den digitalen Darstellungen eines menschlichen Körpers. Aber mit diesem Körper stimmte offensichtlich etwas nicht. Auf der rechten Seite waren drei Rippen gebrochen, und eine davon drückte gefährlich gegen den rechten Lungenflügel, sodass die geringste Bewegung des Körpers ihn durchbohren konnte.

Auf einer Ebene, die er nicht erklären konnte, nahm Chuck wahr, dass jemand anderes Hand angelegt hatte … aber an was? Wo war er?

Es spielte keine Rolle. Er musste verhindern, dass sie den Körper bewegten. Aber wie? Alles, was er zustande brachte, war ein mentaler Warnschrei: NichtNichtNicht! BEWEGT IHN NICHT! Er stellte sich eine elektrische Ladung vor, die ihn umgab und nach außen drückte. Die Gefahr schien nachzulassen, die anderen Berührungen hörten auf, und Chuck tauchte wieder in diesen neuen Bewusstseinszustand. Die Rippen mussten in ihre normale Lage und Form zurückgebracht werden, aber das ging nur, wenn er gleichmäßig Druck auf die Unterseite jeder einzelnen Rippe ausübte … was er natürlich tun konnte. Er hatte seine Simulationen gerade entsprechend beeinflusst. Er stellte sich ein Luftkissen vor, das sich unter die gebrochenen Rippen schob und sich ausdehnte. Er stellte sich einen leichteren, aber nicht weniger gleichmäßigen Druck gegen die Außenfläche vor.

Während er die Rippen wieder an ihren angestammten Platz manövrierte, dachte er über die Frage der Heilung nach. Mit der Zeit würden die Knochen wieder zusammenwachsen und den Bruch schließen. Aber er hatte keine Zeit. Er hatte bei seinen Simulationen geübt, wie er das Gewebewachstum anregen konnte. Jetzt setzte er sich in den Kopf, es bei echtem Fleisch und Blut anzuregen.

Während er arbeitete, überwachte er die lebenswichtigen Körperfunktionen – Herzschlag, Atmung, Gehirnfunktion. Unregelmäßig, aber vorhanden – und es gab eine Kopfverletzung. Eine Blutung.

Chuck war jetzt vollkommen in seinem Element. Auf einer Woge des Selbstvertrauens reitend, bewohnte er Joey Blossom vollständig. Es war wie in den Simulationen, die er von Zeit zu Zeit gemacht hatte, und es war gleichzeitig anders, aber er wusste, was er zu tun hatte. Er arbeitete in Gedankenschnelle, linderte den Druck im sagittalen Blutleiter, klemmte kleinere Blutungen ab, leitete den Blutfluss um und stimulierte Gewebewachstum und Knochenneubildung.

In einem Augenblick der Erleuchtung erkannte er, dass er die unregelmäßigen Hirnwellen anpassen konnte, indem er sie mit seinen eigenen synchronisierte. Bei dem Hochgefühl, das diese Erkenntnis auslöste, hätte er am liebsten gelacht wie ein Kind in einer Achterbahn. Er unterdrückte das Verlangen, stabilisierte seine eigenen Hirnstromemissionen und pendelte die seines Patienten bei einer meditativen Thetawelle ein.

Als er seine Arbeit abgeschlossen hatte, hielt er inne, um sie zu beurteilen, und dabei hatte er eine absolut unglaubliche Empfindung: Er war in einer Kathedrale mit Gewölbedecken, die sich zum Nachthimmel öffneten. Er roch Wüstensalbei und hörte die Nachtvögel. War es das, was Joey erlebte? War es ein Traum? Eine Erinnerung? Chuck hatte nicht die Zeit, es zu erforschen. Er konzentrierte sich, tastete nach dem ein- und ausgehenden Luftstrom, fühlte das gleichmäßige Pumpen des Bluts in Venen und Arterien, das seltsame elektrische Kribbeln der feuernden Synapsen. Er blieb dabei, bis er wusste, dass Joeys Zustand stabil war. Es gab nichts mehr zu tun.

Ein warmes Gefühl der Befriedigung durchströmte Chuck – das umgehend den Abfluss runterging, als ihn eine kalte Erkenntnis traf:

Er hatte keine Möglichkeit, sich aus Joey zurückzuziehen.

Er sah sich um, und er konnte nirgendwohin. Das war keine Computersimulation. Und es war auch kein leerer Mechanismus. Es war eine Verschmelzung mit einem anderen Bewusstsein, einem anderen Stoffwechsel, und Chuck hatte keine Ahnung, wie er sich von ihm lösen sollte, ohne Schaden anzurichten oder zu erleiden.

Panik erfasste ihn. Sein Puls schnellte in die Höhe. Joeys Puls ebenfalls.

Nein, nein, nein, nein. Das durfte er nicht zulassen. Er wusste überdies nicht, ob die Blutgefäße, die er abgeklemmt oder geflickt hatte, halten würden, wenn Joeys Blutdruck stieg. Er musste einen Weg nach draußen finden, ohne die Probe aufs Exempel zu machen.

Er beruhigte sich durch Willenskraft. Kehrte zu seinem vertrauten Mantra zurück. Seine Hand berührte immer noch Joeys verletzte Körperseite. Konnte er auf diesem Weg zurückgehen, wenn er sich *vorstellte*, dass er es konnte?

Fast im selben Moment, in dem er den Gedanken hatte, brach die Verbindung ab. Jemand hatte seine Hand bewegt. In dem Chaos und der Verwirrung, die dadurch ausgelöst wurden, verstand Chuck irgendwie, dass er nicht länger sicher mit seinem eigenen Körper verbunden war. Er war in Joey Blossom gestrandet … und es gab keinen Weg nach draußen.

Hinterher konnte Lanfen nicht erklären, wann ihr bewusst geworden war, dass etwas nicht stimmte. Nicht mit Joey – was mit Joey nicht stimmte, war erschreckend klar –, sondern mit Chuck.

Er war neben dem indianischen Ingenieur niedergekniet, hatte Roboticus zur Seite gezogen und eine Hand auf den entsetzlich deformierten Brustkorb gelegt. Und dann war er in einer Haltung erstarrt, als würde er angestrengt lauschen … oder vielleicht beten. In den folgenden Sekunden versammelten sich die anderen um ihn, Mini brach in Tränen aus, Lorstad rief nach den Ärzten, Giles stürzte in den Vorraum, Alexis stand reglos und mit steinernem Gesicht da.

Lanfen und Eugene streckten beide die Hand nach Joey aus, um ihn gerade zu legen. Lanfen wurde von etwas zurückgestoßen, was sie nur als mentalen Stromschlag beschreiben konnte. Eugene zog die Hand ebenfalls zurück, ihre Blicke trafen sich, und sie erkannten erstaunt, dass sie beide dieselbe gewaltige Entladung mentaler Energie wahrgenommen hatten. Sie konnte nur von Chuck gekommen sein.

Lanfen sah wieder zu Joey hinunter, und es gelang ihr nicht, einen leisen Aufschrei zu unterdrücken: Der Brustkorb des Ingenieurs dehnte sich langsam aus und kehrte zu seiner alten Form zurück. Sie griff reflexartig, aber vorsichtig nach seinem Handgelenk, um ihm den Puls zu fühlen. Er stabilisierte sich unter ihren Fingerspitzen.

Sie hörte, wie Lorstad Alexis in einer fremden Sprache anbrüllte, worauf die Frau aus dem Labor stürmte. Lanfen sah wieder nach unten und beobachtete die Veränderung in Joeys Gesicht – eine undefinierbare Entspannung seiner Züge. Und dann …

Nichts.

Sie warf einen Blick zu Chuck. Seine Miene war angestrengt, er furchte die Stirn, und seine Augen waren offen, blickten jedoch ins Leere. Und in diesen Augen …

Lanfens Puls raste. Sie war plötzlich und entschieden überzeugt, dass sie wusste, was in Joey Blossom vor sich ging, und sie war gleichermaßen überzeugt, dass Chuck ihre Hilfe brauchte. Sie streckte ihre Hand nach Chucks aus, die auf Joeys Brust lag, aber Lorstad kam ihr zuvor und stieß beider Hände weg.

»Die Ärzte sind unterwegs, Dr. Brenton«, sagte er, dann runzelte er die Stirn und wiederholte: »Dr. Brenton …?«

Chuck sackte zusammen wie eine Marionette, deren Schnüre man durchtrennt hatte. Die anderen Mitglieder seines Teams reagierten mit unverständlichen Angstrufen. Lanfen zog ihn an sich, ergriff seine Hand und legte sie sanft wieder auf Joey Blossoms Brust. Sie nahm sich nur einen Moment, um zu sagen: »Bleibt alle zurück«, dann schloss sie die Augen und absolvierte rasch dieselbe Vorbereitung, wie wenn sie einen ihrer Ninja-Roboter bewohnte.

Dann tauchte sie in Joey Blossoms Gehirn.

Trotz all seiner Übung mit Simulationen und Robotern besaß Chuck nicht Lanfens Erfahrung mit Telekinese, noch hatte er je angestrebt, einen Mechanismus und den eigenen Körper gleichzeitig zu bewohnen. Erst denken, dann handeln, war der passende Sinnspruch für diesen Fall, aber wenn er ihn beherzigt hätte, wäre Joey vielleicht schon tot.

So wie die Dinge lagen, wusste Chuck nicht, was geschehen würde, wenn der Ingenieur das Bewusstsein wiedererlangte. Tatsache war, dass er gar nichts wusste, außer dass er Hilfe brauchte.

Also betete er.

Das Gebet war wortlos und kam aus der Tiefe seiner Seele. Er wünschte sich nichts so sehr, wie dass er sich und Joey durch sein instinktives, aber unüberlegtes Handeln nicht umbringen würde. Halb erwartete er, dass die Antwort seine eigene Auslöschung sein würde, und er war überrascht, als er plötzlich eine zweite Präsenz zusammen mit ihm selbst in Joey Blossom wahrnahm. Erst dachte er, es müsse Joey sein, der wieder zu Bewusstsein kam, und geriet erneut in Panik. Aber dann bemerkte er, dass er diese andere Gegenwart gut kannte, sie war vertraut, tröstlich und strahlte Ruhe aus.

Lanfen.

Woher er wusste, dass es Lanfen war, konnte er nicht sagen, aber er wusste es. Er wusste außerdem, sie wollte, dass er sich in ihre Hände begab, ihr auf eine Weise vertraute, wie er noch nie jemandem vertraut hatte.

Er tat es ohne Zögern und ohne zu zweifeln.

Sie hatte irgendwie die Verbindung mit seinem eigenen Körper und Gehirn erneuert und führte ihn nun auf seinem Rückweg. Sie half ihm, zu verstehen, dass er sich die körperliche Verbindung als einen Weg vorstellen musste, dem man folgen konnte. Es war natürlich keiner – im realen Sinn –, aber Chuck wusste, dass es bei der Anwendung von Zeta-Fähigkeiten größtenteils um Visualisierung ging, die zu Verwirklichung führte.

Folge mir, sagte Lanfen, und er gehorchte und beschritt einen Lichtpfad durch einen virtuellen Wald. Sie führte ihn zu einer Brücke über einem Abgrund und »befahl« ihm, auf vertrautes Terrain zurückzukehren – zurück zu sich selbst.

Blindes Vertrauen, dachte er und trat aus Joey Blossom hinaus und zurück in sein altes, vertrautes Revier.

Er kam mit einem Gefühl der Geborgenheit und Wärme zu sich, öffnete die Augen und blickte hinauf in Lanfens. Sie war über ihn gebeugt, ihre Stirnen berührten sich, der seidige Schleier ihres Haars schirmte ihre Gesichter ab. Er war überwältigt. Ergriffen. Es war intimer als ein Kuss. Brachte ihn mehr zu sich selbst als Meditieren.

Chuck holte tief Luft und war überzeugt, Lanfen atmete mit ihm. »Danke«, murmelte er.

»Gern geschehen«, antwortete sie.

Sie hob den Kopf, und die reale Welt stürzte mit allen Geräuschen und aller Unruhe auf ihn ein. Hände hoben ihn hoch, stellten ihn auf die Füße, setzten ihn auf einen Stuhl. Ärzte trafen mit einer fahrbaren Trage und einem Notfallwägelchen ein. Chuck sah, wie Dr. Pence über Joey arbeitete, seine Lebensfunktionen überprüfte, ihn auf ein Spineboard schob und vorsichtig auf die Trage hob.

»Wird er wieder gesund?«, fragte Eugene.

Dr. Pence sah ihn kurz an und nickte. »Ich denke, ja. Er scheint eine leichte Verletzung am Kopf und an der rechten Körperseite zu haben. Wir werden ihn röntgen, ein CT und ein MRT machen und ein EKG, aber sein Puls ist kräftig. Was ist ihm zugestoßen?«

Lorstad sah Chuck kurz an. »Er wurde von einem schweren Objekt getroffen, das durch die Luft flog.« Er deutete zu dem demolierten Roboter. »Damit, genauer gesagt.«

Die Ärztin öffnete den Mund, als wollte sie fragen, wie das wohl passiert sein konnte, aber dann schloss sie ihn wieder. »Wir werden sehr gründlich sein«, sagte sie und folgte der Trage aus dem Labor.

Chuck sah, wie das Personal des Zentrums auf der anderen Seite der Labortür in kleinen Gruppen beisammenstand und zusah, wie Joey zum Krankenflügel gebracht wurde. Einige von ihnen hatten sicher beobachtet, was ihrem Kollegen widerfahren war. Chuck fragte sich, was sie davon halten würden.

Jemand schob sich in sein Gesichtsfeld. Er blickte auf und stellte fest, dass Lorstad ihn mit unverhülltem – und sehr ausgeprägtem – Interesse betrachtete. Nein, es war mehr als Interesse – eine düstere, elektrisierende Hingabe. »Charles«, sagte der Ältere, »was haben Sie getan?«

Charles hatte keine Ahnung, wie er diese Frage beantworten sollte.

KAPITEL 11

Verdeckte Operationen

In der ganzen Zeit, seit sie im Zentrum waren, hatte Lorstad noch nie einen seiner Gäste in sein privates Heiligtum mitgenommen. Sein Büro befand sich auf der untersten Ebene des Haupthauses, hatte aber ein großes, ovales Fenster, das auf die Zentralhöhle hinausblickte. Es gewährte sogar eine teilweise Sicht auf Chucks Labor. Chuck wusste, dass es außerdem elektronische und vielleicht übersinnliche Überwachungsgeräte gab. Er wusste sogar, wo sie waren – Lanfen hatte sie ihm gezeigt, nachdem sie gelernt hatte, sie wahrzunehmen. Sie brachte es ihm gerade bei.

Chuck deutete diesen Ortwechsel für ihr Treffen als einen Versuch, sowohl Vertrauen zu wecken als auch welches zu vermitteln. Er war in der Hoffnung in den privaten Arbeitsbereich des Wohltäter-Anführers eingeladen worden, dass er im Gegenzug Einblicke in seinen Arbeitsbereich gewähren würde.

»Sie waren also nicht ganz aufrichtig zu mir, Charles.« Lorstad saß an einem großen Schreibtisch aus eloxiertem Aluminium und legte die Fingerspitzen auf der Tischplatte aneinander. »Sie trainieren Ihre eigenen Talente. Talente, die Sie exklusiv zu haben scheinen.«

»Diese Einschätzung ist nicht ganz fair, Kristian. Ich habe nie versucht, es geheim zu halten. Ich habe mich schlicht auf Ihr Problem konzentriert und verfolge meinen eigenen Zeitvertreib nur nach der Arbeit. Und gerechterweise muss man sagen, dass Sie auch nicht alles offengelegt haben. Hätten Sie uns denn erzählt, was bei den Tests von Mini und Lanfen herausgekommen ist, wenn Alexis Sie nicht dazu getrieben hätte?«

Lorstad ging nicht auf seine Frage ein und stellte stattdessen selbst eine. »Wie sieht denn Ihr, äh, ›Zeitvertreib‹ genau aus, Charles?«

Chuck beschloss, seine eigene Frage fürs Erste hintanzustellen. »Ich denke, das ist offensichtlich. Ich bin Neurologe. Ich habe seit mehreren Jahren nicht an chirurgischen Eingriffen teilgenommen, aber ich arbeite mit medizinischen Simulationen, weil ich zumindest versuche, mir meine Geschicklichkeit zu bewahren.«

»Was Sie eben im Labor getan haben, war keine Simulation.«

»Nein, es war ... potenziell ein Fehler. Ich hätte Joey irreparablen Schaden zufügen können.« *Ich hätte* mir selbst *ebenfalls irreparablen Schaden zufügen können.*

»Stattdessen haben Sie ihm das Leben gerettet.«

Chuck sah auf und begegnete dem Blick seines Gegenübers. Sein Gesichtsausdruck war nicht gänzlich unbewegt.

»Dafür danke ich Ihnen«, fügte Lorstad ruhig an. »Joey ist einer unserer hellsten Köpfe. Ich würde ihn nur ungern verlieren.«

»Ja, was das angeht, Alexis ...«

»... wird nicht weiter mit Ihrem Team arbeiten. Stattdessen werde ich nur Novizen unserer Gesellschaft zum Zeta-Training einteilen und hoffe, dass sie im Laufe ihrer Ausbildung eine Lösung für das ... das Problem finden, das sich durch die Konditionierung im Isolationstank ergibt. Doch nun möchte ich, dass Sie offen zu mir sind, Charles. Was haben Sie mit Joey Blossom gemacht?«

»In Ordnung, aber Sie müssen zuerst offen zu mir sein«, sagte Chuck, der eine Möglichkeit sah, nachzuhaken. »Hatten Sie vor, uns die Testergebnisse von Mini und Lanfen sehen zu lassen? Oder gehört das ebenfalls zu den Dingen, die wir Ihrer Ansicht nach nicht wissen müssen?«

Lorstad betrachtete ihn mit einem Pokerface, hinter dem sich mit hoher Wahrscheinlichkeit Frust, Ungeduld und Berechnung verbargen. Schließlich sagte er: »Ich hatte vor, Ihnen die Daten mitzuteilen, sobald ich die Zeit gefunden haben würde, sie … zu verdauen und dem Rat vorzustellen. Mein Hauptaugenmerk galt der Frage, was die Daten für die Gelehrten bedeuten. Das verstehen Sie sicherlich. Es war nicht … leicht, zu akzeptieren, dass wir, im Gegensatz zu Ihnen, durch unsere Technologie nicht dauerhaft verändert werden. Aber ich hätte Sie noch informiert. Jetzt sagen Sie mir, was ich wissen muss. Was haben Sie mit Joey Blossom gemacht?«

»Ich habe ihn stabilisiert.«

»Sie haben mehr als das getan. Seine Rippen waren gebrochen. Sie haben sie wieder zusammengefügt, wir haben es alle gesehen. Die Ärzte nehmen an, dass er in den nächsten Tagen vollständig genesen sein wird. Das ist phänomenal. Ein Wunder sogar.«

Lorstad machte eine Handbewegung zu der Wand hinter seinem Schreibtisch, und ein darin eingelassener Flachbildschirm sprang an und zeigte eine Reihe von Röntgenbildern sowie den Scan einer Computertomografie. Sie stammten von Joey, und Chuck war fasziniert von ihnen. Die Rippen wiesen nicht ihr ursprüngliches Aussehen auf, man sah ihnen an, dass sie gebrochen gewesen waren, aber sie waren so vollständig wiederhergestellt, dass es den Anschein hatte, als würden die Brüche Monate zurückliegen.

Er hatte das bewirkt. Es war eine ernüchternde Erkenntnis. Er lehnte sich zurück und versuchte es zu verdauen.

»Wie haben Sie das gemacht, und welche Rolle hat Ms. Chen dabei gespielt?«

Chuck lächelte kurz. »Sie hat *mir* das Leben gerettet.«

»Wie?«

»Fragen Sie sie.«

»Das habe ich. Sie sagte nur, dass sie besser Bescheid weiß als Sie. Dass Sie wie ein Kind seien, das ohne Stützräder mit dem Fahrrad unterwegs ist und auf halbem Weg einen Berg hinunter erkennt, dass es sie doch noch gebraucht hätte.«

Chuck lächelte noch mehr. »Sie kann sich wirklich gut ausdrücken.«

Lorstad beugte sich vor und fragte noch einmal: »Was haben Sie getan, Chuck? Wie haben Sie Joey Blossoms Leben gerettet? Nichts von dem, was Ihr Team getan hat, ließ erkennen, dass ... dass Sie einen anderen Menschen bewohnen können.«

Chuck riss den Kopf hoch und sah Lorstad an. »Wie bitte?«

»Ms. Chen bewohnt ihre Roboter. Ich habe angenommen, dass Sie ebenfalls diese Methode benutzt haben.«

Und genau das hatte Chuck getan, er wusste es jetzt. Er hatte es reflexartig, instinktiv getan. Aber das durfte er Kristian Lorstad nicht verraten. Die Vorstellung, dass jemand wie Alexis irgendwann in der Lage sein könnte, in einen anderen Menschen ... Chuck schauderte. Er hatte nur an die segensreichen medizinischen Aspekte der Fähigkeiten gedacht, die er zu erlernen versuchte. Jetzt fragte er sich, ob nicht jedes Wunder eine dunkle Seite hatte.

»Nein. Ich bezweifle, dass es möglich ist, eine andere Person zu ›bewohnen‹. Dort ist bereits eine Intelligenz vorhanden, die in einem Roboter fehlt. Menschen sind keine Maschinen. Abgesehen davon kann ich zwar Gegenstände bewegen und Software von fern bedienen, aber ich bin nicht annähernd in der Lage, die Dinge zu tun, die Lanfen tut, wenn sie einen Mechanismus bewohnt. Einen anderen Menschen bewohnen ... das ist undenkbar. Ich bin Wissenschaftler, Kristian. Ich habe aus wissenschaftlichem Instinkt heraus gehandelt. Ich habe anzuwenden versucht, was ich bei meinen Simulationen gelernt hatte.«

»Ohne Ihre Hände oder chirurgische Instrumente zu benutzen. Ohne den Patienten aufschneiden zu müssen. Noch einmal: Wie?«

»Ich hatte ein klares Bild der betroffenen Körperpartien vor Augen.« So weit stimmte es noch. »Das hat mir ermöglicht, mit Hilfe meiner kinetischen Fähigkeiten die notwendigen Reparaturen durchzuführen. Es ging eigentlich nur darum, meine Kenntnis der menschlichen Anatomie auf meine Zeta-Fähigkeiten anzuwenden.«

»Eindrucksvoll. Aber welche Funktion hatte Ms. Chen dabei?«

»Sie hat mir assistiert.«

Lorstad betrachtete ihn ruhig. »Sie drücken sich absichtlich unklar aus, Charles. Bitte tun Sie das nicht.«

Chuck unterdrückte aufkeimenden Zorn. »Ich schätze, ich drücke mich tatsächlich absichtlich unklar aus. Verdammt frustrierend, nicht? Jetzt wissen Sie, wie ich mich hier in Ihrem großen unterirdischen Kasten fühle, wo ich kaum mitbekomme, was draußen auf der Welt vor sich geht, weil Sie wollen, dass wir konzentriert bleiben.«

»Aha, verstehe. Gut. Noch ein Informationsaustausch also? Was möchten Sie wissen?«

Chuck beugte sich vor. »Ich war eine Zeit lang mit Matt Streegman in Kontakt …«

Lorstads Augenbrauen trafen sich über der Nasenwurzel. »Wie das? Sie haben keinen Zugang zu E-Mail.«

»Internet. Er hat einen LinkedIn-Account unter einem fiktiven Namen erstellt, und wir haben verschlüsselte Nachrichten geschickt, für den Fall, dass sie jemand überwacht.« Er ignorierte Lorstads zusammengekniffene Augen und fuhr fort. »Jedenfalls waren wir in Kontakt, und dann ist er plötzlich verstummt. Er hat versucht, sich an die Regierung zu wenden – an die *echte* Regierung. Er wollte versuchen, mit den Alphas zu verhandeln. Dann hat er einfach aufgehört, mit mir zu kommunizieren. Ich dachte, dass es ihm vielleicht gelungen ist, in den Berg zu kommen.«

Lorstad senkte den Blick auf die Schreibtischplatte. Chuck hatte den Eindruck, Zahnräder arbeiten zu sehen. »Es ist ihm tatsächlich gelungen, in den Berg zu kommen, ja.«

Chuck atmete erleichtert aus. »Ah. Das ist gut, oder?«

Lorstad sah ihn an. »Wenn ich Ihnen verrate, was ich über Dr. Streegman weiß, erklären Sie mir dann Ms. Chens Rolle bei Ihrer Behandlung von Joey Blossom?«

»Insoweit ich es kann«, sagte Chuck vorsichtig.

»Ihr Freund ist wohlbehalten in den Berg gelangt. Leider ist er nicht wieder wohlbehalten herausgekommen. Er wurde getötet. Offenbar durch einen Stromschlag.«

Chuck fühlte sich, als wäre ihm der Boden unter den Füßen weggezogen worden. Er kämpfte gegen ein Schwindelgefühl, seine Hände krallten sich in die Armlehnen, als säße er in einer Achterbahn. Er hörte undeutlich, wie Lorstad zu ihm sprach, sah, wie sich seine Lippen bewegten, aber seine Worte gingen im Rauschen des Bluts in seinen Ohren unter.

»Sie sehen also«, waren die ersten Worte seines Gegenübers, die er wieder bewusst wahrnahm, »es ist nichts zu machen. Die Alphas haben sich in ihrem Berg verschanzt und scheinen nicht bereit zu sein, sich herausholen zu lassen.«

»Woher wissen Sie das alles?«, fragte Chuck, selbst überrascht wegen des belegten Klangs seiner Stimme. »Woher wissen Sie, dass Matt tot ist?«

»Ich habe Mittel, das Gebiet zu überwachen. Dabei habe ich Bilder gesehen, wie Dr. Streegmans Leiche von einem der Deep-Shield-Roboter aus dem Berg getragen wurde.«

»Und Sie sind sicher, dass er …«

»Es besteht kein Zweifel, Charles. Es tut mir leid. Aber ich dachte, Dr. Streegman hätte sich als Verräter an Ihrer Sache herausgestellt? Sie haben ihm doch sicher nicht vertraut.«

»Ich habe ihm nicht vertraut, aber er war mein Partner. Mein Freund. Er war außerdem meine einzige Möglichkeit, zu verfolgen, was die Alphas treiben.«

»Ich weiß in einem allgemeinen Sinne, was die Alphas treiben.«

»Na wunderbar, aber Sie werden es uns nicht verraten.«

Lorstad zuckte mit den Achseln. »Es wäre zu diesem Zeitpunkt zu nichts nütze.«

»Für *Sie*.«

»Wie immer Sie es betrachten wollen.« Lorstads Tonfall hatte etwas Abschließendes.

Chuck seufzte, aber er nickte. Das war es also. Matt war tot, und sie waren wieder von den Alphas abgeschnitten.

»Sie wollten Ms. Chens Hilfestellung erklären. Sie ist keine Ärztin oder Krankenschwester. Sie hat keinerlei medizinische Ausbildung.«

»Sie haben meine Hand weggezogen«, sagte Chuck müde. »Oder jemand anderes hat es getan. Jedenfalls wurde mein Kontakt zu Joey dadurch unterbrochen, und ich konnte nicht mehr auf seine Verletzungen einwirken. Offenbar brauche ich den körperlichen Kontakt an diesem Punkt meiner Entwicklung. Vielleicht werde ich ihn immer brauchen, wer weiß. Lanfen hat ihn wiederhergestellt und Sie alle davon abgehalten, ihn wieder zu unterbrechen. Ihre Funktion bestand darin, alle anderen von der OP fernzuhalten.«

»Und das hat Ihnen das Leben gerettet?«

Chuck stöhnte innerlich. Er hatte vergessen, dass er bereits so viel verraten hatte. Konnte er es irgendwie plausibel erklären?

»Das war überspitzt ausgedrückt. Als der Kontakt mit Joeys Körper abbrach, gerieten meine Synapsen irgendwie durcheinander. Ich wurde ohnmächtig. Nachdem Lanfen den Kontakt wiederhergestellt hatte, kam alles in Ordnung, und ich konnte meine Arbeit abschließen.«

Lorstad nickte. »Ich möchte, dass Sie das Experiment unter strenger kontrollierten Umständen wiederholen. Vielleicht mit ein, zwei Tagen Erholungszeit …?«

Chuck starrte ihn fassungslos an. »Das war kein Experiment. Es war eine Notfallmaßnahme, die eine Ihrer angeblich höherwertigen Kameradinnen ausgelöst hat.«

»Es war ein Unfall«, sagte Lorstad. »Alexis wollte niemandem etwas zuleide tun. Sie war frustriert.«

»Sie war außer Kontrolle.« Chuck stand auf, legte die Hände auf die Schreibtischplatte und beugte sich vor. »Eines weiß ich, Kristian: Macht korrumpiert. Fähigkeiten, wie wir sie besitzen, können ein Segen sein, wenn sie mit Sorgfalt und Mitgefühl gehandhabt werden. Wenn nicht, sind sie ein absoluter Fluch. Alexis ist nicht nur frustriert, sie ist zornig, und ihr Zorn richtet sich gegen andere. Sie scheint zu keiner Empathie fähig zu sein. Sie ist gefährlich, nicht nur für ... *profane* Existenzen wie Joey Blossom, sondern für jeden in ihrer Umgebung.«

»Woher wissen Sie das?«

»Wie kommt es, dass Sie es *nicht* wissen?« Chuck machte auf dem Absatz kehrt und verließ Lorstads Büro.

Der Professor glaubt also, ich bin außer Kontrolle, hm?

Kristian hob den Kopf. Alexis stand im Eingang zu seinem Büro; sie hatte die Arme vor der Brust verschränkt, und ihre Gedanken trieften vor Missvergnügen.

Du hast gelauscht, dachte er.

Sie zuckte mit den Achseln. *Du hast mich nicht blockiert.*

Tatsächlich war er sich nicht sicher, ob er sie überhaupt noch blockieren *konnte*, aber das würde er sie nicht wissen lassen. *Interessiert es dich, was Charles denkt?*

Ein kräftiges Nein.

Warum bringst du es dann zur Sprache?

Sie schlenderte ins Büro und betrachtete ihn argwöhnisch. *Glaubst du ihm?*

Kristian überlegte, wie er die Frage am besten beantworten sollte. Sie war heikel. *Ich glaube, dass das, was du getan hast, einen Mangel an Beherrschung und Durchblick verraten hat. Nicht nur der kindische Wutausbruch, sondern auch, was du hinterher von dir gegeben hast. Das hätte wirklich unter uns bleiben können.*

Sie legte die Hände auf seinen Schreibtisch und beugte sich ganz ähnlich über ihn, wie Charles Brenton es gerade getan hatte. Eine Welle von Verachtung traf ihn wie eine ätzende Flüssigkeit. »Ich wollte nicht, dass es unter uns bleibt«, sagte sie laut. »Ich wollte, dass sie hören, was ich denke.«

»Wieso? Was könnte dabei gewonnen werden, wenn du sie deine … Herablassung spüren lässt?«

Sie warf einen Blick zurück zur Tür und schloss sie mit einem Gedanken, bevor sie ihm antwortete.

Was um alles in der Welt ist gewonnen, wenn sie sich überlegen fühlen? War das dein Schachzug? Der Grund, warum du so tust, als könnten sie Dinge, die wir nicht können? Erwartest du, dass dein verhätschelter Neurologe härter für dich arbeitet, wenn er glaubt, dass wir von seinem Training und seiner Technologie profitieren?

Ich tue nicht nur so, Alexis. Alles, was ich vorhin gesagt habe, ist wahr. Sie entwickeln sich. Wir nicht. Ihre Synapsen werden neu verbunden, ihre Biochemie wird in ein neues Gleichgewicht gebracht, ihre Wahrnehmungsfähigkeit erhöht. Vielleicht sind wir diejenigen, die so tun, als würde uns ein Status zukommen, den wir nicht verdienen.

Alexis richtete sich auf, ihre Augen funkelten. »Das glaube ich dir nicht!«, rief sie laut. »Das werde ich dir niemals glauben! Du bist … *vernarrt* in dieses Mädchen. Dieses Kind.«

Dieses Kind, wie du sie nennst, ist ein Ausnahmetalent, wie wir es auch mit Hilfe unserer Isolationstechnik nie hervorgebracht haben. Wir spielen mit Atomen und Elektronen. Wir pfuschen mit physischen Objekten und Energien herum. Aber nicht einer von uns kann halb autonome Wesenheiten erzeugen. Es ist möglich, dass Minerva eines Tages autonome Wesenheiten erschafft – eine Form von Leben. Und deshalb ist es unabdingbar, dass sie sich den Reihen der Gelehrten anschließt. Das hat nichts damit zu tun, dass ich »vernarrt« wäre. Es hat nur damit zu tun, dass ich um ihre Fähigkeiten weiß.

Alexis lächelte durchtrieben. *Du vergisst, wie gut ich dich kenne, Kristian. Es ärgert dich, dass sie einen einfachen Mann liebt, während du ihr einen Halbgott zu bieten hättest.* Dann machte sie kehrt und ging, und aus jeder Pore verströmte sie Eifersucht.

Kristian schüttelte den Kopf. Er begann zu glauben, dass an Charles' Bemerkungen über Alexis etwas dran war. Er war nicht eifersüchtig auf Eugene Pozniaki, das war reine Projektion seitens Alexis'. Seine ganze Unzufriedenheit mit dem jungen Wissenschaftler kam daher, dass er von Charles Brentons Gefährten der Einzige war, der kein Talent zu Zeta-Fähigkeiten zu besitzen schien. Damit allein passte er schon sehr schlecht zu einem funkensprühenden Talent wie Mini. Charles selbst, Daisuke Kobayashi oder selbst Joey Blossom würden besser zu ihr passen. Wenn die physiologischen und neurologischen Veränderungen der Zetas dauerhaft waren, dann war es am sinnvollsten, Talent mit Talent zu paaren.

Das war allerdings nichts, wovon Kristian die Zetas und ihren Schöpfer jemals würde überzeugen können. Wenn sie einen Fehler hatten, dann den, dass sie einfach zu menschlich waren.

Die Russen zogen sich aus der Ukraine zurück. Al Sabbah fand sich plötzlich an Orten unerwünscht, wo man ihnen früher viel Freiraum eingeräumt hatte. Die palästinensische Autonomiebehörde erkannte einseitig Israels Existenzrecht innerhalb von Grenzen an, die Palästina ein zusammenhängendes Gebiet erlaubten.

Es war ein guter Anfang, aber er betraf nur solche Konfliktparteien, deren Führer aus erster Hand miterlebt hatten, wozu die Alphas fähig waren. Die Hamas war unbeeindruckt. Nordkorea war empört und beschuldigte die Politiker, die reagiert hatten, erbärmlicher Feigheit. Der IS und ähnliche Gruppierungen setzten ihre Unternehmungen im Vertrauen darauf fort, dass Gott auf ihrer Seite war.

Die USA waren politisch blockiert. Die Präsidentin und ihr Team hatten den Kongress gründlich über die Lage informiert, aber der Kongress war in seiner Reaktion gespalten. Angeführt von Senator Bluth, beharrte eine Koalition aus Abgeordneten und Senatoren auf dem Standpunkt, dass die Vereinigten Staaten nicht vor terroristischen Bedrohungen »einknicken« dürften. Sie hatten keine Mehrheit, verfügten jedoch über genügend politischen Einfluss, um durchzusetzen, dass ohne weitere Informationen nicht militärisch gehandelt werden dürfe – Informationen, die ihnen die Präsidentin unmöglich liefern konnte. Ellis wurde von ihren Verbündeten und Beratern dazu gedrängt, Bluth und seine Bande fürs Erste bei Laune zu halten. Die bevorstehende Wahl war einfach zu wichtig. Eine größere Machtverschiebung mitten in dieser beispiellosen Krise konnte für die Regierung und Ellis' Leute eine Zerreißprobe darstellen, der sie nicht gewachsen waren. Die Öffentlichkeit musste so lange wie möglich beschwichtigt werden, die üblichen Grabenkämpfe in Washington hatten möglichst zu unterbleiben, um das Vertrauen der Öffentlichkeit nicht zu gefährden. Das alles klang wunderbar, war aber kaum praktizierbar oder realistisch. Zunächst wollte sie sich jedoch darauf einlassen.

Das alles kam eigentlich nicht unerwartet, und Mike war erleichtert, als weder Sara noch Tim geneigt schienen, in diesem Punkt Druck zu machen. Die Vereinigten Staaten, davon war Sara überzeugt, würden schon zur Vernunft kommen, wenn sie erst einmal sahen, was anderen widerfuhr, die nicht gehorchten.

Die Alphas lieferten ihre erste Machtdemonstration im Irak ab, wo der IS die Zurückhaltung der Iraker und ihrer Verbündeten als Freibrief verstand, sich nach Belieben Territorium zu sichern. Die IS-Truppen hatten eben erst eine frische Offensive begonnen, als sich sämtliche Netzwerksysteme des Islamischen Staats in nichts auflösten, allerdings erst, nachdem alle angeschlossenen Komponenten mit demonstrativer Endgültigkeit zerstört waren. Jedes einzelne Kommunikationssystem gab ein ohrenbetäubendes Kreischen von sich und verstummte dann für immer. Alle computergesteuerten Waffen zerstörten sich auf schreckliche Weise selbst, alle Nachschubwege wurden unterbrochen. Flugzeuge fielen vom Himmel, Radar versagte, Raketen explodierten auf ihren Abschussrampen. Die Dschihadisten wurden von Ifrits und Dschinns überrannt, und mehreren Führern erschien der Geist Mohammeds, der ihnen mit strenger Miene befahl, ihre Waffen niederzulegen, und sie daran erinnerte, dass »Gott den Aggressor nicht liebt«.

Tim witzelte, dass er wahrscheinlich schwer in der Scheiße steckte, weil er die Gestalt eines Propheten angenommen hatte, während Sara mit den Führern der gegen den IS verbündeten Koalition Kontakt aufnahm und ihnen erlaubte, vorzurücken und aufzuräumen; anschließend dürften jedoch ausschließlich Truppen zur Friedenssicherung in dem betroffenen Gebiet verbleiben.

In der Folge dieses lehrreichen Augenblicks endete der Krieg in Syrien mit einem strategischen Rückzug auf allen Seiten, und die Hamas hörte auf, Raketen auf Israel abzufeuern. Iran öffnete seine Gefängnisse und ließ alle politischen und religiösen Häftlinge frei. Dasselbe tat China. Selbst die Drogenkartelle in Südamerika wurden plötzlich ruhig und so gut wie unsichtbar. Nach diesem überzeugenden Machbarkeitsnachweis fielen drei Abgeordnete aus Bluths Kader ab. Ellis spürte, wie sich das politische Moment verschob, und ordnete per Dekret eine Feuerpause für alle amerikanischen Truppen in Afghanistan, Irak und Syrien an. Der Generalstab fand vernünftige Gründe, militärische Aktivitäten an mehreren anderen Fronten einzuschränken.

Bluth konterte, indem er der Präsidentin rundheraus vorwarf, das amerikanische Volk nicht genügend zu schützen, und verlangte, dass man ihr die Exekutivvollmachten entzog.

Er begann anzudeuten, dass das außenpolitische Verhalten der Regierung Ellis' von Ängstlichkeit und Furcht vor »besonderen Interessengruppen« getrieben sei. Theoretisch hatte er im Grunde nichts in der Hand. Aber das brauchte er nicht. Mit den Sozialen Medien und den Propaganda-Radiosendern besaß er alle Kanäle, um Zweifel und Zwietracht zu säen. Für Unruhe zu sorgen, war alles, was er zu diesem Zeitpunkt tun musste – Chaos und Angst erzeugen und dann sich selbst als Heilmittel präsentieren. Die Zustimmungsraten für die Präsidentin würden in den Keller gehen, und dann konnte er mit freundlicher Unterstützung durch Ted Freitag eine eigene Bombe platzen lassen.

Es half, dass nicht alle auf der Welt nachgaben. Nordkorea beispielsweise pöbelte weiter und plusterte sich auf, es drohte sogar lautstark damit, bei seinen südlichen Nachbarn einzumarschieren. Am Morgen nachdem die Drohung ausgesprochen wurde, wachte das nordkoreanische Militär jedoch auf und musste feststellen, dass kein einziges Gerät mit einer Computerkomponente mehr funktionierte. Als die nordkoreanische Regierung ihre Entrüstung zum Ausdruck brachte, fand sie sich mit einem landesweiten Zusammenbruch des Stromnetzes konfrontiert, während uralte Dämonen aus der koreanischen Mythologie das Land befielen.

In anderen Weltregionen ereignete sich Ähnliches.

In Afghanistan glaubte die Taliban-Führung eine günstige Gelegenheit gekommen, sich erneut als Herrscher über das Land einzusetzen, indem sie am helllichten Tag während einer Sitzung der Abgeordneten einen Angriff auf die Nationalversammlung in Kabul unternahm. Sie schickte einen Konvoi aus mehr als dreißig Militärfahrzeugen – darunter ein Panzer – die Schura-Straße entlang, sperrte sie für den Verkehr und besetzte den Vorhof des Versammlungsgebäudes.

Als Sara im Kommandoraum ein Al-Jazeera-Video der Szene sah, lief sie auf und ab und bedachte ihre Möglichkeiten.

Sie wandte sich an Mike. »Du hast Sicht auf sie. Was kannst du mir anbieten?«

Mike schluckte und hätte am liebsten frech geantwortet: »Nichts«, aber er wusste, sie würde es ihm niemals abkaufen. »Ich kann die Gerätschaften kaputt machen, die Geschütze, die Fahrzeuge. Jedenfalls die, die ich sehen kann.«

»Tu es.« Sie wandte sich an Tim. »Wie sieht es mit dir aus? Ist dein Minotaurus mit einigen seiner Begleiter für einen Auftritt bereit?«

Tim grinste. »Kein Problem.«

Der Minotaurus, den man auf dem Schirm in der Zufahrt zum Gebäude der Nationalversammlung erscheinen sah, war riesig, und er hatte viele Freunde mitgebracht. Einige kleinere Versionen seiner selbst, andere, die wie große Gargoyles aussahen. Die Minotauren stampften zwischen den Fahrzeugen umher, die – auf Mikes Drängen – eines nach dem anderen in Flammen aufgingen. Ihre Substanz reichte nur dafür aus, kleinere Waffen beiseitezuschlagen, aber Mikes Zerstörungswerk ließ sie wesentlich mächtiger wirken. Die Wasserspeier landeten auf dem Gelände und dem Dach des Verwaltungsgebäudes gleichermaßen und verführten die Kämpfer dazu, auf sie zu feuern. Sie wirkten aber nur, als besäßen sie Substanz, wie im Deep-Shield-Lager gingen die Kugeln durch sie hindurch und trafen, was oder wer sich auf der anderen Seite von ihnen befand.

Mike ließ seinen letzten Truppentransporter explodieren und das Geschützrohr des Panzers schmelzen, dann hielt er inne und sah Sara zu, die anfing, ihre eigenen Talente zum Einsatz zu bringen. Sie holte eine Innenansicht auf ihre übergroßen Bildschirme – von einer Überwachungskamera im Gebäude. Hier wurde noch geschossen, da die Taliban-Aufständischen in einem langen, breiten Gang auf eine mächtige geschlossene Doppeltür vorrückten. Die Verteidiger hatten wahllos Möbel davor aufgetürmt. Diese Bühne wählte Sara für ihren Auftritt.

Ihr Avatar tauchte flimmernd aus dem Nichts auf wie ein

Landetrupp aus *Star Trek*. Sie hatte ihn sich selbst ausgedacht. Er war noch als Sara erkennbar, aber eine gespenstisch vollkommene Sara in glänzendem, eng anliegendem schwarzem Leder, mit schulterlangem Haar in der Farbe von Auberginen und blasser Haut, die wie Perlen schimmerte. Sie trug diesmal keine Maske, und ihre Augen leuchteten wie Monde.

Nach kurzem, schockiertem Zögern trat einer der Offiziere auf die anstößige Gestalt zu und hob die Hand, um sie zu schlagen. Er fauchte etwas auf Arabisch und holte aus. Seine Hand ging durch ihren Kopf hindurch, und er geriet aus dem Gleichgewicht und wäre fast gestürzt. Brüllend vor Wut fing er sich gerade noch und richtete sein Gewehr auf Saras Rumpf. Sie lächelte, dann packte sie den Lauf der Waffe, riss sie dem Mann aus den Händen und schlug sie ihm über den Kopf. Er ging zu Boden und blieb an der Wand liegen.

»Fantastischer Zug, Sara!«, krähte Tim.

Die übrigen Soldaten reagierten, indem sie an ihrem gefallenen Anführer vorbei auf dieses frevelhafte Geschöpf feuerten, ganz als würden sie immer noch erwarten, dass es sich wie eine Frau aus Fleisch und Blut verhielt. Sara verschränkte die Arme über ihren Brüsten und betrachtete ihre Möchtegernmörder mit ruhiger Verachtung. Die Kugeln gingen mitten durch sie hindurch.

»Mike«, sagte sie leise, »bitte entwaffne sie.«

Er tat es, indem er die Atome erst in der Mündung und dann im Schießmechanismus ihrer Waffen in Aufregung versetzte. Die Waffen wurden zu heiß, um sie in der Hand zu halten, und die Soldaten waren gezwungen, sie fallen zu lassen, wenn sie sich nicht furchtbare Verbrennungen zuziehen wollten. Die Gewehre landeten scheppernd und von Schmerzensschreien der Männer begleitet auf dem Boden, wo sie sich verdrehten und rauchten.

Für einen Moment herrschte verblüfftes Schweigen, bevor alle Männer vor Empörung und Wut zu brüllen begannen. Sie rückten auf Saras Avatar vor, den sie inzwischen in einen zuckenden Ring statischer Energie gekleidet hatte.

»Mike, kannst du ein Erdbeben machen?«, fragte sie.

»Nein, ich glaube nicht.«

»Nein, ich meine, den *Anschein* eines Erdbebens. Schüttle das Gebäude, rüttle an Balken und Bolzen.«

»Das müsste machbar sein.«

»Ich brauche es auf mein Kommando. Tim, hast du irgendwo online ein Übersetzungsprogramm?«

»Äh, ja. Arabisch, nehme ich an?«

»Nein – das ist Afghanistan. Paschtu. Sag mir Bescheid, wenn du …«

»Schon fertig.«

»Gut gemacht.« Sie stieß die Arme vor, ihr Avatar spiegelte die Bewegung. »Mike, mach mir ein Erdbeben.«

Er tat es. Er tat mehr als das. Er ließ Teile der Decke in einem eng begrenzten Raum herabrieseln. Das Wutgeschrei hörte auf, da die Soldaten damit beschäftigt waren, sich auf den Beinen zu halten.

Sara, die noch immer die Hände ausgestreckt hatte, fragte: »Wollt ihr, dass das aufhört?« Sie stellte die Frage auf Englisch, aber in der Videozuspielung kam sie in Paschtu aus dem Mund des Avatars. »Wenn ihr wollt, dass das aufhört, *haltet den Mund*!«

Die Männer schrien nur lauter und schüttelten sinnlos die Fäuste.

»Ich sagte, *hört auf zu reden.*«

Mike unterstrich die Worte mit heftigen Stößen, bei denen der Staub aufflog.

Die Schreie hörten auf.

Sara warf Mike einen Blick zu und ließ die Arme sinken. Das Beben klang langsam ab. In der nachfolgenden Stille war nur das Geräusch von Putz zu hören, der von der Wand rieselte, und gedämpfter Lärm aus dem Vorhof.

»Eure Führer wurden gewarnt«, sagte Sara zu den Taliban-Kämpfern. »Vielleicht haben sie euch nichts davon gesagt. Vielleicht haben sie euch nicht darüber informiert, dass sie ihr eigenes Schicksal und eures nicht mehr selbst in der Hand haben. Das liegt jetzt in *unserer* Hand.«

»Wer bist du?«, fragte der erste Mann, den Sara gefällt hatte. Seine Rede wurde in gespreiztes Englisch übersetzt. »Bist du ein Dämon?«

»Ich bin die *Zukunft*.«

»Himmel«, murmelte Tim. »Das ist ihr schlimmster Alptraum – eine Frau mit Macht.«

»Wer hat dich geschickt?«, fragte der Afghane.

»Gott hat mich geschickt. Er hat mich mit einer Botschaft für euch und eure Anführer geschickt. Eure Waffen sind nutzlos, und eure Ideologie ist am Ende. Gott verlangt, dass alle Kriege auf dieser Welt aufhören. Dass alle Konflikte aufgelöst werden. Die afghanische Regierung und die Amerikaner haben aufgehört zu kämpfen, weil sie verstehen, welche Folgen es hat, wenn sie diesen Befehlen nicht folgen. Versteht ihr es jetzt auch?«

Der Mann grinste verächtlich. »Du sprichst für Gott? Du – eine *Frau*?«

Sara warf einen Blick zu Mike zurück. Er schüttelte den Raum wieder und ließ noch mehr Putz auf die Männer rieseln. Wie aufs Stichwort traf ein größerer Brocken aus der Decke einen Mann an der Schulter und ließ ihn zu Boden gehen. Alle Soldaten wichen einen Schritt zurück.

»Da ihr jetzt zuhört, müsst ihr Folgendes verstehen: Euer belangloser kleiner Krieg mit der afghanischen Regierung wird aufhören. Ihr werdet nicht länger versuchen, eure Auffassung vom Islam allen anderen aufzuzwingen. Mehr noch, ihr werdet Mädchen und Frauen Bildung ermöglichen, ihr werdet ihnen die Rechte zugestehen, die sie verlangen, und ihr werdet sie selbst entscheiden lassen, ob sie sich verschleiern wollen. Wenn ihr das alles nicht tut, werdet ihr die Belohnungen des Paradieses nicht erfahren, noch wird Gott eure Namen kennen.«

»Du bist doch ein Dämon«, murmelte der Offizier, den Sara niedergestreckt hatte. Er sah aus, als könnte er noch einmal versuchen, sie anzugreifen.

»Nein, ich bin eher ein Racheengel. Du wünschst dir Dämonen? Ich gebe dir Dämonen.«

Tim kicherte. In der Zeit, die Mike brauchte, um Luft zu holen, wurde der breite Eingangsbereich von kleinen, affenartigen Kreaturen mit grässlichen Fratzen und vielen scharfen Zähnen überrannt. Sie bewegten sich wie Rauch und machten ein Geräusch, das wie Nägel klang, die über eine Kreidetafel kratzen. Als Nächstes ließ er ein Paar Gargoyles entstehen, das sich durch die weit offenen Türen des Parlaments schleppte und links und rechts davon Stellung bezog.

Mehrere der Männer warfen sich vor ihnen zu Boden und beteten lautstark um Erlösung.

»Was ich auch bin«, sagte Sara zu den Soldaten, »ich bin nichts, was ihr verstehen könnt, geschweige denn beherrschen. Ihr werdet jetzt gehen, und ihr werdet nicht zurückkommen. Wenn eure Führer euch zwingen wollen, zurückzukehren, zeigt ihnen eure zerstörten Waffen, dann flieht vor ihnen, denn sie werden die Nächsten sein, die den Zorn Gottes zu spüren bekommen. Geht jetzt. Meine Geschöpfe werden euch nichts anhaben – wenn ihr tut, was ich sage.«

Nach kurzem Zögern machten die Soldaten kehrt und flohen aus dem Gebäude der Nationalversammlung, wobei sie den Wache stehenden Gargoyles ängstlich aus dem Weg gingen, die sie aus hungrigen Augen beobachteten. Sarah wartete, bis sie ihre Kameraden und geschmolzenen Waffen eingesammelt hatten, ehe sie ihren Avatar verschwinden ließ. Die Bildschirme übernahmen die Videozuspielung einer Al-Jazeera-Kamera auf einem benachbarten Hausdach.

Mike schnürte es die Kehle zu. Der Vorhof des Gebäudes und die Straße dahinter waren von Leichen übersät – manche schrecklich verdreht, andere verkohlt und noch rauchend. Blut war an Wände gespritzt und sammelte sich in den Rinnsteinen. Das Wasser des Brunnens in der Mitte des Hofs war rot. Tims Lakaien streiften noch zwischen den Toten und Sterbenden umher. Sie verblassten einer nach dem anderen, bis sich nichts mehr auf der Straße rührte.

Mike zwang sich, zu atmen. Sein Kopf schmerzte, seine Ohren klingelten.

»Gute Arbeit, Jungs«, sagte Sara. »Wir werden die Lektion vielleicht wiederholen müssen, aber früher oder später, denke ich, kapieren sie es.« Sie blieb vor Mike stehen. »Wie kommst du mit den Robotern voran? Wie viele kannst du gleichzeitig kontrollieren?«

Mike zuckte mit den Achseln und bemühte sich, gleichgültig dreinzuschauen. »Ein Dutzend, vielleicht zwei, wenn sie alle dasselbe tun.«

Sie runzelte die Stirn. »Ich hatte auf mehr gehofft, aber es ist ein Anfang. Ich denke, es ist Zeit, dass wir unsere eigene Armee zusammenstellen. Ich habe diesen Berg satt. Ich komme mir hier drin wie eine Gefangene vor.« Sie schien über etwas nachzudenken, dann sah sie Mike in die Augen. »Sag mir Bescheid, wenn du fünfzig von ihnen steuern kannst.«

Mike nickte. »Wird gemacht. Ich gehe gleich nach unten und arbeite mit den Robotern.«

Sara lächelte und legte ihm eine Hand auf die Schulter. »Du bist ein guter Mann, Micky.«

Nein, dachte Mike auf dem Weg zu den Ladestationen der Bots. *Nein, ich bin kein guter Mann. Aber ich arbeite daran.*

Am Ende wusste Chuck nicht, was er seinem Team als Erstes erzählen sollte: dass Matt (mutmaßlich) von den Alphas getötet worden war oder dass Alexis' um ein Haar tödliche Unbeherrschtheit anscheinend folgenlos für sie blieb. Zumindest wenn man davon absah, dass sie nicht weiter mit den Zetas arbeiten würde.

Das Team nahm ihm die Entscheidung ab. Als er nach dem Gespräch (Verhör) bei Lorstad in das Labor zurückkam, warf Eugene einen Blick auf ihn und führte dann das gesamte Team in Chucks Büro. Chuck schloss die hohe Glastür und wollte anfangen zu reden, aber Lanfen hob die Hand und kam ihm zuvor.

»Erstens«, sagte sie, »solltest du wissen, dass es vor einer Stunde eine Lauschvorrichtung hier drin gegeben hat. Ich habe sie an einen anderen Ort verlegt. Sie ist jetzt auf der anderen Seite der Haupthalle. Ich habe keine Ahnung, wie lange sie brauchen, um dahinterzukommen, weil ich nicht weiß, wie lückenlos sie die Aufzeichnungen verfolgen. Es gibt mehrere ›sichere‹ Bereiche, die wir ohne Angst vor Überwachung benutzen können – oder ohne eine ihrer Vorrichtungen ausschalten zu müssen. Wir können immer noch den Trainingsraum benutzen und mehrere Bereiche im Haus.«

»O…okay«, sagte Chuck und sah sich nervös um. »Was ist zweitens?«

»Zweitens«, sagte Mini, »haben wir Alexis da draußen herumspazieren sehen, als wäre nichts geschehen. Gibt es keine … Ich meine, hat sie nicht irgendwelche Konsequenzen für das zu erwarten, was sie Joey angetan hat?«

Chuck lehnte sich mit dem Rücken an die Tür. »Wie Kristian bemerkt hat, war es ein Unfall. Sie wollte Joey nichts tun. Kristian hat sie aber aus dem Programm genommen. Sie wird überhaupt nicht mehr mit uns arbeiten. Tatsächlich vermute ich, er hat ihr befohlen, sich von uns fernzuhalten.«

Minis Arme, die vor der Brust verschränkt gewesen waren, schnellten entrüstet vor. »Na, freut mich, zumindest *das* zu hören. Also ehrlich, Chuck. Es mag ja ein Unfall gewesen sein, aber wenn, dann bereut sie ihn anscheinend nicht im

Geringsten. Sie hat sich nicht um Joey gekümmert. Erfordert das nicht eine Reaktion?«

»Doch«, sagte Chuck und nickte. »Und ich stimme in diesem Punkt mit euch allen überein. Aber diese Reaktion steht nicht uns zu.«

»Aber Lorstad doch wohl«, fiel Eugene ein. »Einen Angestellten schwer zu verletzen, führt nicht zu einer Versetzung oder wenigstens zu einer Auszeit? Zu irgendeiner Form von Strafe?«

»Ich gehöre nicht zur Führung der Gelehrten und ihr genauso wenig. Wie gesagt, Euge, ich gebe euch absolut recht, ich sehe nur nicht, was wir tun könnten.« Chuck bewahrte sich trotz seines Frusts einen vornehmen Ton.

»Fische im Aquarium«, sagte Eugene. »Wir sind Fische im Aquarium.« Er lehnte sich an die Wand und verschränkte die Arme.

Chuck atmete lautstark aus. »Es tut mir leid, Leute, aber im Moment muss sie das mit ihrem Schöpfer ausmachen. Wir sollten sie einfach meiden.«

»Wie die Pest«, sagte Eugene, und Dice murmelte: »Nichts lieber als das.«

Chuck kam weiter in den Raum und wählte seine nächsten Worte sorgfältig. »Setzt euch alle. Ich muss euch ein paar Dinge mitteilen. Eins davon ist, dass sich Lorstad sehr für meine Rolle bei Joeys Genesung interessiert.«

»Genau wie wir«, sagte Dice. »Was hast du getan?«

Chuck wechselte einen kurzen Blick mit Lanfen. »Ich habe meine Zeta-Fähigkeiten mit medizinischen Simulationen geübt – das heißt, ich bin in die Simulationen gegangen und habe sie von innen heraus beeinflusst. Als Joey zu Boden ging, habe ich reflexartig reagiert, als würde ich mich in einer Simulation befinden.« Er blickte reihum in die Gesichter seines Teams. Lanfen verstand bereits, was er getan hatte; er beobachtete, wie es einer nach dem anderen von den Übrigen begriff.

»Oh mein Gott«, flüsterte Eugene. »Du meinst, du warst *in* Joey – in seinem *Kopf*?«

»Ich habe Joey etwa in der Weise bewohnt, in der Lanfen einen Roboter bewohnt. Gehirn und Körper eines Menschen sind schließlich ein Biomechanismus.« Er ließ das einen Moment einwirken, dann fügte er an: »So habe ich es allerdings Lorstad nicht erklärt. Es war das, was er hören wollte, und ich habe mein Möglichstes getan, ihn davon abzubringen. Ich habe ihm weisgemacht, ich hätte nur von außen auf Joeys Wunden eingewirkt. Keine Ahnung, wie erfolgreich ich damit war. Ich habe außerdem Lanfens Rolle bei meiner Rettung heruntergespielt. Um es ganz offen zu sagen, ich war dadrin gestrandet. Ich fand nicht mehr hinaus. Sie musste kommen und mich herausholen. Niemand außerhalb dieser Gruppe muss das erfahren, es reicht, wenn sie wissen, dass es unglaublich gefährlich ist und dass wir nicht damit experimentieren sollten, einen anderen Menschen zu bewohnen, ehe wir es gefahrlos tun können. Verstanden?« Er blickte in die Runde und sah, wie alle die Information verarbeiteten.

Schließlich sprach Dice für die Gruppe. »Verstanden«, sagte er. »Was noch?«

Der Moment der Wahrheit. »Matt …« Chuck holte tief Luft. »Matt ist tot.«

Schweigen, bis auf ein geflüstertes »Nein« von Dice.

Nach einiger Zeit fragte Eugene: »Was ist passiert?«

»Ich weiß es nicht. Lorstad sagte, er wurde offenbar durch einen Stromschlag getötet, während er bei den Alphas im Berg war. Ein Roboter hat seine Leiche herausgebracht.«

»Sie haben ihn getötet?«, fragte Dice. Er sah aus wie der Tod – die Haut grau, der Mund ein harter Strich. Es schien so lange zurückzuliegen, aber Chuck kam in diesem Moment zu Bewusstsein, dass Dice Matt am längsten gekannt hatte – sie waren schon Kollegen am MIT gewesen, bevor Matt ihn zu FK holte. Chuck fühlte mit dem genialen Ingenieur, während Dice sagte: »Sara und die Jungs haben ihn *getötet*?«

»Ich weiß es wirklich nicht. Vielleicht war es ein Unfall. Aber eins weiß ich.« Er blickte durch die Glaswände ihres Käfigs. »Wir müssen einen Weg finden, aus diesem Berg herauszukommen. Wir müssen zurück in den Osten, schauen, ob wir die Zetas erreichen können, und … ich weiß nicht … mit ihnen reden, herausfinden, was mit ihnen los ist, sie aufhalten, wenn es sein muss.«

»Wie?«, fragte Mini. »Wie sollen wir sie aufhalten?«

Chuck schüttelte den Kopf. »Ich weiß es nicht, Mini. Ich schätze, das ist auch etwas, was wir herausfinden müssen.«

KAPITEL 12

Requiem

Dice blutete das Herz. Es war nicht einfach gewesen, Matt Streegman zu mögen. Ihn respektieren, bewundern, sich um ihn scharen, für ihn arbeiten – ja. Aber sein Freund werden, das war schwerer. Aber Dice war es gelungen. Er war erst Matts Student gewesen, dann sein Assistent, sein Kollege und Freund. Matts Entscheidungen hatten diese Freundschaft auf die Probe gestellt, und es hatte Zeiten gegeben, da Dice das Gefühl hatte, Matt mit Chuck zu »betrügen«, intellektuell gesprochen, aber er hatte Matt länger als ein Jahrzehnt gekannt, und ihn zu verlieren, gehörte zum Schwersten, was er je durchgemacht hatte.

Er lag auf seinem Bett, starrte an die Decke und vermisste Brenda schrecklich. Für einen Moment fühlte er sich furchtbar allein und verloren und musste gegen Selbstmitleid ankämpfen. Dieser Moment wurde von einem leisen Klopfen an der Tür beendet. Es war sicherlich Lanfen, die ihre Runde machte. Er setzte sich auf.

»Hallo«, sagte er.

Sie öffnete die Tür und streckte den Kopf ins Zimmer. »Alles okay mit dir, Dice?«

»Nein, eigentlich nicht. Ich … ich vermisse Brenda und …«

»Ich weiß. Wir sind alle ein bisschen wie benommen, weil wir Matt verloren haben. Aber der Rest von uns ist noch da, du vergisst das nicht, okay?«

Dice lächelte schwach. »Du liest meine Gedanken.«

»Das werde ich weder bestätigen noch abstreiten. Hier ist übrigens alles sicher.« Sie machte eine Kreisbewegung zur Decke mit dem Zeigefinger.

Er blickte nach oben. »Oh. Ach so, ja. Danke. Nicht dass es

eine Rolle spielen würde. Ich bezweifle, dass sie meine Handschrift lesen können.«

»Deine Handschrift?«

»Ich führe ein handgeschriebenes Tagebuch. In Kanji und Russisch.« Er zuckte mit den Achseln.

»Komisch. Ich hätte dich nicht als jemand eingeschätzt, der noch mit der Hand schreibt.«

Er lächelte wieder. »Tja, ich stecke wohl voller Überraschungen.«

Lanfen wurde ernst. »Wenn du noch mehr hast, behalte sie für dich. Wir können jeden Vorteil gebrauchen.«

Dice nickte und wünschte Lanfen eine gute Nacht. Dann griff er in die oberste Schublade seines Nachttischs, holte sein Tagebuch heraus und schlug es auf. Die Seiten waren leer. Er blickte aus zusammengekniffenen Augen darauf, und auf den Seiten tauchten Worte auf – japanische Schriftzeichen, durchsetzt mit Zeilen kyrillischer Schrift. Dice blätterte zur ersten noch leeren Seite und ließ weitere Schriftzeichen erscheinen.

Lanfen setzte ihre Runde fort und machte sich ein wenig Sorgen wegen Dice. Matts Tod hatte ihn am schwersten getroffen, und sie spürte, dass er sich verloren fühlte. Trotzdem schien ihn ihr Besuch ein wenig aufgeheitert zu haben, und das war zumindest ermutigend. Mini und Eugene waren draußen auf der Veranda und genossen die abendliche Wüstenluft, deshalb überprüfte sie ihre Zimmer als nächste, dann beendete sie ihre Runde an Chucks Tür. Er saß im Schneidersitz auf der gepolsterten Bank am Fenster, das auf den felsigen nördlichen Steilhang hinaussah.

»Ich bin nur gekommen, um Gute Nacht zu sagen.« Sie gestikulierte in den Raum, dann vollführte sie eine Reihe parodistisch übertriebener Kung-Fu-Bewegungen, mit denen sie die beiden Lauschvorrichtungen außer Gefecht setzte, die im Lauf des Tages installiert worden waren.

»Nicht«, sagte Chuck und hielt sie auf, als sie sich zum Gehen wandte. »Sag nicht Gute Nacht, meine ich. Können wir … reden?«

Kein Zögern. Sie schloss die Tür und setzte sich gegenüber von ihm auf die Fensterbank, ihre Knie berührten sich. Sie saßen eine Weile schweigend da, dann sagte Chuck: »Wie kann er einfach tot sein? Wie kann Matt Streegman einfach … aufhören?«

»Tod und Geburt sind zwei Seiten derselben Medaille, das weißt du. Stell dir vor, wie es sich anfühlt, ein Zwilling zu sein, dessen Bruder gerade aus dem Mutterleib verschwunden ist. Du würdest denken, sein Leben hätte geendet, aber du würdest dich irren. Sein Leben im Mutterleib hätte geendet, weiter nichts.«

Chuck lächelte. »Du hast recht. Und ich habe diese Metapher selbst schon benutzt, aber wenn es passiert … wenn es plötzlich passiert, und jemandem, den du gekannt hast, mit dem du gearbeitet hast …«

Er blickte auf die Wüste hinaus. Lanfen folgte seinem Blick. Der sandige Boden glänzte silbern im Mondlicht, und die Felsen, Büsche und verkrüppelten Bäume warfen lange Schatten, als würden sie nach der Freiheit greifen.

»Matt und ich waren keine Freunde«, sagte er. »Nicht in dem Sinne, in dem wir beide Freunde sind. Ich habe schmerzhaft erfahren müssen, dass ich ihm nicht trauen kann, und offenbar hat er mir von Anfang an nicht vertraut – oder zumindest hat er mich nicht respektiert. Also hat er mich manipuliert. Er hat uns alle manipuliert. Aber am Ende, glaube ich, hat er tatsächlich versucht, alles wieder in Ordnung zu bringen. Er ist jedoch gescheitert, Lanfen. Er ist gescheitert. Und das heißt, wir *dürfen* nicht scheitern.«

Dann sah er zu ihr auf, mit Augen, die in die Seele blicken ließen. Sie las die Qualen und die Unsicherheit darin, aber auch die pure Entschlossenheit. Sie beugte sich vor, legte ihre

Hände an sein Gesicht und staunte, wie viel er ihr inzwischen bedeutete.

Nein, das stimmte nicht.

Wie sehr sie ihn inzwischen liebte.

»Dr. Brenton, ich glaube wirklich, Sie beabsichtigen, die Welt zu retten.« Sie lächelte. »Kann ich helfen?«

»Die Welt retten? Lanfen, ich weiß nicht einmal, ob ich *uns* retten kann oder die Alphas. Das alles ist vielleicht schon zu weit gegangen.«

»Ich weigere mich, das zu glauben. Dir wird schon etwas einfallen. Dir fällt immer etwas ein. Du bist gut darin, Probleme zu lösen, dafür zu sorgen, dass alles läuft. Ich glaube, das ist einer der Gründe, warum ich dich liebe.« Er war verblüfft. Sie nutzte das Überraschungsmoment, um ihn zu küssen. Es war ein tiefer, leidenschaftlicher Kuss, der keinen Raum für Zweifel ließ. Er zögerte für einen Sekundenbruchteil, aber dann erwiderte er den Kuss. Er bedeckte ihre Hände mit seinen und reagierte mit einer Leidenschaft, die jeden Überrest des ruhigen, beherrschten Wissenschaftlers fortspülte. Lanfen verstand gut, was dieser Leidenschaft zugrunde lag: Sorge, Frust, Angst, sogar Zorn. Das war in Ordnung, sagte sie sich. Wenn er Trost brauchte, wollte sie die Quelle dieses Trosts sein. Wenn er es morgen früh bereuen würde, dann sollte es so sein.

Aber irgendwie wusste sie, es würde nicht so sein.

Er löste den Kuss, hielt aber ihre Hände fest und ihren Blick. »Ich glaube, ich liebe dich, seit du zum ersten Mal in unser Labor spaziert bist«, murmelte er. »Nein, ich weiß, dass es so war. Ich dachte nur nicht …« Er zögerte und sah sie misstrauisch an. »Bist du dir sicher?«

Sie zog ihn zu einem neuen Kuss an sich und zeigte ihm, wie sicher sie sich war.

Draußen auf der Aussichtsplattform standen Eugene und Mini am Geländer und sahen zu den Sternen hinauf. Sie lehnten sich aneinander und blickten in denselben Himmel, aber beide hingen jeweils ihren eigenen Gedanken nach. Eugene konnte nicht sagen, was Mini dachte. Sie hatte Matt nie gemocht und ihm gewiss nicht getraut, aber dass jemand, den man kannte, ermordet wurde (wiederum von jemandem, den man kannte), versetzte selbst einen so nüchternen Verstand wie den von Eugene Pozniaki in Aufruhr. Mini, die ganz aus Gefühl bestand, war zweifellos betroffen.

»Weißt du, was das Traurigste ist«, sagte Mini, als hätten sie die letzten zwanzig Minuten nicht beinahe vollständig geschwiegen.

»Hm. Was?«

»Matt war allein auf der Welt. Seine Frau war tot, seine Familie entfremdet. Ich frage mich, ob sich außer uns überhaupt jemand Sorgen um ihn gemacht hat. Die Wohltäter mussten sich schwer anstrengen, um unsere Spuren zu verwischen. Ich weiß nicht, ob es bei Matt überhaupt Spuren zu verwischen gab. Er hatte nicht einmal einen Hund oder eine Katze oder einen Goldfisch. Nicht einmal *wir* wussten, wo er war. Er war schon ein Geist, bevor er starb.«

Eugene schauderte bei dem Gedanken, aber er wusste, was sie meinte.

Sie drehte sich halb herum und sah ihn an. »Eugene, wenn wir aus irgendeinem Grund getrennt werden, dann sollst du wissen, dass es mir gut geht. Ich will, dass du mich so fühlen kannst, wie ich dich fühle.«

Er sah zu ihr hinunter. »Du kannst mich fühlen? Wie funktioniert das denn?«

Sie zuckte mit den Achseln. »Ich weiß nicht, wie es funktioniert. Es ist einfach so. Aber es stört mich, dass du mich nicht fühlen kannst.«

Diese letzten Worte machten Eugene unsagbar traurig. »Ich wünschte, ich könnte es. Ich liebe dich, Mini, das weißt du.«

»Natürlich weiß ich es. Und du weißt, dass ich dich liebe.

Deshalb habe ich ein Geschenk für dich.« Sie hob die Hände, die sie gewölbt hielt, als würde sie etwas darin verbergen. »Streck deine Hände aus.«

Eugene zögerte.

»Deine Hände«, sagte sie mit Nachdruck.

Er hob die Hände und bildete eine Schale mit ihnen, damit sie ihr Geschenk hineinlegen konnte. Er bemerkte, dass Licht zwischen ihren Fingern hervordrang – ein magisches, goldenes Licht, das unregelmäßig pulsierte. Mini legte ihre Hände über seine, und als sie sie wegzog, kam eine perfekte Miniaturversion ihrer selbst zum Vorschein, mit winzigen, durchscheinenden Flügeln, die von Goldadern durchsetzt waren. Sie ließ das kleine Geschöpf in seine Hand fallen, und er war überrascht, dass es Gewicht und Substanz hatte. Es kitzelte.

Eugene wusste, dass er Augen groß wie Untertassen machte. »Ist das … eine Elfe? Du hast mir gerade eine Elfe gemacht?«

»Es ist eine Miniausgabe von mir«, sagte sie lachend. »Eine Mini-Mini. Sie wird bei dir sein, wann immer du willst, und sie wird dein Fenster zu meinem Herzen und meiner Seele sein.« Sie legte die Hände auf ihr Herz. »Wenn wir getrennt sind, kannst du sie ansehen und weißt, was ich fühle. Und ich glaube, sie wird mich dich deutlicher spüren lassen, auch wenn wir nicht zusammen sind.«

Eugene betrachtete die kleine Elfe. Sie sah zu ihm hinauf, genau wie es Mini tat. »Mini, ich will, dass wir immer zusammen sind. Ich meine, für immer. Ich meine, wenn wir aus diesem Luxusgefängnis herauskommen, möchte ich dich heiraten. Dann wirst du mich nie mehr los.«

»Unsere Seelen sind bereits verheiratet, Eugene. Als wir uns das erste Mal geliebt haben, war unsere Hochzeitsnacht.«

Eugene wurde von heißem Verlangen durchflutet. »Äh, diese Miniausgabe von dir. Wird sie auch dabei sein, wenn wir … du weißt schon.«

Mini lachte. Er liebte ihr Lachen. Es war zugleich wie Musik, Vogelgesang und Wasser, das über Felsen plätschert.

»Dummkopf. Du kannst sie mit einem Gedanken kommen und gehen lassen. Versuch es.«

Er sah auf seine Hände hinunter und sagte: »Wäre cool, wenn du unsichtbar sein könntest.« Die Elfen-Mini verschwand mit einem kleinen, melodiösen Klingen.

»Wohin ist sie verschwunden?«

»Zurück in die Welt zwischen deinen Ohren.«

»Wieso hat sie dieses Geräusch gemacht?«

Mini zuckte mit den Schultern, schlang die Arme um seine Mitte und drückte sich in einer Weise an ihn, die seinen Verstand kippen und sein limbisches System abstürzen ließ. »Ich dachte, es wäre ein netter Touch.«

Eugene grinste. »Meine Frau, die Künstlerin«, sagte er und gab ihr einen Kuss.

Erstaunlich.

Kristian sah sich das Video zum dritten Mal an und staunte immer noch ehrfurchtsvoll über Minerva Mauses Talent. Sie hatte sich irgendwie beigebracht, nicht nur eine Projektion zu erschaffen, die sie beeinflussen konnte, sondern eine Form von halb selbstständigem Leben – ein autarkes Elementarwesen, das ihre Stimmungen widerspiegelte und das verschwinden und in der Form, die sie ihm verliehen hatte, wiederauftauchen konnte … *und zwar auf Befehl eines anderen.*

Wozu würde sie wohl noch in der Lage sein, wenn sie die Gelegenheit und die entsprechende Motivation hatte?

Ganz offensichtlich war es für jemanden, der gründlich mittels Isolationstank ausgebildet war, nicht einfach, sich Zeta-Kräfte zunutze zu machen, aber wozu würde ein vollendeter Zeta fähig sein, wenn man ihn in die Isolationstechnik einführte? Die physiologischen und neurologischen Veränderungen, die bei Minerva bereits stattgefunden hatten, begeisterten ihn. Er musste sie nur davon überzeugen, dass der Isolationstank ihr Türen öffnen konnte, die bislang unvorstellbar für sie waren.

Er schüttelte den Kopf. *Elfen.* Minerva Mause hatte keine Ahnung von ihrem wahren Potenzial. Er war entschlossen, einen Weg zu finden, ihr die Augen zu öffnen.

Er schaltete seinen Monitor aus. Ein schwarzer Schirm war ihm lieber als die zunehmende Intimität der beiden. Er ärgerte sich über sich selbst, weil er aufkeimende Gefühle besänftigen musste, die es eigentlich nicht geben durfte.

KAPITEL 13

Kriegsräte

In den Tagen nach Kabul inszenierten die Zetas ähnlich eindrucksvolle Auftritte in der IS-Trutzburg Rakka, in der Ukraine und unter den Drogenkartellen in Ciudad Juárez. Mit jeder Demonstration ihrer Fähigkeiten schienen Roman Bluth und seine Anhänger noch weiter auf stur zu schalten. Es überstieg Margaret Ellis' Auffassungsvermögen. Was hoffte der Senator unter den gegebenen Umständen zu erreichen? Glaubte er wirklich, er würde aus dem Problem mit den Zetas politisches Kapital schlagen und die Präsidentschaftswahl gewinnen können, um sie dann auf magische Weise unter Kontrolle zu bekommen?

Ihr Stabschef vertrat die Auffassung, dass Bluth wie ein Chihuahua war. »Sie wissen, was ich meine«, sagte Curtis in einem privaten Gespräch. »Er glaubt mit aller Inbrunst seines kleinen Hundeherzens, er sei eine Dänische Dogge. Einen größeren Hund zu sehen, schreckt ihn nicht im Geringsten, es lässt ihn nur umso leidenschaftlicher bellen.«

Das Problem dabei war natürlich, dass die Zetas sie an einer Leine führten, die mit jedem Tag kürzer zu werden schien. Für jede Forderung, der sich der Kongress widersetzte, erhob Sara Crowell, die Anführerin der Zetas, eine neue oder deutete an, dass sich der Preis für den Widerstand erhöhen würde. Sie hatte bereits durchgesetzt, dass sie das gesamte Intranet der NSA und ihre umfangreichen Datenbanken offenlegten, und sie hatte es mit der Drohung getan, andernfalls zu veröffentlichen, wozu sie und ihre Mannschaft bereits Zugang hatten. Die größere Drohung, die wie ein Damoklesschwert über allen Verhandlungen hing, war die, dass sie enthüllen würden, was im Olymp tatsächlich vor sich ging.

Margaret wollte nicht darüber nachdenken, was die Öffentlichkeit davon halten würde, dass ihre Regierung von einem Trio mit der Art von Fähigkeiten, die man nur aus Comicbüchern und -filmen kannte, in Geiselhaft gehalten wurde. Es war, als würde man eines Morgens aufwachen und feststellen, dass Batman und der Joker echt waren und um Chicago kämpften statt um Gotham.

Das machte es so wichtig und problematisch zugleich, die öffentliche Wahrnehmung der Geschehnisse zu gestalten. Die Geschichte, die sie häppchenweise in den Medien veröffentlicht hatten, war, dass einheimische Terroristen einer bislang unbekannten Organisation (die sie Triad nannten) eine geschlossene Militäreinrichtung im Michaux-Reservat besetzt hielten, dass sie bis an die Zähne bewaffnet seien und mit nicht näher konkretisierten Terrorakten drohten. Das Militär habe sie umzingelt, aber sie hätten Zugang zum Internet und würden Drohungen gegen amerikanische Zivilisten aussprechen. Die Regierung Ellis arbeite daran, sie einzupferchen und ihre Operationen zu unterbinden. Die Geschichte hatte den Vorteil, dass sie in wesentlichen Punkten stimmte und deshalb mit den tatsächlichen Geschehnissen in Einklang stand, sofern es Ereignisse in den Vereinigten Staaten betraf.

Selbstverständlich brachte sie die Verschwörungstheoretiker nicht zum Verstummen. Die arbeiteten rund um die Uhr daran, die düstersten Geschichten zu erfinden. Irgendwie waren sie dennoch nicht annähernd so schauerlich wie das, was tatsächlich geschah. Als Al Jazeera ein erschreckendes Video des versuchten Taliban-Sturms auf die afghanische Nationalversammlung zeigte, hatten die Verschwörungstheoretiker es erst als Invasion von Außerirdischen und dann als kompletten Schwindel bezeichnet.

Margaret war überrascht, dass es keine undichte Stelle im Kongress gab, was die übermenschlichen Fähigkeiten dieser einheimischen Terroristen anging, aber vielleicht verstand noch der opportunistischste Politiker, dass manche Dinge zu beängstigend für die Öffentlichkeit waren.

Selbst Bluth widerstand der Versuchung, die Information zu verbreiten.

Sie hatten schon wiederholt Leute abfangen müssen, die sich aus den verschiedensten Motiven ins Michaux-Gebiet zu schleichen und mit den Führern von Triad Kontakt aufzunehmen versuchten. Das Pentagon hatte eine Reihe von Elitesoldaten aller Waffengattungen eingesetzt, um eine dichte, aber so gut wie unsichtbare Absperrung rund um Pine Ridge zu errichten, und bisher war niemand durchgekommen. Der glückliche Umstand, dass diese Kräfte nicht auf ausländischem Boden gebraucht wurden, erleichterte ihren Einsatz hier sehr.

Margaret betete, es würde so bleiben. Dass eingetragene Mitglieder des Paranoia-Clubs die Absperrung durchbrechen könnten, war eine zu erschreckende Vorstellung – nicht wegen Dingen, die sie vielleicht anstellen würden, sondern wegen der Dinge, die die Zetas mit *ihnen* anstellen würden. Abgesehen von Dr. Streegman und verschiedenen Söldnern waren bis jetzt keine amerikanischen Zivilisten bei dem Streben der Zetas nach globaler Gerechtigkeit ums Leben gekommen, und Margaret wollte sich nicht einmal vorstellen, was los sein könnte, wenn sich das änderte.

Das Problem war jedoch, dass es Margaret zwar möglich gewesen war, bei vielen Forderungen der Zetas ihre exekutiven Befugnisse einzusetzen, aber letzten Endes hatte Sara Crowell ein Ultimatum gestellt, das nicht mit der Verfassung in Einklang zu bringen und demokratisch undenkbar war. Und selbst wenn es zu erfüllen gewesen wäre, hätten Sara und ihre beiden Partner bestimmt, wo es langging. Ein tyrannisches Trio, das die Welt aus dem Inneren eines Berges regierte, so etwas gab es nur im Märchen. Saras einziges Zugeständnis – dass die Regierung weiter so tun durfte, als hätte sie alles im Griff, solange sie die unmöglichen Forderungen erfüllte – war bedeutungslos. Nicht Margaret Ellis' persönlicher Herrschaftsanspruch war das Problem, sondern das Recht des amerikanischen Bürgers auf Selbstbestimmung.

Die Erkenntnis traf sie hart in diesem Augenblick: Die Welt hatte sich unwiderruflich verändert, und keine geschichtlichen Lehren konnten ihr helfen, mit der Gefahr umzugehen, die die Zetas darstellten. Das war wirklich Terra incognita; in alte Denkmuster zu verfallen, würde letzten Endes sinnlos sein.

Unmittelbar nach dieser Erleuchtung rief Margaret Joan Hand und Curtis Chamberlin ins Oval Office, um mit ihnen zu besprechen, wie sie Charles Brenton erreichen konnten, ohne noch mehr öffentliche Unruhe zu stiften.

»Sind wir sicher?«, fragte Chuck und ließ sich auf einen Stuhl zwischen Dice und Lanfen am Besprechungstisch in seinem Büro sinken. Es war 6.00 Uhr morgens, und im Rest der Einrichtung war es noch dunkel und still.

Lanfen saß einen Moment reglos und mit geschlossenen Augen da.

»Sicher.«

»Fantastisch. Dann mal los. Erstes Problem: Ich kann Lorstad keinen Millimeter von seiner Überzeugung abbringen, dass er uns vom Treiben der Alphas abschirmen muss und von dem Chaos, das sie draußen auf der Welt verursachen. Ich habe aufgehört, Druck zu machen, weil er nur nach einem Vorwand sucht, uns wieder völlig abzuschneiden. Wir sind in einen Tauschmodus übergegangen. Er gibt mir etwas, ich gebe ihm etwas. Ich habe euch erzählt, dass er wissen wollte, wie ich Joey geheilt habe. Ich habe ihm nicht alles erzählt, und ich bin mir sicher, er weiß es. Er wird uns nicht gehen lassen, bis es uns gelungen ist, aus seinen Novizen Zetas zu machen, *und* bis wir ihm eine Formel für wiederholbare Ergebnisse geliefert haben, obwohl ich mir nicht einmal sicher bin, ob so eine existiert.«

»Okay«, sagte Eugene. »Welche Optionen haben wir dann?«

Chuck holte tief Luft. Er wusste, was er vorschlagen wollte, würde nicht auf viel Begeisterung stoßen. Niemand hatte ihre erste, beängstigende und anstrengende Flucht quer durchs Land genossen oder dass sie sich in Doug Bostons Haus am Strand verstecken mussten.

»Es kann sein, dass wir noch einmal einen Ausbruch wagen müssen. Lanfen hat sich die neuen Sicherheitsmaßnahmen angesehen, und sie hält es für machbar. Unser größtes noch ungelöstes Problem ist, ein Transportmittel zu finden.«

»Vielleicht kann Joey dabei helfen«, schlug Dice vor.

»So gern ich glauben würde, dass wir ihm trauen können«, sagte Chuck, »bin ich mir doch nicht sicher, ob es stimmt. Wir müssen Joey aus dieser Sache heraushalten – zumindest fürs Erste. Das dient ebenso sehr seinem eigenen Schutz wie unserem. Was er nicht weiß, muss er nicht für sich behalten. Klingt einleuchtend, oder?«

Er sah, wie alle am Tisch die Stirn runzelten, und spürte ihre Nervosität als ein Kribbeln auf dem Nasenrücken. Seltsam. Einer nach dem anderen nickten sie.

»Lanfen, kannst du kurz erläutern, was du entdeckt hast?«

Sie schob ihr iPad zur Mitte des Tischs. »Okay, hier ist ein Aufriss des Hauses und seiner Umgebung. Gelbe Dreiecke markieren Kameras, rote Quadrate stehen für Lasersensoren und grüne Linien für Patrouillenrouten. Die Patrouille besteht aus drei mal zwei Männern. Die Teams bewegen sich im immer gleichen Abstand voneinander und in einer Entfernung von zwanzig Metern vom Haus. Sie sind ständig in Bewegung. Wenn man also vom Aussichtsdeck auf die Wüste hinausblickt …« – sie tippte auf den Schirm –, »kommt alle acht Minuten unten eine Patrouille vorbei.«

»Acht Minuten!«, wiederholte Eugene. »Dann bleibt uns nicht sehr viel Zeit, zu verschwinden.«

»Nein. Aber wir haben noch ein Ass im Ärmel. Wir haben Mini.«

Alle Blicke sammelten sich auf der kecken Erdbeerblonden. Sie grinste.

»Mini kann sie sehen – oder nicht sehen – lassen, was wir wollen. Sie kann auch die Kameras täuschen.«

»Aber nicht die Laser«, räumte Mini ein. »Ich weiß nicht genau, wieso, aber ich glaube, es hängt damit zusammen, dass ich zwar ›reale‹ Dinge entstehen lassen kann, die eine Substanz besitzen, aber ich kann Substanz nicht verschwinden lassen. Unsichtbarkeit ist nur eine Illusion. Die Laser treffen trotzdem auf etwas Festes, wenn einer von uns in ihren Strahl stolpert.«

»Das heißt«, fügte Lanfen an, »ich muss mich auf meine Art um die Laser kümmern. Was klappen sollte, denn ich glaube, ich kann sie blockieren, ohne dass es sofort ins Auge springt. Wir müssen also nur noch das Transportproblem lösen.«

»Was, wenn wir erst gar nicht versuchen, in die Wüste zu fliehen, sondern uns gleich ihre Fahrzeuge schnappen?«, fragte Dice.

»Zunächst einmal weiß ich gar nicht, wo ihre Fahrzeuge stehen«, sagte Chuck. »Was mit Sicherheit Absicht ist.«

»Sie sind hier untergebracht.« Dice setzte den Zeigefinger auf einen freien Bereich unmittelbar nördlich des Hauses. »Es ist unterirdisch, und der Eingang ist durch Felsblöcke und ein paar Pinyon-Kiefern abgeschirmt. Der Stellplatz ist durch das Solarium auf dieser Seite mit dem Haus verbunden und durch die oberste Ebene des medizinischen Flügels mit der unterirdischen Einrichtung.«

Chuck starrte seinen Roboter-Experten an. »Woher weißt du das alles?«

Dice tippte sich an die Schläfe. »Schaltbilder. Ich habe meine Kunst trainiert, indem ich die Strom- und Datenwege durch die ganze Anlage verfolgt habe. Es ist erstaunlich, wie viel man über einen Raum an der Art, wie die Stromversorgung angelegt ist, erfährt. Wenn wir es schaffen, physisch zu den Fahrzeugen vorzudringen, können wir auf alle elektronischen oder computerisierten Systeme einwirken, die mit ihrer Lagerung oder Überwachung zu tun haben.«

Chuck nickte. »Ja. Das ist sehr viel sinnvoller, als wenn wir versuchen, quer durch die Wüste zu fliehen.«

Mini lächelte schalkhaft. »Aber wenn wir schließlich handeln«, sagte sie, »kann ich sie bestimmt davon überzeugen, dass wir genau das getan haben.«

Eugene sah sie voller Bewunderung an. »Habe ich dir in letzter Zeit einmal gesagt, wie fantastisch du bist?«

»Letzte Nacht?«

Eugene errötete bis unter die Haarwurzeln.

Selbst Dice lachte.

»Achtung«, sagte Lanfen, als das Gelächter verklang, »Joey ist im Labor. Wir sollten unser Treffen lieber auflösen und ihn nach seiner Rückkehr von den Toten begrüßen.« Chuck nickte, und Lanfen ging zur Tür, um den Ingenieur hereinzubitten. Dice wandte sich an Chuck und senkte die Stimme. »Du hast gesagt, dass du befürchtest, Lorstad könnte uns wieder von der Außenwelt abschneiden.«

»Ja. Ich weiß, dass er immer noch Dinge unterdrückt, die wir nicht sehen sollen.«

»Seit heute Morgen nicht mehr. Er kann es nicht. Er kann eingehende Inhalte nicht unterdrücken, und er kann nicht verhindern, dass wir Nachrichten hinausschicken. Ich kann unsere Verbindung mit der Außenwelt aufrechterhalten, egal, was er tut – es sei denn, er ist bereit, das gesamte Zentrum von seinem eigenen Intranet abzutrennen, und ich wette, das wird er nie tun.«

»Wie?«, fragte Chuck beinahe flüsternd. Er hörte Lanfen an der Bürotür fröhlich mit Joe plaudern.

Dice lächelte gequält. »Wie gesagt, ich habe trainiert.«

Kristian war nicht blind für die Frustration und das Unbehagen in Charles Brentons Team. Er warnte den Rat der Gelehrten davor, dieses Unbehagen und diese Unzufriedenheit könnten zur Rebellion führen, aber der Rat bezweifelte, dass diese neuen »Talente« eine Herausforderung für die Gelehrten darstellten, die im Zentrum residierten. Lorstad konnte sie nicht vom Gegenteil überzeugen. Alexis war keine Hilfe. Sie erklärte dem Rat rundheraus, er sei fasziniert von den Zetas und würde ihre Fähigkeiten krass überschätzen.

Wie gern hätte er sie angebrüllt, dass sie die Zetas krass *unterschätzten*, aber er wusste, er würde nicht zu ihnen durchdringen.

Kristian ging mit demselben Mandat wie immer aus der Videokonferenz: mit den Zetas arbeiten, um den Brenton-Streegman-Prozess zur Ausbildung von Zeta-Talenten zu quantifizieren, und erkunden, ob ein Zeta, den man ihrer Isolationstank-Technik unterzog, der Gipfel menschlicher Erhöhung sein könnte. Er wusste natürlich, dass Brentons Frust bereits zu Scheinwiderstand geführt hatte. Es entging ihm nicht, dass Lanfen die Überwachungsvorrichtungen im Zentrum blockierte, er wusste, wie oft Eugene mit ihrer Reverse Firewall kollidierte, und er vermutete, dass sie bei ihren privaten Meetings in Brentons Büro nicht nur über Trainingsprogramme und Formeln sprachen.

Er gestattete ihnen ihre kleinen Täuschungsmanöver. Wenn er etwas gelernt hatte in seinem Leben, dann war es, genau zu überlegen, wann es sich zu kämpfen lohnte. Also ließ er die Zetas glauben, sie würden irgendwie vorankommen, damit sie ihre Arbeit ohne direkte Konfrontation fortsetzten. Dennoch war ihm klar, wenn auch nicht Alexis und den übrigen Ratsmitgliedern, dass er Zugeständnisse würde machen müssen, die über formalen Internetzugang hinausgingen, wenn er Brentons fortgesetzte Kooperation sicherstellen wollte. Mit den richtigen Kompromissen würde er sich vielleicht sogar die Hilfe von jemandem innerhalb Brentons verschworener Gruppe sichern können. Denn es war ihm nicht entgangen, dass vier von ihnen inzwischen als Paar verbunden waren, womit Daisuke Kobayashi als fünftes Rad am Wagen übrig blieb. Hier konnte sich ein Ansatzpunkt ergeben. In der Zwischenzeit glaubte Lorstad möglicherweise auch ein Mittel gefunden zu haben, wie er Minis Vertrauen gewann.

So oder so würde er von ihnen bekommen, was er wollte. Und dann konnte er sich immer noch den Kopf darüber zerbrechen, wie er mit Charles Brenton und ihrer kleinen Rebellion verfahren sollte.

Mini fühlte Lorstad, bevor sie ihn ihren Namen rufen hörte. Sie blickte von ihrem Korps aus acht Miniaturtänzern auf, die sie geschaffen und in Bewegung gesetzt hatte, und sah, wie er sich von der Labortür her näherte. Sie lächelte ihm zu, aber sie wusste, das Lächeln erreichte ihre Augen nicht ganz. Sie hatte diesen Mann am Anfang gemocht, aber allmählich hatte sie immer mehr den Eindruck, als sei sie keine Person für ihn, sondern ein interessantes Rätsel, das es zu lösen galt … oder eine Ressource. Sein offenkundiges Missfallen bezüglich ihrer Beziehung mit Eugene ärgerte sie. Seine wenig subtilen Versuche, ihr den Isolationstank schmackhaft zu machen, ließen sie nervös werden. Sie schüttelte die düsteren Gedanken ab, als er näher kam.

Sein Blick ging zu den tanzenden Figuren auf ihrem Arbeitstisch. »Was ist das? Sie sind wundervoll, Mini!« Er blieb stehen und sah zu, wie sie die komplizierten Schritte einer Quadrille ausführten.

»Es ist eine Art Übung«, erklärte sie. »Ich arbeite daran, auf eine Gruppe von Figuren in komplexen Mustern einzuwirken. Ich muss mir nämlich ihre Form, die Einzelheiten ihrer Frisur und Kleidung und ihre Bewegungsmuster überlegen, bevor ich sie in Bewegung setze.«

»Sie sind zur Programmiererin geworden«, begeisterte er sich.

»Programmiererin? Ich?« Sie lachte und sah an dem Leuchten in seinen Augen, dass er entzückt war. Die Vorstellung dämpfte ihre Freude. Sie sah zur anderen Seite des Labors hinüber, wo Eugene an seinem Computer die Daten ihrer Sitzungen mit mehreren frisch eingetroffenen Novizen der Gelehrten auswertete. Er tat nicht einmal so, als würde er sie nicht beobachten. Er hatte Angst um sie, und das machte ihr ebenfalls Angst.

»Ich bin nur eine Künstlerin«, sagte sie.

Lorstad schüttelte den Kopf. »Wie Charles und ich schon wiederholt erklärt haben, gibt es kein ›nur‹, was Ihr spektakuläres Talent betrifft. Tatsächlich glaube ich, dass mir Ihre Meisterschaft in einer höchst heiklen Sache sehr nützen könnte.«

»Tatsächlich? Wie das?«

Er warf einen Blick zu den Tänzern. »Können Sie die überall wiedererstehen lassen?«

»Natürlich.«

»Dann kommen Sie mit. Ich möchte, dass Sie jemanden kennenlernen.« Er streckte die Hand aus.

»Wen?«

»Bei uns ist gerade eine neu Initiierte aus Estland eingetroffen. Sie ist noch jung und ein wenig ängstlich, und sie ist sehr schüchtern. Ich glaube, mit Ihnen würde sie sich vielleicht weniger fürchten. Und wenn sie sehen würde, wozu Sie fähig sind, würde sie es vielleicht gern selbst lernen wollen. Kommen Sie mit, um sie kennenzulernen?«

Sie warf einen Blick zu Eugene, dann sah sie auf Lorstads Hand, verschränkte mit einem strahlenden Lächeln die Arme und sagte: »Voran, Macduff.«

Er runzelte die Stirn über die Brüskierung, gewann aber schnell die Fassung wieder und zog seine Hand zurück, dann drehte er sich um und führte sie aus dem Raum. Mini spürte

Eugenes ängstlichen Blick, bis sie außer Sicht für ihn waren. Sie wusste, ein körperloses Lippenpaar, das ihm einen Kuss auf die Wange drückte und dann verschwand, würde ein wirkungsvoller Balsam für seine Nerven sein, und so schickte sie dem Mann, den sie liebte, ihre aufmunternde Botschaft.

Eugene sah, wie Lorstad Mini aus dem Labor führte, und kämpfte gegen den Aufruhr in seiner Seele. Er traute Lorstad nicht, und er wusste, dass Mini ihm ebenfalls nicht traute. Zumindest folgerte er das aus ihrer Weigerung, seine Hand zu ergreifen.

Er schäumte eine Weile und wünschte, er könnte Mäuschen spielen oder besäße ungeheuerliche Zeta-Fähigkeiten. Und während er noch mit sich selbst zürnte, weil er so ein Tölpel war, wenn es darum ging, seine eigenen Hirnströme zu beherrschen, fiel ihm plötzlich ein, dass er ja einen Ersatz hatte. Er stellte sich ein Kästchen vor – eine schöne goldene Truhe –, und er stellte sich vor, wie er es öffnete. Seine Mini-Mini sprang heraus, und er malte sich aus, wie sie sich auf den oberen Rand seiner Tastatur setzte. Sie erschien genau dort, genauso fest und real, wie Mini sie beim ersten Mal heraufbeschworen hatte.

Er konzentrierte sich ganz auf ihr Gesicht, um den Ausdruck darauf lesen zu können.

Und in diesem Moment spürte er ihn: einen Kuss auf seiner Wange. Er hätte schwören können, ein Kichern zu hören. Er berührte seine Wange an der Stelle, wo er die Phantomlippen gefühlt hatte. Ein Kuss und seine Mini-Mini waren das perfekte Heilmittel. Er konnte sich nicht völlig entspannen, aber er würde zumindest auch nicht völlig durchdrehen.

»Sie haben immer noch getanzt«, sagte Lorstad, als sie sich dem Aufzugschacht näherten. »Auch nachdem wir den Raum verlassen haben, haben die kleinen Elfen weitergetanzt. Wie machen Sie das?«

Mini zuckte mit den Achseln. Sie hatte den Blick auf den Aufzug gerichtet und überlegte, ob er sie zum Krankenflügel bringen würde. »Es ist wohl so, wie Sie sagten. Ich habe sie programmiert. Ich habe ihnen ein Muster gegeben, dem sie folgen können, und sie sind ihm gefolgt. Sie werden ihm folgen, bis ich es ändere oder sie … wegnehme.«

»Warum Elfen?«

Sie zuckte wieder mit den Schultern. »Als kleines Mädchen hatte ich ein Märchenbuch mit einer Geschichte über eine Kiste voller Elfen, die gern herauskamen und tanzten. Aber wenn man sie herausließ, war es fast unmöglich, sie wieder in die Kiste zu bringen.« Sie hielt inne, weil ihr plötzlich ein Gedanke kam. »Wie unsere Zeta-Fähigkeiten, nicht? Elfen, die man nicht wieder in ihre Kiste bringt; der Geist, der nicht wieder in die Flasche will.«

»Ach, Mini, Sie sind erstaunlich. Die perfekte Mischung aus kreativer Fantasie und Klugheit. Yulia wird Sie anbeten.«

Sie sah ihn überrascht an. »Das ist das erste Mal, dass Sie mich ›Mini‹ nennen.«

»Das liegt vermutlich daran, dass diejenigen, die Ihnen am nächsten stehen, Sie so nennen. Ich beuge mich ihrer Weisheit, was Sie betrifft.«

Sie stiegen in den Aufzug, und Mini wurde angespannt, weil sie sich davor fürchtete, nach unten zu fahren. Sie beruhigte sich, als es stattdessen nach oben ging. Als sich die Tür öffnete, fand sie sich in der vermutlich obersten Etage des Hauses wieder, auf der entgegengesetzten Seite ihres eigenen Zimmers. Sie betraten einen Flur, der mit frühlingsgrüner Rohseide tapeziert war und in dem es mehrere Türen gab. Lorstad führte sie nach links, zur Hangseite des Hauses, dann an der nächsten Kreuzung wieder links. Er blieb vor einer Tür auf der rechten Seite am Ende des Flurs stehen. Er klopfte, aber niemand antwortete oder machte auf.

»Yulia«, rief er. »Ich habe dir jemanden mitgebracht. Sie heißt Mini, und sie ist zauberhaft. Sie hat sich beigebracht, Elfen zu erschaffen.«

Mini konzentrierte sich auf den Raum hinter der Tür und stellte fest, dass sie dort ein chaotisches Fließen von Energien wahrnehmen konnte: Furcht, Einsamkeit, Eigensinn … Neugier. Sie legte eine Hand auf Lorstads Arm. »Lassen Sie mich etwas versuchen«, sagte sie.

Er bedeutet ihr, fortzufahren.

Sie trat dicht vor die Tür und rief. »Yulia? Hallo, ich bin Mini. Ich habe hier etwas, das ich dir zeigen möchte.« Sie konzentrierte sich auf eine Stelle unmittelbar innerhalb der Tür und erschuf dort einen ihrer kleinen Tänzer – einen jungen Mann mit dunklem Lockenhaar, der mit einer Kniebundhose, einer Jacke mit fliegenden Schößen und einem Dreispitz bekleidet war. Sie sah ihn vor ihrem geistigen Auge stolz und aufrecht dastehen, ehe er den Hut mit schwungvoller Gebärde vom Kopf riss und sich tief verbeugte. Dann legte er einen flotten Tanz hin.

Von der anderen Seite der Tür war ein Ausruf zu hören, und einen Moment später ging die Tür auf. Das Mädchen, das zu Mini herauslugte, war nicht älter als zwölf, aber schon genauso groß wie sie. Es war schmal und dunkel, mit einem herzförmigen Gesicht und riesigen braunen Augen.

»Du hast diesen tanzenden Mann gemacht?«, fragte sie auf Englisch mit leichtem Akzent und zeigte auf die kleine Figur, die wieder aufrecht stand und den Dreispitz unter einen Arm geklemmt hatte.

»Ja«, sagte Mini. »Ich bin Künstlerin, und er ist … eine Art lebende Statue.« Sie schickte dem kleinen Tänzer einen Gedanken, und er drehte sich zu Yulia um und sah sie mit einem Ausdruck von Erwartung auf dem vollkommenen, winzigen Gesicht an.

»Du hast dir das selbst beigebracht?«

Mini nickte.

»Kann ich … kann ich das auch lernen?«

»Das kannst du«, sagte Lorstad. »Mini und ihre Freunde werden dir zeigen, wie es geht. Aber erst musst du nach unten kommen zu ihrem … zu Minis Studio. Wirst du das tun, Yulia?«

Das Mädchen betrachtete Mini noch einen Moment und nickte dann. »Wenn sie da ist, ja.« Dann fügte sie schüchtern an: »Und er«, und zeigte auf den Tänzer.

»Oh, er wird da sein«, sagte Mini lächelnd. Sie streckte die Hand aus, und das Mädchen nahm sie nach kurzem Zögern. Es ging bereitwillig, wenn auch vorsichtig, mit ihnen zum Labor hinunter. Als sie es betraten, machte sie Augen wie Vierteldollarmünzen und riss den Kopf mal in die eine Richtung, dann in die andere.

Mini und Lorstad warteten geduldig, während sie den langen Raum mit der hohen Decke und den verschiedenen Arbeitsbereichen in Augenschein nahm, dann stellten sie Yulia dem versammelten Team vor. Sie begrüßte alle mit gesenktem Blick und scheuer Haltung, bis sie zu Eugene kam. Bei ihm stutzte sie, warf Mini einen überraschten Blick zu und lächelte.

»Oh«, sagte sie, »du bist der kleine Mann, den Mini in meinem Zimmer hat tanzen lassen!«

»Ich bin *was*?«

»Ich erkläre es dir später«, sagte Mini. »Ich glaube, Yulia hätte gern ihre erste Zeta-Stunde. Sie möchte lernen, selbst tanzende Männer zu machen.«

Verlegen und doch irgendwie zufrieden kehrte Eugene an seinen Arbeitsplatz zurück, um weiter heimlich Ereignisse in der Außenwelt zu verfolgen. Dice hatte sein Versprechen tatsächlich wahr gemacht und ihnen ungehinderten Zugang zum Internet verschafft.

Er startete eine Suche nach Chucks Namen und erhielt eine Reihe von Treffern. Einer davon war merkwürdigerweise die Regierungsseite whitehouse.gov. Eugene folgte dem Link, und was er fand, ließ jedes einzelne Lockenhaar auf seinem Kopf zu Berge stehen. Er sah zu dem Testbereich, wo Dice, Joey und Chuck gerade dabei waren, Yulia die Apparaturen zu zeigen. Eugene schlenderte zu der Gruppe und drückte sich möglichst unauffällig in Chucks Nähe herum.

»Doc, wenn du einen Moment Zeit hast, wir müssen unbedingt reden.«

»Kann es warten?«

»Eigentlich nicht. Ich muss dir etwas zeigen, was ich gefunden habe. In deinem Büro?«

Chuck drehte sich zu ihm um. »Du hast etwas in meinem Büro gefunden?«

»Nein, ich will … können wir nur kurz …« Er wies mit einem Kopfnicken zu dem inneren »Goldfischglas«. »Herrgott noch mal – geh einfach in dein Büro!«

Chuck riss, überrascht von dem Ausbruch, die Augen auf, aber als er Eugenes Gesicht sah, nickte er und folgte ihm in das innere Heiligtum. »Muss Lanfen …?«

»Ich glaube nicht. Du musst dir nur etwas ansehen.«

Er eilte in Chucks Büro und ging zum Schreibtisch, um Chucks Laptop zu wecken. Bis Chuck ihn eingeholt hatte, hatte Eugene bereits das Passwort eingegeben und war online gegangen. Chuck sah ihn stirnrunzelnd an. »Du kennst mein Passwort?«

Eugene stöhnte genervt. »Doc, ich kenne dein Passwort seit Jahren, und ich bin mir ziemlich sicher, dass du meins kennst. Hier – das wollte ich dir zeigen.« Er drehte den Computer so, dass Chuck den Schirm lesen konnte.

Dort, auf der Webseite des Weißen Hauses, gab es eine persönliche Botschaft von Präsidentin Margaret Ellis. Sie lautete:

Meine amerikanischen Mitbürger,

unsere derzeitige Lage erfordert Klugheit, Geduld, Mut und Zurückhaltung. Wir sind bestrebt, Kontakt mit Experten aufzunehmen, die uns helfen können, zu verstehen, wie wir am besten mit dem Triad verhandeln, den Terroristen, die einen aufgegebenen Militärposten in Pennsylvania besetzt halten.

Wer Auskünfte zum Aufenthaltsort folgender Personen geben kann, wird aufgefordert, sich über das Büro von Stabschef Curtis Chamberlin mit meiner Regierung in Verbindung zu setzen: Dr. Charles Brenton, Dr. Daisuke Kobayashi, Dr. Eugene Pozniaki, Ms. Chen Lanfen und Ms. Minerva Mause.

Wir glauben, diese Personen könnten viel zur Lösung unseres aktuellen Dilemmas beizutragen haben.

Dr. Brenton, sollten Sie diesen Aufruf zufällig sehen, bitte ich Sie inständig, mit dem Weißen Haus Kontakt aufzunehmen. Es handelt sich um eine Angelegenheit von äußerster Dringlichkeit.

Es folgten die Unterschrift der Präsidentin sowie eine eigens eingerichtete Telefonnummer und E-Mail-Adresse.

Eugene hob den Blick zu Chuck und sah dessen verblüfften Gesichtsausdruck. »Was, denkst du, sollen wir machen?«

»Ich denke, wir sollten versuchen, mit dem Stabschef der Präsidentin Kontakt aufzunehmen.«

»Verdammt noch mal, Roman! Was an ›unsere politischen Winkelzüge interessieren diese Leute nicht‹ haben Sie denn nicht verstanden?« Margaret war inzwischen am Ende ihrer Kräfte. Sie erhob sich von ihrem Schreibtisch im Oval Office und nahm gegenüber von Roman Bluth in der Sitzgruppe vor dem Kamin Platz.

»Es geht hier nicht um politische Winkelzüge, Madam President«, konterte Bluth geschmeidig.

»Wirklich? Sie benutzen das Ganze nicht als Absichtserklärung, dass Sie gegen mich kandidieren wollen? Bitte – ich bin kein kleines Kind, Bluth. Aber vergessen wir es für einen Moment. Wenn es nicht darum geht, worum geht es dann? Was, glauben Sie, wird dadurch erreicht, gegen diese Leute zu mauern? Wenn ich Ihren Standpunkt nachvollziehen könnte … Falls Sie einen brillanten Plan haben, den ich nicht sehe, den Curtis nicht sieht, den Joan nicht sieht, dann verraten Sie ihn uns um Himmels willen! Wenn es vernünftig ist, wenn es machbar ist …« Sie spreizte die Hände.

»Nun«, sagte er und strich mit seiner manikürten Hand über die Krawatte, »diese Dinge sind nicht einfach …«

Margaret nahm die Geste als defensiv wahr, und trotzdem hätte sie gelacht über seine lächerliche Aussage. »Erzählen Sie mir etwas, was ich noch nicht weiß, Roman. Und das meine ich ganz wörtlich: Sagen Sie mir, was ich nicht weiß. Wieso leisten Sie in dieser Sache Widerstand, obwohl Sie wissen, dass wir im Grunde keine Wahl haben? Wir können es entweder so machen, wie es die Zetas wollen, oder wir können uns auf eine Katastrophe gefasst machen. Sie haben gesehen, was sie in Afghanistan, in Syrien, in der Ukraine, in Korea, im Kongo getan haben – in *Mexiko*, verdammt noch mal. Wollen Sie ein zweites Washington Monument oder schlimmer?«

»Natürlich nicht. Aber um ehrlich zu sein, Madam President, blinder Gehorsam gegenüber diesen Terroristen wird wahrscheinlich eher zu einem schlimmen Ende führen, als wenn wir uns ihnen widersetzen … oder aus einer Position der Stärke heraus mit ihnen verhandeln.«

»Position der Stärke? Es *gibt* keine Position der Stärke. Haben Sie nicht gehört, was ich eben sagte? Sie haben dieselben Beweise gesehen wie ich – ich habe großen Wert darauf gelegt, dass der Kongress alle Informationen bekommt, die ich auch besitze. Wieso behandeln Sie die Sache, als ob …« Sie verstummte, da sie die Antwort auf ihre Frage in seinen Augen sah, ehe er den Blick abwandte. »Ach so … Ich verstehe.« Sie schüttelte den Kopf. »Sie glauben nicht, dass das alles echt ist? Sie denken, es handelt sich um einen großen Schwindel?«

Er zuckte mit den Achseln.

»Wie – der Angriff in Kabul war eine Studioinszenierung?«

»Es wäre möglich.«

»Zu welchem Zweck? Es gab eine Bestätigung von einer Vielzahl von Quellen – alle verlässlich, einige sogar in Konkurrenz zueinander. Und nicht alle amerikanisch, will heißen, ich hatte keinen Einfluss auf sie. Abgesehen davon fahren Sie täglich an einem Beweis vorbei: Das Washington Monument liegt in Trümmern, Roman. Das war kein Hollywood-Effekt.«

»Es war einer unserer Hubschrauber.«

Sie sah ihn an. »Schön. Wenn Sie alles, was wir bisher gesehen haben, nur für Fake halten – was wäre nötig, um Sie davon zu überzeugen, dass es echt ist? Noch mehr Leichen?«

Er lächelte, und Margaret Ellis wurde bewusst, wie sehr sie dieses Lächeln hasste.

»Ich weiß es nicht«, sagte er. »Aber ich werde es wissen, wenn ich es sehe.«

Sie unterdrückte gerade noch eine wegwerfende Handbewegung. »Da wäre ich mir nicht so sicher«, sagte sie und stand auf. »Oder wenn Sie es erkennen würden, würden Sie es nicht zugeben.« Bluth zuckte kaum merklich, und sie wusste, sie hatte ins Schwarze getroffen. Sie setzte nach. »Das ist es also in Wirklichkeit. Sie halten es nicht wirklich für einen Schwindel. Sie *wollen* nur glauben, dass es einer war.«

Er stand ebenfalls auf und runzelte die Stirn, aber das Lächeln war noch in seinem Gesicht. »Das ist nicht fair, Margaret.«

»Wirklich, Roman? Wirklich? Und wie fair ist es, dass Sie diese Situation für politische Angriffe ausnutzen? Bei Ihren Auftritten im Senat ging es nur darum, wie viel besser Sie und

Ihre Partei die Sache handhaben könnten. Ein perfektes Timing, nicht wahr? Sie beherrschen die Medien genau in dem Moment, in dem Ihre Partei im Begriff ist, einen Kandidaten zu nominieren – sehr praktisch, nicht wahr? Nun, Senator, ich bitte Sie – nein, ich flehe Sie an –, Ihren Worten Taten folgen zu lassen. Wenn Sie Ideen haben, will ich sie hören. Und Sie und Ihre Partei können sich diese Ideen gern an Ihre Fahnen heften.

Ich will Ihr Blatt sehen, Senator Bluth. Was haben Sie?«

Sie stand ihm lange auf dem Siegel der Vereinigten Staaten gegenüber, es war ein angespannter Moment, und sie dachte, er würde erfolglos nach einer cleveren Erwiderung suchen. Ein kalter Schauder lief ihr über den Rücken. Sein höhnisches Grinsen verriet, dass er doch etwas hatte, ein Ass im Ärmel, das er gegen sie ausspielen konnte. Er blieb stumm und tat, als würde er sich geschlagen geben, aber Margaret wusste es besser.

»Das dachte ich mir«, sagte sie, machte auf dem Absatz kehrt und ging zu ihrem Schreibtisch zurück. »Wir sehen uns im Senat, Senator Bluth.«

Er war schon auf dem Weg zur Tür gewesen, aber nun hielt er inne und sah sie an, und seine Hand ging einmal mehr zur Krawatte. »Wie bitte? Das ist höchst ungewöhnlich.«

Sie blickte vom Präsidentenschreibtisch auf. »Das versuche ich Ihnen die ganze Zeit klarzumachen, Senator. Es sind höchst ungewöhnliche Zeiten.«

»Offensichtlich.« Bluths merkwürdig ruhiges Verhalten gefiel Margaret nicht. Es konnte alles Mögliche bedeuten, aber höchstwahrscheinlich bestätigte es ihren Verdacht, dass er etwas gegen sie im Schilde führte.

Er ging, und Margaret verlor sich in der Durchsicht von Presseverlautbarungen, die einen Zickzackkurs zwischen Wahrheit und Dichtung einschlugen. Sie war um eine Erklärung für die bizarren Fähigkeiten der »Terroristen« gebeten worden, die auf einer Unzahl von Videos zu sehen waren. Sie beschrieb sie als eine Mischung aus Hightech-Werkzeugen, Inszenierung und 3-D-Computergrafik. Dabei entging ihr die Ironie nicht, die darin bestand, dass sie versuchen musste, Amerika davon zu überzeugen, die übernatürlichen Aspekte der Terrorüberfälle seien Fälschung, während sie dem Kongress gleichzeitig unbedingt klarmachen wollte, dass sie es nicht waren.

Sie blickte auf, als es an die Tür zum Büro ihres Stabschefs klopfte. »Herein.«

Curtis Chamberlin betrat das Oval Office mit einem Gesichtsausdruck, den sie ziemlich sicher noch nie bei ihm gesehen hatte. Sie wurde nicht schlau daraus.

»Curt? Was ist los? Was ist passiert?« Sie machte Anstalten aufzustehen, aber er bedeutete ihr, sitzen zu bleiben.

»Ich habe gerade einen Internetanruf erhalten.«

»Das ist sehr interessant, Curt, aber wenn es nicht um etwas ging, das den Gestank von Roman Bluth aus diesem Raum spülen …«

»Einen Anruf von Dr. Charles Brenton.«

Sie lehnte sich zurück. »Sie haben gerade einen Anruf … Das heißt, er hat den Verifizierungsprozess bestanden.« Es erstaunte sie immer wieder, wie viele Leute nur zum Spaß logen.

»Ja. Ja, das hat er.«

»Sie wollen also sagen, wir haben Kontakt zu dem echten Charles Brenton.« Margaret war überzeugt, ihr Gesichtsausdruck spiegelte jetzt den ihres Stabschefs wider. »Nun, dann müssen wir ihn herholen.«

»Das könnte nicht so einfach sein, wie es klingt.«

Was in dieser neuen Welt, in der wir leben, ist schon einfach?

KAPITEL 14

Unter der Oberfläche

Kristian Lorstad fühlte sich nicht mehr wohl mit den vielen Versuchen von Chucks Team, ihre Unterhaltungen zu verheimlichen. Damit hatte er natürlich gerechnet, aber da ein Fortschritt bei seiner erbetenen Formel ausblieb, waren Frust und Misstrauen so groß geworden, dass er sich nicht länger zurückhalten mochte, wenn es darum ging, was er wusste und was er nicht wusste. Er beschloss also, sie offen zur Rede zu stellen, zumal er wusste, dass Falschheit Charles nicht lag und er sich oft verriet, wenn er zu lügen versuchte. Eugene war gleichermaßen ein offenes Buch.

Die Zeit für Spiele war vorbei.

Nach der Morgensitzung des Teams mit Giles und Yulia entließ Kristian die beiden Trainees und bat darum, dass sich das ganze Kinetics-Team um den Konferenztisch in Brentons Büro versammelte. Sie wechselten argwöhnische Blicke, die er geflissentlich übersah, und gehorchten. Als alle saßen, schenkten sie ihm ihre ganze Aufmerksamkeit, und er ließ es sich angelegen sein, jeden Einzelnen von ihnen direkt anzusehen, bevor er sich an ihren Anführer wandte.

»Charles«, sagte er, »ich muss Sie etwas fragen. Es ist offensichtlich, dass Sie und Ihr Team hier frustriert sind und gern Kontakt mit Ihren Kollegen in Pennsylvania aufnehmen würden. Uns entgehen die Maßnahmen nicht, die Sie unternehmen, um Ihre Unterkünfte und diesen Raum hier von unseren Überwachungsvorrichtungen freizuhalten. Das irritiert mich und …«

»Dann sind wir ja quitt«, sagte Kobayashi. »*Uns* irritieren Ihre Überwachungsvorrichtungen.«

»Das mag sein, aber ich muss Sie direkt fragen, Charles: Planen Sie eine Flucht?«

Brenton blickte auf, sah Lorstad in die Augen und lachte leise. »›Flucht‹ ist eine interessante Wortwahl, Kristian ... aber welchen Sinn hätte es? Wir haben Ihre Sicherheitsvorkehrungen getestet – physisch und virtuell. Wir wissen also, wie streng sie sind. Ihre Techniker haben Sie sicher darüber informiert, was wir alles probiert haben. Ich denke, wir werden hier herauskommen, wenn Sie bereit sind, uns gehen zu lassen. Ich hoffe nur, dann ist es nicht zu spät, um noch etwas gegen die Dinge zu unternehmen, die außerhalb Ihres ... exzentrischen Königreichs vor sich gehen. Und das wirft natürlich eine interessante Frage auf.«

»Ach ja?«

»Offen gestanden bin ich überrascht, dass wir als Insassen betrachtet werden, die fliehen müssen, wie Sie es ausdrücken.«

Kristian versuchte, aus dem anderen schlau zu werden. Charles Brenton wirkte nicht im Geringsten wie jemand, dem man gerade auf den Kopf zugesagt hatte, eine Flucht zu planen. Er schien sich in sein Schicksal gefügt zu haben. Kristian sah als Nächsten Daisuke Kobayashi an. Der Ingenieur betrachtete ihn aus zusammengekniffenen Augen und schob den Kiefer trotzig vor. Kristian vermutete, dass Dice am stärksten von Matt Streegmans Tod betroffen war. Was ihn emotional verwundbar machte.

»Sie sind wütend, Dr. Kobayashi«, bemerkte er.

»Ja, ich bin wütend. Ich habe das Gefühl, dass mir die Hände gebunden sind. Ich habe in den letzten Monaten viel verloren – einen Kollegen, den Kontakt zu meiner Familie, meine Verlobte, mein Leben. Es ist, als würde man an einem Ufer stehen und zusehen, wie Leute ertrinken, die man kennt, und man wüsste, Sie werden einen nicht einmal versuchen lassen, sie zu retten. Diese Rettung durch Sie fühlt sich jeden Tag mehr wie eine Gefängnisstrafe an. Aber alles, was Sie interessiert, ist Ihre kostbare Evolution. Sie wollen Herren des Universums sein, während alle anderen ... Tja, das ist genau der Punkt, Lorstad: Alle anderen interessieren Sie einen Scheißdreck.«

Kristian schüttelte den Kopf. »Ich versichere Ihnen, das stimmt nicht, Dr. Kobayashi.«

»Nein?« Es kam von Eugene. »Sie erwarten, dass wir Ihnen vertrauen, mit Ihnen arbeiten – ach was: *für* Sie arbeiten –, aber Sie bieten verdammt wenig im Gegenzug.«

»Was ist mit der Tatsache, dass wir Sie hier aufgenommen und vor Deep Shield und den Alphas beschützt haben? Dass wir es weiterhin tun?«

»Ja, aber das haben Sie nicht getan, weil Sie ein gutes Herz haben. Wir sind Wertanlagen. Werkzeuge.« Eugenes Gesicht war gerötet. »*Profane* Werkzeuge.«

Lanfen kam ihm zu Hilfe, ihre dunklen Augen funkelten misstrauisch. »Sie beobachten uns, als wären wir Versuchstiere. Wir müssen Vorführungen für Sie machen, zeigen, was wir können. Sie wollen alles über uns wissen, aber Sie verraten nichts über sich selbst.«

Charles hatte den Kopf zu ihr gedreht und sah sie verträumt an. Sie erübrigte einen Blick für ihn und fuhr dann fort: »Was, wenn wir einfach nichts mehr aufführen, Kristian? Was, wenn wir beschließen, dass wir ein ebenso großes Rätsel für Sie sein wollen, wie Sie es für uns sind?«

Kristian öffnete den Mund, um zu fragen, was sie gern wissen würden, aber dann beschloss er, dass das eine Gelegenheit war, etwas zu zeigen, statt etwas zu erklären – und zwar etwas, das seinen Gästen das Gefühl gab, dass sie für ihr Vertrauen reich belohnt wurden. Theoretisch würden sie dann vielleicht eher geneigt sein, ihm weiter zu vertrauen. Er war darauf vorbereitet gewesen, früher oder später etwas so Kühnes tun zu müssen wie das, was er jetzt erwog, allerdings hatte er es eher als Belohnung gedacht denn als Anreiz.

»Ich verstehe, Ms. Chen. Und ich bin bereit, jetzt etwas von dem mit Ihnen zu teilen, wozu ich dank der Isolationstank-Technik in der Lage bin.« Er lächelte kurz, stand auf …

Und verschwand.

Chuck wäre fast von seinem Stuhl gehüpft. Eugene, der direkt neben Lorstad gesessen hatte, stieß vor Überraschung einen spitzen Schrei aus.

»Heilige Scheiße«, keuchte er und stieß seinen Stuhl vom Tisch zurück. »Heilige Scheiße!«

Mini schüttelte den Kopf, einen staunenden Ausdruck im Gesicht. »Quantenphysik.«

»Was?«, fragte Eugene.

Mini sah Chuck aus ihren klaren Augen an. »Du erinnerst dich, Chuck, oder? Er hat mir erzählt, dass Quantenphysik sein Fachgebiet sei.«

»Quanten…« Er sah Dice an, der ebenfalls aufgesprungen war. *»Quantenverschränkung?«*

»Auf Englisch, bitte«, sagte Lanfen.

»Ich weiß nicht, wie sich Quantenverschränkung verständlich ausdrücken lässt«, sagte Dice. »Es ist schwer zu …«

Er wurde durch das plötzliche Wiederauftauchen von Kristian Lorstad unterbrochen, der eine erstaunt die Augen aufreißende Brenda Tansy im Schlepptau hatte. Sie waren einfach von einem Moment auf den nächsten da, und man spürte nur einen leisen Windhauch von der abrupten Luftverdrängung.

»… erklären«, sprach Dice zu Ende.

Bren ließ das Revers von Lorstads Mantel los und starrte die anderen Personen im Raum mit offenem Mund an. »Oh mein Gott, Sie haben keinen Scheiß erzählt!«, rief sie aus, dann warf sie sich Dice an den Hals.

Mini lachte und applaudierte. Chuck wünschte, er könnte sich ebenso kindlich freuen, aber er musste sich fragen, was Lorstad mit einer solchen Vorführung bezweckte. Glaubte er, Dices Loyalität zu gewinnen, wenn er ihm gab, was sich dieser am meisten auf der Welt wünschte? Oder warf er ihnen nur einen Knochen hin? Chuck hasste das Grundthema seiner Gedanken. Bisher war er durchs Leben gekommen, ohne zum Zyniker zu werden. Und er freute sich aufrichtig für Dice und

Brenda – der Gesichtsausdruck der beiden gehörte zum Besten, was er in den letzten Wochen gesehen hatte. Dennoch fragte er sich, ob er je wieder irgendwem würde trauen können.

»Das ist eine beeindruckende Fähigkeit«, sagte er zu Lorstad. »Sie waren in rund zwei Minuten mal eben an der Ostküste und haben Brenda mit hierhergebracht. Gehe ich recht in der Annahme, dass Sie eine Form von Quantenverschränkung praktizieren?«

Lorstads Augen leuchteten. »Ja. Ich kann Quantenverschränkung in meinen eigenen Körper induzieren, und wie Sie gesehen haben, in alles oder jeden, den er berührt.«

»Aber wie?«, sagte Eugene. »Wie ist das möglich?«

Lorstad lächelte. »Nun, grob vereinfacht ausgedrückt projiziere ich für einen sehr kurzen Moment eine Materie-Antimaterie-Version meiner selbst und erzeuge damit einen externen Behälter für mein Bewusstsein. Dann projiziere ich mein Bewusstsein – meine Seele, wenn man so will – in den Behälter. Ich bin in der Lage, die Polarität meiner beiden Ichs nach Belieben zu wechseln. Die Antimaterie-Version löst sich auf, während mein Bewusstsein in dieses neue Ich transferiert wird – das aus Materie besteht.«

Romantische Wiedervereinigung hin oder her, Lorstad schien damit Dices Aufmerksamkeit gewonnen zu haben. Er sah den Wohltäter über Brendas Schulter hinweg an. »Sie erschaffen sich selbst neu – Atom für Atom?«

»In der Tat. Es gibt eine beträchtliche Gefahr: Mein sich auflösendes Antimaterie-Ich darf während dieses Vorgangs nicht gestört werden. Das wäre … unglücklich.«

»Wie unglücklich?«, fragte Eugene.

Lorstad sah ihm in die Augen. »Unglücklich.«

Eugene nickte. »Okay. Wichtiger Sicherheitshinweis: Vermeidet es, Lorstad zu berühren, wenn er … Quanten verschränkt.«

»Das wäre am besten.« Lorstad ging zur Bürotür. »Wenn es

Ihnen recht ist, werde ich mich jetzt um Ms. Tansys Unterbringung und Versorgung kümmern, während Sie Ihre Arbeit fortsetzen – sicherlich wird Dr. Kobayashi etwas Zeit allein mit Ms. Tansy verbringen wollen. Wir sprechen uns bald wieder.«

Chuck wartete, bis er das Labor verlassen hatte, ehe er sich an Lanfen wandte. »Wir werden keine Antworten aus ihm herausbekommen. Das muss man ihm lassen, er hat die Unterredung bestimmt und ein bisschen Quantenzauberei eingesetzt, um eine völlig neue Situation zu schaffen. Um die anstehende Frage zu umgehen und von ihr abzulenken.«

»Fragen«, ergänzte Lanfen. »Sind wir hier Gefangene, und was ist letztendlich ihr Ziel? Er ist quer durchs Land gereist, um diesen drängenden Punkten zu entgehen.«

Chuck nickte. »Hast du beabsichtigt, ihn zu dieser Zurschaustellung von … Talent zu bewegen?«

»Ich dachte, es wäre vielleicht wichtig, eine Vorstellung davon zu bekommen, wozu er fähig ist. Damit wir wissen, mit wem wir es zu tun haben, falls wir fliehen müssen. Was, wenn sich Lorstad und die Wohltäter gegen uns wenden? Welchen Fähigkeiten sehen wir uns gegenüber? Ich dachte, es wäre eine Gelegenheit, ihn aus der Reserve zu locken, damit er seine Karten wenigstens teilweise aufdeckt. Ich wette aber, das war noch nicht das ganze Blatt.«

»Wir müssen mehr darüber wissen, was da draußen auf der Welt vor sich geht, bevor wir uns wieder in sie stürzen. Sobald wir mehr Informationen haben, werden wir ihm wieder Druck machen.«

Dice kam auf ihre Seite des Tischs, um an dem Gespräch teilzunehmen, und zog Brenda mit sich. »Ihr glaubt, Brenda zurückzuholen, könnte langfristig geplant gewesen sein?«

Lanfen zuckte mit den Achseln. »Du hast einmal darauf hingewiesen, wie wichtig sie eine Zeit lang für dich und das Team war.«

»Warum macht es einen Unterschied, ob er spontan gehandelt hat oder nicht?«, fragte Brenda. Man merkte ihr nichts an von der Reise, die sie gerade hinter sich gebracht hatte.

»Weil wir trotz unserer Beteuerung des Gegenteils tatsächlich eine Flucht planen«, sagte Lanfen. »Wenn er ohne Vorausplanung einfach so überall auf der Welt herumsausen kann, wird es sehr schwer werden, ihm zu entkommen. Insbesondere, da wir nicht einmal genau wissen, wo wir sind.«

»Ach ja, was das angeht …«, sagte Dice und schaute durchtrieben drein, »dazu wollte ich bei der heutigen Morgenbesprechung eigentlich noch etwas sagen. Es ist mir gelungen, eine Bestimmung für diesen Ort zu erhalten, indem ich durch das System zu ihrem Transceiver zurückspaziert bin. Ich weiß genau, wo wir sind – unmittelbar südlich der Snake River Plain an der Grenze zwischen Idaho und Nevada. Jetzt brauchen wir nur noch eine Karte, und wir können eine Fluchtroute planen.«

»Das ist also der Mann, der gern General wäre.«

Mike blickte von seinem Schirm auf, um zu sehen, wovon Sara sprach. Sie war eben vom Fitnessstudio heraufgekommen, weil Tim gerufen hatte, und jetzt stand sie mit einem Handtuch um den Nacken hinter ihm und schaute auf seinen Monitor. Mike dimmte seinen eigenen Bildschirm mit einem Gedanken herunter und stand auf, um zu Tim hinüberzugehen. Er hatte gerade geübt, eine immer größere Zahl von Robotern gleichzeitig aufzuwecken, und die elektrischen Schaltkreise erkundet, die ihre Ladestationen speisten, aber er war noch nicht bereit, den ganzen Umfang seiner Arbeit zu enthüllen.

Jetzt spähte er über Tims Schulter zu dem Mann auf dem Monitor. Der Kerl kam ihm vage bekannt vor.

»Wer ist das?«, fragte Mike.

»Das«, sagte Tim, »ist Senator Roman Bluth. Er ist der Typ, mit dem Freitag, dieser Streber, sehr regelmäßig gechattet hat.

Und ich muss sagen, ihre Unterhaltungen waren verdammt interessant.«

»Freitag«, wiederholte Mike. »Das war Howards Maulwurf im Pentagon, richtig?«

Sara nickte. »Dokumentationsexperte. Ironisch, nicht wahr? Wir dachten alle, Howard müsste jemanden ganz weit oben in der Militärhierarchie an der Hand haben, der ihm die vielen Informationen steckte. Und die ganze Zeit war es dieser glorreiche Bürohengst. Mittlere Ebene, nur eben zufällig an einer Stelle, wo er einen Überblick über das gesamte durchlaufende Dokumentationsmaterial hat.«

»Womit er außerdem in einer netten Position ist, um eine falsche Spur zu legen, die das Weiße Haus mit Deep Shield in Verbindung bringt«, ergänzte Tim.

»Dann ist Bluth also der Kerl, der Deep Shield neu aufbauen will?«, sagte Mike.

»Richtig. Er will den Son of Deep Shield in die Welt setzen, und er hat bereits erste Schritte dazu unternommen. Und er will kein General sein, sondern Präsident«, sagte Tim. Er legte den Kopf in den Nacken, um Sara anzusehen. »Ich frage mich, ob er nicht derjenige war, der für diesen Drohnenangriff verantwortlich gewesen ist.«

Sara erstarrte. »Nein. Das war Matt. Es muss Matt gewesen sein.«

Warum, dachte Mike. *Warum muss er es gewesen sein?*

Weil du glauben musst, dass er verdient hat, was du ihm angetan hast? Denn andernfalls …

Doch er sagte nichts laut. Ihm war nicht genau klar, warum er zögerte, aber hauptsächlich lief es darauf hinaus, dass er sie nicht zur Rede stellen wollte, nachdem er gesehen hatte, was Sara mit Leuten tat, die sie als Verräter ansah. Er ließ sie einfach weiterreden.

»Aber dieser Kerl«, sagte sie nun, »dieser Kerl hält die Regierung davon ab, zu tun, was getan werden muss. Er hat genügend Unterstützung im Kongress mobilisiert – und genügend Zweifel gesät –, um die Präsidentin in der Hand zu haben. Mit seinen finanziellen Möglichkeiten und als mutmaßlicher Präsidentschaftskandidat seiner Partei verfügt er über große Schlagkraft und kann zumindest dafür sorgen, dass sich die Räder auf dem Kapitol weiterdrehen. Vermutlich wird er alles mit einer erfundenen Enthüllung krönen, dass die Präsidentin über Howard und Deep Shield Bescheid wusste. Ellis kann ihn nicht einfach plattwalzen – er wird filibustern, wenn es sein muss, und seine Partei hat die Mehrheit im Abgeordnetenhaus. Er ist schon lange in Washington und scheint mehr Einfluss zu haben als der republikanische Sprecher. Dieser Bluth hält sich für clever und glaubt, er kann uns weiter im Weg stehen. Ich denke, wir sollten vielleicht langsam etwas dagegen unternehmen.«

»Cool«, sagte Tim. »Was ist mit dem Deep-Shield-Ableger? Unternehmen wir dagegen auch etwas?«

»Irgendwann einmal. Ich werde dich ihr endgültiges Hinscheiden planen lassen. Jetzt müssen wir erst einmal den Kongress auf Trab bringen. In zwei Tagen ist eine Sitzung, und ich habe die Absicht, teilzunehmen ... auf meine Weise. Ich schätze, ich sollte duschen und mir etwas anderes anziehen.« Sie zwinkerte Tim und Mike zu, dann marschierte sie aus dem Kommandoraum.

Sie war halb aus der Tür, und Mike war auf halbem Weg zurück zu seinem Arbeitsplatz, als Tims Lautsprecher ein Blöken ausstießen und Tim mit »Boah! *Boah!*« antwortete.

Mike fuhr herum. »Was? Was ist?«

Tim zeigte auf sein übergroßes Display. »Seht euch das an. Die Präsidentin hat einen Aufruf an die Betas veröffentlicht, sich bei ihr zu melden.«

»Was?« Sara drängte sich neben ihn, um auf den Schirm zu blicken, der die Website des Weißen Hauses zeigte.

»Es ist ein persönlicher Brief der Präsidentin. An Chuck

und die anderen. Sie bittet sie, aus der Deckung zu kommen. Glaubst du, sie werden es tun?«

Sara lächelte. Mike hatte sehr lange keinen solchen Gesichtsausdruck mehr bei ihr gesehen. Es schien aufrichtige Freude zu sein.

»Wie ich Chuck kenne«, sagte sie, »wird er das Gefühl haben, dass es seine patriotische Pflicht ist. Das ist wunderbar, Leute. Wenn Chuck wieder im Spiel ist, werden unsere Unternehmungen viel mehr Weitblick und Durchschlagskraft haben. Das wird alles ändern.«

Das glaubte Mike auch, aber er fragte sich, ob es eine Veränderung sein würde, die Sara gefiel. Er kehrte an seinen Arbeitsplatz und seine Übungen mit den Robotern zurück. Er machte rasche Fortschritte in der Zahl der Einheiten, die er lenken konnte. Er hatte sich vor Kurzem zu einigen Dutzend bekannt, aber die tatsächliche Zahl lag etwa dreimal so hoch. Ihm war immer noch nicht wohl bei dem Gedanken, dass Sara ihn bitten könnte, sie einzusetzen, und so behielt er es für sich. Er hoffte, die Wiedervereinigung mit Chuck würde dazu führen, dass zumindest dieses Geschwür nicht weiterwuchs.

KAPITEL 15

Die loyale Opposition

Margaret war klar, dass das, was sie tat, nicht direkt im Regelbuch für den Kongress stand. Es war, wie Roman Bluth bemerkt hatte, ungewöhnlich. Präsidenten platzten nicht einfach unangekündigt in den Senat. Aber sie wollte beiden Häusern des Kongresses verdeutlichen, dass es für die aktuelle Situation kein Regelbuch gab. Ihre eigene Partei hatte eine Mehrheit im Senat; dort würde es leichter sein, hineinzuplatzen. Im Repräsentantenhaus sah die Sache anders aus. Eine Audienz in der von der Opposition geführten Kammer würde sich wegen Parteiengezänks wahrscheinlich hinziehen – so viel Zeit hatte sie nicht. Sie musste sofort etwas unternehmen, und das war der schnellere Weg. Die Abgeordneten würden ohnehin im Kongressfernsehen zuschauen. Sie war nervös und wütend, als sie neben Curtis Chamberlin zum Senatssaal schritt. Nervös, weil sie etwas noch nicht da Gewesenes tat – und wütend, weil sie es tun musste. Persönliche Treffen mit den Senatoren in der »loyalen Opposition« hatten nirgendwohin geführt, weil Roman Bluth die Macht seiner Stellung so geschickt eingesetzt hatte.

Deshalb war es an der Zeit, zu zeigen, dass sie das Spiel ebenfalls ganz gut beherrschte.

Als sie die überraschten, nervösen Mienen der jungen Männer sah, die den Senatssaal bewachten, wurde ihre Nervosität von einer ruhigen, eiskalten Entschlossenheit abgelöst. Sie musste Roman Bluth zur Seite drängen und seinem Gefolge klarmachen, dass das Ganze kein Schwindel war und dass es sich keineswegs um eine »normale« Terrorlage handelte.

»M…Madam President«, stammelte der erste Wachmann, dem sie begegnete. »Der Senat tagt. Ich meine, jetzt im Augenblick ist eine Sitzung.«

»Ja, ich weiß ... Mr. Tyler, nicht wahr?« Sie las den Namen von seiner Dienstmarke ab. »Deshalb bin ich hier. Ich muss zum Senat sprechen, während er versammelt ist.«

Der Mann blinzelte, wechselte einen Blick mit seinem Partner und öffnete dann die Tür. Sie lächelte, sagte »Danke« und betrat mit Curtis den Saal.

Margaret hatte sich entschieden, von der Rückseite des Raums einzutreten, sodass ihr Vizepräsident, Harvey Feinberg, sie von seinem Platz neben Roman Bluth auf der Stirnseite des Saals sehen würde. Wie es der Zufall wollte, sah Harvey sie vor dem Mehrheitsführer. Sie war schon auf halbem Weg im Mittelgang, bevor Bluth aufblickte.

Sein Gesichtsausdruck war unbezahlbar. Überraschung, weil sie ihre Ankündigung tatsächlich wahr gemacht hatte. Argwohn. Verärgerung. Zorn. Sie sah die Emotionen der Reihe nach über sein Gesicht jagen.

Harvey unterbrach den Senatsdiener, der gerade Unterlagen verteilte, und stand auf. »Madam President, das ist eine seltene Ehre.« Die Senatoren erhoben sich, manche langsamer als andere.

»Es ist höchst regelwidrig, das ist es, Präsidentin Ellis«, sagte Bluth. »Darf ich Sie bitten, mit dem Senatssekretariat einen ...«

»Ich muss *jetzt* zum Senat sprechen«, sagte Margaret laut.

Bluth schüttelte den Kopf. »Es gibt Verfahrensregeln, Präsidentin Ellis ...«

Harvey verließ seinen Platz und winkte Margaret zu diesem. »Bitte sehr, Madam President. Sie können mein Mikrofon benutzen.«

Bluth täuschte Zorn vor, ehe er seine ölige Fassade wieder errichtete. »Die Würde des Senats wird nicht für Parteizwecke missbraucht werden.«

»Senator Bluth«, sagte Margaret in scharfem Ton, »Sie liegen daneben. Sie wissen nur zu gut, dass es hier nicht um Parteipolitik geht – zumindest was mich betrifft. Ist es für Sie eine parteipolitische Frage?«

Er antwortete nicht. Natürlich nicht, denn das alles wurde gefilmt, aufgezeichnet und überall im Kapitol ausgestrahlt. Er hatte seinen Einspruch geltend gemacht, alles Weitere würde nur als Bockigkeit betrachtet werden, und er war zu gewitzt, um sich dazu hinreißen zu lassen ... für den Augenblick.

Ellis stieg auf das Podest mit dem Tisch des Vizepräsidenten, stellte das Mikrofon höher und blickte über die versammelten Senatoren.

»Hochverehrte Mitglieder des Senats«, sprach sie, »ich bitte um Ihre Nachsicht. Wie der Mehrheitsführer bemerkt hat, ist mein Erscheinen hier höchst ungewöhnlich. Beispiellos. Aber wir haben es mit einer beispiellosen Situation zu tun. Wie Sie wissen, hat das unbefugte und nicht zu billigende Experimentieren einer geheimen paramilitärischen Organisation namens Deep Shield – die neben unseren rechtmäßigen Streitkräften tätig war – dazu geführt, dass die weltweite Staatengemeinschaft dazu gezwungen ist, ihr Handeln neu auszurichten. Die Leute, die jetzt diese Ultimaten stellen, haben wiederholt bewiesen, dass sie zu Dingen fähig sind, die ich offen gestanden nicht für möglich hielt, bis ich sie aus nächster Nähe miterlebt habe.

Senatoren, wenn wir uns je genötigt sahen, außerordentliche Maßnahmen zu ergreifen, dann jetzt. Man hat uns ein Ultimatum gestellt: Wenn wir unsere Truppen nicht aus den Konfliktgebieten abziehen und aufhören, Waffen an unsere Verbündeten zu verkaufen, werden die sogenannten Zetas alle nötigen Schritte unternehmen, um diese Truppen zu entfernen und den Handel für uns zu beenden. Nachdem ich gesehen habe, wozu sie in der Lage sind, beunruhigt mich der Gedanke, was diese Schritte beinhalten könnten. Ich bitte Sie deshalb – nein, ich flehe Sie an –, mich zu ermächtigen, alle Maßnahmen zu ergreifen, um das Leben von Amerikanern zu retten.

Erstens: Ich hoffe, eine direkte Verbindung zu diesen Zetas

herstellen zu können und auf einer diplomatischen Ebene mit ihnen …«

»Sie meinen, Sie wollen eine Blankovollmacht.« Roman Bluth funkelte sie von seinem Platz aus wütend an. »Es tut mir leid, Madam President, dass ich mich gezwungen sehe, so skeptisch zu sein, aber mir scheint, die ganze Situation kommt vom Zeitpunkt her äußerst gelegen.«

Es gab ein Murren im Parkett.

»Was wollen Sie damit sagen?«

»Das ist doch offensichtlich, oder? Sie nähern sich dem Ende Ihrer ersten Amtszeit als Präsidentin. Die jetzige Lage würde Ihnen erlauben, die Wahl auszusetzen, indem Sie geltend machen, dass Sie die Verhandlungen mit diesen Zetas zu Ende bringen müssen.«

Eine Reihe von Senatoren brachte lautstark ihr Missfallen zum Ausdruck, während andere zustimmende Geräusche machten.

Margaret ignorierte die Kommentare. »Ich kann mit den Zetas verhandeln, ob ich Präsidentin bin oder nicht – sollte ich nicht das Glück haben, mein Amt weiter ausüben zu dürfen, werde ich den Willen meines Nachfolgers erfüllen. Ich verspreche Ihnen, ich habe nicht die Absicht, meine Amtszeit zu verlängern. Nicht nur wäre es verfassungsrechtlich ohne einen Zusatzartikel gar nicht möglich – und mir ist völlig klar, dass ein solcher keine Chance auf Verabschiedung hätte –, sondern es ist auch etwas, das ich ohnehin nicht anstrebe.«

»Das behaupten Sie, aber diese fabrizierte Bedrohungslage ist einfach maßgeschneidert für ein solches Vorhaben.«

Sie war nicht mehr nur wütend, sie war fuchsteufelswild. Dennoch bewahrte sie die Ruhe, da sie wusste, dass es Bluth genauso wütend machte. »Maßgeschneidert von wem, Roman? Glauben Sie wirklich, dass ich über die wissenschaftlichen Kenntnisse oder Ressourcen verfüge, um zu tun, was die Zetas getan haben?«

»Aber Sie könnten die Leute kennen, die über diese Ressourcen verfügen«, sagte Bluth. »Ich stelle fest, dass Sie einen Aufruf an Dr. Charles Brenton veröffentlicht haben, zusammen mit seinem Personal aus seinem Versteck zu kommen. Vielleicht ist Dr. Brenton Ihr ›Schneider‹, Madam President. Und vielleicht hatte das praktischerweise zerstörte Deep Shield für die Ressourcen gesorgt.«

Margaret schüttelte bedauernd den Kopf. »Ich habe den Aufruf an Dr. Brenton veröffentlicht, weil *ich* meine Grenzen kenne, Senator. Ich habe ihn gebeten, zu kommen und mich zu treffen, weil das Volk mich gewählt hat, damit ich es durch diese Zeiten führe, und Dr. Brenton ist einer der wenigen Menschen, die uns vielleicht helfen könnten, mit den Zetas fertigzuwerden. Er hat sie erschaffen, ausgebildet. Er ist vielleicht der Einzige, der so mit ihnen reden kann, dass sie es verstehen. Ich habe keine Ahnung, wessen Schöpfung Deep Shield war …«

»Also bitte, Madam President. Es fällt mir schwer, das zu glauben.«

»Weil Sie …«

Bluth brüllte sie nieder. »Ich beantrage eine parlamentarische Untersuchung zur Feststellung, wie viel die Präsidentin von dieser Angelegenheit gewusst hat.«

Ohne Zweifel würde diese Untersuchung authentisch wirkenden, aber durch und durch fabrizierten Schriftverkehr zwischen Präsidentin Ellis und Deep Shield zutage fördern.

Bluth war nicht zu bremsen. »Erst wenn wir uns überzeugt haben, dass uns das Weiße Haus in dieser Sache fair und ehrlich behandelt, hat ein weiterer Dialog einen Sinn.«

Ehe Ellis auf diesen lachhaften Aufruf reagieren konnte – der im Wesentlichen auf ein Misstrauensvotum hinauslief, das die Verfassung gar nicht vorsah –, schwoll das Geschrei aus dem Parkett plötzlich an, und zornige Ausrufe und Misstrauensbekundungen wurden unter den ehrenwerten Senatoren laut. In einer Ecke begannen sich männliche Senatsassistenten anzurempeln, sie sahen aus, als wären sie kurz davor, sich zu prügeln. In einer anderen Ecke stand sich ein Quartett von Senatoren aufgebracht gegenüber. Als das Chaos einen Höhepunkt erreicht hatte, gab es einen grellen Lichtblitz von der gewölbten Decke des Saals, und ein Strahl aus funkelndem Gold fiel auf das Parkett des Senats, als hätte jemand eine Tür in der Kuppel geöffnet. Eine Frau erschien am oberen Ende des Strahls und glitt auf ihm nach unten wie auf einer Rolltreppe. Sie war in glänzendes schwarzes Leder oder Vinyl gekleidet, und ihr dunkles Haar fiel glatt und gerade bis auf die Schultern.

Margaret hatte die Frau schon gesehen. Es war eine neue Version der Person, die sie die Aufständischen in Kabul vernichten sah, und sie ähnelte mehr den Fotos von Sara Crowell, die sie aus den Unterlagen von Forward Kinetics kannte.

»Finden Sie *mich* auch schwer zu glauben, Senator Bluth?«, fragte Sara Crowells Avatar, als sie auf ihrer Lichtbahn den Boden erreicht hatte. Ihre Stimme – ein volltönender Alt – trug unnatürlich über die Laute, mit denen die Anwesenden Überraschung, Schock, Angst und Zorn ausdrückten. »*Unglaublich* ist jedenfalls *meine* Reaktion auf *Sie*.«

Sara Crowells Avatar stand zwischen dem Podest mit den Plätzen der Senatsführer und den bogenförmig angeordneten Reihen des Plenums und leuchtete im Licht einer unbekannten Quelle. Margaret musste sich mit aller Kraft vergegenwärtigen, dass diese scheinbar feste, dreidimensionale Erscheinung genau das war – eine Erscheinung – und dass sich die echte Frau aus Fleisch und Blut viele Meilen entfernt unter einem Berg in Pennsylvania befand.

Der bewaffnete Sergeant, dessen hochrotes Gesicht seine Aufregung verriet, bewies, wie wirkungsvoll die Illusion war. Er rief eine Wachmannschaft zu sich und stampfte an verblüfften Senatoren, Saaldienern und Gästen vorbei den Mittelgang entlang. Als die Wachen den ungebetenen Gast erreicht hatten, umstellten sie ihn mit gezückten Elektroschockpistolen. Schnell gesellte sich mehr als ein Trupp des Secret Service zu ihnen, nur dass diese mit P90-Gewehren bewaffnet waren. Erst jetzt geruhte Sara, sie zur Kenntnis zu nehmen. Sie schwenkte leicht herum und lächelte sie einzeln an.

»Beabsichtigen Sie etwa auf mich zu schießen, meine Herren? Ich rate davon ab. Das Ergebnis dürfte Ihnen nicht gefallen. Ich muss mit Ihrer Führung sprechen. Wie wäre es, wenn Sie einfach alle verduften?« Sie stieß den Daumen in Richtung Ausgang.

Der Sergeant machte zweien seiner Männer ein Zeichen, und sie traten forsch vor und packten Sara am Arm – oder versuchten es zumindest. Ihre Hände gingen durch ihren plötzlich durchscheinenden Körper wie durch Luft. Einer reagierte, indem er den Taser hob. Sara fuhr herum und schlug ihm die Waffe aus der Hand. Sein Partner stieß einen Ruf aus und feuerte seine eigene Waffe auf Saras Rumpf ab. Sie lachte, als die elektrischen Nadeln durch sie hindurchgingen und den Sergeant an der muskulösen Schulter trafen. Er ging zu Boden wie ein gefällter Baum.

Margaret war selbst verblüfft, obwohl sie diese bizarre Fähigkeit der Zetas, ihre Doppelgänger nach Belieben fest oder nebelhaft zu machen, schon gesehen hatte. Sie hoffte, Charles Brenton hatte eine Vorstellung, wie das möglich war, und konnte ihnen helfen, etwas dagegen zu tun – falls er überhaupt aus seinem Versteck kam.

Für einen Moment herrschte Chaos im Saal, da die Senatoren tobten und die Zeta einfach mit den Händen in den Hüften dastand, lächelte und wie eine Figur aus einem Superheldenfilm aussah. Man konnte sich gut vorstellen, dass sie und ihre Genossen sich als genau das sahen – kühne Superhelden, umlagert von verängstigten Normalmenschen. Waren sie es?

Eine Gruppe von Männern rannte zur Saaltür, aber Sara reckte eine Faust in die Höhe, und die Tür wollte nicht aufgehen. Die Fliehenden rüttelten so wütend wie vergeblich daran. Verschiedene ihrer Senatorenkollegen, die das Schauspiel beobachteten, setzten sich wieder und schenkten Sara ihre ganze Aufmerksamkeit.

Der Secret Service war ein anderes Thema. Die Agenten versuchten fieberhaft, der Präsidentin einen Fluchtweg zu sichern. Sie eröffneten das Feuer auf eine von Sara verschlossene Tür und mussten mit ansehen, wie die zersplitterten Bruchstücke sich umgehend wieder zusammensetzten wie eine zerbrochene Kaffeetasse, die unbeholfen geklebt wurde. Teile von Stühlen wurden herausgerissen, um die Tür weiter zu befestigen.

»Madam President, niemand geht jetzt.«

Wie oft hatte sich Margaret gewünscht, sie könnte einfach Gedankenkräfte einsetzen, um eine Katastrophe, eine Ungerechtigkeit, einen politischen Trend aufzuhalten, den sie destruktiv oder schlecht fand? Wie oft hätte sie Roman Bluth gern auf übersinnlichem Weg einen plötzlichen Anfall von Kehlkopfentzündung geschickt? Diese Leute besaßen tatsächlich etwas, was dieser Fähigkeit nahe kam. Machte sie das zu Schurken, zu Helden oder ein bisschen zu beidem?

Während sie darüber nachsann, ging der Radau weiter. Das Chaos endete erst, als Harvey Feinberg wieder seinen Platz einnahm und seinen Hammer ohrenbetäubend laut niedersausen ließ. Es wurde still im Saal. Saras Avatar drehte sich zum Vizepräsidenten, lächelte und salutierte lässig.

»Danke, Mr. Vice President. Wie gesagt, ich würde gern über Sie zum Senat sprechen, Mr. Bluth. Genauer gesagt über Ihre Beziehung zu einem gewissen Ted Freitag.«

Der Name hatte eine elektrisierende Wirkung auf Roman Bluth, auch wenn Margaret keine Ahnung hatte, wieso. Dieser Freitag musste besonders schädlich sein, denn Bluth trat einen Schritt zurück und führte die Hand in dieser abwehrenden Geste zur Krawatte, die die Präsidentin schon gut kannte.

»Ich kenne niemanden, der …«

»Lassen Sie das, Senator«, fauchte Crowell, und aus den Augen des Avatars blitzte im Wortsinn Zorn. »Sie vergessen, mit wem Sie es hier zu tun haben. Meine Freunde und ich überwachen Mr. Freitags Internetaktivitäten, seit wir wieder mit der Außenwelt verbunden sind. Mr. Freitag, sollten Sie alle wissen, arbeitet als Dokumentationsspezialist im Pentagon. Er ist ein ehemaliger Komplize eines gewissen General Leighton Howard, des Leiters von Deep Shield.« Sie hielt inne und wandte sich an den Vizepräsidenten. »Ich nehme an, der Kongress wurde über Deep Shield unterrichtet.«

Harvey nickte verwirrt. Margaret bemerkte, dass mehrere Senatoren auf ihre Plätze zurückkehrten; was sie hörten, hatte ihr Interesse geweckt.

»Mr. Freitag nahm wenige Tage, nachdem wir Deep Shield zerstört hatten, mit Senator Bluth Kontakt auf. Ihre Unterhaltungen drehten sich um …«

»Ich muss nicht hier stehen und mir das anhören!«, brauste Bluth auf und machte Anstalten, vom Podium zu steigen.

Die Zeta bewegte sich so schnell, dass sie zu verschwimmen schien. Ihre Augen funkelten, als sie eine Hand mit offener Handfläche in seine Richtung ausstreckte. Er blieb an Ort und Stelle stehen, als wäre die Luft um ihn herum plötzlich geronnen. Seine Augen wurden groß, und sein Mund arbeitete lautlos.

»Oh doch, Senator, Sie *müssen* hier stehen und sich das anhören«, sagte Sara, dann ließ sie den Blick ihrer wie Laser strahlenden Augen über den großen Saal schweifen. »Sie alle müssen zuhören.«

»Nein!«, rief jemand, gefolgt von einem Chor schneidender männlicher Stimmen, die Einspruch erhoben.

»Ich weiß, es nervt gewaltig, was? Da kommt so eine Frau in *Ihr* Haus und erzählt Ihnen, was Sie dürfen und was Sie nicht dürfen. Muss eine Wahnsinnskränkung für Ihr übersteigertes Zartgefühl sein. *Was zum Teufel glaubt die, wer sie ist?*

Das denken Sie doch alle, ist es nicht so? *Ist es nicht so?*«

Die letzten Worte schrie Sara, ihre Stimme klang wie das Läuten einer gewaltigen Glocke. Der Saal verstummte.

Sara warf einen Blick zu Margaret. »Wie um alles in der Welt halten Sie die bloß aus? Jungs, ich würde ja sagen, ich bin euer schlimmster Alptraum, aber das wäre ein schreckliches Klischee. Tatsächlich könnt ihr euch nicht einmal vorstellen, was ich bin. Selbst ich weiß nicht genau, was ich bin, aber ich habe einen Riesenspaß dabei, es herauszufinden. Manche von euch denken, ich bin ein Schwindel. Das bin ich nicht. Sara Crowell – die echte Sara Crowell – ist nicht einmal hier. Sie ist in einem Bunker unter einem Berg, der, wie ihr schon gesehen habt, uneinnehmbar ist. Ich bin kein Hollywood-Spezialeffekt. Ich bin kein Hologramm. Ihr habt es alle gesehen, und Senator Bluth hat es jetzt *gefühlt*. Er *weiß* es. Nicht wahr, Senator?«

Bluth sah sie an, er war noch immer mitten in der Bewegung erstarrt, er schwitzte, sein Gesicht war blutleer, und seine Lippen zitterten. In diesem Augenblick empfand Margaret aufrichtiges Mitleid mit ihm. Was immer seine Motive gewesen waren, sie hinzuhalten, niemand hatte es verdient, dass man so mit ihm spielte. Und da sie sah, wie unverfroren die Zetas ihre Kräfte einsetzten, begann sie sich sogar zu fragen, ob er so falschlag damit, ihnen nicht nachgeben zu wollen.

»Wie gesagt, in der ganzen Zeit, in der Senator Bluth den Kongress hingehalten hat, haben er und Ted Freitag beträchtlich viel Zeit damit verbracht, die Wiederbelebung von Deep Shield und den Aufstieg des guten Senators zum höchsten Staatsamt zu planen. Der Senator hat ein starkes Interesse daran zum Ausdruck gebracht, ein Ass im Ärmel zu haben, das ihm gute Dienste leisten würde, egal, ob er zum Präsidenten gewählt wird oder nicht. Etwas in der Art einer persönlichen Spezialkräfteeinheit. Manche von Ihnen glauben, Präsidentin Ellis hat Sie in Hinsicht auf das Zeta-Programm belogen. Das stimmt nicht. Alle Unterlagen, die darauf hinweisen könnten, dass die Präsidentin Kenntnis von Deep Shield und dem Zeta-Programm hatte, wurden auf Geheiß von Senator Bluth von dem unerschrockenen Mr. Freitag gefälscht. Madam President hatte von alldem keine Ahnung. Manche von Ihnen glauben, wir haben Sie belogen. Das haben wir nicht. Manche von Ihnen glauben, die Aufnahmen, die Sie von Kabul und anderen Orten gesehen haben, sind Spezialeffekte nach Hollywood-Art, obwohl alle unabhängigen Quellen bestätigt haben, dass es keine waren. Stecken Sie nicht länger den Kopf in den Sand, meine Damen und Herren. Das ist nicht Hollywood. Das ist echt. *Ich bin echt.*«

Sie legte den Kopf schief und grinste. »Na ja, sozusagen. Und jetzt bewegt endlich eure Ärsche und erfüllt unsere Forderungen. Wir erheben sie nicht, weil wir narzisstische Diktatoren sind. Wir erheben sie, weil sie zum Wohle der ganzen Welt sind – einer Welt, die viel zu lange Ihrer Gier und Ihrem politischen Ehrgeiz geopfert wurde. Sie müssen anfangen, an das Wohl der Welt zu denken, statt sich auszurechnen, wie Sie Wahlen gewinnen, oder sich bei Ihrem Wahlvolk einzuschleimen. Stellen Sie Ihre zerbrechlichen Egos etwas zur Seite und tun Sie es jetzt. Und wenn Sie versucht sind, mit dem Säbel zu rasseln oder von Ihrem angeblichen amerikanischen Exzeptionalismus zu tönen, dann denken Sie daran, was wir in Kabul getan haben. Was wir seither getan haben. Das, meine Freunde, war nur eine Kostprobe. Ich kann Ihnen versichern, mit jedem Tag, der vergeht, werden wir stärker und fähiger.«

Sie wandte sich Margaret zu und neigte in einer Zurschaustellung von Respekt den Kopf. »Präsidentin Ellis hat eine vollständige Liste unserer Forderungen. Sie weiß, was wir wollen, und sie hat versucht, mit Ihnen daran zu arbeiten, dass wir es bekommen. Unsere gesamte Kommunikation läuft über sie, außer es sollte noch so eine kleine Zusammenkunft wie diese hier nötig werden, um Sie daran zu erinnern, warum Sie Ihr arschlochmäßiges Parteiengezänk bleiben lassen und zusammenarbeiten müssen. Ich meine, schließlich spielen Sie alle im Team USA, oder?«

Dann wirbelte sie herum, reckte eine Faust in die Höhe und begann an ihrem Lichtstrahl nach oben zu schweben. Dazu stimmte sie einen Sprechgesang an: »USA! USA!«

Sie hatte vielleicht zwei Drittel der Strecke zurückgelegt, als zwei Dinge rasch hintereinander geschahen: Roman Bluth kippte aus seinem unsichtbaren Gefängnis, und alle Türen im Senatssaal flogen auf und ließen schwer bewaffnete Trupps von Soldaten ein. Wie ein Mann richteten sie ihre Waffen auf die aufsteigende Gestalt in der Mitte des Raums und eröffneten das Feuer.

Margaret schrie, ihre Stimme ging unter in der Kakophonie aus Rufen und Kreischen und dem Knattern und Donnern der Schusswaffen. In der oberen Galerie barsten Lampen, Wandverkleidungen und Geländer zersplitterten und regneten auf das Parkett hinunter. Senatoren und ihre Assistenten suchten unter Tischen Zuflucht oder zogen einfach nur die Köpfe ein, um sich zu schützen.

Inmitten all dessen löste sich Saras Avatar in funkelnde Partikel auf, nur um sich mitten in der Luft neu zu bilden, die Füße fest im Nichts verankert. Sie lachte. Mehrere Sicherheitskräfte schossen erneut auf sie, und Sara explodierte wie ein Feuerwerk am Unabhängigkeitstag und ließ Lichtbänder und Feuer in jeden Winkel des riesigen Raums regnen.

Als die letzte Lichtschlange auf dem Boden gelandet war und sich aufgelöst hatte, senkte sich eine unheimliche Stille über den Senatssaal. Margarets Ohren klangen von den Schüssen, und sie war halb blind von den grellen Explosionen. In ihrer Nase brannte der stechende Geruch des Zündpulvers. Sie holte tief Luft und überlegte, was sie jetzt tun sollte.

Stürmisches Gelächter von der Decke ersparte ihr eine Entscheidung. Sie sah nach oben, wo Sara Crowells Avatar in einer

Wolke aus Licht schwebte. Einer der Soldaten hob die Waffe. Sara zeigte elegant mit dem Zeigefinger auf ihn, und die Mündung der Waffe wurde weich und knickte um.

»Was ist bloß los mit euch, Leute?«, fragte die Erscheinung. »Es ist doch längst bewiesen, dass ihr mich nicht erschießen könnt. Sie schaffen es nicht, sich angemessen auf die Realität einzustellen, meine Herren. Wacht endlich auf und denkt an Kabul und Rakka … und Ciudad Juárez. Oder an den Tag, an dem in allen Militärstützpunkten die Lichter ausgingen.

Habe ich Kabul erwähnt?«

Dann verschwand sie einfach mit einem Zwinkern, und ihr Gelächter hallte im Saal nach. Margaret tastete mit der Hand hinter sich, fand einen Stuhl und ließ sich daraufsinken.

Sie planen etwas, Kristian. Ich fühle es, falls du es nicht fühlst. Alexis stand an dem ovalen Fenster in Lorstads Heiligtum und sah auf den höhlenartigen Hauptraum des Zentrums hinunter. Von ihrem Platz aus konnte sie nicht in Brentons Büro blicken, aber sie starrte auf die Glaswand, als könnten ihre Gedanken sie durchdringen.

»Du *fühlst* es?«, wiederholte er laut. »Wie fühlt es sich denn an, dieses Planen?«

Sie drehte sich um und musterte ihn kühl, die Arme vor der Brust verschränkt. »Du bist kein Narr, Kristian. Du weißt, wovon ich rede. Deshalb hast du ihrem Roboterexperten seine Liebste gebracht.« Sie sagte das *Liebste* in spöttischem, verächtlichem Ton. Lorstad hörte sie in seinem Kopf sagen: *Du denkst, du kannst sie versöhnlich stimmen, aber das kannst du nicht. Und du scheinst die Energien nicht zu bemerken, die sie bei ihrer Heimlichtuerei aussenden. Sie planen etwas. Ich wache nachts auf, weil ihre Machenschaften meinen Geist kitzeln. Du,* fügte sie an, *hast die Fähigkeit, zu bestätigen, was ich fühle. Ich frage mich, warum du es noch nicht getan hast. Ich frage es mich, weil ich deinen Gedankengang nicht verstehe.*

Sie hatte natürlich recht, und Kristian hatte sich selbst schon über seinen Widerwillen gewundert. So wie er sich über seine wachsenden Bedenken wunderte, sie mehr als einen Bruchteil dessen sehen zu lassen, was in seinem Kopf vor sich ging.

»Ist es die kleine Künstlerin?«, fragte sie laut. »Ich weiß, sie fasziniert dich. Hast du Angst, ihr Vertrauen zu verlieren?«

Er sah ihr in die Augen und konnte nichts in ihnen lesen. Versuchte ihre Emotionen zu lesen und fand sie verwirrend. Er war nicht der Einzige, der einen mentalen Schleiertanz aufführte. Er lachte. »Alexis, mein Interesse an Minerva Mause ist nicht romantischer Natur, wie du inzwischen wissen solltest.« Doch kaum hatte er es ausgesprochen, fühlten sich die Worte falsch an. *Waren sie es?* Er empfand brennende Scham, weil er es nicht genau wusste.

»Und ich wäre tatsächlich ein Narr, wenn ich glauben würde, dass sie mir vertraut. Sie tut es nicht. Ich habe nichts gegen ihr Pläneschmieden unternommen, weil das dazu führt, dass sie sich doppelt so sehr anstrengen, unseren jungen Schülern den Gebrauch ihrer Zeta-Kräfte beizubringen. Charles ist nicht nur ein Opfer seiner Schuldgefühle, er fühlt sich nicht wohl, wenn er unehrlich ist. Er hat mir rundheraus von ihren Bemühungen erzählt, Wege zu finden, wie sie die Außenwelt erreichen können.«

»Und du hast ihm geglaubt? Warum, weil du glaubst, er kann nicht lügen? Selbst ein von Grund auf ehrlicher Mensch wird lügen, wenn genug auf dem Spiel steht. Ein Mann wie Charles Brenton, der zu Altruismus neigt, wird seine persönlichen Maßstäbe opfern, wenn er glaubt, es könnte anderen helfen.«

Sie hatte natürlich recht.

»Ja«, sagte Kristian schließlich. »Ja, ich glaube, du könntest recht haben. Ich kümmere mich darum. Heute Abend.«

Alexis ließ die Arme sinken und lächelte schief. *Freut mich, zu sehen, dass meine Meinung noch etwas bei dir zählt.*

Er fühlte die Ironie in ihren Gedanken, hielt sich aber bedeckt. »Eifersucht steht dir nicht, Alexis. Und sie ist unnötig.«

Sie kam um den Schreibtisch herum und ließ sich auf Armeslänge von ihm entfernt darauf nieder. Sie streckte die Hand aus und berührte seine Wange. *Das weiß ich. Immerhin hatten wir beide von Kindheit an eine innige Verbindung. Wenn ich auf jemanden von ihnen eifersüchtig wäre, dann auf Dr. Brenton – er ist der Kopf hinter allem, was die anderen können. Und der Kopf, der dein natürliches Misstrauen außer Kraft setzen kann. Auf eine Weise, auf die ich es nicht kann.*

Kristian packte verärgert die streichelnde Hand und hielt sie fest, um sie seine Gereiztheit spüren zu lassen. *Das hat er nicht getan, das kann ich dir versichern, Alexis. Meine misstrauische Natur ist noch intakt.*

Ja, aber jetzt scheinst du mir gegenüber misstrauisch zu sein. Ich frage mich, wieso.

Später an diesem Abend, als sich das Zentrum der Schlafenszeit näherte und die Bewohner ihre Arbeitsplätze verließen, kam Kristian ins Labor, wo das Team gerade seine Arbeit mit Yulia und Giles beendete. Die beiden jungen Leute zeigten, was sie neu gelernt hatten, und ließen Roboticus eine Reihe komplizierter Manöver in unterschiedlichen Geschwindigkeiten fahren, dann führten sie ihre ersten Schritte in selbst gewählten Disziplinen vor. Giles, der stark an Meteorologie interessiert war, arbeitete mit Atmosphärenmodellen und entwickelte gerade die Fähigkeit, seine Modelle mit Hilfe seiner Zeta-Kräfte durchzuspielen. Yulia war wie Mini eine Künstlerin. Sie wollte Skulpturen erschaffen, ohne die Hände zu benutzen. Ihre ersten Schritte in diese Richtung waren noch zögerlich, aber Kristian konnte ihr Potenzial erkennen. Er zweifelte nicht daran, dass Giles eines Tages mehr als Ersatzwolken in einer holografischen Darstellung verschieben und Yulia so mühelos Berge versetzen und Landschaften umgestalten würde, wie sie Ton modellierte.

Er lobte die beiden für ihre Fortschritte, dann verkündete er seine Absicht, sich in den Isolationstank zu begeben, um neu »aufzuladen«. »Wir sehen uns wahrscheinlich erst morgen Vormittag wieder«, sagte er. »Bis dann also ...«

Die Blicke, die Charles Brenton und sein Team wechselten, entgingen ihm nicht. Die »Katze« würde schlafen – mehr konnte sich eine Schar intriganter Mäuse nicht wünschen.

Zwei Stunden später blickte Kristian Lorstad von einem Beobachtungsposten über dem Konferenztisch auf Dr. Brentons Büro hinunter. Er war kein elektronisches Signal, das sie blockieren, und keine Überwachungskamera, die sie in die falsche Richtung drehen konnten. Er war etwas, von dessen Existenz sie keine Ahnung hatten – eine körperlose Intelligenz, die auf eine Weise wahrnehmungsfähig war, wie es Sinnesorgane nicht waren. Ein bislang nicht genutztes Ass in Lorstads Ärmel.

Und so kam es, dass er einen Schock erlitt, der ihn im Innersten traf. Nicht weil seine Gäste einen ehrgeizigen Fluchtplan ausgeheckt und mit tölpelhaften Scheinangriffen auf das integrierte Sicherheits- und Informationssystem des Zentrums getarnt hatten – das hatte er bereits vermutet. Nein, was ihn schockierte, war, dass sie die bekannten Talente der beiden Frauen im Team benutzt hatten, um von den sich rasch entwickelnden Talenten von Brenton und Kobayashi abzulenken. Noch verstörender war die Tatsache, dass sie Joey Blossom auf ihre Seite gezogen hatten und dass auch dessen Fähigkeit, auf seine Umwelt einzuwirken, im Stillen wuchs.

Am meisten beunruhigte ihn jedoch, dass das Team die exakte Natur ihres Plans durch ihren Kommunikationsstil verschleierte. Selbst in der Ungestörtheit von Brentons Büro äußerten sie nur gelegentlich in einem schwer verständlichen Kauderwelsch so etwas wie konkrete Ideen, die mit Sicherheit nur die Spitze des Eisbergs waren. Er war sich beinahe sicher, dass Team Chuck, wie sie sich selbst nannten, irgendwie gelernt hatte, subverbal zu kommunizieren. Er hatte es zuvor nicht gesehen, und es war auch nicht auf den Überwachungsbildern wahrnehmbar. Alle im Ursprungsteam, mit Ausnahme des talentlosen Neurologen, schienen eine Form von Gedankenübertragung oder zumindest von Empathie zu teilen.

Er gab sich nicht lange seiner Begeisterung darüber hin, dass sie als Gruppe etwas konnten, was er erst nach Jahren entwickelt hatte, und auch dann nur mit einer einzigen anderen Person. Was immer dieses Phänomen war, es war gefährlich. Er musste etwas dagegen unternehmen, und zwar schnell.

Zu behaupten, dass Chuck erschrak, als Lorstad plötzlich neben ihm auf dem Balkon vor seinem Zimmer Gestalt annahm, wäre noch untertrieben gewesen. Am Horizont begann gerade der Morgen zu dämmern, und Chuck hatte seinen ersten Kaffee geschlürft und beobachtet, wie sich die Bergspitzen rosa und golden färbten. Er trug nur eine Pyjamahose aus Flanell und ein Kapuzenshirt mit der Aufschrift »Failure is not an option« und hätte beinahe die Kaffeetasse auf seine nackten Füße fallen lassen. Der Ausdruck auf Lorstads Gesicht war einer, den Chuck bisher nicht gesehen hatte – Zorn. Zu seiner Überraschung war Chuck aber fest überzeugt, dass der Zorn falsch war und das Gefühl, das darunterlag, der Wahrheit näher kam. Das Problem war, dass er das darunterliegende Gefühl nicht lesen konnte.

»Äh«, sagte Chuck. »Guten Morgen?«

»Wohl kaum. Ich weiß, was Sie planen, Charles – Sie und Ihre Mitverschwörer. Ich weiß, dass Sie aktiv versuchen, zur Ostküste zurückzukommen.«

Verdammt. Er bluffte nicht. Er wusste tatsächlich Bescheid. »Na ja, es überrascht mich nicht wirklich, aber wie haben Sie ...«

»Woher ich es weiß, ist unwichtig. Wichtig ist, dass Sie Ihre Fluchtversuche beenden und unsere Abmachung einhalten – eine Formel zu finden, die es erlaubt, Ihr Zeta-Training auch auf die am weitesten Fortgeschrittenen unter den Gelehrten anzuwenden und daraus einen Ausbildungsplan abzuleiten. Ich habe Ihnen und Ihrem Team eine Zuflucht geboten, doch Sie halten Ihre Versprechen nicht, Charles, und das ärgert mich.«

Einen Teufel tut es. Chuck studierte den anderen Mann lange und spannte alle Sinne ein, die er besaß. Dann stellte er seine Kaffeetasse vorsichtig auf die Balkonumrandung und schob die Hände in die Taschen seines Hoodies.

»Als wir uns darauf geeinigt haben, hierherzukommen«, sagte er ruhig, »haben Sie versprochen, Sie würden uns helfen, Männer wie Leighton Howard zu besiegen. Sie haben praktisch gesagt, es sei ebenso sehr Ihr Ziel wie unseres.«

»Ja. Und Howard ist mehr als besiegt. Er ist tot, und was von seiner Organisation noch übrig war, ist in alle Winde zerstreut.«

»Howard war aller Wahrscheinlichkeit nach nur die Spitze des Eisbergs. Er war nicht der Kopf von Deep Shield. Er war nur höheres Management. Wer immer die Fäden zieht, er ist noch da draußen. Und dann sind da noch die Alphas. Sie sind gefährlicher für dieses Land – gefährlicher für die Welt –, als es Howard je war, und sie werden mit jedem Tag stärker. Ich muss zu ihnen, Kristian. Ich muss versuchen, vernünftig mit ihnen zu reden, bevor sie keiner Vernunft mehr zugänglich sind. Wenn es nicht schon zu spät ist«, fügte er beim Gedanken an Matt an.

»Dr. Brenton, was Sie hier tun …«

»Ist nichts im Vergleich zu dem, was ich dort tun könnte.« Chuck wurde langsam stinkwütend auf Lorstads herablassende Ruhe und seine aufgesetzte Empörung. »Ich habe diesen Leuten geholfen, die Kräfte zu entdecken und zu benutzen, die sie ausüben. Sie glauben jetzt vielleicht, dass sie Gottes Werk erledigen, aber ich weiß, wie Macht funktioniert. Letzten Endes werden sie ihre Fähigkeiten gegen jeden einsetzen, der sich ihnen in den Weg stellt. Gegen *jeden*. Das schließt mich ein, und es schließt Sie ein. Sie werden vielleicht bemerkt haben, dass sie an der US-Grenze nicht haltgemacht haben. Sie greifen weit über ihren Stützpunkt hinaus, sie strecken die Hände nach der ganzen Welt aus, und sie tun es durch jeden existierenden elektronischen Kanal. Sie bringen die ganze Welt in Gefahr, Kristian. Ihre Macht könnte theoretisch bis zu einem Punkt anwachsen, an dem ein flüchtiger Gedanke, eine momentane Aufwallung von Zorn zu Unglücksfällen führen, die wir uns nicht einmal vorstellen können.«

Lorstad öffnete den Mund zu einer Erwiderung, aber Chuck ließ ihn nicht zu Wort kommen. »Ja, ich weiß, Sie sind nicht Teil dieser Welt. Sie und Ihre … Ihre Gelehrten existieren in einem exklusiven Äther hoch über allen anderen. Aber Sie hätten gern, dass sich die Gemeinschaft der Wohltäter, oder wie Sie sie nennen, entwickelt. Ich weiß, Sie würden nur zu gern mehr Gelehrte finden, die auf ein Zeta-Training ansprechen. Aber wenn die Zetas nicht gestoppt werden, bevor das, was Howard ihnen angetan hat, und die Macht, über die sie verfügen, sie verrückt werden lassen, dann kann es gut sein, dass sie um Talente mit Ihnen konkurrieren. Oder, schlimmer noch, diese vernichten, bevor Sie sie finden. Ich versichere Ihnen, nach ihrer Erfahrung mit Deep Shield werden sie jeden vernichten, der wie ein Feind aussieht, handelt oder riecht. Sie haben Matt Streegman getötet. Vergessen Sie das nicht. Ich weiß, dass ich es nicht vergessen kann.«

Lorstads Gesicht wurde vollkommen ausdruckslos, und Chuck wusste, er hatte Boden gewonnen. Er ließ nicht locker.

»Sie haben gesehen, wozu sie fähig sind. Genau wie wir. Und deshalb: Nein, Kristian, wir werden nicht aufhören, aus Ihrer hübschen Zuflucht fliehen zu wollen. Und wir werden zwar weiter Zetas ausbilden, aber ich fühle mich nicht länger verpflichtet, an Ihrer albernen Formel zu arbeiten, hauptsächlich, weil ich nicht glaube, dass so etwas existiert. Es gibt

Dinge, die kann man nicht quantifizieren, und es gibt Dinge, die kann man nicht haben, es sei denn, man ist bereit, etwas anderes zu opfern.«

»Sie meinen, Sie verraten mir nicht, was Sie über Zeta-Fähigkeiten wissen, außer ich lasse Sie gehen. Ist es das?«

»Überhaupt nicht. Herrgott, Kristian, Sie hören nicht zu! Ich erkläre Ihnen pausenlos, dass sich das, was ich gelernt habe, nicht zu einem ordentlichen kleinen Päckchen schnüren lässt. Alle meine Erkenntnisse über die Elemente sind erst im Werden begriffen. Es ist nicht so einfach, wie dass man eine messbare Menge von Element Z anwendet, und – tada! – man hat Zetas. Und nein, ich enthalte Ihnen nichts vor, damit Sie uns gehen lassen.«

»Was wollen Sie dann sagen?«

»Was ich letzten Endes sagen will, ist: Sie werden vielleicht einen Teil von dem aufgeben müssen, was Sie sind, um zu werden, was *wir* sind. Wenn überhaupt, dann ist *das* die Formel.«

Lorstads Gesichtsausdruck war nicht zu entschlüsseln, aber es waren starke und lebhafte Emotionen im Spiel.

Chuck lächelte. »Erschreckender Gedanke, nicht? Aber die Sache ist die, und Sie wissen es bereits: Ihre Mittel zur Erlangung Ihrer Fähigkeiten sind beschränkt und müssen gepflegt werden. Unsere … nun, sagen wir einfach, das Potenzial ist grenzenlos. Wir wissen buchstäblich nicht, in welche Höhen wir uns aufschwingen können … oder wie tief wir sinken können. Ihre Entscheidung, Kristian. Machen Sie bei uns mit oder werfen Sie uns raus. So, und jetzt muss ich arbeiten. Sagen Sie Bescheid, wenn Sie sich entschieden haben.«

Er nahm seinen Kaffee, ging ins Zimmer zurück und ließ Lorstad wie zur Säule erstarrt im Sonnenaufgang über der Wüste stehen.

KAPITEL 16

Emergenz

Als Mike und seine Gefährten schließlich aus ihrem Bunker unter dem Berg kamen, hatte er alle Nervosität hinter sich gelassen und zu einer unheimlichen, wachsamen Ruhe gefunden. Die Präsidentin hatte ihnen persönlich zugesichert, dass es keine Versuche geben werde, ihnen etwas zu tun. Die bewaffneten Kräfte vor Ort würden nur dazu dienen, die Delegation der Präsidentin zu schützen und alle Versuche einer Sabotage von außen zu vereiteln.

Natürlich würde das Senator Bluth möglicherweise nicht davon abhalten, etwas zu versuchen und dazu die Werkzeuge einzusetzen, die ihm verblieben sein mochten. Denn obwohl Bluth vehement jede Verbindung mit Freitag bestritt, war er schwer in Verdacht geraten. Nach der Bloßstellung durch Saras Auftritt im Senat glaubte Mike, dass Bluth eher darauf abzielen würde, die Präsidentin zu demütigen, als sie zu töten. Laut Präsidentin Ellis stand er unter Hausarrest und durfte nur mit seinen Anwälten sprechen. Freitag war vom FBI verhaftet worden, aber Gott allein wusste, wie weit ihre Pläne zur Wiederbelebung von Deep Shield bereits gediehen waren. Mike tröstete sich mit dem Gedanken, dass, wenn er selbst wusste, wie dumm es wäre, einen Angriff zu wagen, bei dem die Präsidentendelegation in Gefahr geriet, jeder andere, der auch nur einen Funken strategischen Verstand besaß, zu demselben Schluss kommen würde.

Mike stellte merkwürdigerweise fest, dass er Präsidentin Ellis vertraute. Er hatte nicht für sie gestimmt. Hoffentlich kam das nicht zur Sprache … dann lachte er über sich selbst. Als würde sie sich jetzt dafür interessieren.

Sara war natürlich begeistert, weil sie endlich zu dem widerspenstigen US-Kongress durchgedrungen war. Die Geschehnisse im Senat hatten den unmittelbaren Effekt gehabt, dass sie das passiv-feindselige Verhalten verminderten, von dem Angehörige beider Kammern beherrscht gewesen waren. Jetzt lag die Zahl der Senatoren und Abgeordneten, die die Zetas lediglich für Hightech-Terroristen – oder gar für einen Schwindel – hielten, nur mehr im einstelligen Bereich. Sara hatte ein Treffen mit dem gesamten Kongress abgelehnt und darauf bestanden, dass eine Verhandlungsgruppe zusammengestellt wurde, zu der die Präsidentin, der Außenminister, die Vorsitzende des Generalstabs und die Mehrheits- und Minderheitsführer in beiden Häusern der Legislative gehören sollten.

Tim war in Hochstimmung, er krähte, prahlte und veranstaltete einen Mordswirbel. Er hatte darauf bestanden – und Sara hatte nicht ernsthaft versucht, ihn davon abzubringen –, dass eine Handvoll seiner Zeta-Geschöpfe zu ihrer Eskorte gehören würden, zusammen mit einem halben Dutzend von Mike gelenkten Robotern.

So kam es, dass das Trio zusammen mit seiner bizarren Leibwächtergarde durch den Haupteingang aus dem Berg kam. Sara hatte unbedingt diesen Zugang benutzen wollen, weil er die beste Bühne für ein spektakuläres Auftauchen in der Außenwelt bot und weil sie nicht wollte, dass ihre Hinterausgänge bekannt wurden. Sie brauchten eine halbe Stunde für diese Strecke und mussten sich dabei durch die Trümmer vergangener Schlachten kämpfen. Das alles zeichnete Tim in einer Art Selfie-Video getreulich auf.

Auf diesem Weg erkannte Mike, dass er nicht der Einzige war, der mit seinen persönlichen Zeta-Fortschritten hinterm Berg gehalten hatte. Beim ersten größeren Hindernis – einer zu Schlacke erstarrten Haubitze, die eine an Dalí erinnernde Installation mitten in der Hauptzufahrt bildete – hatte er angenommen, Sara würde sich auf sein Geschick mit unhandlichen

Objekten stützen. Aber sie tat es nicht. Sie machte eine beinahe träge, abwärts gerichtete Geste und zwang die unförmige Metallmasse zurück in den Geschützturm, aus dem sie gekommen war. Dann schwebte sie über den entstandenen Graben und landete behände auf der anderen Seite.

Tim johlte und versuchte sich von einem seiner Gargoyles hinübertragen zu lassen, sah sich aber sofort Problemen gegenüber. Seine Geschöpfe wurden halb fest, er hatte es noch nicht geschafft, ihnen Masse und echte Dichte zu verleihen. Mike schritt ein, um sicherzustellen, dass Tim nicht in das schwarze Loch unter der zerstörten Waffe fiel, dann setzte er selbst in den Armen des Roboters Thorin über.

Mike fragte sich, warum er beschlossen hatte, genau diesen Roboter mitzunehmen. Es war Brian Reynolds' Bot gewesen, und er erinnerte ihn mit aller Macht daran, wie Lieutenant Reynolds gestorben war – wie sein ganzes Team gestorben war. Er erinnerte ihn an seine eigene Rolle bei ihrem Tod. Das machte ihn vermutlich zum Masochisten. Oder vielleicht machte es ihn nur seiner selbst bewusster.

Sara beschloss, dass sie sich abwechselnd um den Schrott im Bergeingang kümmern würden, und alles, was sie taten, sollte darauf ausgelegt sein, die Leute zu beeindrucken, die Tims Streaming-Video sahen, oder ihnen sogar Angst zu machen. Als sie die letzte Sperre erreichten – ein verzogenes und verformtes explosionsgeschütztes Tor von fünf Metern Höhe und zehn Metern Breite –, sprengte Sara es einfach auf. Die riesigen Hälften flogen durch die klare Bergluft, eine nach links, eine nach rechts. Als sie den Berg hinunterzukullern begannen, achtete Mike darauf, dass sie niemanden trafen, der draußen auf ihr Erscheinen wartete. Es veranlasste ihn, sich zu fragen, wo die Grenzen von Saras Fähigkeit lagen, atomare Strukturen zu beeinflussen. Hatte sie die Objekte, die in gegensätzliche Richtungen unterwegs waren, nicht mehr steuern können, oder hatte sie schlicht das Interesse verloren, nachdem ihr Sprengmanöver den gewünschten Effekt gehabt hatte?

Mike spürte zum ersten Mal seit Monaten die Sonne auf dem Gesicht und atmete die kühle Bergluft tief ein. Er roch Kiefern, Zedern und Erde. Er unterdrückte Tränen und erschrak, wie sehr er sich wünschte, nie wieder in diesen Berg gehen zu müssen, wo es nach Maschinen, Desinfektionsmitteln und Tod stank.

Etwa bogenförmig um den Eingang zum Berg hatte ein Kontingent Soldaten Stellung bezogen. Alle waren bewaffnet, aber niemand war gefechtsklar. Alle Mündungen zeigten nach unten. Mike konnte die Angst der Soldaten spüren und sah sie in den misstrauischen Blicken, die sie untereinander wechselten.

Sara trat vor in die Mitte und wartete darauf, dass eine Führungsperson aus der Reihe der Soldaten auf sie zukam. Eine hochgewachsene, kräftig gebaute Frau mit rotbrauner Haut und nachtschwarzem Haar löste sich von den sie begleitenden Offizieren und trat Sara entgegen. Sie trug eine Uniform mit den Sternen und Streifen eines Admirals und schien in den Sechzigern zu sein. Sie sah Sara in die Augen.

»Sara Crowell, nehme ich an.«

Sara nickte. Mike studierte ihren Gesichtsausdruck und stellte fest, dass sie von der anderen Frau beeindruckt war.

»Ich bin Admiral Joan Hand, Vorsitzende des Generalstabs.«

Tim kicherte. »Cool. Sie sind eingeborene Amerikanerin, stimmt's? Welcher Stamm?«

Sara verdrehte die Augen, aber Joan Hand schenkte Tim ihre ganze Aufmerksamkeit. »Osage.«

»Cool«, sagte er wieder. »Dann bringen Sie uns mal zu Ihrem Häuptling.«

Mike krümmte sich innerlich, aber er glaubte, die Admiralin halb lächeln zu sehen.

Alexis hatte seine Entscheidung nicht verstanden. Das überraschte Kristian. Er hatte irgendwie erwartet, sie würde erkennen, welchen Nutzen es hatte, wenn sie den Zetas halfen, mit ihren unberechenbareren Kameraden im Osten fertigzuwerden. Sobald dieses Problem gelöst war, so hatte er sie zu überzeugen versucht, würden ihre eigenen Zetas in der Lage und bereit sein, ihre ganze Kraft in die Aufzucht einer Generation von Gelehrten zu stecken, die keinen Isolationstank mehr brauchten. Ironischerweise hatte sie dieser Gedanke noch mehr beunruhigt als ihn selbst, als er zum ersten Mal mit ihm konfrontiert wurde.

Er hatte Alexis immer für die Rationalere von ihnen beiden gehalten. Sie war immer so gelassen gewesen, so im Gleichgewicht. Charles Brentons Zetas schienen diese Gelassenheit auf eine Weise herauszufordern, die er noch nie an ihr gesehen hatte. Er hatte sich bei ihrer letzten Unterhaltung bemüht, zu einer logischen Erklärung dafür vorzustoßen – auch wenn er es verstand, nachdem er seine eigene Reaktion studiert hatte. Sicherlich war der Isolationstank zu einem Teil seiner Identität geworden, denn die Talente, die er daraus gewann, bildeten den Kern seines Selbstverständnisses. Aber er war in der Lage, sich davon zu trennen und zu erkennen, welche Vorteile es hatte, wenn er den Tank nicht aufsuchen musste, um seine Fähigkeiten zu bewahren. Die Vorstellung, seine Fähigkeiten zu erweitern, faszinierte und begeisterte ihn.

Es war während dieser letzten Unterhaltung – in der er Alexis' Einwilligung für seinen Plan nur widerstrebend erhielt –, dass ihm bewusst wurde, wie tief ihr Misstrauen gegen die Zetas ging, und er hatte zu verstehen begonnen, was sie in Wirklichkeit an ihnen fürchtete. Alexis verabscheute den Gedanken, dass buchstäblich *jeder*, egal welcher Abstammung, gesellschaftlichen Schicht oder ethnischen Zugehörigkeit, die latenten Fähigkeiten des Geistes zu beherrschen lernen und so zu den bislang elitären Reihen der Gelehrten aufschließen könnte. Bei der klassenbewussten Alexis drehte sich alles um Abstammung. Sie und Kristian stammten aus Gründerfamilien der Gelehrten. Sie stammte mütterlicherseits von den Vandias ab, seine Linie ging noch weiter zurück, bis zum Gründer der Organisation, Lord Julian Sorel, der seine Talente entdeckt hatte, als er seine Genesung vom Schwarzen Tod inszenierte.

Vielleicht war Kristians Abstammung von Julian Sorel – der die Heilkräfte seines Geistes gebündelt hatte, indem er in eine Wanne mit warmem Wasser getaucht war – das, was Kristian die Dinge anders sehen ließ als seine Partnerin. Was er letzten Endes lohnend fand, fand Alexis erschreckend. Sie versuchte es jedoch zu verbergen und sperrte ihre Emotionen aus, indem sie hörbare Worte formte. Es war ein Tanz, den sie inzwischen täglich aufführten.

»Siehst du es denn nicht?«, hatte sie ihn praktisch angefleht, als er empfahl, dass sie den Zetas helfen sollten, ihre abtrünnigen Verwandten unter Kontrolle zu bringen. »Siehst du nicht, wie verdreht das ist? Ja, sicher, du gewinnst vielleicht ihre Loyalität, aber zu welchem Preis?«

»Ich glaube, ich sehe es wirklich nicht«, gab er frustriert zu. »Was siehst du denn?«

»Mehr als du. Mit jedem Tag, an dem du mit ihnen arbeitest, sie als ebenbürtig behandelst, sogar als Mentoren, ihren Sorgen Wichtigkeit zubilligst, errichtest du eine Zukunft, in der die Gelehrten *ihrer* Welt zugeordnet werden, anstatt dass wir sie benutzen, unsere eigene zu stärken. Ihre Philosophie schreibt vor, dass jedermann die Chance bekommen soll, Zeta-Fähigkeiten zu entwickeln. Hat dich ihre Erfahrung mit der Alpha-Gruppe nicht gelehrt, wie gefährlich das wäre? Stell es dir vor, Kristian. Stell dir eine Welt vor, in der jedermann, egal welchen Intelligenzgrads, welchen Bildungshintergrunds, welchen Temperaments und welchen genetischen Erbes, dazu ermutigt wird, dieselben Fähigkeiten auszubilden, die wir besitzen. Wir haben beide das Gemetzel gesehen, das daraus resultierte, dass die Alphas ihre Bergfestung einnahmen. Kannst du dir vorstellen, wie es wäre, dieses Maß an Zerstörung unerlässlich werden zu lassen? Wenn unsere Evolution von mächtigen Individuen gestört würde, die zu ignorant und zu umnachtet sind, um ihre Fähigkeit mit Umsicht einzusetzen?«

Er konnte es sich gut vorstellen, aber …

Alexis, das ist genau der Grund, warum ich denke, dass Charles recht hat. Wir müssen mit diesen drei abtrünnigen Zetas fertigwerden, bevor eine Auseinandersetzung mit ihnen einen verheerenden Tribut unserer eigenen Ressourcen fordert. Ich war lange blind für diese Gefahr, aber jetzt nicht mehr.

Er hatte direkt zu ihrer Seele gesprochen – sie mit der vollen Kraft seiner Überzeugung getroffen, dass er recht hatte.

Sie hatte nachgegeben. »Wirst du versuchen, sie versöhnlich zu stimmen – diese Alphas? Wirst du versuchen, sie auf unsere Seite zu holen?«

»Das ist meine Absicht. Oder vielmehr meine Hoffnung.«

»Deine oder Dr. Brentons?«

»Spielt es eine Rolle?«

Vermutlich nicht. Und wenn deine Hoffnung vergebens ist?

Er war, als er von ihr fortgegangen war, nicht in der Lage gewesen, diese Frage zu beantworten. Auch wenn es Charles Brenton vielleicht nicht wusste, ihm war klar, dass es für die Alphas schon zu spät sein konnte. Ihrer Kommunikation mit den Regierungen der Welt zufolge hatten sie angefangen, sich als Olympier zu betrachten, und wenn sich jemand erst einmal für einen Gott hält, ist er nur mehr schwer davon zu überzeugen, dass es ehrenhaft ist, einfach ein Mensch zu sein. Er wusste es aus erster Hand – er war dabei gewesen, als Alexis einen kleinen Roboter in Joey Blossoms Brustkorb warf.

Alexis' Ängste und Vorurteile beiseitelassend, präsentierte sich Kristian bei Sonnenuntergang Charles' Team und schloss sich ihnen an. Sie würden nach Pennsylvania gehen und versuchen, die Götter dazu zu überreden, dass sie den Olymp verließen.

»Ich glaube, das Erste, was wir tun müssen«, sagte Chuck dem versammelten Team, das nun auch Kristian Lorstad sowie Joey Blossom einschloss, »ist, wieder einen Kontakt mit dem Weißen Haus herzustellen. Sie können eine Kontaktaufnahme mit den Alphas erleichtern.«

»Mit welchem Ziel?«, fragte Dice. »Sie haben Menschen getötet, Chuck. Wie sollen sie das rückgängig machen?«

»Sie haben sich gegen einen unversöhnlichen Feind verteidigt, Dice. Einen Feind, der sie gefangen gehalten hat, der sie zu Waffen umfunktionieren, sie entmenschlichen wollte. Wir müssen sie wissen lassen, dass wir das verstehen, dass wir sehen, was ihnen angetan wurde. Was sie mit Deep Shield gemacht haben, war Selbstverteidigung.«

»Und Matt?« Dice klang ungläubig. »Was ist damit?«

»Wir wissen im Grunde nicht, was mit Matt passiert ist. Wir wissen nicht, ob es ... Ich hoffe, es war ein Unfall. Ich muss glauben, dass es ein Unfall war.«

Lanfen legte eine Hand auf seinen Arm. »Chuck, überleg mal. Sie hätten Deep Shield unschädlich machen können, ohne sie alle zu töten, aber sie haben sich anders entschieden.«

Chuck schloss die Augen und schüttelte den Kopf. »Ich muss glauben, dass sie dachten, sie hätten keine andere Wahl. Solange nichts anderes bewiesen ist, werde ich weiter davon ausgehen, dass sie einfach drei Menschen sind, die in die Enge getrieben wurden und keinen Ausweg sahen.«

Alle Blicke waren auf ihn gerichtet, und niemand ließ Zustimmung erkennen.

»Gut, das ist eine edle Haltung«, sagte Lorstad ruhig. »Aber was, wenn sie zu mehr als dem geworden sind? Was, wenn sie glauben, sie seien zu Racheengeln geworden? Oder zu Göttern? Was dann?«

Chuck musste ein Bild unterdrücken, das in seinem Kopf auftauchte: Pine Ridge riss auseinander, und drei gottgleiche Geschöpfe schlüpften aus dem Berg wie tödliche Schmetterlinge aus einem Hightech-Kokon. »Dann werden wir wohl einen Plan B brauchen. Wir werden eine Möglichkeit brauchen, ihre Kräfte zu neutralisieren und sie zu bändigen.«

»Und dann?«, fragte Mini. Ihre Stimme zitterte, als fürchtete sie sich vor der Antwort.

»Ich weiß es nicht«, gab Chuck zu. »Ich weiß nicht, wie man ihre Zeta-Fähigkeiten rückgängig macht oder unter Kontrolle hält.«

»Aber ich weiß es vielleicht«, sagte Lorstad. »Wenn es uns gelingt, ihnen ein Beruhigungsmittel zu verabreichen und sie in Isolationstanks zu schaffen, können wir sie eine Weile schlafen lassen und ihre Hirnströme mit Hilfe von Beat-Therapie und Isolationstechnik verändern. Das sollte uns in die Lage versetzen, sie zu bändigen. Hoffentlich lange genug, bis Sie einen Weg gefunden haben, ihre Zeta-Kräfte … kurzzuschließen. Das Gehirn führt schließlich die Anweisungen des Verstands mit Hilfe elektromagnetischer Impulse aus. Wenn sich diese Impulse irgendwie ändern ließen …«

Chuck merkte, wie er in einen tranceartigen Konzentrationszustand verfiel. »Ja«, sagte er und nahm kaum wahr, dass er Worte bildete, »ja, das … sollte möglich sein. Wenn wir …« Er riss sich aus seinen Gedanken und sah Lorstad in die Augen. »Wenn sie nicht herauskommen wollen, wenn es notwendig wird, sie zu überlisten, dann werden unsere Chancen am größten sein, wenn es uns gelingt, sie zu trennen, wenn wir uns einen nach dem anderen vornehmen.«

»Ein geteiltes Reich?«, schlug Lorstad vor.

Chuck lächelte grimmig. »Eine altbewährte Methode, um Chancengleichheit herzustellen. Außerdem haben wir noch ein Ass im Ärmel versteckt.« Er zog die Lippen leicht kraus und wies mit einem halben Kopfnicken in Lorstads Richtung.

»Wie möchten Sie weiter vorgehen?«, fragte Lorstad.

»Wie gesagt, wir müssen mit dem Weißen Haus sprechen, und dieses Mal möchte ich mit der Präsidentin persönlich reden.

Und ich denke, Sie können das geschehen lassen.«

KAPITEL 17

Ein geteiltes Reich

Im einen Moment befand sich Chuck noch in seinem Büro im Zentrum, im nächsten stand er mitten auf dem amerikanischen Siegel im Teppich des Oval Office. Der leise, erschrockene Ausruf, den er von links hörte, stammte von einer verdutzten Präsidentin Ellis, die ihn und Lorstad ansah, als wären sie gerade aus dem Nichts aufgetaucht – und so war es ja auch.

Chuck starrte sie seinerseits an und wusste nicht, ob es ihn mehr beeindruckte, dass er mit der Präsidentin der Vereinigten Staaten im Oval Office war oder dass er gerade von einem Mann, der Quantenverschränkungen so ziemlich nach Belieben herbeiführen konnte, mehr als dreitausend Kilometer quer durch die USA transportiert worden war.

Es kommt ziemlich aufs Gleiche raus, dachte er und lächelte.

Lorstad ergriff als Erster das Wort. »Madam President, darf ich Ihnen Dr. Charles Brenton von Forward Kinetics vorstellen. Ich glaube, Sie wollten ihn …«

»Keine Bewegung!«

Ein Tausendfüßler aus schwarzen Anzügen schlängelte sich ins Büro, die Waffen erhoben und feuerbereit.

»Auf die Knie!«

Chuck atmete tief ein und gehorchte. Hände wühlten in seinen Taschen und tasteten ihn von Kopf bis Fuß ab. Lorstad schaute beinahe heiter drein, als er derselben Behandlung unterzogen wurde.

Der Leiter der Secret-Service-Agenten holte einen Kabelbinder hervor und zwang Chucks Hände auf den Rücken.

»Nein.«

»Madam President?«

»Lasst sie los, Pete.«

Die Präsidentin sah Lorstad an und dann wieder Chuck. »Ich wollte ihn allerdings treffen, aber wer ...«

»Das ist Kristian Lorstad«, brachte Chuck heraus. »Er und seine Leute haben uns mehr oder weniger vor Deep Shield gerettet und bis jetzt versteckt gehalten. Er ... verfügt selbst über ein paar Fähigkeiten, wie Sie sehen.«

»Ich ... ja. Ich sehe es. Ich bin ...«

Chuck beobachtete, wie sie langsam den Schock dieses surrealen Erlebnisses überwand. Sie stand auf und strich ihren Blazer glatt, dann kam sie um den Schreibtisch herum und streckte ihm die Hand entgegen.

»Danke, dass Sie gekommen sind, Dr. Brenton. Bitte nehmen Sie Platz.« Sie wies zu den Sofas und Sesseln in der Mitte des Raums. »Pete, lassen Sie Ihre Truppe von draußen aufpassen.« Augenblicke später hatten die Präsidentin, Chuck und Lorstad den Raum für sich allein.

Chuck setzte sich auf die Kante eines der beiden Sofas. Lorstad hockte sich auf dessen Armlehne, was ihm mehr Übersicht bot. Ellis sah ihn nachdenklich an, dann ließ sie sich in einem Ohrensessel direkt gegenüber von Chuck nieder.

»Erzählen Sie, Dr. Brenton. Sagen Sie mir, dass es etwas gibt, was wir tun können, bevor die ganze Welt in einem Abgrund versinkt. Ich will mich klar ausdrücken. Ich bin den Zielen der Zetas nicht vollkommen abgeneigt. Ich misstraue nur ihren Methoden ... und ihnen selbst, um ehrlich zu sein. Sie haben nicht viel Hemmung erkennen lassen, zu töten. Zugegeben, die Leute, die sie getötet haben, waren selbst gewalttätig – und hatten weniger Anlass, es zu sein –, aber mich stört diese Neigung in Kombination mit dem Wachstum ihrer Fähigkeiten.«

Chucks Herz zog sich zusammen. Er hatte dieser Realität nicht ins Auge sehen wollen. Er nickte. »Ich fürchte, Sie könnten recht haben. Sie haben keine Möglichkeit, sich ihnen gegenüber in eine Machtposition zu bringen oder auch nur in eine, in der Sie ihnen ebenbürtig sind.«

»Das ist mir bewusster, als Sie ahnen. Wir – ich und eine Reihe von Mitgliedern meiner Regierung und die Führer der Kongressparteien – hatten gestern ein Treffen mit ihnen.«

»Sie sind herausgekommen?«

»Kurz. Gerade lange genug, um uns mit ihrer Anwesenheit zu beeindrucken und ihre Absichten klarzumachen. Dann sind sie in ihre Burg zurückgegangen und haben die Zugbrücke hochgezogen. Es gibt, wie Sie sagen, keine Möglichkeit, mit einer Macht zu verhandeln, die sich selbst als absolut sieht.« Die Präsidentin beugte sich vor und stützte die Ellenbogen auf die Knie. »Sagen Sie mir, dass Sie mit ihnen fertigwerden können.«

»Wir glauben, es zu können, ja. Wir schlagen vor, dass ich zuerst in den Berg gehe und mich mit ihnen treffe. Um ein Gefühl dafür zu bekommen, wo ihre Schwachpunkte liegen.«

Die Präsidentin schüttelte den Kopf. »Doktor, das könnte tödlich sein. Ihr Partner ist hineingegangen und ...«

»Mein Partner war keiner von ihnen. Er war selbst kein Zeta.«

»Ja – und?«

»Nun ja, Sie haben uns gerade aus dem Nichts in Ihrem Büro auftauchen sehen, also ...«

Ellis machte große Augen. »Sie ... Sie können ...« Sie vollführte mit einer Hand eine Abrakadabra-Geste. »Darf ich fragen, was Sie genau tun?«

»Ich bin Neurowissenschaftler. Meine ... Talente liegen auf dem Feld medizinischer Diagnose.« Er beließ es dabei und erwähnte nicht, dass er mehr konnte als Diagnosen erstellen. Präsidentin Ellis war besorgt, die Zeta-Fähigkeiten könnten als Waffe eingesetzt werden. Das Letzte, was sie gebrauchen konnten, war, dass sie wusste, wozu er fähig war.

»Und der Rest Ihres Teams?«, fragte sie. »Nichts für ungut, Doktor, aber ich hoffe, sie haben mehr, sagen wir, Kampfkraft zu bieten.«

»Wir sind vor Deep Shield geflohen, Präsidentin Ellis. Wir haben nicht durchgemacht, was die Alphas durchgemacht haben. Wir haben keinen Grund, auch nur daran zu denken, unsere Talente als Waffe einzusetzen.« Bis jetzt, flüsterte eine boshafte kleine Stimme in Chucks Hinterkopf.

Sie sah ihn beunruhigend direkt an. »Doch das könnte genau das sein, worum wir Sie bitten müssen, Charles. Darf ich Sie Charles nennen?«

»Chuck«, antwortete er reflexartig und fügte an: »Bitte.«

Sie lächelte kurz. »Chuck. Angenommen, Sie und Ihr Team sind in der Lage, Ms. Crowell und ihre Komplizen herauszufordern. Werden Sie es über sich bringen, Ihre Fähigkeiten gegen Ihre Freunde einzusetzen?«

»Nicht, um ihnen Schaden zuzufügen. Ich meine, ich hoffe, wir werden ihnen keinen Schaden zufügen müssen. Wir hoffen, wir können sie überreden, herauszukommen. Wenn das nicht klappt, haben wir vor, sie zu trennen und einzeln herauszulocken, ihnen einen Tranquilizer zu verabreichen, um ihre Zeta-Fähigkeiten irrelevant zu machen, und sie dann rasch in Isolationstanks zu schaffen, wo ihre Hirnströme überwacht und unter Kontrolle gehalten werden können.«

»Und modifiziert«, ergänzte Lorstad, der nun endlich an dem Gespräch teilnahm. »Wir werden alles in unserer Macht Stehende tun, um ihr Leben zu retten, aber wir dürfen nicht zulassen, dass sie sich zu mächtigen Diktatoren aufschwingen.«

»Was, wenn es nicht möglich ist, sie genügend zu modifizieren?«, fragte die Präsidentin.

Chuck schloss die Augen und schluckte, da sich seine Kehle plötzlich zuschnürte. »Ich darf nicht glauben, dass es unmöglich ist, Madam President.«

»Klingt, als würden Sie und ich jetzt im selben Team spielen. Wie schnell können Sie Ihren Plan umsetzen?«

Lorstad stand auf. »Wir müssen einige Dinge einrichten,

und natürlich muss manches davon installiert werden, ohne Aufmerksamkeit zu erregen. Ich denke, wir können Charles und sein Team in den nächsten zwei Tagen so weit haben. Die anderen Dinge werden ein paar Tage länger dauern. Vier Tage, dann müssten wir bereit sein, die Alphas aus ihrem Berg zu holen.«

Margaret Ellis nickte. »Was kann ich dabei tun?«

Chuck sprach, bevor Lorstad dazu kam. »Sagen Sie den Alphas, dass Sie mit mir Kontakt hatten und dass ich mich binnen einer Woche bei ihnen melden werde. Sagen Sie ihnen … sagen Sie ihnen, ich freue mich darauf, wieder mit ihnen vereint zu sein. Dass ich sie vermisst habe.« Das stimmte.

»Wir sollten gehen«, sagte Lorstad.

Chuck stand auf und stellte sich neben den Gelehrten. Er warf Margaret Ellis einen letzten, gequälten Blick zu. »Ich wünschte, ich hätte sie vor Deep Shield retten können. Was Howard ihnen angetan hat, hat sie verändert. Ich bete, dass es sie nicht zu sehr verändert hat.« Er legte die Hand auf Lorstads Ärmel, schloss die Augen im Oval Office und öffnete sie wieder in seinem eigenen Büro.

»Sie beten, Charles?«, sagte Lorstad, als er sich von Chuck löste. »Glauben Sie wirklich, dass Gebete in dieser Lage etwas bewirken?«

Chuck hatte nicht die Bandbreite, um über die Logik von Glauben und Gott zu diskutieren, und sagte einfach: »Ja, das glaube ich, und sei es nur, dass sie bei mir und meiner Psyche etwas bewirken.«

Lorstad betrachtete ihn einen Moment, dann lächelte er und wandte sich zum Gehen. »Ich werde anfangen, alles in Gang zu setzen, Charles. Sie müssen Ihr Team versammeln. Führen Sie es im Gebet, wenn Sie möchten. Es kann wohl nicht schaden.«

»Lassen Sie das«, sagte Chuck und war selbst überrascht, mit welchem Nachdruck die Worte über seine Lippen kamen.

Lorstad hielt kurz vor der Tür abrupt inne und drehte sich stirnrunzelnd um.

»Behandeln Sie mich nicht herablassend und gönnerhaft. Lassen Sie sich nicht zu der Annahme verleiten, mein Glaube an Gott oder meine Mitmenschen würde mich schwächen. Überlegen Sie, woran Sie glauben, und dann sagen Sie mir, dass ich falschliege mit dem, woran ich glaube.«

Lorstads Lächeln verrutschte etwas, als er das Büro verließ. Chuck schüttelte seine momentane Gereiztheit ab und ging daran, sein Team zu versammeln.

»Chuck kommt in den Olymp.«

Sara verkündete die Nachricht vom Eingang des Pausenraums, den sie in ihre Hauptküche verwandelt hatten, weil er nahe bei den Wohnräumen lag. Es gab mehr als genug Essensvorräte – genug für eine kleine Armee. Außerdem hatten sie mit Hydrokulturen experimentiert. Sie holten das Essen nach Bedarf aus dem Kühllager und machten es in der Mikrowelle im Pausenraum warm. Mike hatte gerade ein Burrito gegessen und über die Möglichkeit nachgedacht, mittels Zeta-Wellen zu kochen (immerhin verstand er die grundlegende Physik zur Erzeugung von Wärme), aber Saras Neuigkeit ließ ihn das Thema sofort vergessen.

Er schluckte einen halb gekauten Mundvoll mexikanisches Schweinefleisch und sagte: »Das ist großartig.« Er meinte es auch so. Irgendwie bewirkte der Gedanke, dass Chuck hierherkam, ein absurdes Gefühl der Hoffnung. Angesichts dessen, was Sara mit Matt gemacht hatte, sollte es das aber vielleicht nicht. Der Appetit auf das Burrito war ihm komplett vergangen. Das schien neuerdings oft zu passieren. Er legte es auf den Teller.

»Hör zu, Sara … du hast nicht vor … ich meine, was mit Matt passiert ist …«

Ihr Gesichtsausdruck sprang einige Male zwischen Schmerz

und Zorn hin und her, ehe sie nachdrücklich den Kopf schüttelte. »Nein, Mike. Chuck ist nicht Matt. Matt war ein gieriger, seelenloser Schweinehund. Er hat uns des Profits wegen an diesen Blödmann mit seinen Paramilitärs verkauft. Chuck wollte es verhindern. Er hatte nur nicht genügend Zeit. Er wird mithelfen, damit wir hier für immer rauskönnen. Er findet einen Weg, um …« Sie hielt inne, fuhr sich mit der Zunge über die Lippen und schüttelte wieder den Kopf. »Er bringt uns in die Außenwelt, du wirst sehen. Es wird unser Triumph sein.«

Etwas Klägliches war in ihren Worten und ihrem Tonfall. Sie klang wie ein Kind, das überzeugt war, dass sein Daddy alles gutmachen konnte. Mike hatte den Eindruck, dass sie beinahe gesagt hätte, Chuck würde einen Weg finden, sie zu *retten*.

Himmel, wie sehr ich mir das wünschte.

»Und, wie geht es mit der Roboterarmee voran?«, fragte sie als Nächstes.

»Gut«, antwortete Mike wahrheitsgemäß. »Ich kann rund drei Dutzend von ihnen gleichzeitig steuern, und ich experimentiere gerade damit, weitere Systeme im Stützpunkt zu kontrollieren. Nur für den Fall, dass sie wieder versuchen, unsere Verteidigung zu durchbrechen.« Tatsächlich konnte er inzwischen mehr als einhundert Roboter bedienen und hatte das gesamte Stromnetz im Kopf. Wenn es einen Schaltplan für ein System gab, der auch nur annähernd der Realität entsprach, dann stellte er fest, dass er es steuern konnte.

Sie lächelte. »Guter Mann. Allerdings hatte ich gehofft, du würdest inzwischen mehr schaffen.«

Er hob kapitulierend die Hände. »Hey, Sara, ich bin nur ein Arbeiter. Ich habe nicht diese Kunstfertigkeit von dir und Timmy. Bei mir ist alles brutale Gewalt. Ich glaube, Tim würde es leichter fallen, diese …«

»Eben weil Tim und ich zu den kunstvolleren Manövern fähig sind, brauchen wir dich für die Sachen, wo ›brutale Gewalt‹

gefragt ist. Ich weiß, du kannst es, Micky. Ich weiß es. Du magst ungebildet sein, aber du bist verdammt clever.«

Er schüttelte den Kopf und sah auf sein angebissenes Burrito hinunter.

Sara legte den Kopf schief und musterte ihn. »Etwas macht dir zu schaffen, ich merke es dir an.«

Er sah auf. »Was?«

Sie kam langsam in die Küche und setzte sich gegenüber von ihm an den Tisch. Er hielt den Atem an. Hatte sie ihn durchschaut? Wusste sie, wie er wirklich darüber dachte, ein Olympier zu sein?

»Es ist wegen deiner Familie, oder? Ich weiß, du vermisst sie.«

Er wurde ganz schwach und zittrig vor Erleichterung. »Ja«, sagte er, und seine Stimme war kaum mehr als ein Flüstern. »Ja, es ist ... Ich war noch nie so lange von Helen und den Kindern getrennt. Es bringt mich um, Sara. Das ist mein Ernst.« Es brachte ihn tatsächlich um. Manchmal wünschte er sich, er wäre tot und hätte alles hinter sich.

Sara legte ihre Hand auf seine. »Es tut mir leid, Micky. Hör zu, wir haben jetzt eine direkte Verbindung zur Präsidentin. Vielleicht kann sie deine Familie von der CIA abholen und hierherbringen lassen. Wäre es nicht wunderbar, wenn deine Kinder das hier sehen könnten? Wenn deine Frau sehen könnte, was für Dinge du tun kannst?«

Mike sah sie an und blinzelte, er wurde von Entsetzen gepackt bei der Vorstellung, seine Familie könnte in diese sterile Hölle kommen. Bei dem Gedanken, dass sie erfuhren, wozu er in der Lage war, was er getan hatte, stellten sich seine Haare auf.

Nichts anmerken lassen, Yenotow.

»Nein, danke. Zumindest nicht, bis wir uns in unserer neuen Rolle in der Welt eingerichtet haben. Wenn die CIA sie jetzt hierherbringt, könnten sie als Druckmittel benutzt werden.

Und abgesehen davon, sosehr ich sie liebe, aber bei der vielen Arbeit, die wir haben, würden sie mich nur ablenken. Verstehst du? Sie würden alles komplizierter machen.«

Sara lächelte. »Du bist wirklich ein guter Mann, Mike Yenotow. Ich wünschte, Tim könnte sich halb so gut konzentrieren wie du. Unser kleiner Troll hat immer noch nicht den Bogen raus, wie er seine Geister etwas formbeständiger machen kann. Er ist ein bisschen zu sehr auf deine Hilfe angewiesen.«

Mike sagte nicht, dass sie ebenfalls wahnsinnig von ihm abhing, wenn es um »brutale Gewalt« ging. »Ja, sicher. Es wäre gut, wenn er ein bisschen mehr Gewicht tragen könnte, was das angeht. Aber, hey, ich habe dir meine Armee ja auch noch nicht geliefert. Du beherrschst das alles einfach besser als wir beide, Sara.« Er sah ihr in die Augen, als er es sagte, und wollte sie zwingen, es zu glauben, obwohl er wusste, dass ihm gerade dieses Talent völlig fehlte.

Aus ihrem Lächeln wurde ein Grinsen. »Mit Schmeichelei kommen Sie weit, werter Herr. Aber ihr beide holt sicher noch auf. Vor allem du. Du bist klüger, als du glaubst.« Sie drückte seine Hand, stand auf und verließ die Küche, und ihr Selbstvertrauen flatterte hinter ihr her wie der Umhang eines Superhelden.

Klüger, als er glaubte? Er wünschte, es wäre so.

Er stand auf und warf die Reste des Burritos in einen Kompostbehälter. Er gehörte zu dem Netzwerk solcher Aufnahmevorrichtungen, die den Abfall zu einer zentralen Sortieranlage auf der untersten Ebene des Bergs beförderten. Recycelbare Abfälle im Norden, Restmüll im Süden, Kompost in einem massiven Silo dazwischen. Manchmal wünschte Mike, er könnte sich einfach in den Kompostbehälter werfen und zusammen mit dem Rest des organischen Mülls auflösen – zu einem Teil des Methangases werden, das die Einrichtung teilweise mit Energie versorgte.

Es war ironisch, dachte Mike, dass der Olymp in Teilen von einem scheußlichen Miasma aus Gasen betrieben wurde, die aus Zerfall entstanden. Oder vielleicht war es nur angemessen. Trotz aller deprimierenden Gedanken stellte Mike überrascht fest, dass in seinem Herzen noch Hoffnung war. Vielleicht hatte er wie Sara angefangen, Chuck als ihren Erlöser zu betrachten.

Es dauerte drei Tage, bis Team Chuck alles eingerichtet hatte. Sie bauten ein spartanisches Basislager mit zwei Modulgebäuden und einem winterfesten Zelt mit Holzrahmen auf, die auf einer Lichtung von rund zwölf Metern Durchmesser standen. Zwei unscheinbare SUVs waren unter einer altehrwürdigen Zeder geparkt.

Das Camp wurde nur von den Zetas, Lorstad und Joey Blossom bevölkert, und sie unternahmen keine Anstrengungen, es zu tarnen. Die Alphas erwarteten sie. Es hatte keinen Sinn, wenn sie versuchten, die Existenz des Lagers zu verheimlichen. Was sie verheimlichten, war die Ausrüstung in einem der Module. Drei Isolationskammern und alles, was sie für die Audiozuspielung und die unterschwellige Programmierung brauchten. Es gab keine Computer außer den nicht am Netz hängenden, die die Tanks regelten und die Hirnströme interpretierten – keine elektronischen Pfade, die Tim oder Sara aus der Ferne nutzen konnten.

Die Betas hofften, das Gleichgewicht damit zu ihren Gunsten zu verändern. Mike Yenotow war der Schlüssel – oder vielleicht war Joker die bessere Metapher. Chuck wusste, Mike würde die größte Bedrohung sein, wenn er sie als Feinde sah – wegen seiner Fähigkeit, physische Objekte zu bewegen. Aber mit seiner Familie hatte er auch am meisten zu gewinnen, wenn die Sache schnell gelöst wurde.

Das Basislager der Betas lag nur knapp vierhundert Meter von dem militärischen Kommunikations-Camp entfernt

(Admiral Hand hatte es »Spiderweb« getauft), durch das die Alphas Verbindung mit der Außenwelt hergestellt und mit der US-Regierung kommuniziert hatten. Sämtliche Waffen befanden sich dort. Team Chuck war vollkommen unbewaffnet bis auf ihre Zeta-Talente und ihren Grips.

Chuck sah zu, wie Lorstad ein letztes Mal die Isolationskammern überprüfte, bevor sie Kontakt mit den Alphas aufnahmen. Der Gelehrte beabsichtigte, sich versteckt zu halten; Chuck wusste nicht, welche Wirkung die Anwesenheit eines Fremden auf die ohne Frage paranoiden Alphas haben könnte. Lorstad, das wusste er, hatte andere Sorgen.

»Und Sie wollen wirklich nicht noch einmal darüber nachdenken, ob Sie Mini und Eugene nicht lieber ins Lager zurückschicken?«, fragte Kristian. »Eugene wird ohne seine Computer bestimmt zu nichts nütze sein, und Mini ist Künstlerin – ich kann mir nicht vorstellen, welchen taktischen Vorteil sie bieten könnte.«

»Das«, sagte Chuck nachsichtig, »gehört zu den unaufrichtigsten Dingen, die Sie je zu mir gesagt haben – und Sie haben eine hübsche Anzahl unaufrichtiger Dinge gesagt. Ich bin mir ziemlich sicher, Sie wissen sehr genau, dass Minis Kunst weder statisch noch passiv ist. Ich erwarte, dass sie uns sowohl einen taktischen als auch einen strategischen Vorteil bietet. Sie bleiben beide hier.«

Lorstad sah ihn scharf an, und Chuck musste lächeln.

»Ja, ich weiß – die Maus, die brüllt. Sie sind es nicht gewöhnt, bissige Antworten von mir zu bekommen. Gewöhnen Sie sich daran. Ich bin nicht mehr derselbe Mensch, als der ich zu Ihnen gekommen bin.«

Lorstad, der gerade einen Monitor zur Überwachung von Herzschlag und Atmung überprüft hatte, richtete sich auf, ein halbes Lächeln auf den Lippen. »So viel steht fest. Die Ausrüstung ist einsatzbereit. Sie können mit den Alphas Kontakt aufnehmen, sobald Sie so weit sind. Ich möchte jedoch, dass Sie über etwas nachdenken, und zwar darüber, dass wir zumindest bei Mikhail Yenotow möglicherweise über ein Druckmittel verfügen.«

Chuck runzelte die Stirn. »Druckmittel? Ich kann Ihnen nicht folgen.«

»Seine Familie. Insbesondere seine Kinder. Wenn er sich unkooperativ zeigt, könnte die Anwesenheit seines Sohns oder seiner Tochter …«

Chuck hatte zwar Mikes Familie als eine Möglichkeit gesehen, Zugang zu Mike zu finden, aber nie als ein Druckmittel. Zorn brandete in ihm auf. »Auf keinen Fall. Das dürfen wir ihnen nicht antun. Das ist genau das, was Howard getan hat – er hat sie wie Geiseln behandelt. Er hat sie zu versklaven versucht. Wir dürfen ihnen das nicht antun«, wiederholte er. »Nicht nur, weil es grausam wäre, sondern auch, weil es kontraproduktiv wäre. Wenn unser Plan funktionieren soll, müssen wir tatsächlich ihr Vertrauen gewinnen. Andernfalls fliegen wir hochkant raus.«

»Ich verstehe Ihre Vorbehalte, Charles, aber Sie haben selbst gesagt, dass Yenotows Hauptsorge die ganze Zeit seiner Familie galt. Er ist schon einige Zeit von ihnen getrennt. Es könnte sein, dass er auf eine Bitte von ihnen reagieren würde, während er bei Ihnen nichts davon hören will. Vielleicht kann nur ein Familienmitglied vernünftig mit ihm reden.«

Chuck konnte Lorstads Logik nicht bestreiten, aber es kam ihm trotzdem nicht richtig vor. Er schüttelte den Kopf. Es war schon ironisch. Er würde seinem Team gleich sagen, dass sie auf ihren Instinkt vertrauen sollten. Lorstad hingegen riet er davon ab.

Die Sache war nur die, dass er den Instinkten seines Teams vertraute.

»Lassen Sie mich ein Gefühl dafür bekommen, was da oben vor sich geht, ehe Sie Dinge in Gang setzen, die sich nicht rückgängig machen lassen.«

Lorstad legte den Kopf schief. »Aber ich muss Sie überwachen. Wenn die Dinge da oben auf dem Berg außer Kontrolle geraten, muss ich so handeln, wie ich es für richtig halte.«

Chuck holte tief Luft und nickte, dann verließ er das Gebäude, um sich mit seinem Team zu treffen. Sie versammelten sich im Winterzelt, von wo sie den Gipfel des »Olymp« sehen konnten. Sie gingen ihre verschiedenen Rollen durch, aber hauptsächlich betonte Chuck die Notwendigkeit, flexibel zu sein und intuitiv zu handeln.

»Vertraut eurem Instinkt«, sagte er. »Sara und die Jungs erwarten, dass wir ihnen als Freunde begegnen, ihnen vielleicht sogar einen Weg aufzeigen. Ich werde natürlich mehr wissen, wenn ich mich mit ihnen getroffen habe, aber wir müssen alle für ihre Gefühlsregungen empfänglich sein und bereit …« Er zögerte.

»Notfalls kann ich Tim übernehmen, wenn er wild wird«, sagte Lanfen. »Ich habe das Filmmaterial über die Alphas genau studiert. Ich glaube, ich habe eine ziemlich gute Vorstellung von seinen Fähigkeiten und wo sie sich mit denen von Sara und Mike überschneiden. Ich habe etwas beobachtet. Ihre Talente greifen ineinander, aber sie wirken nicht harmonisch zusammen. Es gibt Bruchstellen.«

Eugene hatte den Berg durch einen Feldstecher des Militärs beobachtet. Jetzt drehte er den Kopf und runzelte die Stirn. »Was heißt das?«

»Nun, wenn man sich die Bilder aus Kabul und Ciudad Juárez ansieht und die Aufnahmen aus der Kongresssitzung, dann scheint es, als müsste Sara die anderen dazu anstoßen, dass sie ihre Rolle in einem Szenario erfüllen.«

»Und zwar visuell«, sagte Mini und nickte. »Das ist mir auch aufgefallen.«

»Ja«, ergänzte Lanfen. »Und in Kabul hat Sara sogar verbale Stichworte gegeben. Ich glaube …«

»Wir werden schneller merken, was los ist.«

»Richtig.« Lanfen wandte sich an Chuck. »Bist du dir sicher, dass du mich nicht dabeihaben willst?« Sie wies mit einem Kopfnicken zur Bergspitze, die in dem großen Fenster des Zelts zu sehen war.

»Wollen würde ich es sehr wohl. Aber ich werde dich nicht mitnehmen. Lorstad sagt, er überwacht mich – was immer das bedeutet.«

»Sieh dir das an«, sagte Eugene und gab Chuck das Fernglas. »Sie haben eine Art Beobachtungsplattform da oben.«

Chuck ging zum Fenster und setzte das Fernglas an die Augen. Tatsächlich ragte ein Beobachtungsdeck aus dem Gipfel des Pine Ridge. Sara und Tim standen darauf, sie trugen dunkelblaue Overalls mit einer Art Abzeichen auf der Brust. Die beiden sahen aus, wie er sie gekannt hatte, bevor die Welt verrücktgespielt hatte, und doch irgendwie anders. Obwohl der Wind dort oben in der Höhe die Baumwipfel beugte, wurde Saras Haar nicht vom Wind gepeitscht. Es floss sanft wie in einer Hollywood-Zeitlupe um ihren Kopf. Ihre Augen und ihre Haut schienen zu leuchten, als sie über den Hang auf das Lager der Betas heruntersah. Tim sah dagegen aus, als wäre er mit dem Finger in eine Steckdose geraten. Sein Lockenhaar stand in alle Richtungen ab, und um seine ganze Gestalt zuckte ein leuchtender Halo aus Energie.

Chuck runzelte die Stirn und gab Lanfen das Fernglas. Sahen sie wirklich so aus, oder sahen sie sich nur selbst so? Erforderte es Energie oder gar geistige Aufmerksamkeit, um die Projektion aufrechtzuerhalten, oder waren sie wie Mini dazu in der Lage, sich selbst erhaltende Phänomene zu erschaffen? Chuck nahm an, er würde es nur herausfinden, indem er auf den Berg ging und sie fragte.

»Ich gehe hinüber zum Spiderweb«, sagte er, »und gebe ihnen Bescheid, dass ich bereit für einen Besuch auf dem Olymp bin. Wünscht mir Glück.«

Er wandte sich der Tür zu, aber Lanfen nahm seine Hand und drückte ihm einen Kuss auf die Lippen, ehe sie ihn gehen ließ. Sie wechselten noch einen Blick, dann machte er sich auf den Weg, bevor er es sich noch anders überlegte und sie doch mitnahm.

KAPITEL 18

Ja, mach nur einen Plan

Saras Reaktion auf Chucks Gruß war spontan und herzlich. »Doc! Schön, Ihre Stimme zu hören. Kann ich Sie dazu überreden, dass Sie sich zeigen?«

Chuck sah Admiral Hand an. Sie stand auf der anderen Seite des Kommunikationstechnikers, der die Verbindung hergestellt hatte und das Gespräch aufzeichnete. »Darf ich?«

Hand machte dem Techniker ein Zeichen, das Mikrofon auszumachen, dann sagte sie: »Sind Sie sicher, dass Sie es wollen? Jedes Mal, wenn ich per Videochat mit ihnen gesprochen habe, habe ich mich irrsinnig verletzlich gefühlt. Ich habe sie buchstäblich in den Raum greifen sehen, in dem ich mich befand.«

Chuck dachte darüber nach. »Ich muss ihnen trauen, Admiral, wenn ich sie dazu bringen will, dass sie mir trauen.«

Sie betrachtete ihn einen Moment, dann nickte sie dem Techniker zu. Der riesige Flachbildschirm, der den Raum dominierte, ging an. Alle drei Alphas waren da. Sara stand in der Mitte, Tim lehnte lässig an einer Konsole neben ihr, Mike saß in einem Drehstuhl links hinter ihr. Chuck versuchte, ihre Gesichter zu lesen. Sara lächelte, als sie ihn sah, und es wirkte aufrichtig. Tim grinste schief. Mike … Mike sah aus, als wäre ihm nicht wohl in seiner Haut, als wäre er unglücklich oder hätte schlicht Angst.

Chuck hielt den Augenkontakt mit ihm, bis Sara sprach.

»Chuck, Sie haben keine Ahnung, wie gut es tut, Sie zu sehen. Als ich hörte, dass die Präsidentin Sie aufgefordert hat, an Bord zu kommen, war ich richtig begeistert. Sie sind der einzige Mensch, dem ich zutraue, dass er diesen Prozess beschleunigt.«

»Die Entwaffnung der Welt, meinen Sie?«, fragte Chuck. »Und ich freue mich ebenfalls, Sie zu sehen.«

»Schwerter zu Pflugscharen«, sagte Sara und lächelte. »Ich weiß, das ist etwas, das Sie auch gern sehen würden.«

»Das stimmt. Ich würde es sehr gern sehen. Wie es scheint, haben Sie schon eine gewaltige Wirkung erzielt. Sie haben ein halbes Dutzend Kriege schlagartig beendet. Das ist eine erstaunliche Leistung.«

Sara lächelte noch strahlender. »Vielen Dank auch, mein Herr. Ich wünschte, ich könnte sagen, es ist genug, aber so ist es nicht. Es gibt immer noch Widerstand – unter anderem von der US-Regierung, zumindest bis jetzt. Wenn ich recht verstehe, haben Sie die Präsidentin dazu gebracht, uns ernst zu nehmen.«

»Oh, sie hat Sie immer ernst genommen, Sara. Sie hat alles in ihrer Macht Stehende getan, um …« Er hätte fast gesagt, *Ihre Forderungen zu erfüllen*, ersetzte es aber durch: »… Ihren Bitten nachzukommen. Sie ist eine gute Frau. Eine ehrliche Haut. Sie können ihr vertrauen.«

Etwas wie Erleichterung flackerte kurz in Saras Augen auf, dann fragte sie: »Ist sie ehrlich, was die Stilllegung der Nuklearraketen-Silos angeht? Sie behauptet, es wäre gefährlich, sie aufzugeben.«

Chuck hatte nicht speziell über Nuklearraketen mit Präsidentin Ellis gesprochen, aber sie hatten die verschiedenen Forderungen der Alphas zusammen mit dem Generalstab und dem Heimatschutz diskutiert. »Na ja, überlegen Sie, Sara. Wenn das Militär sein gesamtes Personal von diesen Einrichtungen abzieht, wer soll dann andere Akteure davon abhalten, sie zu besetzen und Gott weiß was mit dem dort gelagerten Zeug anzustellen? Selbst wenn sie die Einrichtungen schließen und vom Netz nehmen, kann das Rohmaterial immer noch missbraucht werden.« Er warf Admiral Hand einen Blick zu, die zur Bestätigung nickte.

Sara nickte ebenfalls, sie hatte die Stirn gerunzelt. Ihr Bedürfnis nach Bestätigung erinnerte Chuck daran, dass sie zwar mächtig war und in der Lage, auf die Realität einzuwirken, aber sie hatte kein gottähnliches Wissen erworben, das ihren gottähnlichen Fähigkeiten entsprach. Bei allem Verständnis von Weltpolitik und Militärstrategie war sie immer noch eine Architektin, die mehr oder weniger improvisierte.

Es war sowohl tröstlich als auch beängstigend.

»Das leuchtet mir ein«, sagte Sara. »Wir werden wohl einen Weg finden müssen, sie angemessen zu schützen, bis wir dahintergekommen sind, wie wir die gefährlichen Bestandteile vernichten können. Sie müssen uns einen Zeta-Physiker machen, Doc. Jemanden, der seine Talente der Aufgabe widmet, das Nuklearzeug untauglich für Waffen zu machen.«

»Das ist eine großartige Idee«, sagte Chuck in aller Aufrichtigkeit. »Wir arbeiten mit mehreren neuen Zetas. Keiner von ihnen ist direkt Physiker, aber es gibt einen potenziellen Experten, der aus dem Bereich der Physik kommt. Vielleicht fällt ihm eine Möglichkeit ein, das radioaktive Material zu neutralisieren.«

Kann Lorstad so etwas, fragte er sich, *oder ist er auf Quantenverschränkung und symbolische Beeinflussung von Atomen spezialisiert?*

Es war sicherlich interessant, dieses Feld zu erkunden – später.

»Neue Zetas?«, fragte Sara und machte große Augen. »Wie viele? Was für Fähigkeiten haben sie? Heißt das, Sie konnten einen Teil der Ausrüstung retten? Und haben einen Ort gefunden, um Ihre Arbeit fortzusetzen?«

»Ja, wo waren Sie, Doc?«, fragte Mike, bevor Chuck auch nur anfangen konnte, Saras Fragen zu beantworten. »Sie sind einfach verschwunden. Was ist passiert?«

Chuck holte tief Luft. Das war eine Gelegenheit, sich und sein Team als Verbündete zu präsentieren. »Ihr wisst wahrscheinlich, dass Deep Shield hinter uns her war.«

Sara und Mike wechselten einen Blick. »Ja«, sagte Mike. »Matt ... Matt hat uns davon erzählt. Er sagte, sie dachten, sie hätten euch, und dann wart ihr einfach verschwunden. Wo waren Sie?«

»Im absoluten Niemandsland«, antwortete Chuck, der sich Hands Anwesenheit hyperbewusst war. »Man hat uns in eine Einrichtung an der Grenze zwischen Idaho und Nevada gebracht, die nicht viel weniger geheim war als Deep Shield, wenn auch sehr viel weniger beängstigend.«

»Wer hat Sie dorthin gebracht?«, fragte Sara stirnrunzelnd. »Die Regierung?«

»Nein, nicht die Regierung. Gut vernetzte Verbündete. Leute, die erkannten, was aus uns werden könnte, wenn wir in die falschen Hände fallen würden.«

»*Wir* sind in die falschen Hände gefallen«, sagte Sara mit rauer Stimme.

»Ja, und das war meine Schuld. Ich habe zu langsam gehandelt. Ich habe gezaudert. Ich wusste nicht, wem ich trauen soll. Ich wollte Matt trauen, aber er schien von Howard gekauft zu sein und ...«

Sara schüttelte den Kopf. »Machen Sie sich keine Vorwürfe, Doc. Wir haben ebenfalls zu spät gehandelt. Wir haben zugelassen, dass sie die Teams getrennt haben. Das war ein Fehler. Matt zu vertrauen, war ein Fehler.«

»Ein Fehler, den wir nicht zweimal gemacht haben«, fügte Tim an.

Sein Gesichtsausdruck – halb hämische Freude, halb erinnerter Zorn – ließ Chuck das Blut in den Adern gefrieren. »Sara, ich muss Sie fragen: Was ist mit Matt passiert? Wie ist ... Warum ist er gestorben?«

Mike schien unwohler denn je zu sein, er wandte das Gesicht von der Kamera ab. Tims Gesichtsausdruck war reine Wut, und Sara stand ihm in nichts nach.

»Sie müssen fragen?«, fauchte sie. »Der Schweinehund hat

uns wieder verraten. Er kam mit dem Versprechen hierher, dass er versuchen wollte, uns zu helfen. Er hat uns erzählt, er würde uns in dauerhaften Kontakt mit der Regierung bringen, mit der Präsidentin. Er hatte ein Aufnahmegerät am Körper. Und er war ein Lockvogel. Die Leute, die ihn geschickt haben, wer immer sie waren, haben versucht, uns mit einer Art Gift auszuschalten. Er hat bekommen, was er verdient hat, nicht mehr und nicht weniger. Ich konnte nicht zulassen, dass er uns noch weiter verrät.«

Wieder wechselte Chuck einen Blick mit Joan Hand. Sie wussten beide, dass Matt voller Mitgefühl für die Alphas in den Berg gegangen war. »Sara«, sagte er so freundlich wie möglich, »dieser Angriff, das war nicht Matt, und es war auch nicht die Regierung – jedenfalls nicht die von Präsidentin Ellis. Sie wissen, es gibt Leute, die Deep Shield wieder zum Leben erwecken wollen …«

Sie schüttelte den Kopf. »Sie hätten nicht versucht, uns zu töten. Wir stellen einen Wert dar – eine Waffe in ihrem Fantasy-Arsenal. Ohne uns sind diese Roboter nur komische Hutständer.«

Hand wechselte ihren Standplatz, sodass sie für die Alphas ebenfalls zu sehen war. »Ms. Crowell, wir haben die Behälter analysiert, die von diesen Drohnen abgeworfen wurden – und die für uns eine genauso große Überraschung waren wie für Sie, nebenbei bemerkt. Sie enthielten kein Gift. Sie enthielten ein Sedativ. Sie hätten das Bewusstsein verloren und wären mit fürchterlichen Kopfschmerzen wieder aufgewacht, aber Sie wären nicht gestorben. Wir haben allen Grund zu der Annahme, dass die Leute, die Deep Shield initiiert haben, hinter dieser Drohnengeschichte stecken. Genauer gesagt, Senator Roman Bluth.«

»Das bedeutet nur, dass Matt mit ihnen zusammengearbeitet hat …«

»Nein, Ma'am. Er hat mit *uns* zusammengearbeitet. Sein

Ziel war es, Sie aus dieser … schwierigen Lage zu befreien, in der Sie sind. Er hat wirklich versucht, zu helfen – genau wie Dr. Brenton hier.«

Tim schaute verwirrt drein, und Mike stand mit unsicheren Bewegungen auf und verließ den Kamerabereich. Sara schüttelte immer noch den Kopf. »Nein. Sie irren sich. Das Timing war zu perfekt, um Zufall zu sein. Matt kommt hierher, er ist verkabelt, und jemand versucht uns …«

»Sara«, sagte Chuck, »warum sollten sie angreifen, während Matt bei Ihnen im Berg war? Das ergibt keinen Sinn. Das Gas hätte ihn ebenfalls schachmatt gesetzt.«

»Bauernopfer. Und überhaupt, angenommen, es stimmt, dass sie uns nicht töten wollten. Dann wollten sie uns immer noch kampfunfähig machen, um uns hier herausholen zu können. Sie brauchten ihn hier drin mit seinem Sender, damit sie wussten, wo sie das Zeug abwerfen müssen, und damit sie uns finden würden, wenn sie in den Berg kamen. Wir werden uns von niemandem mehr versklaven lassen, verdammt noch mal. Nie wieder. Im Großen und Ganzen war Matt entbehrlich – für die Leute, die uns geschickt haben, und für uns.«

Chuck erkannte mit einem plötzlichen Gefühl der Übelkeit, dass es töricht wäre, zu glauben, er sei mit Sara und Tim in dem Berg sicher. Mike schien tief zu bereuen, was sie mit Matt Streegman gemacht hatten, aber Sara und Tim hatten keinen Funken Reue im Leib.

»Was ist mit mir, Sara?«, fragte er leise. »Bin ich auch entbehrlich? Nur ein Bauer in eurem Schachspiel?«

»Nein!« Ihr Gesicht wurde weiß, und ihre Augen glitzerten in einer plötzlichen Gefühlsaufwallung. Chuck wünschte nur, er wüsste, was für ein Gefühl es war. »Nein! Sie sind keiner von ihnen. Sie sind einer von uns. Sie haben uns *geschaffen*. Ich kenne Sie, Chuck. Sie würden nie etwas tun, um uns zu schaden. Das wäre, wie … wie Ihrem eigenen Kind etwas zuleide zu tun.«

Sie hatte verdammt recht. Es wäre, wie seinem eigenen Kind etwas zuleide zu tun. Aber wenn dieses Kind zu einem kaltblütigen Massenmörder geworden war, was dann?

Ich habe sie geschaffen.

»Matt hat euch ebenfalls geschaffen, Sara. Wenn ich wie ein Elternteil eurer Fähigkeiten bin, dann war es Matt auch.«

»Matt«, sagte sie bedächtig, »war ein krasser Materialist. Er war eine verlogene, hinterhältige, opportunistische Schlange, und das hat ihn das Leben gekostet. Sein ganzer Beitrag zu unserer Erschaffung war eine mathematische Formel – ein Katalysator. Eine Spermazelle, mehr nicht. Sie sind die wahre Mutter der Erfindung. Der wahre Zauberer.«

»Wäre er ein Materialist gewesen«, argumentierte Chuck, »hätte er das Unternehmen nicht finanziert. Er hat materiell und spirituell alles, was er hatte, in Forward Kinetics investiert.«

Sie lachte. »Er hat nicht an Spiritualität geglaubt, Chuck. Er war ein Atheist, der nicht einmal verstand, dass den menschlichen Verstand anzuerkennen bedeutet, das Göttliche in uns allen anzuerkennen.«

»Dann hatte er eben seine blinden Flecke. Die haben wir alle.« *Selbst ich. Vor allem ich.* »Und wie geht es nun weiter, Sara? Was machen wir jetzt?«

»Sie kommen uns im Olymp besuchen«, sagte Tim fröhlich. »Sie werden staunen, was wir hier alles geschaffen haben. Wir könnten unendlich lange hier drinnen überleben. Wussten Sie, dass die Deeps sogar einen experimentellen Hydrokulturgarten hier unten hatten? Jetzt ist er nicht mehr experimentell. Mike hat das Filtersystem zum Laufen gebracht und herausgefunden, wie sie Sonnenlicht eingefangen haben, und ich habe die ganze Chose mit einem Computer verbunden, der alles steuert, von der Wassertemperatur über die Lüftung bis zur Position der Sonnenspiegel. Es ist ultracool. Wir könnten uns sogar bräunen …«

Sara unterbrach ihn. »Tim hat recht. Sie müssen sehen, was wir geschafft haben. Ist Dice bei Ihnen? Und Lanfen? Sie sollten sie mitbringen. Wir schicken Ihnen eine Eskorte hinunter. Mike handhabt die Roboter so mühelos wie diesen dämlichen John Deere, den er so geliebt hat. Wir lassen ihn …«

»Nein. Nein, Sara. Ich glaube, ich verzichte auf die Führung durch den Olymp. Ich … leide unter Klaustrophobie, wie sich herausgestellt hat. In unterirdischen Räumen bricht mir der kalte Schweiß aus, und ich bekomme Panikattacken. Was Dice und ich aber gern tun würden, ist, Ihre Fähigkeiten zu kartografieren und sie mit denen der anderen Zetas zu vergleichen. Ihre Leistungen sind bemerkenswert. Könnt ihr kurz umreißen, wozu ihr fähig seid? Diese Sache in Kabul – wie habt ihr das gemacht?« Er wusste in etwa, was sich bei ihren virtuellen Vorstößen in die Außenwelt abgespielt hatte, aber er hoffte auf weitere Details.

Sara und Tim lächelten, dann sagte Tim: »Es war ziemlich cool. Ich habe die Truppen außerhalb des Parlamentsgebäudes übernommen und ihnen fantastische Ziele geliefert, damit sie nicht auf echte Menschen schossen, während Sara sich um alles im Gebäude gekümmert hat. Sie hat diesen Typen, die sich im Konferenzraum verschanzt haben, definitiv den Arsch gerettet.«

»Und was war mit Mike?«, fragte Chuck. »Was hat Mike getan?«

Tim lachte. »Mike hat uns gut aussehen lassen. Er ist so etwas wie unser Stunt-Double und Sprengstoffexperte. Er kann Zeug mit purer kinetischer Kraft bewegen, ohne viel nachzudenken. Sehr praktisch. Ich sorge für das Styling, er sorgt für die Substanz – oder jedenfalls das meiste davon.«

Das bestätigte Chucks Vermutung über die Arbeitsteilung in der Gruppe, aber er hatte das Video gesehen, wie sie aus dem Berg gekommen waren, und das zeigte, wie Sara ein mehrere Tonnen schweres Tor in Stücke gesprengt hatte.

»Dann könnt Sara und du also nicht auf physische Objekte einwirken, wie Mike es kann?«

Saras Augen funkelten. »Natürlich können wir es. Aber Tim und ich spezialisieren uns darauf, mit elektronischen Signalen und digitalen Daten zu arbeiten. Mike hat dafür kein Geschick.« Sie drehte sich zu dem Platz um, wo Mike gesessen hatte, sah, dass er leer war, und zuckte mit den Achseln. »Mike ist eine Art Arbeiter-Zeta.«

»Ja«, stimmte Tim zu. »Abgesehen davon kostet diese Art von brutaler Einwirkung eine Menge Kraft. Ich meine, *uns* kostet es eine Menge. Aber davon wissen Sie natürlich nichts.«

Chuck hatte nicht die Absicht, das Überraschungsmoment aufzugeben und zu verraten, dass er selbst ein Zeta war. »Aha. Das ist interessant. Ich habe von dieser auszehrenden Wirkung bei Lanfen, Mini oder den anderen Zetas nichts bemerkt.«

Sara machte einen Schritt auf die Kamera zu. »Andere Zetas? Von denen haben Sie vorhin schon gesprochen. Wer sind sie? Was können sie?«

Chuck überlegte, wie er die Sache anpacken sollte, wie er sie am besten aus der Reserve lockte. »Sie sind jung. Sie sind unglaublich intelligent, und zwei von ihnen hatten eine Spezialausbildung, der von euch niemand ausgesetzt war. Einer von ihnen lernt gerade, die lokale Atmosphäre zu beeinflussen, eine andere lernt, sich selbst erhaltende Gebilde zu erschaffen, und ein Dritter ist ein Software-Typ – eine Art Kombination aus Ihnen und Tim. Er ist fantastisch. Lanfen entwickelt übrigens alle möglichen neuen Talente. Ich würde gern eine Vergleichsstudie mit ihr und Tim machen, da sie im gleichen Tempo Fortschritte zu machen scheinen.«

Wie Chuck gehofft hatte, biss Tim sofort an. Er richtete sich auf, sah frontal in die Kamera und verschränkte die Arme vor der Brust. »Eine Studie, hm? Nennen Sie Ort und Zeit, und ich werde da sein. Und ich wette jetzt schon, dass Sie sich irren. Ich habe einen Vorsprung auf das Ninja Girl. Ich bezweifle, dass sie Elektronen und Photonen so gut umherbewegen kann wie ich.«

Chuck nickte und lächelte. »Okay, großartig. Ich werde ein paar Experimente drüben in unserem Camp vorbereiten. Gibt es in der Zwischenzeit etwas, was ich der Präsidentin mitteilen soll?«

»Ja«, sagte Sara. »Sagen Sie ihr, sie hat es halbwegs geschafft, ihre dressierten Affen unter Kontrolle zu bringen, und dafür hat sie sich meinen Respekt erworben. Sagen Sie ihr, wie wir über die Nukleareinrichtungen denken, und schauen Sie, ob Ihrem Physiker etwas dazu einfällt, wie man sie stilllegen kann.«

»Sie wird nach den nuklearen Lagerbeständen anderer Nationen fragen.«

Sara lächelte. »Sagen Sie ihr, sie kann unbesorgt sein. Tim überwacht jede einzelne Nuklearwaffe – selbst solche, von denen sie nichts weiß.«

»Kein Scheiß«, pflichtete Tim bei. »Wenn irgendwer auch nur einen nuklearen Furz lässt, dann habe ich vielleicht keine gute Methode, die Atombomben direkt zu zerstören, aber ich mache alles zu Schlacke, was man braucht, um sie einzusetzen oder abzufeuern.«

»Großer Gott, Tim.« Sara klang verärgert. »Glaubst du wirklich, sie würden eine Atombombe auf Pennsylvania werfen? Hast du eine Vorstellung, wie eine Nuklearrakete funktioniert?«

Tim schaute finster. »Ich … ja. Natürlich weiß ich, wie Atomwaffen funktionieren.«

Sara wandte sich wieder dem Schirm zu. »Im Augenblick gibt es keine Bedrohungen. Margaret Ellis war bis jetzt eine verlässliche Verbündete. Wenn Sie ihr vertrauen, vertraue ich ihr auch. Sagen Sie ihr einfach, dass die Atomwaffen anderer Leute – diejenigen, die noch übrig sind – für uns kein Problem darstellen.«

»Ich sage es ihr. Sonst noch etwas?«

»Umfassende Gesundheitsfürsorge«, sagte Sara. »Sie braucht Experten, die andere Systeme weltweit erforschen und eines für die Vereinigten Staaten entwickeln. Ich hätte gern, dass der Kongress das Thema bei seiner nächsten Sitzung aufgreift.«

Der Themenwechsel verwirrte Chuck, bis ihm einfiel, dass der Krebs, an dem Saras Mutter starb, unentdeckt geblieben war, weil sie sich keine Krankenversicherung oder Barzahlung an Ärzte leisten konnte. Was er vorhatte, verursachte ihm Schuldgefühle. Sara war nicht böse. Sie war lediglich so mächtig, dass sie glaubte, außer ihrer Macht sei nichts nötig, um die menschliche Zivilisation zu verändern.

»Und«, fügte Sara an und machte noch einen Schritt auf die Kamera zu, sodass ihr Gesicht alles war, was Chuck sah, »Sie müssen für uns bürgen. Sagen Sie ihnen, wir sind nicht der Feind. Wir versuchen sie zu retten. Das müssen sie in ihre dummen kleinen Hominidenschädel kriegen. Alles, was wir getan haben, alles, was wir tun und noch tun werden, ist in ihrem Interesse. Sorgen Sie dafür, dass sie das verstehen, Doc. Wir zählen auf Sie.«

Chuck spürte, wie ihm ein kalter Schweißtropfen über den Rücken lief. Wann hatte er zuletzt jemanden verkünden hören, er wüsste, was das Beste für alle sei, und würde deshalb einfach dafür sorgen, dass es geschah? Hatte nicht Leighton Howard so gesprochen?

Wenn er jetzt etwas sagte, würde sie mit Sicherheit die Unaufrichtigkeit in seinen Worten hören, deshalb nickte er nur. Die Wahrheit war, er konnte nicht für sie bürgen – zumindest nicht für Sara und Tim. Mike … nun, bei Mike bestand noch eine Chance, dachte er, aber Sara und Tim waren zu geblendet von ihrer eigenen Propaganda. Er streckte die Hand aus, um sich auszuklinken. In den wenigen Sekunden, in denen die Verbindung noch bestand, hörte Chuck, wie Tim sagte, er werde sich einen »Cyberthron« bauen, wenn die Führer der Welt in den Berg kamen, um ihnen Respekt zu zollen.

Ihm war übel.

Die Admiralin legte ihm die Hand auf die Schulter. »Ich weiß, das ist verdammt schwer, Dr. Brenton, aber ich denke, uns ist beiden klar, was zu tun ist.«

»Ja. Das ist es. Ich sage Ihnen Bescheid, sobald wir so weit sind.«

Einige Minuten später näherte sich Chuck dem Beta-Camp. Tausend Gedanken gingen ihm durch den Kopf. Unmittelbar vor der Lichtung ließ ihn ein plötzliches Unbehagen stutzen, das wie eine elektrische Ladung in ihn fuhr. Sein Herz hämmerte, sein Mund war trocken, und er beschleunigte und kam im Laufschritt im Lager an.

Lanfen erschien aus dem Nichts, ihr Gesicht drückte beredt die Angst aus, die Chuck empfand. Waren es ihre Gefühle gewesen, die er als elektrische Ladung wahrgenommen hatte?

Er packte sie an den Schultern. »Lanfen, was ist? Was ist passiert?«

»*Passiert* ist eigentlich gar nichts. Es ist nur ... Ich kann Lorstad nicht finden.«

»Er war in der Isolationskammer.« Chucks Blick ging in die entsprechende Richtung.

»Da ist er nicht mehr. Und er hat sie nicht durch die Tür verlassen, sonst hätten wir ihn gesehen. Ich bin hineingegangen, um mit ihm zu beraten, wie wir mit Tim umgehen, und er war nicht mehr da.«

»Du glaubst, er ...« *Wie hast du das genannt, was Lorstad macht?* »Er ist gesprungen?«

»Etwas anderes kann ich mir nicht denken. Hast du eine Ahnung, warum er das getan haben könnte oder wohin er gegangen ist, wenn es stimmt?«

Chuck marschierte in Richtung Isolationskammer und wusste nicht, was er tun würde, wenn er dort ankam und

Lorstad wieder da war. »Ich habe einen Verdacht. Ich hoffe, ich irre mich.«

Die Hütte war leer – außer den drei Isolationstanks und ihrem Kontrollpult befand sich nichts in dem Raum. Chuck war einen Moment unschlüssig, was er tun sollte. Wenn sie Tim in ihr Lager locken wollten, brauchten sie jemanden, der die Isolationseinheiten betreute. Idealerweise war das Lorstad, allerdings konnte Joey als ein weit weniger erfahrener Ersatz fungieren.

Chuck starrte gedankenverloren ins Leere und nahm die grünen und roten Lichter am Kontrollpunkt kaum wahr.

Grüne und rote Lichter?

Chuck wurde schlagartig aus seinem Grübeln gerissen. Drei Lichter brannten, ein grünes und zwei rote. Er sah zum äußersten rechten Tank. Auch dort blinkte ein grünes Licht.

»Was ist?«, fragte Lanfen und folgte seinem Blick. »Oh. Oh mein Gott.«

Chuck ging zum Kontrollpult und setzte sich davor. Mit einem Knopfdruck holte er die Überwachungskamera der aktiven Einheit auf den Bildschirm. Kristian Lorstad floatete in einem schwarzen Taucheranzug in dem Tank, Augen und Ohren von einem halben Helm bedeckt, die Arme entspannt neben dem Körper.

»Was tut er?«, murmelte Lanfen.

Chuck schüttelte den Kopf. »Ich weiß es nicht. Hol Joey. Vielleicht weiß er, ob es eine Möglichkeit gibt, es herauszufinden.«

Kristian betrat das Spiderweb über den südlichen Checkpoint, der speziell für die Bewohner des Beta-Camps eingerichtet worden war. Er fing praktisch in dem Moment zu reden an, in dem er die Wächter dort sah, und hoffte, sie würden nicht bemerken, dass seine Füße keine Abdrücke auf dem Boden hinterließen und beim Gehen kein Geräusch machten.

»Ich bitte um Verzeihung, Gentlemen«, sagte er gewandt, »ich bin Kristian Lorstad, und ich habe eine Nachricht von Dr. Brenton für Lieutenant Epstein.«

Die Wächter kannten ihn natürlich. Man hatte sie an ihrem ersten Tag hier vorgestellt, damit die Mannschaft im Spiderweb wusste, mit wem sie es zu tun hatten. Einer von ihnen grüßte ihn höflich und bot an, ihn zum Büro des Lieutenants zu führen. Er nahm das Angebot an, denn er hatte keine Möglichkeit, selbst die Tür zu öffnen. Der Jüngere der beiden Wachen führte ihn zu einem der Wohnwagen, die sie als Büros benutzten. Er klopfte, öffnete die Tür und hielt sie Kristian auf, nachdem er ihn in aller Förmlichkeit angekündigt hatte.

Kristian nickte lächelnd und stieg dann vorsichtig die Stufen hinauf. Stufen waren unter diesen Umständen oft schwierig – reglementierte Veränderungen in der Raumebene erforderten volle Konzentration, sonst konnte es so aussehen, als würde man über dem Boden schweben. Falls der Wachmann bemerkte, dass die Füße des Besuchers kein Geräusch auf den Stufen machten, sagte er jedenfalls nichts. Er machte auf dem Absatz kehrt und ging auf seinen Posten zurück.

Im Wohnwagen sah sich Kristian einer Frau in den Dreißigern mit einem blonden Pferdeschwanz und Lieutenantstreifen auf der Uniform gegenüber. »Danke, dass Sie sich Zeit für mich nehmen, Lieutenant Epstein.«

»Gibt es ein Problem, Mr. Lorstad?«

»Nicht direkt. Mehr eine Sorge. Dr. Brenton wünschte, dass ich mich nach Mikhail Yenotows Familie erkundige. Er hat anscheinend eine ganze Weile nichts von ihnen gehört und macht sich Sorgen, Deep Shield könnte sie … nun ja, sie könnten irgendwie zu Schaden gekommen sein.«

Epstein sah ihm in die Augen. »Sagen Sie Dr. Brenton, dem letzten Bericht zufolge ging es Yenotows Familie gut. Deep Shield zeigte keine Neigung, eine Staatsgrenze zu überqueren, um sie zu holen, und wir haben uns alle Überwachungsgeräte angeeignet, die sie eingerichtet haben.«

»Ah, dann beobachten Sie sie also? Sie sind noch in Kanada, nehme ich an. Winnipeg, oder war es Toronto? Dr. Brenton wusste es nicht genau.«

»Es tut mir leid, aber diese Information ist geheim.«

»Ich verstehe. Nun, wenn Sie freundlicherweise nach ihnen sehen könnten, würde es uns bei unseren Bemühungen, die Leute im Berg zu erreichen, sehr helfen. Mr. Yenotow ist besorgt, dass etwas nicht in Ordnung sein könnte. Er hat anscheinend die Fähigkeit entwickelt, die Emotionen einzelner Familienangehöriger zu spüren, und hat den Kontakt zu seinem Sohn Anton verloren.«

Der Gesichtsausdruck der Frau wurde weicher. »Das kann ich gut nachfühlen. Ich habe selbst einen Sohn. Wissen Sie was, ich überprüfe den Status der Yenotows und übermittle die Information an Mr. Yenotow und an Ihr Lager. Würde das genügen?«

»Oh ja. Vielen Dank.«

Kristian verließ das Büro, gab der Tür einen kinetischen Stoß und eilte aus dem Lager in den Wald. In dem Moment, in dem er außer Sichtweite des Wachpostens war, löste er sich in nichts auf. In weitaus diskreterer Form kehrte er dann in das Lager zurück und bewegte sich zur Rückseite von Epsteins Wohnwagen. Er durchdrang die Wand hinter ihr und konnte genau sehen, was sie sah, als sie sich auf ihrem Laptop die Aufnahmen der Überwachungskameras ansah, die um die aktuelle Wohnstätte von Helen Yenotow und ihren beiden Kindern aufgebaut waren.

Augenblicke später hatte Kristian Lorstad sein Ziel erreicht und kehrte geschwind wie ein Gedanke zu seinem Körper im Isolationstank zurück, ehe er zu seinem nächsten Bestimmungsort aufbrach.

»Ich weiß nicht, wie man sie gefahrlos aufweckt«, sagte Joey und sah auf das Bild von Kristian Lorstads regloser Gestalt, die in der Isolationseinheit schwamm. »Sicher, ich habe die Software teilweise programmiert, aber *sie* entscheiden immer, wann sie bereit sind, herauszukommen. Oder einer ihrer Mentoren tut es.« Er biss sich auf die Unterlippe und spielte mit dem Ende seines Zopfs. »Vielleicht sehe ich, ob eine bestimmte Zeitdauer eingestellt ist.«

»Okay«, sagte Chuck. »Versuch alles, was dir einfällt.«

Er sah zu, wie sich Joey an das Kontrollpult setzte und ein Programmiermodul aufrief, das ihm erlaubte, hinter die Nutzerschnittfläche zu gehen und sich den Code anzusehen, der gerade lief. Er suchte nach einem Unterprogramm für Zeitsteuerung und fand keins. Er schaute, ob eine abgelaufene Zeit angezeigt wurde. Wieder nichts.

»Was hat er sich dabei gedacht?«, fragte Lanfen. »Wieso geht er jetzt in den Tank, wo wir gerade dabei sind, einen entscheidenden Schritt zu unternehmen? Glaubt ihr … ich weiß nicht … ihm ist die Energie ausgegangen oder so? Ich dachte, er war noch im Tank, bevor wir aufgebrochen sind.«

»Das war er«, antwortete Joey, ohne den Blick von seinem Computer-Code zu nehmen. »Er müsste das eigentlich nicht nötig haben. Ich verstehe es nicht.«

Chuck sah mit einem flauen Gefühl zu den Bildern aus dem Tank und erstarrte. Wo Sekunden zuvor noch die liegende Gestalt des Gelehrten gewesen war, war nun nichts mehr. Lorstad war verschwunden.

KAPITEL 19

Von Göttern und Menschen

Es war eine grimmige Gruppe, die sich in der Wohneinheit ihres improvisierten Lagers versammelt hatte. Lorstad war noch nicht wiedergekommen, und das Beta-Team sah sich mit der Möglichkeit konfrontiert, dass sie ihr Vorhaben ohne ihn ausführen mussten.

Sie alle wollten die Alphas bändigen, ohne ihnen etwas zuleide zu tun. Das machte Ablenkung zu ihrer besten Waffe. Lanfen hatte sich freiwillig für diese Aufgabe gemeldet. Sie und Tim würden sich an den Brewster-Brenton-Monitor anschließen lassen, um einen Ausgangswert für ihre Hirnwellen zu bestimmen. Das sollte Dice und Brenda erlauben, ihn mit einem elektrischen Schlag kampfunfähig zu machen, sodass man ihm anschließend ein Sedativ verabreichen konnte.

Das hätte eigentlich Lorstad tun sollen. Aufgrund seines plötzlichen Verschwindens mussten sie die Aufgabe neu vergeben. Es fiel jetzt Brenda zu, ihn ruhigzustellen, während Joey ihn in der Isolationskammer einrichtete – die er jetzt allein steuern musste, statt als Lorstads Assistent zu fungieren.

»Wenn wir ihn betäuben können, können wir ihn in den Tank schaffen«, sagte Chuck. »Wenn wir ihn im Tank haben, kann Joey das Programm fahren, das die Wohltäter zur Konditionierung neuer Trainees benutzen.«

»Und wenn wir ihn nicht betäuben können?«, stellte Eugene die Frage, die wie ein unsichtbares Ungeheuer im Raum schwebte. »Ich meine, wenn der Elektroschock und das Sedativ nicht wirken, was dann?«

»Dann werde ich Lanfen vielleicht dabei helfen müssen, ihn zu beschäftigen, während wir es noch einmal versuchen«, bot Mini an. Sie saß neben Eugene auf dessen Bett. »Himmel, wir haben genügend Sedativa, um eine ganze Armee ins Reich der Träume zu schicken.«

»Du gehst davon aus, dass das Zeug bei diesen Typen überhaupt wirkt«, sagte Eugene. »Oder dass er uns einen zweiten Versuch erlaubt.«

Nach dieser Bemerkung herrschte lange Schweigen, und jeder sah irgendwohin, nur keinen der anderen an. Schließlich sprach Lanfen aus, was niemand auch nur denken wollte.

»Ich weiß, was Lorstad sagen würde – was er bereits mehrmals vorgeschlagen hat. Wir müssen auf den schlimmsten Fall vorbereitet sein. Wir müssen darauf vorbereitet sein, gegen Tim zu kämpfen – diejenigen von uns, die es mit ihm aufnehmen können.«

Chuck sagte sich, dass er nicht zu denen gehörte, die es mit Tim aufnehmen konnten. Er sagte es auch laut, als würde es dadurch wahrer. Aber tief in seinem Inneren wusste er, dass es nicht stimmte. Tief im Inneren wusste er, dass er vielleicht mehr als die anderen in der Lage war, dem Alpha auf eine Weise zuzusetzen, gegen die sich dieser nicht verteidigen konnte. Aber das war nicht er, und er war entschlossen, nie zu einem solchen Menschen zu werden. Er würde niemandem ein Leid zufügen.

Kein Leid zufügen. Wie ein bindendes Mantra ging ihm dieser Teilsatz des Hippokratischen Eids durch den Kopf. Bindend, bis das unvermeidliche Kleingedruckte auftauchte.

Bis du keine andere Wahl hast.

Chuck stand auf. »Ich glaube, während ihr euch auf Tim vorbereitet, werde ich Saras Einladung annehmen und einen Besuch im Olymp machen müssen.«

Für diese Ankündigung erntete er spontan kollektiven Widerspruch. Selbst Mini stellte lautstark seine geistige Gesundheit in Frage.

Lanfen sah von ihrer Sitzgelegenheit zu ihm hinauf. »Wieso? Du hast die Einladung vorhin abgelehnt, warum willst du sie jetzt annehmen?«

»Weil wir verhindern müssen, dass Sara ahnt, was hier unten vor sich geht. Und weil ich einen direkten und persönlichen Kontakt mit Mike herstellen muss. Er ist bei dem Treiben der anderen erkennbar nicht voll dabei, und er macht einen wesentlichen Teil ihrer Schlagkraft aus – das hat Tim vorhin mehr oder weniger zugegeben. Viele von den Knalleffekten, die wir auf diesen Videos gesehen haben, kommen dadurch zustande, dass Mike alles Mögliche durch die Gegend bewegt, während Sara und Tim die Befehle geben. Sobald Tim ausgeschaltet ist, können wir uns Sara vornehmen. Und vielleicht, nur vielleicht, wird Mike uns helfen.«

»Im Best-Case-Szenario, ja«, sagte Lanfen. »Aber es gibt keine Garantie, dass wir diese Hilfe bekommen. Und selbst wenn es uns gelingt, sie alle in die Tanks zu bekommen – was, wenn das noch nicht das Ende ist? Was, wenn Lorstad und seine Gelehrten sie nicht umprogrammieren können? Was, wenn sie immun gegen die Isolationstechnik sind? Was, wenn sich die Büchse der Pandora nicht mehr schließen lässt, Chuck?«

»Dann wird das alles erst vorbei sein, wenn sie tot sind«, murmelte Chuck. »Ich wünschte schon fast, ich hätte nie in diese Richtung geforscht.«

»Sag das nicht«, sagte Lanfen und griff nach seiner Hand. »Es war nicht deine Schuld, dass Matt uns an Deep Shield verkauft hat. Es war im Grunde nicht einmal seine Schuld. Er wusste nicht, wer sie in Wirklichkeit waren. Wenn sich alles so entwickelt hätte wie von dir erhofft, dann würden wir uns jetzt nicht darauf vorbereiten, möglicherweise gegen Leute zu kämpfen, die eigentlich unsere Freunde sein sollten. Wir wären noch bei Forward Kinetics und würden uns damit beschäftigen, Querschnittsgelähmten ein neues Leben zu ermöglichen. Und vielleicht können wir das immer noch tun, wenn unser Plan gelingt.«

Chuck nickte. Er hätte gern geglaubt, was sie sagte. Er

glaubte es auf einer gewissen Ebene tatsächlich, aber er hatte den Verdacht, nach all diesen Schrecknissen würden selbst die gutartigen Fähigkeiten der Betas auf normale Menschen nur noch Furcht einflößend wirken.

Evolution, dachte er sarkastisch, *ist nichts für Feiglinge.*

»Okay«, sagte er. »Wir machen Folgendes. Mini, Eugene und ich gehen zum Spiderweb hinüber. Ich funke den Berg an und gebe Bescheid, dass ihr bereit für Tim seid und dass ich nun doch zu einem Besuch nach oben komme. Sobald ich im Berg bin, sage ich Spiderweb Bescheid, dass ich okay bin. Eugene, Mini, das ist euer Stichwort, hierher zurückzukommen, und das wiederum ist dein Stichwort ...« Er nickte in Richtung von Dice.

»Tim die Rechts-links-Kombination zu verpassen«, beendete der Roboter-Ingenieur den Satz. »Ja, so wird es gehen. Aber du ...«

»Mir passiert nichts«, sagte Chuck. »Eugene, Mini, seid ihr bereit?«

Eugene nickte, und Mini sagte: »So bereit wir nur sein können. Ich fühle mich ein bisschen nutzlos, nur als Kurier zu fungieren. Ich wünschte, ich könnte hier sein, für den Fall, dass schon am Anfang etwas schiefgeht. Ich bin ziemlich gut darin, für Ablenkung zu sorgen.« Sie grinste Eugene von der Seite an, was dazu führte, dass er knallrot wurde.

Er räusperte sich. »Ich dagegen bin einfach nur nutzlos. Ich kann froh sein, dass ich zum Kurier tauge.«

Mini boxte ihn an die Schulter. »Halt den Mund und komm mit zu einem Waldspaziergang.«

Chuck ging auf der kurzen Wanderung durch den Wald einige Schritte hinter Eugene und Mini. Die beiden hielten sich an den Händen und steckten die Köpfe zusammen wie jedes andere junge Liebespaar. Es machte Chuck glücklich und traurig zugleich. Glücklich, weil es ihnen gelang, vorübergehend zu vergessen, in was für einer furchtbaren Lage sie waren, und traurig, weil sie nicht wie jedes andere Liebespaar waren und wahrscheinlich nie sein würden.

Im Regierungslager ging Chuck sofort ins Kommunikationszelt und nahm mit Sara Kontakt auf. Sie war überrascht von seinem Sinneswandel.

»Das verstehe ich nicht. Ich dachte, Sie leiden unter Klaustrophobie.« Sie spähte ihm aus dem Bildschirm entgegen und versuchte, seinen Gesichtsausdruck zu lesen.

Er lachte verlegen und kratzte sich hinter dem Ohr. »Tja, die habe ich entwickelt, nachdem ich monatelang in einem unterirdischen Labor eingeschlossen war. Aber nach einer Weile draußen in der Natur kommt mir der Gedanke, wieder unter der Erde zu sein, nicht mehr ganz so schrecklich vor. Und ich würde wirklich zu gern sehen, was ihr dadrinnen alles angestellt habt. Ich konnte nicht umhin, zu bemerken, dass ihr oben auf dem Gipfel eine Aussichtsplattform gebaut habt.«

Sara strahlte, sie schien sich zu freuen. »Wissen Sie, es wollte mir nie in den Kopf, wie Sie und Matt Streegman bei irgendetwas Partner werden konnten. Sie waren das ungleiche Paar der Wissenschaft. Sie sind so ganz anders als er. Er war immer schnell mit Kritik bei der Hand und hatte nichts für die Feinheiten des menschlichen Geistes übrig. Sie sind nicht so, und deshalb sind Sie hier willkommen. Ich lasse Mike eine Eskorte hinunterschicken.«

»Wunderbar. Und wenn Tim für seinen Check bereit ist, könnt ihr ihn in unser Basislager hinunterschicken. Wir haben alles aufgebaut, und Dice steht bereit, um ein paar Messungen für einen Ausgangswert zu machen. Ich wette, was den schieren Output angeht, sprengt ihr drei alle Maßstäbe. Ich kann es kaum erwarten, die Zeta-Diagramme zu sehen.«

»Oh, wir sprengen tatsächlich jeden Maßstab. Sie sagten, Tim und Lanfen seien Ihrer Ansicht nach gleichauf. Haben Sie das ernst gemeint?«

Sie warf einen Blick zur Seite. Chuck schloss daraus, dass Tim mit ihr im Raum war und sie wahrscheinlich dazu veranlasst hatte, diese Frage zu stellen. Gut so. Tims absurd ausgeprägter Wettkampfgeist war etwas, worauf sie bauten.

»Ihre Talente liegen auf verschiedenen Gebieten, auch wenn sie sich überschneiden. Ehrlich gesagt lässt sich Lanfen in Hinblick darauf, wie sie ihre Talente einsetzt, besser mit Mike vergleichen. Was ich hauptsächlich sehen will, ist, ob sie im selben Wellenbereich arbeiten. Früher oder später hoffe ich, Benchmarks für alle von euch zu erhalten, sodass wir sehen, wie weit genau wir die Sache treiben können.«

Tim streckte den Kopf ins Bild und grinste. »Oh, nach oben sind keine Grenzen gesetzt, Doc. Keine Grenzen.«

Chuck lächelte zurück, aber es war ein freudloses Lächeln. Dann ging er zum westlichen Rand des Lagers, um auf seine Eskorte zu warten.

Tim erschien in Begleitung von zweien seiner Wasserspeier-Geschöpfe im Beta-Camp. Brenda, die sie noch nicht gesehen hatte, entfuhr ein Angstschrei, aber Dice und Lanfen hatten eine Vorstellung davon, was sie erwartete, und versuchten, sie zu beruhigen.

»Das sind nur Illusionen«, sagte Lanfen leise zu ihr, während Dice Tim entgegenging, um ihn zu begrüßen. »Weißt du noch? Sie sind nicht ganz so solide, wie sie aussehen. Wenn du einen Pingpongball auf sie wirfst, prallt er vielleicht zurück, aber sie können dir nichts tun.«

»Du hast leicht reden«, brummte Brenda.

Lanfen biss sich auf die Lippen und sah zu, wie Dice kräftig Tims Hand schüttelte und die Schreckgespenster bewunderte. Es war auch für sie beide nicht so einfach, wie Brenda dachte.

»Hey, Tim! Tolle Kumpane hast du da mitgebracht. Sehr wirkungsvoll. Allerdings verschwindet ihr Geifer irgendwie, bevor er den Boden erreicht.«

»Tja, nun. Ich wette, es ist jedenfalls mehr, als irgendwer sonst zustande bringt.« Er warf dabei einen Blick zu Lanfen. »Hab ich recht? Hallo, Brenda, hallo, Lanfen«, fügte er an und winkte.

Die Gargoyles winkten mit ihm. *Interessant.*

»Ja«, sagte Dice. »Ich brauche Wochen, bis ich meine Roboter perfektioniert habe. Du hast deine Lakaien im Handumdrehen fertig. Muss nett sein, ein Zeta zu sein.« Er warf einen Blick zu den beiden Frauen, die ihn stirnrunzelnd ansahen. Er hatte bereits genügend gezeigt, um Brenda mit seinen Fähigkeiten angemessen zu beeindrucken. Lanfen wusste, er wollte Tim nur nichts von seinen geheimen Talenten verraten.

Tim drehte sich träge im Kreis und nahm das spartanische Lager mit den beiden Metallmodulen, den zwei SUVs, die im Schatten einer mächtigen Zeder standen, und ihrem Winterzelt mit Holzrahmen in Augenschein.

»Ich muss sagen, das ist ein ziemliches Loch hier. Verglichen mit unserem Laden, meine ich. Ihr haust wie die Einsiedler. Wir leben wie Könige. Wie Götter. Kommt zu uns, dann könnt ihr ebenfalls wie Götter leben.«

Dice schnaubte höhnisch. »Ja, weißt du, ich war schließlich in Deep-Shield-Land. Ich fand es nicht so toll.«

»Das war, bevor wir es umgebaut haben. Oder zumindest die Teile, die wir benutzen. Wir haben einen Bauingenieur im Team, erinnerst du dich? Der Dinge mit seinem *Geist* bauen kann.« Er tippte sich an den Kopf. »Es ist fantastisch. Ihr habt bessere Werkzeugschuppen. Wir haben ein *Reich*.«

»Bewohner der Unterwelt, hm?«, sagte Brenda und vergrub die Hände in den Jackentaschen. Lanfen sah ihr an, dass sie die Fäuste geballt hatte. »Wer von euch ist dann Hades? Und Sara ist dann wohl Persephone, oder?«

Tim sah sie verwirrt an. »Hm. So habe ich es nie gesehen. Ich stelle es mir eher als Moria vor. Bevölkert von Zwergen, Hobbits und …«

»Und Gollum?«, fragte Bren und erntete einen erschrockenen Blick von Dice und Lanfen.

»Ich wollte sagen, und von größeren Geschöpfen wie Maiar und Valar.«

»Dann bist du was? Der Balrog?«

Lanfen war überrascht, als Tim an der Bemerkung nicht Anstoß nahm, sondern stattdessen lachte. »Ja, genau das bin ich – der Balrog.« Er schüttelte den Kopf, und im nächsten Augenblick stand dort, wo er gestanden hatte, ein mehr als drei Meter großer, flammender Dämon mit rot glühenden Augen.

»Heilige Scheiße!«, entfuhr es Dice, und er machte einen Satz rückwärts, wo er fast mit Lanfen zusammengestoßen wäre, die ihm half, sein Gleichgewicht wiederzufinden. Sie ließ Tim keinen Moment aus den Augen.

Der Programmierer ließ die Illusion fallen und hielt sich den Bauch vor Lachen. »Du hättest wirklich dein Gesicht sehen sollen, Mann. Unbezahlbar!«

»Ha, ha«, sagte Dice trocken. »Bist du bereit für ein paar Tests, du böser Junge?«

»Sicher.« Er wedelte kurz mit beiden Händen, und seine sabbernden Begleiter verschwanden.

Lanfen bemerkte mit Interesse, dass ihr Abgang nicht einmal die Kiefernnadeln auf der Lichtung bewegt hatte. Dice machte Tim ein Zeichen, mit ihm zu dem Zelt zu kommen, wo sie den Brewster-Brenton-Monitor aufgebaut hatten. Tim folgte, immer noch grinsend, und Lanfen reihte sich neben ihm ein.

»Hey, Tim, kann ich dich etwas fragen?«

»Natürlich.«

»Wenn deine Gargoyles nicht wirklich sabbern, wie habt ihr dann diese erstaunliche Sache mit den Drachen gemacht, als ihr gegen die Deeps gekämpft habt? Die haben mit echter Munition geschossen.«

Tim schien ein Stück zu wachsen, und die Elektrizität, die er vorhin oben auf dem Berg versprüht hatte, war wieder da. »Ah, ihr habt das also gesehen?«

»Natürlich. Und wir waren angemessen beeindruckt.«

»Das war total einfach. Die Haubitzen trugen Drachenanzüge. Ich musste meine Aufmerksamkeit teilen, aber die Geschütztürme waren computergesteuert, ja? Ich habe sie also elektronisch zielen und feuern lassen und nur noch meine, äh, Spezialkostümierung angebracht.«

»Sehr spektakulär.«

»Hey, das ist auch schon eine Weile her. Inzwischen habe ich ein paar Tricks mehr auf Lager, das kannst du mir glauben.«

»Ich glaube es dir.« Lanfen fing Dices Blick auf, als er Tim ins Laborzelt schob. Sie würden vorsichtig sein müssen, wenn sie das Ausmaß von Tims neuen Tricks nicht auf die gefährliche Tour herausfinden wollten.

»Ich bin schon sehr gespannt, was für Messungen wir erhalten, wenn du an das System angeschlossen bist«, gab sich Dice begeistert. »Das wird bestimmt unglaublich.«

»Aber klar doch. Weil *ich* unglaublich bin.«

Lanfen warf einen Blick zu Brenda, die die Augen verdrehte, aber von weiteren ätzenden Kommentaren absah.

Sie versammelten sich in dem Zelt, in dem die kinetische Ausrüstung aufgebaut war. Nachdem sie gesehen hatten, was Mike mit Metallwänden anstellen konnte und wie schnell eine Stahltür verbogen und unbrauchbar war, hatte das Beta-Team beschlossen, dass ein Bauwerk aus dickem Stoff weniger Gelegenheit bot, ernstes Unheil anzurichten. Außerdem hatten sie die Wahrscheinlichkeit dafür, dass ihre Laborausrüstung zu tödlichen Geschossen wurde, dadurch verringert, dass sie die einzelnen Komponenten aus ihren Metallgehäusen entfernt und auf dem Tisch ausgelegt hatten, was theoretisch verhinderte, dass Tim als Einheit auf sie einwirken konnte. Lanfen machte sich immer noch Sorgen wegen des Holzes im Gerüst des Zelts. Ihre Aufgabe bestand darin, Tim im Auge zu behalten und bereit zu sein, beim ersten Anzeichen von Schwierigkeiten »voll auf Ninja zu machen«, wie Eugene es ausgedrückt hatte.

Sie hoffte – sie alle hofften –, dass sie nicht so weit gehen musste. Sie dachte kurz an Joey, der in dem Modul mit den Isolationstanks auf sie wartete, und ging den Ablauf im Kopf noch einmal durch: Sie würden echte Messungen von Tims Zeta-Kapazität machen und mit Lanfens eigener vergleichen. Worum es in Wirklichkeit ging, war natürlich, ihn zu beschäftigen, bis Mini und Eugene auftauchten, und ihm dann einen Stromschlag und einen Tranquilizer zu verabreichen.

Und dann in den Tank mit ihm.

Natürlich konnte es immer passieren, dass Eugene und Mini nicht auftauchten, bevor Tim das Gefühl hatte, ihre Gastfreundschaft schon zu lange zu strapazieren … oder bis sie dieses Gefühl hatten. In diesem Fall würden sie ihn trotzdem betäuben und darauf bauen müssen, dass es Chuck wohlbehalten in den Berg geschafft hatte.

Es würde funktionieren, sagte sich Lanfen. Es musste funktionieren. Ihr Blick traf sich mit Dices, als er Tim die Elektrodenhaube aufsetzte. Er nickte, und sie hatte das unheimliche Gefühl, dass er wusste, was sie empfand. Mehr noch, sie wusste auch, was er empfand. Er hatte Angst, und sie konnte nur hoffen, dass Tim nichts davon mitbekam.

»Hey«, sagte Tim und sah verwirrt aus. Er hob den dünnen Zopf aus Kabeln hoch, der von seiner Haube zum BPM führte. »Wieso sind wir verkabelt? Macht ihr hier auf Maschinenstürmer, oder was? Feste Verbindungen haben wir doch schon vor einer Ewigkeit abgeschafft.«

Dice zuckte mit den Achseln. »Es gibt kein Wi-Fi hier, Tim. Wir haben hier nur das nackte Minimum an Technik. Wir mussten alles in großer Eile aufbauen. Wenn ich also Ablesungen von deinen Gehirnwe…«

»Ja, ich verstehe. Muss schwer für dich und Eugene sein, so ohne Internet zu arbeiten.«

»Du machst dir keine Vorstellungen.« Dice setzte eine zweite Haube auf Lanfens Kopf, dann stellte er den Brain-Pattern-Monitor so ein, dass er Zeta-Wellen ablesen konnte. »Okay, Herrschaften, wir können starten. Lanfen, willst du den Anfang machen? Irgendetwas Grundlegendes.«

»Was dagegen, wenn ich aufstehe und mich bewege?« Sie zeigte zu der weit offenen Zelttür und der Lichtung dahinter.

»Im vernünftigen Rahmen«, sagte Dice. »Du hast rund vier Meter Kabel. Teil sie dir ein.«

Sie hörte das Grinsen in seinen Worten, bevor sie es auf seinem Gesicht sah. Sie hatten ausführlich besprochen, welche »Tricks« sie vorführen sollte. Sie wollten Eindruck machen, ohne zu viel zu verraten. Hauptsächlich wollten sie Zeit gewinnen, damit Chuck ausreichend Gelegenheit hatte, in den Berg zu kommen und eine Beziehung mit Mike und Sara herzustellen. Lanfen bekam eine Gänsehaut bei der Vorstellung, dass Chuck mit zwei potenziell tödlichen Menschen dadrinnen gefangen war. Dann rief sie sich in Erinnerung, dass er nicht gefangen war. Er hatte Talente zur Verfügung, die er vielleicht selbst noch nicht vollständig ergründet hatte.

Trotzdem … Sie würde sich ein bisschen Sorgen machen.

Sie sah auf die Lichtung hinaus und konzentrierte sich auf die Kiefernnadeln. Dann begann sie, mit einer Hand Kreisbewegungen zu machen, als würde sie etwas mit den Fingerspitzen umrühren. In der Mitte des Platzes gerieten Kiefernnadeln in Bewegung und stiegen auf. Augenblicke später tanzte ein fünf Meter hoher Tornado aus trockenen Nadeln, Zweigen und Kiefernzapfen im Sonnenlicht und machte ein Geräusch wie Stromschnellen. Sie ließ ihn ein, zwei Minuten tanzen, dann beugte sie den oberen Teil abwärts, sodass er aussah wie ein Wirbelwind-Slinky.

Sie hörte Tims Lachen und lächelte, ehe sie den unteren

Teil des Tornados über den oberen schnellen ließ. Anschließend wiederholte sie den Flickflack, bis der komische kleine Zyklon eine Runde um die ganze Lichtung gedreht und alle Äste und Zweige auf seinem Weg wild zum Schlagen gebracht hatte. Genau vor dem Zelt ließ sie das Ding zum Stehen kommen und eine Verbeugung vor ihr machen. Dann ließ sie einfach los.

In der plötzlichen Stille fielen die Kiefernzapfen zu Boden, gefolgt von den langsamer herabregnenden Nadeln. Sekunden später lag die Lichtung so ruhig und friedlich da wie zuvor.

Sie drehte sich zu Dice um. »Hast du, was du brauchst?«

»Ja. Das war großartig. Tim, wenn du jetzt im Wesentlichen dasselbe machen würdest, was Lanfen gemacht hat, dann bekomme ich einen Ausgangswert für die Energiemenge, die du erzeugst, und welchen Effekt sie auf dich hat.«

Tim machte ein langes Gesicht. »Im Ernst? Du willst, dass ich nur so einen Taschenspielertrick aufführe? Ich meine, ich kann sehr viel eindrucksvollere Dinge.«

»Davon bin ich überzeugt«, sagte Dice. »Und dazu kommt es noch, verlass dich drauf. Aber du weißt, wie das funktioniert, Tim. Ich brauche einen Ausgangswert. Eine Benchmark.«

»Natürlich, okay. Ich verstehe.« Tim ging zum Eingang des Zelts und warf einen Blick zu Lanfen. »Achte darauf, dass ich diese süßen kleinen Handbewegungen nicht mache, um alles in Gang zu bringen. Ich meine, es ist sehr kampfsportmäßig und alles, aber du siehst aus, als würdest du Ausdruckstanz machen. Außerdem sehe ich auf diese Weise, was du vorhast. In einem Kampf«, fügte er an, und eine Düsternis kroch in seine Augen, »solltest du nicht *alles* verraten.«

Er wandte sich wieder der Lichtung zu. Nach einem Moment begann sich der kleine Haufen Kiefernnadeln, den Lanfen dort zurückgelassen hatte, zu regen. Sie bildeten Wirbel, sie stiegen vom Boden auf … und sanken wieder herunter. Tim runzelte die Stirn und schürzte konzentriert die Lippen. Es war erkennbar etwas, das er nicht gewöhnt war. Er brauchte einen Moment, aber zuletzt schaffte er es, dass sich die Nadeln spiralförmig bewegten und sich von dem grasbedeckten Untergrund erhoben. Die Form des Tornados war deutlich weniger einheitlich und robust als Lanfens, bei den Überschlägen drohte das ganze Gebilde ständig zusammenzubrechen.

Lanfen betrachtete Tims Gesicht aufmerksam. Er war nervös und sichtlich verärgert, weil ihm dieser »Taschenspielertrick« schwerer fiel als erwartet. Dann sah sie, wie er kurz durchtrieben lächelte. Der Zyklon flatterte, wobei er einige Nadeln verlor, und plötzlich stabilisierte er sich und erschien so fest und kontrolliert wie Lanfens – vielleicht sogar noch mehr.

Lanfen fragte sich, was die Veränderung bewirkt hatte. Hatte Tim einfach einen plötzlichen Lernfortschritt gemacht? Sie sah genauer hin. Der Tornado hielt seine Form wie ihrer, aber er *sah nicht aus* wie ihrer. Er war glatt und glänzte ... wie eines von Tims Konstrukten. Und dann begriff sie: Tim betrog. Er setzte seine Fähigkeit ein, ein photonisches Konstrukt zu projizieren. Sein Kiefernnadel-Tornado war ein Fake.

Lanfen warf einen Blick zu Dice, der ebenfalls zusah. Er nickte einmal. Er wusste Bescheid.

Der Pseudo-Tornado schlug seine Flickflacks um die Lichtung, kam vor dem Zelt zu stehen und verbeugte sich genau wie Lanfens. Aber Tim konnte es sich nicht verkneifen, noch einen kleinen Schnörkel einzubauen, ein rot glühendes Augenpaar, das ihnen aus dem Wirbel entgegenblickte.

Ein Roboter, den Mike »Bradley« getauft hatte, kam Chuck am Rand des Militärlagers abholen. Es war weniger ein Name als eine Beschreibung. Der Roboter hatte viel mit einem Bradley-Panzer gemeinsam – Kettenräder zum Beispiel – und war mit einem Sitz für ein oder zwei Passagiere ausgestattet.

Eugene hatte Angst vor dem verdammten Ding, bis Mikes Stimme aus den Lautsprechern kam, die in dem seltsamen, an einen Geschützturm erinnernden Kopf saßen. Es befremdete ihn immer noch, Chuck auf den Sitz hinter dem vierschrötigen, nach vorn gebeugten Rumpf klettern zu sehen.

Als würde er Eugenes Nervosität spüren, sagte Mike: »Keine Sorge, Euge. Ich kümmere mich um Chuck. Ihm wird nichts passieren, versprochen.«

Dann wendete er den Roboter und ließ ihn in einem Tempo den Berg hinaufrollen, bei dem Eugene vom Hinsehen schlecht wurde. »Glaubst du, er hat das ernst gemeint?«, fragte er Mini, als sie neben ihn trat und seine Hand nahm. »Dass er auf Chuck aufpassen wird, meine ich?«

»Bestimmt. Sie halten Chuck für einen Verbündeten. Und in gewisser Weise ist er das. Sind wir es. Wir müssen uns das immer ins Gedächtnis rufen. Wenn wir anfangen, sie als Feinde zu sehen, wird es unsere Art, auf sie zu reagieren, verändern. Wir tun das auch für sie.«

Eugene sah auf sie hinunter, und ihm wurde klar, dass er alles glauben würde, solange er in ihrer Gesellschaft war. Er bemühte sich, ihre Worte zu beherzigen, als sie zum Kommunikations-Wagen zurückkehrten und auf das grüne Licht von Chuck warteten.

Chuck wurde von Bradley-Mike durch den breiten Haupteingang in den Berg gebracht, was ihn sowohl überraschte als auch beunruhigte. Überall waren die schrecklichen Hinweise auf die Schlacht zu sehen, die hier getobt hatte, und es schien eine Ewigkeit zu dauern, bis sie den versengten und zerstörten Tunnel durchquert hatten. Irgendwann kamen sie über eine Stahlbrücke über einem dunklen Abgrund, in dem Chuck gerade noch die Überreste eines Geschützes ausmachen konnte – zumindest hielt er es dafür.

»Das kann nicht der einzige Eingang zu Deep Shield sein«,

sagte er, und seine Stimme klang schwach und farblos in der höhlenartigen Röhre.

»Mit Sicherheit nicht«, erwiderte Mike. »Wir haben alle möglichen Ein- und Ausgänge, aber die wollen wir im Moment noch nicht verraten.« Er senkte die Stimme und fügte an: »Außerdem wollte Sara, dass ihr wisst, wozu wir fähig sind. Sie denkt, wenn ihr die Präsidentin und alle wiederseht, solltet ihr ein paar wirklich furchterregende Geschichten zu erzählen haben.«

»Wollen Sie das auch, Mike? Soll ich wissen, wozu Sie fähig sind?«, fragte Chuck und schauderte wegen der kalten, öligen Höhlenluft auf seiner Haut.

Nach kurzem Schweigen sagte Mike rasch: »Ja. Aber nicht so wie Sara. Ich will nicht, dass Sie Angst vor mir haben, Doc. Haben Sie keine Angst vor mir.«

Es klang wie ein Flehen. »Ich will ebenfalls keine Angst vor Ihnen haben, Mike.«

Der Roboter rollte durch ein mächtiges Stahltor und eine Betonrampe hinunter, die von LED-Lichtern beleuchtet war. Er war vielleicht vier Meter weit in den Korridor vorgedrungen, als sich das Stahltor hinter ihnen knirschend zu schließen begann. Chuck versuchte, den Angstschauder zu ignorieren, der ihm über den Rücken lief, und konzentrierte sich auf das, was vor ihnen lag.

Nach rund einer Minute kamen sie an ein weiteres Stahltor, und Bradley-Mike sagte trocken: »Sie haben Ihr Ziel erreicht.«

Das Tor glitt auf. Mike stand im Eingang. Einen Moment lang glaubte Chuck, er hätte vielleicht Gelegenheit, mit Mike allein zu sprechen. Doch einen Augenblick später kam Sara aus einem Flur hinter Mike und ging auf Chuck zu, um ihn zu begrüßen.

»Willkommen im Olymp, Chuck«, sagte sie. »Sie werden Ihre Kutsche verlassen müssen. Die Panzerketten ruinieren leider die Böden.«

»Ach so. Natürlich.«

Chuck stieg von dem Roboter und betrat einmal mehr Deep Shield. Er spürte, wie das Gewicht des Berges auf ihm lastete, aber Sara riss ihn aus seiner bedrückenden Furcht, indem sie die Arme um ihn schlang.

»Schön, Sie persönlich zu sehen, Doc. Wirklich schön.«

Sie trat zur Seite, damit er Mike die Hand schütteln konnte. Ihre Augen strahlten, ihre Wangen waren gerötet. Sie sah gesund aus, und sie erzeugte eine Art elektrostatisches Energiefeld, das Chuck als winzige Stiche auf seiner Haut wahrnahm. Mike ... Mike war eine völlig andere Geschichte. Er hatte abgenommen, und auch wenn er erkennbar mit Gewichten trainiert hatte, schien er insgesamt in keinem guten Gesundheitszustand zu sein. Er wirkte erschöpft, hatte dunkle Ringe unter den Augen, und um seinen Mund war ein gespannter Zug. Sein Lächeln sah angestrengt aus.

»Bereit für den Rundgang?«, fragte Sara.

»Sobald ich unten Bescheid gesagt habe, dass ich wohlbehalten angekommen bin«, sagte Chuck. »Admiral Hand scheint euren Robotern nicht zuzutrauen, dass sie mich unfallfrei von A nach B transportieren können.«

»Wie Sie wünschen«, sagte Sara lächelnd und führte ihn tiefer in ihr Reich.

Chuck reihte sich zwischen den beiden Alphas ein. Er hörte das Tor hinter sich zischend zugehen und tat, als hätte er es nicht gehört.

»Und womit habe ich es hier zu tun?«, fragte Tim und blickte auf die beiden Diagramme mit Hirnwellenmustern vor sich. »Ich meine, ich weiß, das hier sind meine Werte, und das andere sind die von Lanfen, aber was sagen sie mir über mich?«

»Dass du wächst, junger Mann«, sagte Dice. »Und dass du eine Menge kinetischer Energie freisetzt.« Er fuhr mit dem

Finger an den Zacken entlang, die für Tims Versuche standen, Kiefernnadeln zusammenzutreiben.

»Und was bedeutet es, dass die Kurve hier flacher wird?« Tim deutete zu einem Abschnitt mit entschieden geringerem Output.

»Es bedeutet, dass du die Aufgabe gemeistert hast«, log Dice. Was es tatsächlich bedeutete, war, dass er zu einer Ausführungsart gewechselt hatte, die er gut kannte – sprich, er hatte betrogen und, statt zu lernen, wie man reale Gegenstände bewegte, eine seiner Projektionen für diese Aufgabe maßgeschneidert. Es war ihm gelungen, ein paar von den Nadeln in der Luft zu halten, aber schlampig.

»Dann hat Lanfen also nicht so gut bei dem Test abgeschnitten, oder?«, schloss Tim und sah zu dem glatten, regelmäßigen Muster der Kampfsportlerin. »Ich habe mehr rohe Energie eingesetzt, oder?«

»Das hast du«, räumte Dice ein, sagte jedoch nicht, dass er mit all seiner rohen Kraft nicht das geleistet hatte, was Lanfen mit ihrem kontrollierten Aufwand an Zeta-Energie zustande brachte. Sein übertriebener Output war, als würde ein Gewichtheber alle Kraft in eine Hantel investieren, die einfach zu schwer war. Das war die gute Nachricht. Die schlechte Nachricht war, dass diese Demonstration roher Kraft eines klar zeigte: Tim Desmond verfügte über gewaltige ungenutzte Reserven. Wäre er in der Lage, sie auf die richtige Weise in die Beeinflussung fester Gegenstände fließen zu lassen, er wäre ein furchterregender Gegner.

»Nachdem das also offenbar ein Kinderspiel war«, sagte Dice, »seid ihr bereit, etwas Anspruchsvolleres zu versuchen?«

»Das musst du noch fragen?«, sagte Tim sichtlich amüsiert.

»Okay«, sagte Lanfen. »Du suchst etwas aus. Etwas Spektakuläres. Ich versuche, es nachzuahmen.«

Tim grinste bis über beide Ohren und rieb sich die Hände. Seine elektrostatische Aura wurde wahrnehmbar heller. »Also gut. Was soll ich machen?« Er sah sich um, dann spähte er durch die Tür des Zelts. »Ah, ich weiß schon. Lanfen, kannst du das?«

Er fixierte etwas auf der anderen Seite der Lichtung, und einen Augenblick später sprang der Motor eines SUVs dröhnend an. Das Fahrzeug fuhr rückwärts aus seinem Unterstand unter den Bäumen in die Mitte der Lichtung.

Dice lachte nervös. »Du machst aber unsere Autos nicht kaputt, Kumpel. Okay?«

»Würde mir nicht einfallen, Dice. Pass auf.« Tim ließ den SUV im Rückwärtsgang im Kreis wirbeln, dass Blätter und Nadeln aufspritzten.

Dice sah auf den Brain-Pattern-Monitor. Die Wellen waren glatt, aber auf hohem Niveau. Tim war in seinem Element – er wirkte auf das Computersystem des Wagens ein. Einen Moment später schoss die Kurve in den 9-MHz-Bereich hinauf, die Vorderpartie des Fahrzeugs hob vom Boden ab, und der Wagen tanzte auf den Hinterrädern um die eigene Achse. Dice sah zu Tim. Der irisierende blau-weiße Schleier hatte sich verstärkt bei der Anstrengung, physisch auf das Fahrzeug einzuwirken.

»Das ist kinderleicht«, sagte Tim und betrachtete das Ergebnis seiner Arbeit.

Dices Blick ging an dem Kapriolen machenden Auto vorbei zum Rand des Waldes, wo Eugene und Mini Hand in Hand aufgetaucht waren und dem Spektakel zusahen. Dice warf einen Blick zu Brenda, sie zeigte ihm die Spritze, die sie in der Handfläche versteckt hatte. Er fing Lanfens Blick auf und wusste, sie hatte das Paar ebenfalls gesehen.

Lanfen streckte den Arm aus. »Hey, schaut mal, wer da ist.«

Brenda durchquerte das Zelt, sodass sie gegenüber von Tim stand. »Hey, das sind Mini und Euge!« Sie winkte.

Abgelenkt ließ Tim den SUV wieder auf alle vier Räder fallen, wenngleich der Wagen weiter einen engen Kreis auf der

Lichtung drehte. Dice betätigte einen Schalter an dem Brewster-Brenton und setzte das Elektrodennetz auf dem Kopf des Programmierers unter Strom. Tims Körper zuckte, seine Aura brach zusammen, und die Augen verschwanden im Kopf. Brenda wählte diesen Augenblick, um ihm die Spritze in den Hals zu rammen.

Es stellte sich heraus, dass Tims Energie-Halo mehr als nur ein verwegener Spezialeffekt war. Eine Sekunde nachdem er erloschen war, war er in voller Stärke zurück. Brenda schrie auf und riss ihre Hand zurück. Tim schickte eine heftige Ladung Energie über die Leitung an den Brain-Pattern-Monitor zurück. Der Apparat schloss kurz, überall flogen Funken. Dice sprang zur Seite und sah, wie Tim sich krümmte und das Netz von seinem Kopf zu ziehen versuchte, aber er verfing sich nur mit den Fingern darin. Als er taumelte und kurz davor war, zu stürzen, trat Lanfen auf ihn zu und verpasste ihm einen Karateschlag gegen den Hals.

Der Nimbus aus statischer Energie wurde weiß, Tim taumelte vorwärts, und Lanfen begann zu fliegen. Sie katapultierte sich durch die Tür des Zelts und auf die Lichtung hinaus, wo sie auf den Boden traf und sich abrollte – genau in den Weg des sich drehenden SUVs.

Einen Moment lang war Dice überzeugt, sie würde zermalmt werden. Der Aufwärtshaken, den sie mit einer Hand machte, konnte nicht schnell genug sein …

Aber er war es.

Das Fahrzeug überschlug sich und landete auf der Seite, die Räder drehten sich vergeblich in der Luft. Sie hörten auf, sich zu drehen, als der Motor verstummte. Lanfen sprang auf die Beine und warf einen raschen Blick über die Schulter zu Mini und Eugene, bevor sie zurück zum Zelt rannte.

Dice war bereits bei Tim, der inzwischen halb im Zelt und halb außerhalb lag. Er war eindeutig bewusstlos, aber der knisternde Energieschleier umgab ihn immer noch. Dice streckte die Hand aus und versuchte, ihn zu berühren, erhielt jedoch einen unangenehmen Stromschlag, als seine Finger noch zehn Zentimeter entfernt waren.

»Wow«, sagte Eugene mit einem Blick zu Lanfen. »Ein beeindruckendes Sicherheitssystem hat er da.«

»Ja. Wie sollen wir ihn nur in den Tank bringen?«, fragte Brenda und rieb sich die schmerzende Hand.

Lanfen und Mini wechselten einen Blick. »Ich glaube, Mini und ich können da etwas machen«, sagte Lanfen. »Und danke, Mini. Ich wusste die Hilfe da draußen zu schätzen. Ich bin mir ziemlich sicher, dass ich dieses Auto nicht allein umgeworfen habe.«

Mini neigte den Kopf und lächelte. »Wozu hat man Freunde?«

»Im Augenblick hat man sie, um diesen Typ auf Eis zu legen«, sagte Dice. »Ihr sagt, ihr habt einen Plan?«

Sie hatten einen. Ohne die Hände zu benutzen, hoben sie den Körper des Programmierers an und ließen ihn zur Hütte mit den Isolationstanks schweben. Dice eilte voraus und öffnete die Tür. Joey ließ den nächstgelegenen Tank aufspringen, als er Dice sah, und die beiden Frauen bugsierten Tim hinein und ließen ihn bis knapp über den gelartigen Inhalt des Tanks sinken.

»Wieso leuchtet er so?«, fragte Joey leise.

»Er projiziert eine Art von Energiefeld«, erklärte Dice. »Was die Frage aufwirft, wie wir den Helm auf seinen Kopf bekommen.«

»Keine Sorge«, sagte Lanfen. »Mini, kannst ihn eben mal so halten?«

»Kein Problem.«

Das Gesicht der Künstlerin nahm einen Ausdruck äußerster Konzentration an, als sie auf die Umrandung der Einheit stieg und in den Tank hinuntersah. Dice glaubte für einen Moment, eine durchscheinende Gestalt im Tank stehen und Tims Kopf und Oberkörper aus dem Gel halten zu sehen. Lanfen stellte sich neben Mini auf die Umrandung und richtete den Blick auf den halben Helm, der zur Einheit gehörte. Sie bewegte ihn geschickt und mit der Präzision eines Chirurgen auf Tims Kopf.

»Kannst du mir das beibringen?«, fragte Joey vom Kontrollpult. »Das ist ein sehr cooles Talent.« Seine Hände bewegten sich über die Tastatur, und der Deckel des Isolationstanks schloss sich über Tim Desmond.

»Vielleicht ein andermal«, sagte Lanfen mit zusammengebissenen Zähnen.

»Ach so … verstehe.«

Einen Moment später begann ein Licht an dem Helm zu blinken, als das System binaurale Beats in Tims bewusstloses Gehirn zu spielen begann. Die elektrische Aura begann zu verblassen und war wenig später verschwunden.

»Okay, Eugene«, sagte Lanfen. »Zeit, Chuck anzufunken. Sag ihm Bescheid, dass die Falle zugeschnappt ist.«

»Ja, mach ich«, murmelte Eugene und verließ den Raum im Laufschritt.

Dice hob den Blick zum Innenmonitor der Isolationseinheit und fragte sich einmal mehr, wozu ein Zeta-Meister in der Lage sein mochte. Er legte Joey eine Hand auf die Schulter. »Was du auch tust, lass ihn nicht träumen.«

KAPITEL 20

Meister

Sara und Mike führten Chuck durch ihren Berg. Sie hatten die Bereiche, die sie benutzten, wohnlicher gestaltet. Mikes Bautalente hatten zusammen mit Saras Sinn für Design zu einer Umgebung geführt, die schön und funktional zugleich war. Die Wohnquartiere waren behaglich, aber nicht zu üppig ausgestattet. Der Koch-/Essbereich war ein Muster an Funktionalität. Die Kommandozentrale sah aus, als stammte sie aus *Star Trek*. Aber die Roboterstellplätze waren eine Offenbarung. Chuck hatte sie durch Thorins Optik gesehen, als Lanfen auf ihrem Spionageeinsatz in Deep Shield gewesen war. Damals war es eine Reihe langer, schmaler Räume gewesen; jetzt waren die Trennwände verschwunden (Mikes Werk, nahm er an), und Reihen von Robotern schienen sich endlos weit auf beiden Seiten des Labors zu erstrecken.

Die Labortische mit ihrer Ausrüstung, die sich früher in der Mitte des Raums befunden hatten, waren ebenfalls nicht mehr da, was dem Ort das Aussehen eines futuristischen Lagerhauses voller überlebensgroßer Spielfiguren gab. Das Wissen, dass es keine Spielzeuge waren, ließ Chuck schaudern.

»Beeindruckend«, sagte er und zwang sich, begeistert statt erschrocken zu klingen. »Wirklich gute Arbeit, es sieht nicht mehr so … spartanisch und militärisch aus hier. Wenn wir eine Generation von Architekten und Bauingenieuren in der Zeta-Technik ausbilden könnten, würde es die Bauindustrie revolutionieren und Leuten mit Behinderung erlauben, produktiv zu bleiben.«

Sara lachte. »Das ist so typisch für Sie, Doc. Diese Art zu denken ist genau das, was wir hier im Olymp brauchen. Sie könnten der Architekt einer neuen Welt sein. Wenn das ganze

Team hier wäre, es gäbe nichts, was wir nicht schaffen könnten.«

»Ich hatte gehofft, Sie in die reale Welt hinauszuführen, Sara. Uns alle aus dem Dunkel zu holen – aus dem Untergrund.«

Sie sah an ihm vorbei an der langen Reihe der Roboter entlang. »Ja, das hatte ich auch gehofft, aber es gibt Hoffnung, und es gibt die Realität. Realität, Doc, ist das, was Sie auf dem Weg hierher gesehen haben. Das waren wir. Ich weiß nicht, wie viele Soldaten gestorben sind, als wir diese Invasion zurückgeschlagen haben, aber ich weiß, dass die Tatsache ihres Todes unsere Rückkehr in die Gesellschaft … nun ja, ein wenig problematisch macht.«

»Das waren Paramilitärs, Sara«, sagte Chuck. »Nein, schlimmer noch. Es waren Feinde der Vereinigten Staaten und ihrer Bürger. Feinde der Regierung. Sie haben ihre Tarnung offengelegt, und Sie haben die Männer hinter ihnen aufgedeckt. Ich weiß, dass die Präsidentin dafür dankbar ist.«

Sara warf ihm einen beinahe mitleidigen Blick zu. »Passen Sie auf, Doc«, sagte sie, dann schwang sie sich in die Luft.

Es war nicht wie einer von Lanfens turnerischen Sprüngen, es war ein langsames Abheben, wie ein Reiher, der sich in die Luft erhebt, oder eine Zirkusartistin, die an ihrem Seil zur Zeltkuppel aufsteigt. Sie flog die ganze Länge des Raums hinunter und vollführte dann eine Reihe träger Loopings in der Luft.

Chuck sah zu Mike. Er beobachtete Sara ebenfalls, aus seiner Miene war nichts zu lesen. »Wie lange kann sie das schon?«, fragte Chuck.

Mike zuckte mit den Achseln. »Nicht sehr lange. Zum ersten Mal habe ich sie vor einer Woche etwas in dieser Art machen sehen, würde ich sagen. Sie und Tim arbeiten hauptsächlich mit Elektronik. Ich dagegen bin mehr der Maschinenstürmer.«

»Unsinn«, sagte Sara und landete zwischen den beiden Männern. »Du bist fantastisch, Mike. Zeig Chuck, was du mit den Robotern machen kannst.«

Mike fügte sich auf eine Weise, die Chuck bis ins Mark frösteln ließ. Konnte er Mike wirklich Saras Griff entreißen? Mike drehte sich lediglich und sah die lange Galerie hinunter, und jeder einzelne Roboter, der von Chucks Standort aus zu sehen war, erwachte zum Leben und trat aus seiner Ladestation, und sie taten es in derart perfektem Gleichschritt, dass man keine Geräusche einzeln aufgesetzter Füße hörte, sondern nur einen einzigen, gewaltigen Schritt.

»Sind sie … Ich meine, müssen sie sich im Gleichschritt bewegen, oder können Sie sie …«

Mit einem Blick zu Sara ließ Mike die ersten zehn Roboter nach links schauen und auf der Stelle marschieren, während die zehn dahinter zwei perfekt getimte Schritte nach vorn machten, sich drehten und neben die ersten zehn traten. Die nächsten zehn marschierten wiederum neben diese. Chuck hatte erwartet, es würde einen ohrenbetäubenden Lärm geben, aber die weichen Sohlen der Roboterfüße ließen sie eher wie eine Gruppe Cheerleader in ihren Sneakern klingen als wie eine Meute Metallmänner.

Alle dreißig Roboter marschierten weiter, bis Mike sie mit dem Ausbilderruf »Halt!« zum Stehen brachte.

Chuck wollte gerade eine weitere Frage stellen, als Mike seine Metalllakaien eine Reihe von Übungen machen ließ, die ihn abwechselnd an die Rockettes, eine Kampfsportklasse oder einen Haufen Kinder beim Herumalbern erinnerten. Es sah so absurd aus, dass er lachen wollte, nur konnte er es nicht.

»Das ist wirklich eindrucksvoll«, sagte er und meinte es ernst. »Von Ihnen beiden. Sara, was mich interessieren würde – wie hoch können Sie sich in die Luft erheben?«

»Ich habe die Decke des Kommandoraums berührt«, antwortete sie erkennbar stolz. »Das sind gut acht bis zehn Meter. Hat sich nicht allzu anstrengend angefühlt. Es geht nur darum, genügend Moleküle zusammenzupacken.«

Er nickte. *Nur.* »Mike, ich habe den Eindruck, dass Sie sich wenig im Klaren darüber sind, welche Art von Mechanismus Sie bedienen. Ich meine, es spielt keine Rolle für Sie, was für ein Mechanismus es ist, oder?«

Mikes Lächeln wirkte bitter. »Wenn es bewegliche Teile gibt, kann ich sie bewegen. Wenn nicht …« Er zuckte vielsagend mit den Schultern. »… kann ich dafür sorgen, dass es welche gibt.«

Chuck fragte sich, ob Mike auf die Idee verfallen war, Menschen seien nur eine andere Art von Maschinen … zumindest äußerlich betrachtet. Er hoffte, es war nicht so, oder wenn, dass ihn der Gedanke ebenso sehr erschreckte wie ihn selbst.

Chuck schüttelte das bohrende Angstgefühl ab und ging zu einer weiteren Taktik über, um Zeit zu schinden. »Wisst ihr, ich würde gern ein paar Messungen zum Ausgangswert von Ihnen beiden machen, wenn ich schon einmal hier bin. Gibt es ein EEG-Gerät?«

»Ja, wir haben eins«, sagte Mike. »Im Krankenrevier. Möchten Sie …«

Sara unterbrach ihn. »Das kann warten. Außerdem dachte ich, Sie wollen, dass wir nach unten kommen, damit Sie Ihre hochmodernen Instrumente für diese Messungen benutzen können.«

»Das stimmt natürlich. Ich bin nur sehr neugierig, bis zu welchem Amplitudenniveau Sie vorgestoßen sind. Ich meine, es muss einen beträchtlichen Output erfordern, auf so viele Moleküle einzuwirken, dass man sich in die Luft erheben oder eine Mauer sprengen kann.«

Sara grinste. »Immer der gleiche alte Chuck. Okay, Dad, Sie dürfen messen, wie groß wir geworden sind, bevor wir über Strategie sprechen. Aber erst will ich Ihnen noch etwas zeigen.« Sie machte sich auf den Weg zur Labortür.

Chuck blieb nichts übrig, als ihr zu folgen. »Ja? Was denn?«

Sie warf ihm einen Blick über die Schulter zu. »Einen Blick auf die Pine Flat aus der Vogelperspektive.«

Chuck vergaß für einen kurzen Moment beinahe, wie man ging. Das Letzte, was er jetzt gebrauchen konnte, war, dass Sara und Mike einen Blick auf das Gebiet unterhalb ihres Bergs warfen – vor allem nicht auf das Lager der Betas. Er konnte nur beten, dass Tim bereits kampfunfähig gemacht und in einen Isolationstank geschafft worden war. Er blieb stehen und veranlasste Sara und Mike, ebenfalls anzuhalten.

»Äh, wie hoch oben ist das genau?«

Mike warf ihm einen Blick zu. »Sie fürchten sich vor Höhen, Doc?«

»Na ja, fürchten ist vielleicht nicht ganz das richtige Wort. Sagen wir einfach, bei meinen Besuchen in New York habe ich das Empire State Building immer ausgelassen.« Höhenangst vorzutäuschen, war das Einzige, was Chuck in seiner Panik einfiel.

»Es ist absolut sicher«, sagte Sara. »Immerhin werden Sie von einem ganzen Berg getragen. Und die Aussichtsplattform ist so fest wie der Fels, auf dem sie ruht. Mike hat sie gebaut. Kommen Sie, Chuck, trauen Sie sich ein bisschen was. Sie können nicht Angst haben, *in* einem Berg zu sein und *auf* einem dazu.«

Und ob ich das kann, dachte Chuck. Aber er sah den Bauingenieur an, lächelte und hoffte, dass er aussah, als versuchte er, seine Panik zu verbergen. »Na, dann kann ja nichts schiefgehen. Ich kann ja immer noch die Augen schließen. Wie kommt man da hinauf?«

»Ich habe einen Aufzug gebaut«, sagte Mike. »Sie haben doch nicht etwa Angst vor Aufzügen?«

»Nur leichte Bedenken. Wie viele Stockwerke, glauben Sie, sind es?«

»Zerbrechen Sie sich darüber nicht den Kopf, Doc«, sagte Mike und klopfte ihm auf die Schulter. »Ich verspreche, Ihnen passiert nichts.«

Chuck nickte, und sie setzten sich wieder in Richtung Kommandoraum in Bewegung. Mike hatte seinen Aufzug in einem großen, leeren Raum ein paar Meter nordöstlich davon eingerichtet.

Der Raum war doch nicht ganz leer, sah Chuck, als, durch ihre Bewegung ausgelöst, Lichter an der Decke angingen. Es gab große Tische oder Werkbänke, mehrere davon beschädigt, und dahinter lag ein Haufen Schrott. Als sie näher kamen, erkannte er, dass es ein riesiger Roboter von einem Typ war, den er noch nie gesehen hatte. Der Rumpf war gewaltig, und am Kopf gab es einen durchsichtigen Gesichtsschutz, der voller Dellen und Sprünge war. Chuck brauchte einen Moment, bis er begriff, dass der Roboter dafür gedacht war, einen menschlichen Piloten aufzunehmen, und dass die rostfarbenen Flecken auf dem Bot, den Wänden und dem Boden getrocknetes Blut waren.

»Großer Gott, was ist das?« Die Worte entfuhren ihm, bevor er es verhindern konnte.

»Das«, sagte Sara, »war eine kleine Geheimwaffe, die General Howard tief im Bauch des Olymps versteckt hatte. Er hat sie zu einer Art letztem verzweifeltem Kamikaze-Angriff benutzt.«

»Der ... der Pilot ...«

»Der Pilot hat nicht überlebt«, sagte Sara kühl. »Wie gesagt, es war eine Selbstmordmission. Er sollte nicht überleben, und Howard war es egal.«

»Es war Lieutenant Reynolds«, murmelte Mike.

Chuck wurde leicht übel. »Wie ist er ...«

»Das müssten Sie Tim fragen«, sagte Mike tonlos.

»Unser Gefährt wartet«, sagte Sara strahlend und zeigte auf ein Gebilde, das minimalistisch und elegant zugleich war.

Im hinteren Teil des Raums war eine durchsichtige Plexiglasröhre mit einer glitzernden zylindrischen Kabine, die keinerlei mechanische Mittel zur Fortbewegung zu besitzen schien. Drei Bänder aus eloxiertem Stahl liefen senkrecht an der Röhre entlang, soweit Chuck sehen konnte – nämlich bis zu dem Punkt, an dem sie in der Felsendecke verschwanden.

»Zeta-Antrieb?«, brachte Chuck heraus.

Sara nickte. »Wird in der Zukunft groß einschlagen. Keine mechanischen Teile, die versagen können. Man engagiert einfach einen Zeta, der die Leute nach Bedarf rauf und runter fährt. Sie sehen, Sie haben neue Arbeitsplätze geschaffen. Rein mit Ihnen.« Sara winkte zu der Kabine, und die durchsichtige Tür glitt auf einer nahezu unsichtbaren Schiene auf.

Unter normalen Umständen wäre Chuck über alle Maßen beeindruckt gewesen. Mikes Talent war phänomenal. Chuck hatte überhaupt nicht darüber nachgedacht, wie sich Zeta-Fähigkeiten zur Verbesserung solch banaler Technik einsetzen ließen. Er betrat die Kabine nur zögerlich. Die Art, wie sie in dem massiven Fels verschwand, brachte ihn tatsächlich zum Schwitzen, aber noch viel schweißtreibender war der Gedanke, Sara und Mike könnten von ihrem Beobachtungsdeck aus etwas sehen, was sie nicht sehen sollten. Er konnte nicht mehr zurück und hoffte nur, die Besichtigung der Beobachtungsplattform würde nicht zu viel offenbaren und nicht zu lange dauern.

Unten im Beta-Camp räumte Team Chuck auf. Der durchgebrannte BPM hatte ein Loch in das weiße Segeltuchdach ihres Laborzeltes gebrannt und es mit beißendem Rauch gefüllt. Den SUV hatte Lanfen wieder auf die Räder gestellt, aber er stand noch dort, wo er so unsanft zum Stillstand gebracht worden war, seine Windschutzscheibe war gesprungen und sah aus wie ein Spinnennetz. Während sie das Fahrzeug untersuchte, um zu sehen, ob es noch fahrtauglich war, säuberten Dice, Brenda und Mini das Labor und schleppten zerstörte Ausrüstung auf die Lichtung hinaus. Joey spielte Babysitter für Tim.

Lanfen war keine Automechanikerin, aber sie hatte regelmäßig an ihrem Motorrad gearbeitet und nahm an, das qualifizierte sie dazu, einen größeren Schaden zumindest zu entdecken. Sie war gerade zu dem Schluss gekommen, dass die Verletzungen des SUV nicht tödlich waren, als sie ein angstvolles Ziehen von Chuck wahrnahm. Erschrocken darüber, wie klar das Gefühl war, richtete sie sich auf und spähte über die Baumwipfel zum Berg hinauf. Auf der anderen Seite der Lichtung sah sie Mini ebenfalls zum Gipfel hinaufspähen.

»Hast du es auch gespürt?«, fragte Lanfen.

Mini sah sie an und nickte. »Was sollen wir tun?«

»Uns beeilen.«

Chuck trat aus dem Aufzug auf das Beobachtungsdeck und ging sofort zur nördlichsten Ecke, um in die Richtung zu schauen, in der sich das Lager von Deep Shield einmal befunden hatte.

»Wow«, sagte er und ließ seine Stimme so fröhlich wie möglich klingen. »Ihr habt ja einen fantastischen Blick auf den Park von hier oben. War dort das Deep-Shield-Lager – dieser verbrannte Bereich?«

Mike ging zu Chuck und folgte seinem Blick. »Ja. Das war … es war schrecklich.«

Chuck nickte. »Ich habe das Video gesehen. Tims Konstrukte sahen realistisch massiv aus. Die Soldaten hatten keine Ahnung, dass sie aufeinander schossen.«

Sara lehnte an der Plexiglasröhre und lachte. »Es war brillant. Tim musste keinen Finger rühren. Er ließ sie einfach …« Sie verstummte, dann hörte Chuck sie sagen: »Was zum Teufel ist das?«

Chuck war zumute, als hätte sich sein Herz in Stein verwandelt. Er drehte sich zu Sara um. Sie stand rund vier Meter rechts von ihm an der Brüstung und sah den Hang hinunter. In der Hoffnung, vielleicht eine plausible Erklärung für das zu finden, was sie sah, ging Chuck zu ihr und folgte ihrem Blick. Er wusste sofort, es war aussichtslos. Das Beta-Camp sah übel aus. Im Zeltdach war ein großes, verkohltes Loch, und Rauch drang aus allen Öffnungen. Mini, die selbst aus dieser Entfernung erkennbar war, stapelte demolierte Ausrüstung in der Mitte der Lichtung, während Lanfen sich an einem ihrer SUVs zu schaffen machte. Dice und Brenda waren im Zelt, er erhaschte manchmal einen kurzen Blick auf sie durch die Tür und das Loch im Dach. Eugene, Joey und Tim waren nirgendwo zu sehen. Alles in allem war es ein ziemlich verfänglicher Anblick. Es sah aus, als hätte ein Kampf stattgefunden und als wären das die Sieger …

Chuck überlegte, was er sagen konnte. Irgendetwas, das die offenbar chaotische Situation alltäglich erscheinen ließ.

»Hey«, sagte Mike beiläufig. »Sieht aus, als hätte Tim alle Sicherungen rausfliegen lassen. Ich würde sagen, er schuldet euch einiges an Ausrüstung.«

»Wo ist Tim?«, sagte Sara mit zusammengebissenen Zähnen.

»Wahrscheinlich hilft er, den Saustall aufzuräumen«, schlug Mike vor.

»Ich sehe Tim nichts helfen«, sagte Sara. »Chuck, was ist in diesen Modulen?«

»Das sind Unterkünfte.«

»Ihr seid zu sechst. Eins von denen reicht als Unterkunft. Was ist in dem zweiten?«

»Ausrüstung«, sagte Chuck. »Sie kennen mich. Ich gehe nie ohne meine ganzen Spielsachen irgendwohin.«

»Wo ist Tim?«, wiederholte sie. »Was habt ihr mit Tim gemacht?«

»Woher soll ich das wissen?«, sagte Chuck wahrheitsgemäß. »Ich bin sicher, es geht ihm gut. Warum sollte es ihm nicht gut gehen?«

Sara trat auf ihn zu. »Sagen *Sie* es mir, Doc. Was haben Sie getan, sind Sie zum Feind übergelaufen?«

»Zum *Feind*? Wovon reden Sie? Welcher Feind, Sara? Wen betrachten Sie als Ihren Feind? Die US-Regierung? Das amerikanische Volk? Jeden, der kein Zeta ist?«

Chuck warf einen Blick auf das Lager hinunter. Mini und Lanfen waren beide wie angewurzelt stehen geblieben und starrten zum Berg herauf. Sara folgte seinem Blick, und so sah sie dasselbe wie er – die beiden Frauen wechselten einen Blick, bevor sie in hektische Aktivität ausbrachen. Mini verschwand im westlichen Modul, und Lanfen parkte den SUV wieder auf seinem Platz unter der Zeder – ohne einzusteigen und den Motor anzulassen. Dann ging sie zum westlichsten Gebäude.

»Mike«, sagte Sara, ohne das Lager aus den Augen zu lassen, »behalte Chuck hier. Lass ihn nicht aus den Augen. Ich kümmere mich später um ihn.«

»Wohin gehst du, Sara?«, fragte Mike leise. »Du wirst doch nicht glauben, dass sie Tim etwas tun würden …«

Sie drehte sich um und sah ihn an, ihre Augen glühten, und eine Aura begann um sie herum zu strahlen. »Ich glaube, sie versuchen, sich einen nach dem anderen von uns vorzuknöpfen – das glaube ich. Aber sie haben sich zu viel vorgenommen. Pass auf den Verräter auf.«

»Ich bin kein Verräter, Sara«, sagte Chuck. »Ich bin Ihr Freund. Das Beta-Team sind Ihre Freunde. Vielleicht die einzigen, die Sie auf der Welt haben. Sie müssen uns erlauben, Sie aus diesem Berg zu holen. Es gibt eine Einrichtung, in die wir Sie bringen können, dort können wir …«

»Dort können Sie was, Chuck? Uns umprogrammieren? Uns manipulieren, wie es Deep Shield getan hat?«

»Nein, Sara. Hören Sie mir um Himmels willen zu! Sie erreichen Ihre Ziele nicht, indem Sie den Leuten Angst machen.«

»Ich tue das alles um des Himmels willen, Chuck. Und im Augenblick erreiche ich meine Ziele nur dann, *wenn* die Leute Angst vor mir haben. Diese Arschlöcher werden sich nicht aufgrund ihrer Herzensgüte ändern. Ich frage Sie noch einmal: Was habt ihr mit Tim gemacht?«

»Ich hoffe, wir haben ihn gerettet.«

Mit einem Lodern in den Augen stieß Sara eine Hand in seine Richtung. Er hatte das Gefühl, als würde ihn eine Bowlingkugel in die Brust treffen. Er flog rückwärts auf das durchsichtige Geländer der Plattform zu – und auf einen sehr tiefen Abgrund. Ein zweiter Schlag zwang ihn zu Boden. Er prallte auf das Deck, überschlug sich mehrmals und blieb vor der Brüstung liegen.

Benommen und nach Luft schnappend, sah Chuck, wie Sara leichtfüßig auf das Geländer sprang und sich dann den Berg hinunterstürzte; sie segelte über die Baumwipfel und hielt direkt auf das Beta-Camp zu.

Lanfen ... Mini ... Es tut mir leid.

KAPITEL 21

Wut

Saras Wut verzehrte sie und trieb sie über die Bäume hinweg zum Lager der Betas. Die Lichtung war jetzt leer, und ihre Augen suchten nach einem Ziel. Als Eugene aus dem Wald auftauchte, dachte sie nicht lange über ihre Erleichterung nach, dass nicht Lanfen die erste Person war, die sie sah. Sie war nicht versessen darauf, sich mit der Kampfsportmeisterin zu messen. Das logische Ziel war das, das sie jetzt vor Augen hatte: Eugene Pozniaki, der ihres Wissens nie irgendein Zeta-Potenzial erkennen ließ.

Sie richtete sich auf ihn aus und ließ sich von ihrem Zorn leiten. Eugene war das schwächste Mitglied des Teams. Sie würde sich erst um ihn kümmern und dann herausfinden, was sie mit Tim gemacht hatten. Eugene sah sie, als er die Lichtung halb überquert hatte. Er blieb stehen und starrte nach oben, dann schlug er mit einem unartikulierten Kreischen Alarm.

Sara lachte und hielt genau auf ihr Ziel zu.

Beim Klang von Eugenes Stimme lief Mini zur Tür der Wohneinheit und folgte seinem Blick nach oben. Sara! Sara flog, segelte auf sie zu, und die Baumwipfel bewegten sich in ihrer Bahn wie vom Wind gepeitscht.

Mini trat vor die Tür hinaus, um sich der Gefahr zu stellen. Sie öffnete den Mund, um nach Lanfen zu rufen, doch im selben Moment wurde ihr klar, dass Sara es nicht auf sie abgesehen hatte. Sie hatte Eugene im Visier, der immer noch wie erstarrt mitten auf der Lichtung stand.

Das würde sie nicht zulassen. Sie sprintete zur Mitte der Lichtung, entschlossen, Sara abzufangen, ehe sie Eugene erreichte. Bis Sara die Grenze des Lagers erreicht hatte, hatte sich Mini bereits zwischen sie und Eugene postiert.

Sara verharrte über dem Dach des Moduls mit den Isolationstanks wie von unsichtbaren Flügeln getragen.

»Was habt ihr mit Tim gemacht?«, fragte sie, und aus ihren Augen sprühten Funken. Die Funken verschwanden, wenn sie ein Stück geflogen waren. Mini nahm an, es waren Projektionen und keine Schöpfungen.

»Tim geht es gut, Sara. Er ruht nur. Dices Tests haben ihm viel abverlangt.«

»Lügnerin. Gebt ihn frei, oder dein Freund wird dafür bezahlen.«

»Eugene«, sagte Mini ruhig, »geh ins Zelt.«

Er zögerte, dann sprintete er zu dem Laborzelt. Sara fauchte und sauste hinter ihm her.

Auch Mini bewegte sich, ihre Hand schoss vor und ließ ein Trommelfeuer winziger feuriger Kobolde auf die andere Frau los.

Sara hätte beinahe laut aufgelacht. War Mini wirklich so dumm, zu glauben, sie würde sich durch einen Haufen leuchtender Elfen abschrecken lassen? Sie pflügte angewidert mitten in den Schwarm, als sie das Brennen zu spüren begann. Es war, als wäre sie in ein Nest von Feuerameisen gestoßen.

Sie schrie laut auf vor Schmerz und Wut, entfernte sich mit einem Überschlag rückwärts von Minis winzigen Kriegern und landete mit beiden Füßen auf dem Dach des westlichen Moduls. Sara vermutete, dass sich Lanfen dort versteckte, aber sie war weniger denn je geneigt, ihr entgegenzutreten. Seit sie ein Zeta war, war sie an eine Position der Stärke gewöhnt. Ihre Wut konnte die Angst nicht auslöschen, die sie vor Lanfen hatte. Sie würde Tims Hilfe brauchen, um es mit ihr aufzunehmen.

Aber immer der Reihe nach. Die schwächsten Mitglieder von Chucks Eliteteam befanden sich in diesem Zelt, und deshalb richtete sie ihre Raserei darauf.

Chuck nahm die Hand, die Mike ihm entgegenstreckte, und ließ sich von dem Alpha auf die Füße ziehen.

»Alles okay, Doc?«

»Nichts gebrochen. Ein paar blaue Flecke, weiter nichts. Ich werde es überleben.« Er sah in Mikes Gesicht. »Wenn Sie mich lassen.«

Mit dem schmerzerfüllten Ausdruck, der über Mikes Gesicht huschte, hatte er nicht gerechnet.

»So ist es nicht, Doc. Ich werde Ihnen nichts tun. Und ich werde auch nicht zulassen, dass Sara Ihnen etwas tut.«

Chuck nickte. »Dann schulde ich Ihnen wohl einen großen Dank. Das waren Sie, der mich auf die Plattform stürzen ließ, oder? Ich bin mir ziemlich sicher, Sara wollte, dass ich über den Rand segle.«

Mikes Blick ging zum Geländer. »Ja, dessen bin ich mir auch ziemlich sicher.«

»Mike, tun Sie das alles tatsächlich? Sich als Gebieter aufspielen, mit Ihren Kräften protzen wie ein Halbgott? Ich sage Ihnen in aller Offenheit, das sind Sie nicht. Das ist nicht der Mike, den ich kannte.«

»Sie wissen, dass ich nicht so bin. Es ist nur ... Ich will einfach verhindern, dass Männer wie Howard mir oder anderen schaden.«

»Glauben Sie, Saras Weg ist der richtige, um das zu erreichen?«

Mike schüttelte den Kopf. »Wahrscheinlich nicht. Nein. Nein, ich glaube nicht, dass ihr Weg der richtige ist. Tatsächlich glaube ich ... ich fürchte, dass sie ...«

»Dass sie wird wie Howard?« Als Mike nicht antwortete, drang er weiter in ihn.

»Glauben Sie, sie weiß, wie Sie denken?«

Mike blickte auf. »Wenn sie es wüsste, wäre ich wahrscheinlich schon tot. Oder verbannt.«

»Hätten Sie denn etwas dagegen, verbannt zu werden?«

»Vielleicht. Vielleicht nicht. Aber verdammt, Doc, was habe ich noch außerhalb von diesem Berg?«

»Ihre Familie?«

Mikes Lachen war erzwungen und grimmig. »Welche Zukunft habe ich mit meiner Familie, Doc? Ich habe Menschen getötet.«

»Menschen, die versucht haben, Sie zu töten.«

»Ich hätte sie zum Teufel jagen können. Ich hätte sie vielleicht bewusstlos schlagen und irgendwohin schaffen können, wo sie keinen Ärger machen konnten. Ich hätte … eine andere Wahl gehabt.«

»So wie Sara eine andere Wahl hatte, als Matt zu töten?«

Mikes Miene drückte reine Trostlosigkeit aus. »Sie hätte das nicht tun müssen, Doc.«

»Nein, weil Matt den Angriff nicht eingefädelt hat.«

»Sie kann sich nicht gestatten, das zu glauben. Sie verstehen, warum.«

»Aber Sie glauben es. Oder, Mike?«

Chuck fühlte ein Ziehen von Lanfen und wusste, Sara war zu äußerster Vernichtung entschlossen. Er trat einen Schritt näher zu dem Alpha. »Sie wissen, was Sara und Tim tun, ist nicht richtig. Ja, die Welt braucht Veränderung, und ja, wir müssen an der Spitze dieser Veränderungen stehen – aber nicht so. Inzwischen hat Dice Tim ruhiggestellt. Kommen Sie mit mir, Mike. Helfen Sie mir, Sara unter Kontrolle zu bringen.«

»Sie werden sie nicht töten?«

»Wie können Sie das auch nur fragen? Ich habe nicht die Absicht, irgendwen zu töten. Niemals. Und ich werde alles in meiner Macht Stehende tun, damit das nie auch nur eine Option ist, Mike. Helfen Sie uns. Mit Ihrer Hilfe ist es keine Frage, dass wir Sie alle drei in Sicherheit bringen können.«

Aus Mikes Augen sprach Verzweiflung. »Welchen Sinn hat das? Es gibt keine Sicherheit da draußen. Nicht für mich.«

»Es ist möglich, wenn Sie …«

»Können Sie meine Zeta-Kräfte rückgängig machen? Können Sie dieses ganze verrückte Zeug verschwinden lassen? Können Sie mich wieder zu dem machen, was ich einmal war – zu mir selbst?«

Chuck schüttelte den Kopf. »Es tut mir leid, Mike. Ich weiß nicht, wie das gehen sollte – für keinen von uns. Wir sind, was wir jetzt sind. Wir werden sein, was wir noch werden.«

»Dann kann ich nicht wieder da hinausgehen. Ich kann es nicht. Ich will nicht, dass mich meine Familie so sieht.«

»Aber Sie sind immer noch …«

Weiter kam Chuck nicht, da ein seltsames Schnaufen aus dem Halbdunkel vor dem Aufzug kam. Er begriff, dass es eine Kinderstimme war, die weinend »Daddy! Daddy!« rief, und im nächsten Moment tauchte Mikes Sohn Anton aus dem Nichts auf und lief in die Arme seines Vaters. Mike schien im selben Moment alles andere zu vergessen.

Chuck wusste nicht, ob er frohlocken oder mit den Zähnen knirschen sollte. »Lorstad«, sagte er leise, und der Gelehrte trat ins Sonnenlicht. »Sie konnten sich nicht aus der Sache raushalten, wie?«

»Und sind Sie sicher, dass Sie es gewollt hätten? Ich vermute, der kleine Anton wird zustande bringen, was selbst Sie nicht konnten.« Lorstad deutete zu der Wiedervereinigung von Vater und Sohn.

Mike sah zu den beiden Männern hinauf. Er hatte Tränen in den Augen, seine Miene war zornig. »Warum haben Sie das getan? Warum mussten Sie ihn mit hineinziehen?«

»Weil«, antwortete Chuck und wünschte bei Gott, er müsste nicht antworten, aber Lorstad würde die richtige Antwort nicht finden, »wir Sie hier rausholen müssen. Ich kann Ihr Zeta nicht rückgängig machen, ich kann es für keinen von uns, auch nicht für mich. Aber Sie sind ein guter Mensch, ein Vater und Ehemann. Sie sind nicht die verabscheuenswerte Vorstellung, die Sie auf sich selbst projiziert haben.«

Der Alpha schüttelte den Kopf und formte ein *Nein, nein, nein* mit den Lippen. Er schloss Anton fester in die Arme, und Mike, der Vater, war zurück. Mike, der Zeta, der Kreuzfahrer für eine neue Welt, der schreckliche Ritter der neuen dunklen Göttin, löste sich auf. Er betrachtete die Welt wieder aus seiner ursprünglichen Perspektive. Er liebte seine Familie und wollte für sie sorgen, und nicht nur das, er wollte nicht von ihnen getrennt sein. Auf eine merkwürdige Art war er Lorstad dankbar, weil er seinen Jungen zu ihm gebracht hatte.

Chuck schob sich näher an ihn heran und sah ihm in die Augen. »Mike, Sie müssen nicht Sara oder Tim sein. Sie *sind* nicht sie. Sie sind ganz anders. Die beiden wollen nicht zurück. Keiner der beiden ist bereit, diese Macht aufzugeben. Sie sind es, und in meinen Augen sind Sie damit der Einzige, der überhaupt würdig ist, sie zu besitzen.«

Mike schluckte. »Was soll ich tun?«

»Kommen Sie mit mir von diesem Berg herunter, Mike. Tun Sie es für Anton. Für Ihre Familie. Für den Rest der Menschheit. Helfen Sie uns, einen Weg zu finden, die Welt zu heilen, ohne Menschen wehzutun.« Er hielt den Atem an, er wusste nicht, wie der Ingenieur reagieren würde. Mike sah Chuck nicht einmal an – er sah an seinem Sohn vorbei, der sich an seinen Hals klammerte, ins Leere. Langsam begann Mike zu nicken. Er kannte diesen Blick.

»Ja, okay. Ja.« Er stand auf, löste Antons Arme von seinem Hals und drückte den Jungen an seine Seite. »Gehen wir.«

Lorstad, der die Szene mit seiner typischen Reserviertheit beobachtet hatte, räusperte sich. »Ich werde Sie jetzt Ihrer Arbeit überlassen, meine Herren. Ich habe noch etwas zu erledigen.« Dann verschwand er einfach.

»Macht er das oft?«, fragte Mike.

»Ja«, sagte Chuck. »Und nein, man gewöhnt sich nicht daran. So, und jetzt muss ich mit unseren Leuten im Kommunikationslager Kontakt aufnehmen. Sie haben gefragt, was Sie tun sollen. Sie müssen das hier zerstören.« Er machte eine weit ausholende Handbewegung zum Berg. »Oder es zumindest unzugänglich machen. Können Sie das?«

In Mikes Augen blitzte Ehrgeiz auf. »Oh ja, Doc. Das kann ich.«

Sara bewegte sich rasend schnell auf das Zelt zu, die Hände vorgestreckt. Eine massive Druckwelle lief ihr voraus. Mini, die sich nicht in ihrem direkten Weg befand, nahm sie als einen Windstoß wahr, der sie immer noch mehrere Schritte zurücktaumeln ließ. Das Zelt bekam die ganze Wucht des Angriffs ab, und Mini sah, wie sich die Reste des Dachs losrissen und die Wände wie Segel im Sturm eingedrückt wurden. Das Zelt brach zusammen, aber erst nachdem Eugene durch die Tür entkommen war.

»Zum Wagen!«, rief ihm Mini zu. »Lauf zum Wagen!«

Er zögerte, aber nur für einen Sekundenbruchteil. Vermutlich hatte ihn Minis Gesichtsausdruck davon abgehalten, eine Diskussion über ihr Ansinnen zu beginnen. Er war hier hilflos, sie nicht. Sie wandte ihre Aufmerksamkeit wieder dem Zelt zu, das jetzt über den Labortischen hing. Sie sah Bewegung unter der höchsten Spitze und nahm an, dass es Dice und Brenda waren, die unter dem Segeltuch einen Ausgang suchten.

Offenbar hatte Sara es ebenfalls gesehen, denn sie stürzte sich auf die Bewegung. Eine Sekunde später zerriss die Leinwand, und man sah Brenda und Dice unter dem längsten der Labortische kauern.

Sara fletschte die Zähne. »Wo ist Tim? Was habt ihr mit Tim gemacht?«

»Es geht ihm gut«, sagte Dice. »Er ist nur an einem Ort, wo er keinen Schaden anrichten kann.«

»Schaden? Verdammt noch mal, Dice, ich zeige dir, was ein Schaden ist.«

Sie riss die Hände nach vorn, aber Dice sah den Angriff

kommen. Sein rechter Arm kam blitzschnell hinter dem Rücken hervor, aus einem Stück Kabel schoss funkensprühend Elektrizität. Sie traf Saras Füße, und für einen Augenblick war sie von weiß-blauen statischen Entladungen eingehüllt wie von einem elektrischen Taucheranzug.

Mini nutzte die Gelegenheit, um einen weiteren Schwall Feuerkobolde auf sie loszulassen. Sara wich wild kreischend mit einem Sprung in die Luft aus. Sie vergeudete keine Zeit damit, nach den Kobolden zu schlagen, sondern schöpfte den Energieschleier ab, der sie umgab, und lenkte ihn auf Dice und Brenda. Dice konnte ihn mit seinem eigenen Energiefeld blockieren, aber er besaß nicht Saras Erfahrung und Kraft. Ihr Angriff riss Dice und Brenda um und beraubte sie ihrer Deckung. Sie lagen lang gestreckt und erkennbar mitgenommen in den Ruinen des Zelts.

»Lass sie in Ruhe!«, rief Mini und rückte auf Sara vor. Sie zwang sich, zu atmen, ihre Gedanken und Gefühle unter Kontrolle zu halten. Sie durfte Sara nicht die Oberhand gewinnen lassen.

»Wo ist Tim?«, fragte Sara wieder. »Ist er dort?« Sie sah zu dem Wohnmodul.

»Vielleicht«, sagte Mini. »Willst du es herausfinden, indem du das Gebäude zerlegst?«

»Vielleicht lasse ich mich einfach selbst ein.« Sara täuschte eine Bewegung in Richtung des Moduls an, und Mini versperrte ihr den Weg. Wenn sie es schaffte, dass Sara Zeit und Energie auf das falsche Ziel vergeudete …

»Du benimmst dich idiotisch, Mini«, sagte Sara. »Du könntest uns beiden eine Menge Ärger ersparen, wenn du ihn einfach zu mir bringst.«

»Er ist … nicht hier. Wir haben ihn fortgeschickt.«

Sara legte den Kopf in den Nacken und lachte. »Mini-Maus, du bist die schlechteste Lügnerin der Welt. Lass uns mal zur Sache kommen, okay? Du sagst mir, in welchem dieser Kästen mein kleiner Troll ist, ja? Wenn nicht, dann …« Sie schwenkte in Richtung der Stelle, wo die SUVs geparkt waren.

Noch geparkt waren. Denn Eugene hatte zwar den unbeschädigten Wagen erreicht, aber er zögerte. Er war nicht weggefahren, und er war auch nicht durch den Wald zum Spiderweb gelaufen. Er stand an der Fahrertür und sah zu, wie das Unheil seinen Lauf nahm.

Mini schrie, er solle sich in Bewegung setzen, und er tat es, indem er den SUV stehen ließ und sich zur Flucht unter die Bäume wandte. Mini startete selbst, aber Sara war schneller. Sie landete auf gleicher Höhe mit Eugene, und der Hieb, den sie mit einem Arm ausführte, schien zunächst nichts zu bewirken, aber dann ächzte eine hohe Kiefer in Eugenes Fluchtroute, als hätte sie Schmerzen, und stürzte unter lautem Getöse um.

»Eugene!«, kreischte Mini, aber er war bereits unter dem Gewirr der Äste verschwunden. Wenn er einen Schrei ausgestoßen hatte, so ging er im donnernden Aufprall des Baums auf dem Boden unter.

Sara drehte sich mit einem hämischen, triumphierenden Gesichtsausdruck um – der nach einem Blick in Minis Gesicht schnell verschwand. Die schwer erkämpfte Kontrolle der jungen Frau explodierte in einem Ausbruch weiß glühender Angst und Wut. Im Nu hatte sie sich in einen schimmernden Umhang aus Energie gehüllt, der sie nahezu blendete. Sie erweckte mit Gedankenkraft Tausende winziger Kobolde zum Leben, die die Luft mit brennenden Pfeilen erfüllten und über Sara herfielen wie ein Schwarm Sperlinge über eine Krähe.

Sara heulte vor Wut und Schmerz und stieß sich wieder in die Luft, um dem Schwarm zu entkommen. Von ihrem ursprünglichen Ziel abgelenkt, wandte sie sich Mini zu. In ihrer Entschlossenheit schien sie nicht zu bemerken, wie Lanfen aus dem Modul mit den Isolationstanks schlüpfte.

Mini wusste zweifelsfrei, dass die Kampfsportlerin zum Sprung ansetzte. *Halt!*, dachte sie. *Nicht!*

Irgendwie veranlasste der Gedanke Lanfen, sich zu Mini umzudrehen, und die warf rasch einen Blick zu dem umgestürzten Baum. Lanfen zögerte nicht. Sie rannte zu der Stelle, wo Eugene verschwunden war, und überließ Mini die Auseinandersetzung mit Sara.

Die Alpha stürmte jetzt direkt auf sie zu durch den nicht endenden Schwarm stechender Kobolde. Mini erhöhte den Einsatz. Aus den Kobolden wurden Schmetterlinge mit Flügeln wie feuerrote Rasiermesser, aber Sara war nicht aufzuhalten.

Hm, dachte Mini, ich schätze, ich brauche einen neuen Trick.

Im Raum mit den Isolationstanks versuchte Joey, die Geräusche der Auseinandersetzung von draußen zu ignorieren, und beobachtete Tims EEG-Muster, um festzustellen, ob es Hinweise darauf gab, dass er träumte – oder schlimmer, dass das Programm nicht wirkte. Soweit Joey wusste, waren alle Rekruten der Gelehrten bereitwillig in die Tanks gegangen, sie waren sogar begierig darauf gewesen. Sie hatten nie versucht, jemanden zu synchronisieren, der so entschieden unfreiwillig gegangen war wie Tim Desmond, und Joey machte sich Sorgen, ein solcher Widerstand könnte reichen, damit sich Tim befreite.

Er sah über die Schulter zu der Tür, aus der Lanfen gerade verschwunden war. Er wusste, sie hatte versucht abzuschätzen, wann Sara so abgelenkt sein würde, dass sie ihren Eintritt ins Geschehen erst bemerkte, wenn es zu spät war. Er sagte sich, dass sie den richtigen Moment gewählt hatte. Alles, was er von Dr. Brentons Ninja gesehen und gehört hatte, hatte ihn zu der Überzeugung geführt, dass sie einer der fähigsten Menschen war, denen er je begegnet war und wahrscheinlich je begegnen würde.

Ein leises Klingeln von der Instrumentenanzeige des Tanks lenkte seine Aufmerksamkeit wieder darauf. Etwas geschah in

Tims Gehirn. Es generierte wahllos Beta-Ereignisse, die auf angstvolle Gedanken oder den Versuch, sich zu bewegen, hindeuteten. Es gab noch keinen regelmäßigen Beta-Rhythmus, aber …

Joey hatte eine Notfalloption, nämlich die Sauerstoffzufuhr des Alphas mit einem Sedativ zu fluten. Das Problem war, dass Tim bereits eine maximale Dosis Tranquilizer bekommen hatte. Ihn mit einer anderen Chemikalie weiter ruhigzustellen, konnte schädlich für ihn sein, ihn vielleicht sogar töten. Man konnte es nicht wissen, und Joey war definitiv kein Arzt.

Joey wischte sich den Schweiß von der Oberlippe, konzentrierte sich auf Tims Gehirnströme und dachte an Dices Abschiedsworte: »Was du auch tust, lass ihn nicht träumen.«

Tim träumte nicht, aber er versuchte vielleicht etwas, das genauso gefährlich war.

Schmetterlinge. Gottverdammte Kobolde und Schmetterlinge. Saras lautlose Verachtung wurde durch eine gehörige Portion Respekt gemildert. Die verdammten Dinger taten weh. Sie ließen Blut fließen. Was würde sich Mini als Nächstes ausdenken – Einhörner mit Stahlspitzen? Häschen mit Hauern? Was es auch war, sie würde Sara Crowell nicht gewachsen sein.

Mit einem Schmetterling kannst du nur begrenzt Schaden anrichten.

Sara zwang mehr Kraft in ihre eigene Energieaura, musste zu ihrem Unwillen jedoch erkennen, dass es die brennenden Flattertiere nicht fernhielt. Sie schlug nach ihnen und spürte das Brennen und Beißen der scharfen Flügel. Sie wischte sich über das Gesicht, danach war ihr Handrücken rot. Beim Anblick ihres Bluts geriet sie in noch größere Wut. Sie stürzte sich mit einem Schrei auf Mini, die Hände erhoben, um mit jeder Unze Kraft, die ihr zur Verfügung stand, auf die dumme Göre einzudreschen. Sie ließ die Kraft ihrer Raserei durch ihre

Fingerspitzen fließen und feuerte sie aus kürzester Entfernung auf sie ab.

Mini löste sich auf wie Dunst in der Sonne.

Na, das war doch schon mal was. Einen Moment lang jubilierte sie, dann ließ ein animalisches Fauchen hinter ihr sie herumfahren. Mini stand zwischen Sara und dem zweiten Modul, sie keuchte, ihr Gesicht war rot, ihre Augen blickten wild.

Verdammt. Doch nicht tot, aber wenigstens wurde sie müde. Sara näherte sich ihr trotzdem mit Vorsicht und beschloss, dass jetzt ein wenig Psychologie angebracht war.

»Hübscher Trick, Mini-Maus. Zum Glück weiß ich, dass bei dir alles Kunst ist und nichts Substanz. Ich wette, Timmy ist in dem Gebäude, zu dem du den Weg versperrst. Vermutlich hatte sich Lanfen dadrin verschanzt, um die Kronjuwelen zu bewachen.« Es entging ihr nicht, wie Mini leicht die Augen aufriss. »Du dachtest, ich hätte sie nicht bemerkt, oder? Ich habe sie bemerkt, aber ich habe entschieden, sie gehen zu lassen, damit sie sich um deinen Freund kümmert. Ich werde mich später mit ihr beschäftigen. Im Augenblick muss ich in dieses Gebäude.«

Sie griff ohne weitere Warnung an und richtete ihre Kraft nicht auf Mini, sondern auf das Modul hinter ihr. Die Wucht war groß genug, damit die Vorderwand nach innen gedrückt wurde und die ganze Einheit auf ihrem Stahlfundament schaukelte. Aus der nördlichen hinteren Ecke des Gebäudes stoben Funken, und auf der Lichtung wurde es plötzlich leiser. Ein Geräusch, das Sara kaum bemerkt hatte, war nicht mehr da: Der Generator, der das Modul mit Strom versorgt hatte, war verstummt.

»Tut mir leid«, sagte sie, »aber ich glaube, ich habe gerade den Stecker gezogen.«

Joey rappelte sich vom Boden des Raums mit den Tanks auf und betastete seine Rippen und die Hüfte, die von dem Sturz schmerzten. Er hatte als Kind einmal ein Erdbeben erlebt. Das hier war schlimmer. Erdbeben waren nicht bösartig.

Er brauchte einen Moment, bis er begriff, dass der Generator ausgefallen war – alle Kontrollanzeigen waren dunkel, und die batteriebetriebene LED-Notbeleuchtung war angegangen. Die Stromleitung zum Tank war tot, was bedeutete, dass weder binaurale Beats noch das Synchronisationsprogramm in das Gehirn des Alphas gespeist wurden. Wenn Tim das Bewusstsein wiedererlangte …

Ein starker Impuls, abzuhauen, überkam Joey. Er gab ihm nach und rannte zum Fenster in der Rückwand des Moduls. Er hatte es schon aufgerissen und den Fensterrahmen mit beiden Händen gepackt, als ihm klar wurde, dass Tims Sauerstoffzufuhr ohne Strom nicht funktionierte und dass er ersticken würde.

Er zögerte einen Sekundenbruchteil, dann ließ er den Fensterrahmen los und lief zum Tank zurück. Er hatte gerade einen Fuß auf die Plattform gesetzt, als der Deckel des Tanks aufflog und Funken und Gel durch den Raum spritzten.

Sara rückte auf Mini vor und wunderte sich gerade, warum die Kleine nicht aus dem Weg ging, als das Modul ein zweites Mal durchgeschüttelt wurde. Diesmal kam die Explosion von innen und verursachte eine Deformation des Stahldachs. Sara lächelte.

»Tja, was nun, Mini? Bist du bereit, aufzugeben? Oder müssen wir es ausfechten? Der kleine Knall eben war ziemlich sicher Tim, der aus irgendeinem Gefängnis ausgebrochen ist, in das ihr ihn gesteckt habt. Bist du bereit, es mit uns beiden aufzunehmen?«

Mini warf einen Blick über die Schulter zu dem Modul. Ihr Timing war perfekt. Die Tür ging auf, und Tim kam triefend nass und mit einer Art Taucheranzug bekleidet zum Vorschein. Sein Gesicht war eine starre Maske ungezügelter Wut, bis er

Sara sah. Dann lächelte er. Sara stellte sich vor, dass dieses Lächeln das Blut in Minis Adern gefrieren ließ, denn sie war zwischen ihnen beiden gefangen.

»Wie sieht es aus, Mini? Aufgabe oder ein alberner Kampf, den du nicht gewinnen kannst?«

»Ich gebe nicht auf«, sagte Mini.

Sara schüttelte den Kopf. »Das tut mir leid. Es tut mir wirklich leid, dass es so kommen musste, Mini. Ich mochte dich. Jetzt, Tim.«

Schnell wie ein Wimpernschlag stieg ein Tornado aus Nadeln und Blättern vom Wald auf, hüllte die schlanke Gestalt des Mädchens ein und entzog sie vollkommen jedem Blick. Sara stürmte in den Miniatursturm und griff mit ihren kinetischen »Händen« in ihn. Sie ertastete nichts als bewegte Luft. Die Künstlerin war einmal mehr verschwunden.

Zum Wahnsinnigwerden. Hatte Mini Teleportation gelernt, oder war das wieder nur eine ihrer Illusionen?

Die Antwort kam als ein Schrei in Saras Kopf. Irgendwie wusste sie, dass dieser Schrei kein Laut in der stofflichen Welt war, so wie sie wusste, dass Tim ihn ebenfalls »hörte«. Sein Gesicht war schmerzverzerrt, und er kniff die Augen zusammen. Sara drehte sich um und suchte das Lager nach der Quelle des Schreis ab. In der Mitte der Lichtung stand ihnen eine zweite Mini gegenüber, die rot glühende Wut, die sie ausstrahlte, nahm Sara als Hitze wahr, die in Wellen an ihren Körper und ihre Seele schlug.

Sara stemmte sich der Hitze entgegen und schüttelte den Kopf. »Komm schon, Mini. Wie lange, denkst du, können Rauch und Spiegel das Unvermeidliche hinauszögern? Wofür spielst du auf Zeit? Denkst du, Lanfen kommt dich retten? Oder Chuck? Denkst du, Chuck kommt und redet sich aus der Geschichte heraus? Er wird nicht kommen. Mike hält ihn im Berg fest. Er geht nirgendwohin, und ich habe ohnehin keine Lust mehr, mir Lügen anzuhören. Und selbst wenn eure

Freunde vom Militär eine Herausforderung für uns wären – sie wissen nicht, dass ihr hier oben in Schwierigkeiten steckt. Es ist vorbei, Mini. Gib auf.«

»Ich gebe nicht auf«, sagte Mini leise. Sie machte eine anmutige, tänzerische Bewegung, in die ihr ganzer Körper einbezogen war, schwang die Arme wie Flügel nach oben und sprang leichtfüßig in die Luft. Als ihre Füße wieder den Boden berührten, war sie von einer Schar grotesker, fledermausartiger Gargoyles in der Größe von Schäferhunden umringt, die aussahen, als bestünden sie aus lebendigem Stein. Ihre Augen glühten rot, silbriger Speichel troff von ihren farblosen Lippen und glänzte auf obsidianschwarzen Zähnen.

»Ich habe bis jetzt in meinem ganzen Leben niemanden gehasst«, sagte Mini. Ihre Stimme war leise, und Sara musste sich anstrengen, sie zu verstehen. »Aber ihr beide, ihr habt euch verändert. Ihr habt *zugelassen*, dass ihr euch verändert. Ihr habt Matt getötet, obwohl er euch nur helfen wollte. Ihr habt uns zu töten versucht – vielleicht habt ihr Eugene sogar ge…getötet.« Sie musste schlucken und tief Luft holen. »Weil ihr es *genießt*, zu töten. Ihr seid Tyrannen. Mächtige, gewissenlose Tyrannen. Und deshalb«, sagte sie und hob die Stimme, »hasse ich euch. *Ich hasse euch!*«

Plötzlich war die ganze Schar der Gargoyles in der Luft und griff an. Sara richtete sich auf, um ihnen entgegenzutreten, und wunderte sich, wieso das dumme Kind dieses sinnlose Schauspiel immer weiter trieb. Sie überlegte, einfach in den Berg zurückzukehren – immerhin hatte sie Tim ja wieder. Sie hörte ihn hinter sich lachen, als er seine eigene Schwadron von Wächtern ins Feld schickte. Seine sahen aus wie die fliegenden Affen aus dem *Zauberer von Oz*. Sara sah, wie sie mit Minis Gargoyles zusammenprallten … oder vielmehr, wie Minis Gargoyles durch sie hindurchpflügten, als wären sie Dunst.

Sara errichtete einen Energieschirm, doch die Gargoyles durchbrachen auch diesen und erreichten sie – und Tim. Sie hörte ihn irgendwo hinter sich schrill kreischen, aber seine Schreie gingen in ihren eigenen unter. Die Obsidianzähne waren rasiermesserscharf, sodass sie kaum etwas spürte, als sie ihre Halsschlagader durchtrennten. Das letzte Bild in ihren Augen war Mini, die in rotes Licht getaucht wie ein Racheengel aussah.

Ihr letzter Gedanke war die schockierende Erkenntnis, dass Mini zweimal so göttlich war wie sie selbst.

Mini sah, wie ihre Gargoyles einer nach dem anderen verglühten. Als der letzte verschwunden war, wusste sie, Sara und Tim waren tot. Sie hatte ihre Verteidiger nur für so lange erschaffen, wie diese beiden Herzen noch schlugen. Sie warf keinen Blick zu den Leichen und dem Blut. Sie wandte sich benommen der riesigen Zeder zu, die quer über dem Fußpfad zum Spiderweb lag.

Eugene, dachte sie und hatte seinen Namen vielleicht gerufen. Dann fiel sie und versank in Dunkelheit.

KAPITEL 22

Der Olymp ist gefallen

Sie verließen den Berg durch eine der Hintertüren. Mike führte den seltsamen Zug an. Chuck fragte nicht, aber er nahm an, der Alpha wollte mit seinem Sohn nicht den Weg des Todes und der Zerstörung nehmen, der über den Haupteingang führte. Der Junge war aufgeweckt und neugierig und würde sicherlich Fragen stellen.

Chuck saß in einem der mit Ketten versehenen Transportroboter – vielleicht demselben, mit dem er gekommen war. Anton ritt vergnügt in den Armen Bilbos, einem von Lanfens ursprünglichen Hob-Bots, während Mike von seinem Liebling Sacha getragen wurde. Anatoly, Boris und Zhenya folgten, beladen mit den persönlichen Habseligkeiten der Alphas. Mike dachte, sie würden es vielleicht zu schätzen wissen. Thorin bildete die Vorhut, er trug eine weiße Fahne … nur für alle Fälle, sagte Mike, denn er wollte nicht, dass ein schießwütiger Soldat auf sie ballerte.

»Sie haben mir nicht gesagt, was Sie mit Deep Shield vorhatten«, bemerkte Chuck, als sie den Fuß des Bergs erreicht hatten und auf eine Wiese unmittelbar oberhalb des Beta-Camps kamen. »Es sah aus, als hätten Sie überhaupt keine Vorbereitung dafür gebraucht.«

»Ich bereite mich schon eine ganze Weile darauf vor, Doc. Zu den ersten Dingen, die ich getan habe, gehörte, den Schaltplan für das Stromnetz dadrinnen zu suchen. Ich bin darin herumgesurft, bis ich wusste, wie alles miteinander verbunden ist, wo es Schwachpunkte gab oder wo elektrische Leitungen mit anderem Zeug in Kontakt kamen – zum Beispiel mit dem Abfallentsorgungssystem. Sie würden sich wundern, wie viel Methan sich in einem solchen System bildet. Dann gibt es das

Waffenlager und das Munitionsdepot, die Treibstofftanks. Und alles ist durch ein Stromnetz verbunden.«

Chuck schluckte und warf einen Blick über die Schulter zum Gipfel. »Glauben Sie, wir sind weit genug entfernt?«

»Ja. Ja, ich denke schon.«

»Was müssen Sie tun?«

Mike hielt Sacha und die anderen Roboter an, drehte sich um und blickte zum Berg. »Nur das.«

»Das« war nicht mehr als ein tiefer Atemzug. Welche Gedanken Mike Yenotow auch zum Berg schickte, die Folgen traten sofort ein und waren spektakulär. Ein tiefes Grollen ließ Himmel und Erde erzittern, dann fiel der Berg in sich zusammen wie ein missglücktes Soufflé. Das Grollen hielt noch rund eine Minute an, unterbrochen von schärferen Erschütterungen. Kurz darauf quoll eine Staub- und Schuttwolke aus der klaffenden Öffnung, wo einmal der Haupteingang des untergehenden Stützpunkts gewesen war. Die Schockwelle war wie ein urzeitlicher Seufzer, der an ihnen vorbeirauschte.

Anschließend kehrten die normalen Geräusche des Waldes zurück – Vögel, Insekten, Bäume, die im Wind knarrten.

»Daddy«, sagte Anton, sichtlich beeindruckt, »du hast einen ganzen Berg in die Luft gejagt!«

»Ja, das stimmt. Wer hätte gedacht, dass ich das kann?«

»Ich«, sagte Chuck. »Ich glaube, dass Sie alles können, was Sie sich in den Kopf setzen. Alles.«

Der andere Mann sah ihn an, eine Frage in den dunklen Augen. Sie hielten den Blickkontakt einen Moment, dann lachte Mike.

»Ich muss sagen, Doc, mir scheint, Sie glauben mehr an mich als ich selbst.«

Chuck zitierte leise. »›Amen, das sage ich euch. Wenn euer Glaube auch nur so groß ist wie ein Senfkorn, dann werdet ihr zu diesem Berg sagen: Rück von hier nach dort!, und er wird wegrücken. Nichts wird euch unmöglich sein.‹«

»Das hat Jesus gesagt«, sagte Anton. »Ich kenne es aus der Sonntagsschule.«

Chuck nickte. »Matthäus, Kapitel 17, glaube ich.«

Chuck verstummte, als sie ihren Weg fortsetzten, und erlebte einen Moment kristalliner Klarheit. *Glaube – Überzeugung*, das war das wesentliche Element in der Formel, die Lorstad von ihm verlangt hatte. Lanfen hatte es vor einiger Zeit in Worte gefasst, aber er sah nun die Folgerungen daraus und erkannte, wie Glaube jedes Unternehmen stärkte, selbst wissenschaftliche. Glaube war die Art und Weise, wie alle Menschen ihre Gedanken und Gefühle – basierend auf ihren Annahmen über das Universum, sich selbst, über alles – organisierten. Er war kein Elixier, das nur Mystikern zugänglich war. Er war die Grundlage der Wissenschaft selbst. Um das Funktionieren des menschlichen Gehirns oder des Universums zu verstehen, musste man zuerst glauben, dass diese Dinge verstanden werden konnten.

Jeder wissenschaftliche Fortschritt hing davon ab, dass jemand glaubte, eine Theorie würde sich beweisen lassen oder eine Annahme sei vernünftig oder ein Experiment würde logische Resultate erbringen. Und sie hing von dem Glauben ab, dass die Wesenheit, die diesen Beweis suchte, die Annahme aufstellte oder das Experiment durchführte, die Fähigkeit besaß, all das zu tun und die Resultate zu verstehen.

Wie ließ sich das auf Lorstads Streben nach einer evolutionären Abkürzung übertragen? Chuck wusste es nicht. Er wusste nur, dass dieser Glaube nicht quantifizierbar war. Wie viel davon war nötig, um die Lücke zwischen aktuellen und potenziellen Fähigkeiten zu überbrücken? Er wusste es nicht. Es gab keine Formel, es gab nur das wissenschaftliche Verfahren: Hypothese, Versuch, Beurteilung der Ergebnisse, Anpassung der Hypothese … Ausspülen und das Ganze von vorn. Und das alles in dem Glauben, dass der Prozess nützliche Resultate erbringen werde.

Es war eine wunderbare – und beängstigende – Erkenntnis.

Das Geräusch eines Motors riss Chuck aus seiner Träumerei.

»Hey, Doc«, sagte Mike. »Erwarten Sie ein Empfangskomitee?«

Chuck blickte auf und sah einen Humvee des Militärs durch das Buschwerk auf die Wiese brechen. Er war mit drei grimmig dreinblickenden Soldaten besetzt. Sie waren natürlich bewaffnet, hielten die Waffen aber nicht kampfbereit. Der Offizier auf dem Beifahrersitz war ein Lieutenant, den Chuck vom Spiderweb kannte. Er hieß Decker. Er wirkte einigermaßen gelassen, auch wenn sein Blick leicht nervös über die Roboter-Entourage strich.

Der Humvee hielt drei Meter vor Chuck und seinen Begleitern, und der Offizier zeigte auf den Rücksitz. »Dr. Brenton, Admiral Hand hat uns geschickt, damit wir Sie holen. Drüben im Beta-Camp ist etwas passiert, aber es liegen noch keine Berichte vor. Sie müssen mit uns kommen.«

Chuck sah Mike an. »Was ist mit den Robotern?«

»Ich bringe sie. Wollen Sie sie im Spiderweb haben oder in Ihrem Lager?«

»Spiderweb macht mehr Sinn, oder?« Chuck sah den Offizier an, der nickte.

»Lacey«, sagte Decker zu dem jungen Gefreiten auf dem Rücksitz, »Sie werden Mr. Yenotow und den Jungen zur Einheit zurückbegleiten.«

»Sir.« Der Soldat stieg aus dem Fahrzeug und näherte sich vorsichtig den Robotern.

Mike lächelte ihn schief an. »Sie können mit Doc Brenton den Platz tauschen. Unser Lem hier ist so sicher wie der Humvee.«

Chuck hatte Lem, den Transport-Bot, bereits verlassen und war auf halbem Weg zu dem Armeefahrzeug, als er an Lanfen dachte. Er wollte auf kinetischem Weg mit ihr Kontakt aufnehmen, aber er traute sich nicht – was, wenn sie nicht reagierte?

Der Gedanke ließ ihn beinahe in die Knie gehen. Er kletterte in den Humvee. Der Fahrer – dessen Namensschild ihn als »Wood« auswies – wendete und fuhr in den Wald zurück, nach Südosten, in Richtung des Beta-Camps.

Sie waren gerade unter dem Blätterdach verschwunden, als Chuck ein seltsames rhythmisches Flüstern von oben hörte. Er blickte auf und sah einen Hubschrauber von Westen tief über die Bäume kommen. Er bemerkte, dass Decker ihn ebenfalls beobachtete und dabei die Stirn runzelte. Der Hubschrauber war lang, schmal und schnittig, und er war mattschwarz lackiert, um kein Licht zu reflektieren. Er hatte vier kleine Rotoren in einer rechtwinkligen Halterung über dem Rumpf.

»Gehört der zu Ihnen?«, fragte Chuck.

»Sir, dasselbe wollte ich Sie auch gerade fragen.«

»Wir haben keine Hubschrauber, Lieutenant. Wir haben zwei SUVs und was Admiral Hand sonst noch vom Spiderweb gebracht hat.«

Decker wandte sich seinem Fahrer zu. »Geben Sie Gas, Corporal.«

»Jawohl, Sir.«

Der Humvee machte einen Satz nach vorn und bohrte sich tiefer in den Wald.

Lanfen sah Eugene zunächst gar nicht unter den Ästen und Zweigen, die wie eine geschlossene Decke auf ihm lagen. Die Luft war gesättigt vom Aroma der umgestürzten Kiefer, es war ein Geruch, den sie immer mit angenehmen Wanderungen und milden Herbsttagen verbunden hatte. Nach heute würde sie ihn bestimmt für alle Zeit mit Angst und Schrecken in Verbindung bringen. Sie fürchtete, Eugene zerquetscht und leblos unter dem breiten Baumstamm vorzufinden. Sie hatte sich durch wenigstens zwei Meter Gestrüpp gekämpft, als sie das leuchtende Türkis von Eugenes Jacke auf der anderen Seite des Stamms sah.

Erleichtert schwebte sie über das Hindernis und landete hüfttief im Blattwerk, so nah wie möglich bei Eugene. Sie rief seinen Namen, als sie Zweige und Äste zur Seite bog oder vom Stamm trennte. Selbst mit ihren Zeta-Fähigkeiten dauerte es mehrere Minuten, bis sie sich zu ihm gekämpft hatte, und in dieser Zeit drangen Geräuschfetzen der Schlacht an ihr Ohr, die im Lager hinter ihr stattfand. Als es still wurde auf der Lichtung, wäre sie fast in Panik geraten. Sie war hin- und hergerissen – sie wollte wissen, was mit den anderen war, und sie wollte zu Eugene gelangen.

Sie senkte den Kopf und grub weiter. Eugene brauchte sie.

Als sie ihn endlich erreicht hatte, stellte sie mehr als erleichtert fest, dass er atmete und dass sein Puls schwach, aber regelmäßig war. Er lag auf dem Bauch, den Kopf zur Seite gedreht, was ihr einen klaren Blick auf die klaffende Wunde an seiner rechten Schläfe gewährte. Er blutete stark. Sie überlegte, ob »dichte« Atome als eine Art Kompressionsverband dienen konnten. Es gab nur eine Möglichkeit, es herauszufinden. Sie sammelte Atome aus der Luft, komprimierte sie und stellte sich vor, wie sie auf Eugenes Wunde drückten.

Nach ein, zwei Minuten ließ die Blutung nach. Sie hielt den Druck gedanklich aufrecht und untersuchte Arme und Beine. Nichts war gebrochen. Als sie ihn vorsichtig umdrehte – ein Manöver, für das sie sowohl körperlich als auch mit ihrer Zeta-Kraft anpacken musste –, stellte sie bestürzt fest, dass es seinen Rippen nicht so gut ergangen war. Er war auf einem zehn Zentimeter starken Ast gelandet, der seinen Brustkasten aufgerissen und mindestens zwei Rippen gebrochen hatte.

Sie musste ihn hier rausschaffen. Sie überlegte gerade, wie sie das am besten anstellen sollte, als sie Dice ihren Namen rufen hörte.

Sie blickte auf und versuchte, an der Kiefer vorbeizuspähen, was sich als aussichtslos erwies. »Hier!«, rief sie. »Eugene lebt! Kann ich ihn gefahrlos ins Lager bringen?«

»Ich denke, ja. Sara und Tim sind …« Seine Stimme verlor sich. »Es ist sicher hier.«

Lanfen leckte sich die Lippen. Als sie das letzte Mal jemanden mit Zeta-Fu hochgehoben hatte, hatte Mini ihr geholfen. *Unsinn.* Natürlich konnten sie es. Sie musste nur Atome dichter unter ihn packen und die lokale Schwerkraft so ein wenig manipulieren. Sie hob ihn aus dem Gewirr der Äste und ließ ihn behutsam über den Stamm schweben, sie fühlte die Struktur und den Abstand der Oberflächen, die er überquerte, und reagierte mit derselben Konzentration, die sie bei Kung-Fu einsetzte. Dice und Brenda trafen genau in dem Moment ein, in dem sie ihn sanft ins Gras ablegte.

Dice kniete neben der reglosen Gestalt seines Freundes nieder und legte zwei Finger an seinen Hals. Er schüttelte den Kopf. »Wir brauchen Chuck.«

»Wir haben Chuck im Augenblick nicht«, sagte Lanfen und wollte nicht daran denken, warum das so war, »und ich weiß nicht, was ich tun soll.«

»Ich denke, wir sollten Euge und Mini in einen Wagen schaffen«, sagte Brenda und deutete zu den SUVs, »und zum Spiderweb hinüberfahren. Dort gibt es einen Arzt.«

Lanfen folgte der Geste und sah Mini einige Meter neben den Fahrzeugen auf der Erde liegen.

»Oh Gott. Ist sie okay?«

»Ich glaube, ja«, sagte Brenda. »Ihr Puls ist stark. Ich glaube, sie ist nur ohnmächtig geworden vor Anstrengung … und zwar deshalb.« Sie warf einen Blick über die andere Schulter.

Lanfen folgte auch dieser Bewegung und bereute es augenblicklich. Zwei unförmige Gestalten lagen auf dem Boden vor dem Eingang zu den Isolationstanks, sie sahen eher aus wie blutige Haufen abgelegter Kleidung als wie Menschen.

»D-das war Mini?«

»Minis … Golems«, sagte Dice und blickte auf. »Gargoyles nennt man sie wohl. Wir haben nur noch das Ende mitbekommen. Wir haben sie noch für einen kurzen Moment gesehen, bevor sie verschwanden und Mini das Bewusstsein verlor.«

Lanfen fand keine Worte dafür und schüttelte nur den Kopf. »Wo ist Joey? Er war noch im Raum mit den Isolationstanks, als ich Eugene suchen gegangen bin.«

»Oh, verdammt«, sagte Brenda und rannte, Joeys Namen rufend, in Richtung Modul.

Dice sah ihr nach, dann fragte er: »Brauchst du Hilfe, um Euge in den SUV zu schaffen?«

»Kannst du die Heckklappe für mich öffnen?«

»Schon passiert.«

Dice stand auf und ging zur Beifahrerseite des Wagens. Lanfen hob Eugene wieder an und ließ ihn auf den SUV zuschweben. Sie hatte ihn gerade zum Heck des Fahrzeugs manövriert, als rhythmische Schallwellen die Luft erzittern ließen und ein Schatten über die Lichtung huschte. Ein schlanker schwarzer Hubschrauber mit einem Quartett von Rotoren flog über sie hinweg, sank tiefer und schwebte kaum einen Meter über dem Boden am anderen Ende des Lagers.

»Was zum Teufel ...?«, sagte Dice.

Lanfen lud Eugene vorsichtig im Kofferraum des SUVs ab, dann spähte sie zu dem seltsamen Helikopter.

»Ist das Militär?«, fragte Dice. »Warum landen sie nicht?«

Das ungute Gefühl, das Lanfen vom ersten Augenblick an gehabt hatte, in dem sie den Hubschrauber sah, wurde immer stärker. »Lasst uns Mini und Joey holen und von hier verschwinden.«

Mini begann sich jetzt zu regen, sie drehte den Kopf von einer Seite zur anderen. Lanfen hatte sich gerade in Bewegung gesetzt, um zu ihr zu laufen, als Lorstad aus dem Nichts über Minis liegender Gestalt erschien. Mit einem Blick zu Lanfen und Dice hob er sie vom Boden auf und verschwand.

Der Hubschrauber begann zu steigen.

Lanfens Instinkt übernahm die Kontrolle. Sie wusste sofort,

wohin Mini verschwunden war und wessen Tarnhubschrauber das war. Sie machte kehrt und spurtete direkt auf ihn zu. Sie dachte daran, sich in die Luft zu werfen, wie Sara es getan hatte, war sich ihrer Fähigkeiten jedoch nur bis zu einer Höhe von rund zehn Metern sicher. Der Helikopter war bereits zu hoch. Deshalb blieb sie unter ihm stehen und dehnte ihre Gedanken zu ihm aus. Sie stellte sich zwei riesige Hände vor, die ihn am Bug und am Heck packten. Die Maschine wackelte und sträubte sich, aber Lanfen hatte schlicht nicht die Fertigkeiten entwickelt, um zu tun, was Mike vielleicht mühelos getan hätte. Also tat sie das Nächstbeste. Sie kannte sich mit Motoren aus. Sie griff in das Getriebe des Hubschraubermotors und tastete nach einer Möglichkeit, ihn wohlbehalten auf den Boden zu bringen.

Luft.

Sie dachte einen Knick in einen Schlauch, und der Motor stotterte. Er sackte um zwei Meter ab. So weit, so gut. Sie drosselte die Luftzufuhr weiter und brachte den Hubschrauber immer näher zum Boden. Wenn er tief genug war, würde sie springen.

Kristian packte einen Haltegriff, als der Hubschrauber unter ihm wegsackte. Er hatte sich kaum stabilisiert, als Mini zu stöhnen begann und an den Fesseln zerrte, mit denen er sie auf der Pritsche festgebunden hatte. Er fischte eine Einwegspritze mit einem Sedativ aus dem Arzneikasten und verabreichte es ihr in den Hals, dann warf er die leere Spritze beiseite und eilte nach vorn. Er hatte das winzige Cockpit noch nicht erreicht, als die Maschine erneut Höhe verlor und sich schüttelte wie ein nasser Hund.

Alexis saß auf dem Pilotensitz, ihre Hände umklammerten den Steuerknüppel so kräftig, dass sich die Knöchel weiß abzeichneten.

Was ist los? fragte er.

Sie sah kurz zu ihm auf. *Schau selber.*

Er hielt sich an der Lehne ihres Sitzes fest und lugte aus dem großen, schrägen Fenster. Lanfen stand auf der Lichtung unter ihnen, der Rotorwind peitschte sie, sie hatte die Fäuste geballt und den Blick unverwandt auf den Helikopter gerichtet.

Was tut sie?

Alexis schüttelte den Kopf. *Ich weiß es nicht. Aber sie wird das verdammte Ding zum Absturz bringen, wenn wir nicht schleunigst etwas dagegen unternehmen. Übernimm das Steuer.*

Sie rutschte seitwärts aus dem Sitz, ihre Hände umklammerten weiter den Steuerknüppel. Lorstad blieb nichts übrig, als von der anderen Seite auf den Sitz zu klettern.

Töte sie nicht, Alexis.

Es könnte sein, dass ich keine andere Wahl habe.

Man hat immer eine Wahl.

Alexis warf ihm einen nicht zu deutenden Blick zu, dann kauerte sie sich neben den Pilotensitz und spähte zu der Frau unter ihnen hinab. Lorstad wusste, wozu Alexis fähig war: Sie konnte die Polarität synaptischer Potenziale im motorischen Teil von Lanfens Neocortex umkehren. Sie konnte Willensprozesse im Gehirn einer Person stilllegen. Je nachdem, was sie tat, setzte die Wirkung jemanden lediglich außer Gefecht, oder sie war lebensgefährlich.

Er wusste nicht, was sie jetzt getan hatte, aber als der Hubschrauber nur noch ein kleines Stück über dem Boden war, erschlaffte Chen Lanfen vollkommen und fiel in sich zusammen wie eine Marionette, deren Fäden man durchtrennt hatte. Der Hubschrauber schoss ruckartig nach oben, und Lorstad schwenkte ihn herum und flog ihn vom Beta-Camp fort.

So, dachte Alexis in seine Richtung. *Ich habe sie nicht getötet. Zufrieden? Sie sieht uns wegfliegen und wundert sich, warum sie sich nicht bewegen kann. Sie wird sich etwa fünf Minuten lang wundern, dann ist sie wieder okay.* Sie scheuchte ihn mit einer Handbewegung vom Pilotenplatz, und er überließ die Steuerung wieder ihren tüchtigen Händen. *Ich hoffe nur, deine kleine Künstlerin ist eine so großartige Schöpferin, wie du glaubst, und das, was sie kann, lässt sich beherrschen und lehren. Ich würde ungern feststellen, dass wir uns für nichts und wieder nichts derartig angreifbar gemacht haben.*

Kristian unterdrückte seine Gedanken. Er hoffte dasselbe, aber er war nicht bereit, Alexis wissen zu lassen, wie unsicher er diesbezüglich war. Er war sich nur sicher, dass Minerva Mause mehr als jedes andere Zeta-Talent die nächste Stufe der menschlichen Evolution repräsentierte. Die anderen mochten physische und mentale Fähigkeiten in bislang unbekannte Höhen führen, Atome beeinflussen oder geschickte Projektionen erzeugen, aber nur Mini konnte etwas erschaffen, was vielleicht an der Schwelle zu einer neuen Lebensform stand. Mit mehr Konzentration und zusätzlicher Isolationstherapie hoffte er, diese Fähigkeit voll erblühen lassen zu können.

Natürlich war noch mehr dahinter. Eine menschliche Fähigkeit konnte nicht als wahrhaft evolutionär gelten, solange sie nicht in die DNA eingeschrieben war. Das lag jenseits der Fähigkeiten Kristian Lorstads. Es war eine Aufgabe für die Genetiker der Gelehrten.

Er blickte auf Minis Gesicht hinab und unterdrückte den Reflex, ihre Wange zu streicheln. Er biss sich auf die Zunge, statt zu flüstern: Sei unbesorgt. Er beneidete sie nicht um die nächsten paar Monate ihres Lebens, aber er hoffte, sie würde am Ende erkennen, welch großartiges Geschenk sie erhalten hatte und was für eine großartige Bestimmung sie erwartete.

Und vielleicht würde sie zu würdigen wissen, wem sie das alles verdankte.

Der Humvee brach aus dem Wald in das Beta-Camp, als der Tarnhubschrauber gerade himmelwärts stieg und sich hoch über dem Lager auf der Stelle drehte. Corporal Wood brachte das Fahrzeug neben dem Modul mit den Tanks zum Stehen. Lieutenant Decker hatte bereits das Sturmgewehr gehoben und zielte.

Chuck hielt den Offizier reflexartig mit seiner Zeta-Kraft davon ab, die Waffe abzufeuern. Der Lieutenant stöhnte überrascht auf.

»Keine Toten mehr«, sagte Chuck und löste seinen Zugriff wieder.

Er sprang aus dem Fahrzeug und sah zu dem Helikopter hinauf. Er konnte nichts tun, was die Mechanik des Dings anging, aber vielleicht gelang es ihm, die Besatzung zu erreichen. Er setzte alles an Zeta-Kapazität ein, was er hatte, und spürte die Signaturen der drei Menschen an Bord, als würden sie neben ihm stehen. Er wusste, dass Mini bewusstlos war, dass Lorstad Angst hatte, dass Alexis den Hubschrauber steuerte und dass ihr Herz raste.

Er konzentrierte sich auf dieses Herz. Er wusste, er konnte es verlangsamen, sogar aufhören lassen zu schlagen. Einen Moment lang glaubte er, er würde es vielleicht tun. Wenn er die unbewussten Kontraktionen einfach …

Alexis' Herz schlug einmal, zweimal, dreimal, dann riss sich Chuck aus seiner Konzentration auf den hypnotisierenden Rhythmus und ließ den Hubschrauber fliegen. Sie würden Mini nichts tun, und er würde ihren Entführern nichts tun – das Kleingedruckte im hippokratischen Eid würde heute nicht zum Tragen kommen. Die Maschine drehte auf der Stelle und schwirrte in Richtung Westen davon. Chuck wusste, wohin sie flogen.

Er wandte seine Aufmerksamkeit seinem Team zu. Lanfen lag reglos auf der Lichtung. Er rief ihren Namen und wollte zu ihr laufen, aber ein scharfer, kraftvoller Gedanke von ihr hielt ihn zurück.

Eugene. Der blaue SUV.

Er machte kehrt und rannte zu dem Wagen, wo Dice bereits

winkte und in die offene Heckklappe deutete. »Sara hat einen Baum auf Euge fallen lassen. Er hat eine üble Kopfwunde und ein paar gebrochene Rippen. Kann sein, dass das noch nicht alles ist.«

Chuck kletterte in den SUV und beugte sich über Eugene. Er warf einen oberflächlichen Blick auf die Wunden, dann sah er zu Dice hinaus. »Geh den anderen helfen. Die beiden Männer, die mich hergebracht haben ...«

»Okay«, sagte Dice und lief zur Mitte des Lagers.

Chuck legte eine Hand auf Eugenes Kopf und eine auf den Brustkorb und tauchte. Es gab drei gebrochene Rippen, keine bedrohte ein wichtiges Organ. Die Kopfverletzung war bedenklicher, sie ging fast bis zum Knochen, der Schädel darunter war gebrochen, das Gehirn schwoll an.

Chuck hatte solche Verletzungen im OP am Johns Hopkins gesehen. Er wusste, in welcher Reihenfolge alles getan werden musste. Knochen verschließen, Schwellung reduzieren, Haut nähen. Er schuf im Wesentlichen eine beschränkte Zone, in der Knochenneubildung und Gewebeheilung massiv beschleunigt waren. Er reparierte den gebrochenen Knochen, beruhigte das geschwollene Gewebe, reduzierte Druck, verschloss Blutungen. Dann arbeitete er an den Rippen, massierte sie sanft, richtete sie ein und glättete Oberflächen – da er es erst vor Kurzem bei Joey getan hatte, ging ihm das leichter von der Hand. Er wiederholte die Schritte, um den Blutfluss zu erhöhen, die Neubildung zu beschleunigen und überschüssiges Blut abzuleiten.

Als Chuck fertig war, wusste er, Eugene würde noch für einige Stunden bewusstlos sein und Zeit zur Genesung brauchen. Aber er würde genesen – davon jedenfalls. Dass Mini verschwunden war, würde ihm mehr zu schaffen machen.

Chuck kroch aus der Heckklappe des SUV und stellte fest, dass ihn ein halbes Dutzend Leute ansahen. Dice, Brenda und die beiden Soldaten standen im Halbkreis um die hintere

Stoßstange, während Lanfen und Joey zu ihren Füßen auf dem Boden saßen. Chuck ging vor Lanfen in die Hocke und nahm ihre Hände.

»Alles in Ordnung?«

Sie nickte. »Ich bin nur frustriert. Wütend. Sie haben Mini.« Es kam wie ein leises Knurren heraus. »Lorstad und Alexis. Ich habe versucht, etwas am Motor zu deichseln, um sie sanft auf den Boden zu bringen, aber einer der beiden hat mich umgehauen.«

»Wer?«

»Alexis, da bin ich mir ziemlich sicher. Es hat sich nicht nach Lorstad angefühlt.«

»Was hat sie gemacht?«

»Ich weiß es nicht. Ich habe einfach das Gleichgewicht verloren und bin zusammengeklappt.«

»Wow – du verlierst nie dein Gleichgewicht.«

»Ich weiß. Wie geht es Eugene?«

»Er wird wieder. Wie lange habe ich an ihm gearbeitet?«

»Etwa eine Viertelstunde, Doktor«, sagte Decker und trat einen Schritt auf ihn zu. »Ich denke, wir schaffen Sie am besten alle zusammen zum Spiderweb und die Verletzten ins Krankenrevier.«

Chuck sah Joey an. Der Ingenieur wirkte ein wenig benommen. »Bist du …«

Joey hob die Hand zu einer vagen Geste. »Es geht mir gut.«

»Er hat eine Gehirnerschütterung«, sagte Brenda. »Er hat mehr Finger an meiner Hand gesehen, als ich habe.«

Chuck legte die Hand an Joeys Schläfe. Brenda hatte recht. Joey hatte tatsächlich eine Gehirnerschütterung, aber Chuck war zu ausgelaugt, um etwas dagegen zu unternehmen.

»Sir, ich glaube, wir sollten unbedingt alle ins Spiderweb bringen.«

Chuck sah Lieutenant Decker an und nickte. »Ja. Hier können wir nichts mehr tun.« Er ließ den Blick über das zerstörte

Lager schweifen und verharrte einen Moment bei den beiden übel zugerichteten Leichen. »Gar nichts.«

Er wurde von einem Gefühl des Versagens überwältigt. Er hatte gegenüber Sara und Tim versagt. Er hatte Mini im Stich gelassen. Für die beiden toten Alphas konnte er nichts mehr tun, sein Versagen war in diesem Punkt total. Aber für Mini würde er Himmel und Hölle in Bewegung setzen. Er fing Lanfens Blick auf und hörte ein einzelnes Wort im Kopf: *Wir.*

Wir werden Himmel und Hölle in Bewegung setzen.

Chuck zweifelte nicht daran, dass sie es konnten.

KAPITEL 23

Den Himmel in Bewegung setzen

Im Spiderweb wurden Eugene und Joey auf die Krankenstation gebracht, während man Chuck und die anderen zu einer mobilen Einheit führte, die etwa die Größe ihres eigenen Wohnmoduls hatte. Die spartanische Einrichtung erinnerte Chuck an einen Warteraum – ein schlichtes, rechtwinkliges Sofa, Polsterstühle in Grau und Malve, ein niedriger Kaffeetisch, eine winzige Kochnische und ein runder Tisch mit einer Handvoll Stühle um ihn herum.

Dort trafen sie Mike mit Anton an, die beiden wurden von einem Paar nervöser Militärpolizisten bewacht. Ihr Unbehagen trat nicht offen zutage, Chuck spürte es als eine Art Schlängeln im Genick. Anton war an seinen Vater geschmiegt und in ein Spiel auf einem iPad vertieft.

Mike … Mike sah gehetzt aus. Aus seinen Augen sprach eine Mischung aus Wachsamkeit und Verzweiflung, als er Chuck ansah. Was war geschehen in der Zeit, seit sie sich getrennt hatten, was hatte Mike in ein in die Enge getriebenes Tier verwandelt?

Lieutenant Decker kümmerte sich um ihr leibliches Wohl und zeigte ihnen, wo sie Wasser, Kaffee und Essen fanden. Dann verkündete er, dass er Admiral Hand von ihrer Ankunft unterrichten wolle.

»Wo ist sie?«, fragte Chuck, leicht überrascht, dass sie nicht hier war, um sie zu begrüßen.

»Sie ist drüben im Kommunikationswagen und berät sich mit Präsidentin Ellis.«

»Ach so.« Chuck warf einen Blick zu den beiden Männern, die links und rechts der Tür standen. »Könnten wir wohl einen Moment ungestört mit Mike sprechen?«

Der Lieutenant runzelte die Stirn. »Sir?«

Chuck senkte die Stimme. »Mike weiß noch nicht, was aus den anderen geworden ist. Ich denke, ich sollte derjenige sein, der es ihm sagt.«

»Dann werde ich die Männer vor der Tür postieren, Sir. Wenn Sie sie brauchen …«

Er lächelte matt. »Ja, danke, Lieutenant.«

Er fragte sich, was die beiden Militärpolizisten nach Deckers Ansicht gegen auch nur einen Zeta ausrichten sollten. Der Mann hatte immerhin die Zerstörung im Beta-Camp gesehen. Chuck konnte sich nur vorstellen, dass es ihm schwerfiel, die neue Realität mit der in Einklang zu bringen, die er sein ganzes Leben lang gekannt hatte. In Deckers alter Realität richtete einfach niemand schwerste Zerstörungen allein mit Hirnströmen an.

Als sich die Tür hinter den Soldaten geschlossen hatte, setzte sich Chuck gegenüber von Mike in einen der Wartezimmersessel. Lanfen, Dice und Brenda verteilten sich ebenfalls um die Sitzgruppe, ihre Mienen waren ausdruckslos.

»Alles in Ordnung, Mike?«, fragte Chuck.

Mike redete nicht lange darum herum. »Sie wollen wieder in den Berg, Doc. Sie wollen, dass wir sie wieder hineinbringen, zurück zu The Deep.«

»Du hast The Deep zerstört.«

»Ja, das habe ich. Ich habe es in die Luft gejagt, die Böden aufgeworfen und den Berg auf alles stürzen lassen. Wahrscheinlich brennt es dadrinnen immer noch. Aber sie glauben, wenn ich es zum Einsturz gebracht habe, kann ich ihnen helfen, einen Tunnel hinein zu graben.« Mike beugte sich vor und ballte die Fäuste. »Doc, niemand sollte jemals wieder in diesen Berg gehen. Ich habe ein paar der Bots herausgebracht, damit nicht Ihre ganze Arbeit verloren ist. Ich dachte, sie würden vielleicht an denen interessiert sein. Aber sie wollen, dass ich … dass wir den Berg wieder öffnen.«

Chuck war verblüfft. Wieso um alles in der Welt …

Er bemerkte, dass alle, selbst Anton, ihn ansahen.

»Wer hat das vorgeschlagen?«, fragte er. »Admiral Hand?«

Mike schüttelte den Kopf. »Der Mission Commander. Er heißt Fredericks. Kann sein, dass er für Hand spricht, aber das weiß ich nicht.«

»Dann werden wir fragen. Ich habe Admiral Hand als vernünftige Frau kennengelernt. Wir werden ihr erklären, warum es wichtig ist, dass niemand mehr in den Olymp geht.«

Mike errötete. »Nennen Sie es nicht so, Doc. Es ist Deep Shield. Es war immer Deep Shield. Denn wenn es hart auf hart kam, war Sara nicht viel anders als General Howard. Beide sind Monster. Sie ist nur ein mächtigeres Monster.«

Chuck spürte das Ziehen eines fremden Bewusstseins und blickte auf. Lanfen sah ihn an, dann Dice.

Mike entging der kurze Austausch nicht. »Was ist? Was ist mit Sara und Tim passiert? Ich dachte, nachdem ihr alle hier seid, habt ihr die beiden auf Eis gelegt. Oder nicht?«

Chuck sah ihm in die Augen. »Nein, Mike. Die Sache ist leider eskaliert.«

»Wir konnten Tim in einen Isolationstank schaffen«, sagte Lanfen, »aber Sara hat unsere Stromversorgung lahmgelegt, und er entkam. Sie sind auf Eugene losgegangen, weil er nicht war wie wir.«

Mike riss erschrocken die Augen auf. »Sie haben ihn doch nicht etwa …«

»Er ist hier im Krankenrevier«, beruhigte ihn Lanfen. »Er wird dank Chuck wieder gesund werden. Aber nachdem Eugene verletzt war, haben sie Mini angegriffen, und sie … sie hat die beiden so ziemlich im Alleingang erledigt. Sie ist sehr viel stärker, als wir alle ahnten, und sie haben sie unterschätzt. Sie waren ihr am Ende nicht gewachsen.« Lanfen holte tief Luft. »Mike … Sara und Tim sind tot.«

Er saß einen Moment lang sehr still, dann blickte er auf

Anton hinunter, der von seinem Spiel aufsah. Mike schloss die Augen, zog seinen Sohn an sich und schüttelte den Kopf. »Mit Sara konnte man schon lange nicht mehr vernünftig reden. Und ich bezweifle, dass man es mit Tim je konnte. Ich weiß nicht, was ich davon halten soll. Doc. Tot. Ich weiß es nicht.«

»Keiner von uns weiß es, Mike«, sagte Dice. »Das ist Neuland für uns alle.«

»Und für unsere Gastgeber«, sagte Lanfen. »Ich möchte der Präsidentin und ihrem Stabschef gern trauen. Ich möchte Admiral Hand trauen. Aber sie sind nicht die letzte Autorität, wenn es darum geht, was aus uns werden soll. Wir haben es mit dem Kongress zu tun, vielleicht mit weiteren Männern wie Bluth, die nur noch nicht aus der Deckung gekommen sind. Es gibt Parteigruppierungen, die wegen uns streiten werden. Es wird Leute geben, die etwas von uns haben wollen, und sei es nur eine Versicherung, dass wir nicht wie Sara und Tim sind.«

»Und wie ich?«, fragte Mike vorsichtig.

»Hör auf, dir Vorwürfe zu machen«, sagte Dice. »Niemand sollte sich in so einer Lage wiederfinden wie du. Sara und Tim haben aktiv versucht, die Welt zu regieren. Das hast du nicht getan. Du warst nur mitgefangen, als Deep Shield beschloss, in den Untergrund zu gehen.«

»Sie waren allerdings wirklich von der Richtigkeit ihres Handelns überzeugt«, sagte Mike. »Zumindest Sara war es. Tim hat sich einen Scheißdreck um Richtig oder Falsch geschert. Der dachte, dass er immer noch ein Computerspiel spielt. Ich garantiere euch, manche Leute werden glauben, dass wir alle so sind. Und ob wir es sind oder nicht, manche Leute werden immer Ungeheuer in uns sehen.« Mike schüttelte den Kopf und atmete geräuschvoll aus. »Und vielleicht sind wir welche. Ich habe auch vom Zaubertrank getrunken, Doc. Niemand hat ihn mir gewaltsam eingeflößt. Ich habe meinen Platz auf dem … Berg eingenommen. Ich kann das jetzt nicht beiseitewischen, das wäre nicht richtig. Der Schmerz, den ich wegen alldem empfinde, ist so ziemlich alles, was im Moment einen Sinn für mich ergibt.«

Sie hörten Schritte auf der Treppe, und im nächsten Moment ging die Tür auf, und Admiral Hand trat in Begleitung von Mission Commander Colonel Fredericks ein. Hand hatte einen Laptop unter dem Arm, den sie auf einen Tisch stellte und aufklappte.

»Die Präsidentin wird in Kürze online mit uns verbunden sein. Wir haben natürlich Fragen an Sie. In der Zwischenzeit beantworte ich gern Fragen, die Sie an mich haben.«

Chuck kam zu Bewusstsein, dass wieder einmal alle Augen auf ihn gerichtet waren. Er holte tief Luft. »Ich denke, die drängendste Frage ist, was jetzt aus uns wird. Vor allem aus Mike.« Der Blick, den Anton zu seinem Vater warf, entging ihm nicht.

Joan Hand setzte sich und sah Chuck in die Augen. »Das kann ich Ihnen nicht sagen, Doktor. Das wird sich aus unserem Gespräch mit der Präsidentin ergeben. Was haben Sie sich denn vorgestellt?«

»Ich glaube, ich spreche für uns alle, wenn ich sage, dass ganz oben auf unserer Liste steht, Mini von den Wohltätern zurückzuholen. Sie ist nicht freiwillig mit ihnen gegangen. Sie haben sie entführt – aus Gründen, die mir nicht ganz klar sind.«

»Wissen Sie überhaupt, wo diese Leute sind?«

»Ja«, sagte Dice. »Das wissen wir. Und so mächtig ihre Organisation auch ist, sie können diese Einrichtung auf die Schnelle weder schließen noch verlegen. Sie würden sie möglicherweise verlassen, wenn sie den Verdacht hätten, dass wir wissen, wo sie ist. Aber das haben sie bis zum Schluss vor uns zu verheimlichen versucht. Solange wir dort waren, durften wir nie mehr als die unmittelbare Umgebung sehen. Lorstad hat uns mit seiner Fähigkeit zur Teleportation einzeln hierhergebracht. Selbst die Beschäftigten von außerhalb werden mit verbundenen Augen ins Zentrum gebracht und leben dann dort. Auch Joey wusste nicht, wo es ist, bis ich ihr System gehackt und den Standort ermittelt habe.«

Hand nickte. »Für wie gefährlich halten Sie diese sogenannten Wohltäter? Was planen sie?«

»Offen gestanden«, sagte Dice, »scheinen sie einen massiven Überlegenheitskomplex zu haben. Sie sehen sich als die nächste Stufe der menschlichen Evolution – oder haben es zumindest getan, bis sie Wind davon bekamen, was wir machen. Dann haben sie erkannt, dass ihr eigenes System zur Erlangung außerordentlicher Fähigkeiten Grenzen hatte.«

»Sie haben davon gesprochen, dass sie sich einer Art ›Wiederaufladung‹ unterziehen müssen.«

»Ja. Und selbst für einen so erfahrenen Meister wie Lorstad – der Mann, der Mini entführt hat – kann das Stunden in einem Isolationstank bedeuten. Ihre Fähigkeiten werden künstlich aufrechterhalten.«

»Ich verstehe«, sagte Hand. »Wenn sie also von ihrer Technologie abgeschnitten sind …«

»Werden sie schwächer«, sagte Chuck. »Sie verlieren ihre Fähigkeiten bis zu einem gewissen Grad. Ich weiß nicht, bis zu welchem, weil wir nie erlebt haben, dass es so weit kam. Und bevor sie an diesen Punkt kommen, sind sie anscheinend zu einigen wirklich erstaunlichen Dingen in der Lage.«

Aus dem Laptop ertönte in diesem Moment ein Ton, und Admiral Hand nahm den Anruf an. Einen Augenblick später erschien Präsidentin Ellis auf dem Schirm. Chuck sah, dass sie nicht allein war – eine Reihe von Leuten war mit ihr im Sit Room. Er erkannte ihren Stabschef Curtis Chamberlin und zwei der anderen Männer, Phalen Whitecross und Joseph Firestone, prominente Senatoren aus verschiedenen Parteien, die beide bereits Interesse am Amt des Präsidenten erkennen ließen. Bei dieser Erkenntnis stellte es Chuck buchstäblich die Nackenhaare auf. Er wollte sich nur ungern vorstellen, dass ihr

Geschick in den Händen von Leuten lag, die um ein öffentliches Amt konkurrierten oder bei einer Wählerschaft Punkte zu machen hofften.

Rundum wurden alle vorgestellt, und Chuck versuchte in den Gesichtern der Männer zu lesen, die mit der Präsidentin um den Tisch saßen. Er sah Unbehagen, Neugier, Misstrauen.

Es wurde schnell klar, dass das große Thema für die Volksvertreter war, ob sie dem amerikanischen Volk reinen Wein darüber einschenken sollten, was wirklich im Michaux State Preserve vor sich gegangen war. Waren Sara und Tim einheimische Terroristen, die von einer paramilitärischen Einheit (passenderweise Zeta Squad genannt) erledigt worden waren, oder sollte man die ganze Geschichte publik machen, jetzt, da die Gefahr vorbei war? »Moment mal«, unterbrach Chuck Senator Whitecross, »es tut mir leid, aber wir wissen nicht, ob die Gefahr vorbei ist. Diese Leute, die sich die Wohltäter – oder die Gelehrten – nennen, haben ein Mitglied meines Teams entführt. Eine junge Frau, von der sie offenbar glauben, dass sie ihnen irgendwie nützlich sein kann. Ich habe keine Ahnung, was sie mit ihr tun oder ihr antun wollen, aber ich kann Ihnen sagen, dass diese Leute ein weltweites Netzwerk unterhalten und sehr wenig Achtung für Menschen haben, die sie als … als …«

»Minderwertig ansehen«, beendete Lanfen.

»Sie sind aber nicht so mächtig wie die beiden, die Sie ausgeschaltet haben, oder?«, fragte Colonel Fredericks. »Sie sagten, sie seien an ihre Technologie gefesselt.«

»Mini hat sie ›ausgeschaltet‹«, sagte Lanfen. »Und die haben sie jetzt. Sie haben außerdem mehrere talentierte Zeta-Neulinge, mit denen wir gearbeitet haben, bevor wir hierherkamen.«

»Und«, sagte Dice, »sie haben unsere Ausrüstung. Sie haben zwei vollständige kinetische Umwandler, und das heißt, sie könnten theoretisch weitere Apparate herstellen und noch mehr Zetas züchten.«

»Um was mit ihnen zu tun?«, fragte Senator Firestone.

»Das weiß ich nicht«, sagte Chuck. »Aber klar ist, dass die Gelehrten nicht alle einer Meinung sind, was den künftigen Umgang mit …«

»… den ›Profanen‹ angeht«, beendete Dice. »So nennen manche von ihnen Leute, die sie nicht als Gelehrte ansehen.«

»Die beiden Wohltäter, mit denen wir am meisten zu tun hatten, stehen exemplarisch für diese scheinbare Spaltung innerhalb ihrer Gruppe«, sagte Chuck. »Unser ursprünglicher Kontakt Kristian Lorstad und seine Partnerin Alexis Bruinsma waren sich uneins, wie sie unsere Technologie bewerten sollten und was sie für die menschliche Evolution verhieß. Soviel ich verstanden habe, sind sie beide einer Art Leitungs-Rat verantwortlich und gehören ihm vielleicht sogar an. Wir haben nie viel über sie erfahren. Lorstad wich unseren Fragen zu ihrer Organisation aus oder antwortete nur das Nötigste.«

»Ihren Worten zufolge«, sagte Präsidentin Ellis, »haben wir es also mit einer buchstäblich unbekannten Organisation zu tun, die über Kräfte ähnlich den Ihren verfügt und deren Ziele ebenfalls unbekannt sind.«

»Nicht völlig unbekannt«, sagte Chuck. »Sie wollen eine robustere Gesellschaft schaffen, die allem trotzt, was dem Rest der Welt widerfährt.«

»Glauben Sie, dass sie beabsichtigen, Leute zu rekrutieren?«, fragte Firestone. »Wie eine Terrororganisation?«

»Nein. Sie wollen ziemlich sicher keine Leute rekrutieren. Wenn ich es richtig verstanden habe, fing die Organisation mit einer Gruppe europäischer Familien an und war zumindest über mehrere Generationen hinweg auf Angehörige dieser Familien beschränkt. Ihre Zahl ist relativ klein – so hat man es uns jedenfalls gesagt –, da nicht alle Sprösslinge jeder Familie auf ihre Technologie ansprechen.« Er schüttelte den Kopf – das ging jetzt schon lange genug so. Es war an der Zeit für ein paar Antworten. »Präsidentin Ellis, Admiral Hand wollte wissen, ob wir Fragen haben. Die haben wir. Vor allem: Was beabsichtigen Sie mit uns zu tun?«

Wie Chuck schon vermutet hatte, gab es auf diese Frage keine fertige Antwort, weshalb ausführlich darüber diskutiert wurde – tatsächlich diskutierten sie darüber, bis die Sonne unterzugehen begann. Das Schicksal der Leichen von Tim und Sara war gewisser als das der Lebenden. Man hatte sie bereits in eine medizinische Einrichtung des Militärs transportiert, wo sie obduziert und studiert werden konnten. Chuck war nicht wohl bei dem Gedanken, aber er musste einräumen, dass es unter den gegebenen Umständen die praktischste Lösung war. Er teilte den Wunsch seines Teams, ihre Forschung wiederaufzunehmen – einen Weg zu suchen, um Zeta-Fähigkeiten zu einem Segen für die Menschheit zu machen.

»Zeta-Talente müssen weiter studiert werden«, sagte Chuck. »Das Potenzial ist erstaunlich. Und wir müssen lernen, wie man sie zum Wohl der Menschheit kultiviert. Damit meine ich die einfachen, praktischen Dinge, mit denen man das Leben der Menschen dank Zeta-Wellen bereichern kann: einem Querschnittgelähmten eine einträgliche Arbeit ermöglichen, einem Chirurgen erlauben, an eine Verletzung, ein Organ oder einen Tumor heranzukommen, ohne durch Gewebe zu schneiden, gefährliche Arbeiten zu verrichten, ohne Menschen in Gefahr zu bringen. Wir würden gern zurück zum Anfang gehen, bevor Deep Shield ins Spiel kam. Ich weiß nicht, ob das möglich ist, aber es ist das, was wir gern tun würden. Und wir würden es vorziehen, es in aller Öffentlichkeit zu tun. Tatsächlich glaube ich, dass es der beste Weg für Sie wäre, ehrlich über alle bisherigen Geschehnisse zu informieren.«

»Ich tendiere zu Ihrer Ansicht«, sagte Margaret Ellis, »aber Ihnen muss klar sein, dass ich die Entscheidung nicht in einem Vakuum treffen kann. Haben Sie Geduld mit uns, Dr. Brenton. Wir werden uns bemühen, möglichst zügig zu Ergebnissen zu kommen, und Sie, so gut es geht, auf dem Laufenden halten.

In der Zwischenzeit, denke ich, sollten wir Sie in eine sichere Einrichtung verlegen.«

Chuck fühlte die Besorgnis seines gesamten Teams wie einen scharfen Stich. »Bei allem Respekt, Präsidentin Ellis, aber wir haben mehr als unseren Teil an sicheren Einrichtungen gesehen. Von Deep Shield und den Wohltätern wurden wir viel zu lange gegen unseren Willen festgehalten.«

Die Präsidentin lächelte kraftlos. »Ich verspreche, wir versuchen es so schmerzlos wie möglich zu machen.«

»Und kurz. Wir werden uns für eine kurze Zeit auf Treu und Glauben fügen, aber, Madam President, die Zeiten, da man uns *zu unserer eigenen Sicherheit* wegsperren musste, sind vorbei.« Der strenge Tonfall war ungewohnt für Chuck, unterstrich seine Erklärung aber perfekt.

Die Präsidentin holte tief Luft und beschloss, dass es nicht in ihrem Interesse lag, sich Dr. Brenton zum Feind zu machen. »Für den Augenblick also?«

»Wie gesagt, für einen *sehr kurzen* Augenblick.«

»Was ist mit dem Berg?«, fragte Mike in scharfem Ton. »Es war die Rede davon, dass ich ihn wieder öffnen soll. Er sollte aber nie mehr geöffnet werden, Ma'am. Niemals. Was da unten ist, sollte da unten bleiben. Deshalb habe ich alles in die Luft gejagt.«

Die Präsidentin runzelte die Stirn. »Es war die Rede davon …? Von wem?« Selbst von seinem Platz aus sah Chuck, dass sie Joan Hand ansah.

»Carl, möchten Sie der Präsidentin Ihre Ideen erklären?«, fragte die Admiralin Colonel Fredericks.

Der Offizier räusperte sich. »Nicht in dieser Runde, Ma'am. Ich denke, das ist eine Diskussion, die wir ein andermal und an einem anderen Ort führen sollten.«

»Lassen Sie uns einen Teil davon jetzt führen«, sagte Ellis. »Mr. Yenotow, Sie verstehen sicher, dass es Dinge über Deep Shield gibt, die wir nicht wissen und die wir vielleicht in Erfahrung bringen könnten, wenn wir uns Zugang zu der Einrichtung verschaffen. Falls es da draußen weitere Zellen oder auch nur verstreute Einzelkämpfer gibt, die Senator Bluth und Ted Freitag noch nicht preisgegeben haben, dann würden wir es gerne wissen.«

»Klar«, sagte Mike. »Das verstehe ich. Falls das tatsächlich der wahre Grund ist, warum Sie hineinwollen. Da unten liegt nämlich ein Haufen Technik. Kriegsmaschinen, die Männer in Supersoldaten verwandeln. Waffen, die einen normalen Menschen beim bloßen Gedanken an sie um den Schlaf bringen. Ich hoffe, ich habe sie bis auf das letzte Atom zerstört. Ich habe einige Roboter mit herausgebracht, gute, vielseitig verwendbare Apparate. Wenn Ihre Leute die studieren wollen – wunderbar. Ich helfe ihnen mit Freuden dabei. Dice bestimmt ebenfalls. Weniger Freude würde es mir machen, Ihnen alles über Deep Shield zu erzählen, was ich weiß – und was eine Menge ist –, aber ich würde es tun, wenn es verhindern hilft, dass so etwas wieder geschieht. Aber, Madam President, der Teufel soll mich holen, wenn ich irgendwem Zugang zu dem verschaffe, was von diesen Killermaschinen womöglich noch übrig ist.«

Margaret Ellis nickte. »Ich verstehe. Und ich verstehe Sie. Aber noch einmal: Die Entscheidung, was mit dem Berg passiert, liegt nicht ausschließlich bei mir. Das ist etwas, das *Sie* verstehen müssen. Alles, was ich versprechen kann, ist, dass Ihr Input und Ihre besonderen Kenntnisse in den Entscheidungsprozess mit einfließen werden.«

»Was ist mit Mini?«, fragte Lanfen. »Werden Sie uns helfen, sie zu retten?«

Zur Antwort sah Margaret Ellis Admiral Hand an. »Joan, finden Sie heraus, wo diese Leute stecken, und teilen Sie mir Ihre Einschätzung mit, was einen Versuch, sie zu erreichen und Ms. Mause herauszuholen, angeht.«

»Ma'am.«

Die Präsidentin loggte sich anschließend aus, und die Zetas waren hinsichtlich ihres weiteren Schicksals nicht klüger als zuvor. Admiral Hand und Colonel Fredericks verabschiedeten sich kurz darauf ebenfalls, um ihren jeweiligen Pflichten nachzugehen. Wenig später erschien ein Corporal, der das Team in zwei Wohnwagen nicht weit vom Gemeinschaftsraum unterbrachte – die Männer und Anton in dem einen, die Frauen im anderen. Dann führte er sie ins Messezelt.

Sie waren mitten bei der Mahlzeit, als sie die Nachricht erhielten, dass Eugene das Bewusstsein wiedererlangt hatte und dass es Joey besser ging und er Nahrung bei sich behalten konnte. Chuck schlang den Rest seines Essens hinunter und ging sofort zum Krankenrevier. Unterwegs überlegte er, wie er Eugene die Sache mit Mini erklären sollte.

Er hatte den halben Weg zurückgelegt, als er Lanfens leichtfüßige Schritte hinter sich hörte; sie lief, um ihn einzuholen.

»Ich habe als Einzige gesehen, wie es passiert ist«, sagte sie. »Ich sollte dabei sein.«

Chuck nahm ihre Hand. »Mir hat der Tonfall bei diesem Meeting nicht gefallen«, sagte er. »Ich glaube, die Präsidentin wollte uns sagen, dass das, was sie gern tun würde, und das, was tatsächlich geschehen wird, zwei Paar Stiefel sind.«

»Chuck, sie werden uns wahrscheinlich an einen ›sicheren Ort‹ verfrachten, sobald sie das Lager geräumt haben und Eugene bewegt werden darf. Wenn wir an einen solchen Ort gehen, gibt es keine Garantie, dass wir je wieder herauskommen. Sara hat dem Senat die Angst vor kleingeistigen Göttern eingepflanzt, und Angst ist ein tödlicher Motivator. Was sollen wir tun?«

»Finde heraus, was sie mit unseren Fahrzeugen gemacht haben.«

Lanfen lachte. »Sehr James-Bond-mäßig.«

Chuck war nicht nach Scherzen zumute. »Das wird jetzt gleich hart.«

»Wir sind zusammen«, sagte Lanfen und drückte seine Hand.

Eugene setzte sich in seinem schmalen Bett auf, als Chuck und Lanfen die kleine Krankenstation betraten.

»Gott sei Dank, dass ihr kommt!«, sagte er. »Niemand erzählt mir etwas, außer dass ihr euch alle mit der Präsidentin getroffen habt. Habt ihr euch mit der Präsidentin getroffen?«

Chuck nickte. »Bis auf Joey. Er ist noch auf dem Krankenrevier.«

»Was ist mit ihm passiert?«, fragte Eugene erschrocken.

»Es ist nur eine Gehirnerschütterung«, sagte Lanfen rasch. Sie legte eine Hand auf Chucks Arm. »Kann also sein, dass er ein wenig Hilfe von Chuck braucht ... wieder einmal.«

»Haben wir sie erwischt?«, fragte Eugene ernst. »Haben wir Sara?«

Chuck holte tief Luft. »Nicht so, wie wir es uns erhofft hatten. Sara konnte Tim befreien, und ... es gab eine Auseinandersetzung. Sie sind beide tot.«

Tränen traten Eugene in die Augen, und sein Mund formte ein lautloses *Nein*. »Was ist passiert? Ich habe irgendwie nichts mehr mitbekommen ...«

»Mini ist passiert«, sagte Chuck. »Als Sara diesen Baum auf dich fallen ließ, hat Mini alles, was sie hatte, gegen Sara und Tim mobilisiert. Und sie hatte eine Menge. Mehr, als wir alle dachten.«

»Was ist mit Mike?«

»Mike ist jetzt bei uns. Genau wie sein Sohn Anton.«

»Was? Wie ist denn das passiert?«

»Lorstad hat sich eingemischt«, sagte Lanfen. »Wir sind alle wohlauf. Brenda und Dice wurden ein bisschen durchgeschüttelt, aber sie sind okay.«

Eugene sah von Chuck zu Lanfen und wieder zurück. »Okay, aber mir fällt auf, dass ihr nichts davon sagt, wie es

Mini geht. Wenn sie Sara und Tim … getötet hat, dann wird es ihr bestimmt nicht gut gehen. Wo ist sie? Ich muss zu ihr.« Er begann, sich die Decke von den Beinen zu ziehen.

Chuck hielt ihn zurück. »Eugene, hör zu. Mini ist bei Lorstad.«

»Was? Sie ist mit ihm gegangen?«

»Sie ist nicht ›mitgegangen‹«, sagte Chuck. »Er und Alexis haben sie einfach entführt. Sie hat das Bewusstsein verloren, nachdem sie Sara und Tim aufgehalten hatte. Lorstad und Alexis sind mit einem Tarnhubschrauber eingeflogen und haben sie sich geschnappt.«

»Ich habe versucht, ihre Maschine unter Kontrolle zu bringen«, sagte Lanfen, »und hätte es auch beinahe geschafft, aber dann hat Alexis ein Talent erkennen lassen, von dem wir alle nicht wussten, dass sie es besitzt. Sie hat mein Gehirn mehr oder weniger kurzgeschlossen und mich damit so lange lahmgelegt, dass sie entkommen konnten.«

Chuck wurde von heftigen Gewissensbissen befallen. »Es hätte noch eine andere Möglichkeit gegeben, sie aufzuhalten«, murmelte er. »Aber ich konnte mich einfach nicht dazu überwinden, es zu tun.«

»Was soll das heißen?«, fragte Eugene heiser und mit feuchten Augen. »Was konntest du nicht tun, um zu verhindern, dass sie Mini entführen?«

»Weißt du noch, wie ich Joey im Labor geheilt habe?«, fragte Chuck als Antwort zurück.

»Ja, natürlich.«

»Ich habe bei dir etwas Ähnliches getan. Ich bin zu deinen Verletzungen gegangen und habe sie von innen repariert. Ich habe das jetzt zweimal eingesetzt, um zu heilen, und einmal, um Decker davon abzuhalten, Lorstads Hubschrauber abzuschießen. Ich glaube, du kannst dir vorstellen, was passieren könnte, wenn ich beschließen sollte, es nicht zum Wohle von jemandem einzusetzen.«

Eugene sah erschrocken aus. »Du lieber Himmel, Chuck, es tut mir leid. Daran habe ich nicht gedacht. So etwas würde ich nie von dir verlangen. Niemals. Aber wir müssen sie irgendwie zurückholen.«

»Ja. Und im Augenblick stellt sich die Frage, ob wir dabei auf die Hilfe der Regierung setzen können.«

Eugene blinzelte. »Warum sollte uns die Regierung nicht helfen?«

»Weil die Regierung kein einheitlicher Block ist. Offenbar gibt es verschiedene Ansichten darüber, was mit uns geschehen soll. Wenn ich recht verstehe, sind sie gerade dabei, es auszufechten.«

Eugenes dunkle Augen blitzten zornig. »Wir haben nicht die Zeit, darauf zu warten, bis sie irgendetwas ausfechten.«

»Ich weiß«, stimmte Chuck zu. »Dice kann uns zum Zentrum der Wohltäter zurückführen, aber wenn sie Mini woandershin verlegen, sind wir im Arsch.«

»Nein, sind wir nicht.« Eugene sah aus, als würde elektrischer Strom durch ihn fließen. »Mini hat mir etwas gegeben. Etwas, mit dessen Hilfe wir sie vielleicht finden können, egal, wo sie sie hinbringen.«

Er wölbte die Hände vor der Brust und starrte intensiv darauf, und als er sie öffnete, kam eine leuchtende, puppengroße Nachbildung von Mini zum Vorschein.

»Oh mein Gott, das ist ja Tinker Bell«, rief Lanfen aus.

»Mini hat mir das gegeben, als wir noch im Zentrum waren. Sie wollte, dass ich sehen kann, was sie denkt und fühlt, wenn wir nicht zusammen sind.«

Chuck blickte staunend auf die kleine, lichtdurchflutete Figur. Sie schmiegte sich in die Wölbung von Eugenes Fingern, die Augen geschlossen, den Kopf zur Seite geneigt.

»Es sieht so aus, als würde sie im Moment schlafen«, sagte Chuck. »Offenbar haben sie sie ruhiggestellt. Wie funktioniert das hier?«

»So genau weiß ich es nicht. Sie ist meine Projektion. Ich meine, ich lasse sie erscheinen, indem ich an sie denke, aber irgendwie ist sie auch mit Mini verbunden, sodass sie Minis Seelenzustand widerspiegelt. Vielleicht ist Mini also die ganze Zeit mit mir in Kontakt. Ich weiß es nicht.«

Er fuhr sich mit der Zunge über die Lippen. »Es ist verrückt, Chuck, aber ich habe das Gefühl, als wäre sie westlich von hier. Und ich meine: exakt westlich.«

Chuck streckte die Hand zu der Elfe aus. »Ist es okay, wenn ich …?«

Eugene nickte.

Chuck berührte das strahlende kleine Gebilde mit den Fingerspitzen. Zu seiner Überraschung kitzelte es, als wären sie mit einer Art Energiefeld in Kontakt gekommen. Aus einer plötzlichen Eingebung heraus umfasste er mit der anderen Hand Eugenes Handgelenk. Das Resultat war eindeutig und stellte sich sofort ein. Er hatte das Gefühl, als wäre sein ganzes Wesen zu einer Kompassnadel geworden, die so geeicht war, dass sie von Eugene zu der Person am anderen Ende der Verbindung zeigte.

»Spürst du es?«, fragte Eugene. »Ich bilde es mir nicht nur ein, oder?«

»Nein, Euge, du bildest es dir nicht ein.« Chuck drehte sich zu Lanfen um, die erkennbar verwirrt war, und lächelte. »Sie können Mini betäuben und an irgendeinen Ort der Welt bringen, Lanfen – es spielt keine Rolle. Eugene wird von ihr angezogen werden wie Eisen von einem Magneten. Diese kleine Figur wird uns schnurstracks zu ihr bringen.«

Lanfen lächelte zurück. »Das ist die beste Nachricht, die ich den ganzen Tag gehört habe.«

KAPITEL 24

Mitternacht

Bis Mittag des folgenden Tages wusste das Team, dass ihr Schicksal bestenfalls unsicher war. Zu behaupten, es habe in der politischen Führung des Landes Meinungsverschiedenheiten darüber gegeben, wie mit ihnen zu verfahren sei, war noch milde ausgedrückt. Für manche Stellen spielte es offenbar keine Rolle, dass sie von Howard erst zur Mitarbeit und dann zur Flucht gezwungen wurden. Ja, sicher, sie waren ausgenutzt und missbraucht worden, *aber* sie waren eben gefährlich. Solange sie wach und am Leben waren, stellten sie eine Bedrohung für alles dar, was Amerika wertschätzte. So lautete zumindest ein Standpunkt. Andere waren weniger extrem, aber immer lief es auf eine Version davon hinaus, dass sie schuldig seien, solange ihre Unschuld nicht bewiesen war, und immer standen Dinge wie Wegsperren, Absondern, Untersuchen und Vernehmen im Vordergrund.

Präsidentin Ellis schlug ein Verfahren vor, in dem die Zetas der Regierung freiwillig und aktiv helfen würden, Kristian Lorstad und seine Genossen zu verfolgen, und anschließend würden sie unter staatlicher Aufsicht daran arbeiten, ihre Technologie den Vereinigten Staaten und der ganzen Welt zugutekommen zu lassen. Von Teilen ihrer Regierung wurde sie dafür als Heldin gefeiert, von anderen an den Pranger gestellt. Nur eine Handvoll Senatoren und Abgeordnete hielten es für eine gute Idee, die Wahrheit über das Pine-Ridge-Debakel öffentlich zu machen.

»Es herrscht Konsens darüber, dass wir Ihre Existenz absolut geheim halten und Ihre Bewegungsfreiheit einschränken sollten«, erklärte ihnen Margaret Ellis.

Sie befanden sich allein im Wohnbereich, die Präsidentin

war ihnen per Video zugeschaltet. Admiral Hand hatte den Laptop aufgebaut und sich dann zurückgezogen.

»Sie meinen, indem man uns unter die Erde bringt«, sagte Dice mit belegter Stimme.

Die Präsidentin fuhr sich mit den Fingern durchs Haar. Es sah aus, als hätte sie die Geste den ganzen Morgen geübt. »Ironisch, nicht wahr? Menschen, die glauben, dass Ihre Fähigkeiten Sie zügellos machen, bilden sich ein, sie könnten Ihnen gegen Ihren Willen Zügel anlegen oder Sie würden sich Gewalt beugen.«

»Die Sache ist die«, sagte Chuck, »dass wir uns wahrscheinlich tatsächlich fügen würden, und sei es nur, um zu beweisen, dass wir nicht wie Sara und Tim sind. Aber ich werde nicht zulassen, dass meine Leute missbraucht werden, Madam President.«

»Margaret. Nein. Und das sollten Sie auch nicht tun.«

»Und noch wichtiger ist, dass wir Mini zurückholen«, fuhr er fort, »bevor Lorstad ihr etwas antut, was sich nicht rückgängig machen lässt. Bei der Methode der Wohltäter wirken äußere Stimuli auf einen ruhenden Geist ein. In Minis Fall wirken sie auf einen Geist ein, der nicht freiwillig an dem Experiment teilnimmt und ruhiggestellt werden muss. Ich habe keine Ahnung, wie sich das auf jemanden mit Minis Fähigkeiten und Sensibilität auswirkt. Ich darf das nicht zulassen, Margaret.«

Sie antwortete nicht, sondern sah ihn nur mit einem Blick an, der Verständnis und Bedauern zugleich ausdrückte. »Die Special Forces haben Ihr Lager abgebaut und alles zur weiteren Verfügung an das Heimatschutzministerium geschickt. Die Einheit, bei der Sie sich gerade aufhalten, kann mehr oder weniger von einer Minute auf die andere aufbrechen, und die Idee ist, dass man Sie in eine sichere Einrichtung des Heimatschutzes verlegt, bis …«

»Bis man uns ebenfalls entsorgt?«, sagte Brenda in scharfem Ton.

»Bis eine Lösung gefunden ist.« Die Präsidentin zögerte, dann fügte sie an: »In Teilen der Regierung ist man der Ansicht, dass Ihre Talente ein enormes Potenzial für die Landesverteidigung bergen.«

Chuck und Dice wechselten einen Blick. »Verzeihung, wenn wir nicht gerade begeistert wirken«, sagte Dice. »Aber das haben wir schon einmal gehört.«

»Vom Regen in die Traufe«, murmelte Brenda.

Chuck beugte sich zur Kamera des Laptops vor. »Madam President – Margaret –, bitte tun Sie uns das nicht an. *Bitte.*«

»Ich muss mich auf eine Sitzung vorbereiten«, sagte sie. »Ich halte Sie auf dem Laufenden.« Sie unterbrach die Verbindung, und dem Team blieb nichts übrig, als fassungslos auf den Schirm zu starren.

»Damit ist es entschieden«, sagte Lanfen.

»Die SUVs stehen mit den anderen Fahrzeugen beim Vorposten«, sagte Dice.

»Hast du die Schlüssel?«, fragte Brenda.

Er lächelte säuerlich. »Wir brauchen keine Schlüssel.«

»Redet ihr von Flucht?«, fragte Mike von der Sofaecke aus, wo er alles beobachtet hatte. Anton saß neben ihm und las in einem Comicheft.

Dice nickte.

»Ich muss Anton nach Hause bringen«, sagte Mike. »Ich helfe euch gern, Mini zurückzuholen, aber ich will nicht, dass er dabei ist.«

Anton blickte auf und runzelte die Stirn. »Daddy, ich will nur nach Hause, wenn du mitkommst. Mommy vermisst dich sehr. Sie weint jede Nacht, ich höre sie. Und jetzt, da ich fort bin, passt nur noch Darya auf sie auf. Sie braucht uns.«

Chuck brauchte nicht zu raten, was diese schlichte Ansprache in Mikes Innerem anrichtete. Er selbst fühlte sich, als hätte er einen Schlag in die Magengrube bekommen.

Mike zauste seinem Jungen das Haar. »Hey, Ant-Man, ich

kann erst heimkommen, wenn wir Mini gerettet haben. Aber wenn du nach Hause gehst und deiner Mom erzählst, dass es mir gut geht und dass ich einer Freundin aus Schwierigkeiten helfe, dann wird sie bestimmt aufhören zu weinen. Was meinst du?«

»Ja, ich glaube, es geht ihr besser, wenn sie weiß, dass du okay bist und nur Mini hilfst. Mini ist nett.«

»Was genau machen wir?«, fragte Lanfen.

Chuck ließ sich spüren, was die anderen dachten. Es fiel ihm mit jedem Versuch leichter, sich in dem Wirrwarr der Emotionen zurechtzufinden. Wenn sie ausreißen mussten, bevor die Einheit aufbrach, würden sie es heimlich tun, nicht mit roher Gewalt. Er hoffte, die verschiedenen Stellen, die über ihr Schicksal entschieden, würden das angemessen zur Kenntnis nehmen. Im Moment hatte er allerdings wirklich keine Zeit, sich den Kopf darüber zu zerbrechen, wie andere sie sahen. Er durfte nur an zwei Dinge denken: an Mini und daran, wie seine Freunde ihre Freiheit bewahrten.

Es klopfte an der Tür, und Admiral Hand trat ein. Sie war allein, was ein wenig ungewöhnlich war. Sie nahm den Laptop und klemmte ihn sich unter den Arm, dann sah sie Chuck an.

»Wir brechen morgen früh auf. Sofort bei Sonnenaufgang. Auf diese Weise sieht man uns nicht meilenweit mit unseren Scheinwerfern herumleuchten. Sie müssen sich um 5.00 Uhr bei Ihren Fahrern melden. Ihre Fahrzeuge stehen direkt hinter diesem Gebäude, vielleicht wollen Sie sich also schon vorher dort versammeln. Ich werde um 4.30 Uhr Militärpolizisten schicken, um sicherzugehen, dass Sie alle wach und fit sind. Alles klar mit dem Zeitplan?«

Chuck sah sie nachdenklich an und nickte. »Ja, ich denke, wir haben verstanden. Wir werden um 4.30 Uhr zusammengetrommelt. Ich würde sagen, dann sollten wir früh zu Bett gehen.«

»Das wäre eine gute Idee.« Joan Hand ging zur Tür und hielt noch einmal inne. »Angenehme Reise«, sagte sie, dann schlüpfte sie aus dem Raum.

Die Teammitglieder wechselten Blicke.

»War er das, wonach es aussah?«, fragte Brenda. »Hat sie es uns gerade leichter gemacht, zu fliehen?«

»Man könnte es nie beweisen«, sagte Dice, »aber es sieht auf jeden Fall danach aus.«

»Mitternacht«, sagte Chuck, und alle wussten genau, was er meinte.

Die Überwachungskameras waren kein Problem. Mike, Joey und Dice waren allesamt in der Lage, sie nur das sehen zu lassen, was sie sehen sollten, und das war in diesem Fall nichts. Die Wachposten waren eine andere Geschichte. Ohne Minis meisterhafte Trugbilder war Chuck der Einzige von ihnen, der hier Abhilfe schaffen konnte. Er wusste es, sie wussten es. Er konnte die Wachen dazu bringen, dass sie wegsahen und weghörten. Bei der Erkenntnis brach ihm kalter Schweiß aus. Er zweifelte nicht daran, dass er die Gehirnfunktion der Wächter stören konnte. Die Frage war, ob er es konnte, ohne sie dauerhaft zu schädigen.

Es gab eine ganze Reihe von Dingen, die er tun konnte. Er konnte die Neurotransmitter an der Hirnbasis in den Zustand wechseln lassen, der sie einschlafen ließ, aber wenn er und seine Gefährten quer durch Amerika flohen, würde er nicht da sein, um sie wieder aufwachen zu lassen, und bis jetzt musste er in der Nähe sein, um auf eine Person einzuwirken. Vielleicht konnte er die Produktion von Adenosin hochfahren. Der Neuromodulator baute sich während der wachen Stunden im Blut auf und führte zu Schläfrigkeit. Im Schlaf selbst löste er sich dann auf. Wenn Chuck die Wachen mit einer hohen Dosis Adenosin einschläferte, würden sie theoretisch wieder aufwachen, wenn es verbraucht war.

Theoretisch.

Er lehnte sich zurück, schloss die Augen und schlug mit dem Kopf leicht an die Wand.

»Oh, das kann nicht gesund sein.«

Er öffnete die Augen und sah Lanfen auf sich herunterschauen. In ihrem schwarzen Pulli und den engen Jeans sah sie aus wie Catwoman oder Emma Peel. Die Sonne war vor einer Stunde untergegangen. Alle anderen außer Eugene hatten sich in ihren Zimmern schlafen gelegt.

Ich bin so müde.

Sie setzte sich neben ihn auf das Sofa. »Du bist mehr als müde. Was ist los? Du strahlst förmlich Angst aus.«

Er warf einen Blick zum anderen Ende des Raums, wo Eugene seiner Minielfe beim Schlafen zusah. Wenn er Angst ausstrahlte, schien es Eugene nicht zu bemerken. Vielleicht, weil er selbst zu viel hatte. Chuck holte tief Luft. »Ich habe tatsächlich Angst. Lanfen. Ich habe ein halbes Dutzend Möglichkeiten hin und her gewälzt, wie ich die Wachen ausschalten kann, und finde alle erschreckend.«

»Wieso? Du hast erfolgreich und ohne Schaden zwei Menschen geheilt ...«

»Ich habe nicht nur geheilt. Ich habe Lieutenant Decker gestern davon abgehalten, auf den Hubschrauber zu schießen, indem ich einen Schluckauf in seinen Reflexen erzeugt habe.«

»Okay. Und du hast es getan, ohne ihm zu schaden.«

»Lanfen, ich hätte gestern um ein Haar Alexis' Herz angehalten.«

»Nein, das stimmt nicht«, sagte sie. »Weil du es nämlich niemals tun würdest. Chuck Brenton, du bist wahrscheinlich der anständigste Mensch, den ich kenne.«

»Lanfen, ich habe daran gedacht. Ich habe es in Erwägung gezogen.«

»Wirklich? Für wie lange?«

»Lange genug. Zu lange.«

Lanfen nahm seine Hände und sah ihm in die Augen. Sie sprach mit einer Stimme, die wie Wasser klang, das über Felsen plätschert, wie Musik, wie Wind in den Zedern. »Du dachtest, ich wäre verletzt. Du dachtest, Mini wäre in Gefahr. Du warst in Panik. *Atme.* Heute Abend werden alle Mitglieder unseres Teams tun, was wir am besten können. Niemand wird in Gefahr sein. Du wirst nicht panisch sein. *Atme.* Du wirst ruhig sein … cool … gesammelt. Dr. Charles Brenton, Neurowissenschaftler. Du wirst ein Ziel haben, einen Auftrag. Du wirst atmen. Du wirst konzentriert sein. Du wirst wissen, was du tust, weil du vielleicht besser verstehst als irgendwer sonst im Land, wie das menschliche Gehirn funktioniert.

Atme.«

Er lächelte – und atmete. *Was tust du mit mir?*

Funktioniert es?

Ja.

Wieso interessiert es dich dann, was ich tue?

Chuck lachte laut. »Weißt du, erst habe ich dich für Catwoman gehalten. Jetzt wird mir klar, dass du Obi Wan-Kenobi bist oder vielleicht sogar Yoda.«

»Ja, nutze die Macht, die du benutzen musst. Jetzt atme … und hör zu.«

Er tat beides. Sie führte ihn auf einen Rundgang durch sein eigenes Gehirn, ging alle seine Überlegungen mit ihm durch, wie er die Wachen gefahrlos unschädlich machen konnte – oder zumindest ihre Fähigkeit ausschalten, Traum von Wirklichkeit zu unterscheiden. Es war ein seltsames Gefühl, als würden sie buchstäblich Hand in Hand durch seine mentale Landschaft spazieren und seine Wissensvorräte nach einem idealen Zustand durchsuchen, in dem er das Bewusstsein der Wachen zurücklassen konnte.

Die Erkenntnis kam Lanfen ohne Frage zuerst, aber Chuck erlebte es, als hätten sie den Gedanken gleichzeitig gehabt.

Meditation.

Keiner von ihnen sprach das Wort laut aus.

Natürlich. Delta-Zustand.

»Kannst du das?«, fragte Lanfen. »Kannst du einen Delta-Zustand herbeiführen?«

Chuck dachte darüber nach. »Ich glaube, ja. Doch. Aber es ist möglicherweise ein weniger stabiler Zustand als Schlaf.« Er stellte sich vor, wie irgendetwas einen der MPs aus seinem meditativen Zustand schreckte und ihre Flucht vereitelte.

»Wir müssen einfach nur besonders leise sein heute Nacht, dann wird das nicht passieren«, sagte Lanfen.

»Dann wird was nicht passieren?«, fragte Eugene, der vom Tisch aufgestanden war und jetzt vor dem Sofa stand und sie ansah.

»Aufgeschreckte Wachen«, sagte Chuck.

»Okay, halten wir fest, dass ihr beide mich befremdet. Habt ihr eine Ahnung, wie schwer es ist, einer Zeta-Unterhaltung zu folgen?«

Chuck hatte eine Vorstellung davon. Ihm wurde klar, dass immer mehr Kommunikation zwischen den Zetas auf einer lautlosen Ebene stattfand. Das war erstaunlich. Und es war beunruhigend. Es bedeutete, dass sich Zetas in eine Richtung bewegten, in die ihnen Nicht-Zetas wie Eugene nicht folgen konnten. Chuck merkte es sich als ein Ziel für später vor – herausfinden, wie sie Eugenes Gehirn dazu anregen konnten, Zeta-Wellen zu produzieren.

Im Augenblick musste er jedoch feststellen, ob er einen meditativen Zustand in einem normalen menschlichen Gehirn herbeiführen konnte. »Euge, hast du Lust auf ein kleines wissenschaftliches Experiment?«

KAPITEL 25

Untertauchen

Mitternacht.

Im Lager war es jetzt ruhig, zuvor hatte allerdings bis lange nach Sonnenuntergang hektische Betriebsamkeit geherrscht, damit beim ersten Tageslicht alles bereit war, um das Lager abzubrechen. Als Erstes erzählten Dice, Joey und Mike den Kameras, was sie sehen würden: Wachen auf ihren Posten, Mondlicht, das auf allen metallischen Oberflächen glänzte, erloschene Lichter außer in Admiral Hands privatem Wagen.

In dem von Team Chuck besetzten Bereich von Spiderweb gab es ein Quartett von Wachen. Eine war vor der Männerunterkunft postiert, die zweite, nur Meter entfernt, vor dem Modul der Frauen. Nummer drei und vier standen vor dem Gemeinschaftsraum Wache. Überall auf dem Gelände gab es weitere Posten, aber keine in Sichtweite der Fahrzeuge oder des Wegs, den sie zu diesen zurücklegen mussten.

Chuck ließ den ersten Militärpolizisten in einen Delta-Zustand fallen, ohne auch nur den Wohnwagen zu verlassen. Der Mann fiel genauso leicht in den meditativen Zustand, wie es Eugene zuvor getan hatte. Danach verließ Chuck allein den Wagen und schlich hinter ihm herum zum Wagen der Frauen links davon. Die Wache dort fiel ebenfalls problemlos in den Delta-Zustand. Chuck schlich wieder zurück und am Männerwagen vorbei zum Gemeinschaftsbereich.

Die erste Wache dort glitt lautlos ins Delta, aber die zweite leistete Widerstand, das Gehirn des Mannes rüttelte sich aus dem Meditationszustand, sobald Chuck ihn initiiert hatte.

Er versuchte es noch einmal, ein sanftes Stupsen. Der Soldat schüttelte sich sichtbar, ließ die Schultern kreisen und trat von einem Bein aufs andere. Chuck versuchte es ein drittes Mal mit demselben Ergebnis. Diesmal stampfte der Mann mit den Füßen auf, um sich am Einschlafen zu hindern.

»Hey, Garfield«, sagte er schließlich zu seinem Partner, »ich drehe mal eine Runde. Ich werde schläfrig und brauche Bewegung.«

Chuck, der zwischen Gemeinschaftsraum und Männerunterkunft stand und die Wachen beobachtete, wurde von Panik erfasst. Die wurde noch größer, als seine Zielperson die Stirn runzelte und den schweigend vor sich hin meditierenden Garfield ansah.

»Hey, Gar, ich sagte …«

Chuck griff in den Kopf des MP und stieß ihn gewaltsam in ein Delta, gleichzeitig schaltete er die Neurotransmitter an der Hirnbasis aus. Das Gesicht des Mannes erschlaffte, er verdrehte die Augen und sank gegen das Gebäude, das er bewachte, dann glitt er an der Wand nach unten, bis er über sein Gewehr gebeugt dasaß und aussah, als würde er ein Nickerchen machen.

Entsetzt kam Chuck aus seinem Versteck, kniete neben dem Soldaten nieder und prüfte Puls und Atmung. Ein merkwürdiges Summen aus Garfields Richtung ließ ihn erstarren. Er sah zu dem anderen MP und gab seinen Hirnwellen noch einen leichten Stups. Garfield verstummte.

Chuck wandte sich wieder dem schlafenden Soldaten zu. Atmung und Puls waren gleichmäßig und kräftig.

»Tut mir leid«, sagte Chuck und stand auf. Im selben Moment trafen Brenda und Lanfen bei ihm ein.

Was ist passiert?

Der Gedanke kam von Lanfen. »Er hat sich widersetzt«, sagte Chuck leise. »Ich habe ihn schlafen geschickt.«

»Ich dachte, das wolltest du nicht tun«, flüsterte Brenda.

»Wollte ich auch nicht. Ging aber nicht anders. Gehen wir.«

Sie machten sich auf den Weg zu den Fahrzeugen, die hinter dem Gemeinschaftsmodul standen. Der Rest des Teams hatte sich bereits dort versammelt und verteilte sich leise auf die SUVs. Die Heckklappe eines Wagens stand offen, und es sah aus, als würde ein zusammengerollter Metallanzug darin liegen. Chuck brauchte einen Moment, bis er begriff, dass es Bilbo war.

Mike warf einen Schlafsack über den Roboter und drehte sich zu Chuck um. »Ich dachte, er könnte uns irgendwann nützlich sein.«

»Gute Idee«, sagte Chuck, und Lanfen gab dem Bauingenieur einen Kuss auf die Wange.

»Danke, Mike.«

»War das Mindeste, was ich tun konnte.«

Dice kam zum Heck des Wagens. »Mir ist gerade etwas eingefallen. Wenn wir die Motoren hier anlassen, kann es sein, dass wir das halbe Lager aufwecken – einschließlich deiner Schläfer.«

Chuck starrte ihn an. Niemand hatte daran gedacht. Es zeigte einmal mehr, wie schlecht gerüstet sie für diese Art Heimlichkeiten waren.

»Kein Problem«, sagte Mike. »Ich bin mir sicher, dass Lanfen und ich zusammen diese Babys auf die Straße hinausrollen können, ohne dass wir den Motor anlassen müssen.«

»Du meine Güte«, murmelte Chuck. »Natürlich könnt ihr das. Okay, alles einsteigen.«

Sie hatten ihre Route im Voraus geplant. Sie würden die Nacht durchfahren, um sich so weit wie möglich vom Olymp und dem Spiderweb zu entfernen. Dann würde Mike einen der SUVs nehmen und nach Norden fahren, um Anton nach Ontario zurückzubringen, während der Rest des Teams direkt das Zentrum der Wohltäter ansteuerte – es sei denn, Minis Elfe gab etwas anderes vor.

Die beiden Fahrzeuge rollten lautlos im Mondlicht durch die Nacht, die Scheinwerfer waren aus, und das einzige Geräusch, das sie machten, war das Knirschen der Reifen auf dem

Waldboden. Der Wind in den Bäumen und das Rauschen eines nahen Bachs waren genauso laut. Etwa einen Kilometer vom Spiderweb entfernt trafen sie auf die breite Feuerschneisenstraße. Dice und Mike ließen die Motoren an, schalteten das Standlicht ein und beschleunigten.

Eine halbe Stunde später kamen sie auf eine leere Landstraße, und es ging noch schneller. Wiederum eine Stunde danach fädelten sie sich in den spärlichen Verkehr eines großen Highways. Es dämmerte schon beinahe, als sie auf eine Raststätte fuhren, um zu tanken, die Toilette zu benutzen und zu frühstücken. Die Luft war kühl und der Parkplatz schwach beleuchtet. Es gab ein einziges Gebäude, in dem ein Restaurant, ein kleiner Laden und die Tankstelle untergebracht waren.

Dice tankte, indem er den Zapfsäulen auf elektronischem Weg vormachte, sie seien mit einer Kreditkarte gefüttert worden. Dann gingen sie ins Gebäude, um Geld aus einem Automaten zu ziehen. Wieder zauberte Dice ein wenig und löschte sorgsam jede Spur zu dem Geld, das er von seinem Konto abhob. Falls es jemand überwachte – und das war sicherlich der Fall –, würde die Abbuchung erscheinen, aber man konnte ihr keinen Namen und keinen Ort zuordnen.

»An beiden Autos waren Peilsender«, sagte Lanfen beiläufig, als Chuck aus der Toilette kam und sie dabei antraf, wie sie auf den Parkplatz hinaussah.

»Du hast sie unschädlich gemacht, oder?«

Sie nickte. »Und ich habe sie umgesiedelt.« Sie zeigte auf einen Sattelschlepper mit einem Kennzeichen von Mississippi an einer Diesel-Zapfsäule und auf einen Pick-up mit einem Nummernschild aus Wisconsin, der gerade vom Parkplatz fuhr. Sie lächelte. »Und dann habe ich sie wieder funktionstüchtig gemacht.«

Als sich ihre Peilsender in zwei verschiedene Richtungen entfernten, genossen sie einen Moment der Entspannung, ehe sie weiterfuhren. Mike versprach, so schnell wie möglich wieder zu ihnen zu stoßen, und fuhr mit Anton nach Norden. Der zweite SUV mit seinen sieben Passagieren – sechs Menschen und einem Roboter – blieb auf genau westlichem Kurs.

Joey fuhr, Eugene saß mit Minis Elfe auf dem Armaturenbrett neben ihm. Chuck teilte sich die zweite Sitzreihe mit Lanfen und Brenda, während Dice auf dem Rücksitz döste. Chuck wurde selbst schläfrig, sein Kopf sank an Lanfens Schulter, als Eugene in einem Tonfall, bei dem es Chuck durch und durch fröstelte, »Oh Gott« sagte.

Er richtete sich ruckartig auf und öffnete die Augen. »Was ist los?«

Er sah selbst, was los war, bevor er es richtig ausgesprochen hatte. Auf dem Armaturenbrett war die Elfe aufgewacht. Ihr Körper war reglos und steif, aber ihre Augen waren weit offen, und in ihnen stand äußerstes Entsetzen.

Eugene drehte sich zu Chuck um. »Was machen sie mit ihr?«

»Ich weiß es nicht«, flüsterte Chuck. Was er aber wusste, war, dass sich Mini immer noch genau westlich von ihnen befand, tief in Lorstads unterirdischer Festung begraben, und dass sie sie brauchte. »Wir werden sie finden, Eugene, ich verspreche es.«

Er sagte nicht, dass Mini zu finden der leichtere Teil ihres Vorhabens war.

Der schwierigere Teil würde sein, sie herauszuholen, und er hatte keine Ahnung, wie sie das anstellen sollten.

EPILOG

Das Video trug den Titel »Die Wahrheit über das Michaux State Preserve«. Bei absolut jeder Internetsuche zu den ungewöhnlichen Ereignissen der letzten Zeit in Pennsylvania tauchte es an erster Stelle auf. Es begann ganz einfach, eine verschlungene Mischung aus sinfonischen Farben und hellen Klängen. Dann verwandelte sich ein gewundener digitaler Klecks in neuroanatomische Elemente. Das Bild hielt bei einer dreidimensionalen Darstellung eines sich drehenden Neokortex.

»Ich werde Sie nicht mit der abgedroschenen Erkenntnis langweilen, dass wir nur zehn Prozent unseres Gehirns nutzen.« Die gedämpfte Stimme schwankte von kehlig bis elfenhaft.

»Sicher ist aber, dass unser Geist zu viel mehr fähig ist, als uns bewusst ist oder als wir ausreichend erforscht haben.«

Die Grafik machte einem Archivfoto von Pine Ridge Platz.

»Diejenigen von Ihnen, die ausdauernd genug gesucht haben, werden ohne Frage auf ein sehr beunruhigendes Grollen gestoßen sein. Hie und da sind Gerüchte durchgesickert, Gerüchte über Terroristen mit übernatürlichen, telekinetischen Fähigkeiten, die Pine Ridge besetzten und entschlossen waren, die Welt zu beherrschen. Diejenigen von Ihnen, die zufällig auf dieses Video gestoßen sind – bleiben Sie dran. Ich habe viel zu erzählen.«

Der Schirm wurde plötzlich schwarz, und ein langsamer, wellenartiger Ton breitete sich aus.

»Hören Sie jetzt genau zu. Die ungeheuerlichen, absurden und unmöglichen Behauptungen über die Pennsylvania Triad sind eindeutig und offenkundig … wahr.«

Weiße Kreise erschienen, sie verschmolzen, verbanden sich miteinander und wuchsen, während sich der Blickwinkel entsprechend ausweitete. Der wellige Ton wurde gepresster.

»Ich freue mich, dass Sie noch da sind. Was als Nächstes kommt, ist alles andere als einfach, aber ich bin zu der Erkenntnis gelangt, dass seine Verbreitung notwendig ist – extrem wichtig sogar.«

Das große, kreisförmige Gitter verschmolz zu einer einzigen Kugel.

»Dies ist das erste von vielen Videos, die ich im Internet veröffentlichen werde. Keine Sorge, niemand auf der Welt ist in der Lage, meine Arbeit zu löschen oder zu unterdrücken. Solange das Internet funktioniert, werden diese Videos allen Menschen zugänglich sein.«

Die Kugel vervielfachte sich, und die vielen kleineren Kugeln hingen aneinander, Kugeln in einer Kugel.

»Eine kleine Warnung: Sobald Ihre Überlegungen und Überzeugungen sich den Gedanken zuwenden, die ich mit Ihnen teilen werde, werden Sie sehr wahrscheinlich einige subtile, aber tief greifende Veränderungen erleben. Ich wünsche und bin überzeugt davon, dass Sie am Ende unserer Reise fundamental verwandelt sein werden. In einer Weise radikal verändert, die Sie zum jetzigen Zeitpunkt weder glauben noch begreifen würden. Nach meiner Erfahrung sind diese Veränderungen irreversibel. Auch das ist eine aufrichtige Warnung.«

Die Perspektive fuhr noch weiter zurück, und man sah nun rotierende Elektronen und das vollständige Modell eines Atoms.

»Es ist wichtig, dass Sie die Anfänge all dessen verstehen. Ich komme als Wissenschaftler zu Ihnen. Ich bin kein Guru oder Theologe, zumindest nicht meiner Ausbildung nach. Ich werbe nicht für Selbsthilfe. Ich verspreche Ihnen nicht einen Topf voll Gold vor der Tür. Was ich versuche, ist nichts weniger, als den nächsten Schritt in unserer kollektiven Evolution zu unterstützen. Bevor ich mich in praktische Fragen stürze, will ich kurz die Geschichte und den wissenschaftlichen Hintergrund der ganzen Sache berühren, damit wir unsere gemeinsame Zeit mit Fakten beginnen.«

Auf dem Video gab es einen Schnitt zum Logo von Forward Kinetics.

»Es begann mit einem Neurowissenschaftler, einem Mann namens Charles – wir nennen ihn Chuck – Brenton. Er gründete mit dem Mathematiker Matt Streegman ein Unternehmen namens Forward Kinetics ...«

DANKSAGUNG

Es ist eine gewaltige Untertreibung, zu behaupten, dass ich dankbar für all die Ermutigung und Unterstützung bin, die ich erhalten habe. Zunächst einmal könnte kein Autor, Künstler oder Serienträumer etwas ohne die Unterstützung seines Ehepartners zustande bringen. Deshalb tausendmal Verzeihung und tausendmal Dank an meine Frau. Ohne dich an meiner Seite wäre das nicht möglich. Meiner Agentin Emma Parry danke ich, dass sie durchgehalten und mir einen Weg gezeigt hat, dasselbe zu versuchen. David Pomerico, mein unerschrockener Lektor, Ihre Leidenschaft für *Die Gottesformel* war mir eine Quelle der Inspiration, danke. Scott Steindorff und Dylan Russell von Stone Village Productions, Ihr Interesse ehrt mich, und ich freue mich darauf, meinen Roman mit Ihnen in ein neues Medium zu überführen. Maria Silva und der PR-Mannschaft bei HarperCollins danke für Ihre harte Arbeit. Sie machen meine Bücher sichtbarer. Kim Yau und Dana Spector, ein glücklicher Zufall kann einen weit tragen – ich bin froh, dass wir uns kennengelernt haben.